高美兰 编

寻找夏洛

梅兰书屋小小说精品选

成都时代出版社
CHENGDU TIMES PRESS

图书在版编目（ＣＩＰ）数据

寻找夏洛：梅兰书屋小小说精品选 / 高美兰编. --
成都：成都时代出版社，2020.4
　ISBN 978-7-5464-2542-9

Ⅰ.①寻… Ⅱ.①高… Ⅲ.①小小说—小说集—中国
—当代 Ⅳ.①I247.82

中国版本图书馆CIP数据核字(2020)第014606号

寻找夏洛 ：梅兰书屋小小说精品选
XUNZHAO XIALUO :MEILAN SHUWU XIAOXIAOSHUO JINGPINXUAN
高美兰　编

出 品 人　李若锋
责任编辑　樊思岐
责任校对　李　航
装帧设计　百悦兰棠 BAIYUE LANTANG
责任印制　李茜蕾

出版发行　成都时代出版社
电　　话　（028）86618667（编辑部）
　　　　　（028）86615250（发行部）
网　　址　www.chengdusd.com
印　　刷　北京军迪印刷有限责任公司
规　　格　185mm×260mm
印　　张　26.75
字　　数　620千字
版　　次　2020年4月第1版
印　　次　2020年4月第1次印刷
书　　号　ISBN 978-7-5464-2542-9
定　　价　120.00元

目 录

长发的秘密

黄红坤

阿光从小没有爹，初中毕业后就不再上学了。他跟着村里的大刘叔到城里的工地上干活赚钱。虽说是苦力，但工地上包吃住，工钱可以省下来寄回家，这样他就知足了。

阿光没有别的喜好，从小就喜欢剃光头。他说他就喜欢光头，省事。头发长出一点，他就去工地旁的理发铺找同乡老李剃掉。这工地周边只有老李这一家理发铺，工友们都喜欢光顾那里。

可是最近，老李发现阿光有好长一段时间没有来剃头发了。那天正好阿光从理发铺门前经过，老李看到阿光的头发长到两节小手指那么长了。老李笑着喊道："喂，阿光，该剃头了。"阿光摸摸自己的头发，不好意思地说："李叔，我先不剃了。"

老李边扬着手中的剪子边说："怎么啦，没发工资啊？要不，我先给你赊个账？"阿光说了声谢谢，急匆匆地头也不回地走了。老李嘴里边嘟哝边帮人理发："这小子，最近转性了，居然留起了头发，怪事，怪事。"理发铺里有人说："八成是看上了那个姑娘。上次老高的女儿来工地看老高，我看到那小子直勾勾地盯着人家姑娘看了半天。那姑娘都走了，他还盯着人家那背后的长发，眼睛都不眨一下。"大家都笑了。

"看上姑娘也不一定得留头发啊，你们说是吧？"老李说。

正在理发的大刘说："你们还不知道吧，阿光他娘病了，听说还挺严重。他这是要省钱呢。"大家听了，没人再说话。

自从阿光留头发后，工友们议论他的时候多了，可他好像没听到，头发越留越长。

三年了，头发长得可以扎起来。每天就这么扎着这头长发干活，也没喊过太热要剪掉。每天晚上，他都洗头，他还说这样洗，头发才漂亮。

那天，他突然走进老李的理发铺，问老李会不会加工假发的手艺。老李说自己不会，倒是认识一个朋友会做假发加工。阿光听了，眼睛一亮，对老李说："那就剃下我这头发，叫你那朋友帮我加工加工做顶假发，多少钱我都付。"这把老李吓了一大跳。老李问："你要做成假发干吗？"阿光只是笑笑，没有说话。老李看了看阿光那眼神，没有再多问。

一个月后，老李有事回乡下。经过阿光家时，他从门外看到阿光他娘光着头，正在竹竿上晾着一顶假发。那头发，老李觉得似曾相识。

偶　遇

黄红坤

　　这个周六的早上，李剑匆匆起了床，连忙打了几个哈欠，走到客厅看到母亲已经弄好了早餐。他知道，要不是他早答应过母亲，这样的周末，他是不会这么早起床的。

　　吃过早餐，陪母亲走在公园的湖边。李剑好像还是一副没有睡醒的样子，时不时捂着嘴巴，哈欠连连。

　　他说："妈，为什么要这样的生日礼物呢？你看，如果我送你一部新手机，那该多实用啊。"

　　母亲笑笑说："你说过的，这个生日的礼物由我决定。我就是想让你陪我出来散散步嘛。这么多年来，你可从来没有陪我出来逛过这个公园。"

　　李剑说："妈，你知道，我在大公司做事，很多事情要忙的。哪有那么多时间啊？"母亲听了，没有言语。

　　突然，母亲指着前方自言自语地说："邓老太又出来逛公园了，真羡慕她啊。"李剑顺着母亲手指的方向，看到前方山坡脚下一个男人正背着一位老太太上山。他对母亲说："妈，你也要我背你吗？那老太太肯定是腿脚不方便，而你，健步如飞呢。"

　　母亲说："她是腿脚不方便，三年前摔了一跤后，腿就变得不利索了。倒是她儿子，每个周六都带她到这里活动。"李剑看了看那对母子的背影说："妈，我是赚大钱的，他怎么能跟我比呢？"母亲低头不语，对他说："走吧，我们过去看看。今天周六，山坡的亭子上有我们老年人的音乐聚会。平时我们都在这里弹唱，而邓老太最喜欢拉二胡。所以周六的时候，她儿子必定会陪她一起拉二胡，她儿子唱歌，两人搭档得可棒了。"

　　母亲拉着李剑快步走上亭子，看到邓老太的儿子从袋子里拿出一块厚布垫，放到石凳上，扶着邓老太坐下，那动作娴熟、自然。母亲不无羡慕地说："邓老太，早啊，你儿子真体贴。"邓老太笑着摸摸她儿子的手。这时，她儿子转过身来，说了声："阿姨早啊。"

　　突然，李剑的脸愣住了，呆呆地叫了声："张总好。"

　　原来邓老太的儿子，不是别人，正是他公司的总裁张峰。

　　李剑说："张总，没想到你那么忙，也有空出来散步啊？"李剑的母亲说："他可是每个周六都陪邓老太来，已经五年了。"张总说："不忙，不忙，陪妈妈不需要花多长时间的。你看，你不也是吗，工作那么忙也出来陪你妈。李剑，孝顺好啊。"边说边竖起了大拇指。

李剑羞愧，脸不由自主地红了起来。

这个周六，李剑认真地听着母亲唱歌，他才发现原来母亲的歌声这么好听。

回家的路上，他对母亲说："妈，以后，每个周六，只要我不出差，我就陪你来散步、唱歌。"母亲拉着他的手说："其实，妈知道你忙。可你也知道，自从你爸去世后，我再也没有伴一起散步。妈就想有个人陪陪。"李剑点点头。

母亲还告诉李剑，其实，邓老太并不是张总的亲生母亲，她是张总的一个老邻居。自从她当警察的儿子去世后，张总就认她作了干妈。

减　肥

黄红坤

阳辉从医院回家后宣布，从今天开始他要减肥了。

每天早晨，他六点左右起床，到附近的公园跑上几圈。早餐吃两个水煮蛋，中餐就吃一点鸡胸肉加西兰花，晚餐吃点蔬菜水果。每天早中晚餐都交代母亲准备。这种减肥餐没有一点油水，母亲看着有些心疼。

母亲和小区的王阿姨聊起阳辉减肥的事。王阿姨猜："会不会是谈恋爱了啊？你没听人家说，爱情可以改变一个人吗？这次应该是真爱。"母亲心中窃喜，想起前段时间托刘阿姨介绍了一个女孩，刚相亲不久，阳辉跟着就说要减肥了，莫非是那个女孩？听说她是一个护士。

一个多月后，阳辉称体重，整整减掉了15斤。对于身高一米七的他来说，155斤虽然仍显胖了点，但结果已经相当不错了。母亲看着儿子减肥有了成效，趁机说："辉仔啊，什么时候带你女朋友回来给妈见见？妈想早点抱孙子呢。"阳辉知道母亲又在催婚，说："八字还没一撇呢。"他丢下一句话又出门了。

邻居对母亲说："昨天你家阳辉又去医院看你儿媳妇了，有人在医院里见着他了。"

"好像那女方不是护士，是在医院生病住院。"

"她和你家阳辉差不多大，身边还带有一个一岁左右的孩子。"

母亲听不下去了，虽然儿子三十岁未婚，每天开出租车赚得也不多。但她心里接受不了一个带着孩子的女人来做她儿媳。

母亲质问阳辉，阳辉并不回答。他还告诉母亲，他要出门几天不回家。想到儿子要去见那女人，母亲感觉有一团气堵在胸口出不来。

几天后，阳辉回家，好像什么事也没有发生，仍和先前一样跑步、素食减肥。母亲一言不发，赶紧为他张罗相亲。阳辉倒也不拒绝，每次都欣然前往。母亲以为，阳辉肯

定是出去和那女人相处几天看明白了，终于醒悟了。

半年后，一个女人带着一个约两岁的孩子上门来找阳辉。母亲正要发作，她自我介绍说："我叫李芳，是来谢谢阳辉的救命之恩的。"

原来，一年多前，李芳患上了急性白血病，若不尽快进行骨髓移植，剩下的日子可就不多了。正好阳辉与她的配型合适。她说，是阳辉救了她的命。阳辉说："我平时经常献血，那天红十字会通知我，说我和李芳初配成功。但医生说我体检结果有些指标不合格，要减肥，达标后才能做移植手术。后来我减肥一个多月，指标就达到了。怕您担心，所以没告诉您。"

李芳流着泪说："我女儿这么小，丈夫知道我生病后又离我而去。但您儿子与我素不相识，却能出面相救。如果不是您儿子救了我，恐怕我女儿她已经没有妈妈了。"她边说边拉着女儿跪在地上。

母亲忙扶起李芳母女，不住地点头说："阳辉减肥助人，这事做得对。"临走的时候，母亲递给李芳一个袋子，里面放着她存的退休工资5000元钱，她也想帮帮这个可怜的女人。

母亲听雨

黄红坤

傍晚，空气闷热，好像要下雨了。

晚上，大张挽着母亲的胳膊，在院子里慢悠悠地走着。母亲说："这天看样子是要下一场大雨了。我就喜欢这样的雨，清爽，干脆利落，下完了天就清了。"她笑了，继续说："还记得你小的时候吗？下了雨不能出去玩，闷在房间里就开始捣乱。"

大张接过话说："后来，妈教我听雨的声音，说雨声很美妙，我才和妈安静地坐在一起。"母亲拍拍大张的手臂，说："你也只是安静了一会儿，就开始去玩屋檐滴下来的水，用一只不锈钢盆接着，一边玩一边咯咯地笑。最后啊，衣服全弄湿了。"

"即使知道会湿衣服，妈为什么还是允许我去玩雨水？不过，要是妈不让我玩，我的童年倒是少了很多乐趣。"大张感慨地说。

"每次下完雨你都要跑出去玩地上的雨水，我就在家煮好姜汤，烧好热水，备好干衣服等你回来。"母亲睁大眼睛望着前方，沉浸在回忆中。大张感激地看着身边的母亲，虽然她的双眼已经看不见东西好多年了，但那眼睛里闪动的泪花似乎仍可以看到昨天的事。以前为了工作，他常不在母亲身边，如今在身边了，母亲却看不见他，也看不见她喜欢的雨。今年，母亲总说睡不着，谁知有一天晚上，下了场大雨，母亲却睡得很香，原来母亲喜欢听着雨声睡觉。

"妈，天晚了，该睡觉了。"大张边扶着母亲入屋边说。

"这天还没下雨，我睡不着，还是等等吧。"母亲坐在沙发上说。

"快了快了，你躺床上听听，很快就下雨了。"大张帮母亲脱鞋，扶她上床。

他随即转身，拉开抽屉，在装着满满一抽屉的光碟里熟练地找出一张光碟，自言自语地说："今晚应该是场大雨。"

一会儿，突然响起了"噼里啪啦"的声音，下雨了，是一场大雨的声音。

噼里啪啦的雨声敲打着窗户，母亲躺在床上听着这雨声，笑了。她喃喃自语："果然是场大雨，听这雨声怕是要下一夜了。大张，你出门总不爱带伞，这场雨大，一会去锁院门时记得带伞，别弄湿了衣服，妈今天可没煮姜汤。"大张轻声地说："妈，你睡吧，我会带伞的。"

大张轻轻地带上房门，雨声突然变小了。他看了看门外，庆幸昨天收到了有着大雨声的光碟。

大张笑着走进院子准备锁院门，月光洒在他的身上，身后是一片哗哗哗的雨声。

最后一张彩票

黄红坤

她脚有点不利索，天生的，她把父母留下的铺子经营成彩票投注站。她偶尔也买张彩票，但从来没有中过什么奖；她的投注站也没有出过一千元以上的奖。她就这么经营着，卖着彩票，买着彩票。

他脚也不利索，小时候摔了没处理好，走起路来倒还好，只是跑不快。他自己经营着那个报刊亭，因为他喜欢看书看报。报刊亭就在她铺子的对面，他一抬头便能看到她，但他们从来没什么来往。他知道他配不上她，他上有老母亲，下有正在上学的弟弟妹妹，全靠他一人支撑着。他只想每天近近地看她一眼，所以他每天都来买彩票，每次只买一张，号码都是她随意给的，他从来不挑。他希望自己能赚足钱，开家书店，那样他就可以向她表白了。他喜欢她，她知道；可他不知道她也喜欢他。她希望他能中个大奖，因为她知道他的心思。

那天，他没有过来买彩票。彩票投注马上要停售了，他也没来。在彩票停售前，她不自觉地给他打了张彩票，留着。她想，若他在自己关门前来，她就送给他；若他不来，她以后都不想理他。她知道，他今天抬头看过她十次。但她看着他关了门，回了家，也不见他来买彩票。她失望极了，无精打采地关上了铺子的门。

当她把铺子的拉门拉下来的时候，突然冷不丁从旁边跳出个小伙子来，气喘吁吁地说："要关门了吗？我想买彩票。"她说："早就过了投注时间了，明天再来买吧。"小伙子急了，说："完了，完了，今天买不到彩票，怎么办啊？"听小伙子这么说，她有些好奇，问道："怎么回事？"小伙子说："是我哥想买张彩票送给他的心上人，就要今天的彩票。"听得出小伙子情真意切，想起自己最后留下的那张彩票，既然他不来，她也不想要了，反正也不会中大奖。但她又有些犹豫，她还是希望他现在就能出现在她的面前。最后，她觉得她和他终究还是没有缘分。她说："我这里还有一张，本来是留给一个朋友的，现在既然可以帮到你哥哥，那就送给你了，这可是今天最后一张彩票了。"小伙子欣喜地接过彩票，半开玩笑地说："你是留给自己的心上人吧。"她突然脸上一红，不好意思地望望对面的亭子。等她回过神来，小伙子已经跑了。

第二天开铺，她习惯性先看看彩票开奖的号码，头奖竟然是昨晚自己最后送出的那张彩票，50万元，她呆了。

突然，他出现在她的面前，递给她一个信封。这是今天她受到的第二个"惊吓"。只见他说："昨晚是我让弟弟来试探你，原来你心里一直有我。"她打开信封，看到里面竟是她昨天的最后一张彩票。她说："你知道这彩票中奖了吗？"他说："我知道。"她惊讶地说："是你的奖你还送给我？"他直盯着她说："如果我说，我的就是你的，你愿意吗？"

她立刻飞红了脸，点点头，她等这句话已经等了三年。

作者简介：

黄红坤，女，现居广东佛山。文章散见于《羊城晚报》《南京日报》《南宁日报》《石家庄日报》《人民政协报》《南方法治报》《天津工人报》《珠海特区报》《知音海外版》《杂文选刊》等报纸杂志。

麦 子

琥珀泪

凡是见过麦子的人，都会被麦子的美丽所吸引。特别是那双眼睛，通透黝黑，远远望去，像是噙着一潭墨汁，泛着幽蓝。奔跑时，流线型的身体融入天地间，暗涌的情愫在风中猎猎作响。

十年前，当麦子躺在麦子地里奄奄一息时，孤寡老汉救了它，并给它一个名字。麦子感激老汉的救命之恩，所以，当有钱人要带它走时，麦子拒绝了，比老汉拒绝得更加凶悍，它对着来人，仰着头，张大嘴，露出白森森的牙齿，对方连滚带爬地跑了，边跑边喊道："你这个倔老头，它不是狗，是只狼，总有一天会咬死你的。"

麦子没把老汉咬死，却差点被老汉打死。有人说麦子把他家的鸡吃了，要老汉把麦子当场打死，老汉流着泪玩命地打麦子，最后打断了两根棍子，打得麦子伤痕累累，全身被鲜血浸透。

其实麦子完全可以跑，但是它没跑，它不想老汉被众人诘难，虽然自己是冤枉的，但它和老汉心里都明白，村里人是容不下自己的，他们不会相信狼能改掉凶残的本性。

老汉带着麦子搬到了山脚下一处废弃的小屋子里。这里离村子很远，麦子很是高兴，它再也不用提心吊胆了，再也不用害怕那些贪婪凶狠的眼神了。它像一只真正的狗那样，舔着老汉的脸，在老汉的脚边打滚撒欢，虽然从前它很是不屑这样幼稚的行为，甚至觉得有些丢脸。

麦子比从前愈加漂亮，灰色的毛发光滑亮泽，愈加矫健的步伐跑起来虎虎生威。为了能让麦子吃饱，老汉没少花心思，那些年地里老鼠很猖獗，老汉和麦子一起在地里抓老鼠，抓到的老鼠，老汉把皮扒了，加点盐，用南瓜叶包好，放在灶坑里，用柴火的余温烤得香香的给麦子吃。

麦子觉得这样的日子真好，真希望世界就只剩下自己和老汉。

麦子成熟的时候，麦子躺在麦地里睡觉，一只摇摇晃晃的老鼠从它眼前跑过，麦子困意顿失，只见它纵身一跃，两只前爪就死死地按住了老鼠。这时候，不知从哪里窜出来一只狗，见到狗垂涎的眼神，麦子不假思索地一口咽下了老鼠，然后冲着湛蓝的天空叫了几声，狗被麦子的叫声吓住了，怔了一下，转身消失在公路的尽头。

没有胜利的骄傲，只有无法言语的失落，有时候，它真想和其他狗好好打一架，可是，它知道，就算这些狗们能接受自己，人类又怎么会接受自己呢，如果自己一不小心伤到谁家的狗，那它和老汉可能就真的只能流落天涯了。

麦子低着头往家走去，夕阳把它的影子拉得远而长，没走几步，就感觉胃里传来一阵恶心，随即肚子开始绞痛起来。那一刻，它记起了老汉的叮嘱，要自己近段时间不能再抓老鼠了，因为那些对自己不依不饶的人们，知道麦子爱抓老鼠吃，所以就在地里到处撒上老鼠药。麦子想不通，那些村民为什么非要置自己于死地，难道自己的皮就真的那么美丽，那么值钱吗？

四只脚像快要融化了一样，麦子无力地倒在了路边，口里泛着白沫，四肢不停地抽搐。眼前开始模糊，麦子仿佛看见自己和一群狼奔跑在一望无际的草原，它们大口吃肉，痛快喝水，它们站在山顶，借着北风对着出生地号叫着。

就这么想着家人死去该多好啊！可是，耳边依稀传来了老汉的呼叫声："麦子，麦子回家咯！"多少次，老汉只要这么呼喊，麦子就会立马甩着那根直直的尾巴出现。记

得有次跑远了没听到老汉的呼喊，老汉就拖着残疾的腿，漫山遍野地找，最后差点掉下悬崖。从那以后，麦子再也不敢跑远了。

黄昏的山间小路上，麦子凄厉哀婉地呜咽着，摇摇晃晃的身体粘着泥巴和鲜血，嘴里的白沫越来越多，眼睛和鼻孔开始往外渗血。不知道摔了多少次，茅屋终于出现在眼前，老汉正站在屋子前的空地上，双手做喇叭状地叫着麦子。麦子用尽最后一丝力气爬了过去，把头搁在了老汉的双脚上，呜呜地哭着……

作者简介：

陈会英，笔名琥珀泪、云央，业余写作者，丽江民宿主人，喜写作，好读书，愿做一个有情之人，写尽世间悲欢！

洗　脚

沈城画

"妈妈，今天让我给你洗洗脚吧！"我走到客厅，对正准备绣十字绣的妈妈说。

"怎么了？怎么突然想到这茬了？"她放下了手中的水溶笔，抬起头。

我坐到沙发上："老师布置了作业，写篇以'给妈妈洗脚'为题的作文……"

"不行！"她不知为何有些不自在，"我有脚气……"

"你有脚气也没关系呀，我又不嫌弃你！"我回话，"你为了给我挣上摄影课的钱，天天下班后还做十字绣，你这么辛苦，就让我给你洗次脚放松一下吧！"

我认真地凝视着眉头紧锁的她："再说了，今天可是母亲节呢，你就答应我吧！"

她摆摆手，拿起水溶笔继续在绣布上做记号："不行就是不行！你其他作业都做完了吗？没有做完的话还不快去写作业！"

好说歹说妈妈都不同意，无奈的我不得不回房了。

自从爸爸去世后，家里的经济条件就不太好了。三年前我和妈妈因车祸缴纳的半年住院费使得我们家更加拮据。车祸后我额上多了道疤，妈妈瘸了条腿。我经常摸着额头上的疤默默发呆，然后在心里抱怨妈妈当初没有护好我的头……

我原本想着这次洗脚可以缓和一下我们因车祸变冷淡的关系，但没想到她拒绝了我。哎……

时间滴答滴答匆匆走过，不知不觉间，时钟已经转过了十点。

我重新回到客厅，发现妈妈靠在沙发上睡着了。

走近几步，灯光下，她两鬓间的白发愈发明显了。

我不觉有些心酸，妈妈真的好辛苦！她日夜工作，就为了我能够实现摄影梦想。

沉思良久，我突然意识到，我可以趁她睡着了给她洗脚！

对啊！我真是机智！

我二话不说，马上去洗手间拿了脚盆，打了热水，端到了她身前。

我轻轻地抬起她的左脚，然后脱去了她脚上的袜子。

什么嘛，完全没有味道呀！哪有脚气啊！

我随意地将她的左脚放进了水盆。

但是抬起右脚的时候，我愣了一下，感觉摸着有点过于坚硬了。

我脱下她右脚上的袜子后，惊叫了一声。

我急忙捂住嘴，眼泪扑簌而下。

这，竟是义肢。

"蛋"的命运

沈城画

安瑞尔是一个普通的银行柜员，每天朝九晚五，过着平凡的日子。

但是，现在，他成了影响世界，决定人类命运的关键人物。

这一切，要从四个月前说起。

那天，一颗陨石撞上地球。它降落在沙漠里，没有造成人员伤亡，但是带来了一颗蛋。

这颗蛋同人的心脏一般大，椭圆形，整体乳白色，有浅色蓝纹，蛋壳光可鉴人。

有人认为，它孕育着外星生命，是外星人殖民星际的试探，我们应毁灭它。还有人认为，这是外星某族走投无路，向宇宙发射出的最后希望，我们应该养育它。

……

它引发无数人热议，使得原本就互有敌意的两个社会阶层裂痕变得更深。

平民草根要留蛋，富人精英要毁蛋。

争议越演越烈，那颗蛋身上的蓝纹也越来越多，没过多久，它的外貌看起来如同一个"迷你地球"一般。

这下，更多富人精英认为它是一个危险品。从茫茫宇宙中降落一颗和地球外貌相似的蛋，无论怎么想，它都不怀好意！

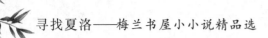

人类社会撕扯着，迟迟没有决定什么时候毁灭它。

就在多国联盟主导的外星蛋研究组发明出毁蛋强酸的时候，这颗蛋突然有了心跳！

一颗有心跳的蛋！它有生命了！

舆论再次滔天，最终富人精英让步，他们同意采用一人一票的民主投票形式决定这颗蛋的去留。

所有人类，无论男女，无论学历，无论贫富，都可以投票。

投票时间为三天，说来也巧，安瑞尔三天前失恋买醉，回家后不慎将头磕到洗手台，昏迷了三天，完美地错过了投票时间。

后来，统计全球人类的票数，正好是五十亿对五十亿。

安瑞尔成了，决定蛋去留，影响世界的关键人物。

再次经过讨论，人类决定把蛋放入毁蛋器，直播安瑞尔的选择——让他站在毁蛋器前按键。如果安瑞尔按下"留"，那么毁蛋器就不工作，如果他按下"毁"，那么毁蛋器就从上方倒出强酸，毁灭这颗蛋。

此时此刻，安瑞尔站在毁蛋器前，心中五味杂陈。他从来没有想到自己会变成这样重要的一个人。

他们处于下层的平民草根，一度被上层富人精英看不起，无论他们怎样奋斗，社会的优质资源永远被富人精英掌握。他觉得，这次，他要为所有平民草根出一口气！

他兴奋。他激动。他心潮澎湃。

此时此刻，他挺直胸膛，站在毁蛋器前，沉思着，全世界都屏息以待。

他看看毁蛋器上方的强酸，绿油油的，像富人精英杯中的猕猴桃汁，多么生机盎然啊！

他又看看护蛋器下方的蛋，不愧为"迷你地球"，它蓝得让人心旷神怡！

他思前想后，最终按下了"留"键。他微笑，欣赏着自己脑补出的鲜花掌声。不管他曾经如何平凡，现在的他，不平凡！

然而毁蛋器还是启动了。鲜绿色的强酸由上而下，步步紧逼。

他惊愕地看向身后的工作人员。那人眉毛高挑，嘴里射出冰碴："我们怎么可能把这颗蛋的命运，交给你这样一个没有任何成就的普通人？"

安瑞尔张开嘴，半天吐不出一个字。

这时，遥远的天际，渐渐隐现深绿色浪潮。

倏尔，它汹涌扑下。

吞没蓝天、白云、飞机、雄鹰……

吞噬了一切。

作者简介：

沈城画：90 后，文字编辑，目标是出版一本自己的短篇小说集。

丈夫的变化

何小琼

　　唐杰最近有些恍惚，上班回来累了也会对小芬说："老婆，咱这胎必须得是个男娃。"有时小芬在看育儿经，心里一拨凉，转过身去，理也不理。

　　这一晚，唐杰又做噩梦。梦中，他漫无目的地走，周围是暗影丛林，黑暗笼罩着他。惊醒时，他一脚踢在了小芬的后背上。小芬恼怒地下了床，抱着被子来到女儿芸芸的房间。她刚一睡在床上，芸芸就睁开了眼睛，说："妈妈，我这床小，我怕会踢到你和弟弟。"

　　看着懂事的女儿，小芬鼻子一酸说："如果是妹妹呢？"芸芸摇摇头说："爸爸说肯定是弟弟，也必须是。"小芬不说话了，一把抱住女儿，眼泪流了下来。

　　第二天一大早，小芬就起来了。客厅的饭桌上，照例摆着牛奶、香菇鸡肉粥和一份有苹果、香蕉、樱桃的水果。唐杰拿着皮包对跟在小芬后面的芸芸说："快点，爸爸要上班的，还要绕道送你去学校。"小芬没说话，看着女儿和唐杰匆匆出了门。

　　看着桌子上丰富的早餐，小芬没有食欲。心情沮丧、机械地一勺一勺吃粥。一切都变了，以前唐杰不顾婆婆反对，硬是跟自己结婚，而结婚时，强势的婆婆都没有到场。生了女儿后，婆婆态度才缓和一点，但旁敲侧击地要她生二胎。唉，原本唐杰说这要随缘，急不得，可最近却……

　　小芬拿着牛奶站在阳台喝，手机响了。是闺蜜娜娜，很着急地说："最近你们家唐杰有什么变化没有？"小芬心里一顿，故作轻松地说："他能有什么变化？还不是一天上班下班，然后要我吃好，喝好，保胎。"

　　娜娜声音提高了一倍地叫道："你别被糊弄也不知道，他那个初恋情人在医院工作吧？我们公司最近体验，我碰到两次他们在一起说话，态度不一般。"就这一刹那，小芬的心被撞击了一下，疼痛得很，手也冰冷。

　　鬼使神差地，小芬出了门，直奔那家医院。她精心打扮了一下，这天下着雨，就穿了件宽大有帽子的运动衣，戴上眼镜，打着伞。她在门口等，不到半小时，果然看到唐杰的车开进了医院。而那个高挑妩媚的唐杰的初恋亭亭玉立地迎接着。小芬的眼泪狂流，一瞬间，她心如死灰，转身走了。

　　回到家，就接到婆婆的电话，声音还是那么尖锐："打家里电话没人接，别跑出去碰到，你怀着唐家的孙子呢。"一腔怒火让小芬冲口而出："这孩子我不要了，谁爱生谁生去。"说完，她倒在床上大哭。

　　唐杰是气急败坏地冲回家的，一眼就看到小芬靠在床上，眼睛看着天花板，一副万念俱灰的样子。他显然极力忍耐着，说："你跟我妈说什么？什么叫谁爱生谁生去？"小芬也不甘示弱，说："反正你已经找好了备胎，能耐真大。"唐杰的手握成拳头，看得出，他在强迫自己冷静。小芬不怕，盯着唐杰，一言不发。过了半晌，唐杰慢慢地说："今天我请了假，你休息吧，我去买菜。"唐杰离开了房间，小芬愣愣地看着他的背影，泪水又滑落下来。

　　小芬想着要去打掉孩子，但又不舍得。一想到唐杰的行为，她就心痛，但她不敢闹得太大，不然会影响芸芸，毕竟女儿是无辜的。日子一天天过去，小芬的预产期在十日之后。唐杰对小芬更是小心翼翼地侍候着。看着他很累，瘦了许多，小芬很心疼，但一想到唐杰那妩媚的初恋，她的心就碎了。

　　小芬预产期提前了三天，那晚肚子疼得厉害，唐杰赶紧打了120送她进医院。小芬被推进手术室。她在迷糊中醒来时，看到了女儿、婆婆，还有唐杰。芸芸兴奋地说："妈妈，是个弟弟，胖胖的，好可爱。"婆婆眼中有着慈祥，说："辛苦了，好好休息。"唐杰看着小芬，她扭过脸去。

　　唐杰走出产房，她那个妩媚的初恋拿着一叠报告走过来，欣喜地拉着他说："我说得没错吧，你看，最后报告出来了，你的病治好的概率有百分之九十，没你想得那么悲观。你又是说自己不孝顺，希望第二胎是儿子，圆你妈一个心愿，又说不想这么早走。你想走都不行了，有了儿子呢……"

　　就那一瞬间，唐杰的心里充满了万丈光芒。

最后一面

何小琼

　　刘老太太住8号病床。这个病床是全院最好的，配套设施完善，有小厨房，独立卫生间，光线充足，还有两张看上去昂贵的真皮沙发。最重要的是，一天二十四小时有专人守护。老太太的吃喝拉撒完全不是问题，就算住院，也是滋润的。比起大多数挤一个病房，共用卫生间，吃着难以下咽的饭菜的病号要好上千倍，至少许多小护士是这么认为的。

　　自从半个月前住进医院，一个眉眼极像她的中年人来过两次。每次都是衣着光鲜，拿着油亮的公文包，皱着的眉头似乎相当不耐烦。他有一种居高临下气势，喜欢说："我妈情况怎么样？要用最好的药，钱不是问题。我妈想吃什么就给买来。""医生呢，主治医生为什么不在？我很忙的，要签字赶紧。"他的态度透露着无比的优越感。老太太大多时候眯着眼，看表演一样盯着儿子，嘴角有一丝嘲讽似的微笑，不说话。

偶尔有一位长相富态的女人跟着中年人来。穿着一身名牌，大波浪卷发，脸上厚厚的脂粉掩饰不了疲倦和黑眼圈，十个指甲上着鲜红的油，衬着雪白的肌肤。一双凤眼目光冰冷地左看右看床上的老太太，仿佛在探究什么。然后就一屁股坐在沙发上。不到半小时，富态女人会在中年男人的示意下站起来，对老太太说几句客套话，然后扭着腰两人一起离开。有一次，有个小护士无意间听到富态女人说："你倒是快问啊，得确定遗嘱写的是你名字，那可是有上千万啊，要是老太太忽然挂了，问题就多了。"中年男人嗯嗯地应着。

消息传得很快。好事的人总结出几点，一是老太太身家不菲，二是跟儿子媳妇关系不太好，三是这家有着典型的富贵人家争遗产的问题。于是，各种羡慕、猜测、嫉妒相应产生，甚至说老太太有私生子之类的荒谬事。而流传在护士们中的是，老太太会经常打一个电话，说话声音非常温柔，充满关怀。诸如："小白啊，你要乖啊，要听话，要吃东西。""小白啊，今天有没有出去晒太阳啊，你有没有瘦啊，放心，我没事的，会很快出院的，你陪了我5年，我怎么舍得你呢？"还有很多，老太太在打电话的时候，神态安详温柔，声音软绵得能滴出水来。

于是，小护士们像八卦的人一样，交头接耳地猜测，唤醒着全部的聪明细胞去断定着什么。得票最多的结论是，老太太的这个不是私生子，因为不会用这样的语气说话，那肯定是孙子辈的，而且很得老太太欢心，那对中年夫妇的担忧并不是空穴来风，这是明摆的事实，遗产的争夺者隐藏得相当隐秘。老太太住最昂贵的病房，得到最高的待遇，不过是中年夫妇在讨老太太欢心。这人心啊！不需要多说，老太太是得到众人的同情的。

日子一天天过去，老太太的病情时好时坏。好的时候总会打电话给小白，总是老太太说的话多些，在通话中，还有一个叫林芳的名字，应该是老太太熟悉的朋友。老太太说着说着会掉眼泪。老太太的儿子和媳妇一来，总会催促老太太赶紧叫律师来之类的话，然后匆匆离去，仿佛多待一秒脚都会疼。其余的时候，老太太会盯着窗外那棵翠绿的大树，看得出神，她会幽幽地叹一口气，有着无奈、不舍和幽怨。

老太太病情恶化是在那个大雨之后，倾盆的大雨下了两天，大风也刮了两天，把窗外的树叶吹得变了形。中午的时候，老太太忽然剧烈咳嗽，然后是喘不上气。护士和医生很快就到了。在检查会诊之后，打了一针，老太太才平静下来。医生在床前说，要通知家属来，情况危急，要见最后一面。老太太睁开眼，说不要通知她儿子，她只要见林芳，并且林芳不是一个人来。在医生听了老太太的要求后，大家都为难了。有一个领导模样的医生说要请求一下院长。接着，大家都退了出去。不到十分钟，院长和医生们一起走了进来。院长很和善地对老太太解释，只能林芳进来，而要一同的话……因为医院有规定，不能违背。老太太恳求着，流着泪描述着自己的思念。

老太太情况非常糟，医生悄悄通知了她儿子，那位中年男子。他立刻放下手头的工作飞奔来到老太太病床前。老太闭着眼，看也不看，只念叨着小白。中年男子脸一下惨白，

狠狠地嘀咕："到底谁是小白，比我还重要？"

而院长办公室，正在接待一位衣着整洁的、自称叫林芳的中年妇女。院长静静地听着林芳说，不时喝一口茶。林芳说完，院长站起来，面有难色地说："医院有规定，我也爱莫能助。就算你带来了，守门的保安也不放你进来啊。"林芳眼睛一亮，赶紧说谢谢离开了。林芳一走，院长就拿起了电话。

林芳离开医院一个小时左右就回来了，怀里抱着一个小被子，遮盖得很严密。守门的保安揭开被子看了一眼说："进去吧，这么小的东西，尽量不要打扰到别人。"林芳感激地连连说着谢谢。一路到了8号病房，里面的医护人员都离开了。原本微微闭着眼的、在病床上的老太太看到林芳，眼里有了光芒。

林芳小心翼翼地走到老太太面前，什么话也不说，再小心翼翼地俯下身，把怀里的小被揭开。老太太看着，小被子里那只漂亮的腊肠狗，那对同样关怀的眼睛正滴溜溜地看着她，两行浑浊的泪流了下来……

第二天下午，老太太安静地离开了。听说，没多久，律师就宣布，老太太所有财产都留给那只叫小白的腊肠狗。

遗　产

何小琼

冬季的雨总是很烦人，老姜恨恨地想，他坐在屋檐下，感受着迎面吹来的冷风。他瘦削的脸上有着一点光彩，眼神是空洞的，因为他已经没有任何视力。

老姜转过身，对着屋里一个方向问："翠翠，几点了？""10点半，才半个小时，你问了三次了。"翠翠50岁了，身材依旧姣好，还是一头黑发，瓜子脸，虽然没有年轻时那么出众姿色，但还是老姜的翠翠。翠翠在包饺子，动作缓慢，眉头紧皱。翠翠担忧地看了看老姜，扬声说："回来吧，孩子到家会进来的，不用等。"

老姜不语，转过身，倔强地说："三年不见了，他胖了还是瘦了呢？"翠翠的手颤抖了一下，手中的饺子掉到地上，两行眼泪滑落，她弯下腰，捡起饺子。此刻，她的心一阵疼痛。翠翠看看墙上的时钟，站起来端起一盆饺子进厨房。

不一会儿，她端着一盆热气腾腾的饺子出来，放在桌子上。然后走到老姜身边，说："你先吃一点，家棋快到了。"没等老姜反对，她就推着他回到屋里，停在桌子旁边。老姜笑了："好香的饺子，像三年前那样，也是吃饺子。"翠翠的心又抽搐了一下，三年前，那一大盆全摔到地上的饺子，七零八落，触目惊心，摔得她的心生疼。

老姜叹了口气，摸索着拿起筷子，蓦地，他侧耳一听，说："回来了。"翠翠往门外看，并无人影，就嗔怪道："瞎说什么，吃吧。"老姜放下筷子，激动地说："是家棋，我记得他的脚步声，很重，稳。"翠翠鼻子一酸，老姜喃喃地说："我日子不多了，这遗产得赶紧传给家棋，一个上市公司和一个饭店呢，他肯回来，证明是原谅我了。""嗯嗯。"翠翠的眼泪狂流，赶紧应着站起来走出去。

翠翠刚到门口，一个年轻人走进了小院，帅气黝黑，背着双肩包，穿一身精神的军装，没有打伞。翠翠不由得抽泣出声，年轻人没有犹豫，轻轻叫："妈妈，我回来了。"翠翠张开手，迎接那个壮实的身躯，给了他一个大大的拥抱。老姜自己转动轮椅，面对着门口。

翠翠放开年轻人，让他面对着老姜。年轻人迟疑了一下，翠翠鼓励地点点头，说："家棋，去见你爸爸。"家棋终于迈开步子，来到老姜面前，单膝跪下说："爸，我回来了。"老姜伸手，摸儿子的头，声音哽咽说："回来就好，来，吃饺子。"

不一会儿，一家三口坐着吃饺子。家棋吃得津津有味，老姜缓慢地夹着，翠翠眼里始终有泪。老姜慢慢地说："我的时日不多了。要你回来，是要把遗产传给你，我的公司和饭店，所有的，律师会详细跟你说，在你复员之前，会有人打理。"家棋低头吃着，没有回应，但他动作缓慢下来，抬头看老姜。再看看翠翠，她转身拭泪。

老姜叹了口气说："一直以来，我想把你培养成接班人，帮你安排一切，结果你很反感，自作主张去当兵，还去到新疆那么远的地方。三年前我身体就不好了，让你回来继承家业，结果大吵一架，你三年没回家，家棋……"老姜一阵剧烈咳嗽，翠翠忙端了水给他，眼里恳求地看着家棋。家棋没有迟疑，说："爸，我听你的。"老姜笑了，脸上有了光泽。

接下来的日子，老姜容光焕发，家棋陪着他去见律师，商量着遗产的事。翠翠在家精心煮着饭菜，眼中的忧郁少了。半个月后，等确认遗产已经全部由家棋继承，老姜才松了口气。当晚病情就急转而下，送进病房时，已经喘不上气，说不上话。主治医生摇头，离开了病房。老姜紧紧拉着家棋的手不放，另一只手拉着翠翠。家棋说："爸你放心，我会照顾好妈妈。"老姜一听，露出最后的微笑，手一松……

家棋在老姜的后事办完后就回新疆。翠翠送他上动车，两人坐在候车厅。翠翠有些憔悴，看家棋的目光很慈爱，她说："这次多亏你了，了却了老姜的心愿，有空要多回来看看。"家棋用力点点头，从背包里拿出一个布包，说："阿姨，这是家棋留下的日记。他永远是我们部队的英雄，您放心，您也永远是我们的好妈妈。"翠翠泪如雨下……

作者简介：

何小琼，70后。在《羊城晚报》《新民晚报》《贺州日报》《中国劳动保障报》《南宁晚报》《天津日报》等报纸发表文章若干。在《知音海外版》《幸福》《博爱》《青春期健康》《莫愁智慧女性》《妇女生活》《启迪与智慧》《伴侣》等杂志发表作品。愿余生用文字熬着光阴，书写岁月的温度。

检 查

曾贵超

"你这个站长还想不想当啊？"

说这句话的是一位头已谢顶，身体、年龄和曾志伟有几分相像的中年男子。他似笑非笑，不怒而威，那些话好像是从牙缝里逼出来的。那个被训斥的人，头低到了尘埃，嗫嚅着。

"王总，您听我解释……"

"不要解释！"

"职工们辛辛苦苦在外面施工，你们坐在空调房里，也不替他们着想，这个开关坏了，怎么不换呢？我的同志哥，这是人命关天的事啊！"

被称作站长的人还想辩解说，这个开关是没有电的，可看着王副总那怒火冲天的样子，连忙收声。

一连串的话语把滨海站站长唐科德炸得头皮发麻。俗话说：百密一疏。为了这次检查，他使出了吃奶的劲，做足了前戏，没想到还是这样。发出那连珠炮的是总公司的副总，人称"王二"，意思是"一人之下万人之上"。

他，是干部的杀手，不久前就有一个中层干部因为回答不出他的提问，被就地免职。想起那件事，唐科德再也听不下任何训斥……就在这时，王二的秘书钱友用向他使了个眼色，才顿时醒过神来，连忙说："都是我的错，我接受领导的批评。"王二这才悻悻地骂了一通，在一群小领导的簇拥下到别处去了。唐科德望着那远去的背影和那微秃的光头，心里暗暗叫苦，看来这次在劫难逃了，只好蔫蔫地回到办公室等候发落。

过了约莫半个小时，王二检查完其他处所，回到唐科德的办公室。他接过随从递来的瓶装水，拧开瓶盖，用嘴唇微微抿了抿，略微停顿了一下，似乎觉得刚才言重了，便用柔和的语调说："小唐啊，我刚才的批评是严厉了一些，可都是为你好啊！虽然那是个小小的开关，我知道你平时的工作很认真也很仔细，但是细节决定成败啊，这次就算了，下不为例。"听完这话，唐科德有如罪犯得到了大赦，嘴里连连说："我马上改，马上改！"

事后，唐科德在本市最豪华的五星级宾馆蓝海豚酒店设宴，请王二的秘书钱友用喝酒，感谢他的解围。宾主一番寒暄，酒过三巡菜过五味。之后，钱秘书打了个饱嗝，一手遮着牙签剔牙齿，慢条斯理地说："我不是提前跟你打招呼了吗？怎么还会这样呢？幸好我向王副总说你一向工作很认真，这是一时疏忽，这才过了关，你这个站长才保住了。"

唐科德端起酒杯，道了声："谢谢你，钱大秘书，我先干为敬，如果没有你的美言，我还不懂怎么收场呢！"钱秘书喝了几杯酒，他压低嗓子对唐小声地说："不过也奇怪，王副总这次检查后在总结会不但不批评你，还表扬你呢！你知道上次那办公室主任为何被免职吗，其实王二对他早就有换人的意思了，不过是个托词罢了！他提问，你们办公室的桌子有多高，你说你能回答吗？他说人家娃哈哈老总，连他们装水的瓶子塞子有几个螺纹，都能随口回答记者提问，你这个主管连办公室桌子的高度都不清楚，一屋不扫，何以扫天下？领导检查没发现问题，证明他没有水平，这就是领导的艺术啊！"唐陪着连连称："是、是、是……"

回家后，唐科德脱了衣服，惬意地躺在布艺沙发上，伸了个懒腰，嘿嘿笑了几声，对老婆说："幸亏我早早把那开关搞坏了……"

奇问怪聘

曾贵超

小明去年在区内一所大学经济管理系毕业。三代贫民背景的他，一直都没有找到理想的工作。仗着有热门专业文凭的他，本想去考个公务员，可是想到在这做一个环卫工人都要大学毕业学历的年头，混到一个铁饭碗，那真的是像某些国家对待联想电脑说的话："连想都不要想。"没办法，活人总不能让尿憋死吧，为了生活，他只好放下身段，时常带着一大堆简历等资料，在各个招聘会兜转做"面霸"，即面试霸王。

没找到工作之前，他骑驴找马。每天除了帮年过花甲的奶奶卖些烤鸭之类的熟食外，还在晚上去啤酒摊打些零工，干活之余他经常留意报纸上的招工信息。报考公务员对他来说是真的"连想都不敢想"了，他去年笔试考了第三名还是被综合考核刷了下来。

打那以后，他知难而退，退而求其次。心想，以自己的能力，不能当官，去某个民营企业做个文员应该不是太难的事。为了增加成功系数，他还"恶补"交际能力，找来《演讲与口才》《方与圆》和卡耐基的《人性的弱点》之类励志的"葵花宝典"。

甚至还听从一些前辈的指点，晚上在啤酒摊和熟人拼酒，因为听说现在企业招聘，酒量也是个硬指标。艺多不压身嘛，多掌握一门技艺总不是坏事，经过几次抠喉咙，醉过方知酒浓之后，他的酒量和划拳的技术提高不少。机会总是青睐有准备的人。这天他在报纸上看到一则招聘启事，说是某公司诚聘一名文员，要求是男性，大学本科，专业不限，貌端体健，有一定的交际能力和文字功底，还要能喝酒。

这几乎是为小明度量身定做的招聘标准啊，看来上帝还是为他开了一扇窗户。于是小明去找他在市里一政府部门上班的表哥，借了一套西装和一个金利来男包，还特地戴了副金丝眼镜，全副行头装上，活脱脱一个传销人员。

"佛靠金装，人靠衣装"的说法真的不错啊！为了增加胜算，他还约了几个朋友进行面试情景演练，进行模拟考试。朋友参照书上举的实例，造出一些比如故意在地上丢些纸屑、在去公司的路上出现个别残疾人遇到难题无人理等场景。这些耳熟能详的细节对小明而言简直是小儿科，他买来那些书已经说得极为仔细了，按图索骥，他顺利地通过朋友的面试。

看来应聘是"双手吃田螺——十拿九稳"的事了。他掐好时间，提前十分钟入了招聘现场。在进场的时候他很细心地看了周围和地上，可左看右看都没有发现有可以捡拾的物件，或是需要帮助的人。

他下意识地摸了摸包里的螺丝刀，那是他在一本书里受到的启发，那书中说的是有个电工去应聘时带了自己日常用的工具，正好现场招聘用的扩大器坏了，那电工迅速用随身带的工具修好了，被老板慧眼识珠破格面试录用的故事。虽然那有很浓重的虚构成分，估计是作者为了混些稿费编的故事吧。

但宁可信其有，就像广告词说的：一切皆有可能。带上一些工具也不是很累赘，再说平时喜欢捣鼓电脑的他还是有些实力的，街坊邻里的电脑和电器一些小问题都是他帮弄的。他真希望那公司的电脑会识时务地在此时罢工，让他露一手。面试开始了，主考官出的问题也不是很刁钻，问的无非是一些比如你妈妈与女朋友同时掉下水，你先救谁啊之类的老掉牙的问题，胸有成竹的他底气十足，回答得头头是道，让主考官频频点头。

就在小明暗暗舒一口气的时候，这时从外面进来一个长着一对斗鸡眼，头发梳成一丝不苟的大背头，似乎还打了摩丝，穿着一件大红唐装衫，戴着助听器，约莫六十岁的老头。他朗声地对主考官说道："我来考考这位小伙子。"主考官对小明使了个眼色，低声地说："这是我们老板。"小明心里沉了一下，但迅即镇定下来，回答道："请老板多多指教。"那老头清了清嗓子，用一口不咸不淡的白话慢条斯理地说："我听办公室主任说你是来应聘的人之中素质最高的人，所以我想来亲自领教一下，我的问题不难，就一个，很简单的，请你说出我们这次招聘启事里的字数，我想这个对你来说，不算难吧……"

过了几天，小明收到一封信函，是他去应聘的公司的来信，信里说："小明先生，你的才能我们已经领教，你的综合素质确实很好，但细节决定成败，你连我们公司的招聘启事字数也不能回答，可见你是多么粗心的人，鉴于此，还是请你另谋高就，你的面试手续费恕不退回，望谅！"

又过了一个月，这天小明闲来无事，在看本市电视新闻节目时，不留神看到电视屏幕出现一位熟悉的人影，定神一看，原来画面是那招聘的老头被押上一辆警车，旁白是播音员铿锵有力、义正词严的话语："我市工商部门和公安部门紧密配合，联手抓获一个借招聘行骗的团伙！"

让 座

曾贵超

　　黄青春是金州市一所高校的音乐老师，他身材魁梧，满脸络腮胡子，长相酷似唱那首"好男人不会让心爱的女人受一点点委屈"的歌星张镐哲。如果能与职业联系起来把他想象成明星就好了，但以貌取人是人性的弱点，很多人都说他长得像个屠夫，黄老师听后毫不介意，想想自己的古道热肠以及朋友的忠诚、师生融洽，他就满足得引颈高哼几句："我很丑可是我很温柔……"

　　上个星期二，他去母校参加同学聚会，因为第二天下午还要上课，早上他从学校门前的公交车站坐车到汽车总站换乘快班回金州，上车后，车厢内只有几个人，车后座上有一个妇人和一个两三岁的小孩子，他前面坐着一对男女，女的穿着十分时尚，上身是一件吊带的裙子，不时和男的来几个亲热动作。这些都没有影响黄老师的心情，坐在车上的他沉醉在昨夜与老同学相聚的喜悦之中。

　　公交车逢站必停，座位已坐满，车上人越来越多，站的人已经挤得严严实实的，就像沙丁鱼罐头一样。公交车的播音器，用中华人民共和国成立前国民党女播音员嗲声嗲气的腔调，职业化、程式化柔声地提醒："尊老爱幼、助残扶弱是我们中华民族的优良传统，如果在您身边有老、弱、病、残、孕、抱婴的旅客，请您主动让座，谢谢！"絮絮叨叨的言语将黄老师从联翩的浮想中拉回到现实，他环顾四周，只看见在座位背上方标有"老、幼、孕、抱婴者"字样的座位上已坐满了人，旁边站着一个六七十岁的清瘦老人，一只手提着某超市的购物袋，一只手攀着扶手，把自己往高处挂着。

　　黄老师见状毫不犹豫，从座位上站起来，走上前去，扯了一下那老人家的衣襟，大声地说道："阿伯，你来坐吧。"清瘦老人一怔，先是用手捂住一边的口袋，然后又想捂住另一边，但随即发现这是徒劳的，因为他另一只手里还拿着东西，无奈的他只好停止了动作，用警觉而又带着狐疑的眼神瞟了黄老师一眼，故作轻松，不无尴尬地说："谢谢，不用了，我下一站就下了。"这时前座位的时尚女郎"呼"地站起来，对老人家甜甜地说："大伯，你就坐这吧。"老人家像得到了亲孙女的孝敬，悠悠坐下。这年头，什么情况都看长相，黄老师自知不如，但却对着那挡了他视线的半个光溜溜的项背增添了几分赞许。

　　公交车一路走走停停，总站终于到了，车门一开，大家像决堤的洪水冲出，光背的女孩挽着男友的腰招手叫了一辆红色的士。突然，老人逆冲回车上，嘴里大声喊："我被偷了。"一手拽着自己的破裤袋。黄老师细看，正是那清瘦老人，另一只手还是提着超市购物袋。"怎么回事？"还未下车的几个人围拢过来。大家顺着清瘦老人的指点看

刚才他坐的座位，撒落的布碎屑无声地向人们诉说着紧靠在一起的两个座位之间刚刚发生的故事。司机走过来了，围观的人多了，唏嘘开了……此时，黄老师才看见车门上贴着醒目大字"车上时有小偷，请谨防小偷借让座行窃——民警温馨提示"。

弯 轨

曾贵超

晚秋时节，虽然已是接近黄昏，但亚热带的气候使得线路上依然是热浪滚滚，站在远处眺望，丝丝青烟从钢轨上袅袅地升腾起来，一群穿着黄背心防护服的养路工正挥汗如雨，在进行拨道作业。

这里是全段工程的难点，最大的问题是这里曲线半径小，用职工的行话来讲就是鹅头太翘，不好拨道。一度被段里列入控制工程，经过技术科组织人员进行多次技术攻关，还是不能解决问题，成了施工的拦路虎。前几天轨检车过这里被扣了几个三级分，今天大伙就是来"啃"这块硬骨头的，但耗了一下午都没解决。工长只好让大家一边休息，一边想法子。就在大伙一筹莫展、无计可施的时候，一辆三菱越野车"吱"的一声，停在线路旁，从车上走下一位约莫四十岁、高大魁梧、国字脸、精神抖擞的男子，眼尖的职工脱口而出："是吕处长！"消息不胫而走，职工们欢呼雀跃："这下有办法了！"

吕处长是何方神圣？能让职工们这般欢欣鼓舞？原来吕处长是主管工备口的业务处长，他是从线路工、班长、工长、领导人员、段长一步一个脚印走到这个位置的，可谓是行家里手了，号称"工务神探"，尤其擅长治疗线路的疑难杂症，最让人叫绝的是他有手"绝活"，不用到现场看，只要用电话向他报上故障，他遥控指挥就能"搞定"。他今天是专程来现场办公的，姜还是老的辣，看来这次是遇到行家了，有吕处长在，一定能手到病除，众人簇拥着他，充满期待。吕处长满头大汗，天气实在太热了，他顾不上擦把汗，从工长手里接过道尺，径直走到曲线那里，俯下身子，量了几下轨距，然后很专业地顺着线路两边仔细瞄了很久，然后斩钉截铁地说："这曲线弯度确实很大，超出我的预料，你们打个报告，申请多要些弯轨来，生产需要嘛，不能吝啬！"此言一出，大伙面面相觑，空气一下子好像凝固了，气氛顿时紧张起来。随同的工务段技术科长吴用看出场面的尴尬，为了缓和气氛，连忙打圆场："如果邻近没有的话，那到北京、上海去看看，中国那么大，不会都没有吧！"众人晕倒。

作者简介：

曾贵超，广西钦州人，广西钦州市作协会员。在《南国早报》《广西电台》《钦州日报》《黄冈日报》《家庭百事通》等报刊媒体发表过若干新闻和文学作品。

那晚的月光

杨春晓

七十一年前，凌晨一点。月色有些微弱地倾泻在大地，到处是一片黑黢黢的死寂。

在鄂东某村茂密的后山上，一位年轻军官急匆匆摸着黑来了。他高大英俊，满脸被荆棘划伤的印痕十分明显。他走近一处破旧民房的后门，轻轻地"咚咚咚"敲了几下。

门开了，从里面探出来一张二十多岁少妇的脸。那军官迅速闪进屋内，关上了门。少妇有些慌张地说："快走吧！不然你就难以活命了！"

两人紧拥了一阵，四目对视，泪眼凝眸。

少妇告诉军官："我已经有六个月身孕，你要赶快走！"

他的手慢慢松开了："你等我五年，我一定会回来的！"

少妇早已泪流满面，她强忍悲戚没有哭出声。

她等了五年，他没回来。

她继续等了五年，他还是没见回来。

她又等了十年，他还是没回来。

少妇绝望了。过了些年，她通过听广播才知道他随同一群败兵去了一个海岛上，不可能再回来了。

孩子一天天长大，她也不得已改嫁了他人。

这个年轻的军官，名叫张政。他和她生下的儿子，名叫张斌。

打咿呀学语时起，张斌只有母爱，而缺少父爱。

母子俩相依为命，艰难度日。张斌从小受尽了苦头，穿得破衣烂衫，草绳缠过腰。由于父亲历史原因，他被当时社会视作"另类"。

有人冲他大喊："反动派的儿子！"那时，他无助地呜呜地哭，从不做任何反抗。

父亲的过去，成了张斌儿时心灵中的伤痛。

他在生产队里挑粪、放牛、耕田，以苦为乐，以诚待人。他多次写入党申请均遭拒绝，但他没有气馁。几十年后，总算在某一天被批准入了党。

月儿升起的暗夜，张斌在油灯下给父亲写信，汇报他成为党员。信中说，父亲，您能回来看看吗？咱们父子还能相聚吗？

张斌盼来了父亲的信，言辞恳切，也充满慈父爱意。

八十年代中后期，台湾老军人返大陆探亲活动启动。张斌看到那些新闻，总是热血沸腾。他自言自语暗示自己：父亲一定会回来的！

某一年，和父亲友好的另一名同乡回来了，并且带回丰厚的金钱，分给了所有亲人。张斌从那位同乡军官口中得知，父亲不愿再回来，他在那海岛上已经娶妻生子。

父亲为什么不回来？张斌苦苦思索，不得其解。一年又一年流逝，父亲张政的信中总是只言片语：过去的事，已经很遥远了，不要再提及那段痛苦！你当自立为好！……

那些年，一批批台湾老兵回到家乡，除了伴随鲜花、掌声、敬慕，还有亲人及家族因穷变富的欣喜。可张斌的父亲既不回来，也从没接济过他，他家总是那样清寒。

张斌自幼什么都干过。国家大兴水利的六十年代，他每次都跟着步行数百里路。在修一座水库时，他每天一脚深一脚浅地走在烂泥里。冰天雪地里，他头发上吊着冰激凌，吞咽着咸菜冷饭。

在农村，他插秧、割谷、犁田，起五更睡半夜地干。无论农活多么忙，他继续保持和父亲来信，父亲依旧是那么冷漠！

改革开放后，中国大地发生了翻天巨变。张斌的儿子张海燕，眼看在家乡很难谋到出路，带着几十元钱路费去了深圳打工。他睡街道，宿山林，在工地搬砖，在工厂打杂工，遍尝了人间艰辛。

前不久，张海燕接到父亲电话说爷爷要回家乡了。真的？张海燕有些不信。

这天中午，一辆车在村前停下，一个四十岁左右的年轻人走了下来。

经随行介绍，他是张政后妻生的儿子，与张斌儿子张海燕同龄。

张海燕一下子全明白了。他接过一个黑盒子，怔怔地看了一会儿，然后将脸贴在上面，倾听着爷爷的心声。

按照老人生前遗愿，选择在有月亮的次日凌晨左右下葬。黑盒子被安放在老房旧址的地下深处，也就是张海燕奶奶的墓旁。

月色银辉倾洒，亮得如同白昼。村里的人们闻风而动，纷纷来送行这位离家七十多年的老人。与张海燕同龄的叔父给他留下一封信，说是爷爷去世前写下的。

不久后，知名企业老板张海燕办公室的墙上挂上了一幅毛笔行书：自立自强，奋斗不止！落款是老军人张政。

幸福的半碗粥

杨春晓

他和她，原本是一对苦命的人。

由于先天原因，她很纤弱瘦小，长到二十多岁还像十几岁的孩子。

男大当婚女大当嫁。眼看同龄身材高挑、如花似玉的姑娘们，一个个都嫁了出去。而她没有相貌条件，一度成了"剩女"一族。

好不容易，在亲友的帮助下，才算找到她心中的另一半。

交往之初，两人花前月下，小伙儿向她表达了真爱。

对她来说，算是幸运遇上了美好的爱情！

在烂漫的樱花树下，她第一次把少女清纯的初吻，袒露无遗地奉献给了他。

但不到一年，小伙儿就和她分道扬镳，不再联系了。

她痛苦过，绝望过。

她设法找到他，但从此再也没有回音。

她尝试过想让自己的生命就此消逝，幸亏被她父亲及时发现。

就在此时，她的第二个他走进了她的生命中。

但他家境不好，身材也很孱弱，完全没有可以挑挑拣拣的优势。

也许上天安排好了，他俩的心很自然地走到了一起。

有人说，两个这么弱势的人，将来怎么生存过日子？他不信这个邪，偏偏以大男人的坚强为她撑起了一方温暖的天空，做了她生命中安全的港湾。

婚后一年多，她经常生病，需要他精心照料。

得知她喜欢吃皮蛋瘦肉粥，他每天起大早给她熬，让她感到特别满足和幸福。

其实，他那时每天早出晚归干苦力活，也很需要滋补身体。

一天，他又要去镇上工厂搬货。

她说，你也来一碗吧！他"嗯"了一声，吃了半碗就去干活了。

那年，病魔总是黏着她，三天两头就病恹恹的。

他坚持熬粥加中药给她调理。

轮到他吃时，他每次仅盛半碗。

他宁愿让她多吃点，吃好点，也要把满满的整碗的爱给她。

她问："你不饿吗？"

他深情地望了一眼她："只要你身体好了，我就不饿！"

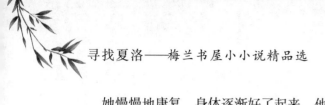

她慢慢地康复，身体逐渐好了起来，他的心情也格外舒畅！

数年如一日，他都是保持半碗粥或饭的习惯。

经过数年的打拼，他们的三口之家算是赶上了小康标准，日子过得比较如意。

渐渐地，已过中年的他脸庞变得红润了，身材却略显有些富态。

她也从过去纤小的身材，变得丰腴起来。

夫妻俩经常外出旅行、购物，生活得比蜜都甜。

尽管如此，他依然只吃半碗，不论粥还是饭。

她有些娇嗔地责怪："你再也不要省了好不好？"

男人没回答，抿嘴笑了笑。

其实他心里清楚，万一患上"三高"，身体弄垮了怎么办？若那样，那还有什么条件和资格来爱护她和家庭呢？

他还是我行我素，每顿只吃半碗或保持八分饱。

为了实现减重，她坚持在每天晚饭后挽着他的胳膊外出散步。

夫妻相伴朴素得如同半碗饭粥，不用任何半点修饰。

后来，他想创业当老板，但本钱还不够。

和她商量后，他踏上了去沿海打工之路。

打工期间，他给自己定下了健康又经济的规矩：早晨，吃半碗粥；中午，半碗饭加半碗菜；晚上，水果当主食。

听说他还是半碗的习惯，她在电话里又批评他太过节省。

而他倔强地回应说，只要能吃饱，一定不要太撑！他说，看似不起眼的小钱，但总不能都吃肉喝酒浪费了吧？看他确实有些执拗，她只得依了他。

由于他注意理财，加上以前的积蓄，终于在三年后攒下了近一百万。

他荣归故里，亲友邻居全打心眼里佩服他。

她终于心中一块石头落了地，巴望着他不再外出漂泊，后半辈子陪着她尽享田园生活！

天有不测风云。

某一天，村子里来了一个打扮得十分艳丽的年轻女人，开来一辆宝马车。

那女郎穿着红色超短裙，一双别致的高跟鞋踩得地面"噔噔"地响。女郎夹着一个高级公文包，全身上下透着性感和高雅。

女郎问村里人，他的家在哪里？村人们给指路，带到了他的家里。

他和女郎谈了大约半小时，接着就一起驾车离开了。

这后面会发生什么，让原本是他的女人一下子蒙了！村里人纷纷传言，你的男人跟着跑了，有了另外一个家了………

但她死活不信，她在等。

一年后，她突然接到他电话，要接她去一个美丽的海滨城市。

那天，她走进了属于他的天地。

很多人在喊着"李总"时，她全部看在眼里。

作者简介：

杨春晓（笔名：晨蕲），湖北黄冈人，新闻人出身，系省、市作协会员，书法协会会员；多年兼任陈清贫写作网校班委指导老师之一，创作的散文、诗歌、小说、报告文学等作品散见于全国各地报纸杂志，作品多次在全国、省、市获奖。

征 婚

罗 索

某日，罗阳从一家杂志上看到这样一个征婚启事："马丽，女，35岁，超市老板，嫁妆100万，体健貌美。有意者请与×××联系，电话××××××。"他微微一笑，欣然前往。

翌日，他们见面。

"我比你大4岁，你为什么来征婚？就是因为我那100万？"

"敢于这样征婚的，究竟是什么样的女人呢？我只是好奇罢了。况且我本身也有100万的资产，不在乎你那100万。"罗阳答道。

"再说，感情是慢慢培养的，让我一下子爱上你，是根本不可能的事。"他接着说。

一个月后，他们的感情升华。

"亲爱的，如果我有一百万的债务，你也爱我吗？"罗阳搂着她，轻轻吻了吻她的额头说："会的。"

第二个月，他们完婚。

"亲爱的，我有一个投资计划，你能加入吗？"罗阳问。

"你的任何计划我不感兴趣，你现在是超市老板了，明天你就去上班吧，我把手续全转到你头上了，你明天签一下字就行了。你想干什么，就干什么吧。我就安心地当我的老板娘。"

马丽说完脸上露出难以猜测的微笑。望着她那诱人的躯体，罗阳立马扑向她……

第二天，罗阳和马丽从律师那儿飞快地办完手续，和她吻别后罗阳就去上班了。

晚上，回到家，她不在。打手机，不回。于是，罗阳发了一个短信："亲爱的，你回来吧，我有能力把你公司的100万债务还清的，请相信你老公的实力，夫妻同心其利断金。"

第二天晚上11：00，马丽回到了家，罗阳一把抱住她，吻她，给她擦干眼泪说："回

来就好。"然后说："累了吧，我给你冲杯热奶，喝了好好休息。"

"你真是个好人，我可以相信你吗，你知道我受过多少骗！我的钱都让他们骗光了，你不怨恨我，反而对我这么好。我一定和你合力把公司办好！"马丽羞愧地说。

她喝过牛奶后说："老公，我冲个澡。"罗阳说："等着，我去给你放水。"

马丽进入浴室后，罗阳把她的衣服全部拿走，然后，回过头来脸上带着坏笑，对她说："宝贝，你知道，我的第一个老婆是怎么死的吗？""什么？"她的脸上露出惊恐的表情。

"我给她买了100万的人身意外保险，然后她死于一场意外事故。"

"这么说，我又被骗了？"马丽喃喃地说。

"是啊，没见过，你这么傻的骗子，既然行骗，为什么又回来呢？"

"我没骗你，我给你说过我有100万的债务。"

"你以为我会为你还债，别做梦了，你的200万的人身保险才是我的目标，呵呵，虽然有100万的损失，但我还赚100万。"

"可是受益人，不是你，而是我妹妹啊！"

"放心吧，我会娶她的。"

看到马丽赤裸的身体慢慢扭曲。罗阳以更温柔的话说："亲爱的，我知道你有心脏病，我给你的奶里放了5片药，它能加速你的心脏跳动。还有，我会把你的衣服全锁起来，即使你不死，我也让你出不了门。不死更好，我会慢慢折磨你，更刺激，哈哈哈！"

她的身体缓缓倒在地上，渐渐变形，僵硬……

确认她死后，罗阳连忙打电话叫了120……

医生确认，心脏病突发，已死亡。

罗阳伏尸痛哭，打电话给小姨子，让她来参加她姐姐的葬礼……

模范家庭

罗索

三年前，老傅家年年被评为机关家属院"模范家庭"。近三年，家属院里很少见老傅的影子。

老傅英俊潇洒，能文能武。妻子老齐知书达礼，温婉可人。夫妻俩有一儿一女，儿子考上清华大学，女儿考上南京大学。毕业后，分别留在北京和南京。

儿女成家后，老两口儿不是去北京住几天，就是去南京住几天，日子过得有滋有味。

然而，天有不测风云，听说老傅和老齐离婚了。

老傅离婚的消息就像平静的湖面被投入了巨石，激起的涟漪不是一般的震撼。

很快，有好事者打听到，老齐给女儿照看完月子回家，发现家里多了个女人。

老齐发飙了，大骂老傅不要脸。

老傅解释："这是我老家的同学，她老公去世了，来我们家住两天。"

老齐一听，当场晕了过去。老傅赶紧送媳妇进医院。

老齐在医院里住了几天，坚决要求和老傅离婚。

老傅不同意。

都说老年人出轨如同老房子着火，没救！老傅最终没有拗过老齐，和她一起去了民政局。这件事很快就成为街坊邻居茶余饭后的谈资。

听说离婚后老齐跟着女儿去住。老傅儿女因为厌恶老傅的行为，对老傅也不欢迎。有人还说，老傅去青岛了，在青岛找了个东北女人，两人同居了……

然而，让人惊掉下巴的是，今年，老齐和儿子一家回来过年了。

曾经的"模范家庭"充满了神秘。

原来，老傅和老齐从民政局回来后，就通知女儿把老齐接过去。让老齐帮着女儿看孩子，自己去了青岛。

孩子大些，老齐又被儿子接到北京。

过了一阵子，老傅飞去北京。老齐开的门，差点儿没有认出他来。

两人聊了一会儿，老齐没有像往常一样骂他，就问："你女同学来我们家住，为什么不跟我提前说一下？这么大年纪了，这点儿分寸都没有？"

老傅说："她刚死了丈夫，只想跟我哭诉，又不好请她走。我怕你误会，没敢跟你说！"

老齐愣愣说："是啊，别的女人找你哭诉你就收留在家里？年轻时我忍着你，年老了我如何能忍。"

老傅看着老齐又要生气，没敢在儿子家住，当天就回青岛了。

临走对儿子说，他被青岛一家公司返聘当顾问，公司包吃包住。不要听外边乱七八糟的传言，你妈身体不好，生不得气，多抽出空陪陪你妈。

老傅凭着老关系帮助公司拉了好几个项目，赚了个少钱。经常飞回北京看看老齐，和老齐聊天。老齐好像已经把以前的事忘了一般，也能跟他聊几句。有时也怔怔地看着他，不说话。

老齐病重。老傅辞了工作，飞回北京，照顾老齐。老齐经常和老傅说着说着，又怔怔地看着他忽然闭口，不说话。

在老齐清醒时，对老傅说："我们离婚了，你没必要这样！"

老傅说："瞎说什么！没离，那离婚证是假的，我私下找民政局小张帮了个忙，根本没有录入到电脑系统。结婚证我都保存着呢。"

老傅又说："我从没对不起你，你就是不相信！老了，老了，你越来越拗！你得听我解释呀！"

老齐看着老傅，哽咽着说不出话来："拍了他一巴掌，你这个老不羞！"

老傅说："年轻时工作忙，也贪玩，忽视了你的感受，你才是我们家的顶梁柱啊，这个家不能没有你。"

老齐擦了擦眼泪说："没谁都不行！"

今年，老齐家又被评为"模范家庭"。

一枚硬币

罗索

今天出奇的冷，最低气温已达到 –12 度，最高才 –1 度。

板儿最不喜欢排队等候，所以早早来到"时尚慢都"理发，当第一名顾客。

去早的代价是双脚已冻麻痹，早上 8 点半才来两个小伙子开店门，这时板儿双脚已冻了漫长的"十分钟"之久，看来无论做什么，夺第一是需要付出代价的。

理完发，已近 10 点半。板儿神清气爽，腰包只剩 20 元大钞，板儿依然沾沾自喜，呵呵，原价 200 讲到 180，另送一次营养，不亏，不亏，还剩 20，刚好给公交 IC 卡充值。充值的地方不远，走十几分钟便到。

板儿来到十字路口，有两个人行道亮红灯，板儿想哪个绿灯先亮，哪条让我先走的路就是幸运路！北边这条东西走向的路绿灯先亮。于是乎，这……就是板儿的幸运大道。

板儿快速走过马路。天依旧很冷，为防止帽子不把理发师给整的造型破坏掉，板儿让她的耳朵暂时受会儿罪，好歹脚已活过血来不似早上那般麻痹，此症状已由足部改为头部。

板儿低头在她的幸运大道上走着，心想："耳朵啊，你是否后悔你的主人是我呢？"

虽冷，但冬至的阳光还是特别明媚，照着柏油马路反射出淡淡光来，不经意间，一小团黄色的光芒刺着了板儿的双眼，让板儿停止了匆匆的步伐："哈！从幸运路上捡到一枚幸运币。"板儿的心如孩童般喜悦。

这是一枚崭新的"五角"硬币。背面的菊花似乎在迎着阳光伸懒腰，一副"你怎么才来！"的神志，像是等了很久。板儿把硬币对着阳光照照，又把它攥在手心里，用她的手去温暖它冰冷的身体。一丝冰凉通过板儿的手传进板儿的心间。

"你是一枚幸运币，因为你是我在幸运大道上捡到的。我要把你送给需要你的人，虽然你金额较小，但我希望你能给他们带来好运！"板儿在心里说。（家里老人说过，捡到的钱是不能要的，应把它送人或花掉。）

这寒冷的冬至，乞丐也不再出来工作，"我把它送给谁？"板儿东张西望寻找目标。

忽然，对面来了一个身穿破旧棉袄，浑身上下脏兮兮的男人，看上去是几个月没洗澡，没刮胡子的流浪汉。他脏乱的头发用红色的破塑料袋罩着，当然是为了保暖，当然，他也把自己的耳朵罩着了。板儿用手摸了摸羽绒服上的帽子，想了想还是舍不得弄乱自己的发型，遂把手收回。

这是一个大男人，有劳动能力的男人，为什么他会在这里挨冻受饿呢？是缺少运气吗？也许他是还没开工的乞丐？幸运币看你的了，如果缺少运气希望你带给他，如果是乞丐，希望你让他今天赚个盆满钵满。

板儿冲着那位流浪汉友好地打了一声招呼。（板儿旁边十米处是警察，当然胆子大了。）

板儿伸出手来，把幸运币放在流浪汉的手心里，"可买一个馒头。"板儿心里说。

走了两步路板儿转过身正想对他大声说"祝你好运！"……可是……却见他把幸运币像扔石子儿一样，扔进了一下水道里……

"叮！"的一声响，砸凉了板儿的心……

板儿无语……

股市之狐

罗索

吴祥4年前从上海回来，一直都没有再出去找工作，为人非常低调，话不多。很少出门。

大家对他了解的是，他曾经在上海打工，本来工作不错，后来买股票，把家里的资金全赔了，女朋友也和他分了。大家分析，吴祥经过那么大的打击性格变古怪很正常。

然而炒股的人都知道，这两年网络上活跃着一位名字叫"网络之狐"的博主，逆市荐股，杀伐果断，百分之九十都准，这个人就是吴祥。

今年春节后，吴祥紧盯着翻红的大盘，深吸了一口烟，陷入回忆之中……

2015年5月25日

"儿子，你不要炒股了，那是个无底洞！那就是赌博！"老吴在电话里劝说。

"爸，我朋友做过某游资第一操盘手，人脉广，消息灵，你放心吧，我跟他操作资产已经翻番了。别担心，别担心哈！我有数！"儿子耐心跟老父亲解释。

一个星期后……

"爸，能不能把我们家房子做个抵押，我想玩票大的，这一回我在上海内环买套房都没有问题！"儿子来电，语气有些激动。

"儿子！"老吴停顿了一下，"爸爸跟你说，你曾经问过，为什么你罗叔叔家那么有钱，我家没有？你罗叔叔家有四套房，我家只有60平方米的小房子？"

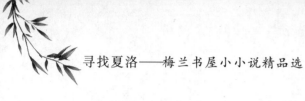

"因为……20年前，我拿家里所有的资金在炒股，而你罗叔叔拿家里所有的钱在买房。你罗叔叔也劝过我，我没有听啊。你这回听你老爸的，咱不玩儿大的。"老吴内心很是担忧。

"你是没有听朋友的话才投资了不对的，现在是什么时候，能买房吗？我朋友是庄家首席操盘手，跟庄家走总不会亏，我炒股就没亏过。"儿子有些生气。

"家里还有20万积蓄，你要拿去，房子不能卖……爸爸希望你早日带女朋友回家看看。"老吴最后决定。

又一个星期后……

"爸，我现在已经盈利20%了，马上就能在上海买房了，我买了房，就带娜娜回家，你如果把咱家房子卖了的话，多筹备些资金，我就能在内环付首付买了，我们一家定居上海多好啊……"儿子得意又憧憬地说。

"那你赶紧把那只股票卖了啊，不要太贪。"老吴叮嘱道，"我和你妈不求你赚多少钱，只要你平平安安。"

"我朋友说还不到卖点，我又低吸了，全仓买进，明天再减仓一半，以后对这只股票做T+0操作。"儿子颇专业地说。

6月8日

"儿子，崩盘了，你清仓了没？赶紧逃。"老吴惊慌地说。

"老爸，跌停啊，卖不出去，我朋友说没事……"

6月9日

"儿子，清仓了没？"老吴又问。

"还是卖不出去，老爸……"

6月10日

"老爸，对不起，我朋友跳楼了……"

吴祥只身回到老家，几个月没有出过门。他跟父亲说他朋友跟的庄家把他朋友耍了。那个庄家在上海和广州指挥两个操盘手操作，庄家给他朋友的消息是加仓，给广东的操盘手的消息是减仓。他朋友做了炮灰。

看着日渐衰老的父母，吴祥总结经验教训，做了股市的自媒体撰稿人，教一些"小白菜"炒股竟然比在上海打工赚的钱还多。随着圈的粉丝越来越多，他被同花顺、大智慧等公司邀请做版主，他选择在同花顺和YY开了直播间，慢慢组成自己的团队，指挥一些股票玩家追击涨停股票。而他自己只是在模拟盘玩玩，不再真碰股票。

老吴是从不打搅儿子工作的，这次股市放量大涨，他急不可耐地说："儿子，你也赚不少钱了吧，你跟娜娜还有联系没？不要成天只看她照片啊！"

吴祥苦笑着说："爸，娜娜就是那个操盘手，就是我那个朋友。是她先教会我炒股的……"

吴祥痛苦地吸了一口烟，紧盯着一只股票，是时候反击了……

歪 瓜

罗索

　　我在烈日炎炎中伸展着我的枝叶，让自己以最舒适的姿势横卧在这一片石砾中。我已成熟，期待着有缘人来采摘。

　　我记得，当我在花苞中脱颖而出时，我是幸福的、兴奋的。历经风雨日晒，我终于结成了果。在风的传递中，我听到其他姐妹，在欢乐的成长中的呻吟声。

　　在时间的洗礼下，在蜜蜂、蝴蝶的拜访下，我又听到了不一样的声音，同在一条藤蔓，我好像与我的姐姐们不同。

　　我似乎听到风的叹息，说我是一颗死子，用不多长时间，就会被瓜农揪掉，以供我其他姊妹成长。母藤舒展她的藤蔓向我们提供养分，她并没有私心。我明白了，要好好地成长，好好地活下去，要靠我自己的力量。

　　我努力生长着，在一片石砾中间，并没有让我足够成长的空间，我改变自己的形态，从她强硬的躯体中挣脱出来。

　　虽然浑身伤痕累累，但在挣脱的那一刹那，我欢脱地挥舞着自己的枝叶，向母藤致敬，感恩她的养育之恩。

　　我望向我的姊妹，她们是那么浑圆而饱满。

　　旁边，不远处，有我两个亲姐姐，她们炫耀着自己饱满的身材，在风的吹动下，让自己的叶在风中摇摆。时不时地，犹抱琵琶半遮面，露出诱人的躯体，供人欣赏。瓜农总是在浇完水、施完肥后对她怜爱一番。

　　而我，每次瓜农过来，总是胆战心惊，幸而风儿同情我，他总是在最恰当的时候，扯起我的叶子，帮我把身体捂住。让我侥幸留了一命。而我同一藤蔓生长的亲姐姐却咬牙切齿，咒骂我这个歪瓜，影响了她的生长发育。而我的妹妹们都被瓜农无情地揪掉。

　　我很惭愧，但是我也想要成熟，完成我生命的历程。

　　如今，我成熟了。我感觉得到，我是健康的，我的汁液甘甜而美好。我的孩子也在我腹内粒粒饱满，完全具有成为种子，繁衍的能力。但是这样的我，能被谁欣赏呢？

　　很快一个车队来到了瓜园，我们期待着能坐上来自远方的汽车，我们期待着能早日实现自己的价值。

　　我的姐姐已完全放开，露出自己完美的身躯，向人们展示自己的优秀。而我，在犹豫中，在和风的鼓励中，也大胆地露出自己的躯体。我知道，我不完美。但是我更知道，只有懂我的人才能欣赏到我的价值。

有一个人，把我的姐姐一个一个地抱上了汽车，我为姐姐们感到高兴。也希望他是那个懂我的人，把我抱走。

他走过来了，我的心激动得怦怦直跳。

只见他走到我身边，扒开我的叶子，大声对瓜农说："都说歪瓜裂枣是最甜的，我敢保证这个西瓜是最甜的，最好吃的。"

我挥舞了一下枝叶，感叹他就是知音。然而却听他又说："可惜，现在是讲颜值的，没有颜值，就是再有料，也不值钱。"

我很伤心，无奈地看着他远去的背影。

瓜农也走过来，扒开我的叶子很讶异地看着我："你竟然在我眼皮底下活着，还长成这个样子。"说着大手一挥要把我摘下，恨不能立刻把我毁尸灭迹。

"等一下！"一阵急促的声音阻止了瓜农的动作。

是一个年轻的记者，他给我拍了几张照片，并按正常的价格把我买下。

他把我洗刷干净，来回欣赏着，说："带回家，我把你雕刻成心的形状，招待我的女朋友，你可要好好表现哦！"

"不大不小，刚刚好！一颗西瓜心！"

是的，我努力地生长，让自己长成了心的形状。在有些人眼里我是歪瓜。在这个年轻的记者眼里，我是一颗爱情瓜。

作者简历：

罗索，女，70后，山东邹城人，现定居上海。

去看儿子

王星烈

"起来了，起来了。"刘老头子轻轻摇晃着文老太婆小声呼叫着。

文老太婆一骨碌从坐座上站起来，惊惶失措地看看寂静的四周，说："我以为车到站了，原来天都还没有亮。"文老太婆伸了一个懒腰又趴在面前的台子上继续睡。

刘老头子怕影响其他乘客睡眠，轻轻拉了拉文老太婆俯身低声说："车还有半个小时就到站了，快起来收拾收拾，等会儿好下车。"

文老太婆坐起身子，嘟哝着嘴说："几个包不都在上面货架上没有动过？有什么好收拾的，下车时拿下来就是了。"

"你不洗脸刷牙？"刘老头说。

刘老头从一个塑料袋摸出梳洗用的东西：一张毛巾，一块香皂，两把牙刷，一支牙膏，一把梳子，一个杯子。除了那把梳子，其他的都是为去儿子那里新买的。他把这些放在一个脸盆里。

刘老头端着脸盆在前面走，文老太婆紧跟在后面。两人把脸洗好，刘老头将牙膏挤在牙刷上递给文老太婆。

文老太婆看到刘老头递过来的牙刷，脸拉得老长，说："为了进城看儿子，又要改变自己几十年的习惯，城里人哪来这么多规矩。"

梳洗好，刷罢牙，文老太婆正要往回走，刘老头一把拉住了她，说："把鞋脱了，脚也洗洗。"

"洗脚干吗？"文老太婆回头疑惑地盯住刘老头。

"你那一双汗脚不洗，鞋子一脱会臭得熏死人。到儿子家，一进门就要换拖鞋，你那脚上的臭气不满屋子飞才怪。"刘老头说着把脸盆倒上水，放到她跟前。

文老太婆将脚洗干净后，刘老头从身上摸出一双新袜子，说："把旧袜子扔掉，穿这个。"

火车进站了，刘老头站到座椅上从货架上拖出那几个装着花生、黄豆、大米、腊肉、香肠的包。他把一个大的包背在背上，肩上扛一个，一手提一个，叫文老太婆下车。

文老太婆不满地说："把包给我一个，让我提。"

刘老头忙说："你走路都那个样子，还提个屁，走。"

文老太婆不依，一手拖着刘老头手里的包。刘老头只好分给她一个，她提着包在刘老头前面一拐一拐地朝车厢外面走去。

刘老头和文老太婆打的到了儿子家楼下，文老太婆紧张地看着刘老头，整个身子都在颤动，结结巴巴地问："到了儿子家里，要注意些啥？你说的我忘了，再说一遍。"

刘老头叹息一声说；"说话声音要小，吃饭要小口地吃，吃完饭要用卫生纸擦嘴，擦过嘴的纸要丢到垃圾桶里，早晚要记得刷牙，在儿媳妇面前要永远保持微笑，她说的只准点头说好，还有……"

文老太婆担忧地说："这样多，要是记不住，怎么办？"

刘老头说："这点点事就记不住了？万一记不住就算了，到时看我的脸色和手势行事。"

文老太婆终于露出了笑脸，说："好。"

刘老头说："走，上楼去。"

文老太婆说："好，上楼去。"

忏 悔

王星烈

　　文英躺在病床上，知道自己的时日不多了，看着老公李有才昼夜守在她身边，对她细心照料，关怀备至，心里无比纠结，一件难启齿的事在折磨着她，这种折磨比身体的疼痛更难受。

　　她一生中唯一一次对不起老公的事，一直压在她心里，让她喘不过气来，早就想向老公坦白，可又没有勇气，每次话到嘴边又吞回去了。她不想带着内疚和遗憾离开这个世界。

　　李有才是个好老公，他们结婚在一起，在生活上虽然也有各种各样的小摩擦、小纠纷，但从没有大吵大闹过，不管什么事老公总是让着她，迁就着她。在当今的花花世界里，从未发现和听说老公有不轨行为，找过什么小姐，有过什么小三。

　　文英知道，世上这样的好老公很少，她遇上了是一种幸运，就得珍惜。老公相信她，她也毫无怀疑地相信任老公，可那次她犯的错误，还一直瞒着老公，心里愧疚得要死。刚犯下那滔天大罪时，她就想对老公坦白，请求老公原谅，但怕他接受不了，破坏他们的感情，所以就……

　　老公每次工资都分文不少地交给她，她对老公用钱也大手大脚，只要老公开口要钱，她从不问他拿去做什么。她想：一个男人在外面哪有不用钱的，反正他不嫖不赌，不和女人来往，他爱怎么用就怎么用。

　　他们结婚十多年来，日子过得幸福平静，和谐安逸，坦坦荡荡，除了她那次，双方从没有隐瞒过什么，所以那件事，一直让她不安。她下决心在自己离开这人世之前，一定要把那事坦白出来，不能把它带到坟墓里去。

　　终于有了机会，一天，病房里就只有她和老公，她说："有才，我有件事要和你说。"

　　老公默默地走到她床边，俯下身子轻轻拉着她的手，轻声问道："你说吧！有什么事要做，我去给你办。"

　　"那次，我和领导出差，晚上喝了酒，就糊里糊涂地和领导发生了关系。"老公平静地看着她，等着她继续往下说。她喘了几口气，又吃力地说："回来后，我无比后悔，就再也不喝酒，辞职离开了那家公司。就那一次，我真的很后悔，有才对不起，我知道你原谅不了我，我也无法原谅自己。"她的声音有些颤抖，眼里噙满了泪水。

　　李有才异常平静，垂着头沉默不语。稍许，他说："过去的事，就不要提了，我到外面给你买点吃的回来。"

她看着李有才离去的背影，心里长叹一声，终于松了一口气，把自己最想说的话说了出来，不管老公是否原谅她，都有一种如释重负的感觉。

"嘟"的一声，是手机的短信铃声。她睁开眼睛，见李有才的手机忘了带走，就在她病床边的桌子上。以前文英，从没有摸过他的手机，这次她鬼使神差地伸手拿过他的手机，好奇地打开了他的短信，手机屏幕上的字模糊地映入她的眼帘：亲爱的，我想你，你那黄脸婆快要死了吧，在她死之前，你一定要问出她那存折的密码，等她一死，我们就好了，就能光明正大地在一起了，我等着她死去的好消息。

她的手一抖，老公的手机掉到了地上，碎了，她的心也跟着碎了。

秘　书

王星烈

老公、儿子我都不放心，时常为他们提心吊胆，真是前世冤孽，日子没法过。

还是穷日子好，虽然辛苦忙碌，还累，但过得充实快活，一家人在一起其乐融融。那时，老公除了工作，就围着自己转，一起买菜、烧饭、做家务，一起带孩子、辅导孩子，多快乐，多美好的日子。现在，什么都有了，人也没有那么忙，身体也没有那么累，可一颗心总是悬挂着，时时为一些事担惊受怕，折磨着自己，心累比身累更可怕。

以前那清贫的日子多好，可惜那样的日子只在梦里。

老公做了老板后，劝我不要再那么辛苦，在家里做全职太太。原来，他没安好心，我一离开公司，他就招了一个年轻漂亮的女秘书，说是工作需要。他当然需要，是男人都需要，和漂亮的女人一起进进出出，去应酬，去出差……就像老公和我恋爱那时，他总是屁颠屁颠地跟着我，形影不离。以为我傻呀，男人那点小把戏能瞒过我，可我是老公手里的一颗棋子。

关于女秘书的事，曾在老公面前旁敲侧击过，老公总是美美地笑笑，不辩解，装聋作哑地和我周旋。老公这样做，够狠，比别的男人聪明，这样既保住了在外彩旗飘飘，也保住了在家红旗不倒。我怕失去得更多，也不敢和老公搞得太僵，自己渐渐成了黄脸婆，早已没有老公追求时的资本了，只好把事情装在自己的心里，闷起来，一个人承受。我恨，恨老公，恨秘书，恨自己无能、软弱，恨自己没有其他女人强悍，能大哭大闹赶走小三。

一天晚上，我坐那里一边监督儿子做作业，一边和老公闲聊。我热嘲冷讽地说："老公，这几天你像变了一个人，回来早了，心情也变好了，还有闲情看起了小说。"

老公轻描淡写地说："我招了个新秘书，很能干，帮我做很多事情，自己清闲多了，有时间玩了。"

我醋意大发，鼻子一酸，差点喘不过气来，眼泪往眼眶里钻，我努力控制着不让情绪暴发，冷冷地说："招了个更年轻更漂亮的，你真行，一切权利都给她了，让她做老板了。"

老公仍不温不怒，手里拿着书，嘴里淡淡地说："你想到哪里去了，我就是为了你才换的秘书。"

"为了我……"我想向老公愤怒声讨，发现儿子在我身边，只好把话收回到肚子里，让它变成泪水，出现在眼睛里向老公示威。

老公见我那副样子，笑了，说："把秘书换成了男的。"

"妈妈，妈妈。"我心里的醋意大减，正想验证老公的真假，儿子忽然抬头望着我叫。

"怎么啦？哪里又不会了？"我没有好气地看着儿子。

儿子一对期盼的眼睛望着我，怯怯地说："妈妈，我也要秘书。"

"你这小毛孩，你要秘书干吗？"老公笑道。

儿子一本正经地说："要秘书来帮我看书做作业，去学校帮我读书，我就有时间玩了……"

父亲成了小三

王星烈

"小强，外面有人找你。"一天，小强正在上班，忽然有人叫道。他疑疑惑惑地走到厂门口，见两个陌生的男人在那里，一老一小。老男人见了他立即迎上去说："你就是张小强——张伟平的儿子？"

小强警惕地问道："你们，找我？有事？"

"你爸爸，不该破坏我们的家庭，和我老婆纠缠不清，我们好好一个家庭被他搅得天翻地覆，天天闹着要离婚。"老男人说。

"我爸爸？不会吧，你们有没有弄错？他不是那样的人。"张小强脑里一片空白，这突如其来的两个男人，把自己的父亲变成了小三。

"是的，你爸爸不该来勾引我妈妈，我爸爸又有病，要是有个三长两短，我可和你没完没了。"小男人怒冲冲地说。

"我爸爸不是那样的人，你们认错人了。"张小强瞪着两眼毫不示弱。

"不是你爸爸？我去找你们领导，看你这个做儿子的该不该管一下，你那样的父亲。"小男人气势汹汹地叫。

"你……"张小强拦在小男人面前。

"你们都不要说了，这样解决不了问题，只能让事情越闹越大。"老男人忙制止，"小强，你回去劝劝你爸爸，叫他好好找个女人过，再不要和我老婆来往了，这样对谁都好。"

张小强想起爸爸近来的异常，一贯穿着邋遢的他，不知什么时候起，也把西装穿得整整齐齐的，还系着漂亮的领带。平时凌乱的头发，已去理发店打理得油光发亮，时常红光满面，精神抖擞，神神秘秘地外出，有时连半夜都不回家。

难道爸爸真的有了外遇？得和他好好谈谈，不能让事情闹大了，否则就像那个老男人说的，对谁都不好。

"爸爸，你为什么不正正经经地给我找个后妈，去当第三者，破坏人家的家庭？"张小强下班回到家里，怒气未消直截了当地责问父亲。

"小强，这事不用你管，我自己的事自己做主，我喜欢她、爱她就够了，管我是第三，还是小三。"父亲的话硬邦邦的，那样理所当然，令张小强吃惊，没想到一直和蔼可亲的父亲，竟然这样。

"爸爸，你怎么能这样？昨天，那个女人的老公和他的儿子找上门了。要是这事传出去了，叫我怎么做人？"小强恼怒地喊。

"你以为谈情说爱是你们年轻人的专利，我们老年人就没有这权利？你还是少管我的闲事。"

小强听爸爸这一说，心里一跳，像被什么东西猛撞一下，脸一下红了，想到自己的事，再没有和父亲争执下去的勇气。

从此，小强和爸爸开始冷战，虽然同一屋子进出，同一桌子吃饭，但谁也不跟谁多说一句话，没事就回到各自的小房间，或到外面去独自消磨时间。直到有一天，那一老一小的两个男人提着礼品到了他们家，小男人说："张叔，让你受委屈了，谢谢你。"

父亲笑呵呵地对小男人说："这点委屈算什么，你们关系好了吗？"

小男人笑笑说："老婆和我好了，主动向我承认了错误。"

原来，是张小强和小男人的老婆好上了，闹得小男人一家鸡犬不宁，他们找到张小强的爸爸……

小强经过这件事后，也认识到做第三者的严重性，果断地和小男人的女人断绝了关系。

一字姻缘

王星烈

小娟和赵伟刚恋爱了，顽固不化死脑筋的小娟母亲也支持着他们。

当小娟向母亲提出结婚时，母亲却忽然横加干涉，非要赵伟刚在城里买套楼房，否则坚决不让他们结婚。

原来，小娟母亲支持他们恋爱，是发现准备修的一条高速公路，正好通过赵伟刚的老房子，虽然是土房，可面积大，能在城里换两三套楼房。

赵伟刚听到准岳母发出的话，急坏了，自己哪有钱买楼房？父母早亡，留下的所有遗产就是那几间破烂不堪的房子，自己在城里打工，除了房租生活所剩无几。他快三十岁了，还没有娶上老婆，就是他没有硬家伙，买不起楼房。

他们的相恋，还是她母亲从中搭的桥，可她母亲怎么突然变了卦？

小娟听到母亲传来的话，急得不知如何是好。

赵伟刚知道岳母的性格，他和小娟再好也没辙。

过了两天，岳母再次带话来，说她要来接小娟回家。

小娟看着赵伟刚，除了心疼还是心疼，她说："刚，你放心，我有办法，能让母亲同意我们的婚事。"他感激地将她搂在怀里，紧紧地。

准岳母准时风尘仆仆地来到赵伟刚租住的地方，没想到，准岳母来了一个180度的大转弯，催促他们早日把婚事办了。

赵伟刚被小娟妈突如其来的转变，搞得不知东南西北。一直要楼房的她，今天怎么回事？

没有过多久，赵伟刚和小娟的婚事，热热闹闹地在租住的屋子里完结。

婚后，他问小娟："为什么妈一下不要楼房了？"

小娟神秘地笑笑说："回去看一下你的老屋，就知道了。"

为了解开心中的迷，赵伟刚骑车回到了老屋。

只见老屋墙上写着大大的"拆"字。

赵伟刚既惊讶又高兴，房子一拆，就有钱在城里买楼房了。可自己的房子要拆了自己还不知道，怎么回事？

回到出租屋，问小娟："你知道房子要拆，为什么不告诉我？"

小娟只是笑，不说。赵伟刚可急了，不停地追问："到底怎么回事？"

小娟看着赵伟刚那急不可待的样子，说："那个'拆'字，是我用油漆写上去的。"

转 工

王星烈

苏局长的儿子拿着一张大学文凭，一年多了，还没工作。儿子的大学文凭来得不易，高考两年落榜，无奈之下，苏局长只好掏钱找关系。

作为一局之长，要把儿子安插进下属的部门，他说了算。但他不敢，中央有明文规定，有无数双眼睛盯着他，不想冒这个险。曾想找关系把儿子安排为熟人的部下，可要是有人检举揭发，不但害了自己，也害了他人，他不想做这样冒险的事，让自己从天上一下掉进地狱。

苏局长为儿子的工作苦思冥想，头痛得快要爆炸，也没有一个万全之策，只好把儿子继续养着。

一天，苏局长的小妹苏小玉来到他家，问起他儿子的工作。他摇头叹息，怪儿子不争气，没有真才实学。

苏小玉说："有没有本事，还不是你一句话。"

苏局长看一眼小妹说："现在，哪敢把自己的人安排进自己的单位，就连熟人的单位都不敢，要是被人检举揭发，一切都完了。"

小妹沉默了一会儿神秘地说："给他转工，这样神不知鬼不觉，安全可靠。"

苏局长不解地看着小妹说："他连工作都没有，转什么工？"

小妹笑了，她不知道局长是真不懂，还是假装不懂，说："就是没有工作才转嘛，有工作了，还转它干吗？"

局长疑惑地看着小妹。

小妹说："我们小队赵小杰，你认识吧？快40岁了，除了几间破瓦房，什么都没有，人又长得不好看，矮矮的，瘦瘦的像个小老头。还是个瘸子，最近娶了一个20多岁的漂亮女孩，还没有花钱。"

苏局长吃惊地望着小妹："哪来这样的好事？"

小妹得意地说："是他们转亲，转来的。赵小杰的妹妹嫁给张红清的儿子，张红清的女儿嫁给刘贵明的儿子，刘贵明的女儿嫁给赵小杰。"

苏局长脑子里触电一样忽然一亮，明白了小妹的转工。

作者简介：

王星烈，重庆江津人。爱好写作，已在报纸杂志发表短篇小说、小小说、散文和随笔等数百篇。

蛹

黄扬

读书馆里漆黑如墨，月光斜斜地照进窗子，将一本翻开的书镀成了银白色，灵魂正在忘我地读着，门把转动的声音和随即迈进来的电光扰乱了一室的静谧。进来的人觉得脊背发凉，两小时前自己还在这里，明明记得窗前是没书的，也不可能有别的人进得来。趁那人还笼罩在恐惧之中，灵魂无声又无息地飘出了读书馆。

灵魂来到离读书馆很近的医院的一间病房，看着躺在白似雪地的病床上皮肉模糊的躯体，既无双腿又无双臂，活像一个有血有肉会心跳的树墩，他沉重地叹息。灵魂想起第一次来这家医院的那天，当面目狰狞的命运拿出铁链套住他的脖子，牵牛一样要将他拉去阴间的时候，他目睹众人蜂拥着抬起萧洋那一具烧得通身焦黑的躯体，往手术室里送去。

树墩的母亲趴在急救室的门上，喉咙嘶哑声声呼唤她的儿子。

"儿子，儿子……"

散开的头发遮住了她的整张脸，谁都无法猜测到那是一副怎样痛苦不堪的脸。

父亲则望着天花板，微张着嘴，手不住地在颤抖。一生不信鬼神的他双手合十，双膝跪地，说一句"恳求神明留下我的儿子"就重重磕一个头。

这样的一幕深深触动了灵魂，他的脸和脖颈霎时间变成了青灰色，脑海一片混沌。灵魂意识到，倘若萧洋再也活不过来，他的父母也将丧失生的意志。

"我要和你打赌，那个手术室里的人一定会醒来，你敢不敢？"灵魂情绪极为激动地正视着命运说。

"醒过来又怎么样呢？你看他那个样子，还能有什么用？这都是定数，由不得你，甚至也由不得我。"命运被灵魂的话逗乐了，但语气却威严而冷漠。

"定数都是你定的，怎么就由不得？"

命运不再回答灵魂，又拉直了套在灵魂脖子上的铁链子。灵魂一把死死抓住铁链子，身体极力向后倾。命运见自己居然拉不动一个灵魂，便愤愤然转身，却触碰到灵魂的眼里熊熊的烈火，这不禁使打了个激灵的命运思忖了好一会儿，终于答应给灵魂几个月的时间。

灵魂知道，无论萧洋将要变成一副如何残缺不全的样子，只要他活着，他就是他们最大也是唯一的生命寄托。哪怕终有一天萧洋还是要离父母而去，灵魂相信，他也必会给两位老人留下些什么。

手术室的灯灭了，门开了。烧黑的人肉树墩被推进了病房，灵魂钻进了他的床底下。晚上的时候，灵魂就飘进读书馆，整天整夜躲在幽暗的角落，第二天晚上再飘回医院，把读到的励志名著默读给树墩听。

灵魂常常看到烟雾笼罩着树墩父母的双眼。从他们空洞洞的眼里流出红色的液体，在树墩皮肉模糊的两颊旁长时间地爬行。父母为了医治儿子，他们卖掉了房，丢掉了工作，又背负了沉重的债务。跟命运打这个赌，灵魂觉得似乎毫无意义。

灵魂看见树墩的父母把一个小小的，里面只有一些红土，红土上卧着一块鸡蛋大小的光滑的石头的塑料花盆放在床头柜上。他们天天给这块石头浇水。

渐渐地，贴着石头的红土有了一抹彩色，嫩黄黄的，纤纤细细的，散发出无限的生命气息。灵魂的双眼如从云层里钻出的满月，那样明亮，心也久久地战栗了。

"我跟命运约定的期限快要到了，你到底醒不醒得过来？"

就在灵魂沉重地叹息时，树墩的母亲推门进来了，她看见床边椅子上的坐垫由凹陷变回了平整，她还来不及惊恐，就冲进来几个陌生人。母亲不知道那是些什么人，她本能地抱住床上的儿子，仿佛她的身体是铜墙铁壁，能为儿子抵御所有的伤害。

那几个贸然闯进病房的人，其中一个身穿道士服，手里的木剑在头顶飞舞，口中念念有词。这道士是读书馆那个被灵魂吓得脊背发凉的管理人员请来的。连续发生在读书馆的怪异事件，使他不得不疑神疑鬼。

随着道士施法，灵魂浑身疼痛欲裂，连连打滚。最后整个身子扭曲如同溪水，轻飘如同烟雾，眼看就要被道士收走。

突然，树墩的眼睛睁开了，眼珠暴出眼眶，青筋尽显，腰拱成了桥，身体左右翻滚像长满了虱子。然后，薄如纸片的皮肉一层层脱落，一对五彩的翅膀如同种子破土，从腐烂的躯体里伸展开来。那一层层脱落的皮肉里，是一个个鲜红的字迹，字迹组成一篇篇锦绣的文章，这些文章被一次次地印刷出版。

而灵魂在最危急的时刻，被谁从背后推了推，回头的刹那，只见命运在对自己微笑，他重新与树墩融为了一体。

厚重的黑云被太阳撕破了，萧洋化身的蝴蝶向那金光灿烂处飞去。

梦断洞庭湖

黄扬

他们一家三口居住于洞庭湖。天如深蓝的绸子，湖如光亮的镜面，相互辉映，身处其间，亦在天空翱翔，亦在水宫游弋。

孩子趴在母亲的背上，小头挨着大头，可爱地撒娇。丈夫一会儿在妻子的前方，魁梧的身体却能很轻巧地旋转、翻越，完成一曲优雅的爵士舞。一会儿在她的后面，亲昵地咬她的尾巴。然而，几乎只在瞬间，这一切的美好、温馨、激情全都如泡沫般消散。

他们的头顶堆砌烂棉絮式的雾霾，身下似一双生疮化脓的脚洗过，变得混浊不堪。又一张大网从天而降，像一双暴虐的上帝的手，掌控着他们的命运。眼看妻子和孩子就要陷入危险，丈夫勇士般地冲向前去。妻子拼命地撕咬困住丈夫的渔网，丈夫却用头猛地撞击捕捉他的游艇，撞得鲜血直流，如此来逼她带着孩子逃离这险境。

妻子带孩子逃命的时候忍不住回头看丈夫，而丈夫正微笑着目送他们母子，他极力扭动巨大而又被渔网紧紧缠绕的身体，她知道，他是在为她跳今生最后一曲爵士舞。

从渔民那里逃脱的母亲背着孩子在洞庭湖里失魂落魄、漫无目的地游，竟又与飞快驶来的游艇迎面相撞，她的孩子便被撞飞了。她顺流而下，去追被急流带走的孩子，一直追到洞庭湖的岸边。然而，孩子已死，他白色的肚皮朝天，被寒风吹败了的无数根细长的柳枝，怜惜地抚摸着他，浅水里的大石头与他抵足而眠。母亲没有回到深水里去，她要和孩子躺在一起，哀怨地闭上了眼睛。

当她再次睁开双眼，手指触摸到满脸的泪痕，嘴角却是一丝淡漠的笑，她开始自言自语："真是见鬼，居然会做这样的梦。"尽管梦中那最后悲惨的一幕——洞庭湖边躺了大小两条江豚，它们那钝圆的脑袋、微微往前凸起的前额、短而阔的嘴、稍稍上扬的唇，使它们天生就是微笑的模样，她还清楚地记得，但她今天仍然要去洞庭湖捕捞它们。

她渔民的身份是从父辈那里继承来的，只是在父辈从事这行当时，鱼类资源还很丰富，每一次出船都能满载而归。而当一座座工厂在湖边拔地而起，成为城市的消化系统，以环境为食，把快捷方便、衣食无忧的生活输送给人们，把废物排泄到湖中，使湖水魔化，嗜杀鱼类成性，以致如今渔民打捞普通小鱼都成了犯罪。

但她无论杀害多少湖中生灵都不会有愧疚之心，就如狼捕食鹿以喂养幼崽不会有悲悯之心。只是她的内心仍有痛苦，这源于她儿子的自闭症，间接引起她对城市发展的憎恨，因为她读过一篇报道，研究证明自闭症与环境污染有关。她真想带孩子逃到一个没有污染的城市，然而哪里还有这样的城市？

庆幸的是孩子的病情有所好转，她知道这是自己的功劳，因为她赚了够多的钱，使孩子接受了最好的治疗。今天是她看望儿子的日子。

当她和其他人一起将一头背部有旧伤疤的成年江豚，硬生生拖上船，它的鳍被新伤口中流出的鲜血染红，眼里流出一滴晶莹的液体时，她的孩子倒地昏迷了。她也被临死挣扎的江豚的鱼尾拍断了双腿。这时水上巡警赶到了。

她在医院见到了前夫。

前夫悲愤地对她说："你知不知道你杀死了儿子的朋友？是他的这位朋友让他的病情得到好转。那是一条被我们江豚保护协会救下来的江豚，我让儿子经常见到它，儿子才一天比一天好，而现在，现在……"前夫掩面而泣，他没有说出来的是，他为了让她回头请了一位催眠大师，给了她那样一个梦，却一切都成了徒劳。

江豚母亲在湖岸边微微睁开眼睛，无力而绝望地望着死去的幼崽，发出一声响彻洞庭湖的哀号，如同它梦到的那个人类母亲，撕心裂肺地呼喊昏迷不醒的儿子。

盲者不盲

黄扬

"兄弟，我听说你昨晚差点跳楼了，是真的吗？何必想不开呢？人可只有一次生命啊。"

"我这一次的生命，还真是多余。"

"你之所以悲观，只是认为自己残缺，那树木寸步难移，是否健全呢？"

"如果所有的树都能行走，独有一棵不能，你说它健不健全？"

在画家与盲人这一劝一驳间，一声动听的鸟鸣掠过他们的头顶，画家又说："那不会言语的候鸟，是否健全呢？"

"你聋了吗？鸟明明有它们自己的语言。"盲人说着，气冲冲往回走，走着走着放慢了脚步，说话的声调比起刚才低了很多，"我和你并不那么熟，你真没必要多管闲事。"

盲人不由得将手心向上，如那次画家的手碰到盲人的手，他愤怒地大叫起来："你也瞎了吗？没看到我的手腕上缠着纱布啊！"

盲人因失明而万分痛苦，觉得有一块肮脏的黑布蒙住了自己的双眼，他想将黑布撕得粉碎，双手在眼前胡乱地抓，却一次次落空。他本可以通过移植眼角膜来将这块黑布去掉，但他等的时间似乎太长了。

画家将盲人紧紧握着的拳头掰开，他的手心里立刻有了一片暖暖的阳光。画家告诉盲人，阳光不只是用来看的，它有温度，也有气味，可闻可触的才是最具价值的。盲人立刻将手缩了回去，像是阳光灼伤了他的掌心。

画家拿出自己随身带着的三张画，并对盲人讲述这些画的内容：在被清风吹弯了腰的翠绿的草地上方，有一只碧蓝而清泉般的妙目，妙目中的云朵有的厚重，似巍峨的山峦，有的轻薄，似女友飘逸的裙摆，有的成片状，整齐排列，似泛着银光的鱼鳞，有的极为有型，绵羊一样悠悠闲闲地行进着。

这些云朵又落在晶莹露珠滚动的枝丫间，海棠花便开了。落进涟漪圈圈散开的湖心，便成了优雅展翅的天鹅。落进追逐蝴蝶的孩子清澈的眼睛里，便成了昂首嘶鸣、前蹄悬空欲奔腾的白色骏马。

第二幅画的主题为，笔直而窈窕的椰树随风摇曳，将倩影投进大海，浪涛滚滚追逐金色的沙滩。第三幅则是，一轮弯月如船，行过云雾，把点点渔火撒向浩瀚的天际。

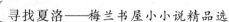

画家把这三幅画，塞到盲人的手中，盲人猛地站起来，脸涨得比落日还要红，他要把画撕了，可又舍不得。

这些画和画家细致耐心的解说，带给了盲人无限的美好遐想，仿佛他就生活在那一幅幅画中。盲人抚摸那些画，又把几颗混浊的泪滴在上头。

盲人无法遏制内心的愤怒，抬起头对着天暗暗谩骂命运的不公，他把手里的导盲棍掷向空中，真想把无情地夺走他人生中的所有色彩的老天捅得粉碎。若不是眼盲，他觉得这些美丽画卷的作者该是自己。

盲人知道画家得了绝症，已经剩不下多少日子了，他刚听画家说起此事的时候，身体也不禁一颤，又暗暗地骂起老天。可是，当天夜里盲人失眠了，虽为朋友的病而难过，却认为画家既然要早逝了，何不把眼角膜捐献给他呢？画家是个心善之人，盲人相信他会愿意的。一想到有机会获得光明，盲人狂喜不已。

终于，盲人战战兢兢、犹犹豫豫对画家说出了他的请求。

"如果我的眼睛可以使你看到太阳，我便不再有遗憾了。"画家沉默良久后说。盲人听见了画家的笑声，却没有听到画家笑过之后深深的、长长的叹息，他只为指日可待的光明，快乐得简直要跳起来了。

盲人收起了掌心，把脸向画家那边转过去，问："你的身体怎么样了？"

"好多了。"

盲人听出了画家语气里的轻松，便发出了愉快的笑声，他眼角的皱纹里却夹杂着些许的失落，心里则在一遍遍呼喊："别让我等久了吧，别让我等久了吧。"

没过多久，画家永远离开了人间。盲人来到医院，问医务人员有没有谁捐献眼角膜，得到的却是令他无比沮丧的答案。

盲人仍旧不死心，说出了画家的名字，接着问："难道他没有捐眼角膜？"医生的回答使盲人战栗了。画家捐出了所有能捐的器官，唯独没有眼角膜，因为，他在六年前也成了盲人。画家送给盲人的画，不过是几张白纸，此刻从盲人的手上被风吹向空中，如几片明艳艳的阳光。

作者简介：

黄扬，湖南人，一个追逐文学梦的大龄女孩。

手

薛丽峰

一大早，雪纷纷扬扬地下着。二妞坐在小店里望着门外，心里莫名地烦躁起来。

整天守在这样一个小店里，卖点日用百货，撑不死饿不到的，看不到任何希望。可是看看自己那双被火烧得严重变形的手，又能干什么呢？

正心烦意乱的时候，忽然"哐当"一声，吓了她一跳，一下子回过神来。不知道啥时候进来一个女人，一脚踢倒了她摆在柜台旁边的空酒瓶，紧接着像多米诺骨牌效应一样，"哗啦啦"倒了一片。

二妞面无表情地望向那个女人，只见她皮肤白皙，披肩长发，穿着一件合体且做工精细的羽绒服，一双手很优雅地斜插在羽绒服口袋里。虽然不是很漂亮，但是让人感觉到她是一个对生活充满热情，对自己的外表非常在意的人。

肯定是一个养尊处优的女人。二妞瞟了瞟那女人，想着自己蓬头垢面，还穿着脏兮兮过时的衣服。

不都是因为自己的手残疾，没能力挣钱，才没心思收拾自己嘛！

女人像个闯了祸的孩子，缩着肩膀，嗫嚅地说：

"对不起啊！我没看见。"

女人的手仍然插在口袋里，没有动。二妞火"噌"地一下上来了，跳过来指着她说：

"请伸出你高贵的手，一个个给我扶起来。"

女人吓得后退了两步，手依然在口袋里。

二妞看见进来几个买东西的人，把残疾的手摆在众人面前，撒起泼来。

"她欺负我这个残疾人……故意把瓶子踢倒……"

"我让她扶起来，她竟然抓破我的额头，手指甲好锋利啊！"她指着昨天不小心划破的额头哭着说。

"穿得这么漂亮，素质怎么这么低！"

"就是，就是。"

众人指责着女人。

女人没有吵闹，泪水在眼里打着转。

"我倒是想抓破她的脸，可是我真的做不到。"

然后她艰难地拔出双手，众人都惊呆了。她根本没有手，手腕上只有两个小钩钩。

"我是怕这位姐姐看到我的手，会同情我。"

二姐低着头走到水管旁，洗净双手。她来到女人跟前，擦去女人腮边的泪水，帮女人整理好袖子，把女人的双手轻轻地放进口袋里。

第二天，一个青春亮丽、阳光的女孩子出现在二姐的店里。

年终慰问

薛丽峰

年终了，办公室李主任想搞一个慰问退休老员工的活动。

经过一番仔细斟酌，他划定了第一个慰问对象，是前办公室主任老王，退休十多年了，听说最近身体一直不好。

李主任派我先去打探，确定一下他的住址。

退休后老王一直在老家生活，走进他所在的村子，感慨现在的城中村规划确实好，房屋整齐有序，而且结构也相差无几，从外面看根本看不出区别。

我颇费了番工夫，打听了好几个人，终于确定王主任家的位置。为了保证万无一失，我还在他家门前的柱子上用笔做了记号。

第二天，李主任和我还特意带了一个摄像的同事，嘱咐同事，从我们进院子起就开始录像，回来放在单位的网站上，把我们的慰问活动展现给公司员工。

我在前面带路，轻车熟路很快来到了王主任家门口。轻轻推开大门，看见院子里坐着一个70多岁的老太太，猜测肯定是王主任的爱人。

李主任快步走向前，握住老太太的手问："王主任在家吗？"老太太受宠若惊地回答："他生病住院了。"更验证了我们所听说的，老主任身体不好。

李主任坐到老太太的身边，关切地询问："有什么困难吗？有困难找组织，我们一直惦记着这些做出贡献的老员工呢。转告王主任，好好养病，他身后有我们这个大家庭呢。"

然后拿出事先准备的红包，硬是塞到老太太手里。老太太几次想插嘴说话，都被李主任的热情阻止了。

摄像一刻也没停，在递红包的时候，主任还特意面向镜头，露出标志性的笑容，摆出一个非常领导范的 POSE。

在愉快的氛围中结束了慰问，我们一行三人走出老主任家。

沉浸在这种愉快中没走两步，那个老太太追出大门，把红包塞给李主任："你们送错了，老王一直在家务农，没出去工作过，他名字叫王柱人。"

我们都愣了，李主任忙又塞了回去。然后一扭头盯着我说："这 500 元你买单！"

了　断

薛丽峰

不行，今天必须去做个了断。

下定决心，放下所有的工作，坐高铁，倒地铁，终于在天黑的时候赶到西安市的大唐不夜城。

这个网红不夜城，每隔一段距离就有一个音乐展示台，我一个个寻找，很快就找到他驻唱的地方。

他还没来，我找个不远不近的地方站定，盯着他常坐的椅子，想象着他就坐在那里。依然是微卷的头发，棱角分明的脸，深邃的目光，用修长的手指弹奏着吉他，用充满磁性的声音深情地唱着。

我爱上他的声音，疯狂地爱着。曾经以为只要能听到他唱歌，什么都可以不要，甚至可以不吃饭。

他的梦想是做一个流浪歌手，希望我陪他海角天涯。我已经过了走四方的年龄，有父母亲人的牵挂，只想和他过安稳的生活，像平常人一样。

一次次争吵，谁也说服不了对方。最后一次激烈争吵，他朝我吼道，你去寻找你的幸福，不再耽误你。

正痴想着，一只手温柔地搭在我肩上。不用回头，就知道是他，我们在一起的时候，他都会很自然地把手放在这个位置。

沉默了一会儿，他说你来了，我点点头，他又说，我一直在这里等你！

就像不小心走失的孩子，忽然看到父母一样，我的眼泪一下子涌出来，甚至抽噎起来。

分开的这三个月来，牵挂和思念一直吞噬着我，我暗压住内心的那种渴望，冷冷地说，我是来和你做个了断的，准备放手了，要不然，我无法进行正常的生活。

他搬过我的肩膀，让我和他面对面，用手背轻轻地擦拭着我腮边的泪水。然后长叹了一口气，像深思熟虑过，语气决绝地说，嗯，是该做个了断了，再听我唱几首歌好吧。

没等我反应过来，他已经走到音乐台上。这时我才看见，他和我穿着同款的乳白色羽绒服，围着同样酒红色的围巾。

围巾是我的，突发奇想，从中间裁开，一人一半，然后美滋滋地告诉他，围了我的围巾就是我的人了，我要把你拴住。

还像往常一样，他边弹边唱，声音依然充满魔力。

台下的听众来了一拨，走了一拨。然后再来一拨，再走一拨，只有一个听众一直站在那里。

快要结束了，我怕控制不住自己，也不敢想象曾经那么相爱的两人，怎样残忍地做这个了断。还是算了，转身尽量华丽一点、优雅一点吧。自己在内心给自己一个了断足够了，从此消失在茫茫人海中，换一种方式天长地久吧。

下定决心准备走的时候，台上的他忽然站起来，朝台下深深地鞠了一躬，说对不起，从明天开始离开这个舞台，因为有更重要的事情要做。

然后哽咽地说："生命只有一次，一定要和爱的人在一起。我不能失去你，没有你，我和我的歌都没有了灵魂。爱上你，就甘心当你的俘虏，我要给你一份稳定的生活，这就是我给你的了断，你听见了吗？"

台下的人都愣了一下，下意识地回头寻找，看到相同服饰的我，不约而同地鼓起掌来。

台上的他，台下的我，同时泪流满面。

名　牌

薛丽峰

科室新分来两个男大学生，出身截然不同。

小张出身"名门"，家庭富裕，每天出入以车代步，身上的衣服都是名牌，一看就知道价格不菲。小刘出身"寒门"，从小没了父亲，一毕业就背负着上大学时的债务。

他们两个都干工艺技术。每天一上班，小刘都是跑到车间看产品质量如何，问下车间工人师傅有什么问题，这些问题原来是怎么解决的，然后思考如何以一种更优的方法去解决。工作之余就是读书，充实自己的内在。

小张每天穿着高档，很少下车间，偶尔下一次车间回来又是拍又是洗，嘴里还一直抱怨车间脏，这么贵的鞋被糟蹋了。工作之余就是出入各种高档消费场所。

两个人都喜欢统计员小微，人美声甜。小张有钱有时间，经常约小微出去玩，出手阔绰。虽然说贫穷限制了想象，但没法阻止向往爱情的心，小刘也在默默地对小微好。

屋漏偏遭连夜雨。一天下班回宿舍的路上，由于下着雨视线不好，小刘骑着自行车小心翼翼地过马路，没想到和一个逆行横冲直撞骑自行车的高中女生撞到一起。

他赶紧过去扶她，没想到就这么轻轻一碰她就站不起来了，疼得龇牙咧嘴。小刘赶紧扔下自己的破自行车，抱起她就冲向最近的医院。

医生说住院吧，小腿骨折了。小刘赶紧给最要好的同学打电话，借钱帮她交了住院押金，所有手续办完了才通知她父母。

她父母大呼小叫，让他负责到底。他说我白天得上班，麻烦你们照看着，晚上你们回家休息，我来陪护。

一个月的陪伴似乎也有了感情，出院的前一天晚上，女孩自言自语地说，真不想出院，以后再也见不到你了。

看他没接话，女孩嗫嚅地说："其实不是你的责任，我从小就骨质疏松，一点外力都会骨折，都好多次了，再说是我逆行，说声对不起啊！"

第二天，她的父母直接找到我们办公室，不但把他花的钱全送还，还非要给陪护费，说是女儿教育了他们，而且也被他的人品所感动。

这时候我们才知道发生的事，还以为他每天出去找了第二职业。内心都给小刘加分，特别是小微，看他的眼光更温柔一些了。

小张心里极不舒服，发表起言论："你说你骑个破自行车，牌照都没有，她又逆行，管她干吗？万一讹上你，你还不得穷死，哪个女孩子会找你这样傻瓜？"

小刘说，也没想那么多，世上还是好人多吧。

小张干脆走到他跟前，拉着他的袖子说："你瞅瞅你的上衣，瞅瞅你的裤子，瞅瞅你的鞋，一身杂牌，从头到脚下来还没有我一条裤子贵。"

又拍着自己的裤子问："你知道这啥牌子吗？知道多少钱吗？说出来吓死你，还在这装品质高，人家给的钱就收了呗，还不要！"

小刘刚想开口解释什么，小微袅袅婷婷地走到他跟前，一下子拉住小刘的手，对小张说："他是一身杂牌，而他的内在品质是名牌。你全身上下都名牌，可你的内在品质说是杂牌都抬举你，只配说是地摊货。"

屋里的同事不约而同鼓起掌声，当然是送给小微。

看着茫然不知所措的小刘，小微娇羞地说："身外之物并不重要，品质才是你一生最好的名牌。"

味　道

薛丽峰

从小过敏性鼻炎，对味道特别敏感。

还有个不好的癖好：衣服是否该洗了，用鼻子闻一下；哪个菜好吃不好吃，也先闻闻。我妈见我闻东西就会训斥：像小狗一样，到处乱闻，这样的女孩子谁会要，嫁不出去咋整？

果然被我妈说中，毫无悬念地步入了大龄剩女的行列。自己还没着急，就被亲朋好友们的关爱所绑架，逼着去相亲，去参加单身联谊会。

又一个春暖花开的时节，好友又自作主张地给我报了一个单身联谊会。因为各种不情愿，我最后一个进入会场，看见门外摆放着许多鞋子，才知道需要脱鞋才能进屋。

好不容易找个空地，慌忙脱了鞋，悄悄溜进屋，蜷缩在离门口最近的地方，准备找个机会溜走。

还没有来得及喘口气，主持人忽然指着我说："今天我们换种方式开始我们的自我介绍环节，坐在门口最近的那个女士，请你站起来。"众人的目光"唰"地一下聚焦到我身上，我没一点防备，迟迟疑疑地站起来。

主持人接着调侃道："是一个非常优雅的女生。做点不太优雅的事情吧，去门外看看鞋子，看哪双鞋顺眼，就把它拎进来。鞋的主人来认领，然后做个自我介绍。"

走到门外，扫了一眼门口横七竖八摆放的鞋子，一双绛红色的休闲男鞋吸引了我。它整齐地摆放在角落里，鞋面打理得非常干净，鞋带打了一个精致的结，里面是雪白的鞋垫。

我迈过那些杂乱放着的鞋子，拎起它，左右看看没人，怪癖又来了，偷偷地放在鼻子下闻了一下，一点异味都没有。真是一个干净的男人，我喜欢把自己打理得干净的男人。

鞋的主人很快走过来认领了，长得还算高大，不是很帅。穿着浅咖色外套，黑色休闲长裤，雪白的袜子，给人一种清爽的感觉。他朝我微微一笑，露出洁白的牙齿，开始了他的自我介绍。

他的介绍我一句没听进去，因为他走近我的时候，闻到他身上洗衣液的味道，也是我最喜欢用的熏衣草香型。我使劲吸了吸鼻子，思绪早已飘远。想起来我喜欢的那首歌《味道》的歌词：想念你的笑，想念你的外套，想念你白色袜子和你身上的味道。

正痴痴地想着，轮到我介绍时，一向伶牙俐齿的我竟然一时语无伦次，不知如何应对。他赶紧安慰性地拥抱我一下，他身上那种味道更直抵我嗅觉。那一刻，仅目见鼻闻，我知道我已经爱上他。

未曾想，爱上一个人竟然是这般猝不及防，不需要太多理由，对于我来说，只有一个味道便够了。

现在我们是亲密恋人，他总疑惑地问："上天为啥对我格外垂青，为什么这么快就会爱上我？"我把鼻子凑到他胸前，边闻边陶醉地告诉他，因为你身上的味道！

作者简介：

薛丽峰，女，1971年3月出生，河南省洛阳市人，大学毕业，自由职业。

抚摸春天

贾向丹

一名男子，站在柳树前。

风肆意地吹着他的头发，而他犹如一尊正在沉思的雕像，黯然不动。

很久，他缓缓地动了，只见他慢慢地蹲下，开始用手刨坑。春天虽到，冬日的影子却未彻底离开，因此脚下的土地依旧硬如钢铁，而男子似乎没有意识到这些，哪怕手已红肿，依然保持着相同的速度刨坑……

终于，坑刨好了。

男子小心翼翼地将手伸进兜里，又再次小心翼翼地展开手心，是一支破旧的钢笔。

钢笔是他参加高中作文比赛的奖品。依然清晰记得颁发奖品的老师说："希望你能用这支笔写出一个灿烂的未来。"那是第一次，出生在小山村里的他知道，原来这世界上还有一种可以用笔写字的工作。从此他奋发图强，哪知竟没了机会——不日，他接到父亲去世的消息。

埋葬父亲后，他把所有的书束之高阁，唯独留下了这支笔。每每被生活压得喘不过气，他就偷偷拿着钢笔细细端详，想着那个遥远的梦想。

终于有天，他选择追求梦想，于是开始握笔勤写。白天跟着建筑队扛钢筋，晚上，在冬寒夏热的小屋子里，在用木板堆积成一个摇摇晃晃的书桌上，开始书写。

十年，笔耕不辍，终是没写出一个灿烂的未来。几番思索，几番纠结，他准备就此放弃，把笔深埋于此，把奋笔疾书却一无所获的青春深埋于此。如今一切准备就绪，却还是舍不得。

"请问，你认识方圆吗？"一个声音打断了他的思绪。

转身，看见一个文质彬彬的中年人，戴着眼镜，温文儒雅，或许是赶路的原因，此刻眉宇间皆是疲惫。

"我就是方圆。"男子苦思，"可是我未曾见过你。"

"这些文章是你写的吗？"中年人眼睛发亮，略带期待地问道。

"是的。"男子仔细翻看后，肯定回答，只是眼中俱是疑惑。

"真的是你？"中年人狂喜。

从中年人的叙述中，男子才知道他在外界已小有名气，只因跟着工地走，地址不停变换，编辑始终联系不上他。中年人觉得这根好苗子弃之可惜，于是开始在休假的时候按着一个个地址寻找，功夫不负有心人，终于找到了他。

男子听后，失声痛哭。

风轻轻吹开了中年男子手中的书，只见那一页写着："寒冬终会过去，而春天总会到来。"

染 发

贾向丹

不知何时，作为农妇的母亲，喜欢上了染发。每次阿阮回家的时候，都能看到母亲头发乌黑。

母亲当年也是美人，皮肤白皙，明眸皓齿。因为长期从事农活，年龄刚过五十，就满脸皱纹，头发灰白，皮肤粗糙如纸，比城里六十多岁的人还嫌老。每每看到，阿阮都悔恨当初远嫁，以至于现在未能常伴母亲左右。

母亲染发后，容貌未有太多改变，人却精神不少。开始阿阮并不反对母亲染发，只是次数多了，就忍不住担心。新闻上总是报道染发剂里面有些致癌物，虽未曾证实，却还是少染为好。

阿阮多次劝母亲不要染发，而母亲总是当面答应，背后依然如故。

元旦，阿阮回家，得知母亲生病了，急得忙不迭地跑到医院。到医院时，看到正在睡觉的母亲，眉头紧皱着，嘴里似乎嘟囔什么，她走近了，才听清母亲喊："阮儿"。

母亲醒后，她再一次让母亲随她一起离开，母亲再次摇头——落叶归根，她想一直待在这里。

三日假期匆匆而过，阿阮担心母亲，坚持不走，母亲急了，高声说："我没事了，没事了！"说着还蹦跳两下，哪知一个不小心，闪了一下腰。

五日后，母亲又来劝说："阿阮，没事了，你看娘的精气神多好。"

阿阮抬头，看见母亲样貌未变，头发却变得乌黑，趁着憔悴了脸上多了几分勃勃生气。

阿阮当真以为母亲身体无碍，于是放心离开。

十年后，母亲得了老年痴呆，谁都不认识，包括阿阮。她唯一记得的事情是染发。每次染发，都要求理发师把头发染得乌黑。

阿阮把母亲接到城里，为防走失，她当了母亲的染发师。

从此，母亲孱弱却温暖的声音就会时常响起："一定要染得很黑很黑，不然阿阮走的时候不安心。"

"好的，放心，一定保你满意。"阿阮笑语嫣然，眼眶里却俱是泪水。

夕阳，默默为她们奉献着最后一丝余晖，在阿阮不断翻回的手中，母亲一头的白发，渐渐变黑……

生日礼物

贾向丹

外面天色已经黑透，高耸的幢幢大楼，亮起了晕黄的灯火，万千灯火，万千温暖，却没有一份是自己的。

米兰身处简陋肮脏的平房，坐在稍微给力就咯吱咯吱乱响，仿佛再也不堪重负的小板凳上，悲伤地想。

男友出去买包子了。素包子，比肉包子便宜5毛钱。现在生活都不允许她吃最爱的肉包子了。

想到这里，米兰的眼睛渐渐黯然下来，头耷拉着，像是被一文钱打败的英雄汉，悲伤且沮丧。

"咣当"一声，门开了，男友微笑地缓缓走到米兰身边，暖暖地说："亲爱的，吃饭了。"

"你为什么不买包子？"

看着打开的盒子里是烤肉饭，米兰像是被踩住尾巴的猫，愤怒地冲着男友发火。

"烤肉饭10元，可以买20个包子，你知不知道？"边说边从包里拿出一百元，歇斯底里地吼叫，"这是我们最后的资产了，如果还找不到工作，我们就得饿死，你知道吗？知道吗？饿死。"

男友一把抱住她，瞬间泪流满面，声音因为过于压制，竟然带着一丝颤抖。片刻后，一抹眼睛，又是微笑："我知道，亲爱的，可是今天是你生日。我……我看了好久，没有10元以下的生日蛋糕，所以……买了你最喜欢吃的烤肉饭。亲爱的，生日快乐。"

米兰眼眶发酸，微笑说："谢谢你。来，我们一起吃烤肉饭吧！"

"我刚才吃包子吃饱了。"男友拒绝，微笑地送给米兰，"你吃。"

米兰红着脸撒娇："你帮我尝尝好不好吃！"

男友推辞不下，吃了几口，说："很好吃，你快吃吧！"

米兰吃了几口，乞求道："我吃不下了，你帮我吃几口吧！"

男友终是抵不过米兰请求，又硬着头吃了几小口。

米兰又吃了几口，捂着肚子说："我有点肚子疼，你吃吧！"

男友又吃了几口，看着剩下的大半部分米饭，用锅热了热，小心翼翼地端给米兰说："估计刚才是因为饭凉了，我现在加热了，你再吃几口。"

米兰又吃了几口，已见碗底，说："扔了吧！我吃饱了。"

看着剩下的米渣，男友终是不忍心，用筷子埋头苦吃，没有看到米兰脸上得逞的微笑，

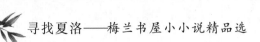

米兰也没有看到男友泪流满面。

饭后，两个依偎在一起，男友看着大楼里的万千灯火，温柔呢喃："兰，我会买这里最好的房子给你住。"

"我信你。"米兰憧憬着笑。

"兰，我会给你买最好吃的生日蛋糕。"

"我信你。"

……

四十年后。

宽敞的楼房里，一个男子追着一名老人跑。老人表情痴呆，动作迟缓，却紧紧抱着一块蛋糕，充满爱意地呼唤："米兰，你在哪里？快出来，我给你买了你最喜欢吃的草莓蛋糕！"

身后的男子眼眶尽湿，悲伤地说："爸，妈已经走了。"

老人似乎未曾听到，依旧不停地呼唤……

戒　酒

贾向丹

爆竹声中一岁除，家家户户挂起红灯笼，贴起对联与花纸。这欢天喜地的情景刺痛了张帆本就十分悲伤的心。

这是父亲离开人世的第一个年头。

往年，灯笼花纸与对联，都是他们父子合作完成的——他站在梯子上，父亲在下面指挥；哪怕是去年春节，父亲已经被病魔折磨得面黄肌瘦，走起路来都颤颤巍巍，就连说话都是说一句喘三下，轻小却急促，偶尔伴着几声咳嗽，他也没有缺席。

一周半的儿子犹如刚生下的小绵羊，跌跌撞撞搬着板凳，让父亲坐下。父亲带着他买的扩音器在下面指挥，他站在梯子上，把要贴的东西按照指示放正。一切完毕后，他回头一看，儿子正依偎在父亲身旁，高兴地大喊大叫。父亲布满沟壑的脸上俱是新闻。

仿佛昨天还是如此，哪曾想，只是眨眼睛，就阴阳两隔。

张帆憨厚，总觉得一大老爷们学那妇人哭天抹泪太过懦弱，可是满腔的愤懑又不知如何派遣，刚好碰上春节，亲朋好友欢聚一堂，推杯换盏，干脆借酒消愁。几番酒场下来，本就酒量不好的他常常酩酊大醉。看着以前滴酒不沾的男人，突然日日烂醉如泥，妻子既心疼又无奈。

这天下午，张帆又喝得醉醺醺，被朋友搀回来。因为过年，要忙的事情太多，因此妻子仅是把张帆扶到床上就继续忙事情了。好在张帆虽然总是喝醉，可是醉相极好，通常躺倒在床，大睡一觉就好。

张帆隐隐有些睡意后，突然感觉有双小手在挠自己的鼻子，别看手小，却相当有劲儿，仅仅一个回合，就在鼻头上留下来一道血痕。不用猜想，他都知道这是儿子睡醒了。若是平时，他自然和孩子好好玩耍一番，只是他今天实在无力，所以仅是挥开儿子的手，眼睛却未曾睁开，嘴里嘟囔一句："儿……子，儿子，让……让爹好……好睡。"

本以为儿子就此消停，哪知竟比原先更狠，挠了鼻子不见他醒后，就用小手抓起他的头发狠狠拉扯，奈何周公太过盛情，张帆实在没有力气睁开眼。其次儿子虽然下手较狠，但力气却小，对于皮粗肉糙的农家汉子来说，也就是比挠痒痒稍微疼些。因此，不论儿子如何捉弄，张帆始终闭目睡觉。

"爹，爹，醒……醒醒！"儿子捣鼓很久，不见张帆醒来，忍不住大哭起来，边哭边惊慌地摇晃，"爹，不希，不希……"

听到哭声，张帆迷迷糊糊睁开眼，见儿子惊慌无措，慢半拍地把儿子搂在怀里查看，"怎么了？孩子。"两人离得近了，才勉强听清楚儿子嘟囔的话语，原来是"不死"。

父亲离开那天，他就是这样摇晃父亲的，可是父亲再也没有醒来，而他号啕大哭。

张帆紧紧地抱住儿子，他从未想过，父亲的离开会给儿子造成这么大的影响，以至于幼小的儿子以为睡觉就是死亡，一个劲儿地弄醒他。也从未想过，自己醉酒竟然带给孩子这么大的恐惧。

本是借酒消愁，不曾想到越喝越愁，害人害己，这酒不喝也罢。

自此，张帆又回到了以前的滴酒不沾。

离 家

贾向丹

李志对母亲的恨是从一顿饭开始的。

李志自幼丧父，是母亲在物质极其匮乏的年代，咬牙坚持把他拉扯大，并四处借钱供他上完大学。这恩情，他一直铭记在心，也不止一次暗下决心，一定要把母亲接到他所工作的城市里住。

可他没有人脉，仅有的一身才华，也常常被上司抢走，以至于进单位四五年了，还在职工位置上打转。好不容易，打听到公司大老板的地址，又听说大老板甚是喜欢人才，于是李志决定春节过后，就去大老板面前展示自己一身才华，以求出人头地。

因此，日常都是元宵节离开的他，那年刚过初五就要走。年轻的小伙子，畅想未来，

不由得有些激动，以至于久久无法入睡。好在他早就多次叮嘱母亲五点之前喊醒他——母亲信守承诺在方圆十里是出了名的，因此，不怕赶不上车。

可是偏偏就因为做一顿饭，喊晚了。

"对不起。"母亲满脸愧疚之色，十分懊悔。望着疯狂的他，那双被生活折磨的枯糙如树皮、瘦弱如枯枝的双手，颤颤巍巍地想拍拍他的肩膀给以安慰，却又在对上他愤怒的眼睛时，一点一点缩了回去。

日后，虽然通过努力，在这城市里生了根，可李志的心里却始终有根刺。每每想起，犹如刀在心口里搅动，天长日久，恨意增多，以至于母子之间的情意越来越淡，特别是在母亲老年痴呆以后。

"爸，明天我要赶最早的一班飞机去美国参加一个很重要的会议，记得一定要喊醒我啊！"刚刚创业不久的儿子，笑着对李志说。

"这么早？明天才大年初二啊！"李志瞪眼，吃惊中全是不舍。自从创业后，儿子越来越忙了，昨天才回来，明天就要走。

"是啊！老爸，一定记得明天早晨五点喊醒我。"儿子紧紧抱住李志，不舍地说，"明天的会议关乎公司的生死存亡，老爸，我必须参加。等忙完这阵子，我好好陪陪你。"

这样的叮嘱好熟悉。

夜里三点，李志就起来了，想给儿子做早餐，又觉得太早，等儿子醒来，饭估摸着就凉了，虽说可以再热一下，但毕竟没有刚做出来的好吃。

三点半，三点四十，三点五十……

四点，李志做了早餐。

想喊醒儿子，又想起儿子昨晚很晚才睡，就想让他多睡会儿。

四点二十，四点三十，四点三十五，四点三十八……

四点四十，李志喊醒了儿子。

可是饭菜凉了，李志忙着热饭菜，等儿子慌慌张张赶到机场，迟到了五分钟，飞机已经起飞了。再看以后的航班，最早也得一个小时以后。

无论如何补救，时间终是晚了，而美国人，又相当注重准时，这单谈下来的概率就更小了。

儿子蹲下，低头、沮丧又落魄。

李志愧疚，颤颤巍巍地说："对……对不起。"

"没事。爸。"儿子一惊，随即一笑，潇洒地大手一挥说，"正好今天没事，我陪您打羽毛球吧！"

李志呆愣片刻，随后号啕大哭，哭得撕心裂肺，哭得痛彻心扉，然而，再无一双手，轻轻拍着他的肩膀，给以安慰。那双手的主人，已经不记得任何事情，整日喃喃着一句话："对不起。"

包饺子

贾向丹

那年，是他们结婚的第一年。

那天，是冬至。

按照女孩子家乡的风俗，那天得吃饺子，不然耳朵就冻掉了。

"我们包饺子吃吧！"她笑着询问他。

"好。"他微笑答应。

在此之前，她是家里的小公主，十指不沾阳春水。他是家里的小皇帝，衣来伸手，饭来张口。

她小时候很喜欢包饺子，自从十岁那年学擀面皮弄伤了手，母亲就再也不让她碰面粉。刚开始特别生气，再后来学业越来越多，也没那心思了。及至长大，受到"女人应该从厨房里走出来，去开拓事业"等新观念的灌输，慢慢开始瞧不起整日围着锅台转的女人，离厨房也就更远了。那天在办公室看到一个男同事吃着老婆给他做的盒饭，一副心满意足的表情，她突然想做个好厨师，为他洗手做羹汤。刚好今天有空，就想试试。

至于他，受到老爸"君子远庖厨"的影响，更是视厨房于洪水猛兽，从未进过。

所以在包饺子上，她是半桶水，他半桶水都没有。

好在现在信息比较发达，菜谱永远都挂在网上，供你使用。于是他们按着菜谱行动，本以为有地图在手，到达目的地那是指日可待。真正行动起来，却状况百出。

和面时，她总掌握不住分寸，不是稀了就是稠，稀了就放面，稠了就放水，最后手忙脚乱弄得一身面粉不说，面也没活成。整个过程，他细声安慰，不住规劝，她依然十分生气，最后愤愤一甩手，老娘买饺子皮去。

切菜时，尽管他十分注意，还是不小心切到了手指。他这还没喊疼，她的眼泪就哗啦啦留下来了，搞得他这个伤号还得回过头安慰她。

调菜馅时，盐不是放多了，就是放少了，好不容易差不多了，才发现鸡精没了，于是他赶紧买鸡精。鸡精买回来了，发现还差饺子调料，于是她又下去买饺子调料。如此忙碌几番，才堪堪把菜馅调好。

至于包饺子，那就更别提了，只需把菜馅包进去，就难得他们头上冒汗，最后还是她主意多，拿出手机百度如何包饺子。

好不容易跟着百度学会了包饺子，才想起饺子调料没放，于是又是一番忙碌。

到下饺子的时候，两人傻眼了，除了品尝还有别的办法知道饺子生熟吗？没有，所以两个人每隔一段时间尝尝饺子，生的，生的，还是生的，两人有些欲哭无泪。最后他一狠心，不尝了，就这么一直煮着。菜馅比鸡蛋易熟，只需比煮鸡蛋的时间少些就可以。为怕时间多了，他拿出手表，精确地确定时间。结果还没到时间，锅里溢出许多白沫，她着急，立刻去掀盖子，锅里的热气瞬间就烫伤了她的手。他又手忙脚乱地去拿烫伤膏。如此几番忙碌下来，饺子终于熟了。

端上来的饺子，十个有六个是破皮的，有两个饺子是黏在一起的，剩下两个虽未破皮，但捏功不好，导致饺子外形极其难看，还没破皮的顺眼。

"以后再也不包饺子了。"她说。

"以后还得多包饺子。"他说。

异口同声地说完，两人互相看着对方，心里寻思着难道这就是心有灵犀一通？可为何内容截然相反。

"老婆，咱们以后多包几回饺子，就好了。"他细细摩挲着她的手，暖暖地说，"我喜欢吃你包的饺子。"

他手上的刀痕已经不再流血，化作成一条红红的线条，色如玫瑰。饺子的气息混合着他身上淡淡地清香，一同进入她的鼻子，温暖又好闻。

"好。"她嫣然笑答。

那晚，吃着咸淡不均的饺子，喝着几乎可以成为菜汤的饺子汤，两个人漫天闲聊，笑谈趣事。她眉飞色舞，欢快如出笼的小鸟。他神采飞扬，开心如全部绽放的花儿。未曾言明，却自有一番深情流入其中，不过一顿饺子，唤起的烟火气，让终日忙碌以至于渐渐有些无话可说的他们，又找回了初恋时的温情。

以后不只要多包饺子，还要多做面食、蒸糕点呢！她暗暗地想。

脱 发

贾向丹

老张脑门锃亮，小张头发乌黑发亮。

他们是父子更是朋友。

老张最爱的是他的工作，小张最爱的是他的头发。

老张每天忙到深夜，小张则为他的头发操碎了心。

当别的孩子来回疯跑不知干净为何物的时候，小张就学着从邻居老中医那里听来的土方法——用淘米水加上醋洗头；当别的孩子才明白洗脸这个概念的时候，小张早就学会了如何保持干净的仪态，尤其是他那一头乌黑的头发。

小张是村里第一个用上洗头膏的人，就为这事，老张拎着碗口粗的木头棒子，追着他跑了三条街，边追边不满地吼叫"一个男孩干吗学那些娘们的作风"。快上初中的小张边撒丫子跑边在心里不满地翻白眼："切！学你光头就是男子作风吗？"

"兔崽子，跑得还挺快！"老张首先停下来，望着在他前面几步此时正呼哧呼哧喘气的小张，笑着说道。

小张明白，老张是让着他的，一个身经百战的警察怎么会追不上一个半大孩子？这就是他喜欢老张的原因，尽管自己比较弱小，他却总是给机会让自己赢。

可是自从上了初中学会生物这门课程以后，小张明白"遗传"无比强大的功能后，这喜欢就少了几分，惴惴不安地寻思着，小张决定询问老张光头的原因，但又担心伤老张自尊心，于是换了一种委婉的问法。

"爹，我爷爷也是光头吗？"好不容易赶上老张有一天在家里吃晚饭，小张面带忧色，纠结良久，才忐忑不安地问。

"不是，你爷爷头发可浓厚了。"老张一边狼吞虎咽地吃饭，一边含糊地回答道。

小张一颗悬着的心终于落下了地，看来老爸光头是自己身体的原因，而非遗传，那就是说，他乌黑的头发依旧会好好地长在他的头顶上，意识到这一点，本来没有胃口的小张，也学着老张的样子狼吞虎咽地吃了两个大馒头。

"行啊！小子。"老张边擦嘴边大笑着说。

"那是。"小张喝了一大口汤，不服气的昂头回答，"不吃那么多，怎么给我这一头黑发提供营养？"

"小子，你能不能爷们儿一点，别学那些小姑娘似的那么在乎自己的头发？"

"老爹，你能不能有点仪态，别整天学那电影里的古惑仔似的光着头？"

"靠！老子是警察，人民警察。瞎了你的狗眼了看老子像古惑仔？"老张把眼一瞪，气势汹汹地骂道。

"爹，我是中学生，像你一样光头，老师会把我赶出学校的。"小张倒是慢条斯理，未有一丝愤懑。

这样的对话，在此之前，已经出现无数次。在此之后，也出现了无数次。可是爷俩都是犟脾气，谁也说服不了谁。最后老张继续光着头工作，小张继续保持乌黑发亮的头发上学校。

老张从未想过有一天，还没到退休的年龄，腿就瘸了；小张也从未想过有一天，无论使用任何办法，他乌黑发亮的头发都保不住了。

老张在一次追捕的过程中，不幸中弹。本就熬了两夜一天精神有些不好的他，瞬间就晕了过去。不过在晕倒的时候，他狠狠地抱住了歹徒的大腿，歹徒焦急，连打带踢，严重的腿伤加重，纵然医生全力以赴，这腿还是瘸了。

小张警校毕业，接替了老张的工作。

接替了老张工作后的小张，乌黑发亮的头发先是慢慢失去光泽，再是一缕一缕地掉，最后竟然和以前的老张一样，脑门锃亮。邻居老中医的儿子，子承父业，不止一次告诫

小张少熬夜，不然这头发永远长不出来。小张总是哈哈一笑，未曾当回事儿。没办法，事情太多了，即使整天熬夜都还做不完，哪能早点歇息？

二十年后。

老张有些老年痴呆，他已经忘记了很多事情，可帮小张打听治疗脱发秘方的事却没忘，逢人就说："我家那小子，从小喜欢乌黑的头发，不知道怎么回事儿现在竟然成了光头。你要是有治疗脱发的秘方，还请记得告诉啊！"

大多数人都点头称是，然后继续匆匆赶路，而一些老街坊会说："这事你问自己就成了，当年你也是光头，这不，现在也长头发了嘛！"

在老中医儿子的帮助下，老张渐渐有了一些头发，虽说稀疏如小鸭绒毛，但好歹是长出头发来了。

"我早试过了，对他不管用。"

夕阳下，小张低着光头任由老张捣鼓。老张看着小张的光头，犹如农户看着刚种进地的种子，一脸希冀，一脸憧憬。

过了些日子，发现依旧没有效果，于是老张再打听别的方法，再捣鼓小张的头，如此不断循环。

傍晚的阳光，晕黄暖暖，慈爱又轻柔地照在父子俩的身上……

离　别

贾向丹

在她的想象中，与他的离别是这样的。

晨光初露，带着淡淡暖意，微风轻拂，吹过阵阵清香。他一如恋爱时候那样，含情脉脉，一眼深情，操着一副与其脸上深情极度不符的大嗓门，犹如张飞在学林黛玉说话的扭捏模样，像《大话西游》里的唐僧一样，唠唠叨叨地嘱咐她，中午一定记得吃午饭，记得多喝水等等之类的话语，一遍又一遍，腻得不行。

又或者像结婚以后那样，他眼含深情却嬉皮笑脸，用无比正经语气说着无比肉麻的话语："老婆，咱俩还没分开，我就想你了。真想永远和你在一起。"可是如果她点头称好，他则会憨笑："保持现状，保持现状。"

他和她的每一次离别，犹如他俩的生活那样，温馨中带着欢笑，情深中带着唠叨，平凡又快乐。

可实际上，他们之间的离别是这样的。

微信里他说：老婆，我走了啊！好好照顾自己。

她还未睡醒，他却已经悄然离去。多少次的分别，他们甚至连面都没见。作为一名警察，他24小时随时待命，而她作为一名军嫂，已经记不清有多少次的离别，是在微信里进行的。

她非常讨厌这种离别方式，冷冰冰的手机，又怎么能跟他宽阔的胸膛相提并论；而那些带着情义的话语，又怎么比得上从嘴里说出来的温暖？她抗议过无数次，甚至还因为这事情闹离婚，终究是败给了他的一往情深。于是她想，离别的方式稍欠温暖，也没什么，终究，他会回到她身边，这样，也好。

可是有一天，他走了，却再也没回来。

她永远记得那天，那天是她生日。为了早点回来陪她过生日，他常常熬到深夜，费尽心思，硬是把所有的工作提前了两个小时完成。

那天，他们像平时那样面对面的离别，只是和平时稍微有些不同。在两人离开之际，他紧紧地抱住了她，又轻轻地给了她一个吻。她的眼睛里布满笑意，深情地叮嘱："好好照顾自己，一定记得吃午饭，等你晚上回来，就会看到一桌好吃的。"

"好。"他笑着答应。

然后，他们各自分开。

她等到深夜也没看见他的身影，知道他肯定去工作了，于是她便洗漱睡觉。

醒来，听到本市某个商场发生了爆炸，听到有警察在爆炸里受了伤。她的心猛地一揪，进而又想：即便是他受伤也没关系，甭管伤有多重，这辈子她陪他度过就是。这样的心理准备在这次之前，曾经做过无数次，她想着，在这次之后，也一定会做无数次。他们是夫妻，他在追梦，她陪着就是，刀山火海，碧落黄泉，往前走就是，只要他们在一起，什么情况都不怕。

纵然她有生死相随的准备，命运却不允许。在那场爆炸里，的确有人受伤，可是新闻里还报道了，有人死亡，只是当时她只顾着收拾他受伤后需要准备的东西，而没有听到。

她想象过多少次他们的离别，就想象过多少次他们的相聚。和他相聚，即便是在烈日当空的中午，即便是在寒风凛冽的冬日，也觉得那时候的阳光是明媚的，那时候的寒风是温暖的，那样的相聚是最美的。可是有一天的相聚，让她悲痛不已，明明温煦的阳光却像是藏了针，明明和煦的春风却像是藏了刀，一旦照在身上，立刻血肉模糊。顿时觉得天旋地转，然后眼睛一黑，就什么都不知道了。

一张化验单从她手中滑落，上面写着胎儿已经两月，一切发育正常。

在他的追悼会上，好多至亲与亲朋，望着她不过几日就从原来的珠圆玉润变成了现在的憔悴不堪，仿佛一阵冷风都可以把她吹倒，极不忍心，于是有人就劝她哭出来。

她听后，却缓缓笑了，众人见她如此模样，更是心疼不已，只是心病还需心药医，也许唯有漫长的时间才可以抚平这些撕心裂肺的伤痛。

翌日，她抱着他的骨灰，望着他的遗像，笑着喃喃自语，"你终于不会离开我了，我们再也不会分开了。真好。"

五十年后。

有个中年男子走向她，问："知道我是谁吗？"

她摇摇头。

男子极力压下悲痛，颤抖着嘴唇，轻轻地说："母亲，你怎么连我都忘记了？"

见她半响没有动静，男子顺着她的目光望去，看到了父亲的遗像，顿了顿，又问："母亲，那他是谁呢？"

她温柔注视，满含深情地说："我的爱人。"

春天的爱情

贾向丹

她和他相识于春天军校里的那场舞会。

他是令人尊敬的大老粗军官，她是人人避如蛇蝎的资本家大小姐。

他不会跳舞，所以一百个不想来，奈何上司一再邀请，而最终让他下定决心来参加的原因，是知道了举办舞会的目的是给他们这些军官找老婆。没办法，对单身汉最大的诱惑就是"老婆孩子热炕头"。

她会跳舞，只是不喜欢像白菜似的供别人挑选，所以一直没想来。当然，以她的情况，也没有资格参加舞会，只不过有个同事生病了，领导威逼利诱，她不敢不听，所以来了。

于是他们就在那个春天的夜晚相遇了，然后两个都不想跳舞的人，最后进入了舞池。当然跳舞的时间仅限于几分钟，主要的原因是他老踩她，农村汉子，又是军人，一踩一个坑，她实在受不了了，只得喊停。

舞会结束，他对她展开了疯狂的追求，她却一再犹豫。

她心目中的恋人，是个高大帅气文质彬彬的绅士，而他高大有余帅气不足，绅士风度有之，却是刻意装出来的。

她心目中的恋人，会深情专注，含情脉脉地在她耳边说："我爱你。"而他却粗声粗气地问："你嫁不嫁给我？倒是给老子一句准话啊！"

她心目中的恋人，会同她吟诗作画笑谈古今，而他整日粗鄙不堪……

总之他和心目恋人相差太远，所以她一直拿不定主意。可实际上，她并没有拿定主意的资格，在世人看来，一个资本家小姐，嫁给一个军事高管，是她高攀了。就连自己的亲哥哥都明着暗着劝她嫁给他，为这事情，一向温顺的姐姐同大哥唇枪舌剑。

最后她听了嫂子的话，与爱自己的他结婚。可是他的组织不允许，在那个年代，资本家小姐的地位还没有农民高。她想放弃，却未曾想他据理力争，甚至冒着撤销军籍的危险也要娶她。第一次，看着黑瘦粗俗的他，她哭了。

好在组织开明，最后还是批了，不过负责人告诉他，这辈子他都别想升官了。

他淡淡一笑，瞒下了所有的事情。

不论什么时候，只有爱情的婚姻是脆弱的。他们也不例外，她是护士，要求他每天洗脸洗脚，讲究卫生；他整日苦练，脚一星期不洗都是常有的事情。她注重营养，每天鸡蛋牛奶；他喜欢包子馒头，外加面条。她凡有可能，总想乘坐拉车；他出身贫家，总觉得这是剥削别人……

如此三观不同的两个人，放在任何时代，都是早晚要散的事情。可他俩却把生活过得鹣鲽情深、夫妻和睦。

五十年后。

他八十大寿前夕。

她想送给他一身亲手织就的毛衣毛裤，结果高估了自己的速度，眼看寿日将近，便开始熬夜编织。他心疼，一次又一次地催促她睡觉。她嘴里说着很快，人却一直没动。知她强硬，他只得独自上楼睡觉。

一觉睡醒，发现她还未上床，于是披衣去找，发现她瘫睡在沙发上。搁在当年，他立刻横抱她上楼，现在，不行了。于是蹲下身来，轻声呼唤她的名字。始终不见人醒，他慌了，哆哆嗦嗦地拿起手机，颤颤巍巍地按键，战战兢兢地打了120。

医院的急救室外。

常在身边的大女儿和女婿，轻声细语地安慰他离开，医院这里有他们。他不走，像个孩子，固执地搂着座椅，颤声说："我就在这里等你妈醒来。"

他最喜欢的小女儿从远方赶来，劝他离开，他依旧不回。他最喜欢的大儿子从部队赶来，劝他回家，他依旧固执己见。三儿三女，谁劝他，他都是一句话，不回。儿女说得多了，他就哭。一辈子坚强如铁不落泪的他，哭得像个孩子。

他八十大寿的那天早晨，她醒了。

"终究没赶上你大寿的时候送给你。"她满腔后悔，十分遗憾。

他笑了，颤颤巍巍理了理她的发："老婆子，你能醒来，就是我最好的生日礼物。"

外面，春日的阳光，和煦地倾下来……

没有新郎的婚礼

贾向丹

这里正在举行一场婚礼。

台上放着罗兰和杨成的婚纱照，桌子上摆着饭菜，主客把酒言欢，好生热闹。

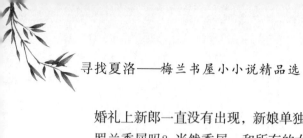

婚礼上新郎一直没有出现，新娘单独一人上轿车、下轿车，笑意盈盈欢迎进来宾客。

罗兰委屈吗？当然委屈，和所有的女孩一样，她期待白马王子，更期待白马王子给他一场浪漫而盛大的婚礼。

杨成工作比较忙，婚礼一推再推。从去年的十一，推到元旦。再从元旦推到五一，再从五一推到今天。

好事多磨，罗兰一直盼望这场婚礼的到来。所以，筹办婚礼的事都有她一人操办。对于杨成，她唯一的希望是，能陪她拍婚纱照，能在结婚现场出现。

第一件事杨成做了，虽然用了五天时间才拍好婚纱照，罗兰心里依然十分满意。

第二件事情，杨成缺席了。

昨天晚上，她正在陪父母说话，杨成电话来了，听到那边一直沉默，罗兰的心都揪了起来，手忍不住地颤抖，甚至连呼吸都放慢了，十分担心会出现她想象的事情。

"兰。"杨成十分愧疚地说，"对不起。"

罗兰的眼睛潮湿了，她哽咽地问："那，迎亲能来吗？"

"不能。"

"那，举行婚礼的时候……能来吗？"

"估计……不能。"

"那……晚宴呢？"

"……"

罗兰吸吸鼻子，用纸巾擦着眼，强颜欢笑："那你去吧！"

"要不……把婚礼往后推推。"

"不用，我能。"罗兰擦干泪水说。

知道他来不了，罗兰还是忍不住地往门口瞄。

婚礼就要开始了，主持人看到只有罗兰一人，顿感尴尬，只好让罗兰宣读婚礼致辞。

全场鸦雀无声，唯有罗兰有些嘶哑的声音，宣读婚礼致辞。

"新郎的婚礼致辞……"主持人斟酌着语气，讪讪问道。

"我来读吧！"

"我来读吧！"

第一个声音是罗兰，此时她早已收起小女儿般的委屈，一副端庄优雅的仪态。

第二个声音是……

众人往后一看，只见一个黑瘦的小伙子，弯着腰，呼哧呼哧地喘着气，身上的新郎服早就没了原先的整洁，破破烂烂犹如乞丐服。可是他的眼睛很亮，像是天上的星星，含情脉脉地看罗兰。

"老婆，对不起，我来晚了。"

罗兰捂住嘴巴，想哭。

未曾想，他能赶过来。本来有千言万语想对他说，可看见人了，又觉得没啥可说的。一转眼又寻思，不说什么，有点说不过去。于是罗兰笑了笑说："杨警官，谢谢你来参加婚礼。"

"不客气。"杨成憨笑。

众人想笑，可转瞬间，又想哭。许多年后，很多人都忘记当时婚礼上的状况了，却都清晰地记得罗兰那句："杨警官，谢谢你来参加婚礼。"

我是你爸爸

贾向丹

地震过后，房屋倒塌，目之所及，一片狼藉。

郑明所在的救援队接到任务以后，火速赶到灾区，开始了搜救工作。

第二天下午，郑明路过废墟的时候，听到有敲击的声音，他兴奋地扔下手里的面包，飞快地跑过去。走进了，才听清孩子王天虚弱的求救声。

王天所处的地方比较深，加之地方又比较窄，无法借助于机械，只能用手。于是郑明和其他救援队员用手刨砖块碎石。为免孩子害怕，郑明不停地同他聊天。

"叔叔，我害怕。"

"不怕，有叔叔在。"

"叔叔，我冷。"

"不怕，有叔叔在。"

十米长的生命通道，一点一点被一双双血手慢慢打开，近了，又近了……

突然一阵余震，本来情绪稍微稳定的王天又如惊弓之鸟，吓得哭喊："爸爸妈妈。"

郑明既担心余震会给他带来痛苦，又担心他哭泣会造成过多力气的消失，等不到他们的救助。余震虽然不厉害，可还是造成一些碎石的脱落，以至于稍微有些进展的工作又得从头再来。

郑明焦急地挠着被汗水浸湿的头发，深情地呼喊："孩子别哭，爸爸在这里呢！"

"爸爸，你的声音怎么变了？"废墟里传来孩子惊讶的声音。

郑明舔着干裂的嘴唇回答说："这两天找你找的。"

知道爸爸在外面救他，孩子安静了下来。救援队终于抢在了死神的前面，把王天救了出来。

虽然已是傍晚，光线昏暗，但郑明还是用衣服蒙住了他的眼睛。郑明把王天交给医务人员后，就加入了救援的队伍。

那年，王天八岁，郑明二十八岁。

二十年后。

一样的地震，一样的处处狼藉，一样的救援队，一样的被困的人。只不过，这次是郑明被困，王天是救援队。

作为军人，郑明身手矫捷，他第一时间跑了出去。当他发现邻居还被困在屋内时，就折了回来。他刚把邻居推出门外，还没来得及走，房子就塌了。

王天见到郑明是在地震的第三天，听到有敲击的声音，他欣喜若狂地跑过去，仅仅一个照面，他就知道这是自己的恩人。较之以前，现在的救援设备已经高级许多，可是王天等不及，直接用手刨碎石。不一会儿就鲜血淋淋，后来赶到的救助队员，忍不住惊呼：“王天，你这是干什么？难道你不知道救人最主要的是安抚住受害人的情绪吗？”

“他一定能等我就地救援。”王天边不停地刨除碎石，边坚定地说。

“你怎么知道？”对方吃惊地问道。

“因为他是我爸。”王天不容置疑地说。

郑明被救起后，拉着王天的手激动地说：“谢谢同志！谢谢你救了我”

救助队员以为郑明脑子坏了，就说：“吓傻了，脑子坏了。”

郑明瞪着眼问：“谁脑子坏了？”

“脑子没坏，怎么不认识自己的儿子？”

“我自己的儿子能不认识？这真不是我儿子。”

两人一起看向王天，王天激动地对郑明说：“爸，我是王天。”

郑明愣了半晌，痛骂道：“你这崽子咋在这里呢？知不知道我找你找得好苦？”

王天点点头。他怎么会不知道呢？郑明已经给他许多，万不可让他因为自己而离婚。在贫瘠不堪的年代，多个孩子多张嘴。王天能理解，所以他独自走了。后来，王天联系上了在外地的小姨，就只身去了外地。

一对没有血缘关系的父子，犹如真正的父子一样，双手紧紧相握，明明有千言万语想说，却又觉得不说话更胜过千言万语。

远处，救助队员用手机，记下了这感人的一幕。

终于理直气壮了一回

贾向丹

他总是没理。

经常忙碌的他，好不容易有天歇息，自告奋勇地接替她送孩子上学的任务。她几番犹疑，终是被他的信誓旦旦打动，于是千叮咛万嘱咐，送他和孩子出了门口。哪知一回身，就看见他气喘吁吁地跑回来，一问，才知道忘记带孩子课本了。她心里那个气啊！直接就是对他一顿长时间的数落。换作村里别的男人，早就摔东西骂娘了，就算脾气稍微好点的男人，大概也会同她理论。

他给她搬个板凳，像小学生听老师讲话那样笔直地站着，认真听着训斥。心中估计时间，觉得她口渴了，立马颠颠地跑过去，给她倒杯茶，然后重新站好，认真听训。边听边不住地点头："是是是，你说得对，下次我一定改。"

一番忙碌下来，整得她都忘词了，于是又是一顿训斥。

他虚心接受教训："是是是，我错了，下次我不跑了。您继续，继续，我这认真听着呢！"

经常忙碌的他，有一天休息去买菜，结果买回来的青菜蔫巴巴的，西红柿三个烂了两个，黄瓜更是老得不行，像柴火。于是她又开始数落他。换作村里别的男人，早撂挑子不干了。

他给她搬个板凳，蹲在一旁，虚心认真地跟她学习买菜知识。许是男人干力气活行，这费脑子耗脑力的活还真做不来，不管她如何教他辨别新鲜菜，他都不行，于是她又训话了："你这脑袋怎么长的？怎么说这么多遍都记不住？"

他又虚心接受批评："是是是，我以后一定记住。"

从结婚到现在，从青丝变为白发，从年轻慢慢变老，几十年的时间里，他总是没理。

有一天，大儿子问他："爸，你说你一厂长，怎么总是被我那做清洁工的老妈训？不觉得窝囊啊？"

他冲儿子吼道："滚！"然后看着正在做家务的她，没好气地说："你懂什么？你妈那是对我好。"

儿子仰天长叹道："爸，我看你就是奴才命，挨训斥还喜欢。"

"老子愿意，老子愿意一辈子被你妈训。"他骄傲地说，"你懂什么？臭小子。"

儿子摇摇头说："是，您懂，我不懂，我什么都不懂，祝您一辈子没理。"

他得意地说："是，我就愿意。"

可是有一天，他终于理直气壮了一回。

那天，她收拾家务的时候不小心摔倒，送到医院后，直接就进了手术室。手术室外，大儿子劝他回去，他摇头不回，儿子劝得厉害了，他就哭。眼看八十岁的他，容颜衰老，头发全白，哭得上不来气，边哭边凄凉地说："你妈要是有个什么，我该怎么办？娃啊！别赶爸走，成不？"

手术做完后，医生说："还没有脱离危险期，病人身体不好，再加上又摔了一下，你们得做好准备。"

他恳求医生说："求求您！一定要救活她。"

平时万事好商量的人，撅起来还真让人没有办法。二儿三女，谁劝他都不回去。劝得厉害了，就哭。一听说医药费不够了，赶紧张罗着卖房。几个孩子都看傻了，这气势，这决绝，怎么也无法和那个被家庭妇女训成小学生模样的男人联系起来。

就在他和孩子激烈争执是否卖房的时候，她醒了，一听说他要卖房，直接就训斥上了："卖房了咱们去哪住去，这都一辈子了，你做事怎么就不过脑子？"

他又恢复成原来的模样，谦虚认真地点头说："是是是，你说得对，是我错了。"

她犹觉得不足，继续训斥着。他不停地点头。

窗户外面，夕阳漫天，给房间蒙上了幸福的浅黄色外衣。

可惜不能骗你一辈子

贾向丹

他是村里数一数二的干活能手，双眼皮，大眼睛，一米七的个头不算高，却给人稳稳的安全感，因此是十里八乡未婚姑娘的梦中对象。

她是有些学识的姑娘，丹凤眼、柳叶眉，微微一笑犹如三月桃花。美中不足的是，小时候得过小儿麻痹症，留下个瘸腿的毛病。人长得不错，可毕竟不能当饭吃，在挣工分的时代，自然还是有把子力气的女人好养活。所以她是很多小伙子的梦中情人，却不是爱人。

除了他。

他说："你嫁给我，我一定会让你幸福的。"

她信他，早想应他，可他的母亲，那位憔悴不堪的老人，背着他，无数次恳求她。

"闺女，他爹走得早，我又整天吃药治病，再加上你，他的压力太大了。妮啊！你行行好，别答应他，成不？"

那浑浊的眼中带着恳求，她狠不下心拒绝。

无数次，她独自一人蜷缩在床上，无声地哭泣。多想同他迈入婚姻的殿堂，从此相爱到老。

她永远记得那天，干农活的时候，他不小心，伤了眼睛。等大家伙着急慌乱地把他送到医院的时候，医生摇摇头说晚了。虽然他只是伤了一只眼，可她依旧哭得眼睛红肿，恨不能把自己双眼送给他。

由于都是残疾人，再往后，面对他的表白，她便不忍心拒绝。加之他娘反对意见越来越小，就这样，在双方父母的祝福下，第二年春天，他们结了婚。

婚后他依旧能干，干活的效率不输于那些健康的人，所以工分依旧挺高。她则沉下心，忙于家务，照顾孩子，唯一和村里妇女不同的是，她会教孩子读书学习，每个月从收入里生硬地抠出固定的书刊费用，让孩子在知识的海洋里遨游。就这样，三儿两女，都让他们供成了大学生。

那天两人正在吃饭，忽然看见他身子一歪，倒了下去。换作平时，她早就吓晕了，可是那天却出奇清醒，还有精力有条不紊地安排事情。

医生的大儿子告诉她，他眼睛周围有个瘤子，得手术。

她稳住直发抖的手，哆嗦着嘴问："有，危险吗？"

大儿子沉默不语。

她沉默半晌笑着说："没事，我照顾他。"

大儿子眼睛一酸，难过地说："也不一定有事，但必须做手术。"

她依旧笑。

可是背地里，常常垂泪。

病房里，他俩相对而坐。

他看着她哭肿的眼睛，心疼地呵斥："哭啥？我这不好好的吗？"

见她又要落泪，忙用枯瘦的茧子手轻轻擦拭掉，满含柔情地说："没事，我会好好的。老婆子，你放心。"见她一脸不信，又说："结婚这么久，我骗过你吗？"

她悲伤地摇摇头。可是这次不一样。

手术那天，谁来劝她，她都不走。她想他醒来看见的第一个人是她。

手术室的灯终于灭了，她慌忙起身，看到医生黯然的脸色。她心一疼，眼泪掉了下来。可是到了病房里，她就笑，一边落泪一边笑着安慰他。

他说："哭啥？"

她恼怒道："哪有？我这是沙子进眼睛了，揉的。"

他再笑："别装了，我都看见了。沙子进眼睛怎么可能红肿？"

她气愤说："你看见我眼睛红肿了？那你还看见什么了？"

他温和地笑："还看见你戴着我送给你的耳坠。"

她大吃一惊，这耳坠是他的传家宝，据说帮他爷爷奶奶度过好几次困难。她图个吉利，一把年岁了，今天又戴上了它。

"你……"

"都说我能看见了。"

"那……"

"我以前的那只眼睛能看到。"

"所以，所以，你一直都不瞎。"她颤声问道。

"是，本想骗你一辈子的。"他一脸心疼地理理她的发，"可是看你实在难过，骗不下去了。"

"你，你……为什么这样？"

"不骗你，当时你怎么会嫁给我？"

鸡同鸭讲的爱情

贾向丹

他是美国飞虎队的大头兵，她是有些医疗知识的农村姑娘，本来没什么干系的他们，因为一场战争，聚到了一起。

那天，他所在的部队受到袭击。尽管他们奋力抵抗，依然寡不敌众，彻底败北。最后剩下他和一个伙伴逃了出来，还未庆祝脱险，两人所乘坐的飞机就直直地落下来，只听"碰"的一声，飞机彻底散架。

又饿又困的他只觉眼前一黑，就彻底没了知觉。

再醒来，就看见她的身影。

她用着他听不明白的语言关切地询问，他一愣，用着她听不明白的语言生硬回应，就这样，开始了他们鸡同鸭讲的交流。

明明互相听不懂对方的语言，却因为关怀的眼睛，温柔的语气，渐渐熟悉起来。

有一天，她说："我教你学习中文吧！"

他身子不由自主地向前倾，好像离得近些就能够听明白她的意思，但实际是徒劳，他也知道，但每次都忍不住这样做。

见他沉默，她以为他同意了。

于是指着杯子，字正腔圆地吐词："杯子。"

他皱眉，以为她是在问这是什么，于是慌忙答道："cup。"

从这天开始，他们开始互相学习对方的语言。

时间一天天过去。

他本来以为，与部队失去联系、异地他乡养伤、同伴死去只剩自己的日子，相当难熬。

可实际上，因为有她的存在，日子似乎也没有那么难熬。

他们约定多用对方的语言说话。

比如吃饭了，她会说"eat饭。"她还没有学习"饭"这个字的英语。而他则会说"吃food。"他还没有学会"食物"这个词的中文。

外人觉得别扭，因此不论他俩谁开口，都忍不住哈哈大笑。

为了避免对方尴尬，现场只剩他们自己的时候才会如此说话。

可这样的情况实在少之又少。

由于日方的猖獗，她这个临时的小诊所里塞满了人。

每天她都像个陀螺似的忙得团团转，一天里虽说经常见面，单独相处的时间少之又少。

有段时间，看她白日忙碌，晚上同他学英语，整个人累得憔悴不堪，想让她放弃。

可他还没学会"放弃"这个中文词语，所以无法表达出自己的心意，在他的期待与纠结中，如金子般的时光就这么缓缓流走了。

他从未放弃过学中文，哪怕是被身上的疼痛折磨得大汗淋漓。

他经常默问自己为什么？是担忧？担忧他不能给她一个未来。是难过？难过他未能如正常人一般站起来拥抱她。是焦虑？焦虑她会拒绝他。

那天，日军又来扫荡，他在转移的时候由于走路太急，腿又疼了起来。

他一直坚持，事实证明，他高估了自己，一如他高估了自己对她的爱。

他大声呵斥，用尽各种办法让她走，她都坚定如钢地带他一起走。

枯瘦的她咬牙肩负他前进，豆大的汗珠，粗暴的青筋，咬破的嘴唇，每每想起，他都心疼如绞。

无数的日子里，他都想着若她当真离开，他是否舍得？每次答案都是不舍得。

于是，他决定向她表达爱意。

虽然不知道中文的"我爱你"如何叙说，可这难不住他那聪明的脑袋。

他小心翼翼又忐忑不安地向其他中国伤友询问："我吃饭，我爱夏天，你很好。用中文如何说？"然后把"我""爱""你"三个字组合在一起，不断默默练习。

那天，是"七夕"。

临时搭建的诊所内，有好几对男女互表爱意，有成功的，也有失败的。

他就打算向她表白，话到嘴边竟然吐不出一个字，脑子一片空白，竟然忘记了那些倒背如流的话语。

他十分紧张，她则温柔地看着他，眸子里带了几分期待。

终于，他战胜了紧张，冲着她说出了磨烂于心的三个字——我爱你！

然后他看见了他那心爱的姑娘眼神温柔如水，脸红犹如苹果，唇笑犹如桃花。

然后他听到了那张樱桃小嘴用着十分地道的英语说："I love you。"

火中英雄

贾向丹

山林中，明明上面的火已经熄灭，风一吹，又燃烧起来。随风舞动的火苗，像是一个狰狞嘶叫的恶魔，张着红色的血盆大口，肆意地吞噬着一切。

火苗的不远处，是参加灭火的消防战士。

一场人与自然的战役就此展开。

一个地方的大火被熄灭，另一个地方的大火又燃起。大火像是一个肆意挑逗战士们的恶魔，想看到战士们脸上惊恐的表情，来满足自己作恶的心理。可是战士们在老排长的带领下，始终未见恐惧，哪怕双手已经起泡，哪怕衣服已经烧焦，却仍然保护着这片山林。

战士们都记得，这里原是一片荒芜，是老排长带领着他们用科学知识植树造林，才把荒芜变成了绿洲。

这些树木，是他们的孩子。一个父母，怎么可能丢弃自己的孩子？一个战士，怎么能够丢失自己的阵地？

火势越来越猛烈，老排长看着与火魔拼死搏斗的战士，流下了眼泪。他已经下了一个决定。他自己也不明白这眼泪是为林木流，还是为这些可爱的战士而流。

"全体撤离！"

听到这命令，战士们愣了，傻傻地看着老排长。

"全体撤离！"

又一声命令如炸雷般在空中响起。

战士们扔下手中的救火器械，哭泣起来。这是他们的心血啊，怎么说放弃就放弃呢。

"同志们！"老排长站在一棵烧焦的树干旁，挥舞着手说，"树，没有了，我们还可以再种。可人——一个也不能少！"

在老排长的呵斥声中，依依不舍的战士们，开始向山下撤离。

电视台如实报道了这件事情。当大家看到山林又重新回到了原来荒芜，从此又要与沙尘为伍。人们开始把愤怒的眼光投向老排长——这个命令大家撤退的人。如果不是他下达撤离的命令，山林怎么会变成这样？

老百姓责怪老排长下达了错误的命令，部分领导也认为老排长贪生怕死，撤离了阵地。马上要提升的老排长不但没有被提升，反而得到了处分。

三十年后，脱下军装的老排长站在一片绿色的山林面前，深情地注视着一棵棵绿油油的大树，欣慰地微笑。

一个中年男子出现在老排长身后。

"对不起。"中年人跪下，"是我害了你。"

老排长转身，眯着双眼，迟疑地问，"你是？"

"当初是我不小心点燃了山林，后来见实在没法熄灭，才通知了您。"男子低头，一脸愧疚地说。

"你通知我这事，做得对。"老排长慈祥地扶起中年男子。

"不，"男子狠狠摇头，"是我害怕受到处罚，所以等火大了才通知您的。如果您能早点来，也许……"男子拧着眉头，似乎愧疚得说不出话，顿了顿，又说："我没有想到，这事对您的影响如此大。我早就想过来向您道歉，可是一直没有勇气。也许是上天想要惩罚我，前些日子，我被查出得了绝症。"说到这里，他忍不住咳嗽了几声，之后语气稍微减弱，"请您……原谅我。"

"你看！"老排长拉起中年男子，微笑着说，"这里又是绿色了。"

终于送出去的梅花发卡

贾向丹

琳琅满目的头上饰品店铺前，一支做工精致的梅花卡，犹如白雪中的红梅一样引人注目。

身穿布衣的他，已经看了许久。他欣赏着梅花发卡的冷艳时，心里却浮现出她的孤傲。

十年前，他获罪时，她正挺着个大肚子。为了救他，她卖了婚房。为了他，家人与她断绝了关系。因为，她没有听从家人的劝说，没有与他劳燕分飞。

她拖着沉重的身子，听到了他被判十年后说："我等你。"

那天，她头上就戴着一枚梅花发卡。

看着她憔悴的脸上满是疲惫和无助。他后悔了，当初说好要给她幸福的，可是却给了她伤害。他暗下决定，一定在监狱中好好表现，争取早日出狱，陪她过她喜欢的细水长流的日子。哪知，她竟然拒绝了。

她决绝地同他离了婚，然后悲哀地恳求："求你出狱后别来找我们。我不希望孩子有你这样一个父亲。"

他愣住了，似乎明白了什么，含泪答应。

在牢狱中，多少个日夜，他想她和孩子，想得睡不着觉。想她独自抚养嗷嗷待哺的孩子该是如何艰辛；想他那不知是女孩还是男孩的孩子该是如何长大成人。思念让时间变得漫长，漫长到想就此结束自己的生命。有好几次利器划破了皮肤，最终还是因为思念，他扔下了手中的利器。

他的确不配再为她的丈夫，可他依然想知道，最终陪伴她度过一生的人是不是能给她幸福；他的确不配再为孩子的父亲，可他依然想知道，没有他陪伴长大的孩子，是否过得开心快乐。

出狱后，他想远走他乡。但他又舍不得离她很远，于是就又留了下来。

他并不想去打扰她的生活，只是想看一眼，一眼就好。为了寻她，他找了一份送快递的工作。

他找到了她。她住在一栋破旧的旧楼里，一直单身。他的孩子是个女儿，眼眉如她，鼻子如他。

藏在远处角落里的他，那一刻，泪流满面，老天待他不薄。他好想抱抱她，他好想

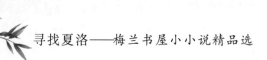

亲亲孩子。可是，他不敢相认，怕打扰了她平静的生活。

他贪恋这样的温暖，所以明明说看一眼，却总是忍不住多看看。

那天，他看见她面色阴沉，站在一旁的女儿哭泣着："要买……梅花发卡……"

他瞬间就明白了事情的始末，于是近乎疯狂地寻找适合女儿的发卡。他一眼就看上这枚梅花发卡，可是在买的时候发愁了，不是因为价钱，而是不知如何送出去，似乎不管用什么方式送出去，他都已经打扰了她们母女的生活。

最终，他买下了那枚梅花发卡，按照地址邮寄了过去。

袋子里只有发卡，没有一个字，可他依旧惶恐，惶恐自己最终还是失言，违背了她对他的最后一个恳求。反复思量以后，他后悔了，狂跑着去追回寄走的邮件，结果却被告知，邮件已经寄出。

自那之后，他再偷偷地看她们母女，就多了几分惶恐和担忧，惶恐她在得知自己失言后会更加恨他；担忧她在收到快递后若无其事地扔掉他这辈子可能是唯一一次对于女儿的关怀。

那天早上，下着小雨。他躲在刚买的二手三轮车里，望着她住的单元门。他不但听到了女儿银铃般的笑声，而且看到了……

看到了女儿的头发上那枚红梅般的梅花发卡。

堂堂七尺男儿的他，趴在方向盘竟哭得泪流满面。

等

贾向丹

破旧的楼房，肮脏的垃圾桶旁边，一只肮脏的小狗，矗立在旁边，一双黝黑的眼睛，热情地关注着前方。那是它的主人离家的方向。

主人说，她有事，先走了，让它一直在这里等着，自此，除了必要的吃喝拉撒以外，它再也没有离开这个地方。不论是刮风下雨还是电闪雷鸣，它都矗立着，一双黝黑的眼睛里充满人类看不明白的希冀和执着。

偶尔看到疑似主人的身影，它会撒着欢地跑过去，犹如等到父母回来的留守儿童。等走近了，发现不是主人，又耷拉着脑袋回来，重新站在原处，满怀希冀地望着前方。

如果他是人，大概就会明白，他被主人抛弃了，否则不会丢下它这么久。可它不是人，只是一只狗，执着地执行着主人的命令，哪怕在外人看来，它的主人对它并不好。

它的第一个主人是男生，与现任主人谈恋爱后，就把它送给她。他们三个相处的日子，是它记忆里最美好的时光。

男主人只要空闲，就会带他出去遛弯，虽然时常让它做些连它自己都担心害怕的动作，用一种叫做"手机"的东西给他拍照，但看到男主人开心的表情，它又觉得自己所做的一切都是值得的。

到家后，女主人早就准备好了它最喜欢吃的火腿肠，它特兴奋，撒着欢地跑过去，结果，引来一顿怒骂。女主人不喜欢它的亲吻，它又忘记了，忙作愧疚状，于是就听见女主人哈哈大笑。

也不知道，从什么时候开始，两个人总是吵架。它绞尽脑汁，也没能缓和他们冷却的爱情，于是在那个大雨之夜，男主人拎着仅有的行李，愤怒离开。而它也在不久，被女主人告知在这里等她，结果过去了好久，女主人还没出现。

有人看它可爱，想把它抱走，甚至手里还拿着它最喜欢吃的火腿肠。它已经好久没吃过了，感觉口水似乎都流了出来，肚子更是咕咕地叫起来，似乎全身的馋虫都被勾了出来。最后，它，咬咬牙——拒绝了。

在一个风雨交加的晚上，有个好心人，怜惜它无家可归，不顾它身上的肮脏，用自己的大衣把它卷起来，然后犹如抱着珍宝似的，小心翼翼地把它抱回家。那人的模样，它已经忘记了，可是那怀抱里的温暖，就像是冬天里的火炭，永远温暖着的它的心。

它永远记得，好人心给它最喜欢吃的火腿肠，给它洗热水澡。甚至还专门带它去宠物店给它买了一双精致帅气的小鞋子和厚厚的外衣。

他说，这里就是它的家，它想住多久都可以。

它喜欢这里的一切，也喜欢他。可这里不是它的家，他也不是主人。最终，它凭着超好的记忆，再次找到这里，继续等待主人。

期间也有同伴过来，它是一只流浪狗。虽然身体和它一样脏，可是膘肥体壮，永远精神抖擞，它以过来人身份告诫自己，美好的未来在前方，它应该同它去流浪，去见识更多的美好。有那么一刻，它心动了，但想到主人过来找不到它会着急的模样，它拒绝了，甚至不惜与流浪狗互相撕咬，也要留在这里。爱情很美好，可是，主人更重要。

冬天到了，天气越来越冷。它的同类都穿上了厚厚的外衣和鞋子，而它只能在冷风中瑟瑟发抖。它哆嗦着身体，在原处不停地运动。它用运动来赶走寒冷和饥饿。

风越刮越大，天色也越来越暗。空气中弥漫着浓浓地肉香，真诱人啊！它打了个喷嚏，来回地走动着。突然，身上一凉，往天上一看，鹅毛大的雪花飘落下来。它看不出这有什么美，但是女主人特别喜欢。每次下雪，就手舞足蹈，开心跳跃。它想：下雪了，女主人应该快回来了吧？

就在这时，它听见了女主人的喊声，回头，看见女主人一脸开心地跑向它，它高兴至极，开始拖着沉重的身体奔向女主人……

最好的告别方式

贾向丹

　　和别人不同，作为军人，他不止一次想过自己离开人世的情景。在他看来，生老病死，是人之常情。既然是常情，死亡也和出生一样，没有高低之分，所以想想也没什么。

　　没有结婚以前，他觉得自己这辈子最好的归宿就是马革裹尸。他，一个军人，就喜欢硝烟弥漫的战场，能在战场上与这个世界告别，是他最喜欢的告别方式。可是这愿望，终究没实现。没办法，现在是和平年代了，哪里还有什么仗要打？再说由于他屡建奇功，早就已经离开硝烟弥漫的战场了。曾经为此，他难过了许久，后来想通了，只要能战斗，那就是战场，于是他又喜欢上了戎马倥偬的军旅生活。

　　结婚以后，胆子突然变小了。看见那个义无反顾支持自己工作，不畏艰辛独自抚养孩子的爱人时；看见几个远远就张开手臂欢迎他的孩子时；听见平时做事果断的爱人突然唠唠叨叨叮嘱他保重身体时；听见几个孩子用稚嫩的声音热切地声声呼喊他"爸爸"时；嗅到爱人又做了他最喜欢吃的葱花面时；嗅到孩子为他煮饭的清香时，他突然胆子就变小了，想着能和普通人一样寿终正寝。毕竟他不仅是一个将军，还是她的丈夫，还是孩子们的父亲。为国尽忠自然义不容辞，可是能在为国尽忠的时候，担负起丈夫与父亲应尽的责任，那就更完美了。那一刻，他无比感谢无数为国捐躯的先烈，是他们给了他能够忠孝两全的和平年代。

　　无数次，他想象着自己离开时的情景：爱人已经白发苍苍，皱纹满满，那双白皙灵巧的手也枯瘦不堪。可是望向他的眼睛，依旧充满爱意和不舍，一如她当年同他结婚的决绝。对她，他很愧疚。年轻时忙于工作，过年都在外面执勤。一次次说陪她看京剧，却又一次次失言。而她，明亮的眼睛里充满理解和宽容。有她陪伴，这一生，足矣。

　　他的三儿两女已经长大。一大家子人围着他，声声诉说着不舍和怀念。他也不舍，可生老病死乃人之常情，即便他是百战成钢的军人，也逃不过。

　　所有孩子中，只有小女儿出生的时候，他是在身边的。

　　那么小，整个脚掌还没他的大拇指大。他屏住呼吸，僵着身子，并着双腿，两双大手小心翼翼地托着小女儿。据她说，头上的青筋都冒了出来。那小心翼翼的模样，似乎就在昨天。哪曾想，一眨眼，女儿就长大了，想抱都抱不动了。

　　你出生的时候，我在；我离开的时候，你在，真好。

　　实际上，他离开的时候，和他想象中，有些不一样。

　　她已经不在了。自幼体弱多病的她，终究没熬过百炼成钢的他，已先一步离开了。

他知道，她担心他过不好，毕竟结婚这么多年，他连一顿饭都做不好。为求她放心，他以党的名义保证自己会很好。在她离开后的日子里，他带着她的照片走遍了祖国的大好河山，一览祖国的山川美景，这曾是她年轻时的梦想。

陪在他身边的孩子，只有小女儿一人，其他孩子都在部队，已经身负重任，实在无法离开。好在还能视频，大女儿在那边哭得泪流满面，本来她可以回来，哪知被台风困在了岛上。她哭得直不起身。他喘着气，笑着安慰："没事。"

儿子们要理性一些，他们隐去眼中的悲伤，强颜欢笑地同他一一道别，却最终没压制住悲伤，高大魁梧的他们竟然也和女儿一样泪流满面。他想安慰，却没了力气。

离开人世的最后一秒，他想：这真是最好的告别方式。

100 个爸爸

贾向丹

小杰十一岁了，他从来没有见过爸爸。

每次问妈妈，妈妈都会红着眼睛微笑地说："爸爸在边疆守卫国家。"

守卫国家的确重要，只是真的就抽不出时间看他一次吗？一次就好。多少次，小杰在心里默默地想。

吃饭时，会想爸爸在吃什么，会不会和他一样喜欢吃青菜。听妈妈说，爸爸所在地方十分艰苦，也不知道能不能吃上新鲜的蔬菜。睡觉时，会想爸爸是否也在准备睡觉，他从地图上得知那个地方好冷，也不知道爸爸睡觉时冷不冷。学习时，会想爸爸此刻不知是在扛枪保卫国家还是在进行刻苦训练，是否知道自己在想他，又是否想过自己。他最想爸爸的时候，要属过生日时。

小阳过生日时，他爸爸送给他一架遥控飞机；小雅过生日时，她爸爸送给她一款全新的洋娃娃。他过生日时，不需要爸爸送任何礼物，只想他能给自己一个暖暖的拥抱。

照片上的爸爸，身材魁梧，皮肤黝黑，清澈的眼眸中带着坚定，开心地冲他微笑。他好想知道，被这样的人拥抱是什么样的滋味；好想知道，走出相片，活生生站在他面前的爸爸，是个什么样的人。因此，每次许下生日愿望，内容都是祈祷爸爸能快点回来。

终于有一天，愿望实现了，妈妈要带着他去见爸爸。

他欣喜若狂，高兴得手舞足蹈。坐在高铁上，他忍不住往外望，哪怕是一小时几百公里的速度，对他来说，也是缓慢。

一次次的换乘，周围的环境也一次次凄凉。

小杰了吸口冷气，怯怯地跟着妈妈走。来时，心有千言万语想要诉说，可真到了，

又不知道说什么了。

等到军人叔叔告诉他，爸爸就在前面时，小杰的呼吸急促起来，手心一直冒汗。作为语文课代表的他从来都是侃侃而谈，此刻却觉得舌头像是打了结，支支吾吾地发不出声。但脚步加快，超过了妈妈。

在此之前，他想过一百种与爸爸相见的情景，有狂喜到哭，有感动落泪，有细细而谈，有淡淡微笑，有不停埋怨……唯独没有这一种——爸爸长眠于此，永不相见。

原来，爸爸早在10年前就牺牲了。

由于爸爸未在身边，小杰作为家里唯一的男子汉，始终无所畏惧，几乎没有哭过。今天，他却号啕大哭，眼泪犹如流不尽的山泉。

几个月后，小杰十二岁生日。

往常这一天，他最高兴了，因为他可以许愿了。可是今天，他却始终无比沮丧，他知道，他许下的愿望永远不会实现了。就在这时，听到了快递员的喊声。

他打开包裹，是一张张面带欢笑的照片，小杰数了数，有100张。干净的信纸上写着"孩子，我是你的爸爸，我们都是你的爸爸，祝你生日快乐"！

例行检查

贾向丹

繁华的路口，交警正在一丝不苟地检查醉驾。他的前面，是长长一排的小轿车。不论多少人哀声载道，直呼自己大有急事，交警却始终一板一眼地从事检测工作。遇到喊声很大的人，他就耐心地同人解释原因；遇到司机呵斥，他依旧没有一丝慌乱，老僧入定地面带微笑解释，末了加上一句："请多配合。"

有人不配合吗？当然有。俗话说得好，酒壮怂人胆，平时谨小慎微的人，一喝酒，胆大如牛，竟然想与交警对着干。只是不论司机如何大喊大叫，如何耍赖撒泼，这交警始终无所畏惧，该干吗干吗！

"我后台很硬，快放我走。"一司机醉醺醺地大吼道。

交警连连点头，然后干脆利索地拿出仪器，请求司机检测。司机有些发愣，大概无法理解有的兵竟然不怕长官。趁这当口，交警把仪器往他嘴口一塞，这人刚想开口，那边交警一看是醉驾，直接大手一挥，把人扣下了。整套动作，行云流水，干脆利索，看得后面的司机目瞪口呆。

硬的不行，那就来软的。

一个四十岁左右的女人，摆弄风骚学着十八岁女孩说话时娇滴滴的语气，满脸讨好：

"大哥好啊！"

"你好。"交警放缓了语气，微笑着说，可是手下动作不减，直接就上检测仪器。

女人见此，慌张的脸上，硬是生生挤出几丝微笑，言不由衷地夸赞说："你真帅气！"

交警微笑着连连点头说："终于找到一个和我志同道合的人了，我也这么觉得。"可气势不减，依旧一副你不测试不能过的霸道模样。

女子迟疑片刻，依旧不想测试，讪笑说："你看我这么有气质，你忍心让我测试吗？"

交警连连摇头："不忍心。"

女子暗自得意，没想到交警把仪器往前一送，微笑着说："还是你自己来吧！"

女子气得暗咬银牙，怒目而视。交警则始终面带微笑，耐心等候。

司机们安生了。

有觉悟比较高的司机，不等交警开口，就直接揭底："我酒驾了，任你处理。"交警微微一笑，依旧要求司机检测，面对司机的迟疑，交警耐心解释："用事实说话。"

这句《焦点访谈》里常用的一句话，出现在这里，瞬间就把众司机逗乐了。于是瞬间兵民一家亲，本来剑拔弩张的情景，变成了你好我好大家好的其乐融融场景。

直到一个女司机的出现。

这女司机中等个头，明眸皓齿，皮肤稍黑，面对交警的赔笑，始终冷目以对，未见半分软弱。交警见此，脸上笑容更甚，粗黑的大手小心翼翼地推推女司机，示意她露个笑脸。女司机脸上冷气更甚，鼻子一哼，把头扭向一边。

尽管交警始终赔笑，态度谦卑；尽管交警动作始终干脆利索，未见一丝停滞；尽管交警坦坦荡荡，未见一丝包庇，众司机还是觉得交警失去了刚才的刚直不阿，但是思其刚才的雷霆之势，尽管心中疑问更甚，却始终没人敢先开口。于是其乐融融的气氛瞬间凝滞，掺进去几丝不和谐。

这不和谐，在女司机递给交警五百元钱的时候，到达了顶峰，于是有些胆大的司机再也无法忍住，开口大声喊叫起来。

"还当真是刚直不阿的包青天呢！原来也是一个见利忘义的小人。"

"就是，区区五百元，就被收买了。"

"现在的交警，胆子真是大，竟然敢公然受贿。"

"可不是嘛！今天真是开了眼界了。"

大家你一言，我一语，不等交警开口，就肆意嚷嚷起来。尤其是刚才那个被拦下的四十岁左右的女司机："敢情是因为我年龄大啊！这也太欺负人了吧！"

交警和其他同事一起安抚众司机的情绪，把嗓子都喊哑了，关键时刻，还是女司机给力，只见她飙出十二级喊声，瞬间镇住了全场。

众人鸦雀无声，不约而同地望向女司机，想听听她的说法。女司机十分紧张，一双小手不停地抚摸大衣上的扣子，给大家鞠了躬，结结巴巴地说："对，对不起，我，我下次一定私下给我老公钱……"

吵 架

贾向丹

　　作为军嫂，她很羡慕那些能同丈夫吵架的女子。起码她们的丈夫有时间吵架，不像她，想要大吵一架，却没有人陪她。她的丈夫是个警察，每天忙忙碌碌，起早贪黑，甚至有时候好几天都不见人影。

　　每晚回到家，他常常累得倒头就睡。于她而言，连同他说话都成了奢望，哪还舍得同他吵架。多少次，心里有千言万语想要诉说，不过一个转身的时间，他就累得睡着了。多少次，她想把他拉起来，聊聊邻里家里的长短，诉诉心里的苦闷和委屈，谈谈未来的憧憬与期望。又有多少次，看着这张疲惫不堪的睡颜，她咽下了所有的情绪，轻轻地帮他盖了下被角，希望他能做个好梦。

　　吵架而言，对她来说，像是穷人眼里的珍珠，无比奢望。婆婆看出了她的心思，劝她多多理解。她笑着点头，她当然理解。在嫁之前，她就知道自己会面对什么样的生活。记不得有多少个他不在家的夜晚，孩子半夜发烧，她独自背着孩子深一脚浅一脚地去看病，累得呼哧呼哧喘气。一不小心脚崴了，钻心的疼，她咬咬牙，继续背着孩子往前走。到了卫生所，脚肿得犹如馒头，她却顾不上，直奔儿科。也记不得有多少次，婆婆的老寒腿犯了，她就用车推着婆婆去看病。由于婆婆比较胖，她不敢骑着走，就这么一路推着，十几里路，二十多天，她却始终没有怨言。

　　可是，再深的感情，也禁不住时光一次又一次的磨蚀；再多的理解，也禁不住岁月一次又一次的敲击。于是，史无前例却又毫无意外，他们两个人吵架了。

　　他说她不可理喻，她说他顽固不化。他说她一意孤行，她说他固执己见。失去理智的他们，开始用最能打击对方的话语一一还击。

　　最终，他先住了口，然后往床上一躺，沉沉睡去。她赌气地拉出被子，连哼三声，然后面向另一边，心里暗暗发誓，这辈子都不理他了，管他是好是坏。其实事后想想，也不过是一件琐事，实在无须如此面红耳赤的争吵。可在当时，就是气不过，就是忍不住争一时口舌之快。

　　尽管很生气地睡着了，可是养成的生物钟却准时把她叫醒。她看看表，五点整。平常这时候，该起来给他做饭了。

　　结婚以后，总爱睡懒觉的她，每天五点就起来给他做好早饭。饭菜做好，他也醒了，然后草草吃下，再去忙工作。如果有时间，她就睡个回笼觉，如果没有时间，她也继续忙别的事情。平平淡淡的日子，就这么一天天过来了。

要给他做饭吗？她迟疑地起身又躺下，反复几次之后，还是穿上衣服起来了。

做早饭的时候，她无数次告诉自己，她这么做，不是因为心疼他，是她现在还指着他过日子，他若倒下了，她的日子也不好过。她是为了自己，为了自己。

饭做好，手下意识地去倒水。他一忙起事情来，就顾不上喝水。由于缺水，经常口腔溃疡，嘴里烂成一片，一吃饭，就嘶嘶地喊疼。她心疼，专门去镇上买了个大的保温杯，每天早晨倒上水，勒令他必须背着，时时刻刻放在身上。就为这，他被同事笑了很久，可碍于她的威严，始终背着。说来也奇怪，自从喝了她烧的水，他很少烂嘴了。他笑着朝她竖起大拇指，她不屑一顾，切，你以为那水是普通的水啊！那是她根据老中医给的秘方，费尽心思熬制的，里面有好多降火的中药材。

没水了？她想起来了，担心刚烧的水烫，她经常前一天晚上就熬制好。昨天晚上，光顾着吵架，把这事忘了。她一拍脑袋，赶紧忙碌起来，圣人说，喝酒容易误事，看来吵架也容易误事，以后不吵架了。

她边忙碌边思索着昨天他们吵架的原因，哪知脑子糊涂，竟然想不起来了，于是暗暗埋怨自己，太过固执己见，不过琐事一桩，让让又何妨？

他睡醒以后，发现饭菜已好，于是和往常一样，抓起馒头就吃，边吃边叮嘱她今天需要办理的事情。她温和应着，间或插入自己的意见。听她叙述，他始终附和，未有半分反对。

如果不是他离开后，他又折回来，轻轻地给她道歉，她甚至已忘记他们昨天晚上吵过架了。

于是他们第一次吵架也是唯一一次的吵架，就这么开头很猛烈结尾很平淡地过去了。

作者简介：

贾向丹，1988 年出生，双鱼座，喜欢读书，喜欢写作。看世间百态，写内心心声。

年　关

崔利敏

寒风卷着黄沙穿过门窗的缝隙，舔舐着瑟瑟发抖的一家人。

孩子们躺在被窝里，还冻得脸蛋儿通红。家里一天没生火，只有风比外面小一点。

他们早上就没起床，又饿又渴又冷，怎么也睡不着。开春的时候，地里的小麦还长得绿油油，怪喜人的，望收和秀珍每天给麦苗除草、捉虫、施肥。夏季来临，天上没掉一滴雨，火辣辣的太阳把麦苗晒弯了腰，土地一块一块地张开大嘴，眼睁睁地看着麦苗变黄，变干。有什么办法呢？徐员外井里的水都打不满水桶了，人能喝到水就不错了。

远处传来隐隐约约的鞭炮声，一阵寒风，夹杂着肉香。望收抿一抿干裂的嘴唇，上唇与下唇的干皮来回摩擦，细听，还发出唰唰的响声。

小儿子提起被子盖住头，翻个身，又翻了个身，还是不舒服，双脚向下蹬着被子想露出头。秀珍隔着破旧的被子摁住小儿子脚："娃呀，别把被子蹬破了。"

"娘，难受。"小儿子从干裂的嘴唇里发出轻微的声音。能好受吗？昨天晚上吃的最后一顿稀饭，秀珍的半碗饭也没舍得吃，倒进两个孩子碗里了。

"睡吧，睡着了，会好些。"她给孩子压压被子，回头对望收说，"要不，再去徐员外哪借点水？"

"赊人家两月的水了，还借了三斗米、五升棒子面。年关人家不来讨账就谢天谢地了，还怎么去借？再说，有了水，也没米呀。"望收蜷坐在炕沿上，低头叹气。

"咚咚，咚咚……"有人敲门。

听错了吧，望收抬头看了一眼，又缩回脖子，低下头。

又一阵敲门声响起，还喊着望收的名字。望收不情愿地起身，出去开门，门外站的是徐员外家送水工小栓子，挂满水桶的水车就停在小栓子旁边。

望收瞪大眼睛问："栓子，这是干啥？"

小栓子呵呵一笑："徐员外说，为了明年井里能哗哗出水，过年要讨个好兆头，家家户户都打满水。"

望收脸上飞过一丝彩霞，马上又乌云密布，"可我……没钱呐。"

"哈，你脑袋被驴踢了，送上门都不要？"说话间，小栓子把水车推到柴房门口，拎起一桶水进屋，掀开布满尘土的水缸盖，缸底干得连一点水印儿都没有。一桶水倒进缸里，"哗——"欢呼着，跳跃着，在缸底一漾一漾。望收赶紧过来帮忙，木桶搭在缸边往里面倒水，看着水花在缸里溅起，心里也乐开了花。

最后一桶是小栓子倒的，他对望收说："你家水缸缝里这么厚的尘土，藏着什么宝贝？"

望收苦笑："连老鼠都不来串门了，还有什么宝贝。"

小栓子随意一踢，果真踢出个东西来。一个沾满尘土的小包裹，沉甸甸的。

望收看一眼，不以为然地说："嗯，孩子们玩的沙包吧。"

"看看呗！"

望收懒洋洋地走过去，弯腰打开，眼睛唰地闪过一道光，一袋碎银子跃入眼前。他不相信自己的眼睛，擦眼细看，那些闪着温润光芒的银子正朝他笑呢。

小栓子大喊："哟，土豪！"

望收不确定地问："这，真是从水缸后面踢出来的？"

"不是你的，我可要拿走喽！"小栓子坏笑，指着银子说，"水钱——付了吧！"

望收赶紧拿出一块碎银给小栓子。小栓子接过银子，转身便走，走几步，还不忘补一句："水钱用不完，我跟徐员外说，看你借去的粮食能抵多少，长退短补。"

徐员外坐在太师椅上，不时往门口看一眼。

小栓子跑进来，笑呵呵地说："员外，几家银子都送了，今晚，他们就可以吃饱喝足了！"

"嗯，好。"徐员外捏着胡须微微点头，眼珠咕噜咕噜转。

作者简介：

崔利敏，80 后，教师，喜欢文学、运动、旅游，偶有作品发表于各级报纸、杂志。

一头瘟猪

徐美灵

中午，村民听到王麻子在嚎天嚎地地哭，哭得惊天动地。

我当村主任的爹说："莫不是王麻子娘死了？"

他边说边往王麻子家方向跑，我也跟着他的屁股后面一路小跑，当我们气喘吁吁跑到王麻子家院子里时，只见他娘坐在地上抹眼眼泪，再走进几步，王麻子小小的家集聚了十来个人，围着躺在地上的一头将近 150 斤的大猪，猪嘴里还残留着白色泡沫，双眼紧闭。

王麻子边抹眼泪边说："我家的猪得了瘟病……"话还没说完又嚎天嚎地哭起来。

"养得这么大真是可惜。"村主任蹲下抬起右手顺了顺猪毛。

"谁说不是呢，准备年前把它卖了。"王麻子他娘抹着眼泪颤颤巍巍地向人群走来。

"娘，这头死猪咋整？"王麻子终于停住哭，边说边上前搀扶他娘。

"等下麻烦大家帮忙抬去埋了。"

"杀了吃，埋了怪可惜。"突然从人群中传来一个声音。

"不能吃，这是瘟猪。"村主任一脸严肃地说。

"村主任说得对，吃不得，"王麻子娘说。

大家你看看我，我看看你，然后眼睛紧盯着躺在地上一动不动的猪。

"还是吃了。"王麻子说，"大家都还没尝过猪肉是什么味。"

"是啊！吃了。"十来个人群中响起一片骚动。

"不能拿命开玩笑。"村主任看了一眼猪后说。

"没事，没那么倒霉，那年我们去别的村捞死鸡吃，现在不好好地站在这儿。"一个高个子得意扬扬地说，好像鸡肉的香味还留在舌尖。

"是啊，鸡肉都那么香，猪肉肯定更香。"一个村民舔舔舌头说。

在场所有的人，包括村主任在内，顿时两眼冒绿光，喉咙在蠕动着，仿佛躺在地上的大猪顿时变成一盘盘香喷喷的红烧肉。

"是啊！杀了吃，我去烧水，"

"我去磨刀"

"我去找大盆"

"……"

大家各自散开忙着准备杀猪。

不一会儿，水烧开，工具也准备齐全，大家要王麻子杀，他给人送猪的时候学过几下。

王麻子有模有样白刀子进红刀子出，只是流出来的血乌黑乌黑的。不一会儿工夫，刚才还躺在地上一动不动的猪顿时被剁成一小块一小块。

"我们怎么做了吃？"

"村主任，你的厨艺好，我生火你掌勺。"王麻子妈边说边走去抱柴火。

村主任也不推迟，麻利地往大锅里倒水，然后把刚剁好的猪肉一股脑儿全倒入锅里，盖上锅盖慢慢煮。没过多久，一阵阵热气腾腾的香气从锅盖边飘出来，在场的人垂涎三尺："真他妈的香啊！"

"香！香！真香！"王麻子又哭起来了。

"村主任，可以吃了吧？"

"还不行，再煮煮。"

"熟了，熟了，可以吃了。"

"是啊，可以吃。"大家凑到灶台前闭上双眼深吸了口气。

一人拿着一个大大的碗，眼睛直勾勾地盯着锅，还没等村主任再回话，七手八脚把锅盖揭开，一人盛装一大碗蹲着吃起了来。

村主任笑眯眯地看着大家说："慢点吃，锅里还有。"

他自己只夹了一块肥瘦相间的放入嘴里慢嚼起来。

"嗯，又香又好吃。"说完，村主任装了几块瘦肉给我吃。他是村主任，什么事都得以村民为重，就连吃肉这么大的事他还要让，自己不吃不算还要求我少吃，好让村民多吃一些，我心里暗自骂这个当村主任的爹真蠢！

一大锅肉瞬间被一扫而光，大家抹着油油的嘴巴，拍着肚皮满意地回到各自的家中。我回到家大概2个小时，突然上吐下泻起来，肚子痛得我在地上打滚，不一会儿，隔壁的王婶也在喊肚子痛，村主任跑到刚吃肉的各家去看情况，有的在地上打滚，有的上吐下泻。

刚才在王麻子家高高兴兴吃肉的村民，此刻把村卫生所挤得水泄不通……

投票选举优秀员工

徐美灵

公司一年一度的年会开始了，今年的年会老板加一条新规，现场选取公司年度优秀员工，每人可投票选一人，也可以自己选自己，结果出来后，直接在年会中给予表扬。

这下可难倒我了，公司有大几十号人，一下子只选一个人，还真有些棘手，我坐在餐桌前扫了一眼会场的人。

业务部的刘经理，他团队的业绩在公司排第一，而且人很好。记得我刚进公司时，由于业务不熟练出了差错，是刘经理帮我补救，他在工作中不断指点我，应该说是我的恩师。就在三年前，我父亲突然病重住院，他知道我钱不够，二话没说递了一沓钱给我让赶紧回家照顾父亲，他是我的恩人。刘经理不只对我这样，对公司所有的同事都是这样，谁工作或生活上有困难，找他一定没有错。这样一个业绩好、人品好的员工，公司年度优秀员工第一个要颁给刘经理，我在纸上郑重地写上"刘亚平"三个字，刚放下笔，突然听到人事部张经理的声音。

人事部张经理叫张勇，是老板的大舅子，他仗着自己是皇亲国戚，平时在公司耀武扬威，工作的事他从来不动手，不动脑，全盘安排给下面的工作人员，还时常让人事部的同事帮他接儿子，买东西，只要有功劳的事，他第一个表功。常欺负公司老人，每年有新人进来，他总是找各种理由刁难，如果有长得不错的女大学来公司实习，这个张经理总是色眯眯地看着人家，找各种理由接近。我满脑子都厌恶他，在我这里投他做优秀员工是不可能的。

但是，我脑海里有一个声音告诉我，别看这个人事部的张经理很让人讨厌，但他是老板的大舅子，在老板面前他表现得很好，所以老板很信任他，一般情况下，只要他在老板面前提哪个人可以升职加薪准成。而刘经理虽然是老板看重的人，但毕竟是一个背井离乡打拼的农村孩子。

想到这里，我手上的笔不知不觉把"刘亚平"三个字划去，写上"张勇"两个字。重新写好优秀员工名字后，我起身向优秀员工投票箱走去。

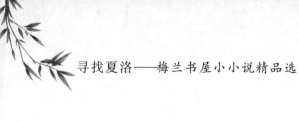
我要领鸡蛋

徐美灵

"今天有眼科医生来社区检查眼睛。"张大爷看着报纸，漫不经心地说。

"在哪？"正在厨房准备早餐的张大妈应道。

"社区前坪。"

"几点开始？"

"9点。"

"吃完早餐我们去检查下？"

"不去，不去，我才不去。"

"免费的。"

"有什么好检查的，免费的也不检。"

"去看看不少肉。"

"赶紧洗手吃早餐，等下我们去趟大女儿家，听说她不舒服。"

张大爷放下手中的报纸去吃早餐。

"听说检查眼睛后还有鸡蛋领。"

"真……真……真的？"

"听说是，但只有前30位才有。"

"现在几点？那……那，现在去排队？"

"吃完早餐再去，医生要待一上午。"

"要不，我说你这老头子缺心眼呢，我们去排队领鸡蛋。"

"鸡蛋比检查眼睛还重要？"

"老头子你不会算账。"

"算啥账。"

"你我各领一份，也有好几个蛋。"

"那也得吃完早餐再去。"

"吃啥吃！等你吃饱鸡蛋都给人领光了。"

张大妈一把夺过张大爷手中的碗筷，抬头看了看墙壁的挂钟，时针已经指向8点30分，她着急地拉起老头子推向门外。张大爷被老婆连推带搡到楼下，刚出楼道门，张大妈看见很多人往前坪方向走去。

"有鸡蛋领你怎么不早说？"

"费这精神领它干啥？"

"老头子你快点、快点，我们抄这小路过去，一定得比他们先到。"

张大妈拉着张大爷连奔带跑到达目的地，可前坪排着长长的队伍，别说30个人，这队伍至少得有50人，张大妈一会儿在队伍前走来走去，一会儿上前看鸡蛋。一筐鸡蛋整齐排放，张大妈眯着眼数1、2、3……，每个塑料盒里有10枚，每人一份的话，我和老头子领两份，就有20个鸡蛋，二老可以吃上好几天……，张大妈越想越开心，好像这鸡蛋已经到手似的。张大妈数完鸡蛋后，走到队伍最前面，拉着张大爷一起挤进队伍最前头。

"你们怎么插队？"后面的人愤怒地叫着。

"我们怎么插队了？你们没来我们就在这等，刚出去透了口气！"张大妈一手叉腰一手指着后面的人说。

张大爷扯了扯老婆的衣角，意思要让她出去，但张大妈狠狠地瞪着他，手不再叉腰，而是死死地拽住张大爷。

"你们明明刚来，赶紧出去！"队伍中的王大妈气红了脸。

王大妈排在队伍的第30位，二人插队在最前头，这下就变成第32位，鸡蛋就要和她擦肩而过。她噌地一下跑到张大妈面前，抓住张大妈的胳膊拉出队伍，张大爷也跟了出来，整个队伍往前紧靠工作台，这下张大妈怎么也插不进去了。

张大妈被王大妈拽出来，很生气，用手推王大妈并指着她大骂起来，王大妈差点摔倒，站稳后也不甘示弱，抓起对方的头发扭打起来，在场的工作人员、医务人员、等待体检的老年人一并劝架，总算把她俩拉开来。

张大妈哭着跑到工作人员跟前："你看我们来得是最早的，现在却排不上队，你们一定得要给我俩老人家各发一份。"工作人员表示遗憾，鸡蛋数量没有多，只能按现在排队顺序发放，所以只能等下次。

张大妈转过身盯着长长的队伍，队伍中的人像是商量好似的，前后紧贴得连一只苍蝇也难以插进去。张大妈眼睛一亮，发现王大妈前面的大爷正蹲着系鞋带，她拉起老头子直奔系鞋大爷的前面。

这下激怒了王大妈和系鞋带的大爷，他们一左一右站着，伸手准备拉出二人，张大妈双手紧紧地抱住张大爷，任凭怎么拉、怎么劝说，就是不肯移出队伍，王大妈和系鞋带的大爷一人拉着张大爷的一只手，如同拉锯。

突然，张大爷双腿一软倒在张大妈的身上。

吃早餐

徐美灵

居委会工作人员十五名，书记、主任、财会、秘书、传达室保安各一名，其他均为现场工作人员，大家都是本社区居住的居民。昨接到上级通知，今上午9点整市领导视察社区，书记秘书通知所有的工作人均在早上7点上班，准备迎接工作，6点30分大家在居委会斜对面最大的早餐店一起吃早餐。

6点整，书记带着老婆、儿子、儿媳、孙子以及父母第一个到达早餐店，前脚还没迈进店大门，便扯着嗓子喊："老板，来七大碗你店里最贵的面，另各加两个荷包蛋，小笼包三笼，煎饺和蒸饺各二份，七根油条，一份印度飞饼。"书记报完菜单安排家人坐在一桌。

"书记，今天这么早一家子来吃早餐？"早餐店一伙计给书记一家上早餐。

"嗯。"书记头也没抬。

不一会儿，主任一家六口整整齐齐来到早餐店，她笑眯眯地同书记一家招呼后，站在早餐店价目牌看了会儿："老板，来六大碗猪蹄粉，另加六个卤蛋，三份小笼包，三份饺子，三份印度饼。"

主任刚坐下，会计和秘书同时到达，她们各自带着家属，刚好十人。秘书一家点的早餐和书记一样，分量也一样多，会计看了看书记和主任的餐桌，狠了狠心，比书记少了一份蛋，因为她一碰蛋就过敏。时钟刚指向6点30分时，居委会其他工作人员带着家属陆陆续续到达早餐店，他们把店里能点的都点上。

早餐店老板一大早看到自己店被这浩浩荡荡几十个人包场，眯着眼暗自高兴。快7点时，居委会工作人员以及家属个个抹着嘴，拍着鼓鼓的肚子。"吃不完的打包别浪费，没吃饱的继续吃或打包。"书记边说边叫他老婆再点几份打包回家，其他人得到书记的指示各自交代家人再点几样打包回家，然后回到居委会工作，随后，居委会的家属们各自提着早点回到各自的家。

书记刚踏进居委会的大门，一首优美的歌声从他口袋里传出，书记敏捷地接起电话，脸上的笑容像被风吹开的昙花，不一会儿，他沉着脸缓缓地放下电话，转过身对身后的工作人员说："接到通知，上级不来检查了。"

黄道吉时

徐美灵

"我见红了。"夏丽右手托着如同一个大西瓜似的肚子，左手推了推正在睡梦中的老公王杰。

"啊！不是还有 3 天？"王杰从梦中惊醒。

"提前几天很正常，收拾一下开车去县城我产检的医院。"

凌晨 2 点，王杰拿起手机，又看了看黑漆漆的窗外，穿衣下楼叫醒王妈，很快收拾好开车去县城医院。办理好入院手续，等一切安顿下来后，王杰妈妈看了看医院墙上的挂钟，时间正好指向 3 点 50 分，她看了一眼躺在床上时不时微皱眉头的儿媳妇。

"这个孩子一定要赶在早上 5 点到 7 点出生。"王妈妈暗自道，然后走出病房门。

"医生，我是产妇夏丽的婆婆，麻烦你帮我安排剖腹手术。"

"产妇和胎儿一切正常，顺产没有问题。"

"医生，你就帮个忙，安排剖腹手术吧。"王妈妈着急地说。

"自然分娩对胎儿和产妇都好。"医生有些读不懂这个老人，有很多产妇怕痛要求手术，婆婆这么强烈要求医生给儿媳妇剖腹还是少见，看来是真心疼媳妇的婆婆。

王妈妈退出医生办公室来到病房，她走到夏丽身边："痛还受得了吧。"

"还能承受。"

"妈妈和你说，这还才开始，等到孩子快要出来的时候那个痛相当于五十根肋骨被折断，我是过来人，当时痛晕过去。"

"啊！"夏丽第一次来生孩子，以前听闻生孩子痛，但还没亲身经历，现在听自己婆婆这么说，害怕得不敢生。

"妈妈劝你趁还可以承受，赶紧要求医生剖腹，现在 4 点 30 分，争取在 7 点前把孩子拿出来，少受点罪。"

"妈妈，我怕痛，那就剖腹吧。"

王妈妈见说动儿媳妇，便叫儿子和她去医生办公室。

"医生，我老婆要求剖腹。"王杰一只脚还没踏进办公室的大门，便朝医生喊道。

"不行，医院能顺产的就不提倡剖腹，这是为产妇和胎儿着想。"

"可是我儿媳妇怕痛，她要求剖腹手术。"

"自然分娩是一个自然过程，产妇恢复得快，怎么就和你们说不通呢？"医生有些不高兴。

"医生，你就帮个忙，这个给你买点水喝。"王妈妈看着指向5点02分钟，心急如焚，她以最快的速度向医生口袋塞了一个鼓鼓的红包。

"这个请收回。"医生一脸严肃地说。

"这个是我们的一点心意，麻烦帮个忙，6点前安排手术。"

"我和你说了多少次，你媳妇可以自然分娩，不需要动手术，怎么就说不明白呢！"医生一边说一边退回红包。

王杰和妈妈被医生赶出办公室回到病房，夏丽痛得满头大汗水，王妈妈心里突然一阵暗喜，痛成这样应该快出来了，到7点还有一个多小时，看来还来得及。

"还有个把小时差不多可以进产房。"医生边查看情况边说。

"丽，你有要大便的感觉吗？"王妈妈又看了一眼墙上的挂钟，此时已经5点28分，这个时候再不进产房就来不及了。

"还没有，好痛！好痛！"夏丽哇的一声哭了起来。

"夏丽可以推产房了。"医生又是一通检查。

王妈一听可以进产房了，眼睛一下子亮起来了，抬头看了看钟正好6点33分，"阿弥陀佛，菩萨保佑我的孙子一定在7点前出生。"她合手朝南的方向拜了拜。

时间在一分一秒过去，可夏丽的产房还没有出来消息，王妈妈在儿子王杰的身边踱来踱去。

"夏丽家属在吗？"接生医生走出产房问。

"我是她老公。"王杰激动地向前走。

"男宝宝，7斤3两，出生时间7点25分。"

王妈"阿！"的一声哭起来并瘫倒在医院的走廊，医生和王杰扶起她，王妈一把抓住医生的白大褂一角，哭着说：

"我要告你耽误出生时间，赔我孙子的荣华富贵，算命先生说我孙子生在卯时将来一定会成大事、财源广进。"

最后的愿望

徐美灵

窗外雪虐风饕，整个村子银装素裹。天还没亮，窗外透进来朦胧的白色，王桂香借着白色穿衣起床，不过只是从暖暖的被窝里由躺变坐。她紧了紧上身的棉袄，从枕头下拿出老伴的相片说话。这是她二十年多来的习惯，每天睡前、起床前都得要和老伴说一会儿话，今天比以往早起了二个小时。

"老头子，还有个把月又是新年，我现在只有一个愿望，把儿子、媳妇、孙子们喊回家过年。这恐怕是我最后一个年，今天我要把房间整理好，等着他们回家团圆年。"王桂香摸着她的左胸，看着老伴轻声地说。

王桂香今年65岁，老伴在儿子5岁时因病撒手人寰，留下她们孤儿寡母，她既当爹又当妈把儿子拉扯大。为了儿子，再苦再累，她也高兴。只要是儿子想要的，就是卖血也也要满足他的要求。

儿子大学毕业后在北京工作、娶妻生子，八年前王桂香被儿子接去北京带了两年的孙子。

王桂香用了一个上午，总算把儿子住的房间整理好。忙完后，给儿子打了一个电话没人接。午休后，又打了两个依然没人接。

晚上，终于接通了，儿子冷冷地说："我们要存钱买房子，不回家过年了。"

王桂香流着眼泪放下电话，左胸痛得她满头大汗，她就吃了一片止痛药。

晚上，王桂香因左胸又开始疼痛，没有和老伴说话就躺下。第二天也顾不上和老伴说话，匆匆地吃了几口早饭，带上止痛药来到二十里外的小镇。这里有一个跑北京的货车司机，王桂香经常托他带东西给儿子。今天她不托东西，拜托他托话给儿子："告诉我儿子春节一定要带着老婆、孩子回家过年，我有事同他们商量。"

一个星期后，王桂香接到镇上司机的电话，说是已经见到她的儿子，但没说回或不回。

王桂香在期盼中给儿子打电话，但电话始终无人接听。她的身体越来越差，还有半月时间就过年了，但儿子没有给她回家的信息。她的心如同这阴雨雪天，她明白儿子肯定还在生气，最后的愿望看来要落空了。

离过年还有三天，天终于放晴了。在外地工作的人拖着箱子从四面八方涌到村里，小小的村庄顿时热闹起来。唯独王桂香没看到自己儿子一家回家的身影。她请村里的李老师代写封信给儿子，正好明天这个老师要去县城买年货，顺便帮她把信寄到北京儿子家。

王桂香从李老师家回来时天已经黑了，她没有吃一口饭就上床坐着，轻轻地从枕着下拿起老伴的相片，温柔地抚摸着："老头子，我让李老师代写了一封信给儿子，这几年他生我的气，不肯回家也不接电话，我的愿望实现不了，请原谅。"

原来，四年前，王桂香的孙子要上小学，儿子想在北京买学区房，她把积蓄都拿给儿子，但首付还是不够。儿子让妈妈把家里的房子和田地都卖了，王桂香没同意，儿子与妈妈断了母子关系。

王桂香的儿子接到她的信后，匆匆地赶回家。当他回到家时已经是大年初十了，此时的王桂香已经安详地躺在床上，床头柜上放着四个月前卖房、田地的钱，以及她乳腺癌的诊断书。

做 饭

徐美灵

我从小到大没有进过厨房。

在家做闺女时妈妈说我做事笨手笨脚，担心我饭没做成把她的厨房搞爆炸。结婚后，做饭由老公代劳。老公结婚前在部队炊事班待过，是专业培训过的厨师，他做得一手好菜，我硬是被他从85斤养到120斤。

最近老公工作特别忙，我们的饭都是在外面解决。吃习惯了老公做的饭，外面的饭菜很不合我的胃，我突然有个好想法——做饭，给老公来一个大大的惊喜。

周六，老公上班后，我去菜市场买菜。一到菜市场我顿时傻了眼，看着琳琅满目的青菜和鱼虾，我不知何去何从，突然灵光一闪，何不按照老公平时做的菜买。

回到家中，开始洗菜、切菜。原以为这些都是很简单的事，没想到做起来却是这么难。当我把杀好的鱼拿出来洗时，鱼"腾"地一下从我手上跳到地上。吓得我大叫一声，扔掉洗菜盆，赶紧给老公打电话："老公，我看到鱼的鬼魂了，"

老公听我带着哭腔，突然冒出一句"鱼的鬼魂"，他被我搞蒙了，让我慢慢说。待他听明白缘由后，问我为什么手上有鱼，我骗他说在朋友这里看她洗鱼，为了不露马脚我一下把电话挂了。

菜洗好后，开始炒菜。我费了九牛二虎之力总算把煤气打开，炒菜锅放在飘着蓝色火焰的灶上。锅烧得冒烟时倒植物油，但不知道要倒多少，可我明白油多比油少好吃。油刚倒进锅里，就"噌"地一下着了火。吓得我两腿发软，一个劲地喊"妈"。我把煤气灶关掉，等锅凉后开火继续我的杰作。当我折腾得汗流浃背时，终于把菜都做好了。

时间已到12点半，老公也快到家了。

不一会儿，就听到"咚咚咚"的敲门声。

我刚打开门，老公见我如同见到鬼："你这是怎么了？打算把自己的脸做成腌咸菜吃？"

原来我满脸的菜、调料，简直成了一只小花猫。当老公走进餐厅发现餐桌上摆满菜时，惊讶地看着我。

我嘚瑟地看着他，心想："哼，谁说只有你会做饭，我只会吃，本宫只是不露手而已，一露手就吓到你，嘿嘿……"

"啊！"老公大叫一声把我从嘚瑟中叫醒，"我们的厨房是遭贼了吗？"

我赶紧跑进厨房。厨房里菜掉落一地，台面上堆满用过的大小碗，各种调味品横七八竖……

"吃饭，吃饭，吃饱饭才有力气清理厨房。"我撒着娇从老公手上拿过包说，"赶紧洗手吃饭。"

我趁老公洗手时，从餐桌上拿起碗盛饭。当我打开电饭煲时，我差点晕过去。米是生的，原来我忘记按开始键了。

我看着锅内的生米沮丧极了，老公从背后抱着我说："今天特别想吃馒头配老婆大人做的菜。老天爷有成人之美的美德，我下楼买馒头。"看着他的背影，我的泪水模糊了双眼。

不一会儿，老公买馒头回家，我们准备大干一场，要把桌上所有的菜消灭干净。菜刚入口，我的五官便挤在了一起。这菜咸死人不偿命不说，还一股烧焦味，我彻底失去胃口了，抬眼偷偷瞄老公，只见他津津有味地吃着。这么难以下咽的菜他连眉头都不皱一下，嘴巴里还发出"啧啧"声："好吃，真好吃，老婆做的啥都是好吃的。"

整夜，老公一会儿睡下，一会儿找水喝……

我妈妈说可以

徐美灵

我的朋友菲菲定在今年的五一节结婚。最近一段时间，不知她是婚前恐惧症还是怎么的，经常眉头紧锁，我们笑她结婚前太兴奋。她说不知为什么，就是心有些不宁静。朋友李梅便问菲菲是否爱这个即将成为她老公的男人。她说不知道，这个老公是她妈妈帮忙找的，说是这个男人可以，从相识到谈婚论嫁刚好八个月，现在便决定结婚。

上周末，菲菲邀请我和另一女友去她家玩，我们参观了她婚礼时用的婚纱、服装、首饰以及其他用品。这些物品不像是我们90后的风格，我忍不住地问："菲菲，这些都是网购的吗？"

"不是，这些都是我妈在实体店帮买的。"

"你妈一个人去的？"

"你咋不一起去挑选？"

"我妈说可以，这些都她很喜欢的。"

我问："为什么不选自己喜欢的？"

她说："这二十多年来我的事都是妈妈操办，我从不需要动手或动脑，只要妈妈说可以就搞定。"

我无语地看着她。

菲菲为了结婚时能穿上漂亮的婚纱而减肥。她每天只吃一顿晚饭，有时，就连一顿饭也用水果代替。其实她一点也不胖，1.6米的个头，46公斤。这样的身材再减就要成竹竿了，我实在看不下去，就告诉她："早、中餐一定要吃，晚上少食或用水果代替，再加上运动，这才是健康减肥。"

菲菲不急不缓地说："我妈说太胖穿婚纱不好看，这样减可以快速瘦。"

"你妈有没有说可不可以生孩子？"我有些气急败坏地说。

"这得我回家问问我妈妈是否可以……"

最美的红叶

徐美灵

"亲爱的，我们周六去山里看红叶。"杰在电话那头轻声地说。

"红叶、红叶……"我在电话这头激动得声音有些颤抖。霜叶红于二月花。红叶是我的最爱，它无时无刻在我梦中飞舞。

"那我周六早上7点去接你，我们一起早餐，然后直接出发。"杰带有磁性的声音再次从话筒那头传来，把我的思绪拉回来。

"我，我，我还是不去了，去了也没用。"

"我准时来接你，有我在，你一定可以看到红叶。"

我和杰因红叶相遇、相识，接着我们爱得如茶如火。记得那是一个秋高气爽的下午，天空飘着几朵白云，微风吹拂，我和几个同学相约看红叶，这是我第一次看红叶。

刚进山，我就看见一片鲜红鲜红的飘动。快步疾走，那漫山遍野的红就呈现在我眼前。红叶像一条火红的裙子带随风飘舞，不由得想到西班牙女郎的热情和浪漫。正当我陶醉在自己的幻想时，突然，一片红叶飞来，我急忙追着去抓。就在我快抓住时，一只手横空出世，抢走了这片红叶。

"这是我的红叶。"我冲着抢红叶的人大喊。

"这片叶子上又没你的名字。"他坏坏地说。

"是我先看到的，那就是我的。"我不顾淑女形象，伸手去抢。红叶没抢到，反而和他撞了个满怀，我红着脸羞涩地低下头，心里像有千万只兔子在乱跳。

我们在火红的红叶下相爱了。每到秋季，我们便手牵手去看红叶。

两年了，我们不曾踏入山里看红叶。我把杰拒于门外，赶他、骂他，他却厚着脸皮一直赖着不走，在我身边照顾。

星期六在期盼中到来，耳边响起开门声，我知道一定是杰。吃完他带来的早餐后，杰牵着我小心翼翼地下楼，上车。大概两个小时后，车慢慢减速下来。

"快到山里了。"杰激动地说，"这儿还是和两年前一样。"

"嗯。"我掩盖住内心的激动。

我们把车停在山的路口，手牵手向山里走，杰滔滔不绝地介绍他看到的风景。

"到了，还是和以前一样的火红。"杰说。

"嗯，我闻到了。"我把杰拉得更紧。

"来，你摸摸。"

杰把一片红叶轻轻地放在我手上。掌状五瓣，我轻抚着它，微闭双眼，鼻子凑近闻了闻，香味扑鼻而来。

"你坐在这休息下。"杰说。

"好。"我微笑看着他。

"灵，嫁给我好吗？"杰在我额头上轻吻，他拿起我的右手准备套上戒指。

"不，不，不……"我惊慌失措地抽回右手。

"还记得这片红叶吗？它是我们相爱的见证，我一直把它和你的照片放在一起，"杰有些激动。

"记得，它是我们相爱的见证。"我眼睛有些湿漉漉，"可我还是不能嫁给你，你找一个更好的女人结婚吧。"

"我只要你，只有你是我心里那片最美的红叶……"杰磁性的声音如歌声般动听。

我看到那片美丽的红叶在秋风中舞动，两年来它一直在我的梦里起舞。

"我要带你去美国把眼睛治好。"杰深情地说。

我的眼睛在两年前的一场车祸中失明。

她不是姐姐

徐美灵

上周六，公司公益活动组织到一偏远山区的希望小学捐赠物资。同事芬姐把她刚满六岁的小儿子也带来了。

"来，第一次见面，你给大家自我介绍一下。"芬姐拉着她的儿子站起来。

"大家好！我、我、我叫陈睿哲，今年六岁，幼儿园大班。"车内响起一片热烈的掌声，他的脸上像开出一团火花，火辣辣的红，一双大而圆的双眼躲在长长的睫毛下。

"这个是小玉姐姐。"芬姐向他儿子介绍她邻座的一个95后小姑娘。

"姐姐好。"小家伙甜甜地叫着。

"来这个叫……"

芬姐话还没说完，前排的许经理微笑着说："我也是姐姐。"

许经理站起来，拿起手机照了照，精致的妆容无法掩盖岁月的痕迹，一双敏锐有神的大眼，一头黄卷发显得更加干练，凹凸有致的身材，让很多少女望而兴叹。许经理很满意这样的自己，下属和供应商都当着面夸她还像是一小姑娘。

"你怎么是姐姐呢？"睿哲一脸委屈。

"怎么不是姐姐呢？你看她漂亮、年轻。"芬姐温和地同她儿子眨巴着眼。

"她这么老，一点也不漂亮。"

"你这孩子怎么说话的。"芬姐脸上瞬间成了猪肝色。

"她年轻漂亮，也是姐姐。"顿时车上响声一片。

"她一点都不漂亮，脸上有斑，一点都不年轻，笑起来有皱纹，我应该叫她阿姨才对。"

"啪"的一声，一记响亮的耳光落在陈睿哲的脸上。芬姐慌了神，一边打骂着儿子，一边向许经理道歉："许经理您是我们公司最年轻漂亮的，小儿不懂事，请原谅。"

芬姐的儿子抽噎着，倔强地说："妈妈是个爱说谎的人，你明明在家里说许经理一个快五十的老女人，每天还把自己打扮得花枝招展，现在怎么又说她年轻漂亮？"

车上的人除了许经理和陈睿哲外脸都变成绿色。芬姐气得全身在颤抖，正要扬起巴掌再次打儿子，被许经理拦下，她温柔地抚摸着陈睿哲刚被打的脸说："你是一个诚实的好孩子。"

"我们老师说要做一个诚实的人。"陈睿哲声若蚊蝇，但响在车上每一个人的心里，她们惭愧地低下头。

后妈请客

徐美灵

小美突然接到后妈邀请她和大姐吃饭的电话，让她好不激动。

小美有三个姐妹，她排行老小，从小父母离异。小美和大姐跟随妈妈生活，母女仨相依为命。爸爸带着二姐生活，并很快重组家庭。婚后又生一女，此后便很少与她们联系。

小美和大姐带着老公、孩子们来到后妈电话里说的餐馆。她们刚踏进餐馆的大门，后妈热情地迎上来招呼她们。小美长到三十岁，这样的聚会还是第一次，以前她一直对这个后妈有成见，今天觉得是自己错了。从进餐厅起，后妈为她们倒茶，招呼孩子们，对她们问寒嘘暖，席间不断地给她们夹菜。小美突然间觉得后妈如春天般的温暖，比亲妈还热情，这餐厅里的饭菜很美味，有几道还是她特别喜欢吃的菜。

用餐到一半时，小美见后妈朝她爸爸眨了几次眼睛。

"我家隔壁买了一块很漂亮的手表，每天戴在手上都舍不得拿下来。"他抬起左手腕看了看，好像这块表已经戴在他手上，瞬间自己变得很帅很帅。

"香港的香奈儿包很便宜，你们看到给我捎个回来。"后妈两眼冒着绿光，神采奕奕，好像香奈儿已经挎在肩膀上。

"我一个兄弟每晚睡前都要喝一杯神酒，几年来身体好，而且越来越年轻了，据说是他让人从香港专卖神酒店里托来的。"爸爸边吃边用余光瞟了瞟两个女儿。

"我妈老毛病又犯了，每晚痛得睡不踏实，听人说香港有一种专治风湿的膏药，一贴就灵。"后妈一脸心疼地说。

……

小美越来越觉得这饭菜难以咽下去，借口去趟洗手间，没一会儿大姐也跟随进入。

"他们怎么知道我们明天要去香港？"姐妹俩对着镜子异口同声地说。

米特的爱情

徐美灵

我的父亲米特如今 60 岁，他总是得意扬扬地说："我这一生做了一件最了不起的事，就是娶了你们的母亲方丽。"

40 年前，米特生长在一个富商的家庭里，他是一个 1.65 米不到的小伙子，生着一对鼠眼，左脸上因小时候烫伤而留下一个碗口大的疤痕，尽管如此，但他青春阳光，总是微笑着同人打招呼。

有一件事让米特寝食难安，让他脸上失去笑容，那就是他喜欢上了村西头方家 18 岁的女儿方丽。方丽是我们村公认的村花，1.70 米的模特身材，白皙的皮肤，两条又粗又黑的长辫子。长长的睫毛下一双大而圆的眼睛会说话，瓜子脸似乎一捏便会捏出水来。樱桃小嘴，让人见了就想要狠狠地亲上一口。米特每次见到方丽这个美人儿总要流口水，但她从来没有好好地注视过他，这很让他伤心，只能在梦里拥有他的美人。

方丽有一个青梅竹马的恋人小勇，比方丽大 5 个月，在一家杂货部打短工，他 1.8 米的个头，五官精致帅气，父亲早逝，与留下一身病的老母亲相依为命，过着吃了上顿不知下顿的生活。

有一天，米特看到方丽边哭边跑，他不明白他的美人儿为什么哭得这么伤心，但看到她哭很心疼，便悄悄跟随着。等方丽哭累时才发现米特一直站在身后。

"你咋了？"米特头也不敢抬。

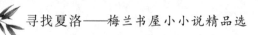
"我爸不同意我和小勇好。"方丽又哭起来。

"为什么？"

"嫌弃他家穷，可我不这样想，我们是相爱的。"

米特心里很难过，他的美人痴痴地爱着别的男子，但他嘴角露出不易觉察的笑意。方丽在米特的安慰下渐渐平息下来。

第二天，米特提着好烟好酒上方丽的家，方父笑得见牙不见眼，双手接过烟酒看又看。

"这烟酒不是一般人能买到的，这小子真有能耐啊！有个有钱的爹真是万能。"

"方叔，据说张丽有婆家啦？"米特边问边为方父点烟。

"没有，是那穷小子想癞蛤蟆想吃天鹅肉。"方父透过一圈又一圈的烟雾看着米特。

此后米特隔三岔五地往方丽家跑，每次都是提着好东西去和方父闲聊，或是帮衬干些家活。久而久之，方父更是看不上小勇那穷小子。

在一个寒冬，小勇病母去世，他因照顾母亲耽误工作，被炒了鱿鱼。身无分文的他不知如何安葬母亲，米特得知后，带着钱来到小勇家，小勇千恩万谢。

小勇拿着米特的钱把母亲安葬后到处找事做，但一直没有人肯收留他，米特知道后，他求父亲给小勇安排个工作。

小勇工作后没有机会和方丽见面，米特提着好东西见方父更加勤快了，一年后，方丽见没有小勇的音信，在方父的压迫下嫁给了米特。

方丽虽人嫁给米特，但心还在小勇身上。每天愁眉苦脸，茶饭不思，米特很着急，对方丽更加疼爱，只要出远门一定会带妻子喜欢的礼物，只要有空便带妻子出去游玩，家里的活从不让妻子动跟手指。

两年后，方丽被米特的真情感动，加上小勇一直没有消息，她爱的天平慢慢向米特倾斜，此后几十年里，他们生儿育女。

去年，我的母亲方丽因病逝世，只是她至死也不知道，这个爱她的丈夫把她的至爱安排到人烟罕至的地方工作。

我只要红色

徐美灵

张小强在三十岁那年遇上一个很会炒股票的朋友，并拜这位股友为师。一段时间后，张小强拿出一小部分存款来炒股票，在他的操作下，股票一直往上涨，让他赚到人生的第一桶金。

张小强看中一只股，觉得这只股不久后一定会涨，便取出银行里一半的钱买进。有一段时间，他买的那只股票每天只见飘着绿色，他急得满嘴冒泡，茶饭不思，夜不能寐。

张小强几天几夜没有合眼，盯着电脑那一片绿色的股市，有一天晚上终于熬不住闭上眼睛睡着，梦里他遇见一个自称是股市的人，张小强心里一阵狂喜，眼里冒着火红的光，他觉得这一定是自己的救星，梦里他请教这位自称为股神的人，眼前这位股神是一个70岁左右的老者，花白的头发和长长的胡须，身上穿着一件蓝色的长褂，说是股神，倒是看起来更像算命的人。

"小伙子，你的股市是什么个情况？"老者似笑非笑，眯着眼看着张小强，右手来回抚摸着胡须。

"我，我，我的股市最近不好，满屏的绿色，"张小强结结巴巴，半信半疑地盯着老者。

"噢！有多久了？"

"到今天刚好有半个月。"

"最近你是穿这套墨绿色的西装？"老者盯着张小强的西装，像是要从中找出些秘密来。

"你怎么知道？"张小强很是惊讶。

"炒股的人忌讳绿色，喜欢红色。"

"那我应该怎么做？"

"回去，立刻回去把这套衣服给换成红色，要不了几天，股票肯定会由绿变红色。"

张小强如同接到圣旨一样，飞也似的跑回家找红色的衣服。从梦中醒来，张小强立即从头到脚统统换成红色，就连睡觉都不肯脱下。还别说，梦中股神教的这招真灵，一个星期后，股市只见红不见绿，他心里很感谢梦中的股神。

张小强最近心情很好，吹着口哨骑着自行车上班，当他骑行到红绿灯区时，正好碰上红灯，他飞也似的闯红灯，被执勤的交警拦下，张小强不听劝说坚持要在红灯时走，他对警察说："算命的说我命里只能有红色，不能有绿色。"任凭他怎么求、解释都无用，交警让他退回等绿灯，张小强趁交警不注意时溜走。

张小强为了以后不走绿灯，他一到公司就提出辞职，说是要用所有的时间来研究股票，从此便闭门造车。

自从张小强从头到脚，从内到外都换成红色，他的股票一路狂飙，亲朋好友都劝他赶紧出手，他总是笑着说："不急，还会涨，等涨多些再抛。"

张小强见行情好，把所有的积蓄全部投入进去。半年多后，股票突然从红色渐变成绿色，他慌了神，但很快镇定下来，把家里里外外都检查了一遍，脑袋灵光一闪，叫来装修工把家里里里外外、家具等统统刷上大红色，家里所有的物品换成红色，然后安静地坐在电脑前静等股市由绿变红。

几个月后，我们社区门口坐着一位全身涂红漆的人，嘴巴不停地念叨："我只要红色。"

户外扩展

徐美灵

昨天，我们公司进行户外扩展训练，经过一天训练后，大家都累趴下，晚上训练结束会后，教官与会场250多号人面对面建群做群主，他要求每个人散会后写出今天训练心得。

晚上12点，群里像炸开锅，"啪啪啪……"群里信息声响个不停，我拿着手机往上爬看每个人写的心得。

第一个人发出心得后，后面其他人紧跟随，我总觉得好像哪儿不对，再仔细翻看时才发现，后面很多人与第一个人有百分之九十的相似度，还有的人连名字都未改回来，还有的人从2019年穿越回2014年。

群主发出一个吐血表情后说："你们有这么多人同名？羡慕有人能穿越回去啊！"。

作者简介：

徐美灵，喜欢读书、热爱文学。文字是时光里的舞者，跳动着灵性，执起手中笔，愿与文字相伴。

迷 路

牟玉丽

八月十五的月夜真美呀！玉盘一样的月亮伏在水一样的天上，映衬在体育公园的围墙建筑、400米红色跑道，以及花草树木、绿色植被上，给人一种端庄、大气而又生机盎然的感觉。

玉娇手拿相机，边走边照，她揿动快门，恨不得把所有的美景都揽入镜头。

爱人催促说："别照了，时间不早了，回家吧！"

玉娇意犹未尽，她对准镜头，又抓拍了几张月亮与灯光遥相呼应的照片，才依依不舍地融入鱼贯而行的游人中去。走到石雕出口，停下脚步，她记得，这里有一条通往回家的路。

这时，她发现爱人没有跟过来，玉娇有些着急。回去找他吧，实在不想多走路了。在这儿等等吧！于是，玉娇找了个石凳坐了下来。

少顷，公园里的游人像人间蒸发了似的很快散去，可还是没见爱人的踪影。玉娇想，是不是他自己回家了？这老头子就是性急，不等我拍照完，大晚上的，把我扔在大街上，自己先回去了。看我回家和他算账去。

这一带是全国著名的旅游景点。正是旅游旺季，白天游客如织，街道两旁树木藤蔓灿烂得如火如荼，绿树掩映着 20 世纪二三十年代建成的不同国家建筑风格的花园洋房，漫步其间，宛如走进了万国建筑博物馆。

在这银盘高挂的月夜，道路两旁风格迥异的建筑物，显得更加好看。

玉娇急急地往前走。前面不远处，偶有车灯射过。她犹豫了，不敢走了。这是回家的路吗？从公园出来的第二个路口应该是主干道，不会没有车辆啊！仔细辨别方向——坏了，走错路了。

玉娇顾不得欣赏这美丽的夜景，她要往回走，体育公园门口的另一条路才是回家的路。

夜更深了，在这阒寂无声的大街上能听到玉娇"嚓嚓嚓"的脚步声。

突然，身后传来一声喊："大姐，你看到一个小男孩从这里走过吗？"玉娇吓了一跳，扭过身来，愣愣地看着他们，摇了摇头，说："没看见……"

此刻，电话铃声响了。

玉娇忙抓起电话——是个陌生电话，江苏徐州的。

"喂！喂！你在哪啦？有一个小朋友在公园里溜达，天太晚了，我怕他一个人会有危险，就把他带到公园保安室来了。我没带手机，没法和你联系，着急了吧？我找公园保安借的电话。你到保安室找我吧，我在这里等你。"

挂断爱人的电话，玉娇朝着骑过去的电动车大声喊："大——姐，你的孩子找到啦！在体育公园保安室……"

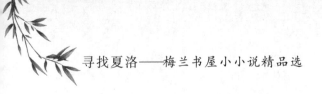

金牛的疑惑

牟玉丽

周末，金牛一家早早起了床，带上礼物，他们要回老家去看望爷爷奶奶。

金牛爷爷早年在市里经营水产生意，凭借着诚信和努力，生意做得如火如荼，退休后，便和金牛奶奶一起回到老家颐养天年。

老家的院子很大，迎面几间坐北朝南的瓦房一字排开，错落有致地栽种着蔬菜瓜果。院门口有一棵柿子树，树下拴着一条狗。那狗看见他们进来，汪汪叫着，上蹿下跳地摇着尾巴。爷爷奶奶闻声迎了出来。

吃过午饭，奶奶端来一小篮儿磨盘柿子。

奶奶说："知道你们要来，特意让爷爷从树上摘下几个，我把它们和苹果、梨放在了一起，已经脱涩了。吃吧，秋天气候干燥，吃点柿子能清热润肺，化痰止咳呢！"

金牛拿起柿子递给爸爸妈妈，自己也吃了起来。他在柿子的顶端咬开一个小口，汁液漫溢，真甜啊！金牛边吃边啧啧赞叹！

奶奶说："喜欢吃，就到树上摘些带回去，慢慢吃。"

正是金秋时节，蔚蓝天空，清澈如洗。院子里高大的柿树上缀满橘黄色的果实，压得树枝低垂着头。有风吹来，像无数个小灯笼在树上摇曳。树顶筑着一个雀巢，蓬蓬茸茸的，远远望去像一顶悬浮在树权上的小帽子。两只花喜鹊拖着长长的尾巴在树边盘旋，"渣渣渣"地唱着动听的歌。

金牛背着小篮子，麻利地窜上了树。他用绳子把篮子系在树干上，轻轻地摘下柿子一个个放到篮子里。爸爸手持长竿，用长竿上的布兜把挂在树权末端的柿子摘下来。爷爷把摘下来的柿子码放在纸盒里。

金牛正摘得起劲，爷爷说："别摘了，下来吧！那些柿子就让它挂在树上吧！"

金牛说："那些柿子已经熟透了，不摘下来，挂在树上烂掉多可惜呀！"

爷爷指了指盘旋在树边的喜鹊说："有这些小家伙帮忙吃，不会烂掉的。"

金牛疑惑不解。

原来，在爷爷刚回老家时，看到村民院子里挂着熟透了的柿子并不摘净，也有过疑问。村民告诉他，春季，在柿子刚开花结果的时候，有一种不知名的毛毛虫泛滥成灾，他们在柿子刚刚长到指甲大小的时候，就把所有的柿子吃光了。只要有喜鹊在，果树就不会发生虫灾。所以，每年秋收时，村民们都会在树上留下一些柿子，以吸引喜鹊来这里过冬。有了充足的食物，喜鹊就能安全度过冬天。这些小动物也懂得感恩，到了春天也不飞走，而是整天忙碌着，捕捉果树上的虫子，从而保证了这一年柿子的丰收。

原来是这样啊！为了柿子树不生虫灾，村民们付出的是熟透的柿子，收获的是喜鹊的感激和来年柿子的大丰收。

金牛听到这里，想起了一句谚语："赠人玫瑰，手留余香。"

硬核妈妈

牟玉丽

放学了，李浩背着书包，蹦蹦跳跳跑回了家。他家住在学校对面，站在他家的窗前，能看到学校的操场。

李浩父母在市场上做生意，李浩放学的钟点，正是父母最忙的时候，无奈，每天放学，只好自己回家。这个年龄正贪玩，他放下书包就往外跑，踢球打蛋，不亦乐乎，经常忘记写作业。这样，挨到小学五六年级，李浩就产生了厌学情绪。

这天，母亲接到老师电话，说李浩没有到校上课，父母这才着了急。回到家，发现李浩正在家里玩游戏。

母亲问："怎么没去上学？"李浩委屈地看着母亲，嗫嚅着说"我不想上学了。我学习成绩不好，同学看不起我。"说着，眼泪哗哗地往外流。"每天放学，家里就我一个人，别人家都吃完饭了，你们还没回来。"说完，竟哇哇地大哭了起来。听到这里，母亲把儿子搂在怀里，默默地抹起了眼泪。

这件事给李浩的父母敲响了警钟，他们意识到，孩子的成长过程不能重来。每一个孩子天生都是弱小的，作为家长，要把握住孩子成长的黄金阶段，别留遗憾。于是，他们决定，让李浩的母亲回家陪伴孩子。

第二天，李浩回到家，母亲早已准备好了饭菜。吃过饭，母亲说："儿子，我有个想法想跟你说。"

"什么想法？"

"咱俩制定个目标，从今天起，咱们一起努力，共同把目标完成，好不好？"

"好啊！"

"你先想想，然后把你的目标告诉我。"母亲说。

李浩想了想，调皮地伏在母亲的耳边。"我长大想做生意，当大老板。"

"做生意也要有文化呀！你先定个近期目标。"

李浩不假思索地大声说："我想考大学，当大老板。"

母亲用欣赏的目光注视着李浩，欣慰地笑了。

"那您的目标呢？"李浩问。

"我想实现儿时的梦想。"母亲含蓄地笑着。

"好吧！拉钩。"

一大一小两根小手指头，像燕子展翅一样紧紧地勾在了一起。

灯下，李浩写作业，妈妈看书。偶尔，母子俩头碰着头，指指画画，窃窃私语。

父亲来到李浩桌边，放下一杯热牛奶，蹑手蹑脚地退了出去。

有父母陪伴，李浩觉得自己是世界上最幸福的小孩。

期末考完试，李浩举着一张试卷，兴奋地告诉妈妈，他的数学考了96分。

母亲夸奖说："真棒！继续努力！"

这天，李浩放学，母亲正在厨房忙乎。餐桌上摆放着洗净的草莓，一张晚报，还有一张邮局送来的稿费单。李浩扫了一眼晚报上的文章《陪伴》，立时兴奋起来，他风一样地冲进厨房，问："妈妈，您的文章发表了？"

母亲转过身来，笑靥如花。

"是你给了妈妈一个提升的机会。儿子进步，妈妈也不能落后啊！"母亲谦逊地说。

原来，母亲在学生时代就有一个写作梦，只是结婚以后，因家务和生活的操劳，暂时把写作的梦想搁置了。如今，在陪伴孩子学习的空闲，又把写作的梦想拾了起来。

李浩看着报纸上母亲的名字印成了铅字，觉得母亲真是一个了不起的女性。他暗下决心，一定要努力学习，考上大学。

多年后，当李浩拿到了大学录取通知书时，母亲也拿到了市作协证书。

作者简介：

牟玉丽，女，祖籍烟台，1958年生于天津。一本书，一茗茶，把心沉浸在文字的墨香里，享受着生活的乐趣。

年龄差的婚姻

杨琦

两颊有些松弛，脖子上更是一层层的皮肉堆积着，双手将脖子的皮拉了一下，对着镜子她无奈地咧了一下唇角。

她想起昨天逛街透过玻璃看到丈夫与一个年轻女子坐在咖啡厅，那女孩年轻的让她羡慕，青春洋溢的脸上满是笑容。

她的心中像是尖刀扎在心口上，满是痛楚的她心中却没有恨。照顾孩子与公婆，让本比他大七岁的她更像他的长辈。

为了让他安心奋斗，她做了他坚实的后盾。虽然她们现在话越来越少，但丈夫始终按时回家，依然疼女儿如掌上明珠，每年她的生日、她们的结婚纪念日，都会收到他的礼物。

真的是因为自己老了吗？她再次用手轻抚着自己的脸庞，透过镜子看向茶几上一个整形医院的广告，眼睛里浮现出了渴望与期盼。

他回家后发现茶几上一张纸，心中狂跳。快走几步拿起那张纸只见上面写着：我累了，我去旅行一段时间。

看完他有些失落，更有满满的担心，旅行？她能去哪？眼角扫过一张彩页，他拿起看到一张整容医院的广告。

她看着邻床那个脸上满是纱布的女孩，忍不住全身有些战栗。虽然经历过生孩子的痛，但想想要从脸的两旁取出两根骨头来，她害怕得手指微颤。这个时候她想起了他，每当她生病需要打针时，他总会在她旁边，让怕疼的她抓着他的手。

此时耳边传来她的名字，仿若他的声音。她笑了一下，难道是因为太想他，所以出现幻听？

那个据说做了隆鼻、削骨的小护士，走了进来："28床陈丽到你了。"

她站起身，看看对自己说话的小护士，看着她挺挺的鼻、瘦削的脸，她长长出了口气，然后点头跟着她向手术室走去。

快走到手术室时，背后传来急速的奔跑声，她还没来得及回头就被一只手抓住，随后传来他的声音："不要做手术，我不是嫌你老。"

原来，在一月前单位组织的那次健康检查中，他查出了肝癌晚期，只有几个月的活命。他想起曾互相打趣如果对方得了重病怎么办？她那句如果他得了重病，她会陪着他遍访名医，不到最后绝不放弃。

所以他请暗恋他的女生做了场戏，在看到她伤心离去后，他告诉那个女生自己得了绝症，女生听完苍白着脸离开。他本以为她会提出离婚，却没想到她选择了整容。她是那么怕疼，当时她阑尾发作，他劝她做手术，她都不敢，现在居然跑去整容？

他终对她说了实话，她含着泪跟他回家。回去后，没有他想的她会扑在他怀里哭，而是在收拾衣服。

"走吧。"她拿着收拾好的衣物说，"先去住院，如果这个医院没有办法，我们再换家。"

到了医院看到为他诊治的医生，医生愣了："你怎么来了？"

他僵在那，她上前："我是他的妻子，医生，他的病严重吗？"

"护士没给你们打电话？实在对不起，我们搞错了，生病的是和你爱人同姓，名字同音的一个人。我给护士说了，她没给你们打电话吗？"

他掏出手机，看到 N 个未接电话，她与他互看一下，眼睛里泛出泪花。

"没事了，吓死我了。"她扑在他的怀里哭了出来。

整容前的最后一天

杨琦

左半边脸都是青色胎记的张兰今年 30 岁，她是父母捡来的孩子，养父母给她足够的爱之外，还教她怎么自强、自立。因此哪怕从小被人称为阴阳脸的她，练就了一颗不会被恶言恶语伤害的钢心。没想到在 28 岁那年，她遇到扎破她坚硬外壳的男人。

第一次见到郑泽时，张兰正在员工餐厅埋头吃午饭。

"请问这有人吗？"一个男生问。

她抬头看到对面空位后站着一个很帅的男人，在那双漂亮的眸子里没有别人初见她时的恐惧与歧视，她摇了摇头几口将饭菜吃完，端起餐盘起身离开。

那天的下午，张兰再次见到那个好看的男人，才知道他就是新来的上级。大家都说那是一个有风度的男人，在看到张兰时他也是那么神态自若。她想起第一次见时，他那干净的眼神里只有询问，没有其他。

郑泽帅气、工作能力强，来公司不到一年就把业绩提高了三成。公司年会那天，张兰在角落里看到漂亮的女同事争先来请郑泽跳舞，都被拒绝。不知他喜欢什么样的女人，张兰想着。

"能邀请你跳支舞吗？"张兰看到郑泽含笑的眼神，依然如他们第一次见面时，他眼睛里很干净，但多了一丝张兰看不懂的情绪。

谁都没有想到长相如此丑陋的张兰探戈跳得如此之好，一曲终了，她们在众人的掌声中停止舞蹈。但郑泽的手并没有松开，他在众人的惊讶中对张兰说："嫁给我好吗？"

她拒绝了他，甚至第二天没有去上班，只是在电话中辞职。他找到她家中，并没有问为什么，只是交给她，自己的存折、房本。

"我是真的想娶你。"

看着他眼中的认真，张兰咬住嘴唇，强忍不让自己的身体颤抖。

29 岁那年，张兰嫁给了爱情，她本以为自己要这样孤零零地终老，没想到嫁了样样都出色的男人。她曾经问他为什么娶自己，他只是轻抚她长有胎记的脸，眼中全是疼惜与一丝她看不懂的情绪。

她曾经以为，自己长有胎记是上辈子做了什么坏事，老天对自己的惩罚；嫁给郑泽她又认为自己上辈子一定做了天大的好事，才会拥有如此出色的丈夫。

每天都是郑泽做好早餐，叫她起床；晚上无论再忙，也会陪她一起吃晚餐。带她见他所有的朋友，谁若有轻视她的表现，他会挺身维护她。当他们走在路上，再一次听到路人说一朵鲜花插在牛粪上，张兰想去做整容手术，郑泽拒绝了，说怕她痛。

三十岁生日那天，她去整容医院咨询并交了手术费，今晚是她这张带有胎记脸的最后一天，明天她就要手术了，她没有告诉他这件事。明天下班前会电话告诉他，自己要出差半个月，她想在变得美美的时候，出现在他的面前。

郑泽也在等张兰今天过完生日，明天晚上下班他要告诉她一个秘密。他无意中得知一个有钱的富商曾有一个女儿，左半边脸是青色胎记，有算命的说过要把她先送人，等三十岁生日后再接回来，全家才会有好运，而那富商因一次意外，终身只有张兰一个女儿。

平民江湖

杨琦

郑泽从小都希望有个英雄一样的父亲，但……

父亲的胆怯在年幼的郑泽心里埋下了深深的根。

那一年五岁的他跟着父亲去集市卖菜，遇到两个瘦瘦的人向父亲要保护费。明明身强力壮的父亲是不用怕这两个人，但是父亲在他面前，还是将收入的一半交给两人。

他想不通，父亲只是轻抚他的头没有说什么。

小学三年级，父亲买了他心心想念的玩具作为他考90分的奖励。当老师叫父亲来到学校，得知他拿玩具到学校跟同学发生争执，父亲把玩具拿过来送给同学，领着被同学打的他回家。

他不懂为什么年龄不大的父亲，这么窝囊。明明不是他的错，不但他被同学打，连玩具也要赔给对方。

虽然父亲说，对方家长把那个孩子打了一顿，但郑泽不明白，这又不是父亲打的。

父亲说，因为他把玩具拿到学校，同学看到想要是一个孩子正常的想法，但是却需要家长给他买，所以还是因为他显摆自己的玩具而造成同学被家长打，所以他要付出代价。

他不屑地看着父亲，觉得这些都是父亲的借口。从那以后他成了老师口中调皮的孩子，他的成绩也从前三掉到后30名。

初二那年，他和校外几个孩子搭上了线，那些孩子不上学在社会上混，听说是一个黑帮老大的小弟。看多了香港影片，他觉得那就是英雄，敢打敢杀。

他没想到的是，父亲居然带着他找到那个黑帮老大，让他管好自己手下，不要动自己的儿子。

黑帮老大轻笑："凭什么？"

父亲什么也没说，直接动手开打，当打趴最后一个人，对着黑帮老大说："就凭你的人打不过我。"

跟在父亲身后离开那所他曾经认为是英雄的地方，看着眼前一身中山装的父亲，他感觉父亲是那么陌生。

那天，他才知道父亲经历过一个混蛋的青春期。好不容易才退出那个江湖，他不想自己的儿子也走自己的老路。

他那次带着儿子卖菜遇到地皮，不是打不过，而是不想让儿子觉得武力可以解决一切。

儿子带玩具去学校之前，他阻拦过，但是预料之中的事还是发生了，他把玩具送同学不是怕对方的家长，而是想给儿子一个教训，不要引起别人的嫉妒之心。

当儿子误入歧途，当他得知儿子心中的英雄梦，他愿意自己来为儿子做一次英雄，带他归于正途。

作者简介：

杨琦，宅女一枚，爱好码字、美食、瑜伽，将护肤当成终身事业，让自己美美的。

搁浅的美人鱼

白月霞

池小鱼大学毕业，考回家乡小城，在宣传部做了一名公务员。新人乍到，一些具体工作还难以上手，总要磨合锻炼一下，单位领导看她形象气质比较好，就安排她在综合办公室见习，接打电话，收发文件。

因为离家比较远，单位给了她一间宿舍。工作呢，做得一板一眼，不山不水，反正都能交代。

后来，部长高云海的秘书提干调离了。办公室主任问小鱼是否愿意做高部长的秘书。小鱼说，荣幸之至，保证完成任务。

高云海的办公室里面除了办公桌椅、会客沙发，还有一张单人床。

小鱼在做好办公室日常工作之余，早来晚走，把高云海的办公室收拾得干干净净。

那天上午要开大会，池小鱼就早早去了办公室。她如往常一样一手拿抹布，一手拿着钥匙去开门。一进门，小鱼看到高云海站在床边，正在系衬衫的第一粒扣子。小鱼忙说："对不起，对不起。"脸也早红得发烫，掩门退了出去。

几分钟后，高云海开门让小鱼进屋说："昨晚散会太晚，就没回家。以后你不用来这么早的。昨天刘台长过来，夸我办公室真干净。这都是你的功劳，辛苦你啦。"

不知为什么，从那天后，小鱼内心总是隐隐地有些期待，有时见到高云海还会脸红。

春节放假，小鱼在路口等车，等得脚麻了，手也冻僵了，可是车就是不来。就在这时，一辆黑色的小汽车在她身边停下，车窗摇下来，竟然是部长高云海。

高云海笑着说："池小鱼，上车！"小鱼惊喜万分，伸手去拉副驾驶的车门。

高云海说："坐后座吧，舒服。"

小鱼上车，问："高部，谢天谢地遇到你。不会太耽误你事吧？"

"不耽误，我也去南堡乡。正好顺路。"高云海大笑说。

"那是我老家。你怎么知道的？"小鱼调皮地问。

"我看了你的简历呀！哈哈！"

两个人都笑起来。

高云海又说："确切地说，你和我爱人是同乡。快过年了，我去看看她父母。"

小鱼一下子止语。她早就听说高云海的夫人两年前出车祸去世了。

几个月后，高云海带领宣传部几个同事去一个海滨城市参观学习，小鱼也在其中。

学习结束后返程的前一晚，大家聚餐，人们轮流向高云海敬酒，没想到他竟然前所未有地喝多了。

回到宾馆。小鱼接到高云海的电话，他房间的水壶坏了，叫小鱼送点水来。

高云海斜倚在沙发上，看着小鱼烧水，泡茶，他喝了一杯，又喝了一杯。小鱼说，高部，你休息吧，我回房了。然后向门口走去，高云海疾步跟过来，从背后揽住了小鱼的腰，低声说，别走。

小鱼一下子慌乱到浑身战栗，想逃离，但又很贪恋这种感觉，一半是海水，一半是火焰。高云海的呼吸越来越重，越来越热，小鱼终于燃烧起来，转过身一下子搂住了高云海的脖子……

高云海的吻潮湿而热烈，小鱼的身体变得柔软，像跌进一个世界，一个令人慌乱害怕，又特别想沉下去的世界……

只是突然，高云海停下了动作，一把将小鱼推开："对不起，小鱼，对不起……"

小鱼仿佛一下子被从天上扔到地面，直直地愣在那里。

"对不起，小鱼，我不该这样的，不该这样的，请原谅我酒后失德。"高云海羞愧的脸色下，有些语无伦次，像个不知所措的孩子。

小鱼镇定下来，拉住高云海的胳膊，说："我不用你负责的，我喜欢你，这是我自愿的。"

但高云海还是坚持让小鱼离开了。

回到单位后，高云海一直躲避小鱼热切的目光，但他怎么躲得掉呢？无论他走到哪儿，小鱼的目光都像射灯一样追随着他。

一个月后，小鱼被安排到了文字科室。

半年后，高云海要结婚了，新夫人是人大办公室的一个离异女人。

听闻此讯，小鱼感觉万箭穿心，精神变得有些恍惚。

高云海没有邀请小鱼参加婚宴，但发了一条短信给小鱼。

"快快长大，我的小女孩，离开这片池塘，去寻找属于自己的海，不要做搁浅的美人鱼。"

小鱼盯着手机屏幕，任眼泪飞逝。

两年后，小鱼考上了南方一座沿海城市的研究生，她去报到那天，在校园里看到《美人鱼》的电影海报，她拿出手机，摁出那串烂熟于心的号码，她想给他发条短信，告诉他：自己要开始新生活了。她更想给他打个电话，听听他的声音，但，到底也没有勇气拨出，她看着他的名字渐渐变得模糊，又一次泪如雨下……

婚　房

白月霞

这是一个紧邻县城的小村，村儿不大，就像镶在县城边上的一粒纽扣。村里人也少，不过二三百人，多数的年轻人在村里都待不住，外出打工了。可是，大龄青年贾云升是个例外。

贾云升一表人才，又有技术，可眼瞅着就迈进三十岁的门槛了，却连个女朋友的影儿都没有呢。

云升娘最着急，逢人就拜托人家给云升介绍对象，像得了"神经病"，可是每每问到最后一句话"有房吗"，云升娘无言以对。

其实几年前云升去大城市打工，已经挣够了在县城买一套楼房的首付。可是二十六岁那年，娘突发心梗，云升花光了所有的积蓄。

好在娘的病治好了，但随时都有复发的危险。身边不能离人。

云升一咬牙留了下来，然后在县城开发区的一个工厂找了个电工的活儿，省吃俭用，继续攒钱。

这一攒就是三年。

这天晚上云升下班回来说："娘，厂里一个阿姨给我介绍了个对象。"

云升娘的眼一下子亮了起来，忙问这问那，姑娘多大了，家是哪儿的……

云升一一据实相告，娘眼角的皱纹慢慢抚平了，娘最后说："好好跟人家处，人家提什么条件咱都答应！"

这一天歇班，云升请小翠去看了场电影，又拽着小翠去了商场，说要给小翠买几件新衣服。

结果，小翠一件没买，倒是给云升买了一身衣服，还给云升娘买了件棉衣。

云升把棉衣拿回家给娘时，娘激动得像个孩子，双手摩挲着新衣说："真是个好姑娘。过几天请她家来吃饭吧。"

为迎接贵客，娘去集市上买了一幅风景画，然后郑重其事地贴在了堂屋正中，遮住了破败的土墙。娘又把屋里屋外打扫的一尘不染，一块新桌布铺在破旧的大方桌上，新买的茶杯茶壶擦了又擦，又摆上了新买的碗筷，鸡鸭鱼肉买了一堆，以前娘买什么都嫌贵，今天，她觉得什么东西都不贵。

摩托车响，云升娘手忙脚乱地跑出屋，一眼看见云升和一个姑娘。那姑娘个不高，有点胖，但脸倒白净。"有这么一个人做媳妇，就不错了。"云升娘在心里不停地念阿弥陀佛，哪里还顾得细挑细看，忙招呼人家进屋。

这次见面，双方都挺高兴。

但几天后，云升回到家就叹气，说："娘，小翠跟她妈说了咱家的情况。她妈说，结婚可以，但必须先在城里买套房。"

云升娘听着听着，脸色一下子变得凝重起来，半天没说话，但最后还是说了句："行！咱合计合计。"

第二天，云升娘就把两个闺女叫到了家里，开门见山地说："你爹死得早，我把你们拉扯大不容易，现在你们都成家了，日子也都能过得下去，你们也该帮补下家里了。云升现在还是光棍一个，要结婚，必须买房。你们能给添多少？"

两个闺女说帮一定是要帮的，但各自家里也都不富裕。

云升娘说："那我不管，你们去想办法！也不是当娘的我不说理，这现实就摆在眼前，你看着办！"

打发走了两个闺女，云升娘就往城里跑。

云升娘七找八找，找到了一份在早餐店包包子的工作，每天上午上半天班，给40元的工钱。

虽然只上半天班，可是云升娘却每天总是顶着星星出去，戴着月亮回来。

云升娘她每天都骑着那辆二手的旧电动三轮，三轮车上装了几个大纤维袋子。

纤维袋子里装满了矿泉水瓶、饮料罐、空纸箱、夹纸板……

云升偷偷看见了，眼热得发胀，找个机会说："娘，这对象我不处了。"

娘一下子恼了，抬起手要扇云升巴掌："混账小子，就这么点出息吗？"

两年过去了，两个姐姐给凑了九万，云升自己有六万，云升娘有五万……

房子终于买了！一套七十平方米的两居房。

是个顶楼。

结婚！

云升娘脸上挂着骄傲的笑，年轻了十几岁。云升却表情沉默，听从迎亲队伍的安排，

心里的泪流成了河……

婚宴敬酒，新人杯里都是水。可云升却喝醉了。

云升自己躲到一旁，自己喝了半瓶酒。

他咬着牙自语，要不这婚结不下去。

大婚之夜，云升睡得像头猪，小翠心里也五味杂陈。她爱这个人，值得托付，但她必须嫁给一个人和一套房子，这是她左右不了的。

凌晨，云升突然不见了。小翠打他的手机，打不通。

外面下着大雪。

云升在院门口停下摩托，轻轻推开虚掩的木门，娘在炕上和衣而睡，穿着儿媳妇小翠给买的那件棉衣睡得一脸安详……

云升泪流满面。

云升往被角里掖了两千块钱，转身急急地走了。

云升一边骑摩托，一边哭，雪夜无声，雪路漫长。漫长到云升不知何时才能走完。

云升回到楼上，一身的雪花，像个雪猴子。

小翠坐在客厅里，一脸的阴沉。

"抽风呀，干吗去了？"

"雪大，怕老屋不安全，回去看了看。"云升慢慢地说。

小翠上来扑云升身上的雪花，一眼看见云升脸上的泪痕，眼圈也红了，说："我嫁你，主要图你这个人，往后的日子咱一块儿好好过！"

云升"哇"的一声哭出声来。

第二天，小翠去村里接婆婆，说："城里有暖气，一起住。钱怎么也交了……"

云升娘满脸高兴，说收拾收拾家里，过几天就去。

但云升娘整整一个冬天也没来……

半价罗非鱼

白月霞

她在一家商场做清洁工，租住在不远处的城中村。每天上班下班，都会从儿子就读的高中经过。人们都说，只要考上这所高中，就相当于一只脚已经迈进了名牌大学。儿子就是凭实力考进去的。想到这里，她不由得挺起了胸膛，脸上散发出幸福的光彩。

儿子长成大小伙子了，身高有一米八，只是瘦。想来是因为高三学习任务繁重，儿子读书太用功的缘故。她心疼儿子，每次放假回来，她总想给儿子改善一下。有时候炖几块排骨，有时候炖一小锅鸡块。

明天就是高考的日子。她特意跟店长请了假，早早去超市买菜，想给儿子买他爱吃的罗非鱼。

还记得第一次买罗非鱼的情形。那是个周六，儿子放假回来，在家里写作业。她在超市赶上熟食柜台促销，原价48元的罗非鱼，打烊前半小时贴出了半价的标签。她问导购罗非鱼是否好吃。导购说，鱼肉补脑，孩子吃了最好。她排队买了一条，感觉像是捡了个大便宜。

到家以后，她把鱼摆到儿子的面前，儿子又把盘子推过来。她只好先尝了一口，是糖醋口味的，很香甜。看到妈妈先吃下，儿子才动的筷子。母子俩一起分享了那条美味的罗非鱼。

自从知晓了超市打烊前半小时促销的秘密，她总在儿子放假的日子来超市碰运气，时常可以买到半价鱼。由于成了回头客，她和那个导购已经熟识了。

想到这里，她加快了脚步。

十几个顾客在熟食柜台前排队，她排在倒数第二个。

有的顾客买半价的熟菜，有的买凉菜，有的和她一样是来买鱼的。

终于轮到她了。她沉重的双腿立刻又充满了力量。

导购说，大姐，你真幸运，就剩最后一条了。

她说，太谢谢了，给我拿个袋子装一下吧。

正在这时，排在最后的那个烫着波浪卷的中年女子大声说道，能不能把鱼让给我啊？

导购说，这位姐姐排在你前面，鱼是她的。

我按全价付钱行了吧？“波浪卷”的音调更高了。

导购说，这是半价促销的，不是全价商品。

那我付双倍行了吧？

你付多少钱都不行，最后这条归这位大姐了。导购继续说。

你这个小小的导购，竟然敢这样跟顾客说话！我现在就要投诉你。“波浪卷”的嗓门比喇叭还响。

听到这边的叫嚷声，超市的主管走了过来。问清缘由，他告诉“波浪卷”：每位顾客都是平等的，大家都得按照排队的先后顺序选食物。

没想到，“波浪卷”哇的一声哭了，她边哭边说，我妈住院了，她非要吃这个鱼，求你们把鱼让给我好不好？

主管和导购面面相觑。

她说，好吧，把鱼让给你吧。

那女子拿了鱼盒，千恩万谢地走了。

她满脸失望，问导购，真的是最后一条了吗？明天我儿子高考，今晚孩子在家里吃饭，他特别想吃你们的鱼，这可怎么办？

导购说，你应该上午来买，上午肯定有。到了下午就不好说了。

她当然知道上午的鱼很充足。只是，她的钱包经常是瘪的。她的薪水少得可怜，每月付完各种账单，所剩无几。

记得上次她来超市买大米，不知不觉就走到了熟食柜组。她看见一条罗非鱼孤零零地躺在柜台上，原来是到了打烊促销时间，她看见的是半价鱼。

导购说，大姐，你不是爱吃这鱼吗？今天正好还有一条，你买回去吧。

她说，我儿子在学校呢。我一个人吃太浪费，我还是等他回来再买吧。导购笑她太节俭。

她怎么能不节约过日子呢？儿子九岁那年，丈夫因意外去世，家庭的重担落到她肩上。亲戚朋友劝她改嫁。她怕儿子受委屈，一一回绝了别人的好意。儿子在镇上读小学、初中，她就把村里的几亩地租了出去，在镇上租了房子，一边打零工一边陪读；儿子考上市区的重点高中，她又在学校附近打工陪读。

母子俩已相依为命十年，转眼间，儿子就要高考了。

答应儿子给他买罗非鱼的，她却没有买到。

她低着头从柜台走开。

一个声音在身后响起，大姐，等一等，等一等。

她回头一看，是那个导购。导购悄悄地说，大姐，看你是真的疼孩子，你跟我来。

她随导购走到柜台的背面。导购拿出一条打包好的鱼，递给她，说，我儿子也爱吃罗非鱼。刚才调价以后，我偷偷留了一条。现在看来，你儿子更需要，我把鱼让给你。希望孩子明天考个好成绩。

她的眼圈红了，接过那鱼，感觉它有千斤重。

作者简介：

白月霞，女，生于1983年4月。河北邯郸人，现居河北衡水。衡水市作家协会会员，衡水作协第四届签约作家。作品散见于报刊与网络。

救 赎

曲晶

强拆闹出了人命！

"钉子户"刚子娘和刚子媳妇暴死，主管的镇长胡振江这几天焦头烂额地处理善后，坐卧不宁。傍晚，他一个人喝了闷酒，酩酊大醉，怎么上的床都不知道，意识恢复时已是半夜。

"水，水……"他叫了几声，但老婆并没像往常那样半嗔着递上。床那边空着，他这才想起老婆去"欧洲八国游"，走了快一周了。

头疼得像要炸开，骨头也像散了架。恍惚间，他见窗户忽然打开了，一股阴风裹着些腥气钻了进来。

黑暗中传来一种声音，"沙沙"的，并伴有某种尖锐的挠地声，似乎一个精灵在痛苦地挣扎。

胡振江不觉打了个激灵，头发立了起来，额角渗出冷汗。尽管在半醉半醒之间，他确信，这绝非幻觉，分明是有某种东西在他的卧室里爬行，像在寻找什么。

他惶恐地闭紧眼睛。这声音在黑暗中格外清晰，有东西窸窸窣窣地摸过来，抓挠着床脚。他的心提到了嗓子眼儿。

"姓胡的！老子早晚跟你算账！""挨千刀的，雷怎么不劈了你！"不止一个人这样咒他。这两年，他结的怨太多了，常半夜惊醒。

比如说，他低价转包村民的土地，狠捞了一笔，带头闹事的刚子被他设局收拾了。有一天，刚子泼辣的媳妇闯进他的办公室，将一把菜刀插在他桌子上，他居然没敢报警。

又比如说，他与镇政府旁边开饭店的老板娘偷情，被老板发现。那老板有一次趁着夜黑，把胡振江的车逼停，带着几个汉子痛揍了他一顿，声称要打折他第三条"腿儿"。最后胡振江花了三万才摆平，躲到外地养伤，猫了好一阵子。

唰唰，嚓嚓，呜呜，咔嚓……

胡振江越想逃避，那些抓挠人的声响越是入耳、入心。

一道闪电"刷"地撕破夜空，接着就是一声惊雷，窗子"哐哐"作响，有个巨大的黑影扑在窗上，"呜呜"的风中似乎还夹杂着女人的哭声。

他感觉肾上腺素哗哗地分泌，心怦怦狂跳。平素总喝酒应酬，他不光喝伤了肝和胃，还喝坏了心脏，此刻胸口像压了块巨石。冷汗渐渐湿透了衣背，酒彻底醒了。

这次并购镇上的农田，开发商往他家里跑了两趟后，除了撂下一张金额带有一串"0"

115

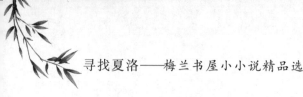

的银行卡，还给他老婆奉上价值不菲的大钻戒及欧洲游团费。

这老板的背景比较牛，黑白通吃，做事狠辣。胡振江拿人手短，在他的纵容下，进行了强拆，直到闹出人命。

这夜半魅影和各种异响，令胡振江魂魄不安。屋里的那"唰唰、嚓嚓"的声音，抓挠完床角，又去挠他的门，他简直要窒息了……

从宣传干事做到村主任，又从村主任做到镇长，胡振江想尽办法发展村镇建设、招商引资，带领乡民发家致富。那些年，他随便在街上一晃，就有四邻八舍拉自己回家吃饭。从几时起，他们一个个都躲瘟神似的绕着自己？胡振江乱七八糟地想着，想到了这次"村镇开发"。强拆出了命案，被人举报到了上头，组织上便找胡振江约谈。

胡振江一想到这些，心口就一阵阵地紧和疼，冷汗直流，几乎虚脱。

好不容易挨到天蒙蒙亮，他爬起来。镜子中的自己，眼里布满血丝，一夜间似乎苍老了许多。

唰唰，嚓嚓，咔嚓……

那些令胡振江恐惧的声音再度响起。他抬起肿胀的眼皮望过去，猛地拍了一下自己的秃脑袋——是房地产公司的老板，昨天差人送来的大闸蟹，放在一个大塑料盆里。一个个张牙舞爪，有的逃出了塑料盆，有的仍在挣扎。

一场秋雨后，寒意渐浓，胡振江所住的院中落了不少黄叶。他盯着螃蟹猜测：那些借着闪电出现在窗上的大黑影呢？也许是狂风吹歪的树影，也许是自己的错觉，也许根本就不是错觉！

胡振江小心翼翼地包起螃蟹，送进附近的小河里。他默默合十祈祷，还给沉入水中的螃蟹鞠了个躬。

放生归来，心里竟有种莫名其妙的宁静。他开始整理材料和账目，决定去检察院……

作者简介：

曲晶，笔名：飞翔的蜗牛。

老街名人

吴丽云

老街有一男一女两位名人。猪肉佬吴三者住街中心，陈蚊西家挨着旁边住。

先说陈蚊西，继承了陈家的修锁配锁行业，一招破保险柜，方圆几十里那可是响当当的。蚊西的名字有点意思，带点诗意且洋气十足。蚊西的花名更有意思，"背影美人"！

蚊西是正儿八经含着钥匙长大的，陈老爹只生了蚊西这么个独女。小时候的蚊西并不觉特别，样貌随着年龄的增长逐渐偏离了轨道。蚊西的身材特好，穿上旗袍的婀娜多姿让人浮想联翩，可上帝爱开玩笑，偏偏给蚊西配了青面獠牙的样貌。陈老爹的叹息声让多事的吴三者追寻原因，似是蚊西在娘胎的时候，陈老爹帮人配打了无数的防盗门钥匙，蚊西的脸在娘胎里摆脱不了钥匙凹槽的记忆，那要命的牙齿和五官便约好了一起打击陈老爹。

再说猪肉佬吴三者，老街人都叫他"三折"。三折一米七五的个子，好看的鼻子长在棱角分明的脸庞上，那双不大不小的眼睛显得更精神。三折不说话的时候有种儒雅气质。三折坚信自己上辈子是个文人墨客，至于如今当了屠户那纯属意外。三折口无遮拦，属于典型的满嘴跑火车。

三折的外号可不是浪得虚名。上次镇里媒婆帮蚊西张罗对象，男方还未到，三者却说相亲的人见了蚊西给吓跑了。相亲失败的蚊西大骂三折，说是大好良缘给他的乌鸦嘴咒破了。

陈蚊西和吴三折都属于火爆性格，但两人的相貌却截然不同。蚊西爱穿着旗袍帮人配钥匙。那迷人的背影，忽地转过头来青面獠牙，吓得外地人差点犯了心脏病。

三折和"背影美人"蚊西虽是发小，按理说纯洁的友谊是经得起时间考验的。但这几年，俩人互相打击，也许是各自蠢蠢欲动的荷尔蒙刺激了对方的厌烦，水火不容之势日趋激烈。

对面占卦算命的洪算子看在眼里，出面调解了好几次，从前朝的往事扯到人生哲理，丝毫不见效果。

洪算子最后总结道，这两人天生是冤家，就算是观音下凡亦无法平息恩怨，这绝对比一般阶级斗争复杂得多。

陈老爹心疼女儿，老婆生下蚊西后大出血死了，自己的家业将来都是蚊西的，只是这女婿不好找，这个问题比撬保险柜难多了！陈老爹安慰蚊西，说婚姻就像踏雪山过草地，前面有多少艰难险阻后面就有多少美满幸福等待，蚊西觉得老爹说得在理，推门到屋外赏月去。

冷冬的夜晚有团黑影在三折屋前挪动，蚊西上前想探个究竟。不好！那团黑影已撬开了三折平常骑的那辆摩托车，眼看贼就要偷车得手逃跑。蚊西裂开獠牙单枪杀到。贼瞪眼一瞧，大喊一声"僵尸啊"，转身欲逃。蚊西使出破保险柜时的大吼，贼两脚发软动弹不得随即被闻声前来的三折抓住。

抓贼事件经三折叙述演变成惊悚片，女侠智斗偷车贼的情节融入了聊斋志异的惊魂。

蚊西总结出聊斋惊魂皆因老街的路灯太少了，夜晚多些灯光她的柔和形象会有所提升，那晚偷车贼的反应很大程度震撼了她的内心。她若有所思……

蚊西跑城管跑供电局，从街头至街尾，跟着电工师傅驴前马后。几天后老街新装了不少鹅黄色路灯。

街中王婆婆家不乐意路灯装她家墙上，担心夜晚吸引蚊虫。蚊西上门轻声细语做通了老人的工作。蚊西的彪悍形象被几件类似如此的鸡毛蒜皮之事一点一点软化，蚊西诧异自己做这些事的好脾气，蚊西有点不适应这种女性应有的温婉。

抓贼和装路灯的事件，使她的名声远扬。但这又如何呢？媒婆每每见到她总十万火急地匆忙走人，这让她窝心呐！

三折这些日子没机会诋毁蚊西，蚊西不屑计较的样子让他有些失落。突然失去了战场的三折，隐约感觉自己的优越感在蚊西那里摇摇欲坠。

三折不习惯！

三折偷偷打量蚊西，旗袍下苗条的身段异常动人，那打钥匙动作像是在表演舞台剧。三折的心突然觉得温暖，想起小时候背着蚊西到街尾树上摸鸟蛋，三折的心荡漾起来，滋生了一种情愫……，蚊西，蚊西。

三折和蚊西，就像对面洪算子所说，他俩前世是冤家，今世纠缠不休。

三折总结道，人生一世，你看别人的不顺眼，和别人看你的不顺眼都是修养不够的体现。

如今的三折，每天都有人调侃他。至于如何拿下"背影美人"的经历，小三折在三折怀里咿咿呀呀，似是急于论证由于自己的到来造就了一段姻缘，三折则自豪的将过程讲得比一匹布还长。蚊西还穿着旗袍在敬业的配钥匙，开保险柜时的一声嗷叫仍旧吓坏了不少外地人。三折的猪肉档扩大了规模，陈老爹给女婿投资了养猪场。

前面有多艰难险阻后面就有多美满幸福，蚊西笑了，三折信了。

夏一的眼泪

吴丽云

这个冬天，夏一又赚了一堆书画作品。

夏一五十多岁，中等身材，忧郁的眼窝里发散出光；挺直的鼻子长在轮廓不那么生动的脸上；薄薄的嘴唇时不时抿一下，似是在提醒人们注重他的深沉；下巴蓄长了的胡子增添了几分文人墨客的形象。

我在夏一组织的书画大赛中买了一幅《鹅》，这幅《鹅》在价位上占了优势，我放弃了那幅动感十足的《猫戏鼠》。

我和夏一去郊外果园里的农家乐赴约，夏一约了部分参赛选手们一起交流作品的心得体会。那里环境优美，我和夏一提早到了果园。

农家乐的女人赶着一群鹅，女人选中一只肥大的鹅。女人长得娇小，抓住鹅的手显得有些吃力，她熟练地将鹅的两只翅膀相互夹稳，鹅在女人的手里"嘎嘎嘎嘎"地叫唤着，像是在和同伴告别又像是在诉说一地鹅毛的结局。女人掰直鹅颈，在鹅颈凸出的位置用力扯掉鹅毛，鹅的"嘎嘎"声变得急促凄厉，女人的刀准确无误地落在鹅颈的凸出点，黑红色的鹅血即刻喷射了出来。鹅用最后的力气扑腾了几下翅膀没了声音，鹅的生命告别在女人手里前后不到两分钟。

我抱着那幅《鹅》发现夏一的眼角噙满着泪水，我想他可能是见不得杀生，人在不长不短的人生里有时候会莫名其妙地恐惧着奇奇怪怪的事情。

"夏一，杀鹅很残忍吧？"

夏一说："那么活生生的生命就这么没有了，可怜啊……"

夏一此刻释放出丰子恺先生众生画集的情怀，鸡都要放生，何况眼皮底下的鹅。夏一的眼里流淌出伤感和无可奈何的悲痛，他的眼泪像是缺了口的堤坝经过眼角的皱纹一路往增加文人墨客形象的胡子流去。

娇小的女人蹲在地上拔着鹅毛，旁边的夏一颤抖着身子哆嗦着嘴巴，夏一的柔软心和女人的硬心肠，就像是鸡蛋碰上了石头注定七零八落的溅射。我忽然受了夏一的影响，内心弥漫了一种万物与人类难以平衡的惆怅。

到了约定的时间，那些参赛选手们陆续到齐。夏一笑容可掬地与大家交流起作品的商业价值。夏一的眼泪什么时候抹干了我没留意到。大家问这里吃饭有什么特色，夏一指了指我买的那幅《鹅》，说："红掌拨清波。"

让夏一流了眼泪的鹅以我没见过的方式上了餐桌，鹅头鹅肝是重头戏，之后是鹅肠

鹅肉鹅掌鹅翅鹅心，大家吃得尽兴，对夏一提议到此吃鹅宴给予肯定。夏一从养生的角度向大家阐释鹅的最佳吃法，高兴之余还总结出鹅对人类的奉献，夏一说鹅的一生是有意义的，普京穿的"加拿大鹅"品牌羽绒服就是鹅绒毛提取的，鹅的……夏一滔滔不绝。

夏一忧郁的眼窝里发散出让我陌生的光。那幅《鹅》让我明白为何廉价。夏一目睹杀鹅和吃鹅的情绪反差让我恼火，夏一的眼泪让我心里尴尬。

几天后，我在市场里碰见农家乐里杀鹅的女人，她推着自行车吃力的前行，肉档的老板说这个女人可怜啊，她丈夫前几年出车祸断了条腿，婆婆摊在床上，女儿也还小，她得养活一家人哪！

"哦，可怜的人啊"！不知怎么我又想起夏一的眼泪。

"是啊，她以前都不敢看人杀鸡的，现在……"

〇的缘分

吴丽云

有人说，上帝喜欢乱点鸳鸯谱，这话又对又错。

那年夏季的晚上，同学约去他家里喝茶。

同学家里坐了个陌生男人。同学介绍男人是他的朋友。

男人长得有个性，挺直的鼻子嵌在棱角分明的脸庞，薄薄的嘴唇微微上扬，一双小眼睛炯炯有神。

"坐这边吧，海风吹这边凉快！"男人看我的眼神有些异样，小小的眼睛发出200瓦的光。

男人可能以为我是同学的重要客人吧，我心里虽然这样想，但还是很乐意坐在他所说的位置上。

喝了杯绿茶，我开始跟同学交谈，天南地北地，谈生活谈爱情谈时事。

"你刚从珠海回来吗？"我正说得起劲男人悠悠地问我一句。

"是的。你也住珠海吗？"我好奇地问。

"我之前住珠海，现在在深圳。"男人看我的眼神依然是异样。

"哦……"面对他我莫名脸红起来。

"我们明天能见面吗？我们互留联系电话吧。"男人火辣辣的眼神看得我慌乱。

"好的！"我觉得心有点悸动，冥冥中感觉与男人会产生交集。

第二天男人发动了所有的关系前来游说，那种托媒的感觉很不浪漫，人是长得不赖，但男人的方式影响了我想进一步了解的心情，我一封书信婉拒了他的热情。

几年后的一天下午，整理电话本，一个奇怪的电话联系人名为"0"，哦？零？玲？想了半天没所以然。

旁边一朋友好奇心比我还重，建议打过去问个究竟。

"你好！"电话通了。

"你好！很高兴能接到你的来电。"电话那方传来似曾熟识的男中音。

对方自我介绍是"圆"，是那年夏季同学家里认识的"圆"。嗯嗯，是我写电话联系人时简化成"0"了，彼此闲聊了几句挂了电话。

第二天黄昏，"0"来电："我在蛇口港口等了一下午，都最后一班船了怎么还没见到你呢？"

我满头雾水，"0"说昨天电话约好了蛇口港等我，没等到我特别失望！"0"的言语和情绪酝酿得很到位，我居然忘了无中生有这词。

不能失约！我打了个的士赶到珠海拱北车站，然后坐上大巴至深圳福田。

婚姻就是如此，适当的时机遇见恰当的人，我这算是不小心上了贼船然后枯木逢了春，缘于那个"0"，先生至今仍在狡辩当年确实有港口望穿秋水这回事，谁信呢！

如今，我会将当年先生的托媒之举和港口的无中生有向他人娓娓道来，偶尔也添枝加叶把他说得更痴情，把自己说得更高傲和清高。先生特别喜欢我煽情的描述，他说剧情本该如此。

小潘佃

吴丽云

小潘佃不是本地人，他顶着个大冬瓜头，眼睛里流淌出不属于他这个年龄的老气横秋，他可能只有十二岁，或者不止，跟这些爱撒谎的小家伙们打交道，要弄清他们的年龄有些费劲。

小潘佃说他的母亲在山上帮人看树，父亲在遥远的地方打工。他每天都混在一群网吧上网的孩子中，小潘佃没人管，孩子们上课的时间他就在外边逛荡。他跟随一些智商不高却又有些生存之道的人在一起，比如农村乡下有老人去世了，这些人会自觉去帮忙，获取主人的打赏，小潘佃好像能养活自己。

一天，小潘佃趴在市场拐角处看人杀牛，一叠百元钞票从一个大高个口袋里掉出，大高个一边捡钱，一边低声对他说："想要很多很多钱，对吗？……嗯，你想要，我能帮你弄到。"

大高个将小潘佃带到一个山坡上，指着树荫下的几头牛，他说你过去把拴牛在树上的绳子解开，一头牛可以赚到 500 元。小潘佃拒绝了。

漫长的三天。小潘佃吃不好睡不着觉，一百元的钞票在他脑海里飘来飘去。第四天，他到杀牛场，见到了大高个，五张大钞票的诱惑太强烈了……

小潘佃听从大高个的安排，晚上 11 点多，他右手打着手电筒，左手拿了一把锄头和袋子，预收到的 300 元紧紧地贴在口袋里。前面就是拴牛的地方了，寂静的夜传来犬吠声，大高个怎么没说这里有狗呢？小潘佃的心七上八下的，他紧张地把手放进口袋里，冒着汗的手触碰到睡在口袋里的 300 元，小潘佃似乎多了份勇气，他熄灭了手电筒，在黑夜中摸索前行。

突然，一个黑影箭一样窜出来，小潘佃吓得浑身哆嗦，他大声地哭泣起来："妈……妈，妈……妈。"

正当他尿裤子时，一个老头的声音传了过来："狐狸，狐狸，过来！"

拴牛的树后面走出一个老头，他的声音像极了小潘佃的祖父。

"好了，小家伙，不要哭了，三更半夜跑来这里不怕被我的狗咬啊？"

小潘佃想起口袋里的钱，那可以买好多东西呢！小潘佃鬼推磨地说："我妈妈病了，我想到前面找点竹笋卖了换营养品。"他可怜巴巴地低着脑袋。

老头用手电筒打量了他片刻，瞥了一眼黑漆漆的山路说："跟我来吧！"老头咳了几声，黑狗随即跳到老头身后。

在山坡的一个角落里，一间简单的草屋。老头调亮了屋里的节能灯，他的背有点驼，满头白发，脸上的皱纹像是小潘佃网吧游戏里的树妖。

小潘佃很想说点什么，但是又惧怕说错什么。他的前面，老头的目光一直没有离开过小潘佃，他的目光有关怀和责备，似乎他也有一个和小潘佃同样的孙子。

老头慈祥地对小潘佃说："嗯，你是个有孝心的孩子！明早我帮你找嫩的笋卖个好价钱！"

老头叫他睡在简陋的木板床上，老头喝起酒来，自斟自饮，哼起小曲……黑狗在寂静的夜晚中似乎放松了警惕，蜷曲在草屋旁。

小潘佃扒一扒头发，揉擦两下眼睛，眼前的这一幕有点熟悉，祖父也爱喝点酒，之前家里狗睡觉的地方，自己总喜欢待在那里。但这些离自己太远，祖父死后母亲也得病死了，父亲整天酗酒，这次走了好久都没音讯。明天还得交房租。

草屋外响起"哇哇"声，小潘佃知道那是草丛里牛蛙的叫声。老头的酒喝完了，他靠在木床上已经睡着，呼噜声和牛蛙声一唱一和。小潘佃轻轻地下了床，他蹲在黑狗旁边，黑狗让他抚摸得温顺乖巧。

小潘佃的心跳得厉害，炸黄的薯片，香酥的鸡腿……

他感到自己的力量已经完全用尽了！小潘佃把树上拴牛的绳子解开，牛得到了自由缓缓地前行。大高个的大卡车在山坡的路口等着，小潘佃听到了自己沉重的叹息声。

"老头丢了牛有多难过啊，他的孙子会安慰他吗？他以后可能不会喝酒了吧？"小潘佃趴在床上，三天前 500 元诱惑带来的难过和钱赚到手的难过完全不一样！两天没有见到太阳，在他的屋里，狭窄和阴暗让他觉得喘不过气来！

小潘佃的脑海里晃荡着驼背老头的白发，想到了慈祥的眼神，他还说天亮了帮他找嫩的竹笋，小潘佃忍不住哭泣起来……

小潘佃是穿着露出脚趾头的烂皮鞋到镇里派出所的。

摸　脸

吴丽云

也许是快天明了吧！吴勋第一次醒来。街上卖猪肉剁骨头的"嚓嚓"声从楼下响起，买菜的人愈来愈多，直到各种声音复杂得无法分辨，吴勋依稀又睡着了。

吴勋的弟弟将广州那笔货款卷跑了，累计一个月的货款，天文数字啊！这笔钱除了银行的贷款以外亲朋好友也有不少。他的心太疲乏了，他觉得他掉进了黑洞，几乎没有爬起来的机会了。

吴勋对昨夜发生的事情毫不知情。他已好多天没吃东西，他的知觉似乎一半存在着，一半失掉了。迷迷糊糊中，他听到弟弟说话的声音，他冲了出去。

街上没有弟弟的身影，一个在灯下卖香烟的女人正准备收拾东西回家，他迷茫地看着她，是弟弟吗？他惶惑地问。

女人不作答，她在看他究竟想说什么。

吴勋害怕弟弟走掉，他突然用手摸起女人的脸："良心呢？良心？"

"流氓，耍流氓啊！"女人一声尖叫后一巴掌重重地甩在吴勋的脸上。

"姑姑，对不起！对不起！吴勋不是有意的，他心里有事，他不是有意的！"吴勋的妻子从对面跑过来一个劲地道歉。

"你老公，他不是人！耍流氓！"被吴勋妻子称为姑姑的女人激动地叫起来。

"良心？"吴勋又看见那个黑洞了，这次还听到自己在洞里苍白无力地叫喊。

"赶快走……不然，我不分亲戚什么的。"姑姑的愤怒没有减弱。

吴勋脸无表情，一副站着睡去了的样子。妻子拉着他回了家他倒床就睡下了，这是吴勋知道弟弟卷款走后第一次睡着。

吴勋整整睡了一天。屋子里从灰色渐渐变成黑色。吴勋觉得自己像是走在一个荒凉的广场。母亲和妻子坐在床边的椅子上，母亲哭着说了很多很多的话，妻子也是。吴勋终于睡醒了，睡得背很疼，肩也很痛，并且觉得饿了。

母亲和妻子说得对，自己是家里的顶梁柱，不能倒下，钱慢慢还，十年、二十年甚至于三十年，总有还清的一天。

吴勋又从小本生意开始做起，起早贪黑，他为了还债拼命地赚钱。

吴勋对那晚失态的摸脸毫不知情。妻子并没有告诉他，因为她清楚丈夫的为人，她不想在丈夫人生低谷期增添丈夫的烦恼，丈夫不容易。

妻子的姑姑对吴勋是歧视和仇恨的态度，她一想起那晚的摸脸就觉得身上像是给泼了脏水，弄脏了自己的清白，她永远无法原谅他。

一晃过了三十三年。八十年代初期欠下的三十万，吴勋历经了艰难和辛苦交织的还债过程。他花了半辈子的时间证实了自己是个有担当的人，当年他完全可以离乡别井的，但他没有那样做。吴勋觉得自己像做了一场梦，梦醒了，头发白了，自己也老了。

妻子的姑姑一直不愿意和吴勋说话，她的背更驼了，走路也没有力气，不久后便去了另一个世界。

吴勋回忆起自己……无缘无故地被妻子的姑姑恨了三十多年，她的眼神至今让自己哆嗦！自己没有弟弟的世故和圆滑。他突然想起弟弟，弟弟小时候最捣蛋，每次闯祸都是自己帮他背锅，弟弟……弟弟年轻的时候在旷野上迷失了。

他突然想起弟弟似乎有一晚曾对他喊着："二哥，这辈子我对不起你了……二哥，来生再还……"

吴勋摸了摸自己的脸，就好像那晚摸弟弟的脸一样。

落 差

吴丽云

我跟着伯父进了他的家，伯父招呼我坐靠窗的软沙发上。窗外树上还有几片绿叶在坚守阵地，伯父望着那些叶子，他的眼神里有些我看不懂的东西。

我看着这个家，洁白的墙上挂着一幅郑板桥的书法；偌大的一套皮沙发透着主人家的贵气，沙发旁边的几株绿植，似是客人来访时的忠实倾听者。

"吃饭了！"伯父喊。

"国国又不回来吃饭。昨天李妈说的那个女孩我去见了，就凭她那一般的长相，普通大学本科学历，啧啧，这种条件怎么配得上咱家国国，真是可笑！还有那女孩的素质，父母无疑是乡巴佬。"

"你瞎张罗什么呢？国国有他自己的想法。"伯父边说边示意我到饭桌前吃饭。

我轻轻地坐在椅子上。伯母"乡巴佬"这词让我觉得刺耳，我咬起嘴唇，敏感的情绪蔓延了全身。

"你打算找什么样的工作？高中都没毕业。"伯母扯高了音调。

"劳烦伯母了！我听伯母安排！"我垂下睫毛。

"别拘谨啊！都自家人。"伯父夹了几块烤鸭放我碗里。

伯父斟了杯酒，夹了片烤肉放到嘴里说："当年你随伯父生活就好了，会受到很好的教育，像你哥哥一样，有份很好的工作。"伯父喝了口酒："人生会完全不同的。"

伯母斜视我一下说："受过高等教育的孩子就是不一样。"

他们的话我听得很清楚，面红耳赤的我把眼睛瞄向窗外。窗外树上那几片叶子在微风中摇曳。

"是。"我不晓得为什么说"是"，伯母对我的厌恶和看不起，让我想找个地缝钻进去。

"我们家不太喜欢外人打扰，你说呢？"伯母的眼光投向伯父。

伯父没有回答，他捋着斑白的胡子感叹说："嗳！一转眼，十几年一晃就过去了！我上一次回老家的时候你才三岁。"伯父问我："你有什么爱好或是擅长什么吗？"

"没有，我只想出来找份事做，帮我爸爸在经济上分担一点。"说完，我就不再说话了。

沉默了一会儿，伯父又问我："你平常看书吗？"

"有时候会看看杂志，也看些小说。"

"乡下人只要好好干活，多挣钱，还看什么书。"伯母刻薄地说。

伯父对我的回答没有反应，我不知道错在哪里？难道是因为我没文化吗？我放下筷子，低头盯着我的脚。

伯父喝了一口汤问我："你怎么不吃呢？"

这时，门外传来一阵脚步声。门开了，是国国哥回来了。

"豆汁还热吗？"国国哥边换拖鞋边问。

"国国，这是堂叔的二丫头。"伯父看着我对国国哥说。

"国国哥好！"

"嗯，就是你差点做了我的妹妹？听说是你妈妈不乐意，首都不比老家好吗？不可思议！"

"国国，快来吃鱼，青岛的黄花鱼，油炸的……"伯母的脸笑成了一朵盛开的菊花。

"黄花鱼就是油炸着好吃……对了，你晚上住哪个招待所呢？"国国哥突然问我。

"就住家里，住什么招待所。"伯父微微不悦。

"招待所挺好的呀，前面就有一家。"伯母说。

闪烁的街灯透过窗户射进来，我坐在沙上却感到无比的压抑。

"伯父，伯母，我住招待所方便一点……"

我摸了摸妈妈缝在我衣服里的返程车费，想立刻离开这里。

以前，我是多么羡慕那些临街的楼房。现在发觉那里面的温暖和快乐并不是我向往的。曾经抱怨妈妈不让我给伯父做养女是多么错误啊！

我突然想念家里的老房子，它是如此温馨！世界上还有什么能比在自己父母身边长大更幸福呢！

我觉得我走出了内心的狭窄和阴暗。

"月光光，秀才郎，骑白马过莲塘……"我哼着童年妈妈哄我入睡的歌谣往火车站的方向走去。

一阵秋风吹来，马路两旁的落叶纷纷攘攘地飘下，一片，二片，三片……我在夜色中望着伯父住的那栋楼，那渐行渐远的距离，一切的一切，在心里已成为过往。人与人之间其实并没有真正的落差！没有投靠伯父，我想只要我勤奋努力，我的人生会更美好！

长　裙

吴丽云

黑色长裙是在拱北步行街买的，裙边点缀了少许图案，腰间两条长带可松可紧，摇曳的民族韵味中带点旗袍的风情。

夏季的夜晚，行人在灯光里忙着，远近的车声却显得困倦，犹如在一段感情里。

停留在广州洛溪大桥旁边，一个女人一直在看我，毫不掩饰地看。不明白为什么，没心情问。

"你穿的这件长裙很好看！"

原来是看上我的裙子了。女人守着几部公用电话，眼光没离开过我。女人轻声细语，是个有修养的人，再说彼此都欣赏裙子的妩媚，我们聊了起来。

女人说她很不快乐！她说对面那家有点规模的 ktv 原来是她和男友开的，她指给我看，然后叹了口气说现在沦落到靠几部公用电话为生计了。

"为什么？"

"男友吸毒了！"女人迷离的眼神像是在说别人的事情，"现在什么都没有了，说不定哪天我也消失。"

"吸毒！"这两个字吓得我想马上离开。

女人说："你别害怕，我没吸毒，以后就不一定了。"

她说她的男友长得很好看，之前对她很好，是男友交友不慎弄成现在这个样子，她太爱他了，她要拯救自己的爱人。

她说男友喜欢她穿摇曳飘逸的长裙。她甚至对我这件长裙用了"一见钟情"来形容。

我说一会我要回珠海了，她硬塞给了我长裙双倍的钱，写了一个珠海湾仔司机的电话，说如果能帮她买到的话就给司机打电话，她那渴望的眼神让我无法拒绝！

我匆忙地离开了她，些许恐惧些许同情！

我在原来那家店帮她买了一件一模一样的长裙，约了时间和地点将裙子和剩余的钱交给了那个司机。

"她很可怜！父母都与她断绝来往了。"司机同情说。

"她长得那么漂亮，这件长裙适合她高挑的身材。"我替她又似是替这件长裙惋惜。

之后，女人会不时发短信给我，告诉我她的一些情况，而我每次都嘱咐她要懂得生命的意义。

之后的之后没了联系。

二年后，我接到了个陌生来电，男人说："洛溪大桥的长裙！"

"你是她男友！"我脱口而出。

"她自杀了！是我害了他！"男人哽咽着说。

"她和我说过要用自己的方式拯救你！是你亲手将她推到死神那里的！"我在电话里对男人歇斯底里，像是得知一个红颜知己噩讯的反应，忘了和她只是一面之缘。

"她走了一年多了，她给你留了一样东西，她要求我必须是健康的状态下亲自交给你，我在你生活的城市，我能见见你吗？"

陌生的男人风尘仆仆出现在我的楼下，男人长得像成熟的果实，棱角分明的脸庞透着少许沧桑。

我打开那个精致的袋子，里面是那年她托我买的长裙，标签还没剪开，裙子里夹着一封信。

秀气的笔迹：姐姐好，我不得不走了！我爱他，唯有此种方式才能让他彻底醒悟。因为利益冲突朋友在他咖啡里下了白粉，我希望他能回到从前一样。我希望姐姐能与他成为朋友，就像我一眼就喜欢你一样，那件长裙只是想认识你的借口，只有你的气质才能驾驭这件长裙……

泪水无声地流淌……

"我是自己去强制戒毒的，出来后看了你和她的所有信息，这一年来我是悔恨交加呀，我现在在一个公司做室内设计，我不能辜负她！我要重新开始做人。"男人再度哽咽。

夕阳照过屋顶，长裙在黄昏里，回想着女人看我的眼神，渺茫中好像看见她穿着摇曳的长裙向我走过来。

春天里的蜜蜂

吴丽云

春来了。春风吹到人的心坎，带着呼唤，带着蛊惑……

山庄里被海棠花给装满了，蜜蜂变得忙碌起来，像一朵朵移动的雾。海棠站在海棠花树下，蜜蜂盘旋在头顶并不打算与海棠有肌肤接触。

海棠长得窈窕，她身上有种气质，说起话来带着一种平静。海棠期待着蜜蜂的蜂针能蜇她一下，山庄的男人说这里的蜜蜂蜇人不疼，只是痒痒的，她想试试。

海棠想："男人在什么地方？屋里吗？"

"进来喝茶吧！"

海棠听出身后说话的人了，海棠的心揪了一下说："想看看蜜蜂。"

男人长得儒雅，挺直的鼻子嵌在棱角分明的脸上。海棠自见了男人后，似是平静的水面给扔了块石头，无可奈何却又心生欢喜。

海棠已订婚，前些天男友家张罗要娶。

海棠一听就得病了。男友知道海棠喜欢山庄的海棠花，特意带她到山庄休养。

"好点了吗？"男人问。

海棠的眼泪滚了出来，好像一颗心也想滚出来似的。男人茫然地不知说什么。只觉得心乱，像是一块珍宝将被人夺去。

海棠是跟男友来山庄认识男人的。那是夏季的一个晚上，海棠见到男人的那一刻觉得整个人沦陷了。与男人一个眼神的对望，男人让她有想亲近的念头，海棠离开的时候心居然七零八落的痛。

"风乍起，吹皱一池清水！"海棠颠覆了以往的矜持主动联系了男人。

"相逢是续了前世的相欠，仅此而已！"男人不失体面地回复了海棠的表白。

海棠的心留在了山庄。海棠找着各种借口见男人。不久前的黄昏海棠独自去山庄取上次遗落的衣服。

男人隔着桌子为她冲茶，他躲避着海棠热情的眼光。见面的喜悦常常是变成失落的箭，并且射穿了心。

黄昏染着紫色红色的颜料，各自划分着，划分得不清晰了，越加模糊下去。

"佛家讲究因果关系，一切建立在人性的基础上，我们不能做自私的人。"男人的声音低下来，和苍茫的暮色一样。

海棠的眼泪落了，水银似的在灵魂里滚转。

男人很理性，他的人品让海棠钦佩。

男人像颗种子在海棠心里生了根发了芽，海棠愈想拔开愈是不能。

男人有夫人，面对海棠的出现男人的内心其实是激起千层浪的。男人控制住自己的情感，把那份爱意深藏不露。

现在海棠已有婚约，她一天不知把这背了多少遍，她想提醒自己。男友晚上就会来接自己回去，她应该被生活招安并进入正轨。

海棠平静地向男人笑着说：

"不枉相遇，不再相欠！想体验一下蜂蜇的感受，算是山庄的……留念。"

"你未必能如愿以偿！蜂不想对不起你！"男人若有所思。

"人生苦短，对不起变成来不及更是遗憾！"海棠挥手驱赶着在海棠花上吸着花粉的蜜蜂。一只蜜蜂终于重视了海棠的存在，它"嗡嗡"考虑了几秒后，停留在了海棠露出肌肤的手臂。海棠闭上眼睛静静地等待蜜蜂的亲吻。

蜂针蜇进了海棠的肌肤，海棠感觉灵魂像是给震动了一下，全身酥麻了！她呢喃着男人的名字。

海棠清楚地听到男人在她耳朵吹了一句："祝你幸福！"

海棠感受到男人深情的一吻，男人温暖的手还轻轻地摸了下海棠的额头。

海棠的泪缓慢的流至嘴角，她张开眼睛，男人已离开！手臂肌肤微红凸起的那一块，清晰可见。一根短短的刺，痒痒的！男人没骗她，山庄的蜜蜂蜇人真的不疼！

春天为什么不早一点来？海棠心里的海棠花飞了起来。但是这花期甚短，一转眼，蜜蜂都远离了她，只留下蜂的痕迹。

逃跑的珍珠

吴丽云

珍珠和贝贝说着悄悄话。一个女人走进来，当她停住门口时，贝贝慌忙把手里的东西塞到珍珠口袋里。

那女人咳嗽一声，看来她没有察觉！贝贝耳语着。珍珠摇动一下身子神情凝结起来。

珍珠把预先准备好的身份证藏在左边鞋底里，把珍珠给的钱放在右边鞋底里。

珍珠和贝贝走出照相馆时，一辆货车从拐弯处徐徐开来，珍珠挥挥手，货车司机能赚点烟钱没有拒绝。

珍珠上了车，她的心悬起来。男人发现她不见的话必然会发疯地追过来，珍珠坐不坐牢？

五分钟过去了，十五分钟过去了。珍珠发现后面没有追赶的摩托车。

货车终于上了国道，珍珠下了车。珍珠上了另一辆货车，珍珠并不知道货车的目的地是哪里，她只想离开那个魔鬼般的男人。

货车走了几个小时后，在一个火车站附近停下了。

珍珠进了火车站，窗口票务员问她到哪里，珍珠说能最快上车的。

珍珠终于安全了！男人不可能追到火车上！她自由了！

珍珠的男人把理发店关了，他不允许珍珠和其他男人说话。他说珍珠不看紧的话会逃跑。珍珠想不明白男人怎么会变成这样，也许本来就是这样的。爸爸妈妈说男人不是好人，不同意他们的婚事。可固执的珍珠，却与爸爸妈妈断绝了关系。

珍珠没办法再与男人过下去。珍珠和男演绎着电视剧《不要和陌生人说话》里的男女主角的故事。唯一不同的是男人一穷二白。

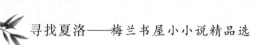

珍珠逃到上海后看了这部电视剧，哭得稀里哗啦。庆幸自己逃离了男人，她由衷地感谢贝贝。

珍珠想到村庄的竹具厂赚点钱，珍珠只是和厂长说了几句话，珍珠的男人把她往死里打。贝贝看着珍珠身上的伤，叹了口气："你逃吧，看你过的是什么日子啊！"

珍珠向贝贝借了逃跑的费用，逃离了男人。

珍珠在上海宝山站下了火车。

珍珠在宝山的一个大排档当了一名服务员。勤快的珍珠在服务行业如鱼得水，她不断地变换着工作，从大排档的服务员到酒楼领班再到五星级酒店的中餐经理。

"珍珠，珍珠……"酒店的电工。

无论是夜晚，无论是清晨，宿舍楼下喊着这样的声音。

在一个月明星稀的晚上，珍珠向电工倾诉了自己的过去。

月亮西沉。电工抱紧了珍珠："珍珠，忘掉过去吧！以后的事情我们一起面对！"珍珠哭了，依在电工的怀里，飘零的心有了依靠。

漫长的离婚手续。

最终珍珠满足了前夫的经济要求。

贝贝的照相馆还在营业。贝贝说照相馆的玻璃在珍珠逃跑的那一年换了好几次，因为珍珠男人说贝贝拐走了珍珠。

"贝贝，苦了你了！"珍珠心怀歉意。

"哪里呀！这些年你给我的钱够换几十次的玻璃了。"贝贝笑了笑，"看来当初我没做错！"

"贝贝，谢谢你！没有你，我可能已经不在人世了。"珍珠望着门前的那条村道说。

黄昏的村道显得格外空旷。中巴车到了，贝贝从怀里掏出一个小盒子递给珍珠。

"上次在三亚买的，给你！回上海装个扣子。珍珠，你不许再逃跑了！"

珍珠在车上拆开小盒子，里面是一串淡紫色的珍珠。圆润的珍珠上系着一个白色的蝴蝶结，珍珠的眼泪掉在珍珠上。

"贝贝。"珍珠呼唤着，"贝贝，珍珠装个扣子就不逃跑了！"

冬瓜头

吴丽云

冬瓜头因为头大，老街的人都叫她冬瓜头。冬瓜头长得彪悍，一双大脚走起路来虎虎生威，又大又圆的眼睛和脸像是动画片里的葫芦娃，加大版的。

冬瓜头妈妈的背驼得厉害，走路的样子像是一个没动力的陀螺。冬瓜头的爸爸是个谜！突然有一天冬瓜头妈妈怀孕了，但老街的人都猜测不到冬瓜头爸爸是谁。这像是一起无法侦破的案件，冬瓜头妈妈的守口如瓶，让街坊邻居的好奇心受到了挫折。

冬瓜头夏天是不穿鞋的，脚大难买鞋是主要原因。大人训小孩子时都说，不听话长大了就像冬瓜头，头大脚也大，买不到鞋穿。

冬瓜头能嫁得出去吗？街坊邻居担忧着她的婚姻大事。

一个夏天的晚上，冬瓜头居然穿上了船一样的大鞋。船的后面紧跟着一只小船。这两只船划在去电影院的路上。

当电影《阿诗玛》演到一个女人望着海边身子慢慢地变成了石头时，冬瓜头的大脑袋靠在了男人瘦小的肩膀上。

冬瓜头恋爱了。没有轰轰烈烈也没有可歌可泣的爱情故事。老街多了一道风景：冬瓜头的身后跟着一个猴头菇。

冬瓜头成家了。猴头菇是个外地人，驼背妈妈得有人照顾，猴头菇成了上门女婿。

不久冬瓜头的家迎来了小冬瓜头和小猴头菇。两个新成员简直就是父母的复印件。

白驹过隙，时光荏苒。冬瓜头的刘胡兰发型一直没变，但她的大脑袋倒是随时能灵活变通。她做的生意都是本小利大的，鹅毛好卖坚决不收鸭毛，草药不好保留她就等晒干了再卖个好价钱。

冬瓜头的小日子过得有声有色，船一样的布鞋或球鞋在她脚上不断地变换，据说是定制的。

一天早晨，天还没亮，冬瓜头开门做生意。嘿！门口蹲着一个身影。冬瓜头吓得倒退了一步，她定了定神，问："你谁啊？"

蹲在地上的人没吭声，冬瓜头上前看了看，一个老头。老头穿着一身破烂不堪的衣服在冷寒冬里瑟瑟发抖。

是个流浪汉。冬瓜头叹了一口气说："唉！这年头还有这么可怜的人啊！冬瓜头返身去给他找吃的。"

"喏！老头，给，包子。"

流浪汉老头不吭声，他看了看冬瓜头，接过包子狼吞虎咽地吃起来。

"包子吃完你就走开，我要做生意了！"冬瓜头瞪大她的圆眼说。

流浪汉老头似懂非懂地起身走了。

可能是哑巴！冬瓜头心里想。

从此后，每天早晨流浪汉老头都会来，偶尔嘴里嘀咕一声。冬瓜头晃了晃她的大脑袋说："吃吧！吃吧！"

每天早晨买三个包子一杯豆浆成了冬瓜头的习惯。

街上有人调侃冬瓜头："你爸爸回来了？"

"关你毛事啊！给人家两包子又不会穷死！"话是这么说，但"爸爸"两个字冬瓜头听了心头一热。驼背妈妈带着她的秘密去了另一个世界，之前没有爸爸之后也没有了！

屋檐下的燕子飞走又飞回!

流浪汉老头三天没来了,冬瓜头看着买的包子心里七上八下的,这人跑哪去了呢?冬瓜头叫上猴头菇大街小巷地找。黄昏时,终于在公园的角落里找到了他。

流浪汉老头蜷缩在一棵树下,他那青紫的脸让冬瓜头难受。与男人一番商量后,把流浪汉老头带回了家。

花开花落,七年过去了。老头仍旧不说话,只知道吃。老街的人说:那爸爸没抚养过她一天,能这么对他,冬瓜头真是孝顺闺女!

一个阳光明媚的中午,一幕街头认亲让无数的路人纷纷落泪。几个潮汕男子抱着流浪汉老头痛哭流涕,他们说爸爸中年受了刺激精神失常了,这些年他们远至北京上海到处寻找爸爸,没想到爸爸就在离家三十公里的地方!几个男子欲下跪感谢冬瓜头,冬瓜头急得瞪着圆眼一个劲说使不得、使不得。

冬瓜头一如既往地做着她的小本生意,她拒绝了流浪汉老头儿子们给她的一大笔感谢金!她铿锵有力的说话声音和虎虎生威的脚步似乎匹配起来,老街的人开始觉得她的头大得恰到好处,脚也大得适合。

作者简介:

吴丽云,广东梅州人。喜爱阅读和写作。

第一次见面

李莉

陈长长是一名年轻的警察,他就要见到那个半年来一直在他生活中占特殊地位的女子了。虽说他从未见过她,但在网络世界里,她们已经是无话不谈的密友了,她的鼓励总是能给予他无穷的力量。

一个轻盈的姑娘迎面走来,陈长长心中一动。近了,陈长长注意到她的头上没有戴约定的百合花。而且,这个姑娘看起来只有二十岁,冯笑笑说,她已经30岁了。陈长长说,30岁不大,我32呢。其实他只有26岁。

半年来,他们几乎每天在网络上见面,最初是陈长长倾诉工作上的烦恼,做警察久了陈长长有些不相信人,总是怀疑这怀疑那。笑笑说他这是职业病。渐渐地那些烦恼都被笑笑化解了。抑郁的长长变得阳光起来。他们开始谈论生活的方方面面。有什么好消息，长长总想第一时间告诉笑笑。他相信，他是爱她的，她也爱他。但是她拒绝了长长发送照片的请求。

她说："感情和相貌关系不大，你应该感觉得到我是什么样的，见面了你就会看到我，到那时候再做决定也不晚啊！"

陈长长不甘心，他去冯笑笑的 QQ 空间和微信朋友圈遍寻，企图发现蛛丝马迹，但遗憾的是丝毫没有她的影子。对这个不喜欢晒的女孩陈长长充满了幻想和期待。

见面的时间到了。一个年轻女子朝他走来，袅袅婷婷，长发披肩，四目相对。陈长长觉得这女子清丽秀雅，弯弯的眼睛像皎洁的明月。他迎上去，然后发现她并没有戴什么百合花。

"先生，需要帮忙吗？"那女子笑着问他。

他与她擦肩而过后，就看到冯笑笑了。这是一个四十多岁的女人，比较丰满的身材，虽打扮入时，风韵犹存，但是难掩眼角的皱纹。她头上戴着一朵粉色的百合花。

陈长长的心顿时凉了，他回头望望那个娇柔婉转的女子。他想转头而去，但对这个在精神上真挚地陪伴过他、鼓励过他的中年妇女，他不能这样做。

他挺直肩膀，敬了个礼："您好，我是在三中队工作的陈长长，冯笑笑小姐，见到你很高兴，想请你喝杯茶。"

来到餐厅，陈长长很有礼貌地落座了。一抬头，他发现坐在女人身边的还有一个人，他一眼就认出：是刚刚与她擦肩而过的那个娇柔婉转的女子。

女人说："孩子，你弄错了，这个才是冯笑笑小姐。我是笑笑的阿姨，她求我戴上这朵百合花，她说，这多少是个考验，看看我能不能把你带到这里来。"

陈长长的心啊，霎时桃花满天。

第二次见面

李莉

白娟娟是林全全的粉丝，她加入了林全全后援会。第一次见到林全全，白娟娟感到非常幸福。自己一个平凡的歌迷，没有想到这么快就见到偶像。她想如果杨丽娟早点加入华仔的后援会，也许根本就不会那么郁闷那么辛苦。

不久，白娟娟参加了林全全的生日会，这是他们第二次见面。第二次见面后的一天晚上，林全全深夜在微信上对白娟娟说："来香港吧！"

白娟娟："您想我了？"

　　林全全："那当然，你不想我吗？拥抱着娟娟，是那样的暖心。那一晚，我和所有人都跳了一支舞，但只对娟娟有感觉，像过了几百年，终于拥抱了一个原本属于我的人。我还能再拥抱娟娟吗？"

　　白娟娟回复了一个笑脸，然后打了三个字："当然能。"

　　林全全："还能吻一下吗？"

　　白娟娟："您喜欢怎样都好。"

　　林全全："第二次见面我突然吻你，你很晕吧？"

　　白娟娟："嗯。"

　　林全全："我也不知怎么了，跳完舞满脑子都是你，然后到处找你，最后在洗手间看到了你。"

　　白娟娟："哦！"

　　林全全："我去洗手间时，你没关好门，我都看到了……"

　　白娟娟："你喝多了回忆的不对。"

　　林全全："不对？那你说，当时啥样？"

　　白娟娟："不说。"

　　林全全："说一下，让我知道，哪个是回忆，哪个是妄想。那晚我确实饮多了，大家都敬酒，我也不知喝了多少。但思维还算清晰，我还知追出去找娟娟。"

　　白娟娟："是的，思维还算清晰，还能帮我找回耳坠。那晚我打开洗手间的门时发现包忘在水箱上了，便折返，当我拿着包向外走时，您就闯进来。"

　　林全全："我还记得当时我向你求爱，你推开了我，回头一笑，出去了，是这样吗？"

　　白娟娟："好像是！"

　　林全全："云里雾里，事后也不知道哪个记忆真，哪个记忆假。"

　　白娟娟："您的记忆太多，恐怕都想不起我是哪个娟儿吧？"

　　林全全："讲什么？我事后只记得那晚我们的第二次见面。"

　　白娟娟："都想不起来了？"

　　林全全："我都想起来了呀，只是你说不对而已。第二次见面我忍不住亲吻了娟娟，娟娟很害羞，当时我就想，娟娟也喜欢我……对吗？"

　　白娟娟："呵呵！"

　　林全全："好，看来这个记忆是对的。谢谢，希望有机会做菜给你吃：糖醋小排、黄酒醉虾、蒜薹炒鳝鱼。"

　　白娟娟嘟囔："那晚您闯进来抓到我就不放手，我的唇都被您咬破。"

　　林全全："啊，这么狂野？"

　　白娟娟："不记得了。"

　　林全全："谢谢。"

　　白娟娟："为什么总说谢谢？"

　　林全全："我小时候很自卑，别人对我好，我总是心存感谢，一定要把谢谢说出来。"

白娟娟："可是我不喜欢您的谢谢。"

林全全："好，以后不说谢，说爱好吗，想我吗？"

白娟娟发了一个微笑的表情。

林全全："笑什么，想不想？"

白娟娟不语。

林全全："你最近一月生理周期是哪几天？"

白娟娟："怎么问这个？"

林全全："想知道嘛。"

白娟娟："您怎么有这个爱好？"

林全全："什么爱好？是关心你，其实我想去北京。"

白娟娟："您要来北京开演唱会吗？"

林全全："想去看你。"

白娟娟："特意来看我？"

林全全："可以吗？"

白娟娟："您喜欢我？"

林全全："喜欢，感觉来自一瞬间。"

白娟娟："我……"

林全全："那答我刚才的问题嘛。"

白娟娟："什么问题？"

林全全："周期啊。"

阴谋与爱情

李莉

刘芳芳三十三岁，谈过几次无疾而终的恋爱，仍待字闺中。她与杨天天的相识很偶然。杨天天已经四十出头，有妻有子。杨天天到刘芳芳所在的医院打吊针，给杨天天扎过几次针后，两人渐渐熟悉起来，杨天天很幽默很客气，每次打完吊针都不停地谢谢刘芳芳。

一天晚上，处理完打吊针的几个人后，刘芳芳一个人幽幽地坐在值班室，看着手机，发呆。杨天天打完吊针没有离开，他来到刘芳芳的办公室。他说他注意到刘芳芳的安静和落寞，她有一种特别的气质。刘芳芳沉浸在自己失意的世界里，根本没来得及甄别杨天天这句话的恭维性及场面性，一下子就被感动得梨花带雨。

"别，人家还以为我欺负你了呢！"

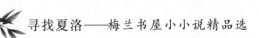

　　杨天天急了，慌忙地找纸巾帮刘芳芳擦眼泪。看着杨天天慌手慌脚的样子，刘芳芳又觉得好笑，故意装作哭得很厉害的样子，杨天天拉着刘芳芳到外面没有人的走廊上，说："好了，现在没有人，有什么事你就对我讲吧！"

　　来到走廊，两个人的感觉一下亲近起来，刘芳芳忍不住诉说自己和男友分手以及父母马上安排的令人生厌的相亲。杨天天拥抱住她，轻轻地安慰。不知为什么，面对这种温暖的靠近，刘芳芳没有拒绝。

　　等到杨天天再次来打吊针的时候，两个人的关系已经有了微妙的变化。杨天天病好不再打吊针后，他们常常在网上交流，刘芳芳有不开心的事总喜欢说给杨天天，杨天天总是长者般地开导并提出建设性的意见。

　　没过多久，杨天天开始疯狂地追求刘芳芳，他给她写诗，在诗中，刘芳芳是轻盈美丽的小鸟；是一花独秀的玫瑰；是娇艳的寒梅；是冰雪聪明的公主。

　　杨天天几乎每天都会打电话给刘芳芳，电话中除了嘘寒问暖外，还述说着他无尽的相思。

　　刘芳芳犹豫了一段时间，最后还是义无反顾地投入到杨天天的怀抱。

　　"我不是小三，我不会破坏他的家庭，我只想谈一次恋爱。"刘芳芳这样安慰着自己。

　　杨天天虽然爱得如痴如醉却根本没有要娶刘芳芳的意思。刘芳芳也没有这样的要求，她觉得这样偷偷地恋爱既刺激又甜蜜。

　　杨天天赞美她的眉她的眼，她的一切在杨天天的眼里都是那样美。杨天天浓浓的爱像梦幻的泡泡，在刘芳芳身边闪烁，置身其中像置身一个童话般的真空中，刘芳芳哪里还愿意出来。她动情地对杨天天说："只恨我国的法律，已取消了一夫多妻制，真想回到古代，给你做妾也好。"

　　半年悄悄过去，半年来，他们相见、想念；再相见，再想念。如此循环下，刘芳芳的内心发生了变化，不知从何时起，她不想只做小三了，有了"逼宫"的念头。于是，她开始去了解杨天天的家，杨天天的老婆，杨天天的孩子。

　　一个偶然的机会，刘芳芳认识了一位与杨天天曾经共事过的女同事。她装作漫不经心地打听着杨天天的家，女同事告诉她很多。

　　女同事对刘芳芳说："你不知道吗？他前年在单位体检时就被查出是肺癌了，虽然是早期，医生说只能活五年左右。"

　　如同被电击般，刘芳芳的头嗡地炸开。

　　刘芳芳不知道自己是怎样回到家的，一夜未眠，她终于想明白：原来她的爱情不过是一个将死之人的阴谋。

回不去了

李莉

缓缓地，缓缓地，眼前的广州城越来越清晰，"咚"是飞机落地的声音，人生中很多时刻的到来，都是不打招呼不请自来，拦不住，躲不了。

来到广州城，海真真便开始疯狂地想念赵赫赫，办完事，她便联系老朋友，打听赵赫赫的消息，几经周转终于拿到赵赫赫的手机号码。

当年，热恋中的海真真和赵赫赫因为去留发生重大分歧，赌气分手。那个晚上，赵赫赫买了心形的玉佩准备送给海真真，希望海真真跟他一起返乡创业。海真真对家乡实在失望，含泪拒绝了他。赵赫赫用力地将玉佩扔进珠江中，转身离海真真而去。

一年后，一个加拿大土豪追求海真真，对赵赫赫失望已极的海真真便做了土豪妻，并移民到加拿大。时光荏苒，岁月流逝，十年后，海真真对赵赫赫的气慢慢消失，她开始回忆她和他的甜蜜过去。

那时，初到广州城，她和他在不同的岗位上忙碌着，偶尔的周末休息，她总坐几个小时的车，来到他工作的地方。

记得他生日那天她去看他，他问："今天给我带什么礼物了？"

她说："礼物就是我自己呀！"

那一刻，她看到了他眼中的幸福。他紧紧抱住她，深深地吻她。

如今想到这些，海真真的脸还有些发烫，这感觉历久弥新，她不再犹豫，按下已经端详半天的那串手机号码。

"喂，我是海真真……"

电话那端是沉默，海真真感觉赵赫赫的手好像又在颤抖。沉默之后，是问候，问候之后闲话家常，最后，海真真终于说到当年的分手。

赵赫赫说："对不起，是我当年太冲动，你看，回乡创业三年，赔掉了几年打工赚的钱，我又来到广州城，可是你已不在。"

"我现在就在广州城，我住在花园酒店，我订的是后天早晨回加拿大的机票，明天有空吗？我想见见你。"

"我也想你！明天我去酒店找你。"

电话里气氛渐浓，最后海真真感觉自己开始向上飘，飘呀飘，如果不是拿着手机，她简直要展翅飞翔了。

第二天，海真真换了一条又一条裙子，对着镜子照啊照。一会儿描描眉毛，一会儿画画眼线。一上午就这样过去了，还不见赵赫赫的身影。海真真开始着急，打电话却不通……

太阳要落山了，海真真伤心地想："一定是他还恨我，恨我当初不跟他走，现在故意放我鸽子。"

晚上，海真真无力再拨那个号码了，她想："赵赫赫一定是嫌弃我了，我正在奔四的路上，早已不是当年那个如花的姑娘。"

坐在飞机上，海真真无力地望着窗外的广州城。突然手机"嘟"了一下，一条信息映入眼帘："亲爱的，我们回不去了，真真，我永远爱你，一路平安！"

海真真含泪关掉了手机，飞机沿着机场的跑道由慢变快，广州城的景物迅速向后倒去。

作者简介：

李莉，女，70后，笔名：笑春风，初级中学语文教师，祖籍吉林省长春市，现居广东省广州市。发表各类作品若干，广州市作协会员。

医闹未遂

马恒君

半夜一点，干瘪的小老头把小老太拖进了急诊室。

小老太一看就病得不轻，脸色如灰白的墙皮。然而她仍哑着嗓子叫："你个死老头子！我没病！糟践钱！死老头子！"

小老头默默无言，费劲地把她拽上诊疗床，掏出一条皱巴巴的格子手帕擦了擦脸。

急诊的大夫没费什么事便诊断出了小老太的病情——肠穿孔。

急需手术。

大夫让小老头速去交费。

小老头掏出口袋里的钱数了一遍，包括1元、2元的零钱。

一共有2359元，手术押金最少要5000元。

大夫问他："明天能把费用缴上吗？"

他讨主意似的看了看床上躺着的小老太。小老太急了，挣扎着要起来："我要回家！

我没病！"

小老头上前按住小老太乱挥的双臂，自己拿了主意——能！

小老太又吵嚷了几句，休克了。

大夫一看情况紧急，上报领导，启动了先救人后收费的绿色通道。

手术做了好几个小时。

出了手术室，大夫对小老头说，幸亏手术及时，再晚些，命就没了。不过……大夫叹口气，病人肠子生了瘤，所以才会肠穿孔，只怕……

小老头愣住了，这是得了绝症了？大夫默认。他又愣了一会儿问，还有救不？大夫说，来得太晚了。

小老头听了，拉住大夫的手便要下跪。

大夫下死劲拦住了。

老头混浊的眼睛里噙着泪光：救救她。

大夫安抚老头，我们尽力，不过病人病情很严重，要有思想准备。

小老头在走廊里靠墙蹲了半天才缓过来。

等小老太从麻醉中清醒了，小老头跟她讨存折要去取钱，小老太哭了："咋还真病了呢？这得花多少钱呀？"

小老头坐在病床前不说话，脸上各处的肌肉，向以鼻翼为中心的方向集中。

"咋了？我这病不中了？"小老太突然不哭了，他俩在一起过了五十年，她跟他肚里的虫一样了解他。

小老头仍不说话，起身佝偻着背出去找大夫。

见了大夫，他问："我家老婆子还能活多长时间？"

大夫推了好几次眼镜才说："大概一两个月，但也说不准，早做准备吧。"

小老头回了病房再次问存折在哪儿，小老太不理他，直嚷嚷着要出院。

她这是逼他说实话呢，小老头也了解她。

他一辈子一回也没拗过她，这回也拗不过。

坚持了没半天，他把大夫说的话告诉了小老太。

邻病床的病人和家属在旁边听着，都用诧异眼神看他——这不是给病人贴催命符吗？

可家里这几十年大小事都是小老太拿主意，瞒着她，家里的事，他跟谁去讨主意呢？

小老太听了啥也没说，过了一会儿又哭着说："死老头子，都怨你，非要来医院，这钱都白花了。"

她正数落着老头，护士进来给了一张缴费通知。

老两口一夜无眠。

第二天早晨，老头终于得了首肯去交费。

他一来一去也就个把小时，回来病房里已乱作一团。

枯槁的小老太躺在病床上跟一大堆大夫护士对峙，一对被皱纹团团包围的小眼睛泪

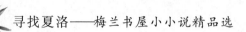

眼婆娑。

没血色的双唇间吐出的话铿锵有力："你们管子没放好！掉了！我死了你们得负责！"

小老头手足无措地在人圈外，听见这句话吓坏了，分开人墙近前来。

"死老头子都怨你！非要来医院送我的命！"

小老太看见他，声音大了一些。

小老太就这样跟医院的护士大夫领导僵持了两天两夜，不准任何人上前检查。

主治大夫急得火上房，不得已在小老太输液的药里下了镇静剂。

小老头没有小老太本事大，眼睁睁看着一群人围住了小老太。检查完毕，大夫冷笑了一声——原来是想讹人呀！

跟领导一汇报，又来了一群人直接把小老太推进了手术室。

手术室的灯一会儿就灭了，大夫一出来，就把手机屏幕点开，举到小老头脸前头。

胆子太大了，引流管都敢剪断！亏我怕引流管掉，内皮还缝了两针！要不你们直接拽出来扔了，真会死人的！

小老头的手抖起来，又在走廊里靠墙蹲了半天。

小老太醒来，对小老头喃喃地说："护士让看好那管子，说掉了会死人，我这两天咋就没死了呢？"

小老头不发一言。

没几天，小老太就出院回了。

躺在自家老旧的木床上，她始终耿耿于怀，为啥引流管断了两天她还活着？

如今，她死在自家床上毫无价值。

弥留之际，她还在喃喃自语："两天我咋也没死呢？"

小老头坐在床边垂泪。

他们瘫痪在床三十年的儿子，躺在外间屋小床上，听着母亲含糊不清的话，无声地流着泪……

光辉岁月

马恒君

老何跟老冯在楼下小花园里下棋的时候，干仗了。

对门住了十来年，几乎天天在一起下棋。从没红过脸，这一次不仅吵了起来，还动了手，老何一马扎子把老冯整日不离手的茶杯也给砸了。

周围观棋乘凉的老头老太们，团团把他俩围住，拆开，架回了各自的家，又劝解了一阵子才散去。

窗外的蝉声聒噪得人头大，老何的白色老头衫后背湿了一大片。

老伴从卧室给他拿出一件干净的老头衫，他不耐烦地夺过来扔沙发上了。

"哟，一把年纪了打架还打出理来了？"老伴剜了他一眼，进了厨房。

"我咋就没理了？"老何追进厨房去跟老伴理论，"他说五十年前是好时候，啥好时候啊？我好好上着大学，家里就被抄了，爹娘天天游街，我也成了狗崽子，我哥……哎，你说，哪好？你说说哪好？"

老伴本想跟他理论一下，一看他满头大汗，索性转身拧开水龙头开始刷碗，锅碗磕碰的声音截断了他愤愤不平的声音。

晚上儿子下班回来，详细听了他对老冯的控诉，问："那你不是也还说三十年前是好日子吗？"

"咋？三十年前不是好日子？"老何推开儿子递到眼前的烟，不耐烦地冲儿子挥挥手，"去去，你不懂！"

三十年前就是好日子，那时候他是一个上万人大厂的总工程师，科技创新的奖也从区里拿到市里又拿到了省里。就差再拿个国家级的奖了。

那可真是一段光辉岁月啊。

"你的好日子，你忘了，冯叔可是三十年前下的岗，冯哥因为家里困难，放弃了考大学。"儿子低头微微笑了笑，再次把烟递给老何，老何这次接过了烟，儿子忙拿起打火机给他点着烟，随后转身开门去了对门。

小何在老冯家里，乖乖听了半小时老冯讲五十年前自己在部队如何立功如何受奖，还带着大红花到处去演讲。

那可真是一段光辉岁月啊。

等老冯讲完自己的光荣历史，小何笑嘻嘻地递上一支烟，再给他点上："冯叔，您不知道，我爸听不了这话，五十年前，我爷爷奶奶天天游街，我爸也成了狗崽子，我大伯因为家庭问题天天在单位挨批，后来……跳了楼……"

"啊？"老冯夹着烟，愣住了。

第二天，老何没出门，老冯也没出门。

第三天，老何没出门，老冯也没出门。

第四天，老何忍不住开了门，老冯也忍不住开了门。

后来，他俩继续在小区的花园里下棋，就好像没打过架一样。

有个老哥们，有一天观棋的时候，忽然想起他俩打架这事，问："你俩达成共识了？"

老何和老冯都有点不好意思地看看对方，连连点头异口同声地说："达成了，达成了。"

作者简介：

马恒君，永远十八岁的文艺女中年，资深文字爱好者。最大的梦想是做一个专业写字的人，目前正在奔向目标的路上小步前进。

 ———————————————————

牵 手

张云

十六年了，于萍从来没有牵过妹妹的手。

原本，她是爸妈的小宝贝，她觉得自己是个幸福的小公主。但是自从有了妹妹于艳，妈妈整天抱着妹妹，还要她照顾妹妹。

她觉得很受伤，本该属于自己的爱被妹妹抢走了。所以，她很讨厌这个妹妹。

妹妹会走路了，会说话了，天天跟在她后面"姐姐，姐姐"地叫，她却嫌妹妹烦，老是像个跟屁虫似的跟在她后面，甚至让她"滚开"。

五岁的时候，妹妹把小手塞给她，说："姐姐，你牵着我的手吧。"但她用厌烦的眼神看了她一眼，把她的小手甩掉。

妹妹委屈得直哭，说："姐姐，别人家姐姐都牵妹妹的手，你为什么不牵我的手呢？"于萍不耐烦地说："别人是别人，我是我，我就是不想牵，看到你就烦。"

从那以后，妹妹再也不敢提这码事了。

上学了，两人在同一个学校，妈妈叮嘱她要照顾好妹妹，不要让妹妹被人欺负。但是在学校里，她从来没有帮过妹妹。

长大后，学业繁重，更是从来不去想牵手这事，似乎这根本不是个事。

于萍考上了大学，去外地读书，全家送她去车站。妹妹怯怯地伸出手，想让姐姐牵一下。于萍心里微微一动，觉得有点愧对妹妹，不由得也伸出了右手。

但是，伸到半空，还是放下了，假装理了理头发。这么多年，从来没有牵过妹妹的手，一下子要做这么亲昵的动作，她感觉很别扭，所以，到底是没有牵成。

看着妹妹眼神里燃起的亮光随即又黯淡下去，她有点内疚，掩饰道："时间快到了，我得上车了。"

上大学后，妈妈告诉于萍，因为家里生意变故，不但没赚到钱，还亏了不少。为了给姐姐赚学费，妹妹执意退学，去南方打工了。

"妹妹！"于萍痛哭失声，觉得自己真没用，竟然需要妹妹打工来支持自己读书。

而自己，都对妹妹做了什么啊？从小到大，就连牵手这个微小而温暖的要求，都没有满足过她。

同学的妹妹来看姐姐，姐妹俩亲亲热热地牵手逛街。见此情景，于萍的眼睛湿润了，喃喃自语："我的好妹妹，下次回家，我也要牵你的手！"

放寒假了，听说妹妹也会回来过春节，她买了好多礼物，除了给爸妈的，更多的是给妹妹的。

于萍先到家，兴奋地期待妹妹归来。她决定了，这一次无论如何，要牵一下妹妹的手，把欠了妹妹十几年的"牵手债"，深情地还给她。她要让妹妹知道，自己是爱她的。

新年一天天临近，妹妹却还没有回来。打电话去，妹妹说是在加班。

于萍简直有些等不及了，从来没有这么强烈地期待妹妹于艳的出现。

妹妹说，工厂赶一批货，再忙两天，就可以回家了。

她兴奋地设想了无数姐妹俩再次见面的情景，如果自己见面就牵一下妹妹的手，妹妹会是怎样的表情？幸福？羞涩？

然而，于萍等到的不是妹妹，却是这个消息：于艳因为连续加班，过度疲劳，一个恍惚倒在车床边……

秋天的好事

张云

老张头又在对镜仔细梳头了，梳完还不忘喷些啫喱水。他从前常常不梳头，用手随便抓两下就行。

他老伴儿去世五年了，儿子怕他在老家太孤单，于是把他接到城里来过。

平时儿子媳妇上班，老张头把孙子送上幼儿园后，就有大把的时间，生活还是很孤单。儿子鼓动他去跳广场舞，那里人多，热闹。

起先老张头不肯，说，那都是老太太的天下，我一个老头，去了像啥。不过经不起儿子怂恿，反正闲着也是闲着。最终老张头还是去了。

领舞的王老太很高兴，因为老张头这个"学生"学习广场舞学得很快，很用心。果然，学广场舞后，老张头不再觉得时间多得没处打发。

天天去跳舞，在一群老太太中间如万花丛中有一枝绿叶，格外醒目。

老张头现在每天出门前都要仔细梳洗，还会挑一些精神的衣服，并且熨平整才穿。

儿子对儿媳说："莫不是咱爸恋爱了？"

儿子问老张头："爸，您为什么变得这么爱打扮了？"

老张头神秘地说："到了秋天，你就知道了。"

老张头每天在外面的时间越来越长，精神越来越好。

儿子又问："爸，你要是有什么情况，可要早点告诉我们啊，让我们有个心理准备。"

老张头板着脸："你瞎琢磨什么呢？什么情况不情况的？"说完，又对镜穿衣、梳头，打扮得一丝不苟。

儿媳跟儿子对视一眼："咱爸这肯定是焕发第二春了。广场上有那么多老太太，天天一起跳舞，说不定就擦出火花来了。"

儿子和儿媳商量："咱爸如果真要娶个老太太，咱们怎么办呢？"

儿媳说："那可不能同意。"

儿子摇头道："那不是显得咱们太小气了？老人有老人的精神需求呢。"

儿媳说："那也不行。他娶了老太太就没人帮咱们接小宝了。"

"唉，爸总说到秋天就知道了，也不知道在捣鼓什么。"

"可能是哪个老太太秋天才同意嫁给他吧。"

秋风起，树叶开始泛黄。

这天，老张头回家时，兴奋地说："儿子，媳妇，告诉你们一个好消息！"

儿子和儿媳听到这话，心头一沉，秋天到了，恐怕要宣布结婚了。天要下雨，娘要嫁人，恐怕挡也挡不住了。

儿子问："爸，是什么好消息？"

老张头说："我们红太阳舞蹈队，得了区老年舞蹈大赛一等奖！"

儿媳问："爸，你一直说到秋天就知道了，难道就是这个消息？"

老张头说："是啊，区老年舞蹈大赛在秋天举行，我们苦练了几个月了。领舞的王老太要求我们每天都要衣着整洁，平时就要拿出最好的精神风貌，这样秋天比赛时精气神才能提上来，给人振奋的感觉。"

儿子和儿媳同时松了一口气，原来是这么回事儿！看来是自己想多了，白白担心了几个月。

老张头解下领带，又补充一句："王老太说了，如果这次比赛拿到奖，她就同意嫁给我。"

作者简介：

张云，女，南京市作家协会会员，编剧。已翻译出版《数学万花筒》等图书 12 本。在《新民晚报》《羊城晚报》《知音》等报刊、杂志上发表散文、小小说、纪实特稿 30 余万字，售出微电影剧本 2 部、12 集网剧剧本一部。

小青蛇

周书画

在潺潺的汨罗江下游，有一座不知名的山峰，当地人唤作汨罗山。山势巍峨险峻，擎天直立，连方圆几十里的百岁阿翁都不曾听闻有人上去过。山内层峦叠翠，鸟语莺啼，一汪深潭接住一条由上而下的银色白涟。一天，一条小青蛇云游至此，被景色吸引，在深潭里盘踞下来。

山下有座村庄，本为依山傍水，天时地利，奈何地势高出深潭十丈，常年缺水干涸，村民吃水都要去深潭去挑。有一天，下起了蒙蒙细雨，路滑难行，也没有人来挑水。在潭底贪睡的小青蛇忽然被争吵声惊醒，浮出水面一看，原来两个老头在半山腰石墩上下棋，一个清瘦高挺，一个微黑矮胖。一个要悔棋，一个不让，吵得脸红脖子粗。以小青蛇一百年的道行，也能看出两人不是一般人。果然，两人正是上古蜥蜴修行得道的白龙和黑龙，受玉帝指派在此地专门负责为周围村庄施雨布道的，这次完成了任务小憩一下。

第二天是农历三月三的庙会，小青蛇也早从打水的村民议论里知道了这个消息。她早早地起来，化作一个头梳齐刘海儿、垂挂髻的小丫头，蹦蹦跳跳地出发了。

"大姐，看看吧，这是上好的苏州昙香，正好给太上老君恭上""糖葫芦一块钱一个""肉串唻，肉串""爆炸大鱿鱼"。

突然，小青蛇被人从后面撞了一下，手碰倒了倚墙而放的一堆竹竿。一根竹竿打在一个正在吃包子的人头上。

"你？"小青蛇还没反应过来，衣领子被人薅住了，眼前呈现出一张凶神恶煞的脸，"不是我，不是我，不，我不是故意的。"小青蛇忙不迭解释。

"也不知道小心一点，她就是不安生的主，就知道撵兔子、拽孔雀尾巴，刚才还偷了钱，打了卖糖糕的。"

小青蛇一回头，眼前浮现了一张恶心的脸，认出来了，原来是他，上次她从螃蟹嘴里硬生生救出一条小银鱼，结上仇了。

"你胡说！"小青蛇申辩。

"我们都看到了。"螃蟹旁边的小虾们附和着。

小青蛇急了："你们怎么能不说实话呢……"小青蛇想去和他们打，却被吃包子的老者一扔，昏了过去，醒来时，在一个水牢。

水牢里还有一个人，竟然是那天半山上下棋的黑胖矮者——黑龙。原来这是他和白龙打的赌，赢的去庙会，输的进水牢。那天棋局黑龙明显劣势，输局已定，于是，黑龙

进了水牢。不用说，那个吃包子的老者，就是白龙了。

小青蛇笑了，黑龙奇怪地看着她，不明白她笑什么。

小青蛇说："你把兵往前二步，置之死地而后生，你不就赢了嘛。"

原来，那天的争执已落入青蛇耳中，本不想管神仙的事，可今天同处一牢，忍不住说出来。

黑龙一拍脑袋，是啊，我怎么没想到呢？黑龙手指一点，牢门应声而开，两人从牢里走了出来。门帘一响，迎面白龙正好回来了。白龙怪黑龙擅自出牢。黑龙说棋局已破。白龙说当天未破，黑龙就应该遵守约定在牢，不该私放青蛇。黑龙脸红了一下，推说是小青蛇要出来。小青蛇不愿多言，知道说什么白龙也无法求证，脸沉了沉随黑龙出来了。

黑龙心里也有些愧疚，拿出一颗药丸要交给小青蛇，说有助于提升修炼功力。小青蛇有点犹豫，黑龙有点尴尬，旁边有人善解人意地说，我帮您给她吧。黑龙顺势把药瓶交给了螃蟹，走了。

螃蟹眼珠一转，滴了两滴黑液在药上，狠力按向小青蛇。事起仓促，小青蛇躲闪不及，一枚尖刺正中七寸。

春天，万花飘香，万千落红，小青蛇在潭底痛苦难眠，辗转反侧，搅起浪花朵朵，飞溅到落红上，就如同小青蛇心底的血。白龙茫然看着水底痛苦的小青蛇，有点奇怪，不知道发生了什么。螃蟹告诉黑龙，小青蛇许是不小心被荆棘刺了。黑龙拿起一颗药丸，想送给小青蛇。小青蛇翻腾着，没有看黑龙。黑龙等半天，觉脸上无光，黯然退了。

夏天，繁花似锦，蝉声蛙鸣。命门七寸的刺越来越深。小青蛇痛苦万分，日夜哀啼。朦胧中想起自己的前世今生，生于一平民家，热心帮过路人上坡路推车，良善到不吃鸡蛋以免杀生，救一落入牢笼白鸽未果，被恶人陷害被钉命门钉打中沉入水塘……小青蛇痛苦得蜷缩成一团。一场大雨过后，到来的白龙动了恻隐之心，想给小青蛇颗药丸，可是，白龙和黑龙练的是两家法门，白龙的药丸并不能解小青蛇之痛。黑龙也委托螃蟹给小青蛇送来药丸，但是，螃蟹把药丸吃了，把空瓶沉入潭底。白龙看着潭底的药瓶，似有所悟。

秋天，山上硕果累累，山下颗粒无收。刺已在七寸里溃烂，小青蛇欲诉无声，已没有力气再跃出水面寻找食物。秋雨过后，白龙来寻小青蛇，想用自身真气给小蛇疗伤，小青蛇推说刺已不在婉拒白龙。再次到来的黑龙看到这一幕，有所误会，漠然离开。小青蛇想自救不想让白龙损耗，但她已没时间自救。她听说了山下百姓的苦难，想出个法子让乡亲们把竹子劈成圆筒，火漆封住连接，破开山体，引出自己在另一山坡发现的暗流下山，饮水浇田。

冬天，白雪皑皑，湖面成冰。小青蛇已麻木不再进食。一天，为救一个来滑冰落水的孩童，小青蛇耗尽最后一点力气，成了一个抛在江面上的僵蛇。

又是一年春天，白龙和黑龙又在山间下棋，只是潭底已不再见小青蛇，两人心底都有些怅然。一阵春雷过后，云端由远而近的是谁？她在棉花般的白云上翻涌向前，微笑致意。她被上天知晓，破格派往洛河履任，史称洛神。

药

周书画

县长大人的夫人得了一种怪病，吃不得饭，一吃就止不住流泪，看得旁边的人跟着肝肠寸断。遍访名医，无人能治。

这天，国士方鸿晏远游到县长家做客，听到家丁们议论："那县长夫人本是大家闺秀，县长又待她极好，不让她受半点委屈。怎么会哭呢？""那天县长陪夫人去庙里进香，回来后就这模样了。莫不是山间冲了邪？""这县长又出门了，全城名医看遍了，就是不见好，这可怎么办是好？"

方鸿晏思忖片刻，提起笔写了一个"兔"，说："我是京城来的方鸿晏，去告诉夫人，她的病是山间遇冷风，把这幅字当药引子烧掉，和着红枣、姜汤、防风、当归一起服下，不出十天半月，准保好。"

家丁们半信半疑，拿去给夫人看了，夫人端详了半天，脸上露出喜色，果然服药后症状减轻多了……

家丁们都不知是何缘故。半月后，县长回来了。一见夫人就说："都过去了。"家丁们更是一头雾水。

方鸿晏说："表面看起来稀奇古怪的事，都有它内在的因果逻辑。县长夫人烧香求签不利，回来收到家信，得知娘家父亲冤屈入狱，饮食苦待，不日问宰，遂得心病。怕影响县长仕途及人心惶惶，才秘而不宣。县长也急匆匆地赶去鸣冤，初有成效，正是县长忧心夫人，才请我前来安抚的。"

朋友

周书画

辉腾广告公司设计组小 A 本月被公司扣五百元。

小组长说：小 A 纪律不好，工作时间经常不在。

同事们说：小 A 个性太强，不和同事们打招呼。

主管说：据大家普遍反映，纪律涣散，性格不宜，还能不能干工作？建议调往其他部门。

那天行政副总来检查，小 A 这小子不知脑子里想什么，竟然没正眼瞧迎面走来的郑总，低着头走了。

于是，众口一词，扣款五百元，不辞退，算大家忍着他，让着他，给他留机会和情面。

小 B 说，小 A 是公司郑总的侄子。于是，小 A 改为，奖励五百元。

小 A 说，自己细心调查市场，经常走访客户，了解客户的需要，设计出的产品，一次性通过客户审核，获得客户交口称赞。年轻不经事，惹起一干同事和小组长不满，向主管吹小风。那天脑子沉浸思考，真的没注意到副总走过来。自己思考设计的 A–P2–A 新型广告，刚刚在全国广告创意理念大赛上获了奖⋯⋯

作者简介：

周书画，女，山东人。多年从事新闻写作工作，在国家级报刊发表作品多篇。多部作品获国际交流、国内各级奖项。现主攻心理学方面的创作。

从乡下来了两只鸭

刘翠林

车子正要准备启动回城，母亲忽然招手让我等一下。摇下车窗，我看到母亲手里提着两只鸭子，她说：把鸭子带上，给我宝贝孙子吃，乡下的味道。

回到家，我跟妻子说："要不你把鸭子杀了，炖着吃？"妻子皱起眉头，面有难色地说："要杀你去杀，我是不杀的，我怕那个腥味。"

这时候，八岁的儿子嚷嚷着："别杀啊，我还要跟它玩呢。"儿子用一副巴巴的眼神看着我。我没辙了，想了想，叫儿子把那两只还在活蹦乱跳的鸭子带着，直接开车去了公司。

公司的门卫是个快要满六十岁的老头，他看到我的车，连忙站起来敬礼。我说："老李，你把这两只鸭子拿去喂着吧。"老李毕恭毕敬地用双手接过鸭子，他说："好富态的鸭子啊！"这时候，儿子在车上伸小脑瓜，欢快而又大声地说："李爷爷，您一定要让鸭子下好多好多的蛋哈。"老李笑眯眯的，使劲地点着头，说："好！好！一定！一定！"

好像是一个月之后的某个晚上，我们一家子正在屋里看电视，听到敲门声。打开门，看到老李站在外面，他拎着一个小篮子，篮子上面用毛巾盖着。我很疑惑："老李，您这是干吗？"

老李小心翼翼地把篮子放在地板上，他掀开毛巾，说："刘总，您的两只鸭子好喂养，我随便给些剩菜剩饭，它们都抢着吃呢！""那这是怎么回事？"妻子指着一篮子白花花的鸭蛋问老李。老李兴奋地说："这些蛋就是那两个鸭子生的呢。"妻子跟儿子都喜出望外，都问："是吗？"老李说："是的！我还敢骗你们？"

随后几个月，老李总是能在不定时的夜晚给我家送上一篮子鸭蛋。快到春节，我接母亲来城里过年。母亲去阳台上帮忙收拾衣服，在角落里她看到纸箱里有好多鸭蛋。母亲问："在哪儿买的鸭蛋，这么多，一个个大得很。"妻开心地说："这鸭蛋不是买的，这是前几个月去乡下，您送给我们两只鸭下的蛋呢！"

母亲一边摸着光滑的鸭蛋，一边笑得合不拢嘴："呀，你是逗你妈开心吧，我那两只鸭子是公鸭，要是能下蛋，真是出了稀奇……"

后　来

刘翠林

"走过，路过，千万不要错过，两元、两元、全场两元啦……"

她信步走进街头的两元店，转了一圈，她看上了一条小丝巾，却在付款的时候，才发觉钱包没带。面对店主狐疑的目光，她的脸红到耳根。

"我来付吧。"他在她身后说。她与他在两元店相识了。

她一直是个清高的女子，他和她心里想象的有所不同。他是一个简单阳光的男子，眼睛明亮清澈。而她想要的男子，应该有深邃的目光，优雅的举止。

有时候，他约她去看电影。电影院里，情侣们相依相偎，窃窃私语。女孩们一边喝着可乐，一边吃着爆米花。而他正襟危坐，眼睛一直盯着银幕，看到电影剧情搞笑片段，竟然笑得前俯后仰。

他问她："渴吗？"

她望着他手里仅有的一瓶矿泉水，摇摇头。

有时候，他也请她去吃炸鸡，但却是路边的地摊，连个坐的地方都没有，炸鸡被风吹着，吃到一半就凉了，完全没有在肯德基店里的那种浪漫。

这样的爱情，不是她想要的。有时候她想，找个合适的机会跟他说清楚吧。

情人节的晚上，她被他牵去了花店。

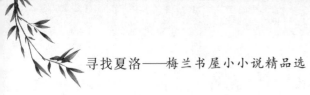

她站在门说："我不进去了，在外面等你。"

站在花店外的玻璃窗前，她看到他在那些花海面前犹豫不决，她的心如沸腾的开水，片刻之后慢慢地凉了下来。

他从花店出来，欣喜地把一支玫瑰花递给她。她接过花嗅着，无论怎样嗅，香味都是清淡的。她多么希望自己抱着的是 999 朵玫瑰！

她突然觉得，在廉价的两元店相遇，已经决定了今天的结局。

她把玫瑰花放回店里对他说："对不起，爱情不是两元店里的商品。"

然后头也不回地走了。

他呆呆地站着，不停地喊着她的名字。

后来，她遇到了另外的他。他的温柔，他的体贴，让她找到了公主般的感觉。刚认识一个星期，面对她心仪已久的包包，他毫不犹豫地一挥手："刷卡！"

她不是物质女孩，可他潇洒的举动还是打动了她。走出商场，他一把搂过她说："走，酒店的房间我已经开好了。"

她错愕地望着他，然后把包包摔在那张猥琐的脸上……

她突然想起他，那个单纯的男孩。回味着点点滴滴，她心痛了：他说他老家是农村的，为了未来，大学四年他都是在图书馆度过的。没有谈过恋爱，也没有看过一场电影，也没有吃过肯德基。情人节时，他刚刚在一家单位实习，还没有工资。他打开皮夹犹豫了半天，许是在盘算如果买了一捧玫瑰后，剩下的钱还够不够明天的生活费。

可是，他已经走了，从此杳无音讯。

她开始喜欢听奶茶的《后来》：

后来我总算学会了如何去爱

可惜你早已远去消失在人海

后来终于在眼泪中明白

有些人一旦错过就不再……

那一次，她专门去了街头的那个两元店，却迟迟不敢进去。

两元店的门口，喇叭不厌其烦地喊着："朋友们，走过、路过，千万不要错过……"听着听着，泪水一下子涌出她的眼眶。

你在等谁

刘翠林

交警大队里，王局正在会议室准备会议，这时候的他手机响了。

拿起手机，听到儿子慌慌张张的声音："爸，我快到家了，没想到在高速路出口，遇到了车祸。"

王局的脸色变了："人怎么样？受伤了吗？"

"人没事。我的车追尾，撞得稀巴烂，我急死了。"

"人没事就好！报警了吗？"

"没有。"

"跟对方车主协商没？"

"没有！"

"那你在干什么？"

"我不是在给你打电话求助吗？爸，你给你下面的人打个招呼吧！我不想被扣分，我更怕被吊销驾驶证"

"你喝酒了？"

"才喝了一点，这不是为了庆祝我今天升职嘛……"

王局沉默了几秒，突然挂断电话，把手机关机了。随后对科室的人说："要是我儿子再来电话，就说我出门办事了，不在单位。"

科室的人都惊讶地看着王局——那可是他的宝贝儿子啊。

王局晚上回到家，看到儿子坐在沙发上，铁青着脸，茶几的烟缸里装满了烟头

"事情处理得怎么样？"王局语气平静地问道。

"我等了您一天，您知道吗？哪有像您这样做父亲的？"儿子站起身来，无比委屈大声地说道。

王局笑了笑，没有作声。

"我搞不懂，我是您儿子，我有困难了，您为什么不帮我解决？您必须给我一个说法！"见父亲不说话，儿子的情绪越发激动了。

王局看着儿子，并没有生气，他把儿子的肩膀拍了拍，按他坐下。儿子愤怒地看着父亲，甩了甩肩。王局挨着儿子坐下，他说："儿子，其实今天我也遇到了困难的事，但我也不知道该怎么解决，我等你爷爷来帮我也等了一天，但一直没有等到……"

儿子呆住了。一张刚才气得发白的脸慢慢变红了，他深深地、羞愧地低下了头，若

有所思。

王局的父亲已经在五年前去世了。

作者简介：

刘翠林，70 后，湖北孝昌人，谁都喜欢锦上添花，但我深知被添花之前，我最起码要做那块锦。

六爷轶事之稀罕事

海怡

八仙桌子上摆着六个菜，黄的是炒鸡蛋，绿的是凉调豆角，红的是辣椒炒大肉，还有一盘土豆丝，醋熘绿豆芽，蒜汁拌粉皮。正坐上坐着六爷，右边坐着支书的亲家公，左边坐着支书，其次围坐的还有大队会计及民兵连长。喝的是本地产的老烧酒，堂屋里弥漫着旱烟的呛味，六爷不住地咳嗽。

这六爷是村里的名人，七十多岁了，高高的个子已经驼背，黑黑的脸膛上布满了深深的皱纹，眼袋大大的，他不时地用右手搂着袖子擦眼中流出的浊泪。下巴上留着稀疏的灰白胡子，胡子上因沾了酒茶菜汤而湿湿的，说起话来那胡子就翘翘的。他读过私塾，会讲许多鬼神故事，熟悉三国水浒的人物就像熟悉他手上的纹络，村里每年农闲或谁家来客人都要请他陪客，今天是支书的亲家公来了，支书中午置办了酒席，请来了六爷及大队干部作陪。

酒过几轮，六爷的话匣子就打开了，先讲了杨志卖刀，又讲了些鬼故事。大家一直给六爷敬酒夹菜，六爷的酒量有限，觉得脸胀胀的，头也晕晕的，但支书的亲家公没有要走的意思，大家也只好作陪到底。

亲家公给六爷倒酒，双手端起酒杯说："六爷，这辈子你是知书达礼，可就是没走出咱这穷地方呀，可惜了你这人才。"

六爷一听这话，心想：你这是夸我还是骂我呀。

他急忙说："我出去过呀，到过黑龙江的萝北，那里离苏联都很近了。"

支书刚吸完一袋烟，抬起右脚，把烟袋头在鞋底上磕磕，一边在烟袋荷包里装烟一边对亲家公说："这老哥可是走南闯北的人物，他几个孙子都在外边工作，他去的地方可不少。"

此时，六爷忽然想起几年前到过萝北的事，这是他心中的一个秘密，他在心里嘀咕：我要是说出来可是惊天的大事。

"去过萝北？那好呀，我就喜欢听稀罕事。讲讲——"

亲家公站起拿起酒壶又给六爷倒酒敬酒，六爷忽然想起萝北县城的那条窄窄的小街和那个杂货小店以及那个一脸麻子的人，他端起酒一饮而尽，酒往上涌，老脸红紫像猪肝，他往前探着身子，翘着胡子，眯着眼神秘地说："我心里还真埋着一件事，稀罕事——"

大队会计把一块肉放进六爷的嘴里："说吧六爷。"

六爷用劲嚼着嘴里的肉，腮帮子一鼓一鼓的，然后一挺脖子咽下去说："我在萝北看见了赵宏木——"

这话一出口，不但惊着了在座的几位，就连六爷自己也吓得捂住了自己的嘴。

民兵连长说："这可不是说着玩的，是真的假的？"

赵宏木是谁？当地人都知道，是一个革命军营里的大叛徒，抗日战争时期他是八路军的一名地下通讯员。这里是革命老根据地，在一次鬼子大扫荡中他被俘虏，经不住鬼子的严刑拷打出卖了多个革命志士，这些革命志士被捕后惨遭杀害，就是这样一个人物后来却销声匿迹了。多年来，政府以及受害人的家属都在找他。

民兵连长的话让六爷的酒醒了一半，赶紧说："我胡说的。是假的，我看错了。"

支书说："老哥，这么多年了，想着你也是瞎说的。说说，你怎么看错人了。"

六爷说："那年我去萝北妹妹家住了几天，心烦了，就去街上逛逛。走到一个杂货店里，看到一个一脸麻子的老头在店里坐着。看见他挺面熟的，可就是想不起是谁来，就过去给他说话。他看见我先是一惊，想张嘴说话又没说出来，赶紧扭脸一瘸一瘸地向屋里走去。我心里纳闷，这是谁呀？怎么这么面熟？等了一会他不出来，我也就走出店来。"

六爷擦了一把脸上的汗，支书和民兵连长对视了一下，眼直直地盯着六爷说："接着讲——"

六爷看看众人，端起茶盅喝了一口水说："我走到街上一直想这事，觉得这人实在面熟，可想不起是谁。夜晚躺倒床上想，忽然想起这个人很像赵宏木，可是赵宏木没有麻子，也不是瘸子。我决心第二天再去看看，到了那里一看，那个杂货店没开门，我一连去了几天都不开门，问旁边店里的人说，这个人姓孟，最近去了哪里谁也说不清。后来我也就回来了。"

支书说："可能是你看错了，以后这事就别再说了，咱们在这里听了也就在这里忘了。"说着看了民兵连长和亲家公一眼。

亲家公扭头看看外边说："天快黑了，我该走了。"便起身告辞。

又过了四个月，一天，六爷吃过午饭在床上休息，忽听见外屋孙子喊："爷爷，我回来了。"

六爷的孙子在县公安局刑警处工作，好久没回来看爷爷了。六爷高兴，忙起身披上衣服拍了孙子一下说："你还知道回来看我呀，等我死了一起回来哭算了。"

孙子嘿嘿笑笑说："忙呀，爷爷。"

"忙什么了，给爷爷说说。"

"爷爷，我们在黑龙江省萝北县抓回了赵宏木，昨天在县里枪毙了。"

六爷猛一惊，眼瞪得大大的，张大嘴巴看着孙子半天说不上话来，只听见孙子说："那老小子，跑到东北隐姓埋名这么多年，弄了一脸麻子，冻坏了一只脚，可还是被咱们逮住了，毙了！"

六爷回过神说："支书民兵连长都是有心人呀。那个麻子脸真是他呀？这小子早该杀了。"

六爷轶事之孽杀

海怡

秋阳在高空恹恹的移动着，会场上出奇的安静。母亲怀里的孩子也毫无声息地吮吸着母亲的乳汁。那些平时活蹦乱跳的狗们在各自主人的身边安静地趴着，不时用眼瞄瞄主人的脸，偶尔摇摇尾巴。

支书蹲在一个石碌上，一口一口地吸闷烟，好像不是让大家来开会而是来看他吸烟似的。一个汉子终于忍不住了，从打麦场上猛地站起，嘴颤抖了几下大声说："哪个狗日的敢打我们家的狗，我老爹不先砸折他的腿才怪呢！"这是六爷的小儿子杠头。

打麦场上爆炸了，大家七嘴八舌地乱喊："这狗招谁惹谁了，活生生地打死，作孽呀。"

"这是哪个祸国殃民的黑心人想出的招数，没听说打狗可以浇红薯呀。"

"谁想出的这招不得好死。"

支书眯着眼扫了大家一眼，慢吞吞地站了起来。他觉得头有些晕，腿也麻了，往前一个趔趄差点摔倒。他跺了几下脚，让自己站稳，然后深深地吸了一口烟，又慢慢地从嘴里一缕一缕地吐出，抬起左手摆了摆，大家静了下来看着他。

"你们诈唬个球！"他朝大家说，"我愿意吗？是上级要求！限今天把狗都打死。"

他向左扭了一下身又说："各民兵队长听着，抽你们各队三个人，马上成立打狗队。团支书把你的人组织一下，在牲口棚院里置起十窖大锅，准备好烧柴，今晚就熬狗骨头汤，明天各小队就组织人带上盛汤勺子去地里浇红薯，公社干部要到红薯地里检查。大家听好了，谁不听不照办，按反革命论处！"

村民们被最后一句话镇住了，谁都不再反驳，默默地站起来离开打麦场，那些狗们跟在主人身边欢跳嬉戏，好在他们是狗不懂人话。

杠头低头往家走，边走边想如何给老爷子说"上级"打狗熬汤浇红薯的事。走到胡同的转弯处，"嘭"一声身子撞到了南墙上，惨了一身土。他拍拍身上的土，摇摇头慢慢吞吞地走进家门，那只一米多长、半米高名字叫"顺"的黑狗欢快地迎了过来，跳前蹿后地在杠头身边撒欢。他一屁股坐在院子的槐树下，黑狗就势坐在他的对面，用舌头舔他的脸，用头轻轻地碰他的胸。他双手抱着狗任它在怀里撒欢。

六爷从屋里走出来："顺，过来。"

黑顺从杠头怀里跳出，摇着尾巴温驯地走到六爷脚边卧下。看看六爷又看看杠头。

"有事呀？拉脸给谁看呀？"

"爹呀，没事——没事——"

"没事才怪哩，你那张脸上写着呢。"

"爹，是有点事给您老说。"

六爷不出声，只是看着卧着的"顺"。

杠头说："今天支书开会了，说领了上级的指示，要打狗……"

"打谁的狗？"

"谁的狗都打……"

"吃饱了撑的没事干，这狗惹着'上级'了？"

"不是惹着了，'上级'说狗骨头硬，熬成汤当肥料浇红薯长得壮，高产……"

"我的骨头更硬，把我打死熬了浇红薯吧！"老爷子说话掷地有声，呛得杠头半天回不过话去。

老爷子弯腰坐在条凳上，用手抚摸着"顺"，半天不说话。

狗是六爷的贴身伙伴，多少年来陪伴他，六爷下地它就趴在地头等；六爷下河洗澡它跳到水里与他嬉戏；六爷吃饭它就坐下静静地等他往它嘴里送食物；六爷在炕上睡了，它在炕下卧着陪它。有一次，六爷赶集回来因病晕倒路上，是顺跑到玉米地里找到杠头把六爷送往医院，及时治疗才没有因脑血栓落下后遗症。六爷对别人说，是顺让他多活这么多年。

杠头看六爷摸着顺，就像爷爷抚摸孙子，心里着实难过，可想到支书最后的叮咛，就对六爷说："爹，这事抗不过去的，不听就打成反革命。"

六爷身子一震，听出了这事的分量："这怎么和革命连上了？"

这时院中槐树上的小喇叭广播了："大家注意：常占已把狗打死送来了，大锅的火也点着了，没动静的快快行动！快快——行动——行动——"

六爷知道顺的寿命到头了，不觉就流下泪来。站起身，走进屋里，在放干粮的篮子里拿出一个白面馍馍。这是六爷的饭食，家里其他人吃的是红薯面加糠做的窝窝头。

六爷坐下，"顺"的眼睛里闪着光，注视着六爷手里的馍馍。六爷慢慢地掰一小块轻轻地一抛，顺跳起张开嘴很准确地接住，蹲坐着咀嚼起来，头一伸咽了下去。如此反复，六爷看着顺痛惜地说："慢点吃，慢点吃。"

杠头不知所措地看着六爷，六爷断喝一声："傻看什么！给顺端点水来。"

杠头拿起一个泥瓦盆，走到水缸舀了些水，顺低头喝了起来。

六爷说："把梯子搬到南墙上。"

杠头照做了。

六爷又从屋里拿出了一条麻绳，挽了个活结，套在顺的脖子上，杠头才知道六爷要做什么，不禁哭出声来。

"兔羔子，你爹没死哩，哭这么痛做啥？过来帮忙呀！"

他看见六爷牵着顺跟跄地走向梯子，顺依然温顺地低着头跟着六爷向前走。六爷走到梯子旁，把绳子用力扔过梯子撑，顺抬着头看着他扔，扔了几次都滑了下来。六爷拿绳子的手颤抖着，竭尽全力绳子才扔过了梯子撑，他走到梯子的后面，抓住绳子用劲地往地上坐下去。只见顺被绳子拉了起来，腿蹬了几下，眼圆睁着看着杠头，舌头便从嘴里奔拉出来。梯子那边，六爷一松手倒在了地上，杠头上去抱住六爷。只见他脸色苍白，老泪纵横，胡子颤抖，杠头把他背到床上，六爷号啕大哭。

该做晚饭了，村里没有升起炊烟，只有那牲口棚的院子里黑烟滚滚，村子的上空弥漫着狗肉的腥气。

迷茫零点

海怡

出租车把他送到住宅楼下，他抬头看看天，高大的楼群耸立在朦胧的月色中。

他深一脚浅一脚，腾云驾雾般地走进楼群，找到六号楼，迈进电梯里，上到十三楼按响门铃。把自己的身躯靠在门上等妻子敏之给他开门。门铃响过三声，门里没有动静，他抬手用力拍打，闭着眼睛喊："敏之，开门。"门依然没有开，他开始摸钥匙。

门开了，他用力过猛，差点摔倒，便跟跟跄跄向客厅里走去，嘴里喊："敏之，端水来，我渴。"走到沙发前，把自身子重重地摔了进去。

胃里像着了火似的难受。喝酒、喝酒，整个晚上他好像都在不停地喝酒。除了酒精以外他不记得胃里还填充过什么别的东西。不见妻子回声，才记起中午妻子好像说过，下午有手术，她可能很晚才回来的。他端起茶几上的茶杯想去饮水机上倒水，怎奈腿脚在酒精的作用下已经失去作用，眼睛也睁不开，手里拿着茶杯就睡去了。

客厅里很暗，他睡得很不踏实，总想喝水，挣扎着起来，看到茶几的另一个茶杯里有水，跟跄着过去拿了过来紧喝几口，忽听见窗下的大街上"咚"的一声闷响，像有重物被高高地抛起、落下。接着有人在喊，这声音太刺耳，竟搅得他心慌意乱，酒也醒了一半。他看看表，夜里十一点。他拖着软软的双腿去洗漱，然后换上睡衣躺在了床上。

迷迷糊糊中他听到锁孔转动的声音：是妻子回来了。

今天他觉得奇怪，怎么听不到脚步声呢。往常妻子下了夜班从电梯走出的脚步声总是很疲惫而沉重的。

"你睡了吗？"妻好像是站在卧室门口。

"睡下了"。他睁开眼睛却没看见妻子。

窗外的月色朦胧。阳台上的帘子没拉上，淡淡的月光从落地窗里洒进卧室。他对妻子今天的轻盈感到好奇，从门口走到阳台上竟然一点声息也没有。

妻子应该是坐在阳台上的藤椅里，那是他们搬家时专门买的，当时妻说："工作一天回到家，吃过饭后咱俩坐在藤椅中赏街景、看报纸，闲聊天、听音乐该多惬意呀。"于是他与妻一起从家具店里把藤椅买了回来。但从搬进来后，他总是不在家，几乎没有陪妻子在那藤椅上坐过更别说与妻子聊天了，他有些内疚。

他坐起来，伸手想去拧床头柜上的台灯。

"你别开灯！躺下吧，我想和你说会话。"妻好像看到了他要干什么，阻止说。

她的声音飘飘的，冷冷的，听起来很遥远。这让他心悸。他不知道妻子要和他谈什么。

他语无伦次地说："对不起，今晚喝多了。你知道的，我的工作忙，应酬多，我很无奈。"

自从他当上处长，他就像掉到了酒池肉林里。经常是醉的时候比醒的时候多，在外面比在家里的时候多。他有时也觉得对不起妻子和孩子，但是他禁不住外面精彩世界的诱惑依然故我。

"我想问问你，当你沉醉在灯红酒绿时，想没想到我和孩子在家苦苦地盼着你回来？想没想到我会以为你出了什么事而担心睡不着觉？"妻子的口气轻柔而伤感。

"我无奈呀，我也不容易呢。我不敢得罪任何人，得罪了上级我官难保，得罪了下级，我不好做人。我每天也想回到家里与你们厮守在一起过日子，可是我不得不应酬呀。"

妻子平时对她好像很理解的，很少说这种话题，今天这是怎么了？他打了个哈欠不耐烦地说："天晚了，你也洗洗睡吧。以后我会抽时间多陪陪你和女儿的。"

那月亮急急地躲到了云层里，屋子里忽然暗了下来。

"人这辈子只有几十年光景，世事也是多变的，等你有时间陪我，也许我就用不着你陪了。"妻幽幽地说，"你告诉女儿，将来找丈夫，一不求官二不求富，只求人真诚善良有责任心。"

他觉得妻子有点过于伤感，想得太多。女儿才上中学，这话显然是说早了点。正寻思着就听到门外面传来一阵杂沓慌乱的脚步声。

妻轻轻地叹了一口气说道："我走了。"

他突然觉得妻子很可怜，为了支持他的事业，多少年来总是一个人默默地承担一切家务，妻子心里一定很孤独，她是个内向性格的知识女性，很少去找别人倾诉的，她的心里一定很苦，他觉得对不起她。

"你别走！你听我说！"他跳下床，冲进客厅拧亮了那盏大灯，但却没了妻子的身影。他茫然地站在客厅中央，不知刚才发生的一切是真是幻还是梦。

门铃大作。进来的是妻子所在医院的院长和脑外科主任，后面还有两名警察。

他完全糊涂了，不明白半夜三更的这一行人来干什么。

"刚才就在你的楼下发生了一起车祸，一个事故抢险车因被高处的电缆线绊住，速度快而翻车。"其中一个警察对他说，他想起了那声闷响。

"对不起，我们尽了最大的努力，抢救无效。"脑外科主任哽咽着说。

他知道院长是全省有名的脑外科权威。但这同他又有什么关系呢，他仍懵懵懂懂地望着院长那发红的眼睛。

"你别这样！你上有老下有小，可千万要挺住。我已经派人到学校接孩子去了。"

他摇摇头迷茫地问："你们是说——车祸？敏之？"

院长点点头。

"这不可能！你们一定是搞错了！刚才她还在这儿跟我说话呢。"

院长无言，同情地抚摸着他的肩膀，对正在打开急救箱的脑外科主任低声说："镇静剂。"

这时，一个警察递过两件东西说："这是从事故现场发现的您妻子的遗物。"

他认出一件是妻子的手提包，一件是手表。

他颤抖着拿过那块已经破碎的手表，看见时针正指零点。

作者简介：

海怡，真实姓名：李新。河南省作家协会会员。祖籍山东，现居郑州。喜欢文学，创作若干散文、小说散见于报纸杂志。

接弟弟回家

陈莹　邹靖

他今天是来接弟弟回家的。

一条铁路蜿蜒盘旋，穿越在崇山峻岭和深沟险壑之间。铁路修了四年，弟弟就在大山里住了四年。他是铁路客车检车员，弟弟是铁建工程局的筑路工。弟弟入职时兄弟俩就相约，两个人一个修铁路，一个修火车，要把铁路修到家乡，把火车开进家乡。

他清楚地记得，他曾经答应过弟弟，等这条铁路修好了，就接他回家。他小心翼翼地带着弟弟，生怕磕着碰着。弟弟也知道就要第一次坐火车了，出奇地听话，一声不响地待在他的身边。

兄弟俩来到车站。车站的规模不大，但坐车的旅客却不少，其中不乏挑着成担蔬菜和水果的当地人，相互聊着天，约着去数站外的市里卖菜。大山里有了铁路和绿皮火车，把众多村寨与外界紧密相连，人们再不用徒步翻山越岭就能走出大山，亲眼看看大山外面的世界。

　　车上的人很多，鲜灵灵的蔬果引得人忍不住询起了价格，于是菜贩们熟络地做起生意，这条线路上的"列车超市"成为千里铁道线上一道独特而别致的风景。拥挤的车厢里，他把弟弟紧紧地护在身边，生怕有人碰着弟弟。

　　在今天之前，弟弟还没有真正坐过火车。记得小时候，弟弟就问他，听说有一种冒着白烟的铁皮大车，能翻山越岭把人和山货运到四面八方，他告诉弟弟那叫火车，从那以后，弟弟就成天叨咕着要坐坐火车。可这次真的坐上火车了，弟弟却安静了，仿佛在刻意聆听着车轮压动铁轨的隆隆声，他心里感觉到，弟弟虽不说话，弟弟的心情也是愉悦的……

　　车上的人实在太多了，他想给弟弟找一个座位。让弟弟真正坐一坐火车。他就跟身边有座位的人打听，有一个坐在外边的人说，到前边的站就下车。于是，他就护着弟弟在这个人身边耐心候着。列车在隧道和桥梁间穿行着，不时有鸣笛声回荡山谷中，仿佛在吟唱着山间的歌谣。前方车站到了，那个人下车了。弟弟终于可以坐一坐火车啦，他心里乐开了花……

　　没多久，列车开到一个车站，列车上的人更多了。列车继续前行，一个年轻人挤过来，年轻人突然拉起他的弟弟，他忙护住弟弟……

　　"你干什么！"他大声说。

　　"我坐这儿……"年轻人说。

　　"你没看见我弟弟坐在这儿吗？"他说。

　　"什么你弟弟？哪儿来的人？你这人有毛病吧！"年轻人提高嗓门嚷道。

　　"你才有毛病……"他急了，用检修闸瓦和轮对的有力的大手抓住了年轻人的胳膊……

　　众人错愕地看着他们。列车长正好巡视到这节车厢。"怎么回事？"列车长问。

　　他说："我弟弟在座位上好好的，他却非要坐……"

　　年轻人也不示弱："你弟弟在哪？哪个是你弟弟？我看半天了，整个被子包成一团就占着座位，你是不是脑子有问题？……"

　　"先生，你弟弟在哪儿？"列车长也有点儿发蒙了。

　　"这就是我弟弟……这条铁路就是他修的……"他把裹着的被子一层层打开，一个骨灰盒就露了出来。骨灰盒上边，有一张小伙子的照片，小伙子清澈的双眼看着大家。

　　他的声音开始哽咽："四年前，这条铁路上的野人山隧道在修筑时，我弟弟陪同设计师实地测量核算，不幸遇到了山洪……"

　　"列车长，这是我的弟弟，他从小就想坐火车，我今天带着他一起坐火车，接他回家。"

　　列车长的眼睛湿润了，一把攥住了他的手："你就是我们局的全国劳模车辆检车刘

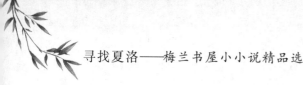

师傅？这就是你的弟弟，中铁建3局的筑路烈士刘××吧……"

列车长对着弟弟，立正、注目、敬礼："就让我们家乡的孩子，我们的筑路英雄，坐一回火车吧……"

周围的人都站起来了，年轻人沉默了，大家都默默地看着弟弟……

列车驶进隧道，光线逐渐暗淡，车厢里一片啜泣声……

作者简介：

陈莹，70后，国企员工。业余爱好读文码字，擅长散文、小说、广告软文等，偶有作品见于报纸杂志，至今发表30余万字。

邹靖，80后文青，国企员工。喜好小说、散文、诗歌，某国企官微公众号专栏写手。

开　业

赵锦慧

阿杰开了一家洗浴城。

4月试运营一个月，阿杰和阿夏在社交圈里每天变着花样让人去捧场。5月1日开业，当天5折消费3折办卡，人来人往，热闹非凡。

晚上10点关门时，进来一个女人，阿夏迎过去说："美女，我们要关门了，明天再来吧！"

女人说："你是阿夏吧？"

阿夏说："你认识我？"

女人问："阿杰在吗？"

阿夏冲里间喊："阿杰，有人找！"

阿杰出来，看到坐在前厅的女人，极不自然地问："你怎么来了？"说着向女人使眼色。

阿夏看到阿杰向女人使眼色，女人起身往门外走，阿杰跟在后面

阿夏问："干吗去？你认识她？"

女人回过身说："我们当然认识了，怎么他没告诉你吗？"

阿杰连忙说："行了行了，明天再说吧？"

女人说："不行，今天你一定要把钱给我！"

阿夏一听这话火了："你是谁呀，我们为什么给你钱？"

阿杰怕阿夏和女人吵，就讨好阿夏说："阿夏，把钱给她。"

"我凭什么给她钱？"阿夏怒声说。

女人一屁股坐在沙发上说："不给我就不走了。阿坤今天没来这里吧？"

阿夏听她提到阿坤，就问阿杰："怎么没见阿坤？阿坤干吗去了？"

阿杰说："我也不知道。"

阿夏问女人："你和阿坤什么关系？"

女人正视着阿夏："我们早就认识，我今天必须拿到钱。"

阿夏："阿杰，到底怎么回事，她和阿坤是什么关系？为什么她向你要钱？"

阿杰对女人说："要不明天吧？"

女人脸色一变："你觉得行吗？"

阿杰无奈地对阿夏说："算了，给她吧，这是阿坤答应人家的。"

"阿坤答应的，让阿坤给，凭什么让我给？"说完这句话，阿夏好像明白了什么。"没想到阿坤这个五好男人，也学会找小三了？"

女人腾地从沙发上站起来，"啪"的一声，阿夏脸上立马红了一片。

阿夏捂住半面脸，抄起烟灰缸就要砸，阿杰一把抱住了阿夏："都怪我。"

"筹备洗浴城时，差30万，我把阿坤和慧子为建希望小学筹的30万拿来用了。本想手续办下来至少得半年，没想到手续办得这么快。明天工程队就要进驻，款必须打过去"

"你是慧子呀！阿杰，你怎么不早说。"阿夏放下烟灰缸。

这时阿杰的手机响了，是阿坤打来的："慧子是不是去你那里了？"

"在我这儿，我们把钱准备好了。"

慧子走到阿夏身边："刚才打疼了吧？不好意思！"

阿夏笑着说："没事，都怪阿杰不早点告诉我。"

慧子说："你们今天开业本来不想来打扰的，结果在外面跑了一天，只筹到8万，实在没办法了才……"

"没什么，这钱你全拿走，学校要紧。"阿夏转身对阿杰说，"你说你，难道你老婆就是不明理的人？再怎么着我也知道希望小学比生意重要。"

提 拔

赵锦慧

小李大学毕业后考进了县国土局。

小李被安排在办公室。他的工作是修剪局长办公室花花草草，打扫办公室的卫生、整理会议室，文件起草装订、报纸杂志的发放，各种大小会议的通知。

玲姐喊："小李，帮我把这个复印一下！"

大刘叫他："小李，下楼帮我订下咖啡！"

刚子说："小李帮我找下这个材料，快点领导马上要！"

刚走出办公室，林主任喊："小李快去给局长开门，局长到楼下了。"

小李答应一声，拿起钥匙跑到三楼，迅速整理了办公桌上的资料。

他刚出门，听见大刘说："一个事业编不知道瞎忙个啥？"

玲姐冷笑一声说："等太阳打西边出来呗。"

六月，市局马局长带队来县里做调研，办公室林主任早早地把全体人员集合起来安排布置会议室。

一切布置停当，林主任来检查时，大家汗流浃背地坐在椅子上休息。有的拿着本子在扇风，有的正在吃雪糕、冰激凌。只有小李拿着搬子在紧椅子上的螺丝。

小李不时地用手臂擦着汗。

林主任问："这几张大椅子总也没人坐，怎么螺丝都松了吗？"

"有一把的螺丝松了。"吃着雪糕的小刚回答林主任后喊，"小李，林主任来了，休息会再干，先过来吃根雪糕吧。"

"林主任，我马上就弄完了，一会再吃，这螺丝松了，如果谁坐上，摔倒就麻烦了。"

9点30分，市局马局长一行六人如约到来。调研的过程很顺利。调研结束后不久，局里进行人事调整，林主任被提拔为副局长。

一天，小李给局长送一份材料，走到门口听到里面有说话声："办公室主任的人选，咱们要慎重，我觉得小李不错，虽然是事业编，但是能为领导分忧。"小李听出来那是林主任的声音。

下班后小李回到姨父家，激动地和姨父说："姨父你那招还真管用，也就是拧了几个螺丝，我这没有希望的人，还真有了希望！晚上我陪您唱两杯吧！"

姨父拍了拍小李的肩膀，若有所思地说："如果当年我能提前把椅子上的螺丝都拧紧了，贺县长也不会在开会时当着全县干部的面摔倒，也不会撤了我的职。"

作　弊

赵锦慧

6月16日，星期天早上7点30分，赵磊来到参加面试的海盛宾馆。

赵磊在一个月前参加了海盛集团的招聘会，招聘的职位是两名经理。

赵磊正穿过宾馆广场往大厅走时，听见后面有人喊他："赵磊。"

他一回头，看到不远处高中同学林苗苗，一边跑过来，一边向他挥着手。

"林苗苗，你也进入面试了？笔试第几呀？"赵磊和林苗苗打着招呼。

"进是进了，是第四名。"

听林苗苗说是第四，赵磊稍稍放心了些。

他们来到三楼的小会议室，参加抽签。

抽签快结束时，赵磊发现笔试第一名的任华还没有来，连忙给任华打电话。电话还没打通，任华气喘吁吁地推开了门。

7点40分，全体人员来到了六楼会客室，等候8点半的面试。

赵磊和任华走到林苗苗身边问："苗苗，你抽的几号？"

林苗苗说："运气真不好，抽到了1号！恐怕没希望了！"

赵磊见林苗苗抽到了1号，安慰她说："没事，你的笔试成绩那么好，一定没问题的。"

赵磊一边安慰林苗苗一边对任华说："给你介绍个大美女！林苗苗，高中同学，笔试第四名。"

任华冲林苗苗笑笑："你好，我是任华！"

林苗苗向任华点点头。

赵磊问任华："你抽的几号？"

任华回答说："我哪是抽呀，最后一个号，15号，你几号？"

赵磊说："我的6号。"

林苗苗听到他们两个人的号都不错，情绪低落地问："任华，你笔试第几名呀？"

赵磊说："他可厉害了，笔试第一名。"

"还有最后10分钟准备时间，1号做准备！"面试的司仪进来宣布说。

林苗苗知道以她第四的成绩，面试第一个入场，考上是没有希望的。

她悄悄地对任华说："咱俩换换号吧？你是第一名，第几个上，都肯定没问题。如果我能考上，一定重谢你！"

任华没有说话，用询问的眼神看着林苗苗，林苗苗明白了，轻轻在任华耳边说："1

万。"

任华从林苗苗手里抽走了她的面试牌，把自己的面试牌放在了林苗苗的手上。赵磊看到了，连忙拉住任华，任华说："没事，放心吧！"

任华很快出来了，隔着门冲林苗苗和赵磊做了一个加油的动作。

面试顺利地进行着。

20天后，电视台公布了此次面试的结果，任华第一名、林苗苗第二名、赵磊第三名。公示一周，如有疑义请致电海盛集团人力资源部：6952469。

赵磊看到结果后正窝在床上生闷气，他母亲推门进来问："磊子，听说那天你们面试，有人换号了，是真的吗？"

赵磊回答说："是第一名和第二名换号了。"

母亲问："号可以随便换？你的笔试是第三名，如果他们不换号，你有机会入职吗？"

听了母亲的话，赵磊忽然想起，那天面试入场前，无意间听到林苗苗打电话："妈，给我准备1万块钱，这次如果真的能考上也值了，如果让我第一个上场，别说1万了，10万我也考不上！"

当时自己也没多想，现在想起来，他才明白。

两天后，公示人员名单中，第一名和第二名因作弊被取消了资格，还因为面试中存在恶意交易，五年内不准报考海盛集团。

赵磊和第四名顺利入职。

巧 合

赵锦慧

谷唯一大学学的是网络传媒，有时间他就泡在网上，了解最新的网媒形势和动态，虽然他现在是一家小公司的销售，但他的梦想还是做回本行——网媒。

4月19日，星期五，谷唯一不想去做地推，又在网上泡论坛，看到名声在外的锦河公司在招网媒部经理，他眼前一亮，随即决定报名。

网上报名通过后，一周内要把自己的简历和相关资料给公司送去。

已经26号了，谷唯一还是没有收到网络报名通过的通知，他抱着试试看的态度给锦河公司打了电话。

锦河公司人力资源部的人接通电话，知道他是谷唯一说："我们周二就发快递了，还以为你要放弃了。"

谷唯一说："我马上准备资料，这就送过去。"

挂了电话，同事徐涛正好走出办公室问："听说你要跳槽？你的销售做得这么好，怪可惜的。"

谷唯一准备好资料，送到锦河公司时，已经是 6 点 25 了。人力资源部看了他送来的资料说："这个职位竞争的人还比较多。"

谷唯一问："那您看我这有希望吗？"

"这个要看笔试和面试的情况才能知道。"

谷唯一问："笔试是什么时间？"

"回去等通知吧。"

5 月 6 号一上班，谷维一还没坐到座位上，徐涛从经理办公室出来，对他说："唯一，经理找你呢。"

谷唯一来到经理办公室，经理说："唯一，总部这个月安排的业务精英培训，你收拾收拾去吧，时间是一周。"

下午两点谷唯一刚下飞机，就收到了一条信息："我是锦河公司，回电话。"

谷唯一立刻给对方回电话，对方说："是谷唯一吗？通知你明天早上 8 点参加笔试，地址在公司 16 楼。"

飞机晚点了，谷唯一赶到考场，已经是 7 点 55 分。

笔试结束，他开机后，接到数十条短信，全是经理发来。

"你怎么回事，为什么没去报到？"

"不想干了早点说，无组织、无纪律。"

"到底在哪？还关机？"

正在看手机的他，无意间看到一个熟悉的身影从身边一闪而过。

谷唯一没有多想，立即给经理回了电话："经理，真对不起了，我马上就过去，有点事情，给耽误了。"

一周的培训结束了。

回到公司后，经理安排谷唯一去郊区开辟市场。

8 号，忙碌了一天的谷唯一，终于在晚上 10 点的时候，找了一个给手机充电的地方，开机后，看的第一条短信就是："我们是锦河公司，你的电话总是打不通，明天早上 9 点面试。"

谷唯一国连夜往回城赶。

当他风尘仆仆地到达候试厅时，看到徐涛在做准备。徐涛看到他有些惊讶。

两天后，谷唯一接到了锦河公司的入职通知。

在锦河公司大厅，他听到两个人的对话："你听说了吗？什么 10 进 5，5 进 1 呀，听说早都内定了，我们都是'陪榜'的。"

"啊？不会吧，锦河这么大的公司也会弄这事？这也太坑人了。"

"不过听说，公司高层知道了，把那个好像是叫徐涛的给刷下来了。"

谷唯一忽然明白了，徐涛和他大学是一个专业的。

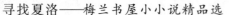

作者简介：

赵锦慧，山西省运城市作家协会会员。从事公文撰写，钟情于写作，喜欢旅行与探索，深信文字的表达即心灵的诉说。在省内外报刊发表文章近百篇。2018年《路上春色正好》由团结出版社出版。

合同女友

李成林

伟大学毕业后在诸城一家外企上班，工作体面薪酬高，可因相貌平平迟迟找不到女朋友。

父母频频催他相亲，但每一次都没对上眼。

去年八月，在表弟的婚礼上，伟认识了一个温柔漂亮的姑娘妍，得知她也在同一个城市工作，就相互加了微信，开始了联系。

随后半年，伟和妍约会、吃饭、逛街、看电影，俨然一对热恋的情侣。特别是妍，不但对伟温柔体贴，还包容伟约会迟到、不讲卫生等缺点。伟欢喜至极，以为这次算是找到了理想的爱人。他和妍说，春节带她回家见父母，妍也愉快地答应了。

放假前夕，妍陪着伟购买了很多孝敬父母的礼物，还一起制定了春节回家给姑爹舅爷拜年的日程。伟幸福满满，他故意瞒着父母，想回家给他们一个惊喜。

腊月二十八早晨，伟收拾好东西却等不到妍的到来。发微信她不回，打电话她不接。找到她的出租屋，也是一把铁将军把门。火车就要发车了，伟才火速赶到火车站垂头丧气地检票进站。

爸爸妈妈看着儿子又是一个人没精打采地回来，问："你的女朋友呢？"

伟有些惊讶，他交女朋友的事还没有跟父母说呢，他们怎么知道了？何况今天也没有把她带回来呀！

看着儿子很蒙的神情，爸爸笑着说："妍是你妈妈花钱给你雇的女友，要她培训你如何谈恋爱。听说你们处得很好，昨天合同到期就没有续费了。怎么，她今天没有跟你一起回来？"

伟一下子愣住了，手中的物品滑落在地上……

此时房间里却传来了一个熟悉的声音："阿姨，他还没有回来吗？"

伟先是一愣，随即兴奋地大叫一声："妍，我回来了！"

最后的毛蛋

李成林

我家在街上开了一间门市部，每天晚上打烊后都是步行回家。一天晚上，在经过小夜市前面的十字路口时，一位大爷叫住了我："老板，我想麻烦您一件事。"

"什么事，您说。"

"您看到那边有个卖毛蛋的吗？就是那个满头白发的老奶奶。"

"看到了，怎么了？"我警觉地问。

"我给您20块钱，您把她剩下的毛蛋都给买下来。"

"吃毛蛋你自己去买啊！"我有些狐疑。

"我不方便过去。麻烦您了。钱我给，毛蛋我不要，您带回去自己吃。"

我更奇怪了："您这是什么意思？"

"李老板，我知道您是好人，您不认识我，我可认识您呐。就算您帮我个忙。"

听到他喊我李老板，说明他真的认识我了。算了，反正我妻子最爱吃毛蛋！我也不要他的钱，把那老奶奶剩下的毛蛋全买下便是。

"好吧，我去买她的毛蛋，不过，您的钱我不能要。"

说完，我便快步走到那位老奶奶的毛蛋炉子前，10块钱，买下了她剩下的12个毛蛋。看到我买了这么多毛蛋，妻子很高兴，烧了一个毛蛋火锅，我还惬意地喝了二两白酒。

第二天晚上，又碰到了那位老人。他神神秘秘地向我招手。

"您是不是又让我去买毛蛋啊？"看他鬼鬼祟祟的样子，我突然觉得他不是什么好人。也许他是利用我的好心，帮那个老奶奶拉生意吧。

"我给您钱……"他压低了声音喊着。

"不用了，我去买！"我有些不快。

几天过去了，妻子也被毛蛋吃得反胃。这天晚上他又躲在一个树荫下向我招手，我决定走过去问个究竟。我还没有开口，老人就红着脸唠叨起来。

"李老板啊，真是对不起啊，让您买了这么多的毛蛋。其实那个老太婆是我老伴，她患有严重的风湿病，现在天凉了，我不想让她待得太晚，可她非常固执，当天的毛蛋不卖完，她就坚决不回家。我知道您每天晚上从这条路上经过，所以想让您买完她的毛蛋。但这个钱我是一定要给您的！"

我愕然，急忙拉住老人的手："不用，不用！我去买，我去买……"

作者简介:

李成林,安徽省作家协会会员。2015 年开始文学创作,先后在《安徽日报》《河北法制报》《中国新闻出版广电报》《保健食品》《速读》等报纸杂志发表作品 300 余篇,部分作品被收录于《2016 年小小说年选》,20 余篇作品获奖。

月英的秘方

陈国莉

邻村王山槐要出高价买月英的秘方。

月英十六岁的儿子天宝满心欢喜,那可是他盼望已久的一笔钱呀。

月英却一直不吭声,不说卖也不说不卖。

不知道从哪一天开始,月英就在他们这儿出名了。月英的秘方都是父亲传给她的。这些秘方都是治常见病的。比如治疗白喉、蛇咬伤、小儿惊厥等。

月英四五岁时,就跟在父亲身边,和父亲上山采药。父亲替人治病时,她一边帮忙打下手,一边用心观察,看父亲用的什么方法。久而久之,聪明的月英也就心领神会了。不但在一旁忙前忙后,还用心地观察,看父亲用的是什么方法。久而久之,聪明的月英也就心领神会了。

在人们连体温计都没见过的大山深处,月英的秘方可是妙手回春的宝贝,曾挽救过不少孩子的性命。

有阵子,村子里有许多孩子得了鹅口疮,农村称为白喉,孩子发病时满口白色斑块,不吃不喝,病情严重时脓荚膜会封住喉咙,让人窒息死亡。村子离医院很远,再说村民家里穷也没钱去看病,只听说月英会治这种病,四处打听住处,纷纷来找月英。

月英治病从来不收钱物。

儿子天宝不止一次地问:"妈,为啥总不收钱?"

月英总是不假思索地回答:"不用!"

"为啥?"

"他们吃盐都要拿鸡蛋换!"

因为月英给人治病从来不收钱,到了春节,被月英治好病的孩子,都由父母领着,排着长队给月英磕头拜年。他们认为:这是唯一能让月英接受的回报。

村里人羡慕月英,常来找月英讨要秘方,月英总是笑而不答。

现在王山槐要出高价买去，村民们都议论：王山槐投机钻营，卖给他会坑了那些穷苦的病人！

听到村民们的议论，月英只是笑笑，她心里有数。

天宝的满心欢喜化为泡影，但他并没多说什么，依旧是起早贪黑劈柴挑水，月英心里有说不出的滋味：这孩子从小没了爹，跟着自己受苦，眼看着长大成人，唯一希望的就是走出深山。只因自己拿不出钱才……现在有这笔钱，不是正好可以……月英想着，脸上露出了笑容。

正当月英打算将药方卖给王山槐时，月英听说山外的一个孩子因为没及时找到她的住处，耽误了治疗，夭折了。月英心里十分自责，她不停地自言自语：若是孩子家人知道用这个方子，孩子就会没事儿了。

月英沉默了几天，便拉着天宝，到父母坟上去了。她要把这些年替人治病的经历告诉父母，感谢父亲传给她药方，她要把王山槐买药方以及那孩子夭折的事情都告诉父亲，让父亲帮她拿个主意。

等月英和天宝从坟上回来时，王山槐早已候在家门口了。

他们进屋谈了很久。

过了几日，天宝拿着月英为他准备好的包袱走出了深山。

过了一年，村里慢慢传开，王山槐其实是月英的父亲曾经救下的一个孩子，买药方只是想以此报恩。

几年后，天宝从省城医学院学成回村，开起了便民小诊所。

礼　物

陈国莉

夜幕降临，窗外大雪纷飞。她不自觉地来到丈夫生前留下的那架钢琴前，轻轻拉出琴凳坐下，打开琴盖，断断续续弹奏着不成调的《献给爱丽丝》。

这首曲子，她曾听丈夫无数次地弹奏过。丈夫去世三年多了，她始终未从痛苦中真正解脱出来，总想通过这琴声找到些往日的甜蜜。

"妈，久石让的《summer》很好听，你学学，弹给我听呗。"上高中的儿子不知什么时候来到她身后，轻轻对她说。

她从对丈夫的回忆中拉回思绪："妈哪行啊，妈虽然喜欢钢琴，可从来没认真学过呀。"

"你能行的。"儿子语气坚定，说完就回到了他的房间。她望着儿子越来越像他爸的身影，一个计划在心里萌动。

"你学？能坚持吗？为什么学？"一脸笑意的钢琴老师上下打量着第一次上门学琴的她，提出一连串问题后，收下了这个大龄学生。

"妈，不至于吧，你把家里所有的地方都挂着这些'豆芽菜'，五线谱有这么难记吗？"

"你们孩子记忆力好，妈年纪大了，记不住，只有想这蠢办法了。"

儿子住校，周末回家，看到家里的变化，不禁嚷道。

每晚她都会在琴上弹几个小时，叮叮咚咚，断断续续。

她不明白，成人的手怎么就不听使唤，看似很简单的曲子，两只手一起弹怎么就这么力不从心。这琴谱也是，还上下两排，眼睛哪顾得过来呀。难怪他爸那么聪明的，这可不是一般人能弹好的。她一边弹着，一边琢磨。

她听见有指甲刮碰琴键的声音，看看自己的手指头，肉垫少了些。她拿出指甲剪把指甲剪得深深的，直到听不见那难听的声音，可没弹几曲，指尖便现出鲜红的一弯血印，一触键便疼得钻心。

她咬着牙，一遍一遍练习。指头红肿发木，过一段时间便打起了老茧。她把那茧皮子剥落了又继续弹。

春夏秋冬一天天过去，琴声开始变得流畅悦耳。

"下个月开始，你到县里驻点扶贫三个月。"单位领导交给她一个不能推卸的新任务。

"三个月呀！到县里没琴弹，估计您刚学会的那点东西又会很快还给老师的。"儿子听说她出差这么长时间，有些不情愿，拿着琴说事儿。

"就在桌子上看着谱子练练手指吧。"她想不出更好的办法。

第二天，儿子送回来一个文件袋。她打开袋子一看，里边是一条长长的黑白相间的钢琴琴键图。把它铺在桌上，就是一架钢琴了，虽然不能出声，但至少可以解决三个月没琴弹的问题。袋子里露出一张小纸条，是儿子写的："妈妈：这是找同学借的，记得带回哟。"

她就这样背着一大包行李和这张琴键图在驻点扶贫县一待就是三个月。

回到家，她迫不及待地打开琴盖，她发现她不仅没有把学的东西还给老师，相反手指更有力度了。

"参加四级钢琴考试吧。"再上课时，老师不打商量地说道。

"考级？"她从没想过这个问题，但还是报了名。为给儿子一个惊喜，一份特别的礼物，她愿意去尝试。

她同一群叽叽喳喳天真的孩子一起走进了考场。

"明年再考吧。"

当她在监考老师面前紧张地弹完最后一个考级曲目，听到老师说这话时，多少有点沮丧。她不知道今年不能通过，明年是否能通过，伸手从老师手中接过评价表一看，只见上面赫然写着一个"优"字。她简直无法相信自己的眼睛。上面还写有："演奏规范、手法正确、手指干净清晰，有一定音乐表现力。"她高兴得像孩子一样立马把这一成绩告诉了钢琴老师，还有在外补习的儿子。

"真的？妈妈，你真行！"儿子惊诧地夸赞道。

第二年，儿子考上了美国的一所大学，在出国前的那天晚上，她为儿子一次次弹奏了他喜欢的《summer》，还有《童年的回忆》《水边的阿狄丽娜》。

那晚，儿子认真地听着，不时点评两句，最后儿子对她说："妈妈，我喜欢这份礼物！"接着，儿子又神秘地说，"不过，您知道吗？这其实也是我送给您的特别礼物。我不在家，希望您有它陪伴，不会寂寞，能够快乐！"

作者简介：

陈国莉，女，土家族。湖北省作协会员。从事文字编辑工作。其摄影作品、文学作品散见于《长江文艺》《楚天文学》《湖北日报》《长江日报》等报刊。出版散文集《爱在左情在右》。

天上掉了馅饼

任晓虹

丈夫铆足了劲儿，一把推开娟子，吃惊地说道，你干啥呢？跟疯子一样。

娟子一脸娇羞地又上前搂住丈夫的胳膊说，一定是你，我就知道你对我好着呢！

丈夫眼神里依然一脸茫然，脑子里如电影片段一般，回顾着最近对娟子做的事情，只是日常琐碎啊。甚至都没做过一件对她好的事情。想了半天，他还是使劲儿摇摇头，说啥呢你？

娟子从包里掏出手机，翻出手机信息：账户完成代付交易人民币 2 万元，余额……

丈夫张大了嘴巴，一把抢过手机，瞪大双眼嘀咕着，这么多钱，谁给你打的钱呢？

娟子狐疑地看着丈夫，又拿过手机，得到的真相便是：这钱真不是丈夫打来的。

娟子脑海开始回忆这钱来源的可能性，首先想到了经常接济自己的爸爸。爸爸有工作，给她打钱也不是不可能的。从小，娟子是父亲手中的宝，那是含在嘴里怕化掉，捧在手心上怕摔着。娟子自小也是跟爸爸最亲，从来没有辜负过爸爸的期望。

可是，这个想法很快被打消了。其一，爸爸并不知道她这个农行卡号，也没有问她要过她的卡号。其二，爸爸向来做了什么都很高调，不可能打了钱而不告知娟子。

那会是谁呢？娟子继续想。

想着想着，娟子使劲儿摇着头，把脑海里最不可能的画面企图摇晃走，因为出现的是母亲，想来，钱最不可能就是母亲打来的。嫁人七年，回家的次数寥寥无几，说话的态度更是爱答不理，给自己看孩子的次数可以掰着手指头数得上来，别提什么和钱有关的。总之，最不可能的就是母亲。

丈夫看上去似乎要比娟子兴奋，带娟子去了商场，买了衣服、鞋子，吃了海底捞……

又一个月过去了，银行卡的钱并没有因他们的挥霍而消失。只是，并不如开始那么多：2800 元。

娟子看着钱到账，有零有整。她计划着下个月如果再有钱到账，可以再买。

她也好奇这钱的来源。曾走到农行门口的时候，只是在上第一个台阶的时候犹豫了好久，还是退了下去。娟子生怕是外人打错了卡，这一切都变成了梦幻泡影。

当初的娟子其实过得还算富足，从结婚后，小两口就不在家吃饭，日日下馆子，丈夫家是开公司的，禁得起挥霍的日子，俨然一副小贵妇。只是，挥霍得太过张扬，在经济的斗转星移之下，他们只得在家吃饭，甚至于连个外卖点得都更加小心翼翼，更别提什么孩子的钱，挣的钱远不够他们两口子挥霍。

俗话说：由俭入奢易，由奢入俭难。小两口因为"钱"经常吵得不可开交，以致娟子把丈夫的"无能"挂在嘴边，俩人更是吵到了离婚一步，这可真是"贫贱夫妻百事哀"。不过，自打卡上多了钱，娟子对丈夫的态度变了，娟子会看着丈夫发呆，嘴角露出一抹不易让人察觉笑意。

又一个月过去了，卡里多出了 1750 元。娟子笑眯眯地看着手机的提示短信，接着亲吻了一下手机，轻轻地把手机放回那个已经用了五年的包里。

她从卡里取出来三千给老公，让他给孩子交学费，剩下的依旧占为己有，买衣服、做指甲、做美容。

妹妹打来电话时，娟子正在商场给自己选着衣服，对着镜子细心比画。

姐你回家看看吧，妈脚崴了一下，骨折了。

她不咸不淡地说了一句，明天就回去。

娟子和母亲的关系并不好。从小母亲做什么都向着妹妹，什么都依妹妹。而自己就好像一个多余的孩子。尤其在结婚的时候，更是如何也不答应这门亲事，说什么对方看起来不可靠，娟子一气之下，索性离家出走。

迫不得已，母亲才为他们举行了婚礼。

想起来这些，娟子愤愤地说道，关我什么事。

回到家，娟子看了一眼正在睡觉的母亲，便走出卧室，去找妹妹聊天。

娟子老公这时候走进来对着娟子说，再给我五百，我把孩子学费先补上。

娟子大吃一惊，给你三千都已经花完了吗？这才不到一个星期啊。

娟子老公淡淡地说着，前两天有客户，应酬了，你就再给我五百。

妹妹略带神秘地说，姐，我已经知道了是谁给你打的钱了。

正在转账的娟子，立刻把动作停了下来，夫妻二人把目光移向妹妹。妹妹此时斩钉截铁地说道，咱妈！

听到这个消息，手上的手机一把滑落在地，娟子慌张地把手机捡起来，一边说道，怎么可能？咱妈手上又没钱。

妹妹低下头说道，这是真的！有一次跟着咱妈去农行，她让我在休息去坐着，她去办业务。正好我去上厕所听到她和业务经理的聊天说到的。说实话，你们之前因为钱吵架，妈都看在眼里，晚上经常偷偷抹眼泪，而这几个月，咱妈没去买过衣服，总是找咱爸要钱，有时候也会把家里的破烂卖一些，替别人缝缝补补被子挣些钱。总之，真的都是省吃俭用给你打过去的……

此时的娟子再难平静，噙着泪走到了母亲床前。

疯　子

任晓虹

此时的父亲，气急败坏地指着建生的鼻子大声说着，三十好几的人了，为啥子想法那么蠢？没结婚、没对象这些我都能接受，为啥还要喜欢最穷的工作？

建生一句话都不说，只是自顾自地继续捧着手上的书，如饥似渴地汲取书里面的内容。

父亲见他不说话，直接夺走了建生手上的书，大声喊着，咱们祖宗十八代，没有一个看书的，也没有出过一个当官的！你看书有啥子用？又不是文曲星下凡。

建生从地上慢悠悠地站起来，弹了弹身上的土，依然用轻描淡写的语气跟父亲说着："爹，现在有哥他们照顾你们，俺这个做儿子的就想做自己喜欢的事情，当年高考落榜，您让我去厂子上班，俺也上了，就算混了个头头，那也不是俺喜欢的事情啊！哥如今也顺利毕业，找了好工作，娶了好嫂子，俺就想做自己啊！"

建生爹看到一向唯命是从的建生反驳自己，握紧的拳头更是发着抖，使劲儿捶着建生哥刚给家里置办的厅桌，喊道：疯了疯了！这个建生整个就是走火入魔了。

当年的高考失利，让建生一蹶不振，家里条件不好，在兄弟两个之间，建生选择了自动退出，"供哥哥念书"是他认为活着这三十几年最正确的决定，哥用建生打工挣的钱念完了大学，娶了一个如花似玉的美娇娘，这个嫂子虽然是城里人，但是却从不小看建生的父母，把他们接到了城里，还为他们买了一处房子，乡里乡亲谁见都夸，建生哥有出息啊！还找了个好媳妇儿。

建生父母看到老大的尘埃落定，一股脑儿把心思都放在了建生的身上，而建生这时候，只想为自己活一回。

从那次争执以后，建生再也不说话了。

他有一个写作的梦想，这么多年，他从未放弃过读书，文章也写过很多，可是，每一篇都是石沉大海，杳无音信。他没有放弃，自顾自地写着。

他独自待在乡里，不与任何人说话。乡里乡亲都告诫自己的孩子，离那幢房子远点，那里面有个疯子。

乡亲们依然喜欢说建生家的事情，每个人在说的时候，眼里都无不投射出羡慕的眼光，同时，也会叹口气，表露出同情，说着，他们家祖上积德啊，有个那么好的大儿子，有个很好的儿媳妇儿，只不过，老二建生，是个疯子。

下雨了，乡里的屋子漏水，建生顶着一头乱发，拿了个水桶，看着水滴一滴一滴的掉落在桶里。看着滴落的水滴一点点积满，发了呆，他自己也不知道为一个所谓的"梦"坚持，是否正确，只是坚持这么多年，不应该放弃，否则，太可惜。

咚咚咚，院子里传来了敲门的声音，打开门，居然是父亲。建生爹身上穿了一袭黑色的雨衣，拿起大包小包便闯了进去，指着门口的行李喊道："愣着干啥，给你爹拿进来啊！城里住着难受，不如俺这小破屋儿清净，哟呵，还不傻啊，还晓得拿个桶接上雨水，看来，疯得不是很严重。"

建生不理会父亲的话，手上捧着当年他攒了俩月的工资买的一个笔记本，只是时间久了，笔记本的边儿都磨得发光。建生爹自顾自地说着，以前，让你在厂子上班，供你哥上大学，俺知道，你也委屈，可是你都混到那个位置了啊！说不干就不干，爹也是心疼啊。这一步一步，没想到，把你逼疯了，天天看书，幸好不是天天要疯，至少你现在是安静的疯，看书、写字有啥子用啊。说完，建生爹声泪俱下。

建生伸手想去安慰，可是，顿了顿又放下了要搭在父亲肩上的手。

这时候，一封邮件映入了建生眼帘：恭喜建生，您的稿件《梵高》已被选入××杂志……又一篇邮件：恭喜建生，你的作品《我的父亲》……建生对着屏幕大哭了起来，他爹一看，这是疯成啥样了，赶忙抹了抹自己的眼泪，从床上跳起来，跑到建生跟前。

"爹呀，俺终于成功了……"建生一把抱住他爹。

他爹瞬间热泪盈眶，一把抱住儿子，老泪纵横地说着："可怜的孩子啊，你终于好了……"

逃出来的感情

任晓虹

张婉懒洋洋地躺在阳台的躺椅上，手上捧着一本书，微信消息响了一声，拿起手机，一个陌生的头像出现在她的联系人中，随手翻看添加方式，通过手机号的搜索加的。张婉加上了他，心想可能是那个相熟的人。

对方加上后，没有说话，张婉便打字问：你是？

没有答案，张婉便随手把手机放了起来。

手机微信的消息提示音，像是敲门的人，带着一丝好奇，也会不自觉地牵动了主人的心。但是，居家久了的张婉，依旧慵懒地拿起手机，这条陌生人发来的：张姐，衣服您直接送去给福利院吧，地址在……张婉好奇，"福利院"三个字勾起了张婉敏感的神经，纤细的手指忍不住翻开了他的朋友圈：读书、美食的照片、锻炼的场景等等。

她抱着一丝想聊下去的冲动，拿起手机回了信息：朋友，你是不是加错了呢？

对方这次很快回了信息：对不起，我可能是因为着急讲课，记错了号码，实在冒昧。

"冒昧"好书生气的词语，夕阳透过窗，落在了张婉的正在上扬的嘴角上。于是，她赶紧在手机上敲出一行字：没关系，毕竟记忆有时候是会欺骗人的。

作为冒昧的礼物，你可以加入我的群，护肤、装扮、妇科等内容，总之可以让你成为更加精致的自己。

张婉老公在厨房做着饭，大喊道：别看书了！你在做什么？每天不是看书就是看手机，不然就是没完没了地写毛笔字。

听完这句话，她有些生气，翘着刚刚做好的指甲，不含糊地加入了那个群。同时感觉手机对面的那个带着书香的男人好有趣，热爱生活的方式都这么与众不同，全是关于女人的，这让张婉的心中泛起阵阵波澜。

你喜欢看书？

是的，很喜欢。

看谁的书？

很多人都以为我看专业的书比较多，但是其实我喜欢辛夷坞、张爱玲、韩寒……

要不要这么巧，我也是。

张小娴三观很正。

张爱玲文字很美。

……

两个人对着手机屏幕开始大笑，黑夜的灯光落在了张婉的床上，看起来那碎碎的灯光如跳舞的精灵，翻转着、跳跃着，就如张婉此时的心。

此后的日子里，张婉时常对着手机傻笑，陌生的两个人因为书，谈起了很多共同的话题，大致因为看的书差不了太多。聊的时候，他们完全没有任何隔阂。每次张婉想要说什么的时候，对方亦可以猜得到，心有灵犀到没有任何隔阂，因为对方都猜得到。张婉笑称：这哪是遇到了你，分明是遇到了我自己，为什么不能早些遇到你？怎么像极了蛔虫。

他也会适宜的推荐一些书给张婉，而这些书，全都符合张婉的喜好，每一本都是发自内心的喜欢，就如心中遇到的欢喜。

两个人像是相识了很久很久，久得忘记了时间，久得忽略了地域的差距。

一首歌曲在张婉的耳边唱着：纸短情长啊，道不尽太多涟漪，怎么会爱上了他……

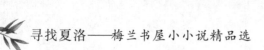

歌声阵阵冲击着张婉的心门，可是一个身影闯了进来，这是张婉的老公，淡淡地说：孩子的水杯哪去了，天色不早了，你早点睡吧，别加班了。

手机一下子掉在了桌子上，面色微醺，她趁找水杯的功夫，慌乱地把对方的语音调到了静音状态。不过，那张脸已经滚烫不已，一首《纸短情长》依然在那边清唱着，蜿蜒回转，更是在张婉心里荡气回肠：我的故事里，都是关于你呀，是谁让我爱上了他。

丈夫走后，张婉小鹿乱撞，脸由白转红，由红发白，低头半晌，叹了口气，像是做出了一个极为重大的决定。

我想给你讲讲我的故事，我已经结婚了……

良久，那边没了声音，过了好久，对面只是用几个字淡淡地说了句：叹了口气。

屋里沉闷得只有张婉呼吸的声音，像是在等待刽子手处置的罪犯，更像是犯了错的孩子。她不敢多言，亦不敢妄自揣测，只是对着屏幕静静地等着。

网络世界不同于现实，你不要随意将自己的事情讲出来，愿你做一个精致的自己，亦不再试图逃脱那现实的围城，只要心中有太阳，便可以向阳而生。

这是他最后对她说的话。

我还能找你聊天吗？

对面的他，一片沉寂。

竟然是你

任晓虹

张萌这一段时间总是对着手机一个劲儿傻笑，时不时对着手机还唱那么几句。这让家人有点担心，会不会是谈恋爱了？

张萌上大学时，谈了一个男朋友。只是，两个人在一起后，张萌对人家是爱答不理，约会更是"放鸽子"的居多。张萌的婚事让家人操碎了心。

这天，张萌去洗手间时，手机放在桌子上，父亲趁机拿起了手机，一边东瞅西望观察着"敌情"，一边快速滑过微信聊天记录。

父亲发现最近张萌和一个叫"浮若"的好友聊天最多。父亲感觉女儿与这个"浮若"关系不一般。

正在父亲疑惑时，手机响了。张萌听到手机微信的声音，走出洗手间。

"咦，爸，你这脸色怎么这么苍白，不会身体不舒服吧？"张萌接过父亲递过来的手机问道。

"没……没事，可能还没吃早饭，有点低血糖。那个，那个谁找、找你呢！"

"是我的一个朋友，爸，你知道吗？这个朋友风趣幽默，文武双全，我就没有见过这么优秀的人，简直就是我的梦中情人。"

"李树呢？"父亲急了，"你不能……"

"知道了。"父亲的话还没说完，张萌摆了摆手走开了。

看着精心打扮了一番的女儿，"嗒、嗒、嗒"地下楼走了。父亲坐不住了，转身拿起外套，大步流星走向门外。

咖啡厅里，父亲愧疚地对坐在对面的李树说："李树啊，我们家对不起你。"

"叔，您这是啥话？您把张萌培养得那么优秀，怎么会是对不起我呢？"李树疑疑惑惑地问。

"她……哎……"

"叔，您有啥话不能跟我说呢？"

"从小萌萌对琴棋书画感兴趣，自小，我也是以'大家闺秀'来培养她，可是，她现在……"父亲不知道如何告诉张萌的事。

"她现在很好啊！"李树给父亲倒了一杯水说，"在她身上，我学到了很多很多。"

张萌父亲低下头看着手中的杯子说："她最近有些不对劲，天天和一个叫'浮若'的人聊天。你们在一起已经三年了，你没注意近来有些异常？"

"叔，这是好事。"李树笑着说，"我没发现萌萌有什么异常。"

"你当真没发现萌萌的异常？"

张萌父亲看着李树，心想，这是自己给女儿选的女婿吗？怎么这么愚钝？

"叔叔，你只发现萌萌的异常，没发现我的异常？"李树神秘地说。

"你有什么异常？"张萌父亲更疑惑地盯着李树问。

"我跟上萌萌的脚步了。"

"啥脚步？"张萌父亲糊涂了，两只眼睛目不转睛地盯着李树。

这时李树的手机响了，是张萌发来的一条微信：浮若，出来见个面吧！

南柯一梦

任晓虹

寂静的夜里，女人借着酒劲儿，将自己的委屈一股脑儿倒给了男人，男人低头不语，此时他们两个人之间似乎多了一道巨大的鸿沟，使之无法接近。

女人将自己的委屈倒完之后，一屁股坐在了地上，泪花在眼眶里转着转着，如何也不肯掉落下来。此时，女人又感觉家里荆棘重生，每走一步都将自己身体刺得体无完肤，甚至于呼吸都不畅快，俗话说"酒壮怂人胆"，借着酒劲儿女人索性躲了出去，男人亦没有追出来。落寞的夜里，风雨声将她包围起来，只是这时候包围她的，除了寒冷，还多了一份寂寥。恍惚间，清醒随之而来：除了手机，她没有拿任何东西，包括身份证。夜深人静，夜雨的沙沙声，让这个黑夜多了几分恐怖。原本是万家灯火，现在却是寥寥无几。

女人不知道走了多久，直到脚底板有些疼，才看到了一家小旅馆。没有身份证的女人，对着叼着烟的秃头老板百般哀求。耐不住女人的哀求，老板晃着金灿灿项链开口了："你要付一倍的价钱。"

无奈之下，女人同意了。

洗了一个热水澡，躺在床上，头昏昏沉沉的，竟不知道什么时候睡去。恍惚间，手机微信发来一条消息：嘿，你今天心情好吗？我的心情不太爽。

女人拿起手机，眼泪汪汪地似乎看到了一道曙光：我也是。

说完这句话，她看了一眼网络对面的他的头像以及对方添加好友的方式。这个人很早就加上了，但是从来没有说过话，不是本地人，也不知道是谁。此时突然冒出来的话，竟和自己的心情一样。

"你喜欢读书？"男人问道。

"你怎么知道？"

"我也比较喜欢看书，喜欢看言情类的多一些，你呢？"

"一样啊！"

女人打完这几个字的时候，嘴角向上扬了扬。

女人和男人聊了好久，他说的每一句话都直击女人的内心。

男人与她的对话像是彩排好的，她想说什么，男人都知道。这让女人忘记了那些不开心的事情。女人开始幻想：如果对面的他真的在她旁边，她是不是可以放弃一切，都跟着他去寻找诗和远方呢？

"你陪我步入蝉夏，越过城市喧嚣，歌声还在游走，你榴花般的双眸……"这首《纸短情长》，是女人专为男人设置的。

从前，车马很慢，书信很远，一生只够爱一个人。那时的男人，亦可以用诗和远方打动女人。如今，女人的思绪停止，静静地接起电话，想尽办法使自己保持着冷漠。只听见对面的他语气中带有一丝焦急：回家吧！

女人挂掉电话，打开微信，试图想要跟网络对面的男人说一句话。

可是翻开微信，找了好久好久，联系人里面没有任何的聊天记录，一切成了幻想。

女人在朋友圈，发了一条信息：原本是一个灵魂，却造就了两个不同的躯体，你在哪，心便在哪。女人穿好了衣服，走到旅馆外，一抹阳光，刺得眼睛生疼。

同行者

任晓虹

偌大的屋子里传来了女人爽朗的笑声，沉寂的屋子里顿时被欢乐包围。

"嘿，还记得不？几年前，她那样子，真的是好笑极了，那时我们都没有结婚，去她的家里，什么时候问她，有葱没？有姜没？有菜没？什么都没有，我们几个人去，需要带着这些菜，去了再给她做饭，然后还需要收拾屋子，把碗刷完才能走得掉。"

说话的是坤，她撩了一下头发，又把鼻翼上的眼镜往上推了推，用手托住额头做无奈的表情。

"你就说吧，我叫你'傻姑'叫得最少，对吧？"

说完了这句话，几个人又大笑起来。

那时候她是最傻的那个……苗苗扯着嗓子，把对"傻姑"的看法说了出来。

屋子里，几个女人，你一言我一语，将"傻姑"当年的形象还原得淋漓尽致。"傻姑"不言语，只是认真地听着她们说着这些当年陈芝麻烂谷子的事，一点一点地通过几个人对她的描述，恢复着记忆。

认识她们应该是十年前的事了。那时候，几个人都是实习生，爱好、境遇都相同。或者说是臭味相投。办公之余，就坐在一起边嗑着瓜子边对着报纸长吁短叹。

燕说：记得那时，偌大的办公楼里，也就我们几个活得更加真实。因为没有家庭的牵绊，时不时几个人 AA 制，跑到 KTV 去撒欢儿唱歌，时不时唱着唱着又约好了下次去谁家吃饭。

"不对，你说错了。"苗站起来，把手上的筷子放到了桌面上，然后拿起纸巾擦了一下嘴巴，纠正说，"那时候都是我们唱得多，傻姑顶多唱一个《胆小鬼》，还是五音不全，竟跑调儿了。"

几个人又大笑了起来。

傻姑大笑："看见蟑螂，我不怕不怕啦。"

几个人笑得差一点儿把嘴里的饭菜喷到桌子上。

"那时候，是燕先叫的吧？她总说你傻，我是叫得最少，我从来没认为你傻。"坤捂住肚皮，止住了笑，纠正了一下"傻姑"这个名字的由来。

"当初是真的傻呀，她和他对象，经常吵架，吵架就算了，还一副非他不嫁的样，这种事情还钻牛角尖，谁都拦不住啊。"燕终于开口。

傻姑在那里淡淡地笑了。

当初的慷慨激昂，变成了英勇就义。随着岁月的流逝，傻姑的笑，不再如当初那般爽朗，言语中也褪去了稚气。

"你说，当初做饭，你只会等着吃现成的吧。"坤说。

"因为你们都做得那么好吃，我比不上，只能等着吃饭。"

"那你现在可厉害了啊，可以做个满汉全席给我们吃了。"

几个人，你一言，我一语。傻姑沉浸在她们给她描绘出来的世界里，呆呆地，嘴角依然上扬着。

"不要说了，不要说了！看，傻姑眼睛都直了。不管怎么说，当初那么不靠谱一人，现在这么靠谱，咱不损傻姑啦。"

傻姑笑着说："你们现在叫我名字我都听着不习惯了，还会有些生疏，还是傻姑来的更好听点。"

"真贱！"几个人又笑了起来。

傻姑看着满屋子的人，扬着嘴角想着："对啊，大家又在一起了，总归在一起比分开要开心得多啊。"

来自镜像世界的恋

任晓虹

柔拿起桌上的山楂，一口塞了进去。在咬下去的那一刻，眼泪随之流下。

几天前，对面的他，发来一条戏谑的语音信息：嘿！我已经跑得够快了，知道你的作品入选了，想及时和你分享成功带来的喜悦，可是还是没你跑得快。

柔笑了，没想到一个讲师会像一个孩子一样撒娇。

他是懂她的，他此时的喜悦是无法伪装的。

"你是不是疯了？为什么要坚持做这件事，又不会挣一分钱。"

"就是个书呆子，搞艺术的没几个是正常的。"

在她经受着各种打击时，她遇到了网上他。

他说："你知道吗？当年的梵·高，一样没有人理解，但他坚持着自己的信念。终于成功了，他的作品，至今无人超越。"

网络对面的他是谁？其实柔也不知道，面对大千世界的真真假假，柔只是知道，他是一个真正可以懂她的人，像是镜像世界的自己。

通过交谈，知道了他是一个优秀的讲师。柔坚信自己一定会同他一样优秀，她觉得他就是自己。看着窗外的落日余晖，柔突然笑了。这世界上，最美的景色，莫过于此。

几天后，柔给他打电话，对面没了声音。再打，依然没有……她纤细的手指把手机按了又按，关了又开，开了又关。

百无聊赖之后，从书架随手捡起一本书，许久未翻的文言文，看着看着，进入了梦乡。

半夜十二点，他终于发来信息：遇到你，似乎就像是溺水的人被水草缠住。

柔心里一惊，不明白这句话是什么意思。于是拿起手机，打开百度。查阅的结果是：如果溺水被水草缠住，不要慌乱，实在逃不脱，便可以找一把剪刀。

她哭了，把他从微信好友里的置顶取消并删除。

几年后，柔收到了一封信：你所有的事情我都知道——你有家庭，你的理想。但是，有一段时间，你过于沉迷于我，我不得不重新审视和你的关系。只有我离你远一点，才可以让你展翅高飞。希望你同我一样，平等相处。因为，你我都是优秀的人。你的世界里，我已来过；我的世界里，你依然可以驻足。

落满泪水的信纸如落叶一般，跌落在柔的心上。

成　就

任晓虹

婆婆对着英子絮叨起来：你呀！不要总想着上班，不要总想着挣钱，你的工作就是照顾好家庭、照顾好阿威、照顾好你自己。

英子把耳边的碎发随手拨到了耳后，抹了一下泪水，一边擦着桌子，一边附和着。

英子是一位本科生，却嫁给了农村出身的阿威。

阿威的父亲是个生意精，硬是把小本生意做到了市里，并在城市里买了房，有了自己的一席之地。

结婚不久，英子怀了孕，婆婆直接打电话给英子说："你别上班了！在家把身子保养好，给我生个胖孙子。"

英子原本就不想工作，既然婆婆给了一个台阶，便借坡下驴，在家做起了全职太太。

"你真是个败家子！阿威挣钱容易吗？你这么糟践！"婆婆看着英子买的一堆婴儿用品时骂道。

英子理直气壮地说："我是给孩子买的。"

婆婆指着英子鼻子说："是我儿子挣钱养着你呢！你花钱，必须要经过我同意。"

婆婆双手叉着腰，凶神恶煞对英子大吼大叫。

英子吓坏了，求救的目光投向阿威。阿威不说话，将脑袋深深地垂在了怀里，两只大手不断地摩挲着。英子想大喊着："是你不让我上班的！"可是她不敢，因为她没底气。

英子不再多言，但她明白了今后要如何做了。

"买多么书，好啊。"婆婆看着英子每天都看书，也不出门了，高兴地说，"这样多，给我孙子胎教呢，我孙子将来不仅能考上大学，还会成为博士呢。"

孩子呱呱坠地，婆婆对英子也越来越好，对英子百般照顾。婆媳俩关系缓和了。

孩子满月了，英子决定出去上班。当英子把想法告诉家人时，大家惊呆了。

"你疯了吗？孩子刚满月你就不管了？"婆婆把孩子放到英子的怀里说，"想出去工作可以，走出这个家门，就不用再回来了。"

不能出去上班，英子就利用孩子睡觉的时间开了家淘宝店，专卖婴幼儿用品。淘宝店在英子精心的经营下，越来越红火，一年后，每月盈利近万元。

最近一段时间，阿威回到家，常常一语不发，躺在床上叹气。英子看疲惫的丈夫问："怎么了？是不是公司出了什么事？"

阿威装着满不在乎地说："这不是你管的事，你也管不了，把孩子管好就行了。"

公司走了下坡路，经济出现了紧张，买原料的钱都没有了，眼看要停产了。英子知道后，从银行里取出了十万，交给婆婆说："妈妈，这十万元给爸爸，让公司先运转着。"

婆婆接过钱，目瞪口呆地杵在那里，一动不动。

离婚的女人

任晓虹

女人穿着睡衣，头发散落地披在肩膀上，顾不得别人异样的眼光。但是，她依然可以听得到：你看，你看，就是这个女人。

她掩面低垂，假意听不到别人的议论，内心却慌张不安起来，这又不是我一个人的错，为什么所有的人，都只是在议论我一个人，错的不是我。

这些话，她并没有说出来，只是在内心的世界里呐喊。她在村里的小路上狂奔，一路上都能听到荒草的沙沙声，还有风在耳边狂笑的声音。

跑累了，她躲在村口的榕树下，躺了下来，面容里也透露出了疲惫之色。

好事不出门，坏事传千里。谁家有个什么事情，瞬间就可以传得沸沸扬扬。村子的女人，不会有太多的事情，很多女人都会坐在家门口，搬着小板凳，手上嗑着瓜子，聊着谁家的媳妇儿勤快，聊着谁家两口子刚打完架。总之，传出来一个消息，并不是什么难事，甚至还会被绘声绘色，形容得淋漓尽致。

"你听说没，赵家媳妇离婚，两个孩子一人带一个。"

"我也听说了，你说孩子这么小，两口子也太作了，就不能为了孩子将就一下？绝对是女人不检点。"

村口坐着两个老者，一边嗑着瓜子，一边议论着女人离婚的事情。

这些话，女人都听在耳朵里，她猛地站起来，可是却下意识地拍了拍身上的土。她也想象一个泼妇一样，将这些话全都怼回去，可是，她们是长辈，所有的中华美德、三从四德她都有啊，如果顶撞上去，只会引来更多的风言风语。女人想了想，放下了所有的不快，悄悄地从树后离开。

女人无精打采、漫无目的走到了回家的路上，到了家中，不经意抬头看到了镜中的自己，原本刚过如花一般的年纪，却因长期哭泣，漂亮的大眼睛底下竟然多了两条泪沟，不知何时，左眼睛的下方，竟然多了一颗泪痣。刚嫁到赵家时，笑靥如花的样子依然还如昨天一般，床头的照片为此留下了清晰的记忆。可是，现在，发黄的皮肤，散乱的头发，若不仔细看去，这个女人，与照片的女人，莫不是两个人？

原来，曾经女人也有一个幸福的家，男人一门心思想要离开村子挣钱，想要给她们娘儿仨过上更好的生活。只是，看到了外面花红柳绿的世界，心也收不住了，有了外遇。而女人，成了这场婚姻的牺牲者。

收拾行囊，女人离开了居住了30多年的村子。

几个月后，女人回到了村子，走在路上，离婚的男人再次看到了离婚的女人，眼睛直勾勾地看着此时的女人，女人谈笑风生，似乎没有看到男人对她的注目礼。

这时的她，穿着高跟鞋，脸上画着精致的妆容，皮肤白嫩，言谈举止都成了所有女人羡慕的样子。除了这些，女人身边又多了一个男人，女人看这个男人的时候，柔情似水，两人手挽着手。

这时，村里又有人说：看，以前的赵家媳妇真能耐，听说自己开店了。

又有人接着说：是啊，这回够赵家后悔的了。

女人路过的时候听到了，嘴边露出了一抹苦笑。

父与子的误解

任晓虹

女人有一段时间见谁都是一副梨花带雨，无论见到谁都问："我那孩子，到底该怎么管教？"

女人只有一个孩子。夫妻二人都是"铁饭碗"，对于孩子的管教自然是少之又少。女人的丈夫爱喝酒，对孩子只是一味地严厉，从小孩子怕父亲。父亲的一个眼神就让孩子蜷缩在角落里，动都不敢动。女人自然是看在眼里，但他保护不了孩子。

"妈，这是给您的一万。"

不到十七岁的少年，从包里拿出钱递给女人。女人正在修剪绿植的手，不禁一颤。她深吸了一口气，挪着步子，轻轻地走到少年跟前问："哪里来了这么多钱，给我做什么？"

少年看着母亲，望着母亲日渐沧桑的面容，把母亲耳边的碎发撩了过去，低下头说："妈，这是我还给您的钱，都是干净的。"

女人不再问下去，犹豫地拿起钱，眼里透露出担忧。她不敢问下去，生怕再问下去，孩子又会离家出走。这么多年，女人像是一直在父与子之间周旋，在丈夫那里，她委曲求全，认为一切为了孩子；在孩子那里，她也委曲求全，孩子已经够可怜了。

又带着一身酒气，丈夫回来了，女人早已备好了解酒的蜂蜜水，男人喜欢吃的饭菜。

男人晃悠着脑袋说："今天太阳打西边出来了，我都说不回来吃饭了，还准备了饭菜，这不是浪费吗？"

男人脱去外套，踉踉跄跄地走到了沙发那里，一个趔趄便倒在了沙发上。

女人揉搓着双手说："孩子今天回来了，我想咱们一家人坐下来好好吃顿饭，咱们好久……"

话没说完，男人扬手便打断了女人的话："别给我提那个不孝子，我没他这个儿子！他从看守所回来后，我还得供着他，求着他才能回家？"

两年前，少年结交了一帮损友，学着放高利贷，到处借钱、倒钱，欠了一屁股的债。少年因放高利贷非法拘禁欠款人，成了被告，上了法庭。追债人全都找到了家里，父母二人因此也背上了"饥荒"。

儿子在看守所少年这一年，女人时常收到少年寄出来的信，每一封，都诉说着悔恨，诉说着想念父母。她把那些信件折得四四方方，放在了一个小盒子里，每次拿出来看时，两眼都充盈着泪水，每一封信件都诉说着孩子成长。只是，孩子出狱后，与父亲依旧有隔阂，他不再回家，在外租住了房子。

一次，丈夫喝酒回来，睡醒后动不了了，女人给少年打电话，少年便风风火火赶回家，将父亲送到医院。

诊断结果下来了，长期喝酒导致的中风。女人请了假照顾丈夫。但丈夫躺在床上，吃喝拉撒睡都要女人照顾。少年虽然对父亲不满，但看到母亲憔悴的面容，终于退了出租房，回到了家。

少年在家里陪着母亲一起照顾卧床的父亲，女人道出了丈夫这么多年的秘密："孩子，你知道吗？你在看守所时，你爸总是惦记着你，为你愁白了头发。他没有办法帮助你，他就喝酒，喝多了，就说是他害了你，要是可以，他愿意为你坐牢。"

少年，为之一颤，泪流满面，"扑腾"一下跪在了父亲的床边。丈夫看着儿子，眼眶瞬间含满了热泪。

少年夫妻老来伴

任晓虹

"让我看到了阳光闪烁，爱，拥抱着我。"

李素看到爸爸妈妈微信发来的视频，开心地唱起来。视频里，父母对着镜头，羞怯地拥抱在一起。

看着父亲母亲视频，李素眼眶红了。李素给弟弟打电话说："弟，你快看我给你发的小视频。"

李木因为工作不顺，正在气头上，用生硬的语气说："行了，我知道了，挂了。"

弟弟打开姐姐发来的视频，看到父母亲相拥在一起，紧锁的眉头，舒展开了，哈哈大笑起来。同事不知发生了何事，刚刚还是一脸怒气的李总，突然大笑起来，战战兢兢问："李总，我们……"

李木笑着说："没事没事。"

他给姐姐拨过去电话，朗朗地说："姐，今天晚上咱们一起坐坐。"

昏黄的灯光下，两人坐在饭桌前。李木拿起瓶啤酒，用牙齿轻轻一咬，啤酒盖掉落下来。李素拿起一瓶啤酒，递给李弟弟，然后刚打开的那瓶放在自己跟前。

李木吃了几口花生米，几口啤酒下肚，终于打开了话匣子："姐，咱爸妈……"

李素拿起酒瓶，喝了几口说："这几年来，你辛苦了。"

李木怔了一下说："姐，你这说的是啥话？"

李素眼睛潮湿了，她放下酒瓶说："弟，咱们的童年是在爸妈吵架中度过的。只要爸妈一吵架，我就躲起来。他们吵架时都是你从中调和，承受着由此带来的痛苦。你一直都比我这个姐姐做得好。"

李木愣了，他没想到姐姐把这么多年憋在心里的话都说了出来。

"姐，小时候，咱们是生活在他们的阴影下，受着原生家庭的伤害，过去的是无法改变了。但是，无论怎样，你不能像他们一样，让下一代生活在你们的阴影之下啊！"

李素和丈夫分居已经一年多了。

李素没有说话，吃了两口菜便要起身离开。

"姐，你要干吗？饭都还没吃完。"

"别说了，我回去看看孩子和他。看到那个视频后，我已经知道我该如何做了。"李素说着已经走出店外。

"爸，妈，姐姐终于回去了。"

作者简介:

任晓虹，笔名任直，1989 年生于河北石家庄，喜欢看书、写字、旅行。在《中国信和报》《河北工人报》《石家庄日报》等发表过作品。

花开富贵

魏方

"看我的衣服好看吗？"

我正在洗碗时，秀花婶拿着一件新衣服来了。

"哟！谁给你买的衣服，这么好看。"我指着身边的马扎让她坐。

她没有坐，而是把马扎向旁边挪了挪说："是我家三媳妇买的，花了六十多呢。"她故意放大声音说："还是真丝的。"

我把手在围裙上擦干净，摸了摸说："你还别说，三媳妇儿挺有眼光的，绿叶配大红，这大红的牡丹多好看，多喜庆，你穿上一定好看。"

"好看吧！好看吧！"秀花婶笑成了一朵菊花。

"好看，一定好看。"我继续洗碗。

"你看我这记性，忘了一件事。"秀花婶拍着脑袋说，"我磨了点苦荞面，给你装了一些，忘了带过来。"

"待会儿你过来拿，我先走了。"她边说边站了起来，抬腿就走。

"急啥呀，家里蒸大白馒头呢？"

我收拾了一下，就去了她家。她的小院子里种着红的，白的，粉的，各样的花。

"秀花婶。"我喊了一声就径直走了进去。来到屋里，秀花婶半倚在床头上，擦着眼泪。

"这是唱的哪一出？"

秀花婶红着眼睛，拉我坐下。她擦去眼角的泪珠滚，她叹了口气："孩子们心里，还是有我的。"

"可不是，你看她给你买的这衣服，多么精神。赶明，你就穿上它，去大街上跳舞，保险迷倒一大片。"

她扑哧一声，笑了。

她的眼睛望着别处，望着墙上的那幅《花开富贵》。红红的牡丹花比秀花婶那件衣服的牡丹花颜色暗了些。

"三媳妇儿才几天不和我吵架了？嫌我做的棉衣太大，嫌我给老二家看孩子，嫌我偏心。"她兀自絮絮叨叨地说着。

这事我是知道的，秀花婶有三个儿子，好容易把他们拉扯大，又要给他们看孩子。常常，她抱着一个，拽着一个。孩子们又很调皮，她拐着腿，追都追不上。

三媳妇儿爱玩牌，把孩子往她院子里一放，也不管她还看着一个刚会走的。

"别和孩子们一般见识，她那时年轻。现在，多么好，还惦记着给你买这么贵的衣服。"

秀花婶又擦了擦眼睛，慢慢地抬起胳膊，还是忍不住唉呦了一声。她上房晒地丁时，从梯子上摔了下来，胳膊摔骨折了，到现在还不时疼痛。

"真是人凭衣服马凭鞍，这衣服穿在身上倍漂亮。"我故意逗她，"穿上这新衣服，再嫁个好老伴儿。"

"七十的嫁个八十的，光剩下吃了。"秀花婶说完，我俩哈哈大笑。

回到家，我熬了些粥，放了点她给的苦荞面。我忽然想起来，秀花婶的男人，就是傍晚没的，才三十五岁，死于心梗。三个儿子，大的才十四岁，小的才五岁。

夜里，我都睡醒一觉了，看见她家还亮着灯，院子里咯吱吱咯吱地响着。准是在碾谷子，一个人拖着碌碡，连个帮忙的人也没有。

唉，她是个苦命人。我抬头一看表，都夜里两点多了。都说晚上不能想事，越想越睡不着。我迷迷糊糊，躺在床上似睡非睡。

也不知过了多久，只听得门前一片喊声："快点来人，去喊她的儿子们！"脚步声又乱又急。我一激灵就醒了，睁开眼一看，天刚蒙蒙亮。

我胡乱地蹬上鞋，也顾不上洗脸，就跑了出来。

"好好的，人就这么没了。真是昨晚穿上鞋，不知道明天还能穿不穿。"

大家纷纷七嘴八舌地说。

还是多儿多女多福寿。你看秀花婶的葬礼，多气派。光是小戏，就有三台。

"花钱请小戏，怎么秀花婶活着的时候，不琢磨着对她好点？"

"你们看，秀花婶穿着新衣服呢，衣服上大红的牡丹花真好看。"

作者简介：

魏方，河北省安国市人，爱文字，爱音乐。愿撷一缕文字馨香，濡养苦涩的生活。个人宣言：越努力，越幸运。

救命通话

邓洁

"妈妈，我好想你，你什么时候能回家啊？"

手机里传来小女孩撒娇的声音，王洁好奇地问："小姑娘，我不是你妈妈，是不是打错电话啦？"

小女孩愣了一会，回答："这就我妈妈的电话号码，189×××1001，用的是我生日，不会有错。"

"这个号码是我新办的，你妈妈换号了，你问问爸爸新号是多少吧。"王洁耐心地解释说。

"啊！"小女孩失望地挂了电话，过一会又打来："阿姨，爸爸说妈妈在天上，不告诉我她的手机号，这会他上班了，我一个人好害怕，能和你聊聊天吗？"

听小女孩这么说，王洁想起了半年前去世的女儿，便问小女孩："可以，你叫什么名字啊？"

"我叫杨小希。"孩子回答。

接下来的几个月，每天，王洁都会接到小希的电话，得知她搬了新家，住在村队平房，冬天烧炉子房子仍不暖和；得知她爸爸忙着工作经常不在家，邻居给她送饭吃。听着她童稚的童音，王洁心情慢慢好了起来。

周六的下午，小希哭着打电话给王洁："呜呜呜，阿姨，我不小心把妈妈送的小布熊弄丢了。"

王洁安慰她："什么样的小熊？别哭，乖，阿姨给你买一个。"

小希抽泣着说："买不到的，一个粉红色布熊，手上有个像夹，夹子里有妈妈和我的照片，呜呜。"

王洁哄了小希一会儿，才挂了电话。

半夜，王洁被手机铃声吵醒，迷糊中接了电话，听到小希痛苦地说："妈妈，救救我和爸爸，头好晕好难受啊，爸爸睡着了，怎么叫都叫不醒。"

王洁一下子清醒了，着急问："孩子，你打120了吗？"

小希回答："我打了……叔叔说，我说不清楚家住哪儿，来不了。"

王洁着急问："你告诉我你住在哪个村？"

小希声音越来越小："小望村，我只记得，门前有，有棵大……树……"

王洁大叫："小希，你别睡着，小希？"

没有回复，她只能从电话中听到小孩痛苦的呼吸声。

王洁急忙叫醒丈夫，简要说明了下情况，王洁爱人惊呆了问："为了一个从未见过的小孩，你至于深更半夜去她家看看吗？这也可能是孩子开玩笑。"

王洁肯定说："不是开玩笑，我一定要去一趟。"

两人便出门打了车，向小望村出发。

半小时后，两人来到村子，第一排房子有好几个，门前都有棵树。

"哪家是呢？"王洁爱人说。

他们在几家门前走了几圈，王洁肯定地指着中间的一间家说："应该是这家！"

王洁敲了几下门，没人回应，便转身对爱人说："我们敲两边邻居的门，小希的父亲有可能把备用钥匙放在邻居家。"

他们敲左家房门后，一位老太太出来了，王洁向她说明情况，老人犹豫了一会儿，回屋取来了备用钥匙，叫醒了儿子，四人来到小希家门口。

老人边拍门边喊："杨望，开门！"

无人回应，老人和儿子对视一眼说："晚上杨望的确回家了啊，他还来我家借过炭呢，有可能真出事了。"

门开了，一股刺鼻的烟味迎面看来。大家冲到屋里，用手电一照，发现小希和她父亲倒在地上，炉火还没有完全熄灭。

"像是煤气中毒了。"

王洁打开窗户，她的爱人打120。大家把父女俩抬到院子里，等待救护车来。

经过医生抢救，小希和她父亲脱离了危险。医生说，如果再晚五分钟，就没希望了。

第二天，王洁前来探望。

小希好奇地问："阿姨，你是怎么找到我们家的？"

王洁笑了，扬了扬手中的袋子说："我在一个屋子门口看到了你的小布熊，是它告诉我你住哪的！"

风　波

邓洁

"这是借你的 5 万块，还你。"张来从包里掏五叠钱扔在桌子说，"你们点点。"

王帅笑着说："点啥点，我还能信不过你？"

妻子刘丽斜眼瞅了张来一眼，把钱搂到身边点起钱来。

刘丽清点完，对张来说："5 万没错，利息呢？"

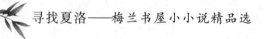

"我买房子钱不够，向你们借5万元，说好一年后还，刚半年你就催着还钱，还要利息？"张来看着王帅说，"就这还是朋友呢。"

王帅拉了拉妻子，不让她再说话，然后笑着对张来说："她是和你开玩呢。我女儿生病住院了，急用钱，要不然也不会……"

"哼！"张来哼了一声起身走了。

"欠债还钱，天经地义。"刘丽说。

"帮人家个忙，你还好意思要利息。"王帅说，"以后你有事，看你咋开口向人家借钱。"

"我没说他已经是给他面子了。"王丽说，"等你有事向他借钱时，看他会借给你？"

王帅"哼"了一声，去医院看女儿去了。

这天刘丽去医院照顾女儿，看到一个老太太在楼道里抹眼泪，便上前询问。当老太太抬头回答刘丽时，没想到老太太竟是以前的老邻居陈阿姨。

几年前，陈老太儿子病逝后，媳妇改嫁，留下三岁的孙女。没想到孙女生病住院，需要2万元治疗费。

陈老太拉着刘丽抽泣："哪还有钱啊，下个月把棉花卖了，才有钱。可医生说，如果今天不交费，只有停药。药停了，我孙女就没命了。"

刘丽问："你没向亲戚借？"

陈老太抹着眼泪说："借了，他们都不错，说没钱。怕我老婆子还不上吧。"

"别哭了，陈阿姨。"刘丽把纸巾递给陈老太说，"总会有办法的。"

陈老太接过纸巾，突然抓住她的胳膊哀求说："我知道你心好，能借我2万元吗？下月卖了棉花，我一定还你。"

"求求你了，可怜可怜我这老婆子，救救苦命的孩子吧！"陈老太说着扑通跪下了。

"陈阿姨，使不得。"刘丽急忙拉起陈老太说。

刘丽想到住院的女儿，眼眶潮湿了。

"陈阿姨，您先起来。"

无论刘丽如何拉，陈老太抱着刘丽的腿就是不松手。

刘丽潮湿着眼睛说："陈阿姨，您先去看看孩子，我回家取钱去。"

过了一个月，王帅说：公司让交个承包押金，把那2万块转给我。"

刘丽支吾半天，最后拿出借据说："一个月前，我借给以前的邻居陈老太了，她孙女住院没钱交治疗费，这两天应该还了。"

王帅一听，生气地嚷嚷："你去把钱要回来！"

刘丽为难地说："陈老太很可怜的，再等几天吧！"

王帅冷笑："你催张来还钱时，是怎么说的？现在就把钱要回来！明天我们单位就要交了！"

刘丽无奈，只好给陈老太打电话，但电话竟然变成空号。她去医院找，结果人已出院了，她又跑到陈老太住处，可已经搬家了。刘丽感觉这钱要不回来了，她为了不让爱人为难，就去父母那里，谎称孩子住院费不够，借了2万元。

晚上，刘丽将钱交给老公，说是陈老太还的钱。

王帅学老婆上次的行为，把钱当场点了一遍，又笑着问："利息呢？"

刘丽轻捶老公一下嗔怪："人家一个穷老婆子，你好意思要利息？"

"为什么不好意思要？你不是也好意思向张来要了吗？"

"你知道我为什么向张来要利息？"

"为什么？"

"他借我们的钱，根本就没用在盖房子上，去投资理财了。"王丽说，"我没当面说他，已经给他面子了。"

两人说话间，有人敲门，王帅打开门。

陈老太站在门口，一手拉着孙女，一手拎着网套。刘丽急忙让她们进来。陈老太走进屋，从怀里拿出一包钱递给刘丽，并指着棉套说："这是我的一点心意，谢谢你们救了娃儿啊！"

作者简介：

邓洁，新疆石河子人，写作爱好者，正在学习中。

谁是雷锋

蒋桂珍

女孩拎着一床棉被，急匆匆地下了火车，一路小跑，出了车站。

她二十岁左右的样子，圆圆的脸蛋，齐耳短发，穿着朴素。她穿过车站广场，迅速奔上一辆已经启动的 12 路公交车。车上只有零星的几个乘客。

汽车离开火车站广场，一路向北，经五一广场，穿过湘江大桥，最后停在了荣湾镇汽车站。

她拿起行李，冲下汽车。眼睁睁地看着一辆 5 路公交车缓缓地开出了车站。

她呆呆地盯着那辆车，直到它消失在道路拐弯处，才心情沮丧地收回了视线。

她快速地扫视了一下整个车站。那里停靠着七、八辆公交车，但是都已经熄了火。司机也不见踪影。

她向一扇还亮着灯的售票窗口快步走去：

"您好。请问 5 路车还有吗？"她问里面的一个工作人员，他正准备关窗下班。

"没有了。末班车刚走。"工作人员带点歉意地望着她说。

她离开窗口，心想，只能坐 12 路车重返火车站过夜了。

但是，刚刚载她过来的那趟车也已经开走了。

早知如此，真不该这样折腾，她想。

她看看表，已经是零点十分了。

车站上再也不见一个人影。

寂静的午夜，灯影斑驳。她感到有点害怕了。

突然，身后响起一阵轻微的脚步声。

她顿时毛骨悚然。恐惧像沉沉的夜色一样，包裹着她。她静候着危险的到来，大脑快速转动着，寻找对策。

脚步声在离她一米多远的地方停了下来。她用眼角的余光瞥见一个黑影，好像正在打量她。

"一看你就是个学生娃。你这是要去哪里嘛？"来人是一个三十多岁的男子，操一口长沙口音。

"我……我想回学校。可是，末班车已经走了。"女孩说，警惕地瞧着来人。

"是啊。我也没赶上末班车。我要往湖大那边去，请问你是哪个学校的？"他又问。

"工大。"女孩嗫嚅着说。

"正好顺路。要不要我送你回学校？你一个细妹子留在街上很危险呐。"女孩犹豫了片刻，想想也没有其他更好的办法，就答应了。

"那就谢谢您了。"她说，"您真是雷锋。"她想，夸夸他，自己的安全肯定更加有保障一些。

男子爽朗地笑了。

通往学校的那条路，她很熟悉。只要不偏离这条主道，就没事，她想。

夜晚的街道上阒寂无声，路面显得比白天要宽阔许多。

他俩有一搭，没一搭地聊着。总是，他问，她答。

他走在前头。她用右胳膊夹着棉被，紧随其后。

被子不算重，但是，随着脚步的不停不歇，被子的重量似乎也在不断增加。

她有些跟不上他的节奏了。

"还是我来帮你拿行李吧。我们至少有六七公里的路程要走呢。"他停在一个路灯下等她时说。

"我能行。谢谢您。"女孩说，她把被子换到左手边，抖了抖有点酸痛的右胳膊。

"给你看看我的工作证和身份证吧，这样你会放心一点。"他大概意识到女孩对他的不信任，于是从口袋里掏出证件，笑着递给她。顺手接过她手里的被子。

女孩接过他递过来的证件，借着路灯的光亮，快速地扫了几眼。

"您是好人。我信得过您。"女孩恭敬地把证件递还给他，红着脸说。

他俩继续赶路。他帮她拿着行李，她的脚步不免轻快了许多。

两个半小时后，他们终于来到了她的宿舍楼下。

见到宿管阿姨的那一刻，女孩那颗悬着的心才终于落了地。

她的回校经历很快在女生楼传开了。

"你胆子真大。深更半夜的也敢走回学校。"

"一个女孩子走夜路，还是太危险了。"

"你真是碰见活雷锋了。"

……

事后想想，她心里还是有点后怕。

她庆幸自己遇见了雷锋。

她打算写一封感谢信，寄给他的单位，聊表谢意。但是，她却怎么也想不起他的名字，他的单位和地址。他给她看证件的时候，她因为过度紧张，大脑一片空白。

谁是雷锋呢？这个问题已经困扰了她多年。也许，她将永远不知道答案。

考 验

蒋桂珍

她叫珠珠，是我们这个"阅读群"里的"女神"。我们同城而居，又有共同的爱好，遂成为朋友。

女神三十五岁左右，风姿绰约。她皮肤白皙，长发披肩，两只水汪汪的大眼睛顾盼生辉。她优点颇多，正如她雷人的征婚广告词："平生风情万种，含笑含俏含娇。颜值爆表，快乐爆仓……"

女神平日里喜欢读书，喜欢旅行与冒险。但凡爱读书人的通病，她都有。她爱幻想；她容易动情；她追求完美；她爱把现实诗意化；她喜欢在文字里瞭望生活。

女神经营着一家不大不小的公司，有房、有车。美中不足的是，她至今单身。

女神曾有过一段美满的婚姻，短暂的幸福留给她一个三岁的儿子。对于出轨的前夫，女神至今仍无法原谅。

婚变的创伤，在时间的摩挲下渐渐愈合。

她渴望爱情，就像花儿渴望春天，飞鸟渴望蓝天。

追求女神的人很多很多，但是，谁才是真爱呢？众多求婚者，在她那套"真金不怕火炼"的完美思想熔炉里，都化着轻烟散去了。

有一位幸运儿，长她五岁，一表人才。虽是打工族，但收入不菲。这些都微不足道。

对女神来说，一份真挚的爱情才是顶顶重要的。他们之间交往了将近一年时间，你侬我侬。这期间，他轻松通过了女神精心设计的各项考验，包括金钱与美色的诱惑。

最让女神满意的是，他能爱屋及乌。他像儿子一样孝敬她的父母，又像父亲一样疼爱她的儿子。他爱她，情真意切。毫无疑问，他是一个完美的爱人。

就在婚礼即将举行的时候，传来了女神住院的消息。

我急急忙忙地赶到医院。眼前的一幕让我惊呆了。昔日亮丽女神，全身缠满绷带，右腿上还打上了石膏，活像一具木乃伊。

陪伴在侧的是她年迈的双亲。两位老人满脸憔悴，神情焦虑。

从他们断断续续的话语里，我大致知晓了女神的遭遇。

女神最近受人怂恿，突然玩起了期货。一月之间，她不但输掉了公司，还欠了银行一大笔贷款。昨晚，她因疲劳开车，撞上了路边的护栏……

"她的未婚夫知道情况吗？"我小心翼翼地问。

"昨晚来过。"老父亲看了我一眼，犹豫了几秒钟，接着说："他今早发来一条短信，说这两天出差，恐怕不能来医院了。"

我隐约感觉，女神的伤势不容乐观。我的心仿佛也遭到了重创。

我有空就会去医院陪她。我给她读书，给她做可口的食物。我尽力安抚两位受惊的老人。

在这期间，女神的未婚夫曾来过两次电话，但是却一直没有露面。

唉，女神的婚事八成要告吹了。我暗暗替她担忧。

女神似乎看穿了我的心思，只听她喃喃地说："他说过，爱我一生一世。他不会离开我的。"

"别担心，珠珠。就算全世界都抛弃你，还有我呢。"我轻轻握住女神的手，那些深藏于心底多年的话，终于脱口而出。

女神怔怔地看了我一眼，又默默地把头转向窗外。时至三月，窗外，春意盎然。不远处，一棵壮硕的木棉花开得格外耀眼。

我突然意识到自己的失态。作为一名中学教师，我从未奢望过这份爱情。

半个月过去了，女神的伤势未见任何好转。

一个周六的上午，我照旧去医院陪她。她把手机递给我，上面是刚收到的一条信息：

"亲爱的珠珠，我反复思考过了。这段时间，我并没有出差，我只是无法面对这突如其来的灾祸。如果这是生活对我的考验，我认输了。"

看了这则信息，我并不感到惊讶。只是，女神……

"这个混蛋！"我在心里咬牙切齿地骂道。

我正想着该如何去安慰女神时，却听她长长地舒了一口气。

"我打算出院了。"她说，声音异常平静。

"可是你的伤……"我不解地望着她。

"这是最后的'考验'。可惜，他临阵脱逃了。"女神撇了撇嘴说。

随后，她手脚麻利地卸下全身的"伪装"，一骨碌地下了床。

我如梦初醒。

"你的'考验'过于荒诞了。"我说，一股莫名的惆怅袭上我的心头。

"一个人，在你一无所有、伤痕累累时，依然不离不弃，那才是真爱。"女神意味深长地看了我一眼，接着说："婚礼将如期举行。"

"可是，新郎呢？"我迷惑不解。

"远在天边。"说完，她给了我深情的一吻。

生活的隐喻

蒋桂珍

—— "牡丹，花之富贵者也。"[宋·周敦颐]

世人珍爱牡丹，而轻视狗尾草。

她叫牡丹，她叫小芹。她俩同年同月出生，牡丹年长小芹五天。她俩在同一个大杂院里长大，她俩是从小学到大学的同学。牡丹貌美如花，小芹的长相使人常常忽略了她的存在。

她俩走在一起，很容易让人联想到左拉的小说《陪衬人》。

牡丹从小到大，一帆风顺。伴随她成长的是鲜花，是掌声，她举止大方，她成绩优秀，她是父母的掌上明珠，她是老师的得意门生。小芹恰恰相反。她性格孤僻，神情木讷，偶尔还有点口吃。她的成绩和她的相貌一样，从不惹人注意。

大学毕业那年，她俩正好赶上国家出台"大学毕业生不包分配"的政策。即使这样，牡丹在跨出校门前还是接到了数十家单位抛来的橄榄枝，其中有国企，有私企，还有好几家国际知名的跨国公司。小芹的工作却迟迟没有着落。

最终，牡丹去了一家待遇优渥的外企上班，小芹也在奔波数月之后，找到了一家小公司安身立命。

一晃二十年过去了。

她们从小住过的大杂院早已拆迁，取而代之的是一栋高级写字楼。小芹的公司就设在这栋写字楼里。

小芹凭着锲而不舍的毅力，一步一步地走到今天。当初，她上班的那家通信公司，加她，一共三人。另外两人是合伙人，一个老总，一个副总，就她一个小卒子。

她每天提早半个小时上班，推后一个小时下班。她包揽了公司里的全部杂活，但是她的业务量却超过了他们二人之和。她在这家公司做了五年，公司规模在她的努力下扩

195

大了近十倍。老板很器重她，给她的待遇也相当不错，不过，她还是出来组建了自己的公司。

小芹的公司以通信立业，以诚信为本。在使用人才方面，她总能做到不拘一格。公司的财富在她开明的经营理念下像滚雪球一样急剧增长。

她对市场的观察力相当敏锐。在电信产业如火如荼的时候，她早已进军房地产行业。现在，她已是房地产界的头面人物，身家超过百亿。

小芹的家庭生活非常幸福，丈夫曾是她手下的一名员工。多年来，他一直默默地支持她的工作，并为她出谋划策。他们彼此尊重，互相扶持。

现在，我们把镜头转向牡丹。

牡丹在上班两年后就移民去了英国，她嫁给了一个英国人。那个年代，嫁老外似乎很流行。

但是，这桩令人羡慕的跨国婚姻却彻底毁了她的前程。她的英国丈夫是一个瘾君子，并且有家庭暴力倾向。他稍不如意就找牡丹出气。

现在，牡丹已经离婚。一个人带着女儿在英国生活，日子过得很辛苦。

有人说，一个人的生活，不管好坏，都是自己选择的结果。这句话不无一定的道理。不过，生活果真如人们想象的那样是由自己支配的吗？

这令我想起了洛阳的牡丹与野地里的狗尾草。

洛阳牡丹闻名天下，可那终究不过是一刹那的荣耀与辉煌，而不为世人瞩目的狗尾草却在旷野中从容地面对季节流转，栉风沐雨，安享岁月静好。

请我吃颗糖吧

蒋桂珍

大年三十。天空中飘着雨夹雪，天气寒冷，潮湿。

湿漉漉的小镇，充盈着年味。

常年在外打工的小镇人都已陆续归来。空旷了将近一年的街道一扫往日的沉寂，重新变得熙熙攘攘。

女人的家离小镇足足有五公里远。自从婆婆三年前中风，女人就没再出去打工。她要留在家里照顾生病的婆婆和刚刚上小学的儿子。

昨天晚上，在上海打工的丈夫打来电话："今年春节有三倍的加班工资，我准备留下来多挣点钱。"

女人说，好，家里有我呢。

一大早，女人就忙活开了。

杀鸡、剁肉、煎煮烹炸……过年，是女人最忙碌的时刻。

一切准备妥当。女人伸了伸有些酸痛的腰，突然想起一件重要的事没做。

对。糖果。昨晚，男人在电话里一再叮嘱，明天去镇上，给儿子买一斤糖果。

儿子酷爱吃糖。他们每年都会在春节给儿子买一斤糖果。这已成惯例。往年这些糖果由男人从上海带回来。

女人系上围巾，推出那辆旧单车。她想赶在年夜饭之前把糖果给儿子买回来。

"妈妈，我也想去。"儿子稚嫩的声音央求道。

"明明留在家里照顾奶奶，妈妈去去就回。"

女人买好糖果，迎着风，归心似箭。突然，"嘭"的一声，女人和单车撞上了停放在路边的一辆黑色轿车，紧接着，又重重地摔倒在地。

女人艰难地爬起身，一只手揉揉有些发疼的膝盖，一只手还紧紧地攥着装在一个红色塑料袋里的糖果。围观的人群里走出来一位老大爷，帮她扶起单车，靠边停好。

"雨天路滑，你得小心点骑车。伤着哪里了没有？"老大爷问。

女人摇摇头，感激地对老大爷笑了笑。

人群开始围拢过来。

"谁家的车？"

"好像是辆宝马车。可惜被刮花了。"

"还是一辆新车呢。牌照都没上。"

"这下麻烦大了，得赔上一大笔钱呢。"

"至少也得一两千吧。"

"我看，大妹子，你还是赶紧走吧。你赔不起。"

……

围观的人群，七嘴八舌。

女人一脸焦急。她看看被刮花的轿车，又看看围观的人群，坚决地摇了摇头。

"不。我不能走。车子是我撞的，就是借钱，也要赔。请问，你们能不能帮我打个电话给交警？"女人问。

两名交警应召而来。不一会儿，车主也回来了。这是一个四十多岁的中年男子，面色黝黑。

交警向车主讲明了事故原委。问他俩："你们是私了，还是交保险公司处理？"

"我听这位老板的。"女人像一个做错了事的孩子，瞧着车主说。

"大过年的。我们还是私了吧！"车主不假思索地说。

两名交警也巴不得这事早点了结，好回家吃团年饭。于是，对车主说："那你开个价，看看这位大姐可觉得合适。"

众人都竖起了耳朵。

车主望望众人，又看看两位交警，最后，他把眼光转向女人，竖起一根食指。

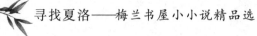

"一千？"女人问。

车主露出一丝神秘的微笑，轻轻地摇了摇头。

"一百。"人群欢呼。

车主还是摇摇头。

"一万？"两名交警瞪大了惊讶的眼睛，同声问道。

"一万"这两个字像一声炸雷，即刻清晰地传到了女人的耳朵里。女人的脸顿时变得煞白，她感到一阵心慌，身子不由自主地晃了两晃。

"这是敲诈！"

"暴发户的本性！"

"为富不仁。"

……

人群骚动起来。

两名交警对望了一眼，仿佛心领神会。于是，一名交警以商量的口吻，对车主说："大哥，大过年的，得饶人处且饶人。"

车主脸上依旧保持着那抹神秘的微笑。

突然，他把视线从女人惨白的脸上移开，瞧着她手里攥着的那个红色塑料袋子，问："那是什么？"

"给儿子过年买的糖果。"女人说，并下意识地抓紧了袋子。

"糖果？"车主若有所思地朝他那根"犯了众怒"的食指看了看，然后咧嘴一笑："一颗糖。作为赔偿，你就请我吃颗糖吧。"

庄生晓梦迷蝴蝶

蒋桂珍

近段时间，她夜夜做梦。仿佛自己的灵魂进入了另外一个人的身体。

医生说，这是更年期症状。平时加强营养与锻炼就好。

多梦，是更年期最轻微的反应，严重些的，会有世界末日感呢，医生宽慰道。

多梦、烦躁、空虚、孤独，世界末日感……其实，这些症状，她样样都有。有过之而无不及，只是她不愿提及罢了。

自从那年南下深圳，离开安于现状的初恋，她的灵魂与肉体就疏离了。

这些年，她见证了深圳从一个小渔村到国际大都市的变迁，也领略了生命的酸甜苦辣。靠着努力拼搏，她总算为自己挣得了一席之地。

更年期综合征？人类对生命的虚无意识？抑郁，只属于她个人的烦恼？

她听从医嘱，合理膳食，早晚健身。

梦，夜夜如是，像山鲁佐德的《一千零一夜》。

后来，只要一闭上眼睛，梦就会继续下去。

她梦见自己生活在一处僻静的山区。那里环境优美，空气清新。那里有她平凡的幸福。她感觉，梦里的人生，比现实更真切。

她开始觉得好奇，然后是诧异，最后，她决定去弄个水落石出。

她用提前准备好的纸笔，记下了梦里的地址：H 市 ×× 金矿。

她买了一张下午三点去 H 市的机票。

下午三点，飞机在深圳宝安机场准时起飞，两小时后到达 H 市。出了机场大厅，她叫了一辆出租车，忐忑地把地址告诉了司机。

司机没有露出任何怀疑的神色，按下计价表就出发了。半小时后，他们拐进了一条乡村公路。阳春三月，金灿灿的油菜花漫山遍野。这景象，她在梦里常常见到。十分钟后，车子开进了矿区大门。在一个篮球场旁边，她让司机停下了车。

篮球场离她"家"不远。她想慢慢走着过去。

司机帮她从车尾箱里拿下行李，掉转车头走了。

她拖起行李箱朝"家"的方向走去。

一种强烈的现实感，开始慢慢侵入到她的意识里。离"家"愈近，这种感觉也愈加明显。

一个小男孩拍着篮球迎面而来，身边是一个高大的男人。男孩一看见她，就朝她奔过来。

"妈妈，妈妈。"小男孩边跑边喊。她连忙蹲下身子，张开双臂接住了孩子。

这是梦，还是现实？

男人疾步来到她跟前。

"亲爱的，你提前回来也不给我打个电话。我和儿子好去机场接你啊。"

"我想给你们一个惊喜嘛。"她突然记起昨夜的梦，梦里自己正在北京参加一个研讨会，于是，赶紧编出了这段说辞。

男人拿起她的行李，孩子牵住她的手，他们并排朝"家"走去。

他们的"家"位于单位家属楼，两居室的房子。

"家"里的摆设和她梦里见到的一模一样：客厅里靠门的墙边是一个桃木书架，书架最显眼的地方摆放着一套精装版《莎士比亚全集》；一套中华书局 1987 年版的《古文观止》。餐厅正对门的墙上是一幅莫奈的《日出·印象》。

他们的儿子多可爱啊！他常常情不自禁地跑过来，搂住他母亲的脖子，亲吻她。他是那么爱她，依恋她。

她的心里甜丝丝的。

隐约中，她想到了自己在深圳的家，还有那空荡荡的别墅里无数个凄清的不眠之夜……

"去洗把脸吧，亲爱的。马上就开饭了。"丈夫从厨房里探出头来说。

她走进卫生间，抬头望了一眼墙上的镜子。一个年轻漂亮的女人正从镜子里打量着她。

她下意识地咬了一下手指头，一阵刺痛伴着血腥令她眩晕。

这不是梦？

她赶紧跑向卧房，打开手袋，翻出那本总是随身携带的《瓦尔登湖》，从书页中间抽出一张登机牌。

登机牌上清晰地打印着：始发站北京，到达站 H。

她的心猛地一惊，登机牌从她手里滑落，像一片轻盈的雪花飘舞在她梦幻般悠远的意识里。

作者简介：

蒋桂珍，笔名：余岸徽。自由职业。安徽安庆人，中山大学汉语言文学学士。发表过诗歌、散文、随笔及小小说作品若干。曾获得广州市番禺区第九届星海艺术节"心系星海，追梦前行"征文优秀奖。现居广州。

为什么让我下车

王翠琴

暴风雪越来越大。泥泞的路上结了冰。道路两边是泥坑也被冰雪覆盖了。

一群孩子在雪地里艰难地前行。凛冽的寒风呛得她们喘不上气来。狂风里夹杂着雪花，像尖刀一样刮着她们的脸颊。脚下打着滑。双腿像是灌了铅一样沉重。

天，就快黑了。

到处是白茫茫一片，正在她们焦急时刻。

只听"嘎吱"一声，一辆军车停在她们前面。

"孩子们，上车吧！"车上军人拉开车门，亲切地喊。

孩子们仰着红彤彤的小脸，先是一愣，然后争先恐后地挤上车。尽管先上车的孩子们懂事地为后上车的人多留出一些地方来，但还是有一个女孩没上来。

"你先下去。"那位军官指着车上的一个女孩说。

那个女孩不解地望着军官，眼里闪着泪光。

"你下去。让她先上来。"军官表情严肃，语气坚定地说。

这时，天已经黑了。

汽车走远了。

孤零零地把她一个人丢在雪地里。

狂风扬起的雪花迎面扑来。她晃了晃身子，趔趄地向后退了几步。

暴风雪凄厉地呼啸而过，像狼嚎。她感觉藏在黑暗中的妖魔鬼怪，眨巴着红眼绿眼，伸出长长的指甲抓向她的后脑勺。就像动画片里的情节一样可怕。

她吓得大哭起来。

天气越来越冷。她快冻僵了。

她边走边哭。呼啸的暴风雪横冲直撞，辨不清东西南北。她脚下一滑，坠下了路边的泥坑……

军官开车来接她时，她已经停止了呼吸。

第二年的清明节，春暖花开。天空飘着蒙蒙细雨。矮矮的山坡上，军官和家人默默地站在女儿的坟前。

下跪的母亲

王翠琴

初二那年暑假，父亲因病突然离世。母亲缴不起了我的学费，初三就不上学了。从此，每天跟在母亲身后割猪草，垫猪圈，养鸡喂鸭……

母亲看出了我的不开心，但也只有无奈的叹息。

一天午后，我蹲在灶膛口煮猪食。母亲翻出我的书包，挂在我肩上。

"孩子，妈再上学校找找老师去。只要你想上学，妈就是砸锅卖铁，豁出这条命不要也供你。"

我又走进了学校继续学习，一年后，我考上了县城重点高中。

到了县城，我就像刘姥姥进了大观园，看花了眼。同学们穿着时尚靓丽，像是白天鹅一样，优雅地在眼前晃动。再低头看看自己过时破旧的衣服，恨自己没有投好胎，生在了农村。自卑让我承受不了同学们不屑的目光，经常一个人躲在角落里。

一天，我买饭票时，身后有人轻轻拍了一下我的肩膀。我扭过头一看，半边脸都觉得烧得慌。原来是我们班的帅哥。

"我帮你买吧。"他说。

"谢谢，我已经买好了。"我受宠若惊地回答。

此后，他找各种理由接近我。看到同学们羡慕嫉妒的表情，我变得很得意。他经常带我出去跳舞，看电影，逛街，上网吧。期末考试，我的成绩从班级的前几名，到了一百名。

一天上午，我们俩在学校附近的小餐馆吃饭。忽然，从后厨传出一阵嘈杂的声音。服务员们放下菜盘子，急急忙忙地跑过去。我们也好奇地站起身跟过去。倚门向里面张望。

只见一个穿着朴素的妇女，手足无措地站着。眼前是一地被打碎的盘子。

我的心不由得一动。多么熟悉的身影！

"老板我赔，我赔。"她向身旁的男人说。

"你赔得起吗？你拿什么赔？"老板脸红脖子粗地叫嚷。

"你认识她？"同学瞄了我一眼问。

"哦，不，不认识！"我躲闪着他热辣的眼神。

"可是你的脸都白了。"他追问。

"老板，从我以后的工资里扣出来好吗？"只听那个熟悉的身影，祈求着。

"滚蛋！"男人粗鲁地骂道，"连个碗都涮不好，还留你做什么？"

妇女一听连忙跪在地上，向前蹭了几步，停在老板脚下，连连磕头。恳求地说："求求您！老板，留下我吧！"

老板也对她突如其来的举动吓了一跳。哼了一声，推了那妇女一下。没想到老板用力过猛，把那妇女推倒了，她的头撞在了炉子上。鲜血沿着她的额头向下淌。

"妈——"我不顾一切地冲出去，一把抱住了她。

母亲透过血泪模糊的眼睛，认出是我后，开口就问："妮子，你都看见啦？妈给你丢脸了！"

"妈，是我不好！"我痛哭着，拽起母亲往外走。这才意识到，他已经悄悄离开了。

这件事情发生后，我不再跟他出入舞厅、电影院和餐馆，而是坐在教室和图书馆里。还利用课余时间卖手机贴膜，在节假日打零工挣钱。不但还清了小餐馆的盘子钱，还攒出了下学期的学费和生活费。

手里捧到大学录取通知书那天，我跪地给母亲磕了三个响头。

送　别

王翠琴

"明奇，你爷爷找不着了！"

父亲打来电话时，明奇正在办公室里埋头结账，汇总报表。

"你在县城上班，月底又忙。本来不想告诉你这事儿的。"父亲焦急地说，"你爷今天早上就出去了。全村都找遍了也没看见你爷的影子。没办法我们也报了警。"

"这两天有没发现爷爷跟往常有什么不一样吗？"明奇担忧地问。

"他这两天是有点儿反常，情绪焦躁。我们一直用心照看着。可是，今天早上，天一亮，还是发现你爷爷不见了。鞋柜上放着的八块钱也没有了。"

明奇放下手头的活计，打车回家了。跟随父亲一起村南村北地找。所有可能去的地方又找了一遍，还是没找到。

"能去哪儿呢？"他焦急地蹲在村头的田埂上，双手插在头发里。

大二时，爷爷得病了。放暑假回家时，他激动地推开爷爷的房门，刚走到床前。还没开口说话。只听爷爷木讷地问：

"你找谁呀？"

"我爷不认得我了。"他心里难受。背过身去悄然落泪。

爷爷慢慢走过来拍拍他的肩膀问："你是不是找明奇来啦？我也在等他呢。"

这时父亲打来电话说："警察说有人报警了，在镇上的一家超市门口有个老人转悠了半天。好像是迷路了。听他们的描述，像是你们要找的老人。"

明奇骑上电动车直奔小镇。果然在那家超市门口看见一个熟悉的身影。他快步走过去，拉住弟弟的手时，只听老人嘴里嘟哝着："明奇不哭，爷爷给你买豆花。"

原来这家超市在多年前是豆花店。记得有一次，爷爷带他来小镇赶集。中午时，明奇摇着爷爷的手，喊饿。爷爷带他进了这家豆花店。一摸口袋，发现钱包丢了。回家的半路上，明奇晕倒了。

明奇搂着爷爷的肩膀，湿了眼眶。

午饭时，明奇接了一个电话后，说财务主管急着需要报表数字，让他马上赶回单位去，越快越好。

"赶紧叫一辆出租车！"父亲说。

"在去远洋街的路上有个路口，右侧有个电线杆子，上面有个电表箱子。从这往里拐一百米就到了。遇到有人经过，可以打听一下。"明奇给出租司机打完电话，一扭头，发现坐在身边的爷爷又不见了。大家忙忙乱乱又找一通。明奇急出了眼泪。

父亲安慰说："你有急事儿，就先忙去吧。一会儿出租车该过来了。你爷爷我们找。"

无奈，明奇只好出门迎着出租车。

拐过一个路口，远远看见出租车停在前面。车门旁边站着一个熟悉的身影。

"那不是你爷爷吗？"父亲激动地喊起来。

爷爷正站在出租车前，手扶着车门，眼神中流露依恋和不舍。

第二天早起，父亲打来电话，哽咽着说："你爷爷走了，走得很安详。"

宠 物

王翠琴

"辰辰，快点儿，走到大黄前面来。"阿霞端着脸盆，一边拉着大黄狗往前走，一边喊。身后跟着三岁小女儿。

大黄狗比女孩高出一头。

走到门口，她熟练地把大黄拴在门口的香椿树下。

邻居担心地问："这么大的狗不会咬到这么小的孩子吧？毕竟孩子什么都不懂啊！"

"不会不会。"阿霞的脑袋摇得像拨鼓。它的岁数比辰辰还大呢。陪着辰辰从小玩到大的。从没出过差错。

邻居插着袖口，半信半疑地走开了。

"妞妞，又跟大黄玩去了？"邻居常常听见忙着家务的阿霞这样喊。紧接着，大门"哐当当"一阵响过后，是女孩"大黄，大黄，嘻嘻嘻"的笑闹声。

一天早上，邻居推着车子准备上班。刚出门，一扭头看见辰辰跟大黄滚在一起。吓了一大跳。急忙放下车子，奔过去。只见大黄躺在地上，爪子乱蹬。孩子倒在狗身上，一只小手揪住狗耳朵咬着牙地拧。大黄狗疼得龇牙咧嘴，抬起前爪，轻柔地抓挠着孩子的胳膊。吓得邻居喊来阿霞。

"没事啊。习惯了。"阿霞走出来，看着跟狗打成一片的孩子，咯咯咯地笑。

邻居听了，只好讪讪地推着车子上班去了。

狗窝搭在门口的香椿树下。四周凌乱的砖头瓦砾上长满杂草。春天的午后，孩子在屋里睡午觉。门外，大黄卧在香椿树下，惬意地守着家门。

大黄生了六只小黑狗，又给孩子带来了乐趣。孩子醒来就冲到大黄身边，抓小狗玩。

一天傍晚，邻居路过门口时，看见辰辰抓起一只小狗，用力摔到旁边的杂草瓦砾中。大黄紧张跟过去，爱怜地抬起前爪把小狗拱起来。

邻居担忧地叫来孩子母亲："狗护犊子，可得看好你的孩子。"

"没事啊，我们大黄仁义。从来不下口。"阿霞仍然满不在乎地说。

一个月后，只剩一只了。

"那几个小狗都送人了，要不都让妞妞给捏死喽。"阿霞说。

慢慢地，邻居的一颗悬着的心也就放下来了。也习惯了女人喊孩子，孩子喊大黄的生活情趣。

前些日子，邻居出了一趟差。回来有几天没听见女孩叫大黄了，觉得缺少了点什么。

傍晚，孩子啃着一块西瓜进来，靠在沙发角上，委屈地说："阿姨，大黄让他们剥肉吃了。大黄咬我。"

邻居还没反应过来，阿霞紧接着跟进来："还不是辰辰的鼻子划了一道子。我琢磨着吧，也可能是辰辰咬大黄，大黄一扭头，露出的牙齿碰了她的鼻子。"阿霞伤感地说，

"这孩子没深没浅的。一百块钱卖给收破烂的了。我估计让他们给剥肉吃了。大黄还是挺仁义的。"

作者简介：

王翠琴，喜欢读书，酷爱文学。

知事已是不惑年

欧阳丹丹

男人像一摊泥瘫在沙发里。自从孩子出生，妻辞职在家照顾家之后，他就成了家里的经济支柱，除了日常开支和房贷，每月还要寄点生活费给乡下奶奶。去年公司经济不景气，他开始出来做销售，想着拼尽全力多挣点，只是一到月底，压力扑面而来。

妻从卧室出来，她刚哄完孩子睡觉，看见丈夫疲惫的面容，走过去，抚摸着他的面庞，柔声问道："怎么了？今天和客户谈的不顺？"

他睁开微闭的双眼，用他的大手握着女人的手，贴在自己胸前，那样的温柔。刹那间，他似乎有许多想倾诉的话语，最后却都忍住了，只是淡淡地说："感觉很累！"

他说出这话的时候，他怔住了！曾经，他的母亲也这么说过。

九岁那年，父亲因脑膜炎去世，留下负债累累的家，孤苦无依的母子和年迈的奶奶。

父亲下葬的那天，祖辈三人哭的是昏天暗地，不知道这路该如何走下去。晚上母亲坐在床边，抱着他，抚摸着父亲的遗像咬着牙，像是立誓一样庄重地说道："你放心地去吧，我一定带大你们李家的血脉，替你为你老娘赡养送终！"

那以后，母亲白天天没亮就下地干活，晚上还要骑车去镇子里一家饭店端盘子刷碗，常常忙到很晚才到家。奶奶在家养猪养鸡照顾他的学习和生活，日子清苦但是非常的快乐。现在回想起来，他那时期的快乐完全是"少年不知柴米贵"。

只是一到腊月，上门讨债的闹得老少三口是胆战心惊。尽管母亲苦苦哀求，换来的却是对方砸完家具后的野蛮恐吓。

30来岁的母亲，在这样的重压下，面容憔悴，头上已经悄悄地长出了白发。

那时候母亲难得休息，一休息就在床上躺着，躺着躺着就对着父亲的遗像流眼泪，他悄悄地过去问："妈妈，你怎么了？"

母亲赶忙把眼泪擦干，抑制住自己心内的伤悲，只说："妈妈只是太累了！"也许，那时候母亲也很想找个人倾诉吧，是他太小，不懂。

后来，就有人开始劝着母亲找个人，两个人总比一个人强。他很害怕，小心地问："妈妈，你会不会丢下我和奶奶不管！"母亲不语，只是流泪。

14岁那年，母亲还是带了一个叔叔回来，他用仇视的目光盯着母亲，仿佛在问："你为什么要背板爸爸？为什么丢下我？"

他用各种手段来阻止这个男人，吃饭的时候摔碗，睡觉的时候拍门等等，但母亲还是跟着男人走了，去了大城市打工。

他的世界刹那间轰塌！他恨母亲！母亲走的时候，他躲在房间里不出来，但他能感觉母亲就在门外，直到那个叔叔来催她，她才离开。

那时的他不懂，为什么母亲不坚持？如今，当生活的压力全部压在他身上时，他好像有些理解母亲了。那个30多岁，用瘦弱的身躯支撑着一个家的女人，她只是想要一个肩膀靠一靠。

他忍不住地哭了，哭得像个孩子。少年不懂柴米事，知事已是不惑年！

玉 佩

欧阳丹丹

年过六十的张妈不知得了什么怪病，全身浮肿。用尽了各种方法也不见好，反而越来越严重，整个人肿得像个皮球，眼睛都肿得看不见。张妈心里十分焦虑，老伴走得早，儿子成家立业后，她就拿着两家的"养老费"，过起了自由自在的退休生活，这下瘫在床上，可怎么办？祖传的玉佩能帮到她吗？

张妈到底还是把两个儿子媳妇都喊了回来，商议着怎么解决。她自己开了个头，还是原来她一直强调的那样，谁对她真心实意就把家传的古董玉佩传给谁。据说这块玉佩是清朝王公贵族才有资格佩戴的，价值不菲。

四人围坐在张妈床前，空气像是凝住了一样，大家连呼吸都有些小心翼翼。还是小媳妇先开口说道,北京房子小，而且空气不好,不适宜养病，她建议还是在家请个护工方便，这钱她出就行。

小儿子没有反对，他博士毕业后就留在北京上班，房子还是老丈人那边付的首付，家里的大小事都是媳妇说了算。

小媳妇表态了，大家都把眼睛望着大儿子和大儿媳。大儿子不敢开口，带着央求的眼光看着自家媳妇犯难。刚结婚那会，老大还要负担弟弟的学费，后来有了孩子，经济更加拮据，那时张妈身体健朗，大儿媳想着让张妈过去带孩子，自己也好谋点事做做缓解一下压力。张妈却本着一碗水端平的态度，说是儿子结婚后她就退休，两边都不帮带孩子，不仅如此，张妈每个月还索要生活费。就这样，大媳妇对张妈有了很大的意见，除了过年回来一趟，平常从来不跟张妈联系。

沉默了一会，大儿媳终于开口了，说道："既然弟弟弟媳那不方便，妈就跟着我们吧。"

其他人都松了口气，小媳妇盯着大嫂子的眼神很复杂，有些欲言又止的感觉。而张妈更是不敢相信，心里盘算着想：看样子大儿媳这下真是赌一把！

就这样，张妈搬到大儿子家住，由大儿媳照顾。这一住就是好几年，大儿媳倒也从来没提过玉佩的事，只是张妈越来越寝食难安：自己身体一日不如一日，到时候怎么向大儿媳交代呢？毕竟这么多年，大儿媳床前伺候着毫无怨言，老话说得好，"久病床前无孝子"，大儿媳的这份心让张妈五味杂陈。

一日晚饭后，大儿媳打来热水给张妈泡脚，张妈欲言又止，好几次之后，终于开口说道："兰啊，妈对不住你，那玉佩……"

大儿媳倒是很镇静，接过来说："就是个幌子！"

张妈不禁嗫嚅道："你……"

"妈，要是真有玉佩，当初你能不用玉佩换公公的命？当初老大也考上了大学，要是有玉佩你能不让他上？"

"那你还……"

"一码归一码。俺虽说没多少文化，但良心还在，我就图个心安，再说，人都会老，我还想给我孩子做个榜样！"

同 类

欧阳丹丹

李玲最近很苦恼，精神科来了一个怪怪的病人，都快三个月了，无论是主治医生还是外聘的心理学专家都对他无可奈何，因为他不仅不开口说话，而且不管白天黑夜、晴天下雨经常偷偷地打个伞出去，像个受惊的小鸟一样，找个角落蜷缩着躲在伞下。

院长发话了，月底之前，谁能"撬开"怪病人的嘴，让他接受治疗，谁就接替科长的位置。这个诱惑不小，上至主任医师，下至刚来的实习生，都拿出看家本领，但是这位怪病人就是不开口，李玲更是黔驴技穷了。

这天阳光明媚，公婆回乡下办事，李玲只得带着5岁的儿子来医院上班。因为考虑到自己所在科室病人的特殊性，李玲想着把儿子留在办公室玩耍，自己先去看看怪病人，但儿子第一次来比较新鲜，就想跟着妈妈到处逛逛。执拗不过，李玲就带着儿子走向医院的后院。

一般来说，没有暴力倾向的病人上午都在后院自由活动，李玲带着儿子穿过走廊，透过玻璃远远地就看见其他的人或坐或站，有的"沉思"，有的"闲聊"，只有怪病人还像从前那样，一个人打着伞，蹲在角落的一棵树下。

李玲站在台阶上，正准备用昨晚设计的方案过去"引诱"这个怪病人聊一聊，结果，儿子好奇地跑到怪病人身边，左看看右看看，他微笑着问"叔叔，你在干吗？"那人像没听见似的，继续蜷缩着。李玲刚想喊儿子过来时，儿子正好跑回来，从李玲手中拿过自己的太阳伞也打起来蹲在怪病人身边，李玲跟着过去，本想阻止儿子要他回去，却听见这个怪病人对着儿子笑，而且几秒钟后，他向儿子开口道："原来你也是蘑菇啊！"

李玲一听怔住了：原来谁都想有个同类，即使是精神有问题的人，也需要同类！

财　产

欧阳丹丹

富翁去世后把遗产分给了兄弟三人。几年之后老大拿着遗产继续做生意，家业比父亲在世还大；老二和老三坐吃空山，很快就把遗产花光了。

没钱的两个弟弟好日子过惯了，又不想出去自食其力，整天就想着怎么有人白白地给他们送钱。想啊想啊，最后想起以前买过保险，想着骗保，但是想到不是残废就是死，感觉风险太大。最后，他们实在没有什么生钱之道，于是就找大哥，想着能念着兄弟之情分一点给他们，哪料到，大哥不仅没给钱，还狠狠地羞辱了二人。

最后，他们气不过，两人一合计决定让大哥"意外死亡"，反正哥哥没有孩子，莫名死了他们兄弟能分到一份财产。

弟弟两人设计了一场车祸，大哥就这样"意外走了"。分财产的时候，万万没想到，那个羞辱他们的大哥竟然给他们购置了房产，还分了他公司的股份给他们。

只是他们不知道，大哥婚姻亮起了红灯，他正在转移财产，只是他万万没想到，这份财产竟然这么"名正言顺"地落入弟弟手中。

但"天网恢恢，疏而不漏"，正当两个弟弟再次享受富有的日子时，警察给他们铐上了手铐。原来大哥买了保险，在保险公司调查事故时查出了死亡真相。

眼　睛

欧阳丹丹

他们相恋六年后终于在一个阳光明媚的日子里举办婚礼，却不料在接亲途中遭遇意外。男人双目失明，女人身受重伤。女人弥留之际捐出了自己的眼角膜给男人。

手术很成功，没有出现任何的排斥反应。出院后，男人去了墓地和女人告别，悲痛欲绝的他决定离开他们一起生活的城市，重新开始新的生活。

在以后的几年里，他也遇到过让他心动的女人，只是不知道为什么，每次他想接受对方的时候，眼睛就不停地刺痛，那份痛总是让他回忆起那场车祸，还有那个给了他眼

睛在底下长眠的女人。

他决定孤独到老。

意外的是，在他步入不惑之年之际，他遇到一个让他怦然心动的女人。同时这个女人像是一直在等他出现似的，两人初见就迅速地坠入爱河。四目相对的那刻，他想上前去亲吻她，但是，他的眼睛再次刺痛起来，他像个逃兵一样跑了……

他来到她的墓前，把眼睛还给了女人！

呼　唤

欧阳丹丹

小李就那样静静地躺在病床上，头上缠满纱布，面部再挂着氧气瓶，整个头部只露出一双紧闭的双眼。

他的未婚妻就坐在床边，双手握着他的手，在他耳边不停地倾诉着："相恋十个春秋，没有好好约过一次会，经常是刚见面还没好好说一会话就有紧急任务，你就丢下我不管，让我自己吃饭回家；你说要陪我去丽江，陪我去稻城，可是机票都定好了，我也请了假，一个任务你就丢下我走了，让我一个人踏上旅程；你说……你说要让我成为这个世上最美的新娘，明天就是婚期，你又失约……我父母受害双双被人杀害，是你破了案找出凶手，那时候你许诺我，说要给我一个家，要好好保护我，可是，等了这么多年，我就要做你的新娘了，你怎么还睡着？你起来啊，起来啊……"

刚刚还是柔情的倾诉，瞬间这个柔弱的女人突然站起来不停地摇着小李的身体，歇斯底里地叫："起来啊，你起来啊……明天就是我们结婚的日子啊！"

小李的徒弟小勇上前去抱住女人，他说："嫂子你冷静，冷静！"

女人像疯了一样挣扎着，哭着，带着绝望地问："你让我怎么冷静，只剩下不到半小时了！你让我怎么冷静？"

小勇没有作声，他也恨自己当时为什么不全力阻止师父呢？昨天早上师父是去请婚假的，刚拿着休假条出来就有紧急电话过来说犯罪嫌疑人在商场控制了三个人质，其中还有一个是个小孩……队长下令全部出警时，师父硬是要跟着一起，结果……结果人是救下了，师父在追捕时不幸从三楼跌下，头部受伤。虽然手术很成功，但是医生说24小时内如果病人不苏醒，就可能成为植物人或者落下智障的病根。

已经过去23个小时了，眼看时间不多了，他的未婚妻绝望到跪在窗前，不停地在地板上磕头，她哀求着上天的庇佑，求老天能让爱人醒来……

小勇更是急得不知道怎么办，医生也过来检查了，摇着头就走开了。时间一分一秒地过去，他的未婚妻额头上都红肿了，她跟跟跄跄地回到床边，无力地摇着、呼喊着……可是，小李还是那么安静地睡着，好像从来没有好好睡着那样。小勇也跪着喊道："师父，你醒醒吧，嫂子还等着你那！我还想跟着你学本事呢！那个犯罪嫌疑人跑了……早上又有人无辜地被杀……师父，你快起来啊，你不来，案子破不了……"

这时候，小李的身体颤了一下，几分钟后，他缓缓地睁开了双眼……

太阳下的中药

欧阳丹丹

陈勇上午开完会就径直来到父亲的小院。已是初夏，早起有些微凉，一到上午，往太阳地里一站，陈勇就忍不住地脱了外套。

此时父亲正弯着腰在给采回来的艾草翻边，好使底下那一面露出来晒太阳。除了艾草，院子里还晒着其他一些常见的如雏菊、蒲公英、苍耳、龙葵等十几种从山上采摘回来的野中药，或铺在水泥地上，或摊在大斗腔里。

陈勇并没有像以前那样帮着翻晒，而是在门前的藤椅上坐了下来，脸色有些凝重。父亲瞟了他一眼，心里想着莫非遇到什么难题了？但还是不露声色地问："咋啦？"

陈勇在那张宽大的藤椅上狠狠地伸了伸双臂，接着站起来，双手背后，来回踱步。父亲就淡淡地翻着那些中药，静静地等着。

"爸，下个星期镇里就换届选举了，我听人说有人开始在活动，私下拉票，还开出了天价……"他顿了顿，咳嗽了几下，带着询问，用一种寻求帮助和支持的眼神看着父亲继续问："爸，我不是想做官，我们村几十年来就窝在这山里，大家穷了一辈子，我就想帮着大家脱贫致富。我一毕业就回到家乡，好不容易做了书记，能好好地干一把，可是我这才有起色，要是换了人，不能按我的路线坚持下去，那我前几年岂不是前功尽弃？……你说，我是不是也应该做点准备？"

陈勇望着父亲，希望他能给出好的建议。但是父亲并没有急着回答，而是放下手里的活进了屋，陈勇有些不解，就又坐下来等着。

不一会儿，父亲出来了，手里拿着一把晒干的蒲公英递给陈勇说："你闻闻？"

陈勇不解，接过来放到鼻子下，吸了口气，再缓缓吐出来。

"闻出什么了吗？"父亲笑着问。

陈勇摇了摇头，不知道父亲葫芦里卖的什么药。

接着父亲又走下台阶，抓起一把太阳下晒得干燥的蒲公英又递过去，陈勇接过来，这次他狠狠地用鼻子吸着，再吐出气了。

父亲笑眯眯地看着他说："你手里两把蒲公英有啥区别吗？"

"这个好像更香，应该是太阳晒过的原因。"陈勇如实说。

"是的，另外那把是前几日阴天里的。这中药最是奇怪，见过光的，好好晒过太阳的，味道、口感、药效都是一流的好。你看那些用烘干机的，看起来是自动化，烘干了直接切片，但是远远没有见过光的好！"

父亲又指着院子里的那些在晒太阳的中药继续说："我宁愿费事些，自己辛苦些也不用烘干机，大家说我固执，说现在有几个人还去管你是晒太阳还是烘干机，而且有几个人能分辨呢？可是，真正懂的人他心里有数，不然为什么每次收购商总是先找我呢？"

父亲缓缓地走下台阶，来到院子中间。正午的太阳金光闪闪地洒在父亲身上，照得他脸上棱角分明。父亲语重心长地对他说："孩子，是站在太阳下还是在阴影里全凭个人自己选择啊。"

陈勇若有所思地站起来，拿起椅背上的外套走到父亲面前说："爸，我懂了，谢谢您。我知道该怎么做了。"说完走出了小院，父亲望着他的背影笑了。

燕归巢

欧阳丹丹

清明节，根子自己回来扫墓。

从墓地回来，他的心情十分的沉重，两条腿像灌了铅一样使不上劲，好不容易一路走到了老家小院门口，没有了往日父亲斜靠门框的眺望，根子一下没有了回家的感觉，竟就那样在门口站着，直到路过的老乡看着他问怎么不进家才恍惚地推开院门。

院子里的桃树花开了，两旁的杂草也冒出了盎然生机的绿意，只是，去年父亲走了之后（母亲已去世二十多年），水泥地上有不少的青苔，往日的落叶也无人清扫，微风一吹，传来沙沙的响声，更觉寂静了！

根子跨过门槛走了进来，一路走，一路四处看看。走上台阶来到大门口，他终究还是没有进门，直接在水泥槛上坐了下来，耳朵不听使唤地侧耳倾听，似乎在等着父亲的呼唤，只是都坐了好一会，院子里还是那么的寂静。

他那么地坐着，那么地等着！突然几声叽叽喳喳让根子的神经跳了起来，他抬头一看，原来是大门上方的燕子窝里伸出来两只小燕子。小家伙应该是饿了吧，眼睛望向远方，嘴里还在时不时地叫着。根子笑了，像是见到了亲人似的立马站起来。

他想起来有一年回家，也是这样春日暖暖的四月，他那年迈的父亲就坐在这走廊的躺椅上，一边晒太阳，一边听着燕宝宝的叽叽喳喳声，父亲眯着眼，轻轻地摇着躺椅，是那样的惬意。后来老燕子回来，叼着虫子喂着幼燕，当时他就站在父亲的身边，父子俩就那么看着，那情景是那么和谐、温暖。

父亲呆看了好半天，突然说："根子，你去拿块板子把那小畜生的巢加固一下。"

根子有些不情愿地说："燕子巢可坚固了，北京的'鸟巢'就是这么来的啊。"

父亲好像生气了，自己起了身，不耐烦地说："你不来我自己来，你懂什么？春来秋去，它们能给我大半年的热闹呢！"

根子那心一下子柔软了起来，涌上一股暖泉：他妈走得早，父亲一个人在这老宅待了一辈子，长大的他离家在外闯荡，一年365天，也就回来那么几天就走了，还不如这一窝燕子哩！

他立马就去搬梯子，找工具，踏踏实实地在燕子窝下面加了块板，父亲笑眯眯地看着，乐呵呵地说："这下好了，这下好了。"

根子看着父亲，悠悠的春光照着，老人的背更驼了，额上的皱纹更深了，头发也更白了，他一下子就流出了泪！

如今再抬头看着燕子窝，再看这老燕子喂幼燕，他哽咽起来。

燕子走了，有再来的时候，可是父亲走了，他的家在哪呢？

真　相

欧阳丹丹

"大清早的，又吵！吵吵吵，吵死了！"

男人狠狠地把被子往头上一蒙，翻个身继续睡去，而一旁的女人满怀心事地坐了起来，心烦意乱里藏着自己的秘密。半晌，她静静地穿衣起床，又像往常那样小心地从开个缝隙的窗户往外望。

在这个旧城区的职工宿舍小院里，住着十来户人家，围着公用的小院。对过的那家女儿正站在水池旁边，眼泪扑簌扑簌地往下流，在她面前是一地摔碎的碗筷，她的母亲扯着嗓子骂着，同时进去把簸箕和扫把拿出来，狠狠地摔在女孩面前，又骂骂咧咧地进屋去了。

女孩齐耳的头发凌乱，一副倔强的脸庞下尽是心碎，她像个木头人一样拾起扫把准备打扫这一地狼藉，她不明白，为什么自己的母亲总是对她这么冷漠，尤其是最近，对她更是折磨。她不懂，狠狠地把碎片往簸箕里扫，那些碎片正一点一点地割着她的心……

这一切都被女人看在眼里。她犹豫着，最后还是出来了，带着一丝不自然的微笑，慢慢地走到女孩旁边，她努力地控制着自己的语言和行动，只轻轻地说："瑶瑶上学快

迟到了吧，我来帮你，你快上学去。"

女孩吃惊地抬起头来，女人的声音真温柔啊，如果自己的母亲也这么温柔就好了！她这么想着，眼泪再次不争气地流了下来。

女人走过去，从女孩的手里接过扫把，抚摸着女孩的头说："快去洗把脸上学吧。"云淡风轻的一句话，内心却如海上的巨浪翻滚，一浪接着一浪地打过来。

这时，那个女人出来了，倚在门框边，看着院子里的两个人，冷冷地说："哟！这是做什么呢？王静，你这多管闲事的毛病什么时候能改一改？你这么心疼她，要不让她喊你妈？"

这个叫王静的女人眼里放出冷剑般的光芒，她仍然克制着，赔笑着说："陈莹，你这是哪里话，别说你我是打小一起长大的，瑶瑶也是我看着长大的，我是怕孩子上学迟到了……"

"她迟到关你什么事？你是她什么人啊？"叫陈莹的女人阴阳怪气地问道，同时眼睛直勾勾地看着王静，仿佛在等着她道破什么秘密似的！

王静没说什么，只是咬着嘴唇不说话。反倒是女孩，像是爆发了一样，两手一甩，跺着脚，仰着头，眼睛盯着自己的母亲大声地说："你有什么资格这样说王阿姨？我倒希望做她的女儿，我上辈子肯定是欠了你！"

说完就飞快地进屋，拿起书包就往院外跑去。两个女人相互看了一眼，什么也没说就各自进了屋。

接下来的日子里，小院里的人时常能听见女人打骂女儿的声音。私底下大家议论纷纷，又有人把当年的奇事拿出来加工渲染，越说越觉得女孩是女人丈夫在外生的野种，尤其是她丈夫也是从那时候染上酗酒的毛病，最后还将自己喝死了。这样说，陈莹也真是个苦命的女人！

这样的状态维持了近一年，院里的人们也慢慢地习惯了。只是那对吵架的母女都瘦了，母亲瘦得有气无力，连骂人也没以前有气势了；而女孩瘦得刚毅，像是风雨中的小草活得更加有生命力。

终于在一个阴雨绵绵的下午，那个瘦得眼窝深陷的女人静静地躺在病床上，当她费力地从枕头下面摸出两只蝴蝶夹时，王静怔住了——那是16岁那年，她们一起买的，也是在那个阳光明媚的午后，她们同时爱上了那个风一样的少年。

王静缓缓地接过来，不断用手抚摸着那只时光的蝴蝶夹，半天都没有说话，病房里寂静得冰冷。

最后还是王静问道："你病了怎么不说？"

"这个不重要，重要的是，你可以名正言顺地领养瑶瑶了，她会喊你妈妈的，你不是渴望着她喊你一声妈妈吗？"

"她永远都是你的女儿！当年是我太任性，以为有了孩子他就会回心转意，害得你难产不能生育……是你收养了瑶瑶，给了我重新做人的机会！不然我一个未婚妈妈，在那个年代怎么在社会上立足？"王静幽幽地说着，陷入那段不堪回首的往事中！

"我撑不了几天了，你把瑶瑶认回去吧！她现在什么都会，只缺个人爱……"陈莹吃力地从病床上想要起来抓着王静的手，可是她太虚弱了，头部还没抬起来一点就迅速倒了下去，王静赶紧抓住她的手，不觉中，眼泪就下来了。

"认回去吧！"陈莹像是祈求，那眼神里藏着一汪深不见底的湖水，沉着她一生的哀怨。

"对不起……"王静终于说了这句迟了十几年的道歉。

"对不起……他真正爱的是你，是我不放手，是我不肯放手……"陈莹喃喃地说着，已是四十岁的她，还活在无尽的记忆中！

"你要答应我，收养瑶瑶，有机会，认了她吧，她是你的骨肉啊！"

王静哽咽着点了点头，这一刻她终于明白陈莹为什么在最后那样对瑶瑶了：她是给她们母女一个契机！

几天后陈莹走了，王静收养了瑶瑶，院里人都夸她有情有义，只是如今这世上只有她自己知道这个真相了！

法

欧阳丹丹

周末，陈老汉的儿子兴高采烈地拎着两瓶好酒回来了。儿子是重点大学毕业的，学的是法律，如今在一家大公司做律师，听说很受老板重用，替公司解决了很多的麻烦，这回又升职加薪了，当然高兴。

陈老汉更是乐得老泪纵横。二十多年来，他这个瘸腿的粗老爷们，不仅要养家糊口，还要照顾疯癫的妻和年幼的儿子，日子别提多苦了。关于他的瘸腿和他妻的突然疯癫，是陈老汉闭口不提的往事，反正夫妻二人在外打工本来好好的，突然就回来了，不仅瘸了腿，连妻都疯了。不过，好在儿子争气，念书时成绩好，现在工作又吃香，算是熬过来了。

这一高兴，陈老汉就下厨炒了几个菜，父子俩面对面喝了起来，一旁疯癫的老伴傻傻地笑着，陈老汉举起一杯酒对老伴说："疯婆子，你儿子出息了！"

老伴还是傻傻地笑着，笑得陈老汉眼泪就出来了……儿子立马举杯对陈老汉说："爸，哭个啥，如今我好了，你们就等着享福吧！"

陈老汉用那粗糙的老手抹了一把眼泪，站起身给两人都满上，他举着酒杯对儿子说道："儿子，还是那句话，当初让你读法律就希望你为正义发声，任何时候，你都不能昧着良心做事啊！"

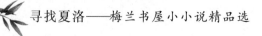
儿子起身，不自然地说："这是自然！"

这时，儿子手机响了起来，是大老板的电话。儿子立马接过来，点头哈腰地问："喂，李总，什么事？"

儿子那种神态，让陈老汉很不是滋味，他自个喝了一口闷酒。此时儿子已经出去接电话了，陈老汉就静静地听着，听着听着大致知道了怎么回事：原来是大老板的儿子在学校将一女学生灌晕后强奸了，如今对方父母过来想为女儿讨个公道，那个女学生不接受赔偿，非要将老板的儿子告进监狱，接受法律制裁，目前在网上引起广泛关注，大老板要他儿子赶紧回去替他解决这个"麻烦"。

儿子接完电话，陈老汉板着脸问："你准备怎么办？"

儿子没有正面回答，敷衍道："该怎么办就怎么办！"

陈老汉一拍桌子，青筋爆出，呵斥道："不许回去！你要是帮老板儿子脱罪，天理不容！"

儿子看着陈老汉那张像死鱼一样恐怖的脸庞，有些害怕，后退一步，几近哀求道："爸，我一个农村走出去的大学生，好不容易有人肯用我，我不能放弃任何机会，你放心，我会让老板多出钱，绝不委屈那家人……"说完，抓起椅背上的西服就跑了。

陈老汉把酒杯往地上一摔，撵出来大声恐吓道："陈鸣，你会遭天谴的！"

只是儿子早跑得没影了，陈老汉瘫坐在门口，眼前出现了二十年前不堪回首的一幕：他带着受辱的妻去法院状告东家，那个律师不停地劝说他们庭外和解，当他义愤填膺地抛出"告到中央也要一个公正的判决"的话走出法院，在回程路上一个偏僻的路边，他被人打断了腿，而他老婆更是雪上加霜，双重刺激下精神失常……

陈老汉揪着自己的头发，一旁那个疯了的妻呜呜地哭了……

回家的路

欧阳丹丹

他去参加十周年大学同学聚会。

十年不见，难免感叹伤怀那一去不复返的青春，尤其是班里公认的那对郎才女貌，借着酒精和气氛热烈相拥着接吻的那一幕让他心驰神往。他想起自己年轻时的热烈奔放，想起初恋时的激情和狂放。灯光下，站台下，都有他和恋人激荡的热吻，可是，岁月流转，当初的激情哪去了呢？

狂欢褪去，喝醉的一群人踉踉跄跄地从包厢一个一个地出来，送别远道而来的同学，剩下几个本地的建议去KTV嗨到天亮。他摇摇头说要回家，大家打趣说他是妻管严，于是该离去的都离去，最后只留下他，还有另一个她——大学时代的初恋。

那些去 KTV 的同学不怀好意地看着他们，似有所悟地"哦"了一声就集体"识趣"地走开，睡他下铺的一哥们还在他耳边低语道："她已经离婚了，人家心里一直有你哟，好好把握！"

他有些不知所措，丢下她有些不仗义，同学一场不说，毕竟还有一段感情。送她回去又有些尴尬，再说，餐桌上那一对久别重逢的恋人的热吻的情景还在，能说他人到中年，生活真的平淡如水了吗？

正在矛盾之际，还是她主动过来笑着说："急着回去吗？要不一起走走？"

她笑颜如花，一如当初那样天真无邪，岁月更是给她添了几许成熟女人特有的风姿绰约，让他招架不住，心仿佛要跳出来，大脑陷入恍惚之中。

他就那样跟在她身后走着，她的一切都在牵动着他——那一头枣栗色的大波浪卷发，每一根随风起舞的发丝都带着魔力的香气刺激着他的神经。一身鹅黄色的波希米亚长裙随着腰部起舞，他那血液都快冲破动脉而喷出。她说什么他完全没在意，也无法在意，因为他脑袋里都被一种情愫控制着，以致他想上前一步，抱住她。

不知道因为说什么她"咯咯"地笑了起来，突然就回过头问他："你可记得？"差点撞个满怀。

他伸出双手准备顺势搂住她，而她更是上前一步，用一种女人特有魅惑的口吻，哀怨地说："当初我怎么就拒绝了你呢？还能回到从前吗？"紧接着她就扑进他的怀里，呜咽起来。

他那双手反而不知道怎么办了，只好定格在空中。她的哭声是那样的令人心疼，她的气息是那样的充满荷尔蒙的刺激，他感觉自己整个身体里的血液都要喷涌而出，他一把就抱住了她，在那昏黄的路灯下，他们用尽力气地热吻——似乎用的每一分力量都是对现实的反抗！

也不知道过了多久，那一团热烈的火焰终于要燃尽，他们像是如梦方醒一般地互相推开彼此，他像个做了错事的孩子不断地对她说着"对不起"，边说边后退，最后像个逃犯一样逃离，在撩人的夜色中一路狂奔。

回想这一夜的疯狂，他慢慢平复下来，停止奔跑，边喘气边在路边坐了下来。他想到家里的妻和三岁的儿子，忍不住甩给自己一巴掌，看了一下手表，已是凌晨三点。他不禁加快脚步朝家的方向走去。

清凉的夏夜，小区异常寂静，偶尔传来几声虫鸣。他抬头望向自己的那幢楼，所有的灯光都熄灭了，除了他家的灯还在亮着，那一刻，他的心里泛起丝丝温暖。他忍不住朝地上吐了口唾沫，他终于懂得，那激情的一吻是他献给青春的祭礼，回家，才是一个男人正确的路！

最后的懂得

欧阳丹丹

女儿结婚后，女人就提出了离婚。男人惊得张大了嘴，这种戏剧化的滑稽剧情怎么会在自己这儿发生？还是柔弱而寡言的女人！

沉默了一会，平复了一下受惊的心情，男人笑呵呵地将那一纸离婚协议丢到餐桌一边，试探性地伸出手去摇了摇女人的胳膊，态度软和地哄着问："哎呀，好了，孩子都成家立业了，我们都到了退休的年纪，还闹这一出干啥？"

女人轻轻地推开男人的手，站起来，背靠着桌角，双手环抱着，淡淡地说："是的，女儿有了自己的家，我算是尽到了一个母亲的职责，如今该为自己活一回了。"

云淡风轻的话语，她做到了。只是，这么多年过去了，她以为她看淡了，看开了，可是说出来的时候，心里竟是暗潮涌动，最深处的情感一下子倾泻而出，这是她没料到的。

男人斜着眼看着女人，一脸的茫然，挠着脑袋问："那你说说，你咋就没为自己活呢？我对你不好吗？工资都由你管着，不吃喝嫖赌，下班了就在家，也就这两年和单位的老同志一起打打小牌而已，你倒是说说我哪里对不起你？"

女人不说话，是的，从何说起呢？她只得叹口气，又坐了下来。

男人看着沉默不语的女人，心想你到哪去挑我的毛病？阳光大好的一天却被女人突然来这么一出，他有些晦气，点了一支烟抽了起来。

女人望着他，皱着眉道："去阳台抽去。"

男人怔了一下，还是出去了，倚着窗户，吐着烟雾，一支抽完，将烟头在旁边的花盆边摁灭，随手丢进花盆。正准备进屋呢，女人突然说："这就是理由，你难道不知道那是我最爱的兰花吗？我养了多少年你不知道？"

男人真是百思不得其解，一盆花而已，咋还成离婚的理由了？他又用手挠着头，显得很无辜。

最后的最后，男人依然弄不清楚女人离婚的理由，女人也依然解释不清楚，只是，女人态度坚决，一副凛然不屈的态度，他们在 50 多岁的年纪，似乎没来由地离了。

男人搬走了，井然有序的生活一下子乱了。从前他只知道自己只是不善做家务，离婚独居后，他猛然发现他一个人不会生活。他不会洗衣做饭，不会打扫卫生，那天晚上他洗澡没拿衣服和毛巾进浴室，洗好了找毛巾擦拭的时候，一下子蒙了，因为从前都是女人给他准备好了他才像个孩子似的抱着衣服毛巾进去洗澡，即使女人为这事说过无数次，说到最后不再说了，他又坦然地接受着女人准备的一切，包括铺好的床被、沐浴的衣物，甚至是吃饭，也是端好了给他。

他开始怀念女人，于是偷偷地去看女人。女人还是一如既往地按照原有的作息时间，井然有序地过着。他知道女人是个极讲究的人，爱干净，爱读书，他突然发现，他似乎没有参与过女人的生活，只是享受着女人的劳动成果。

那天晚饭后，他跟着女人去散步，以前女人总是邀请他一起晚饭后出去走走，他都没答应，包括女人想去看一场电影，听一场音乐会，他觉得这些都是索然寡味的，还不如打牌呢，于是他们都是各做着各自的事。

初夏的晚上，有些燥热，好像要下雨，女人穿着一身深紫色的碎花裙，烫着微卷的短发，带着相机，一路走，一路拍着，一朵花，一棵树，甚至是一片叶子女人都拍得那么认真。跟在后面的男人就这么一路看着，好像不认识女人一样，因为结婚后他好像真没有好好地看过女人，想不到女人还是这般的优雅，琐碎的生活淹没了他，却丝毫没有改变女人。

六月的雨说来就来，突然就狂风大作下起了雨，大颗大颗的雨滴落下来，路上的行人都匆匆地跑起来，女人也收起相机，放进背包里，一路小跑着。

他静静地跟着，雨中的女人，身影是那样的孤寂，他想如果他能牵着她的手，是不是就是"白头到老，相濡以沫"的样子？他忽而想冲上去，实现当初年轻时的承诺。

但是他没有，缺少一份勇气。

快到小区的时候，女人停下了脚步，原来是路边有只黄白相间的小花猫，是病了还是受伤了一动不动地蜷在路边。女人蹲下去，轻轻地将小猫抱着，抚摸了几下就带着小猫一起继续跑着……

他站在雨中，任凭风浪起。他好像有些懂了，这么多年，女人像是一棵树，而他只是依附在树上的爬藤。一定是爬藤肆无忌惮地生长，压垮了那棵生活的树，没办法自由地呼吸新鲜的空气，没办法俯视周围的美景，她太累了！

风雨中，男人泪流满面！

作者简介：
欧阳丹丹，80后，白羊女一枚，愿畅游在文字的海洋，寻找一份宁静与美好。

小金桔

余悦

金桔要回家探望母亲，打电话问母亲想要吃些什么糕点水果，母亲总是说什么都不要带，浪费钱。

金桔不是个听话的孩子，总是不顾母亲的嗔怪，每次回来都买好多东西给母亲。金桔的父亲三年前突发车祸去世了，金桔觉得母亲特孤单，要多回家陪陪母亲。

"老妈，给，小金桔，你最喜欢吃的。"金桔从盒子里掏出小金桔说。

金桔把一个洗干净的小金桔往母亲嘴里塞。母亲接过小金桔说："刚吃了甜的，等会儿再吃。"

金桔顺手拿起一个小金桔，塞进嘴里。味道不错，甜酸中夹带一点苦，后味却清香。难怪母亲爱吃。

母亲忙着收拾碗筷，顾不得吃小金桔。

金桔发现父亲的遗像前摆着燃烧着的三支香烟、一盘小金桔。

"妈，老爸三周年忌日已经过去了，能不能不要再天天祭奠了？听一个老师父说，我们对他的思念太重，会影响他转世呢。"金桔对妈妈说。

"真的吗？那不是我害了他？"母亲的脸上有些惶恐，好像自己不小心做了什么坏事儿。

"我就怕他在那边饿着了，他总是忘记吃饭的。"母亲抬眼望着父亲的遗像，一个人轻声地自言自语。

日子这么久了，金桔没办法让母亲从对父亲的思念中摆脱出来，于是想出了这个办法。

金桔假装开心地逗了母亲一下午后，晚上返回了城里。

周末，金桔照例给母亲带了小金桔。

金桔发现父亲的遗像收掉了，供桌也撤了。金桔欣慰地笑了。

放水果时发现，上次买的那盒金桔，几乎原样不动地放在那里。

金桔觉得不对劲，是不是母亲病了？

金桔来到厨房，摸了摸母亲的额头，又摸了摸自己的额头。不热啊！

是不是肠胃出了毛病？金桔没有学过医，不知道肠胃出毛病了是什么症状。她打开手机百度一会儿后，对母亲说："妈，伸出舌头我看看。"

母亲疑惑地望着金桔，伸出了舌头。金桔左看右看，也没看出有什么异常。

"你搞什么呢？"

"妈，我们去医院检查检查吧！"

"你这妮子，好好地去医院干啥？"母亲拿起一张饺子皮，放上馅边包边问，"是不是网络又谣传什么传染病了？"

"不是的。小金桔都不吃了，是不是病了？"

"这个啊。"母亲把饺子放在锅盖上说，"金桔，妈妈和你说个事儿哦。"

"啥事？妈。"

"以后，别买小金桔了，我不喜欢吃。"母亲黝黑的脸变成了潮红。

"您是不是肺部不舒服？"金桔想潮红是肺部有病的症状。

"哎，听到了吗？以后别买了。"母亲碰碰金桔说。

"妈，别忙了，我们先去医院。"金桔夺下母亲手上的饺子扔在案板上，拉起母亲的向外走。

"好好的我上什么医院？"母亲不解地盯着金桔说，"你今天怎么了，怪怪的，是不是你有病了？"

"是你有病了。小金桔你都不吃了，还想瞒着我。"金桔责怪母亲。

母亲笑了，脸上的潮红更深了。

"你这孩子，这有什么大惊小怪的，是我不喜欢吃小金桔。"

"你骗人，从小到大，你都告诉我们，你只喜欢吃小金桔"

"骗你做啥？小金桔有点苦，我吃了又泛酸，从小到大，你亲眼见我吃过没有？"

金桔仔细想想，还真没见过母亲吃小金桔。

"那你为啥总让我买？"

"你爸喜欢吃，是给他买的"。

追　梦

余悦

他深深地垂下了脑袋，他知道这是个令人匪夷所思的计划。

一个普通的商人，竟然异想天开地想要直接用火车把名目繁多的商品运到欧洲去，顺便把欧洲的红酒橄榄油运回来。

他已经深思熟虑了整整两年，这两年他差不多走遍了整个世界，做梦都是满载货物疾驰的列车。

每个知道的人都说他疯了。

现在，这个被人称作疯子的人，狠狠地捻掉香烟，然后抬起头，对着家人、亲戚朋友们开口了："这个世界很大，可是地球其实很小。我们在商贸城的每个店铺前站一秒，那时间都可以绕地球跑几圈了。

所以，我觉得让火车绕着地球跑圈，其实也不难。"

一屋子的人目瞪口呆地望着他。尔后，窃窃私语。

"喝多了？"

"放着生意也不好好做，尽瞎跑。"

"你到底中了什么疯魔？好日子才几年？又开始折腾？"大姐夫不满地敲击着桌面说。

他说："我们没有退路了。随着网络的快速发展，大家都可以在最短的时间内开始同质化生产，我们的产品已经没有任何竞争优势。"

"我们要冲出国门，走向世界。"

"拿出爷爷他们当年鸡毛换糖的精神，把我们的鸡毛运到欧洲去换糖回来。"

"小弟，你这脑洞确实开得有点大啊？容大家想想。"大哥打着圆场说。

"我已经日思夜想整整两个365天了。这里有份经过专家论证考察的可行性项目报告书，请大家好好看下。"他示意秘书把那份厚厚的报告书发给大家。

在座的每个人都开始认真或敷衍地打开书页。

慢慢地，每个人的目光开始聚焦，脸色也开始渐渐地严肃起来。

"干！"

半个小时后，一个铿锵的声音打破了似乎凝固了的空气。他的父亲，一个头发斑白的老人，一个挑货郎担走遍了全国的汉子，率先表了态。

"我们可以试试，这个报告很详细，小弟辛苦了。"大哥是公司的执行总经理，也是个务实派，看到父亲点头了，也跟在后面附和。

"哈哈，一群疯子，白日做梦啊，竟然想着把火车开到欧洲去。"大姐夫哈哈大笑着站起来，"不过做梦就做梦吧，反正三十年前咱们做梦都没想过有今天的好日子。大不了回到解放前，我也干了！"

"对，我也干了。"

"我也跟着……干成了，对咱们对国家都是个大贡献啊。"

他的眼睛红了，为自己有这么理解支持自己的家人、亲朋好友感到自豪。

可是，做梦是每个人都能轻松做到的事儿，圆梦却是非常难的事儿。

走着走着，一些人挨不住时光的煎熬，退出了；一些人耐不住家人的劝导，退出了；一些人受不了自己内心的惶恐，退出了；甚至自己的妻子和姐妹们也难以理解他的固执，开始不断地抱怨和指责。

越来越多的人说他是个疯子，每天都在白日做梦。

只有他的父亲，始终坚定地站在他的背后："别怕，万事开头难，二万五千里长征咱们迈开第一步，最后就肯定会胜利。"

大哥和姐夫带着兄弟姐妹们拼命地接单做生意，然后把资金源源不断地填入他这个无底洞。

正式的批文终于下来了。他的火车能够跑起来了。

可是，那些商人们却不愿意把货物委托给他运输。

"你这个民营公司，又是第一列火车，万一出事儿，我们的货值谁负责？"

"就算保险公司会赔偿，可是时间拖延了，市场等不起的。"

没有人相信他能把这个事儿做好。

难道让空荡荡的列车奔向远方？

他拉着皮箱走出了国门，一个国家一个国家地走访过去。单枪匹马地去说服那些需要两地货物来往的商人。

"你们可以试一试，如果试成了，至少可以让我们的'中'字飘扬在整个世界。"他热泪盈眶地劝说。

他的真情感动了那些精打细算的商人，商会会长开口了："就当为了我们的祖国，试试吧。"

"小伙子，我们愿意把货物委托给你们运输。"

从签订第一个运输合同，到整整一个列车的货物筹备齐全。历时整整五年，满载着梦想的列车出发了。

他站在火车头上，迎着远方，疾驰。

弱势群体

余悦

老张开着车去办事儿。刚开出小区门，突然逆行来了一辆电动车，是个送外卖的小伙子。

电动车把老张的车子撞了个凹槽，自己也摔了个"倒仰叉"。

老张下车扶起了小伙子问："伤着哪里没有？"

老张看自己的车子损坏得不太严重，又急着赶路，就对小伙子说："你看，你逆行撞了我。本该你修车的。我赶时间也不要你赔钱了。"

小伙子却摇摇头打了报警电话。

警察来了，小伙子说："我们送快递的风里来雨里去，不容易。我摔坏了胳膊，需要钱上医院。"

老张傻眼了："这不是你逆向行驶，完全违规吗？"

223

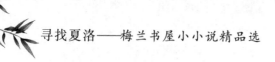

　　小伙子铮铮有词地说："我是弱势群体。再说汽车都是有保险的，承担了全责，保险公司会出钱。"

　　警察露出了迟疑的神色，劝服老张承担了全责，再掏点钱给小伙子。

　　这时，一个老头突然噌噌噌走过来，走得很急，一下子绊倒在了电动车上。

　　然后躺着哎哟哎哟地叫。

　　警察和小伙子，还有老张连忙跑过去扶起了老头。

　　"哎哟，撞死我了。谁的电动车乱停？快拉我去医院。"老头子疼得躺在地上不起来。

　　小伙子恼火地吼："车子事故摆在这里，你看不见？自己乱走撞上来还要人赔？是不是碰瓷？"

　　老头子看着警察叫："哎哟，哎哟，撞死我了。我一个老头子，弱势群体，他要送我去医院看病，也要赔我的医药费。"

　　围观者们闹哄哄地议论着："也是哦。电动车和汽车比是弱势群体，那老头和电动车比又是弱势群体啊！"

　　"要汽车负全责，那么电动车也要对老头负全责。"

　　老张呆呆地傻站着。

　　警察看了看小伙子，又看了看老头子。掏出了责任认定书，写上："电动车逆向行驶，负事故全责。"

　　小伙子生气地嚷嚷着说老张和警察都没有爱心。

　　这时老张笑眯眯地对警察说："你看，我就献点爱心，带老人去医院检查一下吧？"

　　警察和小伙子都很高兴，老张把老头子扶上了车，开车离去。

　　"爸，您没事儿吧？咱们上医院去看看？"老张问老头。

还差一个

余悦

　　这是一个由修行者、生意人、上班族组成的旅行团。

　　旅行团在一个清贫的地方呆了 N 天了，他们每天都能望见一群衣衫褴褛的孩子。

　　"离他们远点，他们总是乞讨，可能还会偷窃。"有人郑重地警告同行的伙伴。

　　"一群小乞丐，一天到晚跟在我们身后想要东西。"有人嚷嚷着。

　　只有上师淡淡地微笑着，不置一词。

　　早餐时，一个队友拿出了巧克力，恭敬地问上师要不要，上师很高兴地点头："要。"

　　队友从此每次都会给上师一块巧克力。

同行的一位队友不屑地说："出家人也爱吃零嘴。"

这天，队友又给了上师一个巧克力，然后把手头剩余的给了另一个队友。

上师竟然走到了那个队友前面，双手合十："可以把这块巧克力给我吗？"那个队友诧异地挑了挑眉毛，毫不犹豫地把巧克力递给他。

有人窃窃私语："唉，现在的世道，出家人都贪心了。"

却见上师走回座位，从随身的包包里掏出了好几块巧克力，数了又数，然后走到了玻璃门外，朝那群脏兮兮的孩子们招手。孩子们飞快地奔跑过来。

他弯下身子，露出了同孩子一样淘气的笑容，然后慢慢地张开五指，摊出手心的巧克力。

孩子们欢呼雀跃，每个人从他手心抓了一个巧克力。孩子们拿着巧克力，走到一边，可是上师的手心还留了一个。

他站直了身子，仔细地向四周看。然后走向那个高个孩子："你们有个同伴今天没来？请你把这个巧克力转交给他，好吗？"

高个孩子郑重地点头，眼眶有点红了。

玻璃门内的队友们呆呆地望着门外，只觉得今天的太阳特别刺眼，有的忍不住闭了闭眼睛。

东方茶花女

余悦

他是个西方的生意人，做跨国贸易。他是个工作狂。无论什么时间，只要你能找得到他，他都在做同一件事——工作。

他第一次踏上了东方的国度。

他每天都是早出晚归，到贸易市场寻找自己公司需要的货物样品。

一天夜晚，坐在大厅整理资料的他，抬起头，转一转僵硬的脖子。

就在转脖子的瞬间，他看见对面的座位上坐着一位女子，姣好的面庞上有一双亮晶晶的眼睛。

看到他望着她，女子露出了一个明媚的笑容。

"嗨，how are you？"纯正的英语从女子柔软的嘴唇发出来，像一根细细的羽毛，骚动了他的心。

他的体温在快速地升高，他能够清晰地听到自己的心跳声。

他觉得那曾经以为只是传说的爱情降临到了自己身上。

他很兴奋。

"hi. beautiful girl .I remember you." 他热情地回应，他想起来了，她就是那个曾经在电梯里被他撞了一下的女孩。

当时他匆忙地出去办事，只是向她简单地道了歉意。

女孩能用英语和他聊天，女孩告诉他，自己还是个外国语大学生，趁暑假出来做点外贸单子。

他就那样突然地爱上了这个女孩，爱得无比狂热。

他们整日整夜地做爱，整夜整日地腻在一起。

他再也不觉得工作是多么愉快的事情。除了爱情，世界上的一切都不再重要。

女孩有时笑着说："not love me so much. maybe will be broken."

他总是温柔地亲亲女孩，哈哈笑着："just have you. all not mind."

有一天，他回到了宾馆，发觉女孩正在默默地哭泣。他慌了，不知道亲爱的姑娘怎么了。

在他的再三追问下，女孩子才道出了真相。原来她所以要来打工，是因为她最爱的弟弟得了很重的病，需要一大笔手术费。而现在，将近一个月的时间过去了，她还没挣到什么钱。

他是个富有的年轻商人，毫不犹豫地给她的家里汇了一大笔钱。

那一夜，她把他伺弄得快乐无比。

从此，他经常会给她一些钱，让她不要为了钱而伤心。他决定自己要更加努力地工作，为了自己心爱的女孩能够花上更多的钱。

有一天，他比平常早些回到了宾馆。他想给女孩一个惊喜，准备一顿浪漫的烛光晚餐。因为这天是他的生日。

可是他却看见本女孩坐在一个陌生男子的膝盖上。男子的一只手搂着女孩的腰，正在亲吻。

一阵怒火涌上他的心头。

他冲了上去，拉开了女孩，用悲伤的眼神凝望着她。那个男子趁机快速地离开了。

女孩的眼里慢慢地积蓄了泪水，伸出手轻轻地摇了摇他的衣袖，牵着他往电梯里走。

他的心瞬间软了，顺从地跟着她往房间里走。

女孩告诉了他说，她不是女大学生，她是个被迫出来做的小姐。刚才那个男子就是逼迫她的人，见她长久不回去，来找她算账的。

只是她却不由自主地爱上了他，不愿意再回到从前的生活。

她哀婉地诉说着自己对他深刻的爱。她祈求他忘了她的模样。她将永远离开，因为她也无法原谅自己的过去。

他的心更加软了，只觉得软得要滴出水来。

他觉得女孩就是自己的茶花女。

他更加爱这个美丽而坦诚的女孩了。

他决定回国后就和父母说，要娶她做妻子。

有一天，女孩对他说，或许去买个房子，安个家更好。她可以天天做饭给他吃，也可以为他生个孩子。

他心动了，于是出去找本地的客户询问买房子的事儿。

客户热情地回答了他的问题，然后又真诚地补充了一句，现在房价虚高，可以先租个房子住，才几万元，等以后房价平稳了再买比较合算。

他听从了客户的建议，打电话和女孩说了这个事儿。打算一起去找个环境好点的房子。电话那端的女孩沉默了半晌，然后说了声知道了，没有再说话。

他兴冲冲地回到宾馆打算带她去看房子，却没找见女孩的身影，然后发现她衣橱里的衣服也不见了。他掏出手机使劲地拨打女孩的电话，始终不通。

他颓然地坐在沙发上，他不明白，为什么她就这么离开了，或许她责怪自己不给她买房子？

以后，他就变成了工作狂。

有人问他："为何如此拼命工作？"

他说："除了工作，还能做什么呢？"

他明白，只有忙碌地工作，才可以让自己遗忘那个女孩。

他不知道，在那熙熙攘攘的市场上，有个扎着马尾辫的女孩子，经常操着流利的英语为客人翻译，偶尔会默默地望着他的背影出神。

二　胎

余悦

许朝阳是个公务员，虽然没有担任职务，但他为人谦逊，在单位倒也混得开。

妻子开了个外贸公司，上初中的女儿聪明伶俐，有车有房有票子，生活过得蛮惬意。

单位反腐，换掉了一批领导，没想到许朝阳直接升了科长。

一年后，一个副局的家里出了点事儿，副局直接下来了。许朝阳在一个老领导的那里取了经，又升了一级，成了副局。

当了副局的许朝阳总觉自己还缺少什么。

这天，半夜回到家，带着酒气的许朝阳抱着妻子光滑的身子知道缺少什么。他对妻子说，"亲爱的，咱们要个儿子吧？"

妻子翻了个身说："好困，别闹了。"

许朝阳抱回妻子的身子说："我说真的，女儿也大了，我们可以要个儿子了。"

妻子不耐烦地说："政策规定公务员不许要二胎，你刚当了副局，官儿不要了？"

许朝阳说："我今晚和一个多年没见的老同学喝酒，他说他的儿子都三岁了，好可爱。"

"他儿子才三岁？"妻子疑惑说。

"是二胎。"许朝阳说，"他说他和妻子假离婚，才生了儿子。"

"你是说假离婚？"妻子瞪大说，"我们也假离婚？"

"聪明。"许朝阳刮了一下妻子的鼻子说。

第二天，他们办了离婚证。

半个月后，妻子和一个山里的老头扯了个结婚证。

许朝阳依然和妻子住在同一栋楼里。

同事们慢慢地知道许朝阳离婚了，并且他的妻子和别人已经结了婚。一些单身的女同事开始邀约许朝阳。许朝阳回家的时候越来越晚，周末出门的时候越来越多。

"你怎么天天都回来这么晚？"有一次，在许朝阳凌晨回到家时，妻子终于发火了，"并且周末也不见你的影。"

"当了副局，应酬多了，还请妻子多多理解。"

妻子怀孕了，检查结果却是个女婴。许朝阳要妻子去堕胎，妻子要许朝阳陪着去，许朝阳解释："不能陪着啊，现在有多少双眼睛盯着我呢。"

妻子独自去了医院，手术后回家，大哭了一场。

许朝阳回家的时间更迟了，有时竟然夜不归宿。妻子有天发现了许朝阳衣服上的口红印，大吵了一架后，妻子狠狠地摔门出去了。

当天夜里，妻子没有回家。

"我怀孕了。"一天，妻子对许朝阳说。

"太好啦！"许朝阳高兴地说，"明天检查一下。"

"我已经查过了，是个男孩。"妻子瞅着许朝阳笑着说。

在妻子怀孕期间，许朝阳每天都按时上下班，还学会了做菜，把妻子伺候得舒舒服服的。

预产期到了，妻子却不让许朝阳去医院陪她。说怕别人怀疑，影响了他的前程。

妻子生了个七斤重的儿子，许朝阳看着儿子心想：这下十全十美了。

儿子满月时，国家出台了二胎的政策，许朝阳心里闪过一阵感叹。

这天，许朝阳下班回家，发觉家里冷冷清清的，不但没有儿子和妻子人影。就连妻子和儿子的用品也不见了。许朝阳急忙拨打妻子的电话。

"你们去哪了？"

"哦，许局长啊，我带着儿子回家了。"

"哪个家呀？"

"我们的家啊。"

原来，儿子是妻子和别的男人生的，那个男人是妻子的初恋情人，一直在国外生活，如今他回来了，妻子带着儿子和他去过日子了。

就是那个摔门而去的夜晚，妻子在酒吧偶遇了当初的初恋情人。

"你也不要觉得不服，你的小情人可是找过我好多次，骂我不知廉耻，离婚了还缠着你。"妻子在电话那端慢悠悠地说。

当天夜里，许朝阳把自己灌得烂醉如泥，把自己的故事和同事说了。

同事拍了拍他的脸，叹了口气："你知不知道上任副局就是因为假离婚生儿子，被撸了。"

第二年，单位任免干部时，许朝阳落选了。

算 计

余悦

凤娇不但能干也很会算计。

儿子15岁了，她突然很想要个女儿。可是公爹，已经从村支书的位置退下来了，没法儿再给自己开后门。

凤娇就想办法找关系谋了个妇女主任的职务，又到医院找熟人给自己的儿子办了张身体缺陷的证明，自己给自己批了个二胎准生证。

凤娇怀孕了，一家子都很高兴。

可没想到孩子生下来，先天的严重残疾，不出一周孩子就去了。

更没想到有人举报她作假的事儿，街道把她的妇女主任给撤掉了。

村里旧村改造，独生子女多36个平方。旧改方案贴出来后，凤娇却发现自家并没有享受独生子女的待遇。凤娇很生气，去找书记理论。

"我家就一个儿子，怎么不是独生子女了？"

书记为难地说："没办法，按章办事，你们家有二胎准生证和医院出生证明呢。"

凤娇决定做钉子户。

凤娇想：到时候不但要享受独生子女的份额，而且还要提高条件。

半年后，同意拆迁的人家都搬走了，只有凤娇家孤零零地坐落在老地方。朋友劝她拆迁算了，要么搬出去住。

"这里都是破墙烂瓦，太阴森了。"

凤娇说："人不住着，哪天被偷偷拆了都不知道。"还特地嘱咐公婆每天定要有一个人在家。

公爹由于晚上没休息好，脑子晕晕乎乎的。出门买菜时，被车子撞了，抢救无效去了。

公爹去世了，公爹的54个平方也没了。这更让凤娇坚决要把钉子户做到底。她相信，

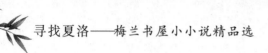

只要自己坚持，修路的时候，他们肯定会开高价。

"谁都不傻，到时候完不成规划，当官的都要倒霉。"凤娇自信地说。

悲伤加上忙碌，还有凤娇的呵斥，她的丈夫年纪轻轻就中风了。

婆婆怕了，凤娇慌了，亲戚朋友们都说老房子不该住了。

这时，朋友告诉凤娇，市政府修改了规划，这片区域停止开发了。村子里打算在她家对门的地方修建一个垃圾站。

婆婆埋怨她说："都是你贪心，好好地要生二孩，独生子女的36平方没了。没了就没了，早些改了搬出去吧，你又不同意，你爸又没了，又少了54个平方，可怜的强又病了。"

"再不搬，你一个人住这里吧。"婆母生气地说，"我怕再住着，还有啥事儿。"

无奈之下凤娇只好同意了拆迁。

退　群

余悦

不知道什么时候开始，网络上流行了群居，哪个角落都会有一个微信群，qq 群。

老师和家长之间也建立了微信群，说是方便家、校联系，有利于孩子的教育。

这天，奶奶看到放学回家的孩子眼睛红红的，就急慌慌地问孩子："怎么了？被欺负了？"

孩子没有回答，反倒躲到房间里放声大哭了。

奶奶慌了，找来孩子爸爸："你赶紧问问老师，孩子怎么了？你们不是有那个群吗？"

爸爸在群里@了老师："老师，我家孩子回家一个劲地哭，怎么回事儿？"

老师："孩子都在家了，你不问他问我？"

爸爸："这不是孩子只哭不说话，才问问老师你吗？"

老师："自己生的孩子自己不知道？还要问？"

爸爸："你什么意思？那你别当老师，就不问你了。"

其他家长劝说："大家都好好说，都辛苦。"

爸爸："现在的老师，都这么牛气冲天，学校里的事儿不问老师问谁去？"

噼里啪啦地发出一串串牢骚……作业要家长教，纪律要家长管，过个马路还要家长去值班……

"到底要老师干什么？"

突然有个家长惊呼："呀，老师好像退群了。"

群里像炸开了锅，说孩子淘气的有，发老师牢骚的有，感叹家长难当的有，怜孩子辛苦的有……

有人说："别和老师较劲儿，当心会和孩子过不去。"

爸爸说："他敢？当心告上教育局。"

次日，孩子按例早起去上学，放学回家的时候，爸爸特意问孩子："今天怎么样？"

孩子很高兴，说老师没有找他麻烦，老师忙得很，连他的作业都没检查，也没点名批评他。

爸爸得意地在群里炫耀，老师啥也不敢做。

就有家长发了表情包，也有家长提醒："老师这是摆明态度不来管你家孩子了。"

还有家长担忧，没有老师的家校联系群，算什么事儿呢？

过了三天，整个群里都是劝爸爸向老师认错的声音。出差回家的孩子妈妈也知道了事情始末，狠狠地骂了爸爸一顿，硬逼着爸爸拎着礼物去向老师道歉。

老师很清高，坚决不收礼物，冷淡地拒绝。也同时表态，他会遵从家长的意愿，对于不能说教的孩子少管。

孩子妈妈急眼了，只差逼着孩子爸爸跪榴莲。

群里冒出了一大片声讨孩子爸爸的声音，要孩子爸爸想办法把老师请回群里来。

爸爸没办法，只好托了有脸面的熟人做东，请上老师好好喝顿赔礼酒。

酒桌上，宾主尽欢，一团酒气夹杂着一团和气。

爸爸和老师开始称兄道弟，熟人直接拿过老师的手机，重新加入了微信群。

群里响起阵阵鼓掌声，感谢老师大人不计小人过。

一切皆大欢喜。

有和没有

余悦

工程公司的资料员是个单亲妈妈，独自一个人带着一个儿子生活。但是她没有离婚，也不曾结婚。

她的男友在结婚前夕突发车祸去世，而她发现自己怀有身孕，就把孩子生下来了。她对男友的爱太深厚，无法接受其他男人，就一直一个人带着孩子生活。

"现在的男人，真正能温暖人的太少。"每逢有人给资料员说媒她就笑着说。

这天，公司的老赵对着她的背影感叹："一个女人带着一个孩子，不容易啊。"

同事李姐听了，笑着对老赵说："不要随便去同情人。现在这个社会，没老公的可能有家，有家的可能没老公。"

老赵没听懂，不知该怎么理解这个话儿。

原来，李姐倒是有老公，可是自从二胎出生后，老公回家的日子越来越少了。

女同事怀二胎时，男人经不住外面的诱惑和其他女人好上了。

"作为一个男人，在一个小家庭中的角色，就是丈夫和父亲，两个角色都不出演了，那么和没男人有什么区别？"老赵跟着李姐一起感叹，突然觉得她更可怜些。

半年后，资料员辞职了。

一年后，听说资料员结婚了，对方是个比她大了八九岁的中年男人，离异，但是颇有点家资。

资料员没有请大家喝喜酒，连喜糖都没有送来。

老赵愤愤不平地想着，大家平常那么照顾她，她却毫不念旧情。

有一天，一个同事凑到老赵的耳边说：你猜猜资料员现在的老公是谁？

"谁？"

"就是李姐的前夫。"

智　慧

余　悦

媒体上两派人马讨论转基因，闹得轰轰烈烈的。

在城里工作读书的孩子们把争论带到了农村的餐桌上。

"没有大批量的转基因食品，如何让这么多人能够吃饱？"支持者云，一副鄙视"何不食肉糜"的样子。

"转基因产品短期是喂饱了诸多人，可是长期呢？怎么知道没有不良影响？不孕不育，各类疾病频发，没有证据能够证明和这个没有关系。"反对派义愤填膺。

争论不休的局面一发不可收拾，餐桌成了辩论桌。大家都望向自己的老父亲，一个地道的老农民。

老父亲啜了口小酒，乐呵呵地说了一句："转基因肯定不好，虫子都知道。从来没有虫子爱吃转基因的东西。"

反对派异常兴奋，跷着大拇指挑衅地望着支持派，大声地赞叹："难怪说农民是最有智慧的。"

"不过。"老父亲又慢悠悠地夹了点菜，放进嘴里慢慢地咀嚼着，"我也种转基因食物。过好当下比担忧未来更重要，没有今天哪来明天？"

支持者也都跷起了大拇指，纷纷赞叹老父亲的睿智。

"呀，我们吃着虫子都不要的东西？是不是我们过得连虫子都不如？"小孙女突然喊道。

瞬间餐桌一片寂静。支持者和反对派都低头望望满桌的特色农产品，又抬头望望慢吞吞呷酒嚼菜的老父亲。

"一群兔崽子，放心吃吧，这些都是祖传的正宗土货，都吃了几千年了，种了自己吃，从来不卖的。"

老父亲半眯的小眼睛露出了一丝狡黠的光，心底偷偷地笑："我又不是虫子，我咋知道是好还是不好？我只知道好好吃饭。"

突　变

余悦

张小康发现老母亲突然变了样，原本整日只知道埋头干活的母亲突然活力十足，竟然哼起了小调。

张老太今年六十有八，齐耳卷发（天生的），竟然还没全白。常年用根皮筋捆绑着，看着像麻雀尾巴，又像兔子的尾巴。淘气的孙子们常为了是麻雀尾巴还是兔子尾巴争执。

张老太年轻时是地里的一把好手，农活她一人几乎做了一半多。张老太个子瘦小，但身体却很健壮。有时候她敲打着张小康的肩膀说："你们这代人，远远不如我们哪。"

这天，张老太照样早早地起了床，挑着一簸箕肥料去了自留地。

不要看这块地小，但却是张老太的宝地。

张老太喜欢攒钱，说自己攒的钱，花着舒坦。

张小康默默地观察了一段时间，终于发现了张老太的改变。

白天，张老太依然去地里收拾菜园，去菜市场卖菜。这是和以前没什么两样。

但张小康却发现一贯节约为本的母亲，竟去了老年活动室打麻将。虽说打得不大，一毛两毛的，但也会输上几块十几块的。

更让张小康疑惑的是，母亲晚饭后去跳广场舞了。

母亲不但去跳舞，而且常买新衣服，还经常对着镜子发笑。

张小康越观察越担心。老母亲不但对自己笑，对孙子们笑，还对着村子里的老头子们笑，经常把皱巴巴的脸笑成一朵菊花。

张小康看着那些和张老太搭讪的老头子，一个一个地推敲，推敲了几天，终于趁媳妇出门的时候，打电话把在外工作的兄弟姐妹叫回了家。

"咱妈可能……"张小康有些不好意思开口。

大姐急了："咱妈到底怎么了？"

"我觉得咱妈想找老伴了。"张小康的脸红了。

"怎么可能？咱爸都走了二十几年了。"大哥说。

"那时也给她提过，咱妈可是坚决不同意。"二姐说。

张小康把自己的观察一五一十地和哥哥姐姐们说了，兄弟姐妹讨论了半天也琢磨不出什么。还是大姐拍板："要不，直接找妈问问，真有了喜欢的，就撮合呗！"

他们派了孙子到自留地里喊回了张老太。

张老太一听儿女们都回来了，连摘好的菜也顾不上带，急慌慌地往家赶。

"大妮，大康，二妮，咋了？出啥事了？"张老太擦着额头上的汗水问，"出啥事儿？"

大姐笑着对张老太说："妈，别急，没事儿，我们回来问您个事儿。"

张老太仔细看看大女儿的脸，再看看其他人，确实没有愁眉苦脸的模样，一颗心落了地。

"问我啥事儿？"

大女儿说："妈，您是不是中意了哪个叔叔伯伯？可以和我们直说，我们不反对。"

"啥？你说啥子？老了老了让你来寒碜我？"张老太一巴掌拍在女儿背上。

"哪个挨千刀的乱嚼舌头？"张老太看着儿女们讪讪的脸，猛地踮起脚扯住了张小康的耳朵骂，"你个兔崽子！"

"那你又是买衣服，又是打麻将，还学会了跳舞，"女儿说，"这不是想……那是啥？"

"哈哈哈——"张老太大笑起来，她擦着眼泪说，"那是村子里实行了养老政策，65岁以上老人每个月发一千多。"

"你们六奶说了，咱们这一代遇上了好时候，有这么幸福的晚年，哪能不高兴呢。我们不但学着打麻将，跳广场舞，还要一起去旅游呢。"张老太说着扭了几下刚学的广场舞。

"兔崽子，你以为就你们会享受生活啊？"张老太瞪着儿子说，"就你大惊小怪。"

修　行

余悦

一群来自世界各地的人，自称修行者，朝拜圣地。

每个人都各有各的虔诚，各有各的神圣，各有各的形态。

这是个中年女子，中等身材，不胖不瘦，白皙的皮肤，一头短发柔软而服帖，一双眼睛总是轻轻地垂下，似乎闭目养神，又似乎凝望着手上的佛珠。偶尔抬眼说句话，细声细气、慢慢悠悠地，令身边的人不断感叹她的修行到家，自愧不如。

相处了几日，大家称呼她：李师兄。

李师兄大多数时候都是做功课，带队的上师也赞叹她，功课勤奋，诚心可嘉。

李师兄的为人也与她的修行一般清净，不与人搭讪。但在师父赞叹的时候，脸上便会泛起一层红光，露出明媚的笑容。

于是，大家都知晓了她是个虔诚又勤勉的信徒。

有一位自觉修行不够的同行者小王，想要亲近她，向她学习。

圣地负责接待的师父，便按照个人的诉求，将自觉修行最差的小王和李师兄安排到了一个房间，同宿同行。

小王满怀期待，双手合十："师兄，请多赐教。"

李师兄双手合十，微微一笑，圣洁庄严的宛若菩萨。

一路翻山越岭，披星戴月，终于赶到了住宿的旅馆。小王紧随着李师兄，观察着李师兄的一举一动。

进了门，李师兄先把房间打量了一番，然后对师父说："师父，这个房间只有茶几，没有桌子，能不能换一张？我要供菩萨的。"

师父轻声细语地回答："真是对不起，所有房间都是这样的。"

"哦，那算了。"

"那么请帮忙找个洁净的桌布吧！"李师兄又环视了一圈说，"我做功课的时候把佛像放到化妆台上，要把这镜子遮掉。"

师父顿了顿，为难地说："要不你用衣服遮盖下？我们这里没有桌布。"

小王心底暗暗感叹："师兄真虔诚啊。"同时提议说："师兄，可以用浴巾呀，大小刚好合适。"

李师兄白了小王一眼，双手合十："阿弥陀佛，罪过罪过。"然后不屑地对小王说："浴巾沾染俗人之污体，岂能现于佛前？"

小王明白了李师兄的不屑，闭紧了双唇，不再发一言。

李师兄想出了一个的办法，把小佛像放在茶几上，自己席地而坐，开始默诵功课。

小王枕着一室光明，聆听了一夜佛音，昏昏睡去。又在一室光明和一片佛音中，昏昏醒来。

醒来的小王看见李师兄虔诚地跪坐于佛像前，念念有词。

"呀，师兄一夜未睡？"小王不禁赞叹地惊呼。

李师兄不屑地瞥了他一眼，小王赶紧闭了嘴。

小王吃完了早餐，轻手轻脚地回到房间，李师兄依然虔诚地跪坐佛前，念诵功课。她看了看时间，距离约定集合的时间很近了，于是轻手轻脚地拿了行李离开了房间，却是再也不敢开口招呼师兄。

师父已经等在了约定地点。

师父微笑着问她："早安，您的同伴去吃早餐了吗？"

小王摇头。

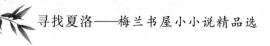

师父也摇头，他说，服务员之前去喊她三次了，她很生气地责怪他们打扰了她的修行。还很严肃地给出了明确的时间，最少还要一个小时才能结束她的功课。

约定的集合时间已经到了。

小王疑惑地问："请问师父，一个人为了自己的修行，却影响了他人的生活，会有福报？"

"因一己之利给他人带去烦恼，菩萨是不愿意看到的。"师父微笑着双手合十，"阿弥陀佛，求菩萨保佑我精进修行，能助菩萨一臂之力，解众生苦难。"

小王抬头望着师父恬静的面容，再望望房间的方向，似乎感悟到了什么。

当天下午，小王和领队协商要了单间住宿。

别人问她怎么不好好向李师兄学习。

小王淡淡地笑着："我还是先学怎么好好做人。再谈修行吧。"

自　救

余悦

急诊室的医生急匆匆地跑出来，找到家属，又兴奋又着急地连声发问："你家人得的是大面积心肌梗死，国际惯例，超过六小时，神仙也难救。"

"你再回忆回忆，10 小时前发病到现在，你们做了什么？"

家属皱着眉头回忆："没吃药，也没上医院。"

"肯定做了什么，你再想想。"

家属的脸上浮起了一层羞愧："开始听到他喊难受，却不让我送医院，我太累，就自己睡着了。"

走廊的风吹来，医生的白大褂随着风飘荡开来。他的眉也皱了起来，不断地嘀咕："奇怪，怎么会还活着呢？"

家属急红了眼，拽住了医生的袖子，哽咽着问："他很危险？"

医生严肃地答复："太危险了，各项指标严重超标，而且还在继续上升。按照医学常识，他应该无法活着了。"

"我们要找出他异常的原因。你再回忆回忆？肯定有哪里不一样。"

家属想了想说，"他好像一夜没躺到床上，一直靠着！"

医生还是摇头，这不是留住一条命的主因。

"他一直靠在床头吸着氧气。早上我起来了才关掉氧气机。"

"啊，原来如此。"医生兴奋地喊起来了，"不过你家怎么有氧气机？"

"去年我觉得胸口闷，他好心就买了台氧气机，让我不舒服就吸两口。"

"原来如此啊。看来是他救了他自己。"医生感叹着说，"别着急，他会度过危险期的。"

医生急匆匆地离开了，向抢救室疾奔而去。

一年后，家属带着康复的病人来到医院致谢，医生笑着对大家说，"平时还是要好好关心他人。你们看，他关心夫人的健康给买的氧气机，最后救了他自己的命。"

心诚则灵

余悦

寺庙香火鼎盛。

众人虔诚地跪拜礼佛，同时随喜乐捐。

一中年男子，身材壮硕，满面红光，身着高级西装，手腕上戴着一块亮闪闪的钻石表，跪在佛前念念有词："佛祖保佑我升官发财，平平安安。他日青云直上，必定给您重塑金身。"

一孩子望着他的模样，懵懵懂懂地问妈妈："人们为什么这么认真地拜佛？佛祖真的会保佑他们吗？"

妈妈合十朝菩萨念诵："阿弥陀佛，我佛慈悲，佛佑众生。"

然后转头回答孩子："妈妈拜佛是祈求佛祖保佑我们阖家安宁，平平安安，心诚则灵。"

然后又抬头示意孩子望着那排着队捧了大把钱赞助的大腹便便、高贵威严的人群："他们拜佛也是为了让佛祖保佑他们平平安安。"

"哦！"孩子似懂非懂地点头，也跟随着妈妈跪拜。

母子俩走出大殿时，天上落起了雨滴。两人急忙地往外走，想趁雨未下大能早些回到家。

路却被几个身穿黑色便衣的人拦住了，听说有高官显贵来上香，要清场子。被困走廊上的香客，纷纷踮起了脚尖仰头张望，想看看是谁如此大排场。

贵人来了，是本地的一位官员。他身材高大，乌发油亮，相貌严肃。他的身后，正是那个祈祷升官发财的钻石手表男。手表男弓着背亦步亦趋地给贵人打着伞，两位师父陪同在贵人的身边。雨滴打在三个人身上，湿了西装，湿了袈裟。

一个师父微笑着仰起头对高官说了句什么，他稍微侧了头，对师父露出微笑。

围观的人群中有人开始焦急地低声说："哎呀，我家孩子等着喂奶呢，怎么这么倒霉，被堵在这里。"

还有人说："这个官儿确实大，排场也大。不过这么显摆，也不怕菩萨看见？"

有人应和："您看见了，菩萨肯定看见了。"

妈妈念叨着："哎呀，再不走，怕赶不上给爸爸送饭了，他可刚做完手术啊！"

男孩子双手合十，学着妈妈的样子，念念有词："阿弥陀佛，我佛慈悲，佛祖保佑让我们能赶上给爸爸送饭。"然后在心里加了一句："阿弥陀佛，诚心地祈求佛祖保佑不好的官儿早些下台吧。"

某一天，新闻上报道该高官因反腐落马。

发　福

余　悦

她是个中年女子，一米六五左右的身高，肥硕的身子，看起来有些臃肿。

她是位医生，因为擅长各类疑难杂症，被评为名医。

这天，一群久未见面的高中老同学聚会。

席间，她一直低头吃菜。她不喝酒，也不给别人敬酒，甚至连茶水也不喝。

"真抱歉啊，下午还有个手术，吃了饭马上要离开，下次有机会我请大家。"

然后就又低头吃饭，而且只吃那些鸡鸭鱼肉。

一个身材苗条妆扮时尚的女同学，吃惊望着她说："吃肉容易发胖啊，胖了对身体不好，你当医生的肯定知道。"

她只是笑笑，没有说话，把那盘牛肉又转到自己面前，夹起一大块吃起来。

"哟，大院长，如今混得不错哦，瞧瞧这身材，气场好强大。"坐对面的另一位女同学说打趣说，"我可不敢坐您边上，会显得我家多落魄，肉都吃不起。"

"是哦，阿丽是有些发福了。"其他同学附和说。

有同学疑惑地问："你们学医的不是都懂健康原理吗？怎么不注意控制？"

"所谓心宽体胖，我这是幸福地发福。"她冲大家微微一笑，"诸位可要放宽心态，让自己能够好好感受幸福哦。"

然后她又转动了圆盘，将一盘河虾转到了自己面前，继续吃。

大家还在高谈阔论，她放下了筷子，和大家道别："老同学们，抱歉了，我先走一步。"

"哟，毕竟是大院长，派头足，这个点儿可是还没上班，到哪手术去呀？"黄衣女同学讥笑她。

她微微一笑，丝毫不在意黄衣女同学的嘲讽，也谢绝了同桌的挽留，疾步离开。

她回到了医院，到了办公室眯了会儿，然后就到了手术室。

夜里 12 点，她从手术室里出来。

虚脱的她瘫软在椅子上，接过助理递过来的水，一口气灌了下去。然后又拖动沉重的脚步朝洗漱间走去。

次日，她回请同桌吃饭。

"你问我为什么允许自己发福？"

"你昨天说幸福地发福，是不是老公太好，天天做大餐把你养肥的？"同桌打趣。

"他也是医生，怎么会喂肥我？那是因为我要做疑难手术，有时一站就是十几个小时，不能离开手术台。可我又有点低血糖，不得不在术前拼命多吃高营养食物，避免术中饥饿或者半途离开。所以，有些时候必须暴食，而且没法多喝水代谢，慢慢地就越来越肥了。"她笑眯眯地解释，慢吞吞地喝了一口白开水。

阳光从窗外射到她的脸上，同桌发现她圆圆满满的脸上焕发着一层淡淡的光芒。

风雨同舟

余悦

江面上风大雨急，一艘小船摇摇晃晃地在江中前行。

偶尔风停雨住的时候，窄小的船舱中会有一个女子抱着一个孩子走出来，站在摇船的男子身边，一起凝望着江面。

有时会有同行小船上的人们彼此大声地打招呼。

江面如此遥阔，总是见不到江岸。

日子一天天过去，有些小船远去了，有些小船被落在了后面，也有些小船顶不住大风大浪翻覆了。这艘小船也越来越陈旧了。

孩子却是一天天长大了，整日在江里嬉戏。

有一天，在江里玩水的孩子兴奋地归来："阿爸，阿妈，我游到岸边了，岸上好美，我以后要去岸上玩。"

男子沉默地望着孩子，半晌点了点头。女子亲昵地摸摸孩子的头，眼角露出了欣慰的光："去吧，照顾好自己。"

孩子又跃入了江里，欢快地向前游去。

男子和女子一起在船头静默地目送着他，直到一个黑点消失不见。

没有了孩子的欢笑，男子越来越沉默寡言了，船也行得越来越慢，有时会有雨水从船顶的缝隙里滴落下来。

女子经常一个人坐在船头，静静地望着水面和远方。

有一天，女子对男子说："我很抱歉，我也要离开了。"

"我一直会游泳，而且可以轻松地游到岸上。"

"我想，我无法再陪着你慢悠悠地继续摇船了。这么多年，我也早就渴望回归到岸上，游遍繁华的世界。"

男子脸上露出了惶急的气色："你走了，我怎么办？"

"你可以继续慢慢地摇着船，也可以在风雨的时候给江里的其他人避避雨顺便做个伴。"女子给男子出主意，"只是我不再愿意和你做伴了。"

"就此分别吧。"说罢，女子快速一个起跳，跃入水中，摆动双臂，宛若一尾优雅的美人鱼，瞬间淹没在江雨中。

女儿去美国留学后，蒋女士无意中看到了这篇文章。她想了一周后，与丈夫提出离婚，并且自愿净身出户。

让 座

余悦

从山区始发的公交车开到了一个站点，挤上来许多人，有穿着裙子的山民，有穿着校服的学生，还有牵着孩子的女子。特别显眼的是个西装革履、红光满面的中年男子，最显眼的还是他那色彩靓丽的领带，以及额前发亮的地中海。

有人对他热情地打招呼：何经理，下班了？

也有人笑着给他让出扶手。

颠簸的山路，拥挤的车厢，东倒西歪的人们，在闷热的天气里发酵。

何经理脑门上冒出了细密的汗珠，他狠狠地松了松靓丽的领带，紧紧地皱了皱眉毛。

他身边那个热情的男子，看了看何经理的脸色，突然指着边上座位上一个面貌黝黑的山民说："你，把位置让一下，让给何经理坐。他可是来给咱们建设高速公路的。"

山民抬起头看看他们，立马抬起了身子。

这时，坐在他后面的青年男子，伸手按住了他："别起来，他一非老弱，二非病残三未孕，不需要您让座。您继续坐着吧。"

然后他还抬头望了望何经理和喊人让座的男子。

何经理看了看他的穿着，一件做工精细的银白色条纹体恤，配着一条马其色休闲裤，腰间皮带赫然是某名牌，耳后还别着一副时尚的太阳眼镜，估计是哪个名门公子来山区旅游？

何经理赔出了一个笑脸："哪里，哪里，我身强体壮，无须让座，再说山民兄弟也辛苦。"

然后又转头对身边的男子说："小李，咱们公家人员要更加体恤山民兄弟。"

车厢里响起了一片叫好声、赞叹声。

次日，又是同个站点，何经理照样西装革履地上车了，只是脚步一拐一拐地。昨天那个小李跟在他后面一起上了车，问他："何经理，天气这么热，您怎么穿得这么严整啊？"

何经理苦笑着："这不传来内部消息，新上任的老总来本段视察工程，我兜转下看能不能遇见他，免得有啥问题。总是要穿得体面点好有点面子吧。"

"唉，今天一不小心，把脚也崴了，站都站不稳咯。"何经理掂着一只脚靠着车壁。

"来，你坐这里。"一个浑厚的男中音响起，竟是昨天那个阻止让座的男子。

"不用了，谢谢！"何经理微笑着摇头说，"我靠着站站，也就七八站。"

男子站起了身，硬是把座位让给了何经理，何经理很不好意思地落座了。

到了站点，何经理和小李一起下了车，没注意到让座的男子也下了车。

小李搀扶着何经理走了一段路后，两个人就开始健步如飞了。

何经理得意地笑着对小李说："你看，学着点，生活中要运用智慧，老弱病残孕才能让座，偶尔残一下不就解决了吗？"

跟在身后的男子默默地观察着他们两个人，清晰地听到了他们的对话，英俊的脸庞上，微微地皱了皱眉。

次日一早，何经理就接到了总公司内部熟人的电话："你那边到底发生了什么事？总经理下令解除你的经理职务，说你善于弄虚作假，还要求马上审计督察你们辖区的所有账目。"

何经理光亮的脑门上冒出了一大堆的汗滴："怎么可能？我天天去工地守着，我也没遇见一个像总经理的人。"

这时，小李推开了办公室的门："何经理，总经理来了。"

何经理连忙站起来，朝门外迎去，习惯性地哈着腰低着头，先伸出了热情的双手："热烈欢迎领导莅临指导。"

前面并没有伸出手握住何经理的手，一个有点耳熟的声音传来："何经理，昨天崴得那么严重的脚，好了？"

何经理赫然发现跟在小李后面的就是公交车上的青年男子。

作者简介：

余悦，本名黄爱萍，浙江省义乌市人，经商，爱好文学。

拜访孔夫子

严廷松

那天午饭后，我前去拜访孔夫子，想请教他一个问题：一年究竟分几季？

"四季！"

"三季！"

"四季！"

"三季！"

刚走近孔家大院，就听见有人在院子里大声地争吵。我从猫眼里一望，只见子路在和一个绿衣人争执，两个人都一手叉着腰，另一只手在对方的面门上指指点点，满脸青筋暴露，唾沫横飞。如同两只斗红了眼的公鸡。

"是谁在此喧哗？"孔夫子从屋里走出来，边走边问道。

两人顿时停止了争吵，绿衣人仍然一手叉着腰，另一只手插进裤兜里抓住了手机，摆个马步，仰望天空，仿佛要在某个云朵里寻找个什么小鸟来。

子路转过身对孔夫子深深一揖："适才，我正在打扫院子，这个人要见你，我说夫子在书房读书，有什么事跟我说就行了，他说，一年分几季？我说四季，他不依不饶，硬说是三季。因此发生争执，惊扰了夫子，实在不应该。"

"哦，原来是这样。"夫子看看绿衣人，转向子路道，"一年就是三季嘛。"

"你瞧瞧，还是夫子明白事理，一年肯定是三季。"绿衣人指手画脚地说道。随即一转身，扭头朝着子路"呸"了一声，余怒未消地朝大门走来。

"怎么会是这样呢？"

我猛地推门而入，与绿衣人撞了个满怀，绿衣人骂骂咧咧地走了。

我上前对夫子深施一礼，开言道："刚才夫子所说当真？"

"然也。"夫子说。

"可是……"

"我知道你想说什么。"夫子接着说道，"一年究竟分几季，这得因地理位置而异，通常说的一年四季，是指地球的南北温带，那里的春季草长莺飞、繁花似锦，气候宜人，夏季则是骄阳似火，酷热难当，秋季则是秋高云淡，百叶凋零，到了冬天，又是滴水成冰，雪被原野。四季变化，界限分明，周而复始。但有的地方，如赤道附近就只有夏季；南北两极属于极地气候，只有冬季；还有……"

"照夫子这么说来，一年究竟是几季呢？"我插嘴道。

"那依你之见呢？"

"以前，我们对一年四季的说法深信不疑，后来听说云南昆明市四季如春，河北承德气候宜人，今年我又在玉门关外待了近一年时间，那里不见有春、夏两季，只有秋天和冬天，故而对一年四季的说法产生了怀疑，因此，才来请教于夫子。"

"如此看来，一年分一季、两季、三季、四季都有道理。"夫子说道。

"那么，请问夫子刚才你对绿衣人说一年是三季是何道理呢？"

"你看看那绿衣人。"夫子解释道，"浑身着绿，就是属蚂蚱的。而蚂蚱一生之中只经历过春、夏、秋三季，压根儿就没有见过冬季，跟那样的人去争执，也是枉然，还不如依了他，让他早早地离去，免生事端。"

"但我总觉得夫子是另有隐情，才曲意迎合他的呢。"

"此话怎讲？"

"你其实也知道，那绿衣人并非是什么属蚂蚱的，他是司马大夫的小舅子，你如果不依了他，就会得罪司马大夫，这样一来，你那年薪六万还要不要？你那办学经费还要不要？你的私立学堂还开不开？再说了，你向每个弟子收取十条干肉，算不算违规收费？随便找你茬儿，治一治你，你就又会变得累累如丧家之犬，忙忙似漏网之鱼……"

"大胆！有你这么跟夫子说话的吗？"子路忍无可忍，边说边冲过来，一拳将我打翻在地，我一骨碌坐起来，醒了。

回想起梦中的情景，悔恨不已，我怎么能以小人之心度君子之腹呢？我狠狠地扇了自己一个大嘴巴，抓过手机一看：早该上班了。

先进代表张二娃

严廷松

前几天，工程项目部在全体员工中进行了一次民意调查，旨在评选出本年度安全工作先进个人，很快结果就出来了，架子工张二娃的票数遥遥领先，被评为先进个人，这个结果早在人们的预料之中。

平时，张二娃就非常重视安全工作，做好防范措施。上工地、上食堂、上厕所、上网吧……他都戴着安全帽、系着安全带。就连午休时，他躺在床上，也会全副武装。

项目部组织了很多次突击检查，张二娃都给领导们留下了很好的印象，得到过无数次口头表扬。

这次的表彰大会举行得十分隆重，项目部大礼堂人满为患，张二娃带着大红花，坐到了主席台上，与会的领导们逐一上前讲话，一个个声如洪钟、余音绕梁，都对张二娃

那种强烈的安全意识和高度的责任感表示了充分的肯定，而且，号召全体员工向张二娃学习。整个会场高潮迭起，掌声雷动。

项目部办公室那位年轻貌美的女秘书，捧给了张二娃一束鲜花，抛去一串媚眼；项目总经理亲自给张二娃颁发了奖金和证书。

会议刚一结束，张二娃就被记者们团团围住，长枪短炮一齐伸了过来，纷纷要求张二娃发表一下获奖感言。

张二娃双手不停地搓着，一脸的腼腆，一如徐庶进曹营——一言不发。

有位记者诚心打破僵局，便转移了话题："请问张先生，你打算如何花掉这笔奖金呢？"

"首先得买顶绒线帽和一套外衣。"张二娃毫不犹豫地回答道。

另一位记者见张二娃开口了，便不失时机地言归正传："那么，请问，是什么原因你才能做到时刻戴着安全帽、系着安全带呢？"

张二娃"嗖"地冲出人群，回头喊道："冷！"

戏说"愚公"

严廷松

北山愚公，人如其名，IQ不高，勤奋有余，闲暇时也爱琢磨一些事儿。他常想：我住在北山，水、电、气、路一样都不通，WiFi、网络都没有，信息不灵、道路不畅。山里的芋头、棒子运不出去，卖不上个好价钱；城里的工业品买不回来，绳床瓦灶、茅屋蜗居的现状始终无法改变，不穷才怪。

君子固穷，穷则思变，愚公思来想去，突然灵光一闪，蹦出六个大字：要致富、先修路。愚公茅塞顿开，一拍大腿，就这么定了，这年愚公刚满九十岁。

愚公的决定得到了全家人的首肯，说干就干这是愚公的一贯作风。他们扛起铁锤、钢钎，背上粪箕、背篓，浩浩荡荡地涌向山顶，"叩石垦壤"，决心将太行、王屋两座大山移走，修出一条大路，直通冀之南、汉之阴。

正当愚公一家几代人干得热火朝天之时，河曲智叟得到了一个消息，北山的公路修建也列入了规划，事不宜迟，智叟急忙找关系、要项目，为了保险起见，还从河里打捞了几担天然绿色的鲜鱼送进城里，很顺利地拿到了项目，择时开工。

炮声隆隆、挖机突突，运渣车川流不息，工程飞速进展。愚公百思不得其解，看那智叟，身无缚鸡之力，胸无点墨之才，咋就把这工程干得风生水起呢？

这日智叟贴出了招工启事，说是因工程进展需要，大量招收民工，要求能吃苦耐劳，服从管理，适应加班的青壮年，男女不限，包吃包住，日薪20元。

愚公虽百般阻拦，甚至倚老卖老，后生们还是没有抵挡住金钱的诱惑，义无反顾地投入到了修路大军之中去了，愚公冥思苦想了数日，终于明白了一个道理：挖山修路仅靠决心是不够的，虽然子子孙孙无穷匮也，而山不加增，何苦而不平？然而时间不等人，这样永无休止地挖下去，要到猴年马月才能尝到致富的甜头？

愚公也放下锄头、背篼，应聘到工地上去给运渣车发票计数去了，只是工资少得可怜。山很快就挖平了，路很快就修通了。

一切来得如此突然，愚公一家为挖山而准备的众多的劳动力，没了事干，出现了僧多粥少的状况，许多人便纷纷外出务工，挣钱讨老婆、盖房子。就是京城氏孀妻之遗男，也不顾年幼体弱，毅然背井离乡，寒暑易节，始一返焉，愚公仍然在家留守。

河曲智叟，在修路过程中赚了个盆满钵满，除了原有的水运码头而外，又增加了公路运输业务，日进斗金，腰缠万贯，日子过得有滋有味。

愚公终于明白了，"愚"才是穷的根源，与大山无关。

作者简介：

严廷松，自由职业者。其作品散见于《果州诗词》《金色浪花》《红乡沃土》《古榕树下》《中华好诗词》《经济周刊》《杂文选刊》《让阅读流行起来》《山西作家文苑》等报纸、杂志。

看不下去了

曹卫

上级检查任务很急，单位来了很多人加班整材料。事情很多，需要分工，阿康和阿伟在一组。

夜里九点多，阿康分的工作已经完成了，阿伟的工作还在进行。

领导看阿康闲着玩手机也没什么工作可以分配给他干，让阿康先回去。

阿康坚决不："虽然我工作完成了，不过我也不能走，要和弟兄们共同战斗。阿伟那有什么我能干的就交给我吧。"

领导很感动。

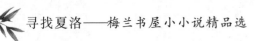

领导的领导进办公室安排领导赶紧去办一件跟检查相关的紧急任务，看到阿康就问干完了怎么还不下班。

阿康说："虽然我的工作已经完成了，不过，我不能走，我要和大家一起战斗。"

领导们顾不上多说，安排了一下就去忙别的去了。

阿伟忙得焦头烂额，阿康打着夸张的哈欠说："啊呀，阿伟你工作这么紧张，我实在看不下去了，我先走了。"

阿康也不等阿伟他们的回答就起身走了，留下阿伟等人继续加班至次日拂晓。

检查很顺利，获得了省里检查组的高度认可。

检查结束，单位进行总结，领导高度表扬了阿康站位高，顾大局，团队意识强烈。

而阿伟因为那天加班熬夜，中间出了两个小疏漏，被领导不点名地批评了工作不细。

让

曹卫

单位不大，十来个人，一个正职领导，三个副职领导，统称主任，股级建制。

早多少年，就一直说单位要升格成副科级单位，可是说来说去那么多年，还是一直在股级里转。

后来机构开始改革，从外地传来的消息是，以后这个单位，正主任和第一副主任要高配副科。

这可急坏了第二副主任田主任了，在这个基本上靠资历的小单位，人员流动不大，前面两位高配了，要是没有位，他还是解决不了呀。第一副主任姓吴，看出来了田主任的急躁，私下里和田主任聊天时候告诉他："别急，我年龄有点大了，只要能解决了副科级，我马上就辞去职务，让给你干。到时候你就能解决副科级了。"田主任点点头，一个劲地感谢吴主任顾大局，照顾做兄弟的。

赵主任在的时候就开始传这个消息，赵主任听了笑笑，干了两年多，提拔走了，没多久就解决了副科级。

第一副主任却没有顺位补缺，年轻的第四副主任孙主任提拔成了主任。田主任又有点急了，吴副主任在一次私人酒局后又悄悄和田副主任谈了一次心，让田主任别着急，等他解决了副科级，马上就把职位让出来给田副主任。

孙主任一上任，大家都说，孙主任赶上好时候，能高配副科了，孙主任听了笑笑，在主任的位置上干了一年多，外放别的单位，很快也解决了副科级职务。

大家都说这回该顺位补缺，吴副主任要去掉那个"副"字了，这几回的事，大家都明白了，只要主任干个两年就能提拔出去解决副科级了，谁承想，忽然从外单位调来了个李主任。吴副主任依然是吴副主任。田副主任还是田副主任。恰好这个时候单位里忽然搞了次储备千部遴选，吴副主任因为年龄过线，田副主任顺利选上了第一副主任，吴副主任一下成了第二副主任。

吴副主任气得一下子请了半个月病假没上班。田副主任去看吴副主任，临走的时候悄悄地对田副主任说："老兄，别急。以往你待我不薄，等我解决了副科级，马上就把职位让出来给你。"

作者简介：

曹卫，1978 年出生，安徽省太和县人，现任职于太和县公安局刑侦大队。业余从事文学创作。作品散见于报纸杂志及网络。

寻找夏洛

张平

大清乾隆年间，入宫多时却致死不从的香妃，在夏紫薇格格等众人暗地帮助下逃出皇宫，和心上人麦尔丹一起连夜逃离京城。

乾隆皇帝得知香妃和情人一起出逃消息后龙颜大怒，紧急召见和珅，让他无论如何要寻找到香妃下落。有证据显示，香妃很可能逃到浙江海宁，那是夏紫薇娘亲夏雨荷后来隐居的地方。

乾隆大骂香妃无情无义，尤其是让自己戴上绿帽子更是忍无可忍，他愤怒地发誓说，永远也不想听到"香妃"两个字。

面对匆匆赶来的大内密探和珅传达了皇上口谕："立刻启程前往浙江海宁，一定要找到——下落。"和珅尽管聪明绝顶，但遇到皇上新禁忌语"香妃"两个字，一时也找不到合适的代名词，只好用带有暗示意味的片刻停顿来代替。

精明的大内密探心领神会，快步走出紫禁城，骑上一匹千里马，风驰电掣般消失不见了。他日夜兼程来到海宁，办案经验丰富的他首先来到县衙寻求帮助，很快便有了线索……

这天早上，和珅走出和府准备上轿，只见大内密探派出的信使飞马来报：人已找到，

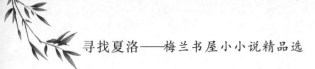

三日之内便可带回。

和珅急匆匆赶进宫里，将这一消息禀告皇上。

自从香妃逃走后，乾隆皇帝几乎日夜心神不宁、寝食难安，由开始愤怒心情渐渐转为无限思念。当听到和珅上奏后，心中大喜。

第三天整整一天，和珅一直焦急万分地等在紫禁城外，终于在日落之前，大内密探风尘仆仆地赶到。和珅忙问：

"人呢？"

"我带来了。"大内密探气喘吁吁，从身后抱出一个约三岁的小女孩。

"啊？！是她？"和珅快站不稳了。

"没错，就是她。"大内密探兴奋地呈上从海宁市衙带回手续齐全的身份证明材料，"皇上要找的夏洛，我已经找到了，整个海宁只有她一个人叫这个名字。"

"夏洛？……下落！皇上要找到香妃下落！你这个笨蛋……"和珅话没说完便晕倒了，不过在他晕倒之前并没忘记给大内密探两记重重耳光。

大内密探由于自作聪明，错失找到香妃良机被关进大牢。

夏洛被和珅秘密送进后宫，指定专人抚养。

十几年后，夏洛长成一位倾国倾城美女，成为乾隆晚年最宠爱的洛妃。

一天和珅步履匆匆地进宫面奏皇上说："有密探来报，这次真正找到香妃下落了。"

"嗯……"听见和珅的上奏，乾隆没有改变身体姿态，眯着眼睛，继续吃着洛妃送进嘴里的荔枝，从喉咙里发出极为不满的声音。

"奴才该死！奴才该死！"和珅偷偷看了洛妃一眼心头一惊，立刻跪倒在地，一边磕着响头一边狠狠自扇耳光连连说，"找到夏洛了！找到夏洛了！"

和珅回府后，想起洛妃的相貌和年龄，想起十几年前乾隆第四次下江南时与夏雨荷再次幽会。这一切让他惶恐万分，他几乎可以断定夏洛和夏紫薇一样都是当今格格。事情到了这一步，如果泄露出去自己将必死无疑。整整一宿和珅惊魂不定彻夜未眠，他绞尽脑汁终于想好了对策。

这天和珅早早进宫，独自一人偷偷销毁了两份绝密资料，一份乾隆下江南再次幽会夏雨荷的绝密档案，另一份是有关夏洛的身份证明材料。不久后，找到夏洛的大内密探也在大牢内神秘死亡……

传说夏洛受到乾隆宠爱幸福终老但无确切史料记载，她一直无后却原因不明，与她相关的所有资料都神秘消失没了下落，从此大清历史上就没有夏洛。

辞　醉

张平

柯尔是某厂技术骨干，人长得帅，嘴巴能说会道，酒量也不错。有段时间，厂里产品销售量锐减。柯尔带着梦想从技术部门被调往销售处，跟随销售处长长住济南跑山东市场。

山东人性格豪爽，喝酒更是豪放。处长不善酒力，但深知喝酒对于推销产品的重要性，因此，给柯尔布置的工作就是，一定要把客户喝倒，一定要把自己喝倒。柯尔果然不负重托总能出色完成任务。

几个月后，厂里销售业绩直线上升，柯尔身体状况却急剧下降。以前雷打不醒的他经常失眠；记忆力减退，常因忘记回话而遭到妻子蓝樱抱怨；视力下降厉害，手机字体不断调大。

当柯尔梦想之旅进展顺利之时，有点不顺的是胃疼。他知道醉酒伤身，于是开始尝试装醉，可有一次被客户发现认为不诚实而丢了订单，事后被领导严厉批评又扣掉当月奖金。此事加深了他的理解：实现梦想，需要付出。

当柯尔离梦想越来越近时，他的胃疼也越来越厉害。一天发现吐血后，悄悄去了医院进行检查，结果胃部严重溃疡，医生说必须禁酒。然而那天晚上，柯尔还是用梦想的力量战胜困难，出色完成任务，收获了一大笔订单。

近段时间，蓝樱总是心神不定，每天晚饭后第一件事情就是和柯尔联系却经常联系不上，事后得到的解释也常常不能令人满意。周五，她再也忍不住了，下班后直接去了机场。深夜赶到济南办事处时，看到柯尔已经烂醉如泥地倒在床上。蓝樱一阵心痛，赶紧脱下柯尔衣服，用热水给他擦洗，最后将整个房间收拾得干干净净。

第二天，蓝樱早起做好早餐。柯尔醒来依然昏昏沉沉，睁眼看见蓝樱的瞬间，他发现自己这次醉得太厉害，出现如此逼真幻觉。他又闭上双眼，决定等待意识完全恢复正常之后再起来。

蓝樱微笑着用热毛巾擦了擦他的脸，甜蜜地叫了一声："亲爱的！"

柯尔惊诧地睁开模糊双眼翻身坐起，一把将蓝樱搂入怀中兴奋问道："宝贝，你怎么来啦？"

"我想你了！"蓝樱面带微笑，温柔地看着他……

吃完早餐，蓝樱情绪渐渐低落，见此情形柯尔快速回忆却实在想不起哪里出了差错，他希望能将气氛重新带回高潮："宝贝，我想送你一个惊喜，猜猜是什么？"

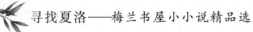

"什么？"蓝樱并没有准备高兴起来。

"记得那套采光很好的商品房吗？我已经挣到首付了！"柯尔兴奋地说着，伸开双臂，等待着蓝樱像快乐的小鸟扑进自己怀里，可是她低头坐在那里一动不动。

过了一会，蓝樱抬起头，眼中闪烁着泪花，站起身走到柯尔面前，语气平和而坚定地说道："亲爱的，辞掉现在的工作吧！"

"为什么？"柯尔大吃一惊。

蓝樱拿出昨晚收拾房间时找到的病历，泪流满面，她轻轻抚摸柯尔的脸说："我什么都不要，亲爱的，我只要你！"

两行泪水从柯尔眼里静静流出。

当天，蓝樱坚定地拉着柯尔请假一同飞了回去。第二天一早就带他去医院做了全面检查，结果发现他不仅胃溃疡比较严重，而且肝部明显肿大。

接下来一段时间看病的花费，让柯尔与买房梦想的距离重新变得遥远。看着蓝樱近来渐渐消瘦却强颜欢笑的脸，更是让他心痛。眼前一切让他开始清醒，忽视健康及爱的滋润，梦想只是一片幻影，最终留下的将是累累伤痛……

"亲爱的，该吃药了。"蓝樱轻柔的声音飘来，打断了他的思绪。

不久后，工厂领导慎重讨论了柯尔辞职申请后做出决定，拒绝他辞职，但同意他辞醉，重新回到技术部门工作。

墨　竹

张平

在武汉上大学时，班上有位来自东北的女生叫林墨竹。由于人长得漂亮，班上男生都想尽办法和她套近乎，我也不例外，几十个男生，就有几十种办法，而我的办法最行之有效。她大二过生日，男生们抢着给她送生日蛋糕、鲜花、毛绒玩具什么的，而我别出心裁，送给她一盆文竹，后来看见她一直放在窗台上，我心里美滋滋的。

有天晚上下课后，我快步追上她，壮着胆子对她说，天这么热，我陪你纳凉，给你讲讲竹子的故事怎样？那时我心情紧张得快要窒息，幸运的是她愉快地答应了。

武汉的夏天像个火炉，小时候没有空调电扇，傍晚时分，家家户户把竹床摆放在门前纳凉。大人小孩，或坐在竹床上谈天说地讲故事，或躺在竹床上面对神秘夜空数星星……

这时，她仰望星空说，那一定非常美妙！

有一天林墨竹问我，这里有墨竹吗？我随口应了声有啊。哪知她却认真对我说，什么时候带我去看看。

天哪！我根本没见过墨竹，更不知道哪里有，怎么办呀？

经过几天苦思冥想，我终于想出一个办法。

约好这个周末晚上去看墨竹，我有意晚些带她出来，到达湖滨公园时园区灯火已经熄灭，月色朦胧。

我们来到一片竹林深处一座凉亭，坐下之后我告诉她，周围就是墨竹。她啊的一声，兴奋地跳了起来说，我终于见到墨竹了！

这时，我终于可以放心地高兴了，黑夜之中谁能看清那是什么竹子。这时我故作遗憾地说，太黑了！我指的是天色。

对，是黑的，墨竹竹竿就是紫黑色。

接着她说起关于她的故事，我爸爸喜欢收藏，他最喜欢的藏品就是一幅墨竹画，我出生后就起名叫林墨竹。我从小喜欢竹子，可我们那里没有竹子，我一直想见到和我名字相同的墨竹。

第二天晚上下课后，林墨竹要我去常去的地方等她。我怀着幸福即将来临的激动心情等在那里，可她见到我的第一句话就是，你是个大骗子！那根本不是墨竹！

她的话如同冰水从我头顶上浇下，将我冷却到冰点，我木呆地站在那里，紧张地等待着她对我的死亡判决。

哈哈哈！听到她的笑声，我一阵战栗。

谢谢你！完了，我已经死定了，这句话翻译过来就是拜拜了。

她轻轻拉我坐下，此刻我大脑才开始清醒，感觉她已经拉到我的手，这是我们第一次拉手！我心跳加快，一股电流迅速传遍全身上下每一根神经末梢。

她说，是一位室友告诉我，那不是墨竹，那只是普通竹子。但我还是要感谢你，因为你让我感受到了墨竹，对我而言这就够了，而且还让我感受到你那美好用意和浪漫谎言。

以前，我没见过竹子，但依然喜欢竹子；现在没见到墨竹，我依然喜欢墨竹。

其实，我最喜欢的还是墨竹画，墨竹画就是用墨画的竹子。

墨竹画始于北宋画家文与可，但我更喜欢清代郑板桥的墨竹画。因为文与可画竹，胸有成竹，竹在纸中，只是写实。郑板桥画竹，胸无成竹，竹在纸外，我更喜欢他重在写意。

有些东西，我更喜欢意念上的追求，这种追求往往更加神秘浪漫，更加完美动人！

我心中一阵恐慌，啊？！意念上的？那我追求的爱情呢？

林墨竹似乎感受到我的恐慌，她慢慢握紧我的手，头靠向我肩膀轻声说道：

你就是画在墨竹画外，画入我心中的那片竹林……

18 元钱的钻戒

张平

女友们都称赞艾丽的手和他人一样美丽，遗憾的是缺少了一枚漂亮戒指。

想起平淡如水、未知终点的爱情之旅，艾丽内心常常萌生出一丝淡淡的幽怨。

他叫罗丹，人很好，长得又帅。大学一年级时她就爱上他，大二时他们成了恋人。

她爱他，但很少感受到他的激情，他似乎不解风情，不谙世事。有年艾丽过生日，经别人提醒他才去买了几朵廉价的塑料玫瑰花，惹得同学们大笑不已，让艾丽非常难堪。

毕业后艾丽在一家大公司做总经理助理，罗丹也去了一家外资企业工作。

这天晚上，罗丹来找艾丽一起逛夜市。艾丽天生丽质，但对于穿戴并不太讲究，生活也比较节俭，与一个姐妹合租住。艾丽拿起小摊上一款仿真钻戒，老板开价 48 元，艾丽说 18 元，几经讨价还价后差距依然过大。

回家路上，艾丽说，几天前公司老总送给自己一枚钻戒并说是工作需要，被自己婉拒了，那只钻戒与刚才看到的样子差不多。罗丹突然感到一阵寒意。

罗丹一直深爱着艾丽，这种执着却让他害怕有朝一日会失去她。他性格内向，挣钱不多，他的弱点渐渐磨灭了自己的自信。

艾丽生日到了，罗丹做好充分准备想给她一个惊喜。他兴高采烈地拿出一个礼盒，艾丽打开一看，原来是小摊上见过的那只钻戒，于是慢慢收起笑容说："我那只是随便说说，即便是 18 块钱，我也不会买。"

"这可是我送给你的生日礼物啊！这……"罗丹的热情被一盆冰水浇凉，可他还想解释。

"谢谢你的礼物。"艾丽打断他，语气渐渐冰冷地说，"我不喜欢把那些假的东西带在身上。如果知道这 18 元钱的东西是你送给我的生日礼物，又要被人笑掉大牙了。"

"你一直认为我给你丢人了是不是？"罗丹感到人格受到侮辱。

"我可没这么说。我并没有对你要求什么，可你习惯于这种象征性的表达方式早已经变成一种伤害，你知道吗？"艾丽越说越激动，"哪怕是非常廉价的东西我也不会在意，我只在意它是不是真的，我只在意你对我是不是真心，可现在只能这样解释了，在你心里我没有分量，在你心里根本就没有我！"

"我心里没有你？！终于找到借口了是不是？你去找哪个心里有你又有钱的家伙去吧！"罗丹愤怒地咆哮着。

"你混蛋！"艾丽气得满脸通红，指着罗丹的鼻子，然后手指转向房门说："你滚！"

罗丹脸色铁青，转过身去出了房门，不久后到了遥远的非洲再无音信，那里有他们公司业务。

艾丽妈妈长期身体不好，近段时间病情加重，从老家来到城里，在医院住了一段时间，花光了艾丽所有积蓄，还找亲朋好友借了不少钱。今天，妈妈病情突然恶化，急需交钱做手术。

艾丽已经几个月没交房租，面对一大早前来讨债的房东，她无奈地说，我没钱。然后转身出去。

出了门也不知道该往哪个方向走，去医院？那里正等着她交钱；去借钱？她再也找不到借钱的地方；去找老总？可……艾丽就这样东一脚西一脚，没头没脑地在街上转悠。

突然手机响了，医院来电话让她速去。她惶恐万分，火速赶到医院，医生让她签字，她两眼一黑、双腿一软跪倒在地。医生说，是给你妈做手术，需要家人签字。医生拿走签字单，她还呆呆地站在那里，这时，与她合住的那位姐妹走了过来。

原来，房东准备把艾丽的东西都扔出去时，这位姐妹在阻拦过程中意外发现那颗钻戒感觉可能值钱，她立刻拿去典当行鉴定，结果是一枚高档铂金钻戒，当时抵押了 8 万块钱，她立刻赶到医院给艾丽妈妈交了手术费。

手术后妈妈很快康复，没过多久便回老家去了。妈妈走后第二天，艾丽向公司递交了辞职申请。

"为什么？"公司老总惊诧不已地问。

"我要去非洲！"

弄假成真

张平

"请开两个房间。"

夏日傍晚，在回家中转小镇上，蓝樱带着柯尔走进一家旅店。

他俩客房紧挨着。睡觉前，蓝樱让柯尔帮忙接通电驱蚊器后说，把我房间钥匙拿去，有事呼叫时，你要以最快速度开门进来。

深夜旅店突然停电，柯尔被蚊子咬醒。他想到蓝樱，听说她最怕蚊子，被蚊子叮咬后皮肤会严重过敏。他起来穿好衣服，轻轻开门来到隔壁房间。蓝樱正在熟睡，他坐在床边摇晃着毛巾帮她驱赶蚊子。

一只蚊子飞到自己脸上，柯尔刚要动手驱赶却突然停了下来，他怕这只蚊子会飞去咬蓝樱。很快又一只蚊子飞到脸上，他依然默默忍受着。

他困了，闭上眼晃动手中的毛巾，摇摇欲睡。

怎么办？这时，柯尔想起在大学住校时，夏夜里，只要自己在寝室蚊子就不会去咬别人。

有办法了，他脱掉自己上衣，光着上身，效果果然明显，在他身上又落下几只蚊子。

柯尔困极了，准备靠着床边睡一会。尽管相信自己对蚊子的吸引力，但为了保险起见，他将长裤也脱了，将自己能够暴露给蚊子的地方全部贡献出来。

天亮了蓝樱醒来，看见柯尔几乎赤身裸体地靠在床边，她一声尖叫把他惊醒。蓝樱双手拉着被子捂住胸口，边哭边骂："柯尔，你这个混蛋！平时一副老实巴交模样，原来是一个大色狼！滚！快滚！"柯尔睁开朦胧双眼，惊讶地看了一眼自己几乎赤裸的身体后，抱着衣服，狼狈逃窜。

蓝樱天生丽质，眼光很高，在爱的世界里，依然目中无人。

随着时光流逝，妈妈开始着急了，隔三岔五逼她回老家相亲。为了不让妈妈担心，她谎称自己有男朋友了。

妈妈是一名中学教师，说暑假要来看看未来女婿。蓝樱一听慌神了，妈妈有心脏病，绝对不能生气，看来只能将谎言进行到底。她在电话里说，还是我带他回家吧。

蓝樱首先找到租友公司，客服经理彬彬有礼地向她介绍说，夏天租男友是淡季，租女友是旺季，所以现在很难找到如你所愿的出租男友。无奈之下，她只好找到了还算拿得出手的同事柯尔，带他赶回老家。谁知半道就发生了如此惊心动魄的恐怖事件。

柯尔从自己房间仓皇出逃后，蓝樱并没有发现什么异常。一定是柯尔那个混蛋有贼心没贼胆。她想，为了妈妈也只能暂时忍耐一下，当然也要郑重警告他，不要有什么非分之想。

早餐时，蓝樱发现柯尔疲惫的脸上，出现了好多红包包，她的愤怒被好奇替代，问道："脸怎么了？"

"蚊子咬的。"

"有蚊子吗？我怎么不知道？"

"你当然不知道。"

"对，这里的电驱蚊器效果确实很好。"

"昨晚停电了。"

"啊？！停电？为什么蚊子没咬我？"

"因为，蚊子更喜欢我！"

蓝樱似乎明白了，她赶紧跑出去买了一瓶花露水回来帮柯尔擦拭，发现他全身上下几乎都被蚊子叮咬过。看着对自己如此细心呵护的柯尔，她感到一阵心疼，双眼渐渐湿润。

几天后，蓝樱顺利完成任务，和柯尔一起重返中转小镇那家旅店，她对前台服务员说："请开一个房间。"

想　象

张平

上班路上一团鸟屎从天而降掉在头上，我全然不知。

走到公司大门口，看见保安表情严肃，用一种怀疑的眼光看着自己，我心里开始紧张起来。我想一定是昨天下班时，从公司拿回家的那把铅笔刀被他们发现了。其实那算不上偷，那是一把报废的铅笔刀，准备扔进垃圾桶，可我把它扔进了自己口袋，回家磨了很久才可以用来削苹果。当时自己应该隐藏得很好，放在贴身衣兜里。公司大门肯定装有安检设备，只不过放在一般人看不见的地方而已。这台仪器一定非常先进，判断准确，分析出那把铅笔刀是旧的，因而不能算作偷，但很可能因此将自己列入了黑名单。

在公司走廊上碰见一位同事，他欲言又止，以一种诡异的表情看着自己，与我擦肩而过。我发现这个人上班时经常偷偷上网聊天，玩游戏，还上色情网站。几天前我准备向部长汇报，可我还没想好怎么说，他怎么就知道了？他那双恶狠狠的眼神明显是想报复自己。

办公桌对面是位女同事，平时打扮得花枝招展，我真为她老公担心。我刚坐下，她先以嘲笑的眼神看了我一眼，接着又不明不白地瞪了我一下。上个周末，一不小心看见她和一个男人手拉手进了一家夜总会，当时我就想打电话告诉她老公。这难道不是为你们家好吗？难道不应该感谢我吗？不感谢也就算了，干吗还要瞪我嘲笑我？不过这点好事我也没做成，因为没有找到她老公的电话号码。

部长把我叫到他办公室，用一种奇怪的眼神看了我一眼，然后拿出一本资料说："你……你抓紧做个方案。"走出办公室我一直在想，部长知道我工作速度最快，以前对我说话开头总有一个"请"字，这次也省略了，特别是那种眼神表明他对我已经极为不满。那天我去部长办公室交一份材料，有一个客户将一张银行卡悄悄放进部长办公桌抽屉里，部长抽着香烟眼睛看着另一边，恰巧被我从门缝里看见了。不过当时我退了回来，我谁也没有讲，只想单独向老板汇报，可这几天一直没有看见老板。

走出公司大门，我终于见到老板。见到我，他冷笑了一声。以前老板对我总是视而不见，可这次老板眼神却是那样可怕，笑容也是那样恐怖。我在想，最近我也没做错什么呀！上次偶然看见老板和小蜜亲热的事情，在场的也不只我一人，我不过多了一声尖叫而已，最后还是基本憋了回去。

我是一个正直善良的人，公司里的人对此全然不知。我在这个公司已经待了很久，已经超过了整整三个月，现在看来又要准备换地方了。

回到家里，妻子帮我洗头后，一手端水一手拿药走上前来："吃药吧，亲爱的，今早出门又忘了吃药。"

我喝完药，她接着安慰我说："医生说过，如果遇到不明白或者看不惯的事情，什么也别说你就会慢慢好起来。"

监狱里的作家

张平

在法庭上，戴维斯向法官控告曾经好友作家约翰入室盗窃。法官们经过认真讨论后做出最终裁决：被告约翰入室盗窃罪名成立，根据所盗金额，依法判处约翰有期徒刑一年。

约翰曾经写过几部畅销小说而小有名气，正当被一家著名出版商约稿一部长篇小说时，他妻子经检查发现患癌症晚期。妻子癌症手术加上后期治疗费用，花光了他原本不多的积蓄，高额医疗费用迫使他在万般无奈之下，向一家无抵押高息贷款机构借贷一笔钱。尽管他竭尽全力为妻子寻医治疗，可一年后妻子还是撒手而去。

约翰丧妻之痛尚未平复，讨债的便找上门来。这时，他根本无力偿还债务，为妻子治病一年多时间里，他基本停止写作，没有收入来源，只能四处躲债。然而那些讨债人却训练有素无所不能，无论约翰躲到哪里，都能找到他并对他进行人身威胁，让他无处安身，无法写作。

走投无路之际，一天，约翰突发奇想，找到好友戴维斯，把自己想法告诉他并请求他的帮助。他们仔细研究了本州法律，做好充分准备后，自导自演了一场入室盗窃然后报警抓贼的闹剧，最终如愿以偿将约翰送进监狱。

约翰暗自高兴地来到监狱，这里虽然没有人身自由，但这对他来说并不重要，因为他得到了自己渴望的不受打扰的自由写作时间。在监狱里，他全身心投入到那部约稿小说创作之中，写作所需要的一切由好友戴维斯探监时送来。

他原计划这部约稿小说一年完稿，可在监狱里只用了8个月便提前完成。他委托戴维斯交给约稿那家著名出版商，以买断版权方式获得一大笔稿费，连本带利还清贷款。在监狱还剩下4个月时间里，他又完成了一部后来更为畅销的长篇小说，让他重新富有起来。

一年刑期到了，约翰出狱这天，监狱长手拿着他的两本新书笑容可掬地请他签字。约翰在书的扉页写道："感谢您一年来严密守卫，让我能够安心在这里从事写作。您的犯人——作者约翰。"

"谢谢，非常荣幸！"监狱长向约翰敬了一个礼。

"我还能再来吗？"约翰依依不舍地问。

"欢迎随时光临！"

百度人生

张平

他从小性格非常孤僻，从不和伙伴玩耍做游戏，从不上网，不看电视，也从不做家务。这些时间他都用来看书，他以优异成绩一直读完大学准备考研。

毕业前夕，一直陪读的母亲生病住院，他不会烧水做饭，饿了两天后，哭着找到老师。老师劝告他说，大学毕业后最好先去找份工作，学会生活。他哭着说，我什么都不会，怎么生活？老师告诉他，遇到任何问题都可以上网查询百度。

他怀揣一部智能手机离开学校走上社会，依靠百度解决了衣食住行问题后，更加坚信了老师的教诲。

他所学专业极为生僻，可毕业不久，他通过百度找到一份专业对口的工作；通过百度找到治好自己多年口吃的毛病；他百度到一种治疗少白头方法而且疗效很好；通过百度重新设计了个人形象，从而使自己信心倍增。

他运用百度经验快速提高工作效率，渐渐赢得同事们好评；一次公司老总突发脑出血，他及时发现报警并百度到正确急救方法，救了老总一命后被提升为副部长。

他经常百度几篇甚至几十篇文章进行拼凑，编辑出一篇新的文章，发表率极高，名利双收。

一次百度到一个赚钱机会后，他赚到了人生第一桶金；当百度到一个理想创业机会时，他义无反顾辞去原职，创办了自己的公司，而且越办越好。

在商品房价格低迷时，他百度到一个理想的购房时机，毫不犹豫地一次性付款买下了几套商品房，此后房价开始疯长。

他通过百度找到一个同样依靠百度生活的女人，按照百度到的方式举行了一个浪漫婚礼，婚礼上他们首先拜的不是天地父母而是百度。可进洞房后发现，在百度点到为止之处他们一无所知。

过分依赖百度生活，使他忽略了生活细节，他的生活缺乏滋润而变得枯燥无味。没有孩子牵挂，使他们婚姻生活难以维系，最后终于百度到关于财产分割都满意的方式后，双方协议离婚。他创办的公司由于主要靠复制别人经验而缺乏自己的特色，在激烈市场竞争中逐渐衰败最终导致破产。

他百度到的许多快餐知识没有凝练成属于自己思想，缺乏内涵积淀与生活磨砺，他

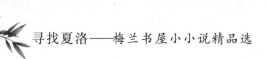

的头脑依旧琐碎与肤浅。

最终，他回到了人生起点，宅回老家。

知耻而后勇

张平

某市第一中学春季运动会接近尾声，最后一项万米长跑比赛结束准备颁奖时，校长收到教务处主任发来的微信说：来校参加闭幕式领导遇上堵车。校长回复：知道了。

长期以来，一中在市里教学质量名列前茅，体育活动也开展得十分活跃，受到历届领导高度重视。按照惯例，学校每年举行春季运动会时，校方会邀请上级领导来校，参加最后一个项目颁奖并发表重要讲话。

多少年来领导迟到时有发生，校长心中早有应对预案，他将自己的总结发言提前进行。眼看发言稿上的内容快要讲完，仍然不见领导踪影，于是开始增加演讲信息量以拖延时间，他说："同学们，今天大家不但赛出成绩，重要的是赛出风格。而在早期运动会中，出现了一些令人不齿的行为。"

那是学校举办首届春季运动会时，万米长跑比赛正在进行，上级领导来了，学校立刻组织欢迎队伍迎接。有一位应届毕业生出人意料地夺得万米比赛第一名，上级领导给他颁发了奖状、奖品和奖金。第二年，校长意外地从一个学生口中得知，去年获得万米长跑第一名的那个学生是个骗子，他比别人少跑了一圈却以胜利者姿态冲向终点，当时会场秩序比较混乱也没人注意。

校长接着说："这位首届万米比赛冠军，不仅玷污了神圣的体育精神，也败坏了做人的道德准则。他的这种耻辱将会伴随他，使他得不到别人的信任，得不到女生的喜欢……"

校长话还没说完，会场便响起雷鸣般的掌声，不过这掌声是送给刚刚走进会场的上级领导。这次从上面来的是一位新上任的女领导，她笑容可掬地给万米比赛冠军颁奖并发表重要讲话，讲话结尾时说："我一走进校园就受到师生们的热情欢迎，让我倍感亲切，更让我感到亲切的是，我家也有一位从本校毕业学生，曾经在学校运动会中获奖。后来他将获得的奖品、奖金全部捐献给了贫困地区学生，这一切让我感到非常自豪，因为他是我老公。"

这时领导的讲话被热烈掌声打断，她稍稍停顿了一会，微笑着向师生们挥手致意说完了最后一句话："他，就是本校首届万米比赛冠军！"

"啊！"全场哗然，掌声戛然而止。领导顿时愕然不知所措，挥动的手臂停在半空中，她快速回忆自己是不是哪里讲错了。

还是校长反应快，他猛地从惊愕中清醒，上前抓过话筒，大声对全校师生说道：

"谢谢领导的深情演讲，让我们受到一次深刻的有关人生意义方面的教育。在前进道路上，我们每个人都有可能做错事情，然而，只有那些知耻而后勇、发愤努力的人，才是最后的成功者！"

会场再次响起雷鸣般掌声。

最真实的表演

张平

萌萌高兴地走进电视台，参加本市招募小演员面试，此次面试要从约 100 名小朋友中晋级 10 人。

面试结束，萌萌从电视台出来时，泪流满面，谁也不搭理。

萌萌四岁却很有个性，爸爸知道，要安抚她只有使出绝招了。回家路上，爸爸买了萌萌最喜欢吃的甜筒，又带她去最喜欢的游乐园玩，玩得满头大汗，这才高高兴兴地回家了。

回到家里，妈妈问怎么这么晚才回来，爸爸说带萌萌散心去了。妈妈说，不是说好只是去做个游戏就完了吗？

爸爸掏出一张表，妈妈接过一看，《市阳光艺术团小演员登记表》，上面还盖有晋级印章，于是惊奇地问："这不是晋级了吗？干吗不高兴？还要去散心？"

爸爸说："萌萌惹祸了……"

原来，面试结束后主持人宣布晋级名单，第一个就是黎萌萌，主持人要求黎萌萌家长会后留步。

散会时走过来几个工作人员，其中有一位女生，脸色特别难看，指着自己手气愤地说："在录影棚表演咬人时，黎萌萌使劲真咬，把我手咬出血了。"

爸爸赶紧说对不起，心想，萌萌也没有咬过人呀，不过她一向做事认真，这次可能是表演太投入，没能控制好。他看了一下那位女生手腕上两道深深的牙印，再次对她表示歉意。

萌萌一看有人责备自己，又看见爸爸连连给人赔礼道歉，脸色立刻变了，泪水瞬间盈满眼眶。爸爸抱着萌萌向外走时，碰到好些工作人员特意过来逗她，但她都用手推挡着拒绝别人。

晚上睡觉前，爸爸问萌萌："表演都是假的，为什么真咬别人呢？"

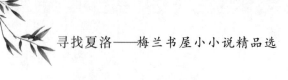

萌萌说："在录影棚里，一次我和同学说话，这个老师就用手使劲点我，把我点烦了，我当时就想咬她。"

"想想可以，也不能真咬啊！"

"爸爸，小朋友是不是应该听老师的话？"

"是啊。"

"老师说要表现出真实的自己，你是怎么想的就怎么做。表演时我就是按老师要求做的，这有错吗？"

"这……"

考官在晋级评语的最后部分这样写道：

"黎萌萌小朋友最大优点是，在摄像机前毫不怯场，表演感情投入，真实自然。"

抱孙儿

张平

儿婚后为避母追子携妻远走他乡，不久谎报生下一子。

几年后母称病危思孙，儿媳答应立刻带孙回家。

母久等村口见儿媳一人归来当场晕倒，被抬回苏醒后大叫要抱孙儿。

儿媳安慰道："孙儿已回，稍后可抱。"

母一跃而起："需等多久？"

儿媳推出众人指腹对母低语："六月之后。"

献给母亲的摇篮曲

张平

肖帆站在阳台上，仰望星空思绪万千，他回到记忆的起点，是母亲的那首摇篮曲。儿时，他常常睁大好奇双眼，看着美丽夜空，在母亲摇篮曲歌声中慢慢入睡。

长大后，肖帆带着母亲的牵挂离开家乡。经过艰苦打拼，他年纪轻轻就创办了自己公司。有条件后，他将父母从老家接来住在同一高档小区，他和妻子住十二楼，父母怕坐电梯，住在小区广场对面一楼。

肖帆工作忙碌，总是很晚回家，回家后习惯先去阳台看看对面一楼，向母亲挥手示意。他知道，由于自己从小体弱多病，让母亲过度操劳，让母亲一直担惊受怕，使她患上了神经衰弱毛病，入睡困难。

每天晚饭后，母亲总会不停抬头看看儿子房间，她时刻担心儿子工作太辛苦会累坏身体。此时她还不知道儿子曾经身患癌症。每晚睡觉前，只要看见儿子房间里的灯光，看见儿子在阳台上的身影，母亲才会心静下来。她静静回忆关于儿子的往事，回忆自己一生中唯一杰作。回忆因为他的病痛而感到心碎，因为他的优秀而感到骄傲，因为他的孝顺而感到温暖。伴随点点回忆由远及近又渐渐远去，母亲很快进入梦乡。

有段时间，母亲睡眠不好引发高血压，严重时会晕倒需送往医院抢救。从那时起，无论多苦多累，无论遇到多少困难，肖帆一直坚守每晚十点之前必须回家，在阳台上活动半小时，让母亲能够看到自己。

他不再出差，尽管为此丢掉一些业务。参加公司活动或朋友聚会时，也必须在这个时段能够回家。

冬去春来，年复一年，无论风霜雨雪，无论如何寒冷，他天天如此。

母亲对他说，儿啊，你开灯就行了，站在阳台上多冷呀！他说，我习惯了。

他已经习惯了每天这样感受着母亲的关爱，习惯了给母亲送去安详时的那种幸福感觉，习惯看到母亲在无牵无挂心境中安然入睡。这段隔空陪伴母亲入眠的时间，成为他回馈给母亲的幽美摇篮曲。

这段时间里，他所做的任何事情都会让他身心愉悦。比如打打拳，做做操，或在来回漫步中，用电话向客户问好，用QQ、微信与朋友聊天。

他身上的癌转移了。在医院做完手术当天晚上，他一定要回家，护士无论怎样阻拦不住后，只有泪眼相送。每天在医院打完针后回家，到了晚上，他会强忍伤口疼痛，由妻子搀扶着来到阳台。

一年后的一个早上，肖帆接到父亲电话说母亲病危。他飞速赶到时，母亲已经安详地躺在床上，停止了呼吸。肖帆一阵眩晕，昏倒在母亲身边。请来的医生诊断说，母亲是因中风而死亡。

父亲悲痛地说，几天前母亲偶然知道你的病情后血压开始升高，但她坚决不让我告诉你，只吃了几片药。

肖帆深陷于巨大悲痛之中不断自责，父亲流着眼泪说，儿啊，不能怪你，我们一直明白你一片孝心。你母亲说过，如果没有你照顾得这么好，她早就不在人世了。

好多年以后，肖帆一直坚守着那段美好时光。他知道，那一刻母亲正在遥远的地方凝望自己，因为他已经感受到母亲的佑护，身心慢慢得到滋养，病魔渐渐神奇般离去。他用那段时光凝结的人生感悟，平复了所有苦难与伤痛，让他在翻云覆雨的世事红尘之中，心如止水，坚毅前行。

那段时光是他送给母亲的一首爱的摇篮曲，而他自己也被这种天地之爱恩光渥泽。

哇，哇……

一阵哭声打断了肖帆回忆，刚满一岁的女儿醒了。他转身快步进屋，轻柔地抱起女儿，慢慢走上阳台。

她不哭了，瞪大懵懂双眼，注视美丽夜空。

肖帆拍着女儿，为她轻轻唱起了那首母亲的摇篮曲……

小 玉

张平

柯尔去新疆出差，买回一大一小两个虎形玉坠，送给母亲与妻子。

母亲和妻子都属虎。

母亲年纪大理所当然拿大的。

拿到小的，妻子艾小玉心里当然不舒服。

一次参加同学聚会，艾小玉出门前穿衣试镜，总感觉自己那只玉坠小了一点，便去找婆婆把大玉坠换来试试，感觉很好，于是开口向婆婆借戴一天。此头一开，婆媳俩便渐渐形成谁遇到大事谁戴大虎形玉坠出门的习惯。

年轻人大事多，艾小玉戴大玉坠出门也比较多。当然有借有还，再借也不难，可难就难在，当婆媳俩同时遇到大事时，便出现很多次的不愉快。

对此，婆婆已经很不满意了。

"叫你媳妇别跟我抢了！"她再也忍不住生气地对儿子说，"本来嘛，她戴小玉坠正好名符其'石'！如果她改名叫'艾大玉'，我就把这块大玉坠给她。"

柯尔苦笑一声说："妈，您不用生气，别和她一般见识。"

媳妇也不满意，她对老公说："你妈都那么大年纪，还要戴那么大玉坠干吗！你也是，为什么非要买一大一小呢，都买大的该多好，你是诚心让我做一个地地道道的小媳妇呀！"

柯尔苦笑着说："亲爱的，这小的也不错，再说你叫……"

"打住！"艾小玉立刻愤怒地大声制止说，"你又要说我叫艾小玉了是吧，我就烦你说这话！"

两虎相争柯尔受气，这时他满脸不高兴地对妻子说："咱妈老了，咱们就让着她一些，不要和她争了。"

"哼！"艾小玉嘴一撇头一扭，气呼呼地走了。

婆媳围绕大小玉坠的战争还在继续。

一次周末早上，艾小玉又遇到大事，戴着大虎形玉坠出了门。中午，楼栋里王老太太说三差一,约艾小玉婆婆一起出去打麻将,婆婆只好戴小虎形玉坠出门。因为儿子说过,人养玉,玉养人,玉坠必须时时都要戴在身上。

下午,婆婆怒气冲冲回到家里,对儿媳阴阳怪气地说:"小玉呀,如果你喜欢那个大玉坠呢,我就换给你。"

"真的吗?"艾小玉兴奋地说道,"那太好了!"

"是的,不过换了以后你可别后悔。"婆婆冷冷地补充了一句。

"后悔?"艾小玉吃了一惊,"妈,我为什么要后悔呀?"

原来婆婆今天出门遇见一位古玩爱好者,说她今天戴的这个小虎形玉坠,比以前戴的那个大玉坠按价格至少贵十倍以上,她一听这话就气不打一处来。

柯尔赔笑解释说:"妈,我是想,你们那些老年人老眼昏花只看大小,而她们那帮年轻人眼睛都贼亮贼亮要看好坏,所以……"

婆婆依然怒气难消,打断了儿子话说:"唉,我老了,当然不会和你们去争啦,可我也不喜欢别人和我争!"

"争来的东西才香呢!"艾小玉狡黠一笑,上前拉住婆婆的手说,"妈,我就是想以这种争宠的方式,让您感觉儿子对您最好。"

"这……这话怎么说?"婆婆疑惑不解地问。

艾小玉得意地笑着说:"其实我早知道,这玉坠是大的便宜、小的贵,因为柯尔买玉坠的发票我早就偷偷看过了。"

"啊?!"柯尔母子发出同样的一声惊叹。

此刻,一束光从窗外打进来,虎形玉坠散发出晶莹温润的光泽……

爸妈的心事

张平

老大胆小内敛,老二胆大鲁莽。

老大喜欢喝茶,老二喜欢喝酒。

老大年纪不小,没有谈过一个女朋友。老二谈过好多女朋友,没有谈成一个。

老爸老妈盼着早点抱孙儿,为此天天操心。

有一天,老爸一位多年不见的老战友来家做客,他向老战友讲述了自己心事。老战友仔细询问老大老二情况后若有所思,他压低嗓门说道:

"莫急,你可以如此这般……"

第二天晚上餐桌上,老爸将老大茶杯和老二酒杯对调了一下说:"从今天开始,老大改喝酒，老二改喝茶。"

"为什么？"老大老二满脸疑惑。

"没有为什么，要你们这样做，就必须这样做。"

老爸当过兵，儿子们习惯了不敢多言。

一周后，老大喝酒有进步，从喝半杯就倒进展到喝一杯才倒。老二喝茶也有进步，从根本不沾茶，到能够将热茶慢慢喝凉喝光。

这天，老爸在饭桌上对两个儿子说："最近你们妈身体不舒服，明天起一周晚餐自行解决。"

"好啊！"儿子们一阵欢呼。

"哼！"老爸瞪了儿子们一眼说，"但是，下班后你们必须去我指定的地方吃饭。"

第二天下班后，胆小的老大去了他不喜欢的酒吧喝酒，鲁莽的老二去了他不喜欢的茶社喝茶。

一周之后重新回家吃饭时，餐桌上发生了许多变化。老大经常说工作太忙不能回家吃饭，老二也常说下班太晚吃完了回家。喜欢喝茶的老大开始喜欢喝酒了，喜欢喝酒的老二开始喜欢喝茶了。

一个月后，老大带了一个女朋友回家，老爸老妈看了十分喜欢。过了几天，老二也带回一个女朋友，老爸老妈看了十分欢喜。

不久后，老爸老妈说想和女方家长见见面，大家一起吃个饭，为图省事将哥俩的事凑到一块。

那天，老爸老妈在一家高档酒店订了桌酒席。走进酒店大门正好碰到那位老战友，老爸兴奋地走上前去，紧紧握住老战友的手。

"太感谢你了，我两个儿子都交上女朋友了！"停顿片刻，老爸好奇地问，"老战友，你用的什么妙计啊？"

"也没什么，你两个儿子自身条件都不错。"老战友笑着解释说，"老大胆子小，喝酒可以壮胆，让他敢于向女孩子表白。老二稍显鲁莽，喝茶可以让他心静下来，让他变得更有理智，让女孩子放心。"

"哈哈，老战友，以后咱们要多来往，要向你学习呀！"

"学习就免了吧，来往是肯定的！"老战友拍着老爸的肩膀说。

"为了两个儿子，我们老两口真是操碎了心啊！"

"唉，为了孩子，我们两口操心更多！"

这时老大、老二正好带着女友们一起赶来，见到老爸的老战友后，两位女友齐声喊道："爸爸！"

我在日本过情人节

张平

那年受公司委派，我们四个年轻人赴日本某会社进行为期一年的进修。由于我们工作努力，日语也不错，一段时间后便和日本员工关系相处很好。

有一天上午，我突然收到许多日本女员工送给自己礼物，有爱心巧克力、毛绒玩具、手帕、水杯等。这时我才想起今天是 2 月 14 日，是西方情人节。

在中国过情人节恋人互相送礼的情景立刻浮现在眼前，没想到来到日本，自己这么快就交上了桃花运，难道自己真的那么有魅力，那么受日本女人欢迎吗？当会社中最漂亮的那位叫纯子的年轻女子亲吻自己脸颊时，我感觉幸福来得太突然了。

下班后我兴奋地回到宿舍，看到其他男生都收到差不多礼物时，心中的愉快感觉迅速回落。不过在得知只有我得到漂亮纯子香吻之后，心中的那种自豪感觉又开始上升。

"别臭美了，日本年轻女子都很开放。"莉莉在一旁冷冷地说。

莉莉是我们四人中唯一的女生，她日语最好，人长得漂亮。只见她两手空空，我想她一定是因为没有收到礼物而态度冰冷，于是我借花献佛挑了两件最可爱的礼物送给她，她轻轻用手一挡，说："你留着吧。在日本过情人节，男人都很幸福，只有女人送男人礼物，而且一个女人可以给好些个男人送礼。"

看了一眼收到的那堆礼物，我深有感触地说："对，在这里过情人节，真的很幸福！"

"哼，有你哭的时候！"莉莉诡异地冷笑一声。

"我为什么要哭呀？"我疑惑不解地问。

莉莉解释说："下个月的今天，也就是 3 月 14 日，在日本叫白色情人节。那天，收到情人节礼物的男人，必须以两到三倍价值的礼物回赠给女方。"

"啊？！"我回头一看，感觉自己收到的礼物多得有些可怕。

然而，在日本女人面前，我并没有失礼。一个月后"白色情人节"这天，我按照超过习惯上限的价值回赠了各位女士礼物，并得到漂亮纯子的热情拥抱。

回国后每到情人节，我就会想起在日本的这段经历——

一个没有情人的快乐情人节！

一个人在日本的除夕之夜

张平

　　除夕之夜，万家灯火，爆竹声声不息，烟花绽放美丽夜空。

　　家家亲人团聚，围坐一起热热闹闹吃着年夜饭，开开心心看着电视上播放的春节晚会，手举酒杯互相祝福，辞旧迎新，欢声笑语。

　　孩子们都收到红包，互相追逐着嬉戏打闹，嘴里吃着糖果糕点，手里拿着鞭炮，跑进跑出……

　　在人们尽情欢度中国除夕夜时，漫天大雪悄悄覆盖了日本一座沉睡的小城。

　　在一条僻静公路边的山坡下，肖峰静静躺在那里，身上已经落满了厚厚积雪，身边是一辆摔坏的自行车。

　　肖峰是某企业技术尖子，经过单位推荐以及国内层层选拔后，被派往日本某会社研修一年。来到日本渐渐感到这里与自己想象中有不小差距，所谓研修基本上是和会社员工一样劳动。

　　许多人和肖峰一样来到日本，他们工作能力很强，劳动效率远高于一般日本会社员工，但劳动报酬少得可怜。背负着出国进修荣誉光环而来，现在却需要深藏起几乎任何时候都无法向亲朋好友诉说的苦衷。他们只有一个想法，就是多挣钱回家，用挣更多的钱来弥补自己的失落和伤痛，于是他们大多数人都在想办法利用业余时间外出打工挣钱。

　　肖峰找到一家婚宴饭店，会社下班后就去那里打工，由于干活踏实卖力深得大家喜欢。

　　这天下午，天色灰蒙蒙一片，下班后他骑上自行车飞快赶到婚宴饭店。今天店里生意特别好，晚上十一点过后才打烊。

　　出门前，当一位老员工祝他节日快乐时，他才想起今天是中国除夕。在日本只过阳历新年，也就是中国元旦。日本老人的祝福使他心中泛起一丝温暖，他赶紧掏出手机给家里父母妻儿打电话，向他们祝福新年快乐！

　　出门一看，外面早已下起了漫天大雪，到处白雪茫茫，他感觉这飞舞的雪花仿佛是送给自己的新年祝福。他怀着愉快心情，骑上自行车消失在风雪之中。

　　骑行到一段山间公路时，突然，一辆小汽车几乎失控向他冲来，他立刻躲避却直接摔下山坡……

　　肖峰苏醒时感到头痛欲裂，但意识比较清醒。他抹去脸上的积雪，活动一下四肢，再摸摸自己大脑，感觉身体基本完整。他顽强地站了起来，拍拍身上的雪花，尝试走了几步，还行，但发现自行车已经不能骑了。他庆幸自己比自行车更经摔，应该不会影响明天干活。

雪越下越大，风越刮越猛。

肖峰推着自行车一步一滑地往回走，走累了，他便坐在一棵大树下休息。

朦胧的坚强过后，意外事故惊吓和远离亲人的孤寂，伴随风雪寒意阵阵袭来。

肖峰掏出手机看看时间，已经过了午夜十二点，他想起往年和父母妻儿共度除夕时的美好情景，想起此刻自己孤单一人身在异国他乡，为了挣钱几乎丧命而无人知晓。他再也忍不住泪流满面号啕大哭，面对空旷原野，面对漫天大雪，他疯狂喊道：

我要回家！

渐渐平静过后，他想给父母妻儿打电话，可犹豫好久最终作罢，随着午夜钟声远去他们可能已经入睡，他害怕自己掩饰不住激动而让电话那头的亲人们担心。他想到明天还要去打工挣钱，于是又站起身来，推着自行车在大雪中艰难前行。

突然手机响了，肖峰停下脚步急切打开手机，里面传来妻子温柔的声音："新年就要到了，我们都祝你新年快乐！"

他愣了一下后立刻反应过来，由于和日本有一个小时时差，此时国内才是真正的午夜。

在一个人的黑夜里，在孤寂无边的风雪之中，他听到了亲人的声音，回到了家乡的时间里，他感觉自己就像迷路的孩子回到温暖的家，他"喂"了一声便哽咽着再也说不出话，最后终于哭出声来。

"喂，你怎么了？你哭了吗？喂……"妻子在那头不安地问。

肖峰用手擦去脸上的雪水和泪水，做了一个深呼吸，然后极力用平和的语气回答说："是。"

"为什么？"

"我做了一个梦……"

海阔天空

张平

柯海带领公司一行人，开车去几百公里以外参加一个项目投标。还没驶出市区，便和一违章小车相撞，对方全责。

双方都想私了，但对于赔偿金额一直争执不下。根据本方车损情况，柯海随行司机说，虽不影响驾驶，但修理费至少需要六七百元。经过艰难讨价还价后，赔偿金额降到四百元。

掏钱时肇事司机突然变卦说，身上只有两百元钱。柯海随行一帮人当然不同意，降到四百元已经作了很大让步，而且对方那种无赖行为更是让人气愤难忍，所以大家态度坚决，两百元绝对不行！

有人说报警吧。可双方都知道那样会更麻烦，花钱更多，时间也不允许。

有一个人已经等着不耐烦了，冲着肇事司机大声说道："你这么一个大男人，不可能只带两百元钱出门吧？"

那司机说："你若不信，我可以脱了衣服让你搜！"

这时，柯海再也忍不住了，他愤怒地走上前一把抓住那人说道："那好，你脱，我搜！"

柯海将那人拉到一僻静处，不一会就走了出来。他带着胜利微笑走在前面，得意地向大家挥挥手中的四百元钱。

柯海一行人开车上了高速公路后，大家又聊到刚刚发生的事情，说那个肇事司机简直是个无赖，非逼他脱衣服才肯掏钱。

柯海笑了笑说："我没逼他。"

大家立刻追问："为什么他愿意掏钱呢？"

原来在僻静处，柯海自己掏出两百块钱，和那人两百块钱放在一起说："出去就说你赔了四百。"

那人连声说："好，好！"

翻译的力量

张平

五一长假，驾车远游，路遇堵车。

下车前去打探，原来两车相撞，两车司机互相指指点点，憋得面红耳赤。走近后才明白，原来他俩只会说各自方言，完全听不懂对方说些什么。

我是一名外语老师，懂得多国语言，也懂国内多种方言。

我走上前拉开两人，用两人方言分别说道："对不起，把车开到路边再说好吗？"两位坚持说不，必须先把责任分清。我无奈地说，好吧，你们说我来翻译。

事情经过很简单，左拐、直行两车相撞。

还没等我翻译，他俩已经噼里啪啦说了一大堆各自理由，推说对方全责。

我想，如果直译原话，只会火上浇油，事情也会越闹越僵。见双方车损并不严重，我灵机一动想出一个办法说，你们慢慢把事情经过再说一遍。

直行司机说："我直行，他突然左拐。"我翻译道："我直行太快，没注意到他左拐。"

左拐司机说："我左拐，他直行太猛。"我翻译道："我左拐太猛，没注意到他直行。"

这时，他俩表情似乎有些异样，然后自言自语说着什么，这时，我乘机无中生有地进行了翻译。

"对不起，我应该让他先拐！"

"对不起，我应该让他直行！"

接下来，当他们再次对话时，我便完全忠实于原意进行翻译了。

左拐司机走上前去拍着对方肩膀说："没事，算我的，我有保险。"

直行司机握住对方的手说："我也有保险，不用那么麻烦，各自修理算了。"

"你真是一个爽快的人。"

"一看你就是很有修养的人。"

"真的很高兴碰到你。"

"撞上你是我的福气。"

……

"嘀，嘀……"许多被堵司机早就不耐烦地按响喇叭，打断了他俩的亲密交谈。

两人对着大家做了一个抱歉手势，然后相视一笑后挥手告别。刚走出几步，又回头依依不舍地说道，加个微信吧，咱俩说话彼此都听不懂，以后用微信联系。

一天，我看见报纸上刊登一则招聘信息：

新一轮朝核问题六方会谈经六方协商一致决定于下月在中国北京召开，现紧急招聘懂多国语言翻译一名。

看到这则招聘信息后，我立刻想起五一劝架这事，心中大喜：

"太好了，我要去应聘这个翻译！"

代入感

张平

我开始走路上班了。

除了锻炼身体和不怕堵车之外，还有一个原因是我喜欢那条宽阔的地下人行通道，在那里，经常会遇到一些流浪歌手，喜欢看他们表演。

有一天下班经过那里，看见一位披长发的年轻流浪歌手，怀抱一把吉他边弹边唱，围观的人很多。几曲过后准备休息，见我还站着不走，他递过一个小板凳，我说声谢谢便坐下和他聊了起来。

他老家东北，音乐学院毕业后就做了流浪歌手。听他介绍后，我有些担心地问："四处流浪，生活没问题吗？"

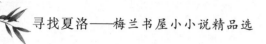
他放下手中吉他对我说："还过得去吧，我算一般。在几个流浪歌手朋友中，有的一天可以挣好几百，甚至上千的都有。"

"啊？！"这个比我预想的要高出很多。

流浪歌手笑了笑："这有什么奇怪的，现在越来越多的人愿意为艺术掏钱。"

"你唱得很好，为什么没有继续深造呢？"我好奇地问。

流浪歌手摇摇头："深造有什么用？到头来大多是高的不成，低的不就。"

"什么意思？"我疑惑不解。

"现在许多歌唱比赛，为什么业余比专业更受欢迎，因为业余与一般人更加贴近，让人更有代入感。所以，流浪歌手唱得再好，也不一定能得到更多欣赏。"

我认为他的想法过于肤浅，于是我说："深造才有机会出名啊！"

流浪歌手摇摇头："唱歌的人太多，有几个能出名？出名了又怎样？"

"出名以后，就会有很多粉丝，就会有成就感。"

"有了粉丝，随意逛街都难。再说了，这个舞台竞争非常激烈，压力太大。出名后，有的身体累垮了，有的看破红尘出家了。你看我这样多好，悠闲自在，逍遥快活。"

我觉得他没有说到重点，我提示说："出名以后，出场费、广告收入，还有企业赞助都来了，就会有很多钱。有了钱，你想干什么都行！"

流浪歌手稍稍思索了一会说："嗯，我喜欢唱歌和旅游。"

说了这么多，我的苦口婆心没有白费，他终于被我说得有些心动了，于是我乘胜追击地说："出了名，你就可以面对很多观众唱歌，想去哪就去哪！"

流浪歌手拿起吉他弹了两下，稍稍停顿一会，然后平静地对我说："我现在就是这样！每天面对很多观众开心唱歌，想去哪都可以。"他打开音响，又开始边弹边唱起来。

我呆呆地坐在流浪歌手身边，一个小孩扔下一块钱，我才清醒过来。看着身边那一块钱，我若有所思。

是啊，看看自己，同样喜欢唱歌和旅游，每天辛苦上班，节假日很少休息，想去哪玩也难以脱身。

接下来一段时间，我开始刻苦练习唱歌了，憧憬着流浪歌手那样快乐、浪漫的生活。

一天早上，妻子把汽车钥匙送到我手里说：

"你还是开车上班吧！"

深夜出走

张平

抹去泪水，她愤然走出家门。

他竟敢骂我是"恶婆"，竟敢对我说"滚"。滚就滚！

她越想越生气，拖着旅行箱，消失在黑夜里。

不知走了多久，她渐渐发现夜越来越深，行人越来越少。拖箱子的声音，在这寂静的黑夜里响得有些可怕，于是她将旅行箱提在手里，尽管有些吃力。

这是第一次离家出走，她没有离家出走的经验，也不知道去哪儿好。被老公赶出来，去到哪里似乎都很没面子。

她放慢脚步，犹豫起来。

像这种没面子的事情，不应该让一个女人来承担！对，凭什么让我滚我就滚，一个大男人，应该让他滚。

想到这里，她坚定地转过身，往回走去。

让他滚，这太好了！

他滚以后，再也没人跟我抢电视，再也没人偷看我手机信息了。想到这些，她开始兴奋起来。

路灯像鬼火似的昏暗，四周不见一个人影。

忽然，远处传来一声狗叫，把她从快乐情绪之中拉回到阴森的黑夜里，她打了一个激灵。

大半夜里，一个女人在路上行走，万一遇到坏人怎么办，手里还提着一个旅行箱，太打眼了，她感到前所未有的害怕。

如果老公在身边就好了，看来老公还不能滚。

他滚了以后，谁来给我做饭？我怕黑，晚上谁来陪我？再说他滚出去，万一弄出个"情况"怎么办？

她开始后悔了，不应该听见老公几句梦话，就赌气跑出来。

她换了一下手，提着旅行箱继续向家走去。

日有所思，夜有所梦。老公说梦话时骂我那么凶，说明他很有个性，很有男子汉气魄，平时容忍我刁蛮无理，表示他真心爱我。而我总是喋喋不休地对他大喊大叫，是不是自己太过分了？

走着走着，旅行箱仿佛越来越沉，她喘着粗气，再也拿不动了。可是此刻，她已经迫不及待地想快点回家，想快点见到老公，甚至在心里默默地喊到，老公，我爱你！

她拿出一个手提包，果断将旅行箱扔在路边的绿化带里。什么都可以不要，我只要老公！

天太黑，她绕道大路回家。

打开房门，见老公还是出门时向里侧身的睡姿，她悄悄上床，挨到老公身边。

她负气出走梦游似的转了一圈之后，却意外带回一种春光灿烂的愉悦心情。她静静看着熟睡的老公，内心产生了一阵从未有过的强烈的爱的冲动。

她轻轻吻了一下老公脸颊，慢慢从背后贴过去搂着他睡下。

老公嘴角轻轻一动，露出一丝诡异微笑。

第二天早上，她第一次首先起床做好早餐。

出门前在衣帽间换衣时，她发现了昨晚扔掉的那只旅行箱……

完璧归赵

张平

"这件冰种玉镯属于收藏级，是我店最贵重珍品。"玉器店老板向顾客介绍道。

男顾客身着笔挺阿玛尼西服，他温情地向身边美女问道："亲爱的，喜欢吗？"

美女身穿 Only 牌天蓝色长裙，手提 LV 包，接过玉镯。

"太美了！"她爱不释手地看了一会说，"只是这 10 万元价钱太……"

"这是高档珍品，是身份的象征。"老板不失时机地插话说。停顿片刻，他略带轻蔑口吻说道，"当然，那边还有……"

"不，就这件！"男顾客打断老板的话，毫不犹豫地掏出银行卡。

遇见这么爽快大方的人，玉器店老板不禁心中窃喜。方才他用老辣眼光一看便知，这是对不差钱的主，玉镯价格不但没有打折反而暗自上涨两成，真没想到一切竟出乎意料地顺利。

一周后，那位美女急匆匆来到玉器店，神色慌张地问："老板，上周卖的那只玉镯，有和它一模一样的吗？"

"没有。"老板语气肯定地回答。

"啊？！……"

美女惨叫一声，脸色刷白，已经站不稳了，老板忙和店里工作人员一起扶她坐下，给她喝了几口热茶后才慢慢平静下来。

"上次来的是我未婚夫，"美女说，"那件玉镯是他送我的结婚礼物。玉镯中漂浮的两片絮状翠绿色，很像我俩生肖图像，寓意绝妙。第二天，他出国办事，一个月回来就和我结婚。可是昨天，玉镯被我以前在网上认识的前男友骗走了，也不敢报警。"

美女泪流满面地哀求道："救救我，老板。找不到一样的，我就死定了！"

"太难了！"老板两手一摊，摇了摇头。

"我先付给你 5 万酬金，找到以后再给你多加钱。求您啦！"

"好好，愿意为您效劳！"玉器店老板脸上马上堆起笑容，话语也变得温暖起来，"我想，他应该会出手。"

玉器店老板通过关系网，在全国各地秘密寻找美女丢失的玉镯，一直没有结果。正当他感到灰心丧气的时候，一个朋友通过微信发来了一张神似的玉镯照片，说在当地一家寄卖行找到的。玉器店老板立刻动身赶到那里，他表面漫不经心却一眼看出，没错，正是那只玉镯！

他走出寄卖行，立刻和美女联系，说丢失的玉镯找到了，不过价格太高，要 50 万。美女听后非常激动，连连说价钱没关系，买回来后我再给你加价百分之二十！

玉器店老板心里明白这只玉镯不值这个价，但买家愿买，自己又能从中获利更多，岂不皆大欢喜。于是，他立刻返回寄卖行买下那只玉镯。

回到玉器店后，他迫不及待地通知美女前来提货。拨通美女电话后等了一会，电话那头传来一个女人的声音：

"您拨打的电话是空号，请核对后再拨。"

作者简介：

张平，某科技企业董事长，高级工程师，文学爱好者。

编剧第一课

蒋雪峰

李蒙大学毕业后，找到了一份实习编剧的工作，感到自己离心中的艺术梦想终于近了一步。

入职第一天，李蒙被人事安排到了公司的金牌编剧张成手下。虽然李蒙从来没看也没听说过这位金牌编剧的任何作品，但他依然对张成毕恭毕敬，师父长师父短从不离口。

最开始的半个月，张成不教李蒙任何写作技巧，也不安排创作实践。李蒙虽然心中纳闷，但也忍住了询问的冲动，继续对张成毕恭毕敬，师父长师父短从不离口。

半个月后，张成突然对李蒙说："行了，听你这小子叫了我这么久师父，不教你点东西也说不过去。收拾一下，晚上陪我去见客户。"

李蒙喜出望外，打扮得整整齐齐，谁知张成和客户都只穿着T恤短裤就坐在KTV的沙发上了，显得一身西装领带皮鞋的他格外滑稽。

客户斜睨了他一眼，用嘴接过怀中的小妹递来的樱桃，继续不在意地对张成说："好了，我跟你说过了，我们这个戏要正能量，反映新时代新人物的新成就……"

张成一边听着，一边笑着点头。

李蒙在一旁皱眉头。

客户继续道："至于女主角嘛，你看玲玲怎么样，青春，靓丽，而且还是农村出身，朴实，虽说没演过戏吧，但是你们可以教嘛——当然，别太严厉就行。"

张成一边听着，一边笑着点头。

李蒙在一旁皱眉头。

离开后，李蒙忍不住问张成："师父，您说带我来见客户，怎么——"

张成笑了："小子，这就是你做编剧的第一课。甲方爸爸永远是对的，懂了吧？"

作者简介：

蒋雪峰，90后作者，阜阳作协会员，大学发表网文百余万字，其他作品散见《今古传奇》《微篇小说》《安徽日报》《安徽工人日报》《宜兴日报》《昌吉日报》《华文作家报》等，主编《一人一篇成名作》丛书、《微篇小说》杂志。现从事编剧工作，参与创作两部卫视电视剧，独立创作两部网络电影。

我教爸爸学浪漫

盘叶纯

"老爸，你三八妇女节给妈妈送什么礼物呢？"女儿问。

"我什么也不送，好好赚钱给你妈用。"爸爸回答。

"咦？什么也不送，我知道你已经不爱妈妈了。"女儿撅起小嘴很不高兴地说。

"……"爸爸笑而不答。

"老婆，你知道你女儿今天跟我说什么了吗？"

回到家里，爸爸偷偷把和女儿的对话告诉了妈妈。

"哈哈哈哈！这个女儿养得值！"妈妈乐得手舞足蹈。

"那么小的孩子怎么能想这个问题了呢？是不是开始谈恋爱了？"笑完之后，妈妈开始担心起来。

"嗯，我的女儿难道也那么俗气？是受社会影响，还是她本身就那么在乎这些表面的东西呢？难道是我们的教育方法有问题？"爸爸也附和着。

"应该不会吧，我们不是一直很注意自己的言行吗？"

"嗯嗯，也许女儿出于对妈妈的关心呢？"爸爸说。

"唉！不知不觉孩子长大了，开始懂事了，我也老喽。没长大又希望孩子快点长大，孩子大了将要飞了。"妈妈感叹。

"你这老太婆真是的，她飞了说明能独立了呀，咱们不是总希望孩子们快点独立嘛。别想那么多了，也许是咱们孩子真的懂事了，以后我们要多注意观察。"爸爸安慰妈妈。

"咚咚咚，咚咚咚……"门外响起了敲门声，女儿端来两杯牛奶

"爸，妈，给你们的牛奶，喝了早点睡吧。"随后看着爸爸说，"别忘了我向您老人家提的问题哟。"随后退了出去，顺手把房门关上。

爸爸妈妈会意地对看了一下

"老公，要不你三八妇女节就送点小礼物给我呗，让女儿知道你还是爱我的。"

"行！为了让我女儿高兴，我就破一次例吧。"

读初一的女儿在门外听着爸妈的对话，偷偷地笑了。老师说爸爸最听女儿的话了，果然没错。

每次节日，我都希望我妈妈能收到爸爸的礼物。可老爸就是榆木脑袋，不懂浪漫。

女儿在脑海里想象着妈妈收到礼物开心的样子。

两个编辑

盘叶纯

"老林，该交稿子啦。"老王说。

"要交可以，必须按我写的稿子交。"老林还是不愿妥协。

"好吧，你把稿子里那些原信件处理一下，或者删去一部分，缩短到一万二字左右就可以了。"老王无奈地摇摇头。

老王和老林都是编辑。老王曾经是某市报社编辑，现在退休了在家。老林现在是县文联的内刊编辑。

老王是被市局请去帮忙编《公安志》的，出书嘛，当然是要交报告文学了。市局的领导是老王好友的大公子，知道老王是写报告文学的高手，而且又是几十年的老编辑，所以请王老去帮忙编书。

老王想：要不是看在老友的面子，我早撂挑子了，才懒得受这窝囊气呢。写不好也不按要求改，还摆个臭架子，反正是内刊，差点就差点吧，报告文学不会写，至少改成一篇通讯吧。再差我也不妥协。接着叹息一声："唉！什么报告文学？最多有点报告文学的元素在里面，一点文学性都没具备，就一堆材料堆起来算了？自己还是编辑呢，拿着那么好的材料都不懂再创作。现在的作者啊，懒得很哟！"

再说老林，他是这个市局下面的直属县局请去帮写稿的。老林一想到那个老王给的那些修改建议心就烦躁："你看，你看，还说我的文只是简单叙述，没有感染力，还让多收集挖掘那些成绩背后的温情故事，还要通过人物描写生动的场面，用鲜活的细节来呈现人物的爱心，细心和耐心。这不是写小说吗？我写的是报告文学又不是小说。"

"这个老王还说我的文，条理不清晰，要求我梳理一下内容结构。我呸，又不是写小说，我就不改。"

"我凭什么要按你的要求改啊？我也是一个堂堂编辑，也发表了那么多千字文，心里有数呢，我怎么会不懂写报告文学？就写得那么差？再说我还编了好几年我们文联的内刊呢。"

"哼！我就是看不惯你把我的稿子讲得一无是处，还要求我改大小标题。我认为我的写法就是对的。"

老林因为这个稿子没被通过，从去年过年到现在，做什么事都提不起精神来。收到修改建议到现在快两个月了，现在也没心情改了。他在做一件大事，到处拉关系，终于那天有机会跟市局另外一个领导吃饭，这个外行领导答应就那稿子帮忙说话，他还真做到了。

看来不理老王你那一大堆废话是对的，你看，今天你还不是妥协了？老林得意地想：有的时候得敢于坚持自己，据理力争。

大 嘴

盘叶纯

第一次听到对"大嘴"的议论，是在丫丫来到这所学校的第二天。那天下着毛毛细雨，二月的天气还有一点凉。预备铃响了，她走进教室，里面的孩子根本没发现她这个新来的老师，还三五成群津津乐道，丫丫好奇并悄悄地凑过去。

"哎哟，你们还在讲，大嘴昨天还在说我们不能以貌取人呢。"

丫丫心中疑惑，"额，大嘴是谁呀？"她自言自语地说。

"不是吧，连大嘴是谁你都不知道呀？"一个快嘴的女生抢过话来，做了个晕倒状。听到一个陌生的声音，这时那些孩子才醒悟，顺势回过头来，诧异的同时才看见一张陌生的面孔。

"啊！老师来了。"突然一个男生反应极快地提醒着其他同学，大家迅速回到各自的位置。

丫丫微笑着自我介绍了一通，第一节课她没上新课，只是给他们上了一节心态课。就这样，来到这学校的第一节课，在孩子们的开心和期许中结束了。对于"大嘴"这称呼，她还在心里埋怨这些孩子这么没礼貌。可随着40分钟时间的流逝，心中最初的疑惑，也在跟孩子们的交流中，从脑海里淡去了。

接下来的几天开始忙碌，上课下课，坐班改作业，找几个捣蛋的孩子谈心交流，了解孩子们的学习情况，一切是那么平常。

"喂，你还敢从这丢纸片呀，昨天兰兰被大嘴抓了个正着，这个幽灵不知什么时候会突然出现在你面前呢。"丫丫再一次听见孩子们提到大嘴，是在开学的第二个星期。

"谁是大嘴？"丫丫接过话。

"每天忙忙碌碌地在校园转悠的身影是谁呀？"孩子们中冒出一个声音，笑而不答地反问丫丫。

"啊，主任？"丫丫认真地想了会。

"哈哈哈哈！"孩子们一同笑起来。额，好像还真是的，不管上课下课，在学校里随时可以看到她的身影。记得有一次下课，因为抢东西，一年级的两个孩子刚想打架，那个身影冒出来了，立刻制止了一场"战争"。

还有的同学总是乱丢垃圾，她也是不厌其烦地提醒，所以我们的校园是最美丽的，也是最干净的。在接到"美丽南宁"整洁畅通有序大行动时，大嘴更是有理由、有借口，"整治"这些和她"对着干"的孩子了。于是，一接到上面通知，就组织全校师生开展"美丽校园，美丽南宁"大行动。

从每个班出墙报形式宣传到大扫除，所有的教室、宿舍、厨房玻璃，要求一尘不染。惹得这些在家饭来张口衣来伸手的孩子对她恨之入骨。现在看见自己生活在这干净舒服的环境里，又不得不对她竖起大拇指。

可"大嘴"两字怎么也不能跟我们的主任联系在一起呀！丫丫还是疑惑地看着这群孩子

不得其解。"主任明明是迷人的樱桃小嘴，而且身材也小巧玲珑，做事风风火火的。"丫丫正在纳闷着。

"老师，我知道你在想什么？我们说她大嘴，是说她话多，整天像我们的妈妈一样啰嗦。"

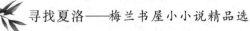

一个男孩接着说："是啊，以前我们班的同学是最坏的，班风不好，同学们的坏习惯也很多。比如说我吧，我以前总是迟到，上课总是讲话，现在全改了，你知道我最感谢谁吗？就是大嘴呗。"

他得意地笑笑回忆着："我刚到这学校的那几天都很乖，后来天气凉了，我就懒得起床，每天都迟到，第一次，第二次，第三次……终于被大嘴抓住了，把我带到学校的办公室外面问我：'这是哪呀？你知道我为什么不带你到办公室里面吗？我知道你要面子，不想让其他老师知道你迟到了，所以不叫你进办公室。'她一句骂我的重话都没说，可我的眼泪还是唰唰地流了下来，那是感动的泪。我一直以来做错事总是挨骂，没想到她这么理解我，我惊讶地看着她，不住地点头，还暗暗发誓再也不迟到了。"

这个就是同学们天天叫的大嘴。

作者简介：

盘叶纯，笔名：晴城，作品散见《桂林日报》《广西工人报》《广西民族报》《中国人口报》《珠江环境报》《潮州日报》《乡镇论坛》《演讲与口才》《意林.绘阅读》等多家报纸、杂志及新媒体。

公　平

董春光

初中时，我的成绩挺好，本打算考个师范类的中专，因为师范包分配，可在我考的这一年，师范包分配取消了。家人征求我的意见，考虑再三，我决定去当兵。因为家庭经济不太好，当兵去部队发展也是一条很好的出路。

经过严格的体检，我去了部队，并很快适应了部队生活，并以优异的成绩和出色的表现多次得到领导的表扬，也增加了我在部队一直干下去的决心。

可是，年底我们得到通知，今年全旅进行调整整编，部队裁军。这就意味着都得回家，我的留队梦破灭了。

因为是农村兵，复原后没有安置。经亲戚推荐，让我到省城一家宾馆当保安，工资待遇都不错，我收拾好行李和物品。由于省城离家远，得坐火车去，是下午的车，半夜到。

买了票，上了车，在车厢中部找到了位置。

我准备把行李放到行李架上，行李架挺高，得站在座子上才能放整齐。当我的脚下落时感觉踩到了什么，我低头一看，是对面一个女孩的脚，我赶忙拿开说，对不起，真不好意思。而她只是冲我笑笑，就继续看向窗外了，好像什么也没有发生过一样，我也只好笑笑坐下了。

这时我才仔细打量了她。和我相仿的年龄，梳着齐刘海的披肩长发，长长的睫毛下一双水汪汪的大眼睛，白嫩红润的脸上镶着个挺直，秀美的小鼻子，淡粉的嘴巴微微上翘，可爱中不失性感。

夜幕降临了，我望向窗外的星星点点，也不时偷偷瞄着她，她偶尔看向窗外，偶尔看下手表。我想问问她到哪里下车，可一直没敢开口，就这样一直默默地坐着。

"哈尔滨站马上到了，准备下车的旅客往两边走。"列车员在过道口大声朝车厢里边喊。要下车的人忙了起来，我也开始去拿行李，我看了她一眼，她在看表，这时火车已经慢了下来，要进站了，我又看了她一眼，她还是看了下表，这才起身，要去拿她行李架上的东西。原来她也到哈尔滨下车，可真能沉住气，我心想。

只见她把坐垫套掀起个角，踩在上面去拿一只行李箱，我突然愣住了，由于坐时间长了才起身，裤脚向上窜了些，我竟看到一截钢管，她是假肢。可能发现我注视到她的腿了，她忙整理了一下裤脚，冲我笑笑。

火车停稳了，我随着人流往出口走，她就在我的后面，我这时回过头示意去帮她拿行李箱，她笑着摇了摇头，紧跟着人流向出站口走去。

虽然是"钢管"，但丝毫没有影响她的步伐，出了车站，我放下行李，喘了口气，回头看向她。只见她放下行李箱，拿出了手机，迅速地按着键盘。

"我去宣化街，你去哪？"我说。她好像没有听见我的问话，我又说了一遍，可她还在按着手机，没有理我，我一直看向她，夜晚车站的灯光映在他的脸上，越发楚楚动人。

这时她停下了手指，冲我笑笑，把手机摆在我跟前。我拿过手机看了看就彻底惊呆在了那里，直到她推了我一下，才把手机还给她。

我是聋哑人，在聋哑学校上班，腿是一场交通事故失去的，能帮我叫辆出租车吗？谢谢！后面是一个大大的笑脸。

我拦了辆出租车，告诉司机去聋哑学校，然后执意帮她拿起了行李箱，示意她上车，而我坐在了副驾驶的位置。

两年后，她成了我的妻子。

炊事兵的嘉奖

董春光

陈学连入伍前是北京的，文化程度高，身材大，足有一米八五，标准的中国大兵形象。刚到连队，几个新兵班长都抢着要他，就冲这块头谁见了都想要，准能训出来一个好兵。

可是三个月的新兵连生活就快要结束了，陈学连不仅很多项目没达标，还拖了连里的后腿。器械不合格，五公里越野不合格，射击也不合格，手榴弹投掷刚刚及格。几个班长一合计，得，新兵下连我们可不要他了。

战斗班排没人要，可总得有个地方去吧。看着一起来的五六十号人都分配完了，就剩陈学连一个人站在那里，连长走过来拍拍肩膀语重心长地说，小陈同志，革命军人一块砖，哪里需要哪里搬，你去炊事班怎么样？是金子在哪都一样发光。

就这样，陈学连来到了炊事班。炊事班长看了看他这大体格子说："学蒸馒头吧！""是，班长。"陈学连敬了个礼大声回答。

打那以后，陈学连就看着班长，班长怎么揉面，他就怎么揉面，班长放多少碱，他就放多少碱。还别说，学的挺快，和班长配合也很好，重要的是蒸出的馒头特别好吃。

可有一天早上，班长感冒了。就对陈学连说，你今早自己揉馒头吧，我头晕，躺会儿。"是，班长。"陈学连答应完就开始了忙碌。放碱，揉面，很快上了屉，待蒸好掀起锅盖一看，妈呀，这蒸的是什么呀？吓得急忙去喊班长，班长跑过来一看，这不碱放少了吗？馒头没蒸起来不说，还相当的黏，气得拿起一个往陈学连头上打了过来，陈学连一躲，"啪"还给粘墙上了。

"明天你不用蒸馒头了，去喂猪吧。"班长气得大吼。

果然第二天陈学连开始喂猪了。部队的猪好喂，剩菜剩饭，饲料青菜，什么都有，陈学连每天打扫完猪圈，喂喂猪，闲时还帮炊事班干点儿零活。

可自从他喂猪以后，这猪好像不太爱长了，还经常生病。打针，灌药可下治好了一头，另一头还是一命呜呼了。炊事班长生气归生气，也没说什么，毕竟还剩一头，要不然非得让兄弟单位笑话死。

时间飞快，转眼天气冷了，按说猪也长大了能杀吃肉了。连长来到猪圈外一看，猪是挺大，就是太瘦了，怎么养的。再看站在一边的陈学连，他这一年好像胖了，也更高了。没办法，就当是瘦肉型的吧。

连长叫了几个战士，让大家先把猪抓住绑上，可这猪就好像知道要它的命一样，"噌"地一下，从猪圈一米多高的围墙跳了出去，直奔营门外跑去。大家也急忙追了出去，连长气得大喊："快让连队那几个五公里越野最好地去追。"

可追出去快七八公里了，还是没追上。连长急忙把情况报告了营长，营长拿出了望远镜一看，好家伙，你们连队养的猪怎么和狗一样，那几个战士跑断了腿也追不上，看来只能用车了。

这时有人通知了司机班的同志，只见一辆吉普车像离弦的箭一样冲出了营门。猪和车的距离在不断拉近，可到最后竟保持了一定的距离。猪向左转弯，吉普车向左转弯，猪向右转弯，吉普车向右转弯，始终就差那么一点儿的距离。

营长一看这也太丢人了，急忙把情况报告了参谋长。参谋长思量了片刻无奈地用山西话说："去叫军械员吧！"

"砰"一声枪响，猪倒下了。

由于是枪杀，血未放净，上桌时，猪肉看着有些发红，战士们都说这野猪肉真香。连长看了一眼坐在旁边炊事班桌上的陈学连同志，然后夹一块儿猪肉放到嘴里狠狠地嚼着。

临近年底，连队要进行评功评奖了，嘉奖那些在这一年里表现好的同志，可令大家没有想到的是，我们的陈学连同志榜上有名，嘉奖一次。战士们私下里议论纷纷，有人说，他家是北京的；有人说，他家亲戚是某某领导；还有人说，他的学历是研究生。

但陈学连同志的嘉奖，谁也不知道是怎么得的。

彩民老姜

董春光

老姜和我是邻居，准确地说是在一个大院里居住。

五年前，老姜和老伴儿从邻县农村搬到了我们这里。这里是城乡接合部，房租便宜，住的大多是进城务工的农民工。老伴儿在附近干起了环卫工人，老姜则在劳务市场打零工。对于已经是五十多岁的两口子来说，钱挣得虽然不多，但也说得过去了。

老姜为人和善，好说，常年穿着一套迷彩服，不抽烟，不喝酒。但是有一个爱好——买彩票。每次三五十块钱，对于他这样的收入来说，也是一笔不小的开支。老伴儿偶尔也管，让他少买，十块八块得了，可老姜不听，老伴儿无奈，就这么一个爱好，也就不管了。但必须把剩余钱全部上交。

熟悉老姜的人都知道，只要和他在一起，三句话没唠完，准给你聊到彩票上，那讲得头头是道。什么这期出了哪个号，哪个号落下了，下期还得出现哪个号。那神气活现的样儿，简直是彩票专家在分析。

有人问老姜，你这么多年买彩票中没中过奖啊？老姜得意地说，大奖没中过，不过快中了，但五块十块的小奖中过。的确，老姜买了很多年的彩票，无论是刮风下雨，或是在班上干活，从没落下，用他的话说，宁可今晚上不吃饭，也要守住彩票站！

邻居们也有说老姜的，你也不中奖还老买那彩票干啥？有那钱买点肉改善改善伙食不行吗？只听老姜振振有词道，只要我天天买，就有希望，就比没买的概率大，再说我这也是为福利事业做贡献呀，我少吃点儿肉，是为了更多贫困山区的孩子有肉吃，有学上啊！邻居们竟无言以对。

有时下班回来早了，吃过饭老姜就背着手要出门了，有邻居会问："老姜，你干啥去呀？"老姜头一昂道："去给希望工程捐几个作业本。"如果是下班晚了，大院其他人都回来了（有和老姜干一样活的工友），有人就会问，老姜咋没回来？回答都是一样的，老姜让彩票站留下了。随后就是邻居们的一片笑声。

我下班早了，没事儿的时候偶尔也到彩票站转转，有时也买上几注，而且每次都能碰到老姜。只见他一手拿着笔，一手托着腮坐在桌子旁，望着墙上的走势图，认真地思索着。拿笔的手不时抬起来圈圈点点，甚是有范儿。

那天回来的路上，我问老姜："姜哥，你经常买彩票图个啥？图大奖吗？"老姜看我一脸认真严肃的表情，语重心长地打开了话匣子说："不图大奖，但中了更好。那是五年前，我看了一次电视新闻报道，说在云南西部大山深处，有很多小村子，通往外界没有路，只能靠横在江面上的溜索来回进出，老百姓很贫困，孩子们上个学很不方便。路制约了当地的发展，我就想帮他们点儿。我这么大岁数了，两个孩子大学毕业都有了体面的工作，也不需要我帮忙了。我就想尽点儿力，为贫困地区捐点儿钱，可不知道捐哪里，正好听说买彩票就能捐，说这是公益福利，对了，你没看见彩票站门上写的字吗？"我刚想回答，老姜大声说了出来："扶老，助残，救孤，济困。"

我听完老姜的话，简直不敢相信这是从一个农民工嘴里说出的话。正当我呆愣在那里时，老姜突然拍了我的肩膀一下，说："小子，想啥呢，想中大奖？让我看看，你蓝球号码选的是啥？"

作者简介：

董春光，蒙古族，黑龙江肇源人，现居内蒙古，退役军人，热爱文学，热爱写作，希望能在文学的道路上走得更远！

福与祸

李敬荣

　　"广场上卖福利彩票啦"，消息像长了翅膀一样飞遍了大街小巷。

　　广场上一派喧闹景象，台子早就搭好了，两排火红色、翠绿色和米黄色等各种颜色的奇瑞QQ小轿车各十辆，被请上临时搭起的长台子上，披红挂彩静候在那儿，像新娘子一样引人注目。还有桑塔纳四辆，更神气了，车前头拴着红绸子，"脑门上"挂着大红花，旁边柱子上挂着花和标语"轿车不是天上掉下来的，是两元钱摸出来的""知识改变命运，中奖改变一生""献一份爱心"等。除此之外，还有十辆工具车。

　　中奖号码及相应的奖品，很醒目地写在一张大大的红纸上，挂在那儿。

　　"濮存昕为您颁奖"，濮存昕高高地站在画里，微笑地看着眼前的人们，似乎在祝福人们好运。

　　超市门口是主席台，台子用铁柱子撑起来，高音喇叭在不停地宣传，为彩民鼓劲，这一切都极为诱惑人。广场上人山人海，往广场方向走的人川流不息，彩票满天满地都是，空气中洋溢着过节般的喜庆气氛。许多农民工咬咬牙，掏出攒了好久的皱巴巴的几张钱，买上一盒彩票，坐在上面放着汽车的台子下面，低着头，满怀希望地急切地一张张撕开，面前地上拢起一堆堆彩票，每一张都张着嘴。撕完最后一张，抬起头，失望地叹了口气。

　　有的村民早起赶了十几里路，来碰碰运气。刘家庄的栓柱和邻居大林也在这人群里，他们早上没吃饭就赶来了，也准备一人买几张。可是，人太多了，拥挤不堪，买不上。这时，已经上午十点多了，大林急着要回家收麦子，就顺手掏出十元钱给栓柱，让替他买五张，边递钱边笑着说："馅饼说不定会掉到我的头上。"

　　"那可没准。"栓柱也开玩笑地说，"若真中了，咱俩对半分。"

　　"没问题。"大林爽快地答道。然后，急匆匆地走了。

　　栓柱等了一会，看见人少了些，才挤进人群。来到前面，向一妇女买了十张，自己五张，大林五张。找一阴凉处，坐下，先撕自己的五张，一无所获。再撕大林的五张，啊，中了一辆工具车，栓柱高兴坏了。

　　"嘿！这小子还真有福气。"他自言自语道。转念一想："该不该告诉大林呢？不让他知道，这工具车就成了我的了，跑个运输什么的，多好！"

　　栓柱是一个厚道人，思前想后，觉得私自独吞了，心里会不安的，就飞快地跑回村里，把这一天大的喜讯告诉了大林。

　　得知这一消息，大林喜出望外，赶紧从家里拿了身份证，到广场领取了工具车。当下，

283

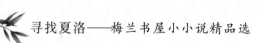

大林就被彩票组织者包装一新，披红挂绿，扶上敞篷车，去大街上游行。后面跟着他中奖得到的工具车，风光极了，俨然凯旋的英雄一般。

事后，栓柱以为大林会来感谢他，可几天过去了，不见大林的影子。栓柱心里很不高兴，就找到大林说："也有我的一份功劳，我要分一半，事先说好的。"

大林不太乐意，心里想："车子是我中的，凭啥给你？"可嘴里还是说："这车子总不能从中间劈开，一人一半吧？"他灵机一动："我给你钱吧。"

栓柱想想，也只能如此。

大林给了栓柱2000元钱。栓柱嫌少，可再问他要，他说啥也不给了："我哪来的现钱呢？"

事情过后，村里的人都羡慕地说："大林是个运气好的人，我抽了100元的奖券，连块肥皂也没抽上。"

有人说："栓柱真傻，两千元就打发了，一辆工具车好几万呢！"

大林有了汽车，生出许多憧憬，很快学会了开车，跑起了运输，没几年就发了。

可是好景不长。有一回，在山路上，一边是悬崖，一边是河流，一位背着柴的老人突然出现在路中间，大林急忙躲闪，连车带人翻进了河里，车子撞散了架，大林也受了重伤，断了一条腿，住了大半年医院，医药费花了好几万，刚好是工具车的钱。

风 筝

李敬荣

五一休假，河边公园里，有许多大人孩子在游玩。天气很好，蓝天白云，空气清爽，和风吹拂，杨柳依依，河水清清，荡起细细波纹。游人非常惬意，有老者在河边甩起钓钩钓鱼的，有一家三口在岸边支起帐篷的，有悠然自得躺在摇床上的，有扯起长线放风筝的。

老张也带着小孙子在溜达。小男孩五六岁，长得胖嘟嘟的，蹦蹦跳跳地在撒欢儿。他一会儿抓把泥土，一会儿揪揪路边的小草，一会儿抬头看看天上高飞的五颜六色的风筝。

"爷爷，我也要放风筝。"小家伙跑到老张跟前，仰着头说。

"宝贝儿，你还这么小，不会放，再说了，买一只风筝几十元钱呢！"

老张耐心地哄着孙子。老张心里也想给小孙子买个漂亮的风筝玩，可他手头紧啊，一个人挣钱养活一家人，省吃俭用积攒的钱，给大儿子成家全花光了，眼看二儿子也不小了，该找对象了，可房子还没影子呢！

小家伙听了，呆呆地，眼睛仍盯着高空的风筝。

老张拉着孙子的手，沿着河边小路往前走。

忽然，小孙子兴奋地用手指着前面大喊："爷爷，你看那棵树上！"

老张顺着孙子的手指方向，睁大眼睛一看：啊，一只颜色鲜艳的风筝挂在树上。

老张眼睛一亮，快跑过去，在树林里找了一根长树枝，伸长胳膊，一抬脚，把风筝从树上戳下来了。

"宝贝儿，咱们这回有风筝放了，今天是好运来喽！"

爷孙俩乐呵呵地拿着风筝，左看右看，喜不自禁。

"老爷爷，这个风筝是我的。我刚才放得好好的，没想到，一股风猛地吹来，风筝一头栽下来，我看见掉在这边的一棵树上了。"远处一个小男孩气喘吁吁地跑到了爷孙俩跟前说。

"这哪是你的，我给孙子刚买的。"

小男孩以为说明情况，老爷爷就会还给他，没想到老爷爷居然不承认。

"这上面黄色的狐狸是我画的，还有红色的飘带，也是我系上去的。我认得我的风筝，老爷爷请你还给我吧！"小男孩涨红了脸，据理力争。

"这哪是你的，哪儿写着你的名字了？"老张强词夺理，边说边拉着孙子快步走了。

小男孩沮丧地站在那里，不知如何是好。

老张走了一段路，到了一座大桥边，回头看看，小男孩不见了。就说："宝贝儿，咱们可以放风筝了。"

老张手里放着风筝，可小男孩刚才说的话以及着急的神态，还是在心里盘旋着。自己这么大岁数，欺负一个小男孩，是不是不地道，要不再把风筝还回去？想归想，真送回去又不情愿。

老张把风筝递给孙子，细心地教他怎样放。在老张的帮助下，不一会儿，风筝飘飘悠悠地飞上了高空，越飞越高，越飞越远。

小孙子拍着手，高兴地跳起来："飞上天喽，飞上天喽！"

正在爷孙俩乐开怀，老张想往回收线时，一个三十多岁的男子气呼呼地跑了过来，一只手里拿着一只风筝，一只手拉着一个十岁左右的小男孩，小男孩闭着眼呜呜呜地哭着。

"哎，老人家，这风筝是你的吧，放风筝也不选个人少的地方，我和儿子在桥上，骑着摩托车，儿子好端端地站在摩托车前面，一根几乎看不见的风筝线，就勒住了我儿子，你说我们招谁惹谁了？"

老张这才看见，小男孩的脖子血肉模糊的，风筝就是刚才讹的那个小男孩的，上面有黄色狐狸的图案。

"你怎么知道这风筝是我们的？"老张还想狡辩。

"老人家，你别耍赖，我们顺着风筝线找过来的，线还在你手里呢，这还能错了！"男子气愤地说着，上来一把抓住老张的衣领。

"说，怎么办？"

老张一看形势不妙，忙说："去医院，去医院。"

老张最后花了五千元医药费，还给受伤的小男孩买了营养品。

"唉，这风筝本该一开始就还给那个丢风筝的小男孩啊！"老张丧气地自言自语着。

作者简介：

李敬荣，山西省太原市作协会员。《舞韵》获首届"锦绣太原"散文大赛三等奖，入选《想象的空间》一书。作品散见《山西文学》《潞安文艺》《太原日报》《太原晚报》《羊城晚报》《河北日报》《京华时报》等报刊。

蜻蜓河

杨学玲

蜻蜓河像一条绿带子，河水碧玉而清凉，缓缓向前流去。这里青山照映着绿水，绿水偎依着青山，吸引着大都市里的人们来这里休闲度假，尤其是夏天，蜻蜓河上一只只蜻蜓，像惬意的精灵，飞来飞去，吸引四方游客。

蜻蜓河的半山腰上，有一个小村庄。早春时分，天一亮，李大骑着电毛驴进城卖蜂蜜。住在李大隔壁的李二听到响动，悄声起床，把窗帘掀开一条缝后，猫着身子趴在窗前往外偷看。直到亲眼看着李大消失在进城的方向，他赶紧准备毒鱼药、水衣、捕鱼器等工具，开着那辆破旧的小皮卡车，到蜻蜓河里找野味——水蜈蚣、小鱼、泥鳅、河虾等。这些都不愁销路，附近的饭店一直在收购，一斤一百多块钱。饭店经过加工，一小碟八十元，用料也就几两，且生意火爆，供不应求，不像李大养蜂卖蜜既忙碌又烦琐。

农村人的钱难弄啊，老人常云道："苦钱就像针挑土，花钱好似水推沙。"家门口的资源，应该近水楼台先得月才对，偏偏李大长着个木疙瘩脑袋，不仅不会好好利用，还说要带头保护之类的屁话。

到河流的制高点泼洒药鱼料后，李二迅速麻利地穿好连体防水衣，背好电动捕鱼器。几分钟时间，水里的鱼儿晕头转向，它们翻着白肚皮漂起来，随着水流摆布，这正是网鱼的黄金时间，半个小时过后，上段水流把药物浓度稀释后，药劲一过，狡猾的鱼儿们又清醒过来，游到深水乱石缝隙里躲藏起来了。

李二想着，急忙握紧网兜，马上行动。他把捞起来的鱼儿放进随身携带的清水桶里，它们清醒过来，在水桶里活蹦乱跳。随着清水桶里的鱼儿越来越多，李二仿佛看到红彤彤的百元大钞，从饭店老板手里，轻轻松松地钻进了自己的腰包。

"李二，住手！原来又是你，快上来！"

只听一声脆响，李二抬头一看，是李大，他不仅很快回来了，还把派出所的民警也请来了。

"大哥，你不是进城卖蜂蜜了吗？"李二不解。

"我刚去五里外的镇市场，你就背着我胡作非为，再去二十里外县城，那还了得。只能在镇市场把蜂蜜卖了，一斤便宜一元多。"李大对李二横眉瞪眼。

"我回来的路上，碰到马警官在山林里巡逻，还吓跑几个偷牛贼，在视野开阔处停车和他打招呼时，转眼就看到蜻蜓河里捕鱼的人影。"李大气呼呼的。

"只不过是一小小村组长，竟跟我官腔官派的。我们从小一起在这河泥里，捉虾摸鱼抓蛤蟆的日子，都忘了？"李二在心里咕哝着，没好气地从河里淌着冷水慢慢挪出来。

马警官没收了全部捕鱼器具，又顺着河流，查看了一下水情，告诉李二不能药鱼，普及了部分关于水污染和家畜饮水安全隐患后，罚款五百元，让李二亲自按过手印后，回镇派出所了。

李二苦闷着去自留地里，扑哧扑哧地挖地，红脸白汗一下午。天快黑时，他才去树林里赶小灰牛回家。想起这条小灰牛，李二心里立刻转忧为喜，高兴起来：它可是李二家里的命根子，儿子读大学正用钱，而这牛也特别争气，一年下一崽，每个开学季都靠卖小牛犊渡难关。

李二走到林子里，远远地看到小灰牛——一身桔黄油亮的皮毛，肚皮上方混杂着有半块洗脸手帕那么大的一块灰斑。它在一块空地上半躺着。当李二凑近仔细看，才发现小灰牛身下的草皮都被它蹭光了，旁边还有一头僵硬的小牛。它堕胎了！

李二一路摸黑，不知道是他牵的小灰牛回家，还是小灰牛牵他回的家。大老远地，他看到家门口有手电筒的光。原是李大来挨家挨户传达口头通知：今天镇卫生院里，有旅客吃了本村附近饭店里的油炸河鱼后，腹泻呕吐不止，送医时，呕吐物检测到农药残留……

"怪不得我家母牛堕胎。"李二暴跳如雷，肠子都悔青了，一个劲直跺脚。

"注意观察，如果牛拉稀便、狂躁不安时，赶紧请兽医。缺钱和我说，我这是早上卖蜂蜜得的两千块钱，你先拿去用，我们都是一对奶包子上吊大的亲兄弟呀，我不帮你帮谁呢……"

李二把小灰牛治好后，再也没有去蜻蜓河药过鱼。他和李大学起了养蜂，认真劲头足着呢。闲时，常听他和村民说："一方水土养一方人，我们要带头保护蜻蜓河。习总书记说得好啊，金山银山，不如绿水青山。"

作者简介：

杨学玲，80后，全职宝妈，文学爱好者。

夜半等爱

田娟

启迪再一次打开手机。

"已经一个小时了！"他盯着屏幕上莫琳的微信头像自言自语，虽着急却也无奈。

这都是启迪突然对莫琳的真情表白所致，该不该这么快表白呢？当初启迪也是犹豫了很久。不说吧，丘比特的爱神之剑已射中启迪的心；说吧，又期待又害怕得到莫琳的回复。

此刻，已是凌晨一点，也许莫琳早已休息了。"唉，这样也好，迟早我要面对这天的。"启迪叹了口气，遗憾地将手机放回床头柜上，轻轻合上眼准备休息。

可一闭上眼睛，启迪满脑子都是莫琳的身影，眼前浮现第一次与莫琳相见的那天，莫琳经过启迪的身旁，她飘逸的长发不小心扫过启迪的脸庞，瞬间，启迪闻到了莫琳的发香味，不由得伸出手去抚摸莫琳的秀发。

"你干吗？"莫琳眨了眨那双迷人的大眼睛，不失礼貌微笑着说道。

"啊！那个，不好意思，我，我……"还没待启迪说完，莫琳笑得更灿烂了。

真是尴尬啊！被发现了，但就是这么一瞬间，莫琳住进了启迪的心里。接着，启迪回味着刚才鼓起勇气对莫琳的表白：

"莫琳，我，我。"

"你怎么了？"

"没什么。"

"真的？"

"我，我喜欢你，做我女朋友好不好。"

莫琳发来了一个微笑的表情，随后任何答复都没有了，已经过了一个小时了。

启迪大学毕业后，在县城一个部门当秘书，二十六岁这年，他在当地的公益活动偶遇了这个叫"莫琳"的女孩。那时，她二十二岁，在县城的一家企业当文员。

通过这一年的来往，俩人感情迅速升温，却是谁都没捅破这层窗户纸，这次，启迪终于藏不住这颗爱意的心，鼓起勇气对莫琳表白了。

可莫琳已经在微信上沉默了一个小时了，"她肯定是被我突然的表白吓到了吧！"启迪这样想着。也对，莫琳漂亮，多才多艺，心地又好，追她的人肯定很多！我什么也没有，这样结束了也好，只要她幸福就好。

启迪闭着的眼睛突然睁开，启迪真的甘愿接受这个结果吗？他再次打开微信，发现莫琳仍然未回复。聊天记录最后一条，仍是她发过来的那个笑脸表情，启迪觉得这个笑脸，比蒙娜丽莎的微笑还难捉摸。

"嘟嘟嘟，汽笛！"听到这一特有的专用称呼，启迪仿佛突然遭到了强电流的冲击，人"嚯"地从床上弹起来，呆了两秒钟，又重重跌回了床上。

当初自我介绍时，启迪的名字被莫琳调侃："我叫你汽笛吧，嘟嘟嘟，汽笛的声音可好听了！"这也就成了莫琳对启迪特有的专用称呼了。

"汽笛！"声音还在耳边响起，他伸出右手，狠狠掐了一下自己的脸，确定自己听到的就是"汽笛"，又"嚯"地一下从床上弹起，朝门方向跑去。

这个"失踪"了一个小时的莫琳，活生生地站在了启迪的面前。她天真可爱，一头长发，笑眯眯的脸庞尽显青春美好。

"你……你……怎么来啦？"启迪激动得结巴起来。

启迪邀请莫琳进屋，随后，他们俩窝在阳台的沙发上，吹着晚风，望着星空。

启迪有太多的话想说，也有太多的话想听。就这样，他们看了一晚的星空，说了一夜的话。但在启迪看来，莫琳的话犹如鼓点，敲得他的心脏"嘭嘭"作响。

但所有的话又似乎都敲在鼓边上，启迪最想听到敲在鼓心的那一锤，却没有听到。"也许她不知道怎么拒绝我吧！"启迪望着夜空的星星微笑，心里这样想道。

殊不知，下一秒，莫琳突然凑到启迪的耳边，轻轻说了句："其实，我也喜欢你。"

铂金项链的故事

田娟

今天是她的生日，他送了她一条铂金项链，在灯光的照耀下，铂金项链精致美丽，他亲手为她戴上，吻了吻她额头，抱起她，她笑得跟朵花儿似的。

"多少钱？"

"2千。"

"你疯了？"

"这是供应商送的，没花钱。"

"这太贵重了，我舍不得戴，快收起来。"

"你戴着好看。"

"不行，收起来，也许哪天需要送礼。"

见她解下铂金项链，准备收起来时，他的心很疼。

当年他创业失败，欠了很多外债，为了不连累她，他提出离婚，她知道后不同意，

提出卖掉家里的房子、车子来还债。他反对，她心意已定，愿意陪他东山再起，他抱着她痛哭，发誓一定要让她过上好日子。

此后，两人在城中村租着30平方米的房子住，为了维持日常生活，他找了一份工作，她找了一份兼职，开始省吃俭用地过日子，两人只有一个目标，就是还债。

这么多年来，他没送过她一份精致的礼物，他心里感到很内疚，她却没怨言，一心一意地跟着他过日子。

她瞒着他，把结婚时娘家送她的铂金项链也变卖了，攒下的钱都拿来还债。她没告诉他，也以为他不知道，其实他知道，那天回家他发现她脖子上少了什么东西，他就知道了，当晚他抱着她说："跟着我你受苦了，等条件好些，我再送你件礼物。"

她说："不要浪费钱，有没礼物都一样过日子。"

努力的他，如今送了她一条铂金项链，可是这些年，省吃俭用惯了的她却舍不得戴上，想到她为他变卖家产来还债，跟着他吃苦受罪，他的心很疼他流了泪。

她知道这是他做了好几份兼职才攒下钱买的，她不能戴，也心疼他，但看到他流泪了，再拒绝她于心不忍。

"我为你戴上吧！这条铂金项链真的很适合你，你戴上很美。"

"嗯。"

他再次为她戴上，她笑了。

他不知道的是，第二天她戴着铂金项链来到了典当行，摘下铂金项链拿给典当行的老板，老板看了看那条铂金项链说："最多一千。"

"能再加点吗？"她问老板，老板摇了摇头。

她也不舍，毕竟这是他送她的生日礼物，她的内心挣扎了很久，最终决定留下，她戴上铂金项链开心地回了家。

作者简介：

田娟，90后，土家族，湖南湘西人。爱好写作、绘画、摄影。文章散见于报刊。

真 相

白冰

这段时间老公一直说很累，晚上很早就上床睡觉了，有时候晚上在电脑上写了一点东西就趴着睡着了。

那个周五的晚上，老公又躺在床上睡着了，居然手上还拿在手机，于是菲儿拿起他的手机去充电，随手就翻了他的微信来看。发现一个他和一个昵称叫"不负芳华"的女人之间的对话。

看到这些对话，女人第六感隐隐感觉不正常，仔仔细细将这段对话看了好几遍，直觉告诉菲儿，这个女人跟老公的关系不简单，菲儿犹豫地看了看床上还打着呼噜的老公，他还睡得真香呢。

菲儿是一个性格直率单纯的女人，她摇醒了老公，质问老公："你和那个女人什么关系？"

老公揉着睡眼蒙眬的眼睛，默默地望着她："老婆，你知道了，对不起！"

菲儿冷漠地看着这个熟悉的男人，心里五味杂陈，一直说爱自己的男人居然出轨了。可是无论如何，她只能接受这个残酷的真相！

很快，菲儿和她老公协议离婚了，离婚的时候，她老公主动净身出户。

半年后，菲儿也渐渐不再伤心痛苦了，也开始与新男友交往了。

有一天在街上碰到了以前的一个朋友，朋友望着她欲言又止，最后还是拉着她说："你知道逸凡的事情吗？"

她淡淡地说："这个渣男的事情我不想知道，他不就是和他那个新欢在一起了吗？"

"哪里呀，他病得很重，可能就是这几天的事情了……"

菲儿睁大了眼睛，望着朋友，这是怎么回事？

原来真相是逸凡知道自己病很严重，不想拖累菲儿，也想让菲儿早日忘记他，开始新的生活，故意设置了"出轨"的情节。

一年前，逸凡体检时查出肝癌晚期，医生告诉他最多半年到一年时间了，逸凡一直不敢告诉菲儿，怕菲儿受不了。有几次假意在菲儿面前提到，万一有一天意外离开了她，菲儿怎么办？

菲儿那时候说跟他一起到下面去，或者一辈子不结婚守着他。

在逸凡病房的门口，菲儿的眼泪夺眶而出，她擦干眼泪，打开房门。

初恋的电话

白冰

周五的上午，茉莉正在办公室整理下周上课用的资料。突然，办公室的同事让她接电话，说有人找她。

茉莉觉得很奇怪，现在还有人不用手机联系，居然打座机找她，会是谁呢？她有些忐忑不安，赶紧把资料放下，到隔壁办公室拿起电话机。

"喂，你是茉莉吗？"电话里面传来一个北方男子的声音。

茉莉只觉得头嗡的一声，心怦怦直跳，是他吗？高逸凡，他是她的初恋情人。

"我是茉莉，你是，你是高逸凡吗？你怎么知道我办公室的电话？"

对方笑着说："这有什么难的，我通过114查询到你单位的电话，然后就问着你的了。"

怎么这么傻，还问这个问题，想找一个人总是会有办法的。

"好久不见……"电话两端的两个人同时说出了这句话。

他们分手7年了，这些年她偶尔能听到他的消息，知道他在桂林市下面一个很偏僻的小县城的通信设备厂工作，然后结婚，据说又离婚了。

而茉莉也快要和交往3年的男朋友结婚了。

电话里，他们互相问候了对方几句，最后，他们约定下午5点在天府广场的毛主席像前碰头见面。

放下电话，茉莉脸泛起了红晕，同事意味深长地笑着打趣她。

茉莉拿出好几身衣服在身上比画，看哪件衣服穿起来更美。镜子里的茉莉眼睛水汪汪的，皮肤白里透红，配上合体的连衣裙，身材更是婀娜多姿，显得越发娇俏迷人。

茉莉望着镜子中的自己，不由得自言自语起来："我这是干什么，不就是同学聚会吗？"

高逸凡是茉莉的大学同学，也是她的初恋，毕业之后他们一个在成都，一个在桂林，由于各种原因，他们最终没有在一起。

离别前最后一面又浮现在茉莉的前面。那时茉莉去桂林看高逸凡，同时也是看这段感情该如何前行？可逸凡一直不说是到成都还是让她去桂林，甚至还在他同事面前介绍说"这是我的大学同学……"听着逸凡的介绍，茉莉心好痛，但没有说任何话，脸上挂着淡淡的微笑。

走时，逸凡送她到柳州。逸凡站在站台上，两个人相视无语，眼泪无声在茉莉脸上流淌，只要逸凡说一句，让她留下来，她立马跳下火车。可是他一直凝视着她，什么都没有说。

火车要开动了，逸凡跑到窗前，想对着她说什么，可是人太嘈杂了，什么都听不清。逸凡的人影越来越小，直到完全看不见了。

这么多年后，茉莉有时候还是会很想他，如果当时他说等着他，他给她打电话，会不会他们不会分开。也幻想着某一天，他突然出现在她的面前。

后来听同学说，逸凡在同学们中打听过茉莉的消息，茉莉也听同学说逸凡由于工作环境很偏僻，心理自卑，不愿意茉莉从大城市到他的小县城工作，所以狠心拒绝了茉莉。

今天他终于出现了，电话里他说出当年火车开之前说的最后一句话是"茉莉，等着我的电话，我到成都去看你。"可是为什么现在才说，现在还能怎么样呢？

世事无常，总是捉弄人。人生总有一些事情是遗憾的，也许遗憾是一种美，就让这份美好永远留在心中吧！

茉莉的眼睛湿润了，对着镜子，她淡然一笑，拿出手机，给男朋友发了一条信息："亲爱的，大学同学来成都，我们晚上一起去接待，好吗？"

约　会

白冰

火车在山谷中穿梭，我坐在窗前，望着窗外连绵不绝的山峦，陷入了沉思。微信提示音突然响了一下，我打开一看，是他来的微信"在洛阳龙门出站口等你"。

一个月前，他提议我们利用清明节去洛阳看牡丹花。牡丹花雍容华贵、富丽堂皇，素有"国色天香""花中之王"的美称，而洛阳更是有"千年帝都，牡丹花城"的美誉。

我妈特别喜欢牡丹花，我曾带她去过成都附近的丹景山看牡丹花。甚至还到过成都一个私人修的"大唐牡丹园"去看牡丹花，可惜这些地方的牡丹花品种很少，花型也小，未形成规模，稀稀拉拉的几株牡丹，让人大跌眼镜。

我妈由于高血压去年得了脑梗死中风了，行动不便，不可能出远门了。

我一直有个梦想就带她去"牡丹花城"洛阳看牡丹花，所以当他提议我们俩去洛阳约会，我欣然同意提前就买好了火车票。

我也想着这次去洛阳多拍点牡丹花的照片、录像给我妈妈看看，圆她的梦想。

火车到洛阳龙门了，下车后，我往出站口走去，远远看到一个高大俊朗、儒雅的中年男子身影站在出站口，应该是他吧。

他微笑着看着我，说："这里到城里还有一些距离，我们先打车到城里去吧"。

他主动把行李拿过去，我没有说话，跟着他向打车的地方走去。

坐上车后，一路上无话，气氛有些尴尬。他的手轻轻触碰到我的手，看我没有回避，便主动抓住我的手。

我也任由他这样握着我的手，天气很凉，他的手很大很温暖，很舒服。我望着窗外，听着他一路上给我介绍着。

"洛阳看花的地方很多，比如王城公园、神州牡丹园、中国国花园、植物园等都可以看，还有龙门石窟也有，你想去哪里？"

"我订的酒店就在城中心，右边是王城公园，它是牡丹花的主会场，左边有你想去看的天子驾六博物馆，你知道什么叫天子驾六吗？"

车子很快就到酒店了，登记房间的时候，前台的服务员问道，你们一个房间还是两个？

"一个。"他回答说。

"两个。"我立刻纠正。

前台的服务员疑惑地看着我们两个，他有些尴尬，但还是保持礼节的微笑说："别逗了，我们一个房间！"

服务员看了一眼，拿着我们两个人的身份证登记信息，等我们离开后，听到他们在后面窃窃私语。

在房间里，他捧着我的脸，温柔地说："宝贝，前几天不该惹你不高兴，我以后不会惹你生气了，你原谅我，好吗？"

"我知道你喜欢牡丹花，我们来一场以花之名的约会吧！老妈最喜欢牡丹花了，咱们多拍点照片和视频给老妈看，还给她老人家买点牡丹花茶，好吗？"

望着深爱的老公那真诚而温情款款的目光，我心里的怨气也消了不少，不禁点了点头。

作者简介：

刁碧，笔名：白冰／九尾白狐，硕士生，高校副教授，热爱写作，喜好旅游、摄影、看电影等。人生应该有梦想，坚信只要不懈努力，就有可能实现梦想！

一见钟情

林惠敏

娟喜欢花，喜欢骑着自行车去踏青赏花。

那年春天，娟离开家，在一个企业单位里做着三班倒的工作。

家与单位相距二十几公里，空闲时，娟乐意花两个小时骑自行车回老家。

一个叫英的女孩，长得清秀而漂亮，她是娟儿时的伙伴。她常与娟分享生活的快乐与烦恼。娟每一次回老家都会约上英去爬山，摘野花，淌溪流。

有一天，英告诉娟，她认识一名退伍军人，与他看过电影，还去他家过"三月三"。

娟问英："是不是和他恋爱了？"

英的脸上升起一团红晕，如一株含苞待放的玫瑰花。

那天，娟刚好休息，英来电话说："你还没认识他，我和他约好了看电影，你也来一起看吧！"

娟有军人情结，从小就崇拜军人，只要看到穿绿装的兵哥哥，她便心怀敬意。于是，娟不假思索地答应英的邀约，脚踏自行车，一路哼着《潇洒走一回》，向电影院驶去。

在电影院门口见到他的那一刻，娟愣住了：他笔直的身板，俊朗而刚毅的面孔。

英说："这是我的好朋友——娟。"

他伸出一只大手，握着娟的手说："你好！很高兴认识你！"

他的目光停留在娟的脸上片刻，直到英咳了一声，他才松开娟那带着温暖余热的手。

三人并肩走进影厅，娟留意身旁的英，她的手并没有被他牵着，反而发现他的双眼一直朝着自己的身上游移。

宽阔的影厅里零星坐着几个人，娟选择独自一人坐在前排，英和他就坐在她的后排。偶尔，他以屏幕上的剧情言论几句，娟转过头回应他的话，他即露出惬意的笑脸，而英却很沉静，几乎没听见她的话语。

不知不觉，娟突然听见他浑厚的声音："娟，你的蝴蝶发夹掉了！"

娟愕然，慌忙往头上摸，那夹在秀发上的蝴蝶结浑然脱落了！只见他弯下腰捡起地上的蝴蝶结，双目注视着娟，柔声地说："你往后靠近些。"他的声音似乎是磁场，让娟不由自主地把头往后靠。他撩起娟的发梢，把蝴蝶结扎在头上。那只手触碰到娟的后劲，顿时，触电般的感觉，流遍娟的全身。娟脸庞瞬时发热，耳根冲刺着一股热浪，一颗慌乱的心扑通扑通地急速蹦跳。

娟婉言："谢谢！"却不敢正视他的眼睛，再回头看身后的英，她依然沉静地看着屏幕，

似乎觉察不到娟内心的狂澜。

看完电影，他建议一起吃点甜品。

娟把英拉到一旁说："剩下的时间留给你们，我就不当这灯泡了。"

然后，娟对他说："我还有点事先回去了，你和英慢慢聊吧。"他让娟留下联系方式，目送娟骑上自行车，那一句"你慢点骑"像一个大哥叮嘱出远门的妹妹，充满了关切。

过了些日子，娟收到他的一封来信，信中，他诉说如何认识英。他说与英只是一般的朋友，不是恋人。他还说初识娟有相见恨晚之感。

无缘对面手难牵，有缘千里来相会。

那是一个阳光灿烂的上午，娟正在家中，突然听见门外有人询问自家的地址，她迅步观外，原来是他。

他的出现令娟惊讶不已，他见到娟更是喜形于色。他说，刚找了一份离娟较近的工作，他想见娟，所以就自找上门了。

娟问他，与英的关系怎样？他说，英只是普通的朋友，他已跟英解释清楚了。娟马上打电话给英，英说："他告诉我，他有意中人。我想，那人应该是你。"

"对不起！英，我不该和你们一起去看电影，而让你们的关系变僵了。"

"没事，我跟他无缘。"英的话，让娟相信他没说谎。此时，娟不再躲闪他热烈的目光，她在他的眼里看到了温情与爱意。

他约娟上公园、看电影。娟喜欢他讲述在部队时的生活；喜欢他骑着自行车，搭在他身后，迎着风，观花赏月。

娟与他无数次约会，彼此熟悉对方，彼此依恋。然而，她和他的交往，却遭到父母激烈的反对，父母担心她跟着他，只有苦日子。

他出身贫寒，自小丧父，兄弟多，家庭的不景气像一堵高墙横在他与娟中间。

有几次，他走到窗口，看到娟在家，想进家门时，她母亲站在门口斩钉截铁地拦着他：娟不在家！他不气馁，转身往市场走，买了菜，趁她母亲去溜达时，进了家门。他撸起袖子，洗锅淘米，切菜烹煮，一会工夫，香气溢满屋。他不仅勤快，还贴心。

那段时间，娟上夜班到两点多，上午睡到九点，他常去娟家煮好早餐，让娟一起床便吃到可口的早餐。渐渐的，他的真情赢得了她母亲的好感。

娟生日那天，他说要送一份特别的礼物给她。只见他把一个塑料瓶剪开，分成十一条，再用绿色的泡沫纸剪成绿叶，分别插在塑料枝杆上。然后，他用梅红色的、粉红色的、黄色的泡沫纸剪了十一朵花，把这十一朵花插到枝杆上，绿叶衬着艳丽的花朵，栩栩如生。

他手捧漂亮的花儿走到娟跟前，满怀深情地说："娟，知道你喜欢花，这花代表我的心，在将来的日子里，我会一心一意爱你到永远！"

娟看着眼前的人与花，心柔似水，泪眼婆娑。

温馨的烛光下，他张开双臂把娟拥入怀中，温润的双唇将娟点醉。

那一刻，时间为之凝固，娟清楚地听到了彼此心跳的声音……

诗 怡

林惠敏

春节时，峰牵着诗怡的手去战友军家拜年。

席间军举起酒杯，乐呵呵地说："你俩赶紧的，把喜事办了！"

军亲切随和，性格豪爽，为人直率。他率真的军人风格，令诗怡钦佩。

花开花落，水到渠成。婚礼上，军做了诗怡和峰的证婚人。闹新房后，在客厅的沙发上，穿着红装的诗怡脸上洋溢着幸福，她的左边坐着峰，右边坐着军，他们三人拍下了永恒的照片。

婚后一年，他们有爱情的结晶———一个漂亮可爱的女儿。

时光匆匆，世事难料。乐观豁达的军也有常人之苦。空闲时，军约诗怡喝茶，谈些他的家事及烦恼。

军的妻子是一名医生，身材高而壮，个性较强势。军在职场上叱咤风云，但在家里都得看妻子的脸色行事。

军是个孝子，他有年迈的双亲住乡下，周末，他总想接父母到家小住，以尽孝敬之心。他的三个兄弟也借此聚一起，这本是家常乐事，妻子却嫌老人脏，每次用餐都让老人拿公筷夹菜，坐过的椅子擦了又擦。她唠叨兄弟抽烟后满屋子烟气。

军埋怨妻子强忓势利，在父母兄弟与妻子之间，像块夹板。曾几次，他对诗怡感言："若妻子如你善解人意，温柔贤惠多好啊！"

一天，军又约诗怡去他家喝茶，宽敞的客厅只有他一个人，诗怡便问他妻子和女儿去哪？他说她们出差旅游了。

与往常一样，诗怡与他面对面地坐着喝茶。很意外地，他走到诗怡身旁坐下，拉着诗怡的一双手，握在他的掌心上，一边端详着一边说："你的手指很纤细。那手臂上一粒粒小黑点怎么啦，疼吗？"

"没事。天生的毛孔堵塞，皮肤干燥，冬天时更明显些。"

他露出疼惜的目光说："多涂点润肤霜。"

诗怡把手抽回来，还故意笑着说："军哥，我皮肤不好，但已有个帅老公，女儿的皮肤也比我好几倍呢。"

话刚说完，他猛地搂过诗怡的双肩，把脸贴向她，凑近她的耳根说："我需要你！"

他的失态，让诗怡一下站立起来，走到对面的沙发坐下，直视他的眼睛："你今天没喝酒吧，怎么会有这些不该有的想法！"

"我不是一时冲动，我是真的需要你，特别是在疲惫的时候，常常想你。"

"你有想过吗，你不仅有职位，还有老婆和女儿，我也是有夫家之人，我不值得你牵挂。"

"对不起！恕我冒犯了！可这是我的真心话！"他一边拍自己的脑袋，一边向诗怡道歉。

"你知道吗？当我想你的时候，我就看那张你穿着红装的照片。"

"对不起！恕我不能让你如愿。估计你太累了，上楼休息吧！"

诗怡执起桌上的笔和纸，写下：军哥，我一直敬重你。为人子，你是个孝子；为人夫，你是个好丈夫；为人父，你是好父亲，我们好自为之。

诗怡起身告辞，踏出大门那一刻，一个回眸，看到军面向窗户，手拿着留言纸，垂着头。

诗怡没再单独去过军家，极少与他见面，她甚至拒绝军的邀约。

在一次晨跑中，诗怡与他迎面相遇，他窃喜，笑着说："我还是喜欢与你一起跑步。"

"军哥，我们还是少见面吧。为了你好，也为了我好。"

一天，军的司机告诉诗怡，说他突然脑出血病倒了，在区医科大重症室，三个月没醒。这一消息令诗怡如雷震耳，不敢相信事实。

当诗怡和峰去探望他的时候，诗怡眼眶湿润了。病床上的军脸色苍白，鼻孔和插着管子，双目紧闭，两腿直挺挺地伸着。

诗怡俯下身，握着他的手，哽咽着呼喊他"军哥，我们来看你了，你别睡了，快点醒吧！"

两手温度的感应，奇迹暖暖，他居然睁开眼睛，眼角溢出泪水。

"军哥，别难过了，快点好起来，我们都等着你回家啊！"

军睁大的眼睛一动不动，眼角又流出了泪水。

他只流泪不言语的模样深深刺痛着诗怡的心，她默默地祈祷他躲过生命的劫。

然而，天命难为，世事无常。军在病床上静躺一年多，终究安然离去。

轰隆隆轰隆隆，天空雷声大作。诗怡双手合十，祈愿故人在他方世界，身心安宁。

作者简介：

林惠敏，从事教育工作。喜欢沐浴着阳光雨露奔跑在人生的旅途，并欣赏沿途美丽的风景；用平和恬淡的心态，走过人生的风风雨雨。

工期延误

王贤芳

王羊又和建筑公司的蒋总吵架了，吵到最后，王羊把瓦刀扔到了一旁的水沟里，蒋总也留下了狠话："要不就痛痛快快按工期砌好墙，要不就收拾铺盖滚蛋！"

王羊是一个瓦匠出身的小包工头，手下有十几个工人。他跟着蒋总在城里盖大楼。

吵架是因为砌墙。他们所建的都市家园主体工程已经结束，就剩下四周的围墙还没砌。王羊所在的工程队负责砌墙。很简单的一个工程，干完他们就可以领钱回家了。可就在这当口，作为包工头的王羊却和蒋总吵了一架又一架，原因就是蒋私自将原先的砖混结构改成砖结构，而且用来砌墙的砖和水泥也都不符合要求。王羊提出反对，蒋总把眼一瞪："没事的。验收你不用操心。"

回到工棚，王羊和工友一起商量。同村的赵柱说："大羊哥，咱只管砌墙拿钱就行了，咱又不住这！"

王羊黑着个脸："那不行，这样砌成的墙不是围墙，是危墙！"一旁的刘武反驳道："什么围墙、危墙，只要能挣钱就行。我可等着这笔钱回家结婚。你不砌拉倒，别挡着我们挣钱。"

王羊看了看大家："只要不换料不改结构，这墙咱就不能砌。"

赵柱说："你说不砌就不砌？你不差钱，大伙可都等钱用。"

赵柱的话似一块巨石投入湖面。这个说挣钱为了孩子上大学，那个说挣钱要盖房……总之，一句话：都反对不砌墙！

刘武更干脆："王羊，你不想赚钱别挡着我们，我们与钱没仇……"一边的王羊脸色越来越黑，刘武一看把未说完的话咽了回去。工棚里一阵沉寂。

过了许久，王羊说："我还是那句话，这墙不按要求来咱就不能砌！"不等他说完，工人们三三两两推门出去了。

歇了一天工。第二天，王羊又去找蒋总，被门口的保安架了出来。王羊气呼呼地跑回工地，却看见刘武等人正在和灰、推砖、砌墙，忙得热火朝天。

东边的墙已砌了一尺多高。王羊疯了似的，拿起铁锹就朝着他们跑去，刘武几个人吓得躲开了。王羊放下铁锹，伸脚就朝墙踢去："我让你们砌，我让你们砌！"一会工夫，刚刚砌好的墙被全毁了。

就在这时，来了一群人，把王羊拖到一边，拳脚相加。不一会儿，王羊头破了，衣服烂了，脸上身上全是血，如那堵墙一样破烂不堪、萎靡不振地倒在地上。

当天下午他手下的工人都收拾铺盖结算了工钱离开了，王羊却死拧地留在工地，谁

也劝不走，看见谁砌墙就与谁急，蒋总说他疯了。王羊是不要命的主，蒋总不敢和他硬来，都市家园的围墙就这样延期了。

都市家园对面的阳光小区完工了，售楼异常火爆，把蒋总气得要死，说是要找王羊算账。而王羊是铁了心与他扛上了，白天在工地溜达，晚上去工棚睡觉，风雨无阻。

连下三天暴雨后，阳光小区出事了：围墙倒了，砸死一个孩子，伤了三个老人。相关部门已经介入调查，开发商、建筑方等相关人员也被控制。

事故的原因蒋总连想也不用想就知道个八九不离十：结构不合理，材料不达标，不按要求施工。蒋总想到这儿有点庆幸，他要感谢王羊吗？他说不出。傍晚，他去工棚找王羊，王羊却留了张字条离开了。此时蒋总才知道，多年前王羊的父亲就是因为危墙倒塌被砸死的，那时王羊还在上中学。

蒋总摸了一下自己的脑袋，又看了看身边那堆煤渣砖，掏出手机，打电话给王羊："羊，明天回来砌墙吧，我把料换了，就砌砖混的……"

反贪局的电话

王贤芳

陈刚是县教体局安监办主任，为人正直、本分，工作上兢兢业业。一天，他突然接到县安监局孙局长的电话："小陈，你认识县检察院反贪局的李剑吗？"

陈刚想了想，断然说："不认识。"

孙局长诧异地问："那就奇怪了，那他为什么通过我打听你的电话？不会有什么事吧？"

陈刚也是一惊："能有什么事？我一不违规二不犯法。"

孙局长说："小陈，话可不能这么说。你还年轻，有些事情还是该防着点就防着点。有关系的话可以活动一下。我就和你说这些，谁让咱俩是亲戚呢。"

陈刚挂了电话陷入深思。他想不出会是什么事，他刚提拔到这个部门不久，工作认真负责，为人处世低调。他想了很长时间也没想出自己哪一点能让反贪局找上门来。后来，他干脆不理了，自己又没违法乱纪。不就一个电话吗，等着就是了。

陈刚等了一天也没接到反贪局的电话，他以为孙局长和他开了一个玩笑，就没往心里去。

又过了几天，他听到一个消息，他们单位副局长刘军，被县纪委带走了。据说前几天刘军也接到一个类似的电话，说是反贪局李剑要打电话找他。但刘军就没有陈刚淡定了，一会儿打电话向那个人咨询，一会儿打电话找这个人打听，坐卧不安。

被刘军咨询被打听的人就在背后说开了："如果没贪污没受贿，他能这样紧张吗？"

"嗯，就是，你看他那样，不定犯了多大的事。咱可得躲着点。"

就这样，背后的声音多了，竟然就传到纪检部门了，立马查！一查，还真就查出问题了。就这样，刘军就被纪委带走了。

后来，陈刚在同学聚会时遇到一个在反贪局里上班的同学，说起那个电话的事，同学大笑："那个事啊，其实李剑的孩子考上了某大学，听说你是那里毕业的，想向你打听一下有关大学的情况。后来他听说刘军的姐夫就在那个大学里任教，所以就准备打电话给他，让他姐夫照应一下。谁知刘军就进去了！"

陈刚听后唏嘘不已。

谭局长的老规矩

王贤芳

武军接到昨天刚退居二线的谭局长的电话，说是北京的一个同学来了，要他去陪客。时间是明天中午，地点是县里档次最高的豪格大酒店。武军有点为难，正在思索如何推辞，谭局长接着说："武军，你打消一切顾虑，必须来！你人来了就行。"

武军有点惭愧，自己再不去就不好了，并且去还得买单，这一点他还是懂的。要不局长也没必要让他去陪客。以前局长在任的时候，对外请客都是他这个办公室主任买单，当然每次局长都给报销了，外加给他几个辛苦费。局长赚的是面子，他得到的是里子。可现在不行了，现任新局长和自己保持着一定的距离，不冷也不热。这种情形下，别说报销，就连和谭局长一起吃饭的事也是不能提的，更何况现在市里正在抓"四风"建设，自己可不能没事找事！

武军坐在办公室，思来想去，最后决定回家做妻子的思想工作，自己拿钱替谭局长请客。

晚饭时武军把事一说，妻子立刻反对："不去！一个月的工资打个水漂，你傻啊！要去也行，钱没有！"

武军忍气吞声："咱不去就是忘恩负义了！你别忘了是谁把你从乡下小学调到实验二小的？是谁给你老公提干的？"

妻子还是有点不甘心："这也不能成为咱替他请客的理由吧？就咱这收入不够他一顿饭钱的！"

武军苦笑着说："你傻啊，他现在退休了，报不了销了，咱不是还在职吗，咱不掏钱谁掏钱！"

老婆一听不吱声了，武军接着说："局长为什么叫我去？那是对咱的信任。说不定顺道看看咱是否心里有他！局长指不定还请了其他人，大伙可都知道局长对咱不薄。要是咱不去，这事传出去谁还跟咱交往？"

老婆听到这儿彻底服软了："那你去吧，正好我今天刚从银行取了5000元钱准备还房贷，你先拿去用吧！"

第二天中午，武军像往常一样早早来到酒店候命。局长一家和北京的客人一行六人来了，武军赶紧迎上前，引导着来到房间。武军安排服务员上茶后，悄悄走到局长身后说："局长，我一会儿下去点菜。您的客人有没有需要忌口的？"

局长笑笑，很满意地说："没有。你照老规矩上就行了。"

老规矩，武军懂。

菜上来了，生猛海鲜、飞禽鸟兽，该有的都有了，最关键的是荤素搭配合理、色香味俱全，男女老少都兼顾。客人们吃得很开心，局长也很高兴，席间几次表扬武军。

武军总是说："应该的，应该的。"

天下没有不散的宴席。饭后，武军安排好车辆将局长几个人送走，然后回到吧台结账。令武军惊讶的是，账已经结了，服务员说是谭先生结的，末了还把找回的500块钱交给了武军。谭先生就是谭局长，武军说不出是种什么感觉。

回到家，老婆问花了多少钱。武军把500块钱递给老婆，又在老婆的惊讶声中将局长结账的事情告诉了她，老婆百思不得其解："哎，你说局长既然自己结账那干吗叫你去啊？"

武军看着手中的500块钱说："这你就不懂了。局长就是局长。他知道我现在的处境，所以不让我为难。"

妻子还是不懂："那干脆就不用你去了，他们两家一起说说话多好，你一个外人在眼前晃来晃去多不好。"

"妇道之见！局长的同学来自北京，局长退位了，也不能让同学小看啊。让咱去的目的？那不就是给他侍候着让他有面子嘛。"

妻子点点头，又问："那他为什么不付正好的钱，干吗还要留零呢？"

武军笑了："这就是谭局长的老规矩啊。"

对，是老规矩，武军看看那500块钱，笑了。这是以前局长给他的"辛苦费"。

几天后，武军打电话联系局长，他想把那五百块钱换成礼品，去看望一下局长。可是打了很多次一直是关机。武军很纳闷：局长怎么刚退，就"失联"了呢？

周六晚上，武军看电视，看到一则新闻：锒铛入狱的"贪"局长，镜头出现的是谭局长被公安人员带上警车的情景……武军想到谭局长的老规矩，出了一身冷汗！

帮忙儿

王贤芳

　　小芸娘肺癌晚期要死了，就这一两天的事。

　　村里以老旺叔为首的为数不多的几个壮劳力来到七爷家，他们想要一起合计一下"帮忙儿"的事，七爷在村里德高望重，村里的红白事都是他帮着张罗。

　　在我们这里，谁家死人了，除了要找主丧的，还要找几个帮忙儿的，男的女的都有，分成好几组，在主丧人的安排下分头做好报丧、采购、装殓、发殡、宴请宾客、抬棺罩等事项。孝子贤孙只负责哭丧。

　　主丧的、帮忙儿的都是义务的，顶多管顿饭。但这三天很忙碌，起早贪黑很不容易。得心的帮忙儿活干得漂亮，还给当事人省钱；不得心的那就是折腾孝子贤孙、还花很多冤枉钱。

　　一般情况下，村里人缘好、德高望重的人家有丧事，帮忙儿的都是不请自到的。但是像小芸儿这样的，大家有点不情愿。

　　小芸是独生女，爹早死了，她娘给她找了个倒插门的女婿，前年离了。按道理，像这样的门户小的人家，老旺叔等人应该自发去帮忙，可是想到小芸的为人，大家又拿不定主意。

　　老旺叔问七爷："七爷，你说小芸娘死了的话俺们该怎么办？"

　　七爷坐在炕上抽着大烟袋，忽明忽暗的烟火映着他那满是沧桑的脸。

　　不等七爷说话，老根说："这还用问，不能去。让小芸自己发送她娘。就她这种人，整天在村搬弄是非，惹得东家吵西家闹的主儿咱就不能管！"

　　老旺叔叹了口气："你说咱真不管的话，她家门户小，连个近便人都没有，到时就怕……"

　　不等他说完，一边的冬瓜叔说了："老旺，你是不是又心软了？你忘了她是怎么把你家大闺女上班名额顶去了？你忘了她是怎么编排你家二闺女了？你家吃她的亏可是最多的！"

　　老旺叔叹了口气："可那都是很多年前的事了。再说了，小芸不也遭到报应了，婚也离了，工作也丢了……"

　　老根说："离婚那是她不正经闹的，还有在单位挪用公款，辞退她算是轻的了。她是自己作的。"

　　这时刘五子说话了："叔们，给别人帮忙我一点意见也没有，给她我可是不管。她

仗着有几个臭钱，眼里一个人都没有。那年俺奶病重，想吃口冰，大热天就她家有冰柜，我去她家求着给冰块冰，硬是没答应。就这种心狠的人就应该让她试试这种孤独无助的滋味。"

其他人还想说什么，这时七爷在炕沿上磕了一下烟袋锅子，大家静下来了。

七爷又磕了一下烟袋锅，然后才慢吞吞地说："其实俺知道，你们早已经有主意了，要不也不会来俺这儿。"

老旺叔等人不语。

七爷继续说："唉，谁也不能自己发送自己。小芸再不好，不能怪在她娘身上。人死为大，都是乡里乡亲的。其实你们来找我只是来当我面说道说道，是不是？"

老根叔说："可不是，七爷，哪能不管呢。觉得良心下不去。"

一边的六五子和老旺叔等也点点头。

七爷说："老人们不是经常说'不责人小过，不发人阴私，不念人旧恶'吗，这是做善事，咱们老少爷们都得去啊。"大伙点点头。

正说着村东头传来哭声，大家跑出了门儿。小芸娘死了。

局长是自己人

王贤芳

中秋节来临，曲哲要去局长家串门。

局长刚调来不久，尽管曲哲不太了解他，但是曲哲必须去，因为上个月他们科的李科长退二线了，科长一职一直空着。曲哲的业务水平在局里首屈一指，但人却不善交际，所以这么多年他一直在副科长的位置上原地踏步走。看着身边同事一个个都升职了，曲哲也动了转正的念头。他托人打听了局长的住址，决定周五就去拜访。

周五晚上，曲哲带着自己精心准备的礼品，来到局长楼下。曲哲仰头看见局长家亮着灯，便坐电梯上了楼。曲哲敲了敲门，听见里面有动静，连忙问："刘局长在家吗？"

没有回声。曲哲以为对方没听清，就大声问："请问刘局长在家吗？"

里面传出声音："这里没有刘局长，你找错门了！"

曲哲很失望，白跑了一趟。难道是自己记错地址了？他回家看了一下自己记得地址，没错啊。他没想明白，但是他不想放弃，第二天晚上他又去了，结果一个样，他还是没能进局长家的门。曲哲有点垂头丧气，因为见不到局长、送不上礼，自己的科长梦很可能就会破灭。他不知道问题出在哪个地方，难道是局长知道自己的想法了？不会啊，因为自己在单位慎行谨言，应该没问题啊。

曲哲不知所措，他拿出电话打给了哥们大强。别看大强只是一个小建筑商，可是这小子脑子活、计谋多，曲哲等人都叫他"智多星"，可别说，大强这几年凭着自己的脑袋瓜，在商界混得风起云涌，钱挣得可不少。

大强听曲哲说完事情的经过后，沉思了一会，然后对曲哲说："曲哲，你这几年的机关单位是白混了，你难道不知道现在去领导家应该怎么称呼领导吗？"。

曲哲不解："这还有讲究？"

大强笑了说："讲究大着了！以局长为例，公共场合都称其为局长，但私人场合，比方说去他家里，办事员称他为老板，科长则称其为大哥，局长根据称呼来判断开不开门、见不见人！"

电话那头的曲哲觉着自己是白活了这么多年。大强接着说："你今晚继续去，敲门的时候你说找大哥，开门后就是大哥大嫂，声音响一些。进门后，你该怎么办就怎么办。你按我说的去做，准成。事成之后别忘了请客！"

曲哲半信半疑，但晚上还是去了。一到门口，曲哲敲门："大哥在家吗？"

不一会传来一个女人的声音："谁啊？"

曲哲接着说："嫂子，我是曲哲，大哥在家吗？"门吱的一声打开了，曲哲带着礼品进了门。

一个月后，曲哲如愿坐上了科长的位置。他设宴感谢大强。酒过三巡，他忍不住悄悄问大强："大强，你真聪明。但是我还是不懂为什么得叫局长大哥啊？"

大强喝得红光满面，大着舌头说："你想……想啊，现在这……这形势下，谁……谁还敢收礼啊？你叫局长，谁敢让你进门啊？但是大哥大嫂就不……不同了。是自己……人！"

曲哲科长春风得意地回到家，老婆连忙递给他一张纸条，还对他说："咱送给局长的东西都被退回来了，局长还让司机给你这张纸条。"

他接过纸条，上面写着："国策无偏，党风有范；任人唯贤，唯才是举。"

一旁的老婆看着发愣地曲哲，不安地问："局长不收咱的礼，是不是要免了你的职啊？"

曲哲摇摇头，大声地说："不会，局长是自己人！"

升职秘笈

王贤芳

凌丽和姗姗是同班同学，两人毕业后又同时进了同一个单位。三年下来，凌丽从小科员升到了科长，而姗姗却还在原地踏步走。

姗姗没事就琢磨：和凌丽相比，自己也不是很糟糕啊。论学历，两人相当；论能力，姗姗业务上还略胜一筹，这可是局里都公认的。只不过姗姗不如凌丽漂亮。可是大家都知道局长为人正派，从无绯闻的。姗姗就搞不懂了，到底凌丽哪里讨得领导欢心呢？

姗姗决定找机会当面问问凌丽。一天她邀凌丽吃饭，请她指点迷津。那天姗姗还特意给凌丽买了一个价格不菲的坤包。

吃饭间，姗姗认真地说："凌科长，咱可是同学，你可得多关照一下我啊……"

凌丽拍拍姗姗的肩膀说："呵呵，是不是原地踏步走的滋味不好受吧？告诉你吧我提干既没请客也没送礼，我的贵人是咱会议室的前排座！"

姗姗愣住了，以为她在开玩笑："前排座咋就成你的贵人了？它又不会替你在领导面前美言几句！"

"你错了，就是它美言的。"稍一卖关子，凌丽接着说，"你还记得咱参加工作第一年的那次全体会吗？"

姗姗点点头："嗯，你来晚了，坐在第一排。"

"是啊，因为我贪睡起晚了，到会场的时候我看见除了最前排正对着局长的那个座位空着外，没有别的地方了，我只好硬着头皮过去坐下。你知道的，开会没人愿意坐前排，太拘束人。坐在前排，我不敢刷微信、上 QQ，只能板板整整地坐着，一会儿抬头认真听，一会儿低头做笔记。亲，我硬是直挺挺地坐了两个多小时，比大学时上大课都累。没想到第二天，我就被调到了政工科，后来从科长那里了解到，局长看我开会认真，态度端正，认为是个人才，就给了我这个平台。再后来你就知道了，我每次开会必坐前排……"

看着姗姗若有所思的样子，凌丽又点拨了几句："你想一下，在都不愿意开会的大环境下，主席台坐着的领导往下一看，前排的你正仔细听、认真记，他心里能不高兴吗？"

姗姗一听，顿时有了信心。不就是坐到前排座吗？自己一定能做到！

过了没几天，局里开展群众路线教育实践动员大会。姗姗拿着笔记本直接坐在了前排座上。她一边听一边记，两个多小时的会议，她一分钟也没浪费，光笔记就记了十多页。最后都到了腰酸背痛手抽筋的地步。

以后每次开会，姗姗都坐前排，同时还做笔记。她相信凌丽的"升职秘笈"一定会有用的。果然，半年后，单位人事调整，姗姗被提拔为科长，接替凌丽的工作。而凌丽已经到下属单位去当一把手去了。

年底，局长高升，新局长上任。新局长开会不上瘾，年前就开了一次大会，那天姗姗继续坐到前排，将"升职秘笈"运用得淋漓尽致。年底的大红榜上，姗姗的先进名单赫然在目，姗姗的心里像灌了蜜一样甜。年后，姗姗依然是春风得意了两个月。

进入第三月，单位突然人事调整，公布的结果让姗姗不敢相信：她被下放到下属单位当了一个副科长。

这时的姗姗欲哭无泪，不知何处得罪了新局长。她到凌丽那里寻求答案。凌丽听她说完那次开会的事情后，想了一下说："姗姗，秘笈是没错的，关键这次你没用对地方啊。"

珊珊不解地说："坐前排座，有错吗？"

凌丽说："那你得看什么时候。上次开会是市委书记等人到咱局做报告，书记做报告时咱局长坐哪里？"

珊珊说："前排啊。"凌丽说："你和局长都坐前排，你还那么认真仔细地听报告做笔记，你让咱那快五十的新局长情何以堪啊。你的风头盖过局长了，那你不就出错招了吗！没把你发配边疆就不错了！"

珊珊一听，面色如灰："看来这秘笈也得灵活运用。"

作者简介：

王贤芳，女，70后，青岛市即墨区人。2013年开始创作并发表作品。作品散见于《山东工人报》《京华时报》《检察日报》《教育导报》《金山》《短篇小说》《杂文选刊》等报刊，现为青岛市作家协会会员。

飞来的捐款

娄江燕

自从建立了这个基金会，找到这个最大的捐款人，就成了晓敏的心事。

这个基金会是晓敏一手创办的。创建这个基金会是因为晓敏采访了一位丢失孩子的母亲。孩子丢了，这位母亲几近疯狂。她为了让晓敏帮她寻找孩子，跪在晓敏面前哭着不起来。晓敏也哭得稀里哗啦的，采访结束就着手创办基金会。

基金会运营非常成功，不出三个月就有了一个巨款捐助人，并且每周都捐一笔款。

无论作为基金的负责人和报社记者，晓敏都应该去采访一下这位援助者。

周日，晓敏按照汇款地址，找到援助者的住处。

奇怪，这里不是居民区，而是即将拆除的一个废弃的长途汽车站。

晓敏问了周边的居民，好像没有人知道这个基金会，也没有人认识那位捐助者。

捐助者汇款时留下的联系电话有好几个，晓敏按照留下的电话号码打过去，对方不是已经停机，就是忙音。

回去后，晓敏和父母谈起此事，父亲说："既然人家不愿意让知道，何必要刨根问底？"

母亲说："只要基金会运营成功，能帮到需要帮助的人就可以了。"

晓敏纳闷了，她问父母："不会是你们捐的款吧？"

父亲说："肯定不是我们。如果我们捐，肯定会光明正大地捐。"

母亲说："捐款是做好事，我们为什么要躲躲闪闪？"

父母说的都对，但晓敏总觉得什么地方不对劲。

为了搞清楚捐款内幕，晓敏提出要买房子。父母欣然允诺，还答应出资40万首付。晓敏父母不过是普通的小学老师，40万的积蓄一下子拿出来，连晓敏都吓了一跳，不知道父母哪里来这么多积蓄。看来那个捐款者真不是父母。

晓敏又怀疑采访过的那位丢失孩子的母亲，会不会是他们家人？再次见到那位丢失孩子的母亲时，她神智已经紊乱了。她家人介绍，自从孩子丢失后，精神就不正常了，早就辞职在家休养。

她的家庭并不富裕，找孩子和给她治疗已经把家底子折腾得差不多了，哪里来的钱去捐赠呢？晓敏想："不可能是她。"

"如何能找到捐助者呢？"晓敏冥思苦想，"有了，再收到汇款时，让助理拒收，要求对方实名制，否则就只接收现金。"

晓敏让在基金办公室（其实就是晓敏的家）放一个密封的邮箱，作为捐款投放处。

这样一来，几乎没有什么人来捐款了，但是那位捐助者仍然来捐助。虽然没有表明是同一位捐助者，但是钱的金额可以看出是谁来过。不过，这位捐助者只有晚上大家都熟睡之后才会送金钱来。

晓敏乐了，她和父母说，自己要去南方做一个采访，估计得出差半个月。离家之后，晓敏和助理就轮流守在家的公寓门口，看有谁进出去捐款。

还真让晓敏等出了名堂，无论是晓敏还是她的两个助理，都发现有个围着大围巾遮面的男人，先后来了三次他们家。有一次，晓敏父母还开门和这个人说了一会儿话，此人交给晓敏父母一个大信封，鼓鼓囊囊的。

晓敏乐得一蹦三高，这下有了线索了。她通知父母，自己还有两天就出差回家了，然后躲在门口附近，守株待兔。

果不出其然，此人有露面了，和往常一样，一个大围巾遮面。他到了晓敏家，仍旧敲开家门，晓敏妈妈开门招呼。

晓敏妈妈说："晓敏再有两天就回来了，你就暂时不要来了。"

来人把一个信封放到晓敏妈妈手上说："把这些钱放到捐款箱吧。"

晓敏妈妈叹了一口气，说："何必呢，你捐的钱不少了，自己也不富裕，就留点钱自己花吧。"

来人坚决地说："这是我欠她的。"

大家都没有发现躲在暗处的晓敏。来人留下钱后，就返身离去，晓敏一路跟着来人，到了一个非常破旧的住处。如果不是亲眼所见，晓敏根本想象不了，世界上还有这样破旧的住所，是在废弃的小区找了一个稍微像样一点的屋子，里面除了一张用木板和砖头搭起来的床，和一口破旧的锅，几乎什么也没有。唯一引人注目的就是墙上画了很多道道。

来人刚进门，晓敏冲上去，一把把那个男人一推，顺手关上了门。来人吓了一跳，看清了是晓敏，禁不住长长地出了一口气，说："你终于来了。"

晓敏问道："你到底是谁？你家徒四壁，哪里来的钱捐款？"

"还是让我来回答吧。"晓敏妈妈不知道什么时候出现在门口。原来晓敏妈妈看到了大门口晓敏匆忙间失落的围巾，心里都明白了，就一口气跟了过来。

晓敏妈妈慢慢讲起来了当年的事情。这位金主当年是一位人贩子，晓敏就是他偷卖的一个人。在晓敏1岁多时，他趁乱抱走了晓敏，因此晓敏妈妈疯掉了，晓敏奶奶心脏病爆发走了，晓敏爸爸终年借酒消愁，早早就过世了，留下晓敏妈妈疯疯癫癫的不知去向。后来，人贩子被政府通缉，他自毁外表，又扔掉了来不及卖掉的晓敏。晓敏养父母在街上捡到了饿得啼哭不止的晓敏。因为晓敏原生家庭没有人了，晓敏养父母没有告诉晓敏的真实经历。

随着岁月的流逝，人贩子心里越来越良心发现，就开始致力于赎罪之旅。他把所有打工挣来的钱都攒了起来，想找到晓敏告知真相。看到晓敏生活得很好，就把钱捐给了晓敏的基金。

给爱一条生路

娄江燕

01

在我5岁的时候，爸爸妈妈离婚了。

那时候的爸爸刚刚破产，妈妈和他离婚带走了我。爸爸把家里的一切都留给了妈妈，自己净身出户。爸爸刚开始时候在朋友家和亲戚家借住，没多久谁都不待见他了。

爸爸是个要强的人，就晚上到车站来过夜。车站人多嘈杂，夏天蚊虫叮咬，爸爸几乎没有一夜可以睡着。大部分时间车站连个座位都难找到，有时只能到车站外地上去睡觉。

爸爸身上唯一的一个家当就是一双耐克旅游鞋，大约九成新。为了生存，他把鞋卖了，买了一条香烟，再走两个多小时去另外一个区把香烟卖了，这么来回买卖，挣来的薄利不够一天两顿饭。

02

唐姨就是在这个时候出现在爸爸身边。

那天唐姨刚刚出差回来，下了火车，看到坐在地上靠着墙喘息的爸爸。爸爸当时饿的一点力气都没有，唐姨吓坏了，以为爸爸是发病了，马上要叫 120。等明白过来后，马上买来包子和饮料。爸爸连客气都没有顾上，一口气 10 个包子下肚，才慢慢缓过神来。

从那以后，唐姨每天都到车站来，给爸爸送些晚饭。

唐姨大概快 40 岁了，也不是什么有钱人。丈夫是普通的职工，自己是编制外的员工，两口子没有孩子，日子过得紧紧巴巴的。

唐姨帮助爸爸，纯粹就是出于本性，看爸爸实在是处境艰难。

爸爸还是一如既往地靠来回倒卖香烟过日子，香烟从一条倒卖到几箱倒卖。唐姨每天或者送点馒头青菜，或者送碗面条。赶上单位发东西，还会给爸爸带点水果什么的。两个人就这样过了大半年。

在以后的日子里，爸爸一到晚上看不见唐姨就觉得缺了什么，但是唐姨有老公，爸爸感觉到了一种潜在的危机。

好容易攒了一点钱，爸爸决定去别的地方试试运气。临别之际，唐姨没有挽留，而是给爸爸介绍了几个老同学，让爸爸找他们看看，有没有什么可以帮忙的。

唐姨的一个老同学得知了爸爸的状况，就把爸爸留在了他的小厂里面当销售。凭着爸爸置之死地而后生的努力，单子越接越多，生意越做越大，唐姨老同学的脸色也越来越难看。

终于，唐姨老同学找了个名头，开除了爸爸。

再次孑然一身的爸爸，又一次想起了那个车站。

03

唐姨在车站再次见到了爸爸，比起当年初次见面，爸爸精神了很多。

在爸爸落魄的头些年里面，妈妈知道爸爸在车站熬日子，就是没有出手帮助过。用妈妈的话说，一个女人带个孩子不容易，她总得攒点让孩子上学的钱。

爸爸也没有找过妈妈开口，倒是在唐姨老同学那里打工有了工资后，每月给我寄一点书本钱。

如今爸爸又要从头开始了，在车站迎接他的只有唐姨。

唐姨和爸爸彼此脸上都有歉意，都不知道如何先开口。唐姨鼓励爸爸，不让自己去创业开公司。爸爸就这样开始了自己的包装公司。那时唐姨的丈夫刚刚过世，唐姨一个人有了些富裕时间，成了爸爸公司最早的员工，不拿工资的员工。

老天总是眷顾努力的人，也怜悯受苦人。几年过去，爸爸再次迎来了生意的第二春，成了富甲一方的老总，在行业里面已经小有名气了。

04

不知道从什么时候开始，妈妈嘴边又常常念叨起爸爸。其实，这么多年以来，我也特别想爸爸，可羡慕同学们回家可以看见爸爸。

爸爸正式向唐姨求婚，却被唐姨拒绝了。

爸爸是真的想结婚，唐姨也是真的不想结婚。

一天，唐姨约爸爸到我们住的小区附近咖啡厅吃饭。唐姨很明确提出，后半生就自己过了。她指着小区，劝爸爸主动去接回妈妈和我，重新恢复这个家庭。

爸爸完全没有想到，唐姨会这么想。爸爸怎么能忘记最苦最难的时候，出现在他面前的是唐姨，而不是妈妈。

他不愿意。

唐姨和颜悦色地慢慢讲来，自己比爸爸大八岁，40多岁的女人早就没有了青春的光彩和激情。爸爸喜欢自己是因为感激，建立在感激基础上的婚姻未必幸福。

关于妈妈，唐姨很平静的劝导爸爸，毕竟妈妈是个普通的女人，没有多少胆识，那种情况下早就吓破了胆。人嘛，怎么总可以记着别人的不好，不如大家都往前看。何况还有孩子，孩子需要一个完整的家庭。

她相信妈妈会珍惜重新得到的幸福，不会再有年轻时的草率了。她相信爸爸，作为一个男人，有胸怀可以宽容过去。

05

经过了唐姨几个月的劝说，爸爸终于把妈妈和我重新接回家了。在一长串鞭炮声中，我们一家三口团圆，搬进了新家。

那晚，妈妈的眼泪流成了河；那晚，我睡得特别香；那晚，爸爸心中一直波涛汹涌；那晚，唐姨一直凝望着窗外和远方。

故事到此就结束了。

我长大了以后，记住了唐姨告诉爸爸的一句话："心底无私天地宽！"

残缺的爱

娄江燕

何军和蔡虹从一开始就是不看好的一对。

蔡虹是典型的女学者，从小就爱读书，超级学霸。长得一般偏下，皮肤黝黑粗糙，五官也很僵硬。生活能力更是一塌糊涂。

蔡虹读书一路绿灯，完成了硕士学位后，直接到就读医生博士，专攻癌症治疗研究。很快成了导师的红人，发表了若干的论文，小有名气。博士后一毕业就留在知名医学院

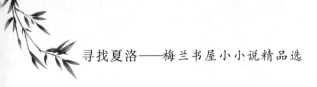

从事癌症治疗研究，工资也是一般人不能比的。

老天给她开了一扇门，但是关上了一扇窗。学霸型女生原本就让男生退避三舍，再加上外形、生活能力、社交能力的弱势，快三十岁了还没有对象，家里已经急得火上房了。

何军是以前和蔡虹住在一条街上的老邻居的儿子，高中没有毕业就参军了，退伍回来在一家工厂当工人。何军在部队的时候吃苦耐劳，表现良好，早早就当了班长。可惜没有什么学历，也没有像样的技能，工厂黄了以后几乎找不到什么像样的工作。家里很是着急他的出路。

一天，两家父母在外面乘凉的时候，谈到两家儿女的将来，蔡虹的父亲提出是否两家结亲。但是两家父母都有顾虑。蔡虹是事业有成的金领，哪里会看上高中没有毕业的何军。何军是否可以接受长相平平，除去工作，生活一窍不通的学究？

好在两个孩子都同意了这门亲事，何军就和蔡虹组成了家庭。

蔡虹在结婚前，所有知道此事的朋友同学都反对，一个高薪的女博士，哪里可以和一个只能待在家里的"煮夫"过日子？

几年以后，在国庆聚会上再次见到蔡虹和何军的时候，大家就只有羡慕的份了。

蔡虹以前是个外表非常邋遢的女人。读研究生以前有母亲照顾她的生活起居还好，读研究生和工作以后就没人管了，整天蓬头垢面的。现在被何军收拾的一身整齐干净，女人味也增添了不少。

何军领着两个男孩，和大家玩得不亦乐乎。

婚后，何军一眼看出蔡虹极不会过日子，穿衣服他不多看两眼，可以穿反，也可以穿袜子一样一只出门。买东西更是外行，就差超市门往哪里开都不知道了。做饭？那是不用想了，只会在麦当劳或者便利店买。

但是蔡虹心里没事，工资全交给何军，自己一门心思搞研究，没有任何抱怨或者唠叨，凡事都由何军做主，在她眼里，何军就是家里的天，离开了何军她一天也过不了。一天何军买东西回家堵车晚了一点，到家一看，两个孩子加上蔡虹有哭的有闹的，见了何军回家如同见到了救星，何军只有摇头的份。

何军呢，明白自己没有一技之长，不能挣钱养家。凭他部队养成的动手能力和带兵养成的包容心，一门心思地照顾家庭，带"3"个孩子过日子。何军没有指望蔡虹帮忙做家务，在他眼里，蔡虹可以挣钱又没有任何抱怨就是最好的贤妻良母。

有你心不空

娄江燕

他发现她倒在血泊中时，已经晚上 10 点了。

她是被电动车撞晕的。当他开车路过这里发现她时，肇事者早就跑了。

他把她送到医院时，因为疼痛过度，她紧紧地抓住了他的袖子，等到了医院他的一只袖子已经只剩半截了。

她不但脸血肉模糊，偏偏大姨妈又来了，下身鲜血淋淋。医生见状报了警。

他没想到自己被当成了罪犯，被派出所的人叫去接受审查。

"没错，就是我强暴了她，又怎么样？"

他被带到派出所，直到她从手术室出来为他作证，他才被放出来。

当他知道她是一个人在这个城市漂，就每天来看她，想办法逗她开心。照顾她的时候，他得到了一个男人作为强者的满足感，而她也越来越对他有依赖感。

"如果我毁容了，没人娶我怎么办？"她摸着脸上的绷带，担心地说。

"只要你愿意，一出院我们就结婚。"他向她发誓。

一个月后，她的脸去掉绷带。脸上并没有落下疤痕，他们走进了结婚殿堂。

新婚的热情渐渐消退，婚姻之痒来了。他的火暴脾气爆发了出来，加上生意上竞争越来越厉害，压力越来越大，心情经常不好，回家就发火。开始她还忍耐，渐渐地不再忍耐了，她开始摔盘子砸碗。

有一次，她气得离家出走，到宾馆开房过夜。宾馆服务员用异样的眼光看着她。进了房间，她发现没有关房门，走到门口关门。

"就是她，被人强奸了，不但不报警，而且还和强奸犯结了婚。"门外的一个保洁员小声对另一个保洁说。

"是啊！还装感情好，现在全露馅了吧。"另一个保洁员撇着嘴说。

"还不是仗着自己脸蛋漂亮去蹭车才被强奸，自作自受。"

她实在听不下去了，跑出去想许她们理论。她们看见她气冲冲地出来了，就躲开了。

她气得把钥匙扔给了前台，跑办公室过了一夜。

上班时，同事看她怪怪的，扎堆议论她。她蹑手蹑脚地走到人群后面，听到大家正在议论自己。议论内容和宾馆保洁员说得差不多。

她听不下去了，冲了过去。大家看见她，表情尴尬地散开了。

晚上回到家里，他没有在家，很晚才醉醺醺的回来。看见她赌气地坐在沙发上，开始吵。她也憋不住了，两个人一边争吵，一边砸东西。他一气之下，摔门走了。而她，蹲在地上，看着一地的狼藉，眼泪"叭叭"往下掉。

从那天起，他们两个几乎天天吵架砸东西。

无论他走到哪里，就觉得人们在背后指指点点。实在受不了了，他跑到酒吧去寻找解脱，喝得烂醉，就与酒吧女去宾馆开了房。正赶上公安局突击查房，他被拘留了。

那个酒吧女是个新人，还差一个月才14岁，他被公安局按照强奸罪判了3年刑。

这时，她发现自己怀孕了。她第一反应就是去做掉孩子，朋友同事都劝她做掉孩子，赶紧离婚，父母也多次打电话来劝她这么做。

探监时，她来到了劳改车间，透过玻璃窗，看到了正在机器前忙碌、身穿囚服的他。他比以前瘦了，脸色蜡黄，但他的眼神却是镇定的。无意中，他抬头看到了窗外的她。虽然几经努力，还是有几颗晶莹从他眼眶下坳的眼中流了出来。他不忍多看，回身走开了。

不知道为什么，往事一下子都涌上了她心头：当年那个活泼善良的小伙子，在医院陪她度过了最艰难的时刻；婚后你恩我爱度过的幸福时光；为了生活得好一些，他起早贪黑的去跑生意；为了拿到订单，不顾死活的陪人喝酒……

她是这个世界上最了解他的人，今天的这一切，到底谁是真正的黑手？

她茫然地走在小区里，有人过来安慰她，她吼道："滚，滚远一点！"

两年多过去了，他因为表现好，提前释放了。

在狱中，他给她写了几封信，反省了自己的错误，同时附上了一份已经签署好了的离婚书。遗憾的是，他没有听到下文，估计她肯定同意了，不肯来见他。离婚书上写明了他放弃所有的家产，不过他不知道她已经怀孕了。

这两年她也没有来看过他，他知道她肯定恨死了自己，可他不怪她，毕竟自己有错在先。

他还是回到了以前的公寓，等待他的是晴天霹雳：她死了！

她去了一家黑诊所，想做掉孩子，结果大出血，死在了手术台上。

"为什么会这样？为什么会这样？"他野狼般地嚎叫。

他离开了伤心地，来到C城。他重操旧业，继续承包建筑工程。哥们帮他介绍对象，被他一一拒绝了。

周末，他推掉了应酬，到江边散步。江水倒映出她的影子，身旁还有他和她孩子的影子。

不对，是真有孩子的倒影。他急忙回头，见一个4岁左右的小女孩站在身边。

小女孩呆呆地看着自己叫："爸爸，妈妈说你是爸爸。"

他惊呆了，抬头看到不远处一个女人领着另外一个4岁左右、长得一模一样的小女孩站在那里看着自己。

是她！还有两个双胞胎的女儿。

他什么都明白了，抱起身边的小女孩，飞奔了过去，把女人紧紧地抱在了怀里。

她没有死。那个故事是说给家乡人听的。谣言可以杀人，她选择了和昨天彻底告别。那个介绍她去探监的老同事，一直和他们两个都有联系，经常和她讲他最新的行踪。

回眸一望，此生难忘

娄江燕

他经常在晚上 11 点来酒馆坐着，要杯酒，然后慢慢地抽烟，望着窗外深思。

周六那晚，他来得早一些，酒喝也比时喝的多。

"先生，要下班了。"

一位女服务生站在他身边，看着他敞开的胸部说。

他平时不这样的，今天可能是喝多了酒，身上燥热，也不知什么时候竟把上衣解开了，露出了胸腹肌。

他脸色很忧郁，目光迷离，低头抽着闷烟。他看了女服务员一眼，站起来向外走。还没有走出门口，脚绊住了椅子，差点摔倒。女服务员急忙来扶他。他一下子站稳，冷峻的目光扫了过去。

女服务员有点害怕，哆哆嗦嗦地说："看你好像醉了，要不去吃个夜宵，醒醒酒？"

他没有说话，温柔的笑一笑，摸了摸女服务员的头，转身而去。

"来了啊！"老板惊讶地看着他问，"这是恁太太吧！"

他点点头，挽着女人的手坐在他常坐的那张桌子旁。

他已经有半年多没来小酒馆了，大家以为他搬了家，没想到今晚他带着太太一起来了。

老板让服务员上了三杯红酒。他端起杯子一饮而尽。

老板朝服务员摆摆手，示意给他上酒。他连喝了三杯后，他太太温柔地按住了他的手。

他朝太太笑了笑后，轻轻抽出手，看着老板说："我该说说我的故事了……"

十几年前，他才 20 岁，在特种兵部队服役。

她背着画板，从训练场地前的小山坡走过，目光一下子就落到了他身上。他也被她特有的气质所吸引。

晚上，有人给他一个字条，字条上写着一个宾馆的名字。他知道字条是她送的。他按照字条上的地址找到了房间，她在等他。

两情相悦的一对年轻人拥抱在一起时，理智控制了他。在她放下发髻任由一头长发落下的时，他全身发软，一下子就跑到了楼下。

她整理好衣衫下楼，看到他坐在小酒馆的一个角落里面喝酒。她坐到他身边，倚在他的肩上。他一口接一口的喝酒，她就默默地看着他。

两个月后，她完成了西北暑期的写生和创作，就要返程了。

临行前的头一晚，她发给他一个字条。恰巧班长不在，他连假都没请，翻墙跑出了军营。

同一个酒店，同一个房间。他推开房门，什么话也没有，直接扑了上去，把她扔在了床上。他解下她的发髻，一头长发舞在洁白的床单上。

她闭上眼睛，等待着幸福的到来。

理智又战胜了他，军衣的扣子还没解完，他瘫软在了床边。

她走到楼下。他跟下来时，女孩正喝朗姆酒，几滴清泪在眼角闪烁。

回房后，他竟坐在沙发上睡着了。

等他醒来，她已经走了。他赶到火车站时，她留给了他一个怨恨的目光。

回到军营，他因为彻夜未归，受到了处分。

他带着对军营的恋恋不舍，复员去了她所在城市打工。

十几年过去了，他脑海中总是浮现出她那怨恨的目光。他一直憎恨自己无能，直到有一天，他在图书馆见到他太太，一个清瘦而温柔的女孩。

婚后，每次做爱后，他都会到小酒馆里喝酒，回想起她那怨恨的目光。

他太太很早就知道他有心事，但是她爱他，在图书馆见到的第一面就爱上了他。

婚后，他太太一直不要孩子。既然有心事，那就等心事了结。

那怨恨的目光在他心头总是挥之不去，他感觉对不住太太，也就没说要孩子的事。

他承包了整修省城展览馆的工程。完工的时候，一批画家来看展馆，他在人群里看见了她。

她的脸上已经有了岁月的痕迹，但还保留着那份属于她的特有的气质。她也认出了他。

展览馆边的小咖啡厅，他与她坐在一起，就如当年一样。

"来杯酒！"他说。

"岁月已过，还是咖啡和茶比较好。酒，留给年轻人喝。"她说。

她告诉他，她回来后创作了一幅"中国军人"的画，获了全国大奖，那张画就是照着他画的，可惜今天没有带在身边。她介绍了她自己，目前在艺术院校当教授，还是单身。

今天的重逢，隐藏心头的她那怨恨的目光竟然消失了。

"晚上去酒吧吧？"她邀请他。

"不喝了，酒，留给年轻人喝吧。"

回到家，他太太从他眼中看到了释然。他看到太太，感觉到了从来没有过的亲切，这才是真正属于自己的。

晚上散步时，他太太悄悄跟上来，从后面抱住了他的腰。他回手抓住了她的手，一直牵到了小酒馆。

"今晚不要再给他酒了。"老板叮嘱女服务生说。

他笑了："以后我也不再来喝酒了。"

一年后，他又来到了酒馆。这次他是来给孩子订满月酒席的。

相望于江湖

娄江燕

他每次来这里做按摩理疗，她都会多做半个小时。他有些感慨，到底是盲人，眼睛看不见，只能听报钟。这个姑娘，老是不注意听报钟。

开始时，他还提醒她，她却是心不在焉。提醒了两次他也就懒得说了。

其实，他也不想占便宜，但他的经济实在有限。

他原是武警，曾三次荣获优秀士兵称号，二次荣立三等功。可惜，那都是历史了。

在一次救援中他伤了右腿，落下了残疾。退伍后，他没有一技之长，只能在建筑工地做小工。

他去过中医院做按摩，但是费用太贵，他无法长期负担费用。

一天下午，一个女盲人按摩师，由一个人搀扶着，把一张广告塞进了他手里。他去体验了一下，效果不错，价钱也不贵。第二次去的时候，那个女按摩师劝他办了一张5折卡。

女按摩师白净明丽，虽然戴着墨镜，也可以看出她是个美人，年纪也就在20出头。

女按摩师帮他办卡时，唯一要求就是每次他来必须找她按摩，他同意了。

一天按摩完已经很晚了，女按摩师说她一个人回家害怕，请他送她回家。

当来到一家量贩KTV时，女按摩师说她明天休息，因为是盲人，休息也是一个人在家。听说KTV不错，问他能不能带她去一次。

他欣然允诺。只是好奇，你的眼睛看不见，怎么可以唱KTV？她说自己听力很好，可以跟着音乐唱。

去洗手间时，女按摩师刚打开门，一个走错门的酒鬼在推门，门一下撞到了女按摩师的头，脸上的墨镜掉了下来。房间里变幻的彩灯，映照出了女按摩师青春精致的面孔。酒鬼上来想摸女按摩师的脸，女按摩师一把推开他。酒鬼又上来想搂女按摩师，他一把抓住了酒鬼的手，反扭住胳膊，一路拖到了KTV保安面前。

送女按摩师回家的路上，她一路神采飞扬的谈论今天的经历，他一直很沉默。以一个武警的敏感，他意识到了什么。

他这几次来做按摩脾气都特别大，不是说不舒服，就是乱指挥女按摩师。几次气得女按摩师要按摩不下去了。

最后一次，他简直是找碴了。说按摩师按摩的地方不对，让按摩师的手一直往下按，

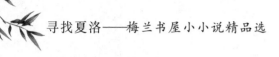

直到按摩到了臀部。他一个鲤鱼翻身跳起来，说女按摩师非礼他。吵闹声震动了所有的人，按摩院老板都跑来了。

听了他的投诉，老板吓得连连赔不是，他就是不依不饶。最后老板不得不答应辞退女按摩师，他才悻悻而去。

他走后，老板无奈地摊开双手。眼泪从女按摩师眼中流了下来。她愤愤地转身而去，没有做任何辩解。

女按摩师因为离职的原因不光彩，哪家盲人按摩院都不用她。最后，她在市中医院做了中医理疗师，几年后升任了科室主任。

这年，她迎来了爱情，在市里最好的一家酒店办新婚酒席，亲朋好友挤满了大厅。

在KTV的那个晚上，以武警的敏感，他发现女按摩师不是一个盲人，不然她不可能那么快地躲避开酒鬼的手。他不明白女按摩师为什么要装盲人。

他在按摩院外等了两天，终于等到了按摩院老板单独出来，被他一把抓住了手腕。

老板吓坏了。他说道："别紧张，就是想跟你掰掰腕子，我在部队掰腕子是把好手。"

老板疼得龇牙咧嘴，他脸上仍然挂着笑："放心，手腕断不了。"

老板不得不如实地讲出了女按摩师的故事。

女按摩师出身教师家庭，毕业于中医学院的中医理疗专业。原本在中医院实习，可以留下来。但是她坚持要来这家盲人按摩院当按摩师。

女按摩师高中军训的时候，负责他们班的教官就是他。他那军人的成熟坚韧，让情窦初开的她暗暗爱上了他。

大学毕业后，她打听到了他的下落，知道他腿残疾了，就放弃了留在中医院工作，假装盲女，做了按摩师。

她每次给他按摩都故意延长时间，来这里工作她事先和老板说好了，她自己贴钱进去。老板知道她家境还不错，加上这段姻缘，也就随她去了。

他什么都明白了，手上的力气有加重了一些，疼得老板叫出了声。老板答应，和他配合好，开除女按摩师。

后来，女按摩师靠着当年的实习表现和按摩院老板的赞美及力荐，进了中医院。

女按摩师离开按摩院后，他也去了另外一个城市。

他在报纸上看到了她结婚喜宴的公告，专程赶来。

遥望着女按摩师酒宴的热闹场景，他的眼泪一点点流在了心里。夜晚，夜色迷人，他抬头望去，但见一弯明月挂在天边。

座位的变迁

娄江燕

他刚来公司是坐在靠中间偏左的办公隔间，属于不错的位置。来公司半年多后，公司做了一次内部座位大调整，他就主动要求坐在靠近楼梯口的座位，真正的新人座位。

大家都认为他为人低调，不想作为新人太过张扬。等他一步步升为主管和经理，他仍然留在这个座位上。

一时间大家议论纷纷。有人说他是因为"朝中无人"，所以不想过于张扬，求个中庸。有人认为他在作秀，好让人人都记住他。有人认为他相信某种风水，有人认为他……

对于所有的猜测，他听而不闻，仍然坐在"固定"的位置。直到有一天，一个近40岁的女士，客户的项目总监来访，路过此地，形势才有所改变。

那是个梅雨天，一个大客户的项目团队来访，带队的是一名精干的女领导。

一行人来到公司后，在楼梯口她没有注意到地上的水，脚底滑了一下，却被一个人一把扶住了。

她有点惊讶，当她看到他时，眼里闪过一丝朦胧。毕竟多年的职场修炼，已经让她很难流露出内心的想法。

他礼貌地请她到他办公室坐一下，她应邀而去。

他的办公室很整洁，不像一般男性管理者的凌乱和随意。

她悄悄地支走了陪行人员，拿出了电脑和文件。电脑在眼前闪动，但是她的眼睛没有动，思路却是去了另外一个地方。

大学里，她作为生活委员，按期检查男生宿舍。她发现他的床铺乱成一团，到处是乱扔的衣物。书桌也和床铺一样乱成一团。

她很无奈，但是面对他挑衅眼光，她没有畏惧，只是很简单地说了他几句。

其实她不是很有眼光的女生，只是看不惯他的挑衅，也不忍他的无所谓，总觉得自己应该帮他一下，或者说敲醒他一下。还记得他当时的眼光，虽然仍然是挑衅，但是有了惊讶和顺服。

那也是个阴雨绵绵的日子，因为心里有气，出门的时候她走得比较快，没有注意到地上有水迹，半高跟的鞋滑了一下。他反应很快，本想过去扶一下，但是放弃了，因为他的挑衅被她挑衅了。没想到，就是这一犹豫，她滑到在地，右腿小腿骨折，因此她留了一级。

没有人体会她的心痛。那年外交部招人，她如果是应届毕业生，凭她各方面的条件，

完全可以进入外交部。可惜，她晚了一年，等她毕业的时候外交部已经人满为患，开始减员了。从小就做着外交梦的她，从此和外交官失之交臂。

也没有人体会他的心痛。自己当时怎么就没有伸出手扶她一下？是因为自己从来不服输的性格，还是因为她的话刺痛了他？

如今，他就坐在她的对面，看着她电脑屏幕显示的拜访内容，脑子里却是想着同样的往事。

这段不起眼的往事，却改变了两个人的人生轨迹。她去了外企，成了一个项目管理人员，负责和外部各种机构打交道。凭借当年的外交梦培养起来的能力，她很快就升到了总监位置。但是她一直未嫁，她无法放下一个心结，就是那年她即将倒下时候，无人可以扶她一把。

说实话，她也曾怨过他。如果当时他及时扶了一下，如今她就是令人羡慕的外交官。这个怨一直在心里，会同他当时挑衅的眼光一直埋藏在脑海深处。

其实，这么多年来，他也是心中怨恨了自己多年。这种怨恨让他选择了改变自己，不再乱七八糟地过日子，不再随心所欲，而是重新规划了自己的前途。凭自己的聪明，他选择了搞技术。因为目标专一又懂得规划，他很快就做到了技术总监的位置。

他来这家公司，是因为这家公司和她工作的公司是最大的合作单位。他也想过去她工作的公司，但是放弃了，因为他那时还无法面对她。他也一直在心中想象可以重新见到她时候的情景，她的高跟鞋，她的表情和她的话语。当年那份内疚和那份感觉，陪伴他度过了这么多年，无论什么时候想起，心中都有种特殊的温馨和柔情。

为了释放他心中的内疚和温情，他选择了靠楼梯的座位。如果下雨天或者刚拖完地，地上就会有水迹，他就会本能的经常看看楼梯口，如果有人经过，他会提醒一声地面滑。如果有人不小心脚底打滑，他会及时到身边扶一把。

在他脑海里面，已经反复多次演练过，假如她来他公司，假如她路过楼梯口，假如她不小心滑了一下，他会如何过去扶她一把。不要太快，因为会用力过猛，而且她会感觉他是故意的，那会伤了她的自尊。也不要太慢，因为她的脚骨比较脆弱，容易骨折，速度慢了，她会倾斜，一样会伤到小腿。

没想到今天，她真来了，他实现了心愿，释怀了。

没想到今天，他改变了，她得到了补偿，安心了。

临行的时候，他叮嘱了她一句："下雨天要小心走路，你爱穿高跟鞋，脚骨又比较脆弱。"

她有点害羞地一笑："我有个坏毛病，就是走路不喜欢看脚下。"

他说："那就让我帮你看吧。"

她说："好哦。"

半年后，他们的新房贴上了大红喜。

作者简介：

娄江燕，历经坎坷。成年后三十年风风雨雨，造就了一颗洞察万物的心和永远未改的初心。在清晨，在黄昏，用一支生花的妙笔，写尽人间百态，世上万物。

戳破梦幻的成熟

王明红

18 岁的李雯在艺术高校的教学楼黑黑的廊道里，足足站立了四小时。

李雯就是想质问孔长辉为什么这样对她？而此时的孔长辉老师，正在办公室里教几个女孩拉手风琴。可徘徊万次的李雯，就是不敢敲他的门，最后她挪着酸软的双腿，返回了宿舍，泪水却像断了线的珠子……

孔长辉竟然在众目睽睽下呵斥李雯不懂规矩，把琴盖盖错了，然后把她叫到前面去弹琴，又借着她弹错的琴键小题大做地讽刺她，说她是在脑袋里乱弹琴。

孔长辉就是借机想说，他讨厌她。他说了，而且当着全班同学的面，说得那样真切。

"做人就像是一条直线和一条斜线。如果有的人走了一条斜线，只能有一条歪路，会偏执得越来越远。"然后他又顿了顿，就像演唱者上台之前必须喝杯茶，润润喉咙一样，让听者听得更清。

"如果我要是讨厌一个人，我都不看她，不理她，上课也不提问她。"

果真，他上课不再看李雯，不再理她，所有人都提问到了，就是不叫她。他就是要忽略她的存在。她成了一棵烂草，被孔长辉彻底地踩在脚底。

她的心由羞怯到悲伤，再由悲伤凝结成冰。她的脸红一阵，青一阵；青一阵，白一阵，泪水在脸上恣意成河。李雯残有的自尊被孔长辉统统削掉，她被羞辱得体无完肤。

"你为什么突然间这样？只因为我喜欢你？给你写了三封没留署名的情书？"李雯在心里歇斯底里地哀号，内心承受着无人想象的痛苦。

孔长辉曾在她眼里是那样的神圣和美好，可是现在的他，目光里写满了尽是敌意的战火，再也找不到盛满柔情的明亮双眸，他们之间比陌生人还陌生。

他们再也回不到从前：在视唱课上，李雯的基础不好，听错了音，他不厌其烦地一遍一遍地教，直到她做到他想要的完整。琴法课上，当她把他留的曲目弹奏得完整流畅时，他毫不吝惜地夸赞。当她节奏不好时，他利用午休时间为她和其他几个差生开小灶。

她写错了一小节节奏，平易近人的他总是默默走到她身边认真地指导。就在那个时候，她悄悄地喜欢上了他。

于是她抛开女孩的矜持，挥笔写下了心中的澎湃，写出了她对孔长辉的倾慕与欣赏。她不敢留署名，怕他知道她的渺小与卑微。因为孔长辉就像她的一个梦幻，一触即破，所以她把这些自称为浪漫的情感小心翼翼地装进了信封，用邮差寄给了他。

可不谙世事的李雯，怎么也不会想到大她七岁的孔长辉会对他那样地决绝，不仅打死了她原生态的爱情，还恶狠狠地向她身上踹两脚。她受到了前所未有的致命打击。

她病了，打了三天吊针后，再见孔长辉时就像个犯了错误的孩子怕见到父母；更像是被狂风折断的树枝，头永远都是低着的。上课时，她总是坐在离他最远的角落里。当同学们站在钢琴旁问孔长辉题时，李雯总是远远地躲开黯然落泪。"丑小鸭"从此成了她的代名词。

她的学习成绩一落千丈。她已经很久没有给家里写信了，当父亲从遥远的家乡来看她时，她木讷的表情里没有半点惊喜。

父亲不断地自责："孩子，你舍里的其他姐妹，个个红光满面，笑声朗朗，为什么你无论何时都是一副怯生生的样子，这好像不是爸爸的遗传啊？是不是爸爸的教育失败，对你关心的不够啊？天已渐凉，你怎么还穿这样薄的裤子，都不知道买？凡是你觉得应该的就去做，大学就是半个社会，不用顾虑钱。"

李雯的泪水簌簌而下，可心中的千般委屈又怎能和父亲讲呢？

父亲走了，他在火车上频频地向李雯挥手，说有什么事情一定要告诉他，他会第一时间赶到。

望着父亲那沧桑的身影，李雯内心一阵酸楚。妹妹和她同年考入的不同大学，每个人的学费对他们家来说都是天文数字，可尽管如此，父亲依然送他们去读书，身为教师的父亲曾为她那高昂的学费，去工地做苦工。

"我恨你——孔长辉！"李雯的泪水如崩溃的河堤。

她开始疯狂地恶补落下的课程，她绝不能让父母失望！可当她的成绩直线上升时，孔长辉却不教她了，他被调到别的班教课。李雯突然间觉得很庆幸，他终于可以脱离她的视野，她可以不再看他的一颦一笑。

孔长辉走后李雯的各科成绩一直很平稳，各科老师待她都很好，尤其是新换的琴法老师，还有意地提拔她，想让她当琴法科代表，这让她找回了丢失已久的自信。

之后，李雯轻松地完成了她的四年学业，但她对孔长辉的恨，始终没有消除，甚至在交男朋友上，从来都是被动，或者抗拒。

五年后，当李雯执意地要嫁给那个主动追求她，向她求婚的酒鬼时，她的父亲动了怒："孩子，你不能作践自己。"

"孔老师当年为了你能顺利完成学业，故意残酷地对你，他不想毁了你；他知道你是个倔强、自尊心极强的女孩，所以找到了我。后来他又和领导请求调换了班，并告诉各科老师对你进行关照。"

父亲还说："孔长辉一个月前结了婚。他让我转告你，别再任性，找个有缘人相嫁。"

这个消息，让李雯很震惊。她的泪水再一次喷涌而出……

"是不是有爱存在的地方，就有欢乐和痛苦、力量与抉择？而孔长辉给予我的爱是以另一种姿态存在，是在历经痛苦之后，才让我知晓的理性与感动。只是我的成熟是从戳破那个梦幻开始的。"

李雯轻轻拭去了腮边上的泪水。

波利小姐

王明红

"邱局，改天见啊！"波利小姐莞尔一笑，把邱局的手臂从她的脖子上轻轻地"甩下"，然后急速地关上车门。还没等邱局的车走远，她就迅速地打了的士回到了自己的单身公寓。

波利小姐回到寓所里做的第一件事，就是不断地用清水冲洗脸上的脂粉，还有刚刚被邱局楼过的脖子部位，还有那被邱局"不小心"碰过的手臂。之后，她照照镜子微笑下，"洒脱"地走回书房，开始继续构思她的服装设计图。

身为服装设计师的波利小姐，时年33岁，妖娆性感的她是个单身族。她一直都想找个有钱又有权的高富帅，可一直都没有遇到。她遇到的不是长得难看，就是穷酸样，要么就是有点老……总之都会有些小瑕疵，达不到她想要的完美，所以她就宁缺毋滥，游荡着向前走。

她喜欢参加各种场合，喜欢遇见各种有权有钱的男人，喜欢被他们称呼为美丽小姐。而那些和她交往的男子，因为和她在一起觉得特别有面子。当波利小姐看见公司的约单因己而迅速提升时，觉得被男人们青睐也是如此有面子。所以，她比一般女子多了一份凛然的傲气。

就像刚才那个在人堆中风光无限的邱局不也是在用迷恋的眼神望着她，乖乖地把合同签了嘛！分手时又用贪恋的眼神期待与其下一次相见嘛！

但邱局的期待会落空，因为只要签单一完，波利小姐就会拍拍屁股走人。让那些动了心的老男人失望去吧，因为进一步接触是有危险的，她是绝对不会做他们的情人的，更不会和他们有什么肉体上的牵连。可她就是喜欢被男人们赞美。你看为了得到夸赞，这不她又参加下一个派对了。

那个坐在她对面，戴着耐克鸭舌帽，一身海蓝色鸿星尔克运动装的男子引起了她的注意：

"他看上去好像是个非凡人物，谈吐中不乏幽默。"

当有着火辣身材的波利小姐，端起高脚杯与众人碰撞时，男人正死死地盯着她看，波利小姐的心一下子慌了神，有一种被电到的感觉，她欢愉了。但她急忙收回目光，不敢抬头再看他。

那男子与波利小姐交换了名片。波利收好名片，嘴角上露出一丝得意的笑："哈，他好像对我有好感！"

散会后，波利小姐迈着大家闺秀的款款玉步，走出会场。那男子大步流星地追出来，欲开车送她，她摆摆手，向男子抛了个媚眼。

此男子名叫吴君，42岁。某集团资深销售经理，主管东南亚区域。波利的好奇心又来了，想测试下此男人对其的评价与感受。

于是她按名片上的微信加了他。两分钟，他们便成了微信好友。

波利小姐嘴角上露出了一抹油菜花般灿烂的笑：

"美好的时刻又要开始啦！"

"波利，认识你真好，你太美了。能和你做朋友我简直太幸福了。"

"我也是。"波利应和着。

吴君不断地夸赞波利的美，诉说着他对波利的倾慕。波利快活得飘飘然，觉得自己就站在了世界屋脊。她的美丽与魅力，就是青中老年男人的杀手，任何一个有身份有地位的男人都会拜倒在她的石榴裙下。她想着，笑着，笑着，想着……

夜晚过得也太快了，仿佛瞬间便到了天明。

第三天，当她哼着小曲，踩着"春风"去上班时，吴君的电话打来了："波利，出来下，我要见你，我想你，自从见到你后，寝食难安。"

波利的心咯噔下，她透过公司写字楼的窗口向外望去，果真有一辆路虎车停在楼下。可她不能去，她没有想过让他做她的男朋友。她只是想知道他对她的感受。已证实，吴君愉悦了他。

"你先回去吧，单位忙着呢。下班，我喊你。"

下班，波利忘记了这件事，可是路虎车又一次出现。

她无处可逃，硬着头皮上了车。这一次波利面对吴君，她很被动。

"以后，别来单位……"

"怎么啦？我喜欢你呀！"

"可我不想交男朋友。"

"你开什么国际玩笑？"吴君简直暴跳如雷。

"可我说的是真的。"波利说完，坚定地打开车门，跳了下去。她迅速地拦了辆的士，回到了自己的寓所。

"要到嘴的鸭子，她妈的，怎能说飞就飞了呢？我吴君从没有得不到的女人！"已跟踪了波利的吴君，望着波利进入公寓的背影，在心里暗暗发着狠。

翌日清晨，以为一切已经结束了的波利，刚走出家门去上班时，吴君出现了："波利，你这是又去见哪个相好的啊？求求你别不理我好吗？"吴君的表情里充满了落寞。

波利瞪起眼睛："你是不是有病啊，昨天的事我不是跟你说得清清楚楚了吗？我们顶多适合做个微友！"

吴君惊愕地望着波利："可是，我不清楚，你怎么说不理我就不理我呢？！"说着，吴君就上前来拉扯波利。

"走开，我要报警啦！"波利大喊着。

这时，邻居阿毛走出来，向波利打招呼。吴君只好悻悻地走开，气急败坏的他露出一丝凶狠的目光："等着瞧啊，波利！"

"简直是个地痞！我波利怎么会遇到这种人呢？""呜呜呜呜"上班的路上，波利第一次流下了泪。

接下来几天波利请了假，当她再次出现人们视野时，总是一身男装，或休闲服，戴着一副黑墨镜，头上围个黑丝巾。可吴君还是暗地里找人多次"骚扰"了她，使其精神上蒙受创伤。

短短几年内，波利小姐换了 N 个手机号；变了 N 个工作；搬了 N 次家。更让波利小姐万万没想到的是，吴君的路虎车是借的，名片的头衔是假的，他只是个善于演戏的地地道道的街边小商贩。

一夜的疏忽

王明红

"妈妈，我头痛，妈妈，我难受……"丁兰一下子慌了神，量体温，物理降温，一阵忙活，半夜三更又把孩子弄进了医院。

"如果张天责如约而至，怎么会落下这么个后遗症？"丁兰在心里恨恨地说。

可这能怪张天责吗？那到底怪谁呢？

八年前的那个风雪交加的夜晚，是丁兰一辈子都不能忘怀的。这也让她觉得愧疚张天责一辈子。

当时的丁兰是个大三学生，生病在诊所打完针后，走在回宿舍的路上时，有个地痞喝醉了酒，想借着酒劲调戏她，未果，却抢了她的钱包。丁兰的高跟鞋在与醉汉搏斗时恰巧滑倒，此时，张天责去夜市恰好路过，挥手猛击醉汉一拳，钱包和丁兰都被他抢了回来，醉汉被激怒，抽出随身携带的木工斧劈到了张天责的半个手指，张天责因此住院半个月，那个手指几乎要被废掉。

这件事，轰动了整个校园，张天责成了见义勇为的侠客，可对于丁兰来说，却成了一种负担，永远的愧疚。但自从英雄救美后，在医院里，张天责就对精心照顾他的贤惠又貌美如花的丁兰产生了好感。出院后，他对丁兰穷追不舍，甚至有些死缠烂打。丁兰躲，

他不在乎，丁兰怒他，他装作看不见，丁女遇到点事他比谁都急，而且总是率先帮忙摆平。他问丁兰：为何不语，是不是因为我这快要残疾的半个手指？丁兰摇摇头，忙背过身去，擦拭快要低落的两颗泪珠。

丁兰难啊，因为她有柱子。柱子是丁兰她妈给丁兰定的娃娃亲。丁兰家穷，如果不是柱子妈出资出力相帮，她怎么会有今天的学业？她难违母命，也算知恩图报啊，学业有成后，立马和柱子成了婚。

从此，张天责淡出了丁兰的视野，但一直没有走出她的心里。他的那个快要残废的半颗手指，和对她的好，在这八年里，她一直都没有忘记。可她从没有对张天责产生过非分之想，因为她想过好眼前的日子，哪怕生活依然苟且。

可是你看那柱子，总是一副管家婆样子，还凶巴巴的，小抠得要命。丁兰为了买件衣服，柱子也能跟她干上三天，为买个新床柱子也得和她大战三个回合，她累了，倦了。实在是觉得自己精力被耗尽了。她不想再过多的言语，那是浪费生命。尤其是柱子为了她多拍的那个彩超片子，摔门而去的重重的铁皮声，像压在她胸口的一盘磨，始终都推不开，也拉不走，成了她今生永恒的痛，使她都不想再多看他一眼。

"毁灭？"对，毁灭自己也没什么，那个张天责不是追求自己费劲了心机吗？而自己一直都没给他机会嘛。这些年他过得好吗？他那个为她受过伤的手指，恢复了吧？

他想去看看张天责。

她在镜子前精心地梳妆打扮：她画上了淡蓝色的眼影，涂上了朱红色的唇膏，踏上了茉莉色高跟鞋，还有那款朋友送的一直没舍得背的仿版香奈儿背包，身上洒下了那款好闻的绿茶香水。她想尽快见到他，就像一个人在阴雨天气里待久了，终于要见到彩虹一样。

八年了，张天责会是什么样子？她微微笑，想象不出来。"嘟——嘟——嘟"电话拨过去了，她的呼吸却像要停止，她快速地摁了下挂断键。当她调整好状态后，再拨。

她终于讲话了："天责，我是丁兰，你能出来下吗？"

"你是丁兰？"

"嗯，对，能出来下吗？"

"什么时候？"

"今天晚上。"

"晚上？"

"对。就今天晚上。"

"今天晚上，我——嗯，好吧。"

她的电话让张天责很意外，他以为她有什么事情要找他。他让她等，等他开完公司的年会就立马过来。可是夜半，张天责却因为太兴奋被几个部门的经理灌醉了酒，开车送了回去。

一夜，她等了一夜。

第二天，丁兰的孩子因得了急性疝气，在这个城市做手术。虽然只是个小手术，但当家人们在手术室外的大厅里紧张地担心孩子的安危时，她的脑子里却在播放有关张天责的一幕幕。

三小时后，当几个穿着绿色工作制服，戴着蓝口罩的医生们用不锈钢手推车把孩子从手术室推向病房，交代家属怎样精心护理时，丁兰却坐在床边睡着了。因为等张天责的那一夜她未合眼。

大夫苦心叮嘱的氧气罩不能摘，可孩子麻醉药劲已过，夜半喊丁兰时，丁兰已在床边沉入了梦乡，孩子私自把氧气罩摘了下去。天亮时，大夫查房，对其大声斥责：摘掉氧气罩，孩子大脑会严重缺氧得头疼病，会留下手术后遗症的。

她一下子，傻了眼……

果真如此，还没出院几天，孩子头就痛得要命，头痛一次，就得住院一次吸氧。

丁兰急，哭，可一切已经来不及了。她就像喝醉了酒似的，一次次跟跄地跑去山谷，跺着脚喊"不应该啊！是谁毁了孩子的一生？"一次次，空旷的山谷也在回荡着她凄惨的叫声。

流失的两名学生

王明红

"看监控，看监控！""这个时间段没有人影！"一大早上，李琳踏进空无一人的教研室，正感到奇怪"人都跑哪去了"时，听见这样的一段对话。

李琳寻声而去，原来声音是在挨着校长办公室的综合室里发出来的。老校长大人身边簇拥着许多老师，老校长正在为五年一班昨天丢失的一个花叉而查监控。各位老师紧紧盯着屏幕，都想为带着老花镜的老校长出把力，找到真凶。

仅仅是一个花叉，至于如此兴师动众吗？其实老校长也不想这样啊，而是没办法！话说这个五年级班主任外号"小乌贼"是一个爱较劲的老师。矮胖、水桶腰，黄脸婆，一米五几的个头，穿着高跟鞋才勉强够到黑板，一缕卷发耷拉在额前，似乎标志着她的与众不同。她本长着是一双杏眼，竟因为总爱发怒而变得狰狞。

这支丢失的花叉，如果校长大人不闻不问，她会当着校长的面造反。都说教师是太阳底下最光辉的人，如果说"小乌贼"有那么一点点光辉的话，也都被其脸上的乌云遮住了。

她不允许任何人比她美；而且谁也不许比她努力；谁也不许比她有能力；比她有能力受到领导重视后，谁就会遭殃。

新来的李琳并不知道这些。李琳是个非常优秀的姑娘，而且有一种初生牛犊不怕虎的精神。她讲的第一节音乐公开课，就特别成功。声情并茂，和学生互动效果好，受到广大

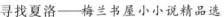

师生的喜欢。可这就惹着了"小乌贼"。"小乌贼"说李琳为什么不选她班学生？实际上她是怪罪新来的大学生李琳没有对她手下留情，讲得太好，没让着她点。因为全校的教师都知道她爱较劲，公开课上都不敢好好讲。有才华的都得偷着施展，或者掖着藏着，不敢露。"小乌贼"就像一只蚊子，谁有锋芒，就盯着谁不放，那种较劲儿，谁也受不了啊！

她向老校长告状，说这花是李琳偷的，因为这天科任课只有李琳一节。那么，偷花得有证据吧？老校长心知肚明，"小乌贼"是栽赃李琳。李琳是好孩子，那么忠厚，怎么可能拿她班的破花呢？但是老校长要找出监控，为李琳洗冤。可这般人马，翻了半天监控都没能查出什么。总不能报警吧？

因无法找到真相，"小乌贼"便一口咬定李琳偷了她的花，于是她可以公开地与李琳较劲了。

六一会演，李琳组织学校合唱团演出。音乐响起，架子鼓敲击着优美的节奏，小号手吹着动听的乐句。家长与师生们正准备聚精会神地听校园小合唱呢，忽然一个怒吼声从指挥手李琳身后传来："宋东，你手放下！"大家循声而去，原来是"小乌贼"在喊合唱团里的她班学生。大家又看看宋东，他的手也没有像多动症那样抠鼻子、挖眼睛啊，但此时音乐已经终止。

重新播放。音乐响起，当同学们正全神贯注、声情并茂地演唱第二乐句时，李琳的背后又传来一个粗犷的声音："田小磊，你大点声！"这时音乐又一次中止。人们的目光又一次"刷"地落到了田小磊身上。只见田小磊面红耳赤，几乎掉下了泪，十分委屈的样子。很显然，田小磊已经很卖力地唱了。

李琳心想，田小磊虽然是"小乌贼"班学生，可这是正式演出啊，这么多家长与全体教师，"小乌贼"怎么可以这样公然斥责学生呢？再说，大不大声唱跟她有什么关系呢，她又不是音乐老师！李琳跟好友王丽耳语了一阵。只见王丽走到了音响边，去播放音响了。

此时，李琳的身边已围了一堵人墙：六位教师和老校长。他们挡住了"小乌贼"的视线。可"小乌贼"却从人墙后面钻了出来，站在了李琳身边。只见李琳斜着眼用余光瞟了一眼小乌贼，心底不屑地"哼"了一声。

音乐再次响起，歌曲进行到高潮时，只听见这堵墙中又传来了一个粗犷的声音："刘二柱，你往哪瞅呢？"只见学生们眼睛紧紧地盯着李琳，李琳用力地挥舞着手中的指挥棒，音乐没有中止，学生们依然声情并茂地演唱。至于那个刘二柱，他根本就没瞅"小乌贼"。

真是精彩至极！演出结束，李琳左手挥舞着指挥棒，右手放在唇边，激动地向空中抛出一个飞吻："亲爱的同学们，我爱你们！"

只见"小乌贼"的脸色立刻变绿了，鼻子气歪了，眼珠子都瞪得快要掉下来了。可她有火没处发啊，只好对散场落座的学生刘二柱狠狠地训斥道："你，你的凳子不好好坐，跷什么二郎腿！""藤一菲，你挠什么头，头上生虱子啦？"这两名同学被怒火中烧的班主任"小乌贼"发的无名火镇吓住了，立刻把脑袋耷拉下来，就像那霜打的茄子，蔫了。

翌日清晨，老校长的办公室站着两名家长，为其孩子办转学手续。要转走的两名同学正是演出那天被小乌贼当过出气筒的。老校长正在心照不宣地给其开转学手续。

学校里又流失了两名学生。不知道老校长心里怎么想？那个小乌贼，从此以后会是什么样子呢？

鳄鱼的眼泪

王明红

他偷了二姐的彩礼钱，二千元已挥霍。二姐没跟他计较，因为他才十八九岁，并且是父母宠爱的"何家大少"。

可二姐的婆婆因为过彩礼时，没能抹去那二千块钱，心底压了一肚子怒火，都发在了二姐的婚后。二姐终于被婆婆挑拨离间离了婚。

离婚后，二姐回娘家来住了。冬天也太冷了，二姐把她的羽绒服洗了，用了弟媳妇的甩干桶，弟媳妇不高兴了。二姐心想，下次再不用了。

在她们那，"嫁出去的女，就是泼出去的水"，离婚待在娘家是不光彩的。所以二姐在家干多少活，他都看不顺眼；而且二姐还吃白饭，一日不嫁就是他的眼中钉。

一日，有人给二姐说媒，对方是个书生，只是家有点穷。书生来了几次，二姐觉得他好像挺忠厚的，穷就穷点吧。

二姐有主了，他好像比谁都开心。他凑到二姐身边说，二姐是不是该给我买壶好酒啊？二姐笑着说，当然。

可二姐不知从哪里听说，那个书生不光家穷，而且有个更致命的嗜好，赌徒啊！

二姐死活不同意了。可是那天中午，他借着酒劲，在二姐屋内喷苍蝇药，午睡中的二姐，迷迷糊糊地被空中一股刺鼻的药味呛醒。

一向温柔的二姐怒了："你不知道我在睡觉吗？你这是干什么？"

他理直气壮地说："这是我的家，我想怎样就怎样！"

二姐惊愕地看着他："你在说什么？"

他愤愤地指向空中说："我讨厌，我讨厌！"

二姐问他："讨厌什么？"

他说："讨厌这苍蝇，也包括那个书生！"

二姐的眼泪一下子就出来了，怎么又扯到那书生了呢？这分明是指桑骂槐！父亲来阻拦他，他却跟父亲"搏斗"起来。他拿起啤酒瓶子向自己脑袋砸去，父亲抢下，他却用脑袋用力撞门，胶合板的门被他钻个窟窿。母亲的心脏病犯了，晕过去了。

二姐一边流泪给大夫打电话，一边慌乱地跑去喊邻居来拉架。

回来时，母亲被父亲掐着人中苏醒了。邻居示意二姐走，让她出去躲一会。

她走了，去村西头的远方亲戚家住宿。这一夜，她没合眼。她恨他，想永远离开这里，不再回来。

次日清晨醒来，二姐做了惊人的决定，她要跟那个书生结婚。

没人阻拦。结婚当天，二姐脸上没有一丝笑容。送亲的队伍要离开时，他跑到二姐屋内拥抱了二姐，他说："对不起，二姐……"说着说着，他流下了伤心的泪。

二姐也哭了，说不怪他，说他还小。可那年他已经 23 岁啦！

几年后，二姐对过往已经看淡，就是很少回家。因为二姐这几年接连生了三个娃，忙得不可开交。

老爹过生日时，二姐却带着一大家子回来了。

到家后，二姐的屁股还没坐稳，大娃和二娃因为抢一个玩具汽车已揪成了一团。吃饭时，二姐饭还没送到嘴，二娃的碗已经碎在地上；三娃又在那边喊着拉粑粑。

桌子那边的他，眼珠子瞪得快要掉出来了，脖子也变粗了，脸色瞬间成了绿茄子，差一点就把桌子掀翻，冲他们怒吼着："闹腾个啥，不能回来就别回来！"

大的小的吓得嗷嗷哭，二姐也哭。心想，马上叫辆车来，走！永远不再回来。

可二姐一转身，看见了她那可怜的爹娘已经鼻涕一把泪一把地站在了其身旁，正望着她。

二姐背过脸，急忙擦干了眼泪，牵着三娃的手回到了饭桌上，继续吃饭。一家人，风平浪静了。

夜渐渐黑了下来，三个娃相继入睡，二姐也睡了。夜里，二姐做了个梦，梦见他是一只鳄鱼，曾经为她流过泪。

舞　步

王明红

郑小溪毕业于艺术学校。领导让她教音乐。

郑小溪很失望。她考入艺术学校后，倚仗自己包分配，根本就没好好学习。当别人练琴，舞蹈室压腿时，她却在逃课谈恋爱。时光都被她荒废了。

她不希望领导让她教音乐。可事实摆那，总不能不服从领导分配吧？

她硬着头皮备课、弹琴，教学生唱歌。跌跌撞撞一教就是两年。课本和键盘熟悉得差不多时，学校分来个她校友，还是校园明星。

郑小溪的脑袋耷拉下来，怕她的位置被这个明星学妹霸占！

没想到领导让学妹担任一个非专业小科，郑小溪吊在半空的心放了下来。

"六一"前，学校排演节目，让老师上个团体舞，由郑小溪主教。郑小溪慌了，"跳舞"是她的弱项。

"校长，咱还是弄个碟子，让大家回去练吧！老师们都是精英呀，再说强将手下无弱兵，是不是校长？"

校长哈哈笑着说："行，就这么地吧，大家回去练双人舞《你是我今生难忘的梦》，然后自行配对。"

"嗯、嗯。"郑小溪一阵窃喜，连连点头。

郑小溪回家既忙着做饭又忙着照顾幼小的孩子，根本没时间练习。次日，全体教师集合综合室，多媒体播放舞曲，几乎每个教师都能随画面舞动腰肢，只有郑小溪在那发杵。

领导疑惑地望着郑小溪："回去没学呀？还是在监督大伙呢？"

"监督，监督。"郑小溪咧着的嘴，笑得很僵硬。

下班后，郑小溪急忙把孩子推给了爱人，饭也顾不上吃，就去看碟子。

"这舞咋这样难呢？人家新来的李晴看一遍就能学个七八成。"郑小溪不住地摇头叹息。可她突然想起，在综合室里老校长突变的那张脸仿佛在对她说："你是不是不会呀？难道一个音乐老师，都不会跳舞？快点让位吧，让新来的李晴当好了。"

想到这儿，她咬着牙反复地播放那个舞蹈碟子。一个动作被她播放 N 遍，她在地板上也演练了 N 遍。翌日，领导看着动作熟练的郑小溪，露出了笑容。仿佛在说，我没看错你，跳得蛮好的嘛！

郑小溪完成第一部分时，第二部分已有人领先了。她心里那个急啊："不能让她们先一步！"

下班后，她连饭都顾不上做，专心练习。她跳得满头大汗，十一二点还在跳。实在跳不动了才去睡，睡了三个小时后，又爬起来去翻开电脑，预习下一部分了。

爱人被其惊醒，问她："是不是疯了，要考央视舞蹈学院吗？"

瘦了六斤的郑小溪，在一个晚上跳舞时，突然晕了过去，被 120 带到了急救中心。

爱人看着被救醒的郑小溪，心疼地说："小溪啊，没事了。咱回去别跳这个舞了好吗？"

"这是怎么啦？"郑小溪问。

爱人说："医生说你的身体透支，超负荷运动造成的。小溪啊，你不是机器人，连轴转不行啊，咱不能为了一支舞毁掉一颗健康的小心脏啊！"

郑小溪说："我就是死也要把这支舞完成。"

郑小溪为了跳这支舞，就连等公交车进也在练。"三二三四，四二三四……"她在那尘土飞扬的水泥路地面上，踩来踩去，全然不顾旁人的目光。

演出开始时，郑小溪的舞伴突然扭伤了脚，不能上场。领导让小溪在前面领舞。

"领舞？双人舞，我变成一枝独秀？"

"独秀就独秀吧，正迎合了这段歌词，只有你小溪的孤独，才能衬托出这个'梦'的难忘与可爱。"领导开玩笑地说。

郑小溪的心里像打翻了的五味瓶：她不能拒绝，又不能弃场。她既紧张又害怕，她

还要使出吃奶的劲，才能确保不前功尽弃。

六一会演，双人舞中，郑小溪秀在前面，很抢镜。

一曲罢了，观众们恋恋不舍，黑色立体支架的多台摄像机"啪啪"地拍。谢幕时，一个金灿灿的话筒伸到了郑小溪跟前："郑老师，我代表几位记者问您个问题，你的舞为什么跳得这样好？能分享下经验吗？"

气喘吁吁的郑小溪红着脸，紧紧地攥着话筒，憋了半天终于说了句话："我想对我的学生们说句话，学，一定好好上，否则书到用时，方恨晚呀！"

作者简介：

万紫千红，原名：王明红。教师。喜欢写散文与小说。曾在《环球少年》《城市晚报》《江城晚报》《老人春秋》《女友》《烟台散文》《大众文化休闲》等报刊上发表过文章。在2008年《时代文学》杂志社举办的征文大赛中获奖，并成为此社特邀通讯员。2018年在长春市举办的征文大赛中，微小说获得二等奖。

约 会

卞珊珊

夏末秋初，清风徐徐，云霭重叠，似乎在天边搭起了一座桥。

你在哪？

我在找车位。阿牛发来一条微信。

好的。小织嘴角微微翘起，快速回复道。

距离约定时间，已经晚了很久。

小织时不时地抬起手腕，又放下，索然无味地望向四周。桌面随着她食指的叩击时不时发出嗒嗒声。

门开了。

一个穿着驼色风衣的年轻男子，信步推门而入，不慌不忙的扫视着茶餐厅。

"阿许？"小织略有迟疑。

"看起来不高啊。"男子踱步到前，缓缓坐下。"看照片，以为你很高。"

"也就是一般女孩子的身高吧。"小织面带微笑。

"不知道你想找一个什么样的男朋友？"

"三观类似，能聊得来的吧。你呢？"

"我是一个比较强势的人，希望能找一个什么都听我的女生。"

"哦，是吗……那么你的家里，是父亲还是母亲做主呢？"

"当然是父亲。"

"如果一件事情，明知道母亲是对的，父亲提出了不同的意见，怎么办呢？"

"当然是听我父亲。"男子不假思索。

小织恍然大悟。

"这个点开车，路上挺堵的吧？"

"就是找车位耽搁了挺久。你是怎么来的？"

"我家就在附近，刚好散步到这边。"

"时间也不早了，我想该回去了。"小织又补充道。

男子点点头，随即两人向门口走去。

"这边的路灯好像都坏了，你能找到车吗？"

"就在马路对面。"

男子晃了晃手中的车钥匙，一阵明亮。

小织转过身，头也不回地走了。

装 修

卞珊珊

"我们呢，是本着为你们业主服务的精神来工作的，啊。"老王右手执笔，点了点空气。

对面的中年男人沉默片刻。

"所以我也不推荐通过我们来找。"

中年男人点了点头。

"我们在装修这方面确实是有合作的。"老王态度诚恳。

两个中年男人面对面就这么坐着。

"你们也可以自己到外面打听一下的，什么价位的。啊。"

"报个价？"

"他们的报价总体来说是双倍，不瞒你。"

"双倍？"

"既然是这里的房子，都懂得，江景，绿化，发展前景……您说是不是？啊。"

中年男子若有所思。

"我还是不推荐。"老王语气果断。

"入住率怎么样？"

"通知拿钥匙已经有靠近一年了，住进去的大概20%，啊。多半是刚结婚的小年轻。"

"嗯……"

中年男子依旧不发声，一片沉寂。

"装修完毕的接近30%，"老王顿了顿，"就因为我们也是希望自己的业主，投入物有所值，合理的维护你们的权益。"

"这么好？"

"我还是建议你，现在也有很多装修公司，找他们，也是不错的。如果不放心，或者也可以自己买建材，自己找师傅装修。就是耗一些时间，精力。啊。"老王语重心长地讲着，端起茶杯。

"嗯，你一直是这边的管理吗？"

"来这边一年多了，之前也是一直在做其他物业公司的管理。"

"之前哪里高就？"

"都待过，年轻的时候也是做水电工的。啊。"

"那也是老师傅了喽。"中年男人点了点头。

"咚咚。"办公室的门被敲开了。

"经理，您要的报表，我刚算出来。"一个约莫三十来岁的男人站在门口。

"你忙吧，经理。我还有事，再联系。"中年男人又朝老王点了点头。

"慢走。"老王也点了点头。

"他们装修公司怎么说啊？"中年男人走后，老王眼咕噜一转，瞄向门口的男人。

"他们老总的意思是面谈，看您什么时候方便，亲自上门拜访，叙个旧……"

手 机

卞珊珊

迅速看了一眼手机，她又恢复之前妩媚的笑容，与所有人一样，默默倾听着演讲者的发言。修长细腻的双手配合着周围人的掌声时不时轻拍几下，在淡紫色水晶项链的映衬下，她的气质越发与众不同。

讲毕，台上钢琴独奏，外籍歌手献唱，台下觥筹交错，气氛轻松却又透露出一种特殊的气场。电视台记者搜寻着采访对象，摄像师蹲下或站起，不断变化着角度。

这样的场合，她丈夫并未出现。

"今天有想我吗？"她拿起手机，"会想我睡不着吗？"

"好嘛，好嘛，真受不了你。一会儿给你一个惊喜。"她笑嘻嘻的挂掉通话，回到宴席。

"您先生今晚没有来吗？"邻座太太问道。

"他正好有一个会议。"她笑盈盈回答着，"我一定转告你的问候。"

夜色更浓，众人渐散。

她走出大厅，纯色礼服在不经意间显露出她婀娜的身姿。

她娴熟的打开淘宝，在等待收货的一栏中，找到了标价38元的水晶项链，点击已收货。

一阵熟悉的电话铃声响起，她笑得那么温柔，打开车门又关上："和我老公说一下，我今晚不回家了，你自己回去吧。"她的司机欲言又止。

她乘着酒店门口的出租车走了，一路上，司机师傅情不自禁多看了她几眼，最后停在了路边。

她走进漆黑的洋房，一个中年阿姨急匆匆打开灯，小声说着："孩子们都睡下了，就那个昨天被烧伤的小丫头没睡，刚才一直在看手机呢。"

洋房正门口，挂着孤儿院三个字。

鞋　子

卞珊珊

"嘭"一声，达子立马清醒了。凌晨两点的夜空，宁静平和。他拉起手刹，打开车门，下车巡视了一番，并没有发现任何异常。

他回到车上，静坐了会，搓了搓脸，又打了两个喷嚏。远光灯亮了，细窄的公路顿时长了不少。

公路两边的防护林如往常一般平静。

再有20分钟就能到家了，他想着，回家就能洗个澡，钻被窝，一觉睡到大天亮。

日上三竿，达子被邻居大牛一阵锤门声吵醒。

"看到酒鬼李三了吗？"

达子开了门，又爬上床："没看见我在睡觉吗？"

"喝了酒人又没了，估计又是发了酒疯，跑了。家里人找了一晚上没找着。"大牛咕咕哝哝，"昨晚有人回村晚，说在那条公路上看见一个人走路摇摇晃晃，就像喝醉了酒似的，大晚上的往外面跑，喊了也不停。八成是他。"

达子一听，浑身一个激灵，鲤鱼打挺似的坐了起来。瞬间身体似乎又灌满了沉甸甸

的铅块，动也动不得。他呆呆地望着邻居，似乎想起些事。"什么？"达子的声音有些颤抖。脑门开始发烫。

"人就那么跑掉了，肯定又是喝酒喝多了。去年，他侄女结婚，他中午喝酒喝得开心，到晚饭的时候不见人影，他老婆找遍了整个村子，都没找着，后来你猜怎么着？他倒在村门口的垃圾箱后面，睡了一下午。"

"哦，是吗。"李三直勾勾看着大牛，仿佛要把他看出一个洞。

"隔壁村来了电视台录节目，你要不要去凑热闹。"

"不去了，还有事"。

达子心事重重，随即上了街。"嘭"，他触了电般地浑身一抖，定定地站在那里，一动不动。"一个哑炮就把你吓傻啦？"理发店的鲜儿双手抱胸，笑得直不起腰。几个毛头小子风一般奔过："平时不是挺大胆的吗，一个动静就不行啦。哎哟。"

达子怔怔地看着鲜儿，随即哈哈大笑起来。他跑回家，倒上一碗二锅头，咕嘟咕嘟一口气喝干。

"我就不信了。"

他套上外套，一口气跑到村门口，步伐却越跑越慢。

"出门啊？"迎面来了个熟人。

"是啊。"他停下步伐，似乎在考虑着什么，又开始往回跑，跑到家门口，他不进去，坐在门口发呆。

夜晚，他屋子熄了灯，约莫过了个把钟头，一个身影飘了出来，也不拐弯，直朝村门口。

公路上一片漆黑，一道手电筒的光打破了原本的平衡，这束光不照前面，也不照后面，光照边边角角的地方。照了约莫半个钟头的样子，一只开了鞋带的解放鞋就被照了出来。

大概是42码的鞋，鞋底满是泥巴，达子凑近仔仔细细看了半天，猛地一把抓住这只鞋，揣进怀里。一片漆黑下，只见一个身影似被猛兽追赶般，不要命地跑着。

"嘿，达子！大晚上的跑什么，跟见鬼了一样。"大牛叼着支烟，披了件外套走出家门。"喝一杯？"

一只沾满泥巴的解放鞋掉在了达子脚边。

"我说你今天晚上不对劲啊？酒喝多了？"

"没，没喝多。"

达子，扯开嘴角，露出白花花的牙齿。

"走，去我家喝酒去。"他捡起鞋子，放回兜里，热情地把大牛推进门。

这一晚的达子梦见理发店的鲜儿，比白天笑他的样子还要美。第二天，他从汽车后备厢里拿出一双崭新的女式高跟鞋，哼着小曲往理发店去。

"听说了没，李三进派出所啦。"

"怎么会进派出所的？"

"大半夜出去还能有什么好事情……去找相好的呗……"

"那大牛估摸着也是？"

"那不是肯定嘛。"

达子呆呆地站在原地。

检 查

卞珊珊

老钱的妻子芳芳得了一种怪病，时不时呕吐，手脚发冷，本想着人都有不舒服的时候，忍一忍就过去了，可最近越发严重，痛到满地打滚。

请卫生院的医生来，打过针，痛是不痛了，人倒是没了力气。

人没力气，下地干活可咋办？老钱私下咕哝着。家里老母亲腿瘸了不方便，孩子还在上学，这下就剩他一个干活的，这咋行？

"还是去大医院看看吧……"医生提醒着，"大医院医生多，给你妻子好好查查？"

他摸了摸额头，一片沉默。

"要不还是去看看吧？"芳芳试探性地看着他。

他不作声，静静地看向窗外。

第二天一早，他叫起芳芳，两人一起去了趟大医院。

"你这个是肾结石，回家多喝水，多跳跳，可能就掉下来了。"大夫说话和颜悦色，花白头发配金丝老花镜，应该是一位老主任。

"那这个肾囊肿又是个啥？"老钱拿起检查报告，仔细打量着。

"不要紧的，比较常见，只要不进一步长大，就没问题。下一个。"老主任不快不慢地说着。

"那……长大了……会咋样……？"老钱也不挪位置，杵在老主任身边。"是不是癌症呢？"

"定期复查。"老主任白了他一眼说。

"定期复查……"老钱小声重复着，欲言又止。

"肯定是癌症了。"回家路上，老钱面色如灰。

刚到家，他便说："芳芳，我们离婚吧。"

"什么？"芳芳瞪大眼睛，"为什么？"

"你的情况，都查出来了……以后的情况，也不好说……我妈腿脚不好，娃儿又要上学……"他小声说着，"以后家里就我一个干活的，你咋办？"

芳芳张大嘴巴，说不出话来。她愣愣地看着缩在沙发一角的老钱，眼泪哗啦就掉了下来："原来是嫌我生了病，拖你的后腿我就知道你是一个自私的人，现在还这样算计我。"

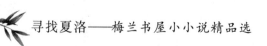

芳芳哭了会，老钱也无动于衷，她就一个人开始收拾行李。

老钱坐在沙发上，一声不吭，等芳芳收拾完，悄无声息地拿出一张离婚协议。

芳芳看着面前的协议，倒也没有太大反应，她擦干净脸，提起行李，扭头离开了家。

才过了一会，便有人敲门。老钱不动，敲门声持续响着，他不得已去开了门。原来是村委会的李大妈。她递给老钱两份封存完好的体检报告，是夫妻两人之前的健康普查结果。

"双肾囊肿……"老钱仔细打量着自己的检查报告。

作者：

卞珊珊，1993 年生于江苏南通，医务工作者，喜欢阅读、观察与思考。2016 年加入陈家大院，2017 年开始尝试小小说写作。

仅此而已

刘俞伶

躺在她身边的是他，他微笑着看着她，仿佛他们不是久别重逢，而是朝夕相见。她望着他的笑容，却渐渐地忘记了思考，他为什么会在这里……

她醒过来的时候，天还没亮。在黑夜里睁着眼睛，思虑了很久，才渐渐从梦中回过神来。她一直很奇怪，为什么经常梦见他。他跟她之间的几乎是没有联系的。哪怕是读书的时候，他们在一起讲的话总共也不超过三句。

她记得第一次见到他，是在小学的时候。因为换到另一所小学读书，开学第一天，她去图书室去领书。那天图书馆里的人很多，她从后面喊他，帮她递一下书，他回过头来，没有说话，只是把书递给了她，仅此而已。

她和他不同班，那时候，小学生就普遍早熟，常常传言某某某谈恋爱。有一天，她听说，他有女朋友，一个班的，成绩很好，长得很美。她见过确实如此。

上初中时，她们分到了同一个班。她的成绩平平，而他的成绩还行，虽然在一个班但是基本上没讲过话。后来，他跟班里的一个风云大姐大谈恋爱，闹得满城风雨。后来又跟班里另一个女生谈恋爱，也是风起云涌。于她而言，也不过仅此而已。高中时，终于不在一所学校了。后来听说，他还是跟班里一个女生谈恋爱，也仅此而已。

再后来，她便渐渐失去了他的消息。他读了什么样的大学，学了什么样的专业，找了什么样的工作，是否婚配，有没有孩子，这些，于她而言，她都不知道，当然，她也无所谓。只是后来的后来，她去外地念书，有时便在梦里梦见他。梦到他对她浅浅的笑，每次醒来，她都觉得很惊异，但也仅此而已。

她当然也谈了很多恋爱，但是还是会梦见他，也不过仅此而已。后来，她结婚了。

有一天晚上，她做梦，又梦见了他。他浅笑着看着她，她却觉得从来没有过的悲伤。在梦里，有同学说，他已经死了。她突然间惊醒了。

莫名其妙地，她突然很想知道他的消息，但是也觉得也只是想知道他是不是真的死了，仅此而已。她当然不会直接询问，她也不想引起不必要的麻烦，她找到班里的同学多方打听，是不是有人死了。直到有人说，没有。她终于如释重负，但也仅此而已。

她至今还是没有想明白，为什么独独会梦见他。有人说，她暗想自己是不是对他有别样的情愫，但是她又摇了摇头。他于她不过是一个普通的同学，仅此而已。

但她突然觉得，之所以梦见他死了，或许代表着死的不是别人，而是她自己吧。

火车的远方

刘俞伶

他从小就生活在偏远的大山里，没见过外面的世界。

姑姑嫁到山外，他去姑姑家做客，突然听见"呜呜呜……"的声音。在看电视的他，吓了一大跳。姑姑看着他这个样子，哈哈大笑，告诉他说："不要怕，这是火车经过的声音。"

姑姑带着他爬上了房顶，不远处一列长长的绿色的火车"呜呜呜……"欢快地开过。

"火车真长啊！"他眼睛都瞪圆了。

此后，他都十分期待去姑姑家做客。确切地说，他更期待去姑姑家的房顶看火车。

一次，他在姑姑家准备吃饭，突然听到"呜呜"的声音，他端着碗就往房顶上跑。果然，远方的田野上出现了一列长长的绿色的火车。他看得十分仔细，甚至还认认真真地数起了火车车厢的节数，直到火车消失在连绵远山，再也看不见半点影子，他才端着碗下楼。

火车看得多了，他一直很好奇，就问姑姑："火车要开往哪里去？"

姑姑说："火车自然是要到远方去。"

他问姑姑："远方在哪？"

姑姑说："我也不知道。"

他终于知道火车去的远方在哪儿了。

父母坐火车去远方打工，他第一次跟随父母到了火车站。

火车站门前有一个很大的广场，广场上种着美丽的花朵，广场的两边是高高的楼房，

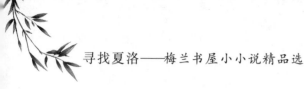

十分气派。

他站在火车站门口，看着父母渐渐消失的背影，十分难过。

姑姑说："不要难过，父母是去远方赚钱去了，坐火车就可以到达。"

每当他想父母的时候，他就会去姑姑家，站在姑姑家的房顶上，看着火车经过的方向，眺望着。

在课堂上，老师说："坐火车可以去任何能到达的远方。风景如画的西湖、红叶似火的香山、连绵不断的雪山、巍峨险峻的华山……"

每次听到这些，他便希望有朝一日，能坐着火车去远方。

终于，他如愿以偿，他要乘着火车去远方上大学。

这是他第一次坐火车，他兴奋地一夜没睡着，一直往火车外面瞧。尽管外面黑漆漆一片，可他还是看得十分入神。火车的隆隆声伴着火车厢明晃晃的灯光，照亮了他的梦。

他坐火车去了很多的地方。看过了风景如画的西湖、爬过了巍峨险峻的华山、穿过天宽海阔的草原、待过寒山寺的一叶孤舟……可是，他乘着火车去了那么多地方，却越来越提不起劲。

他只记得第一次坐车去远方的那份悸动，却早已忘记坐火车去往天南地北的心情。他早已不再对火车的隆隆声响发呆。

多少年以后，他两鬓斑白，他收到了远方的信息：母亲病重，速归。

他突然感到惶惑不安，像第一次坐火车时那样急切。他背着包，拿着票，急匆匆又踏上了火车。只是不知道从什么时候开始，家便成了远方。

在火车上，窗外的风景一幅幅地倒流，好像时光也开始倒流起来。他想起很多尘封已久的往事。他第一次坐火车去远方，父母站在车站前依依不舍地给他送行，那时他的眼里只有远方，留给他们的只有潇洒的背影，全然忘却了回头。他第一次带女朋友回家时，他的父母在火车站去接他时的欢喜，全然忘记为了等他。父母在冷风中站了几个小时，头上的白发在熠熠闪光……

"各位旅客，你所乘坐的列车，已经到达临海站，请在临海站下车的旅客，拿好你的行李……"火车上广播员的声音传来，他望着窗外，已经到站了。

他背着包，佝偻着走出火车站。阳光很刺眼，他抬头看，火车站前是一个大广场，广场上种着美丽的花，两旁是高大的房屋，看起来好像都一样，但他知道，早已变了。

作者简介：

刘俞伶，女，祖籍广西桂林，暂居湖南。喜爱读书和写作。

想太多

林芬

李云在公司网站后台编辑产品资料，QQ 弹出消息框，有人加她为好友，备注是"终于找到你了"，资料完全陌生，她没理会。没过一会儿，这人又加她，她点拒绝，对方锲而不舍，再加，再拒绝，直到最后一次备注改成了"李云，加我吧"，她才确信是熟人，通过了验证。

对方自报家门他是许朗，那个多年前她曾暗恋倾慕的少年，她感觉心跳漏了半拍，顿时后悔没在他第一遍加她时就通过验证，又庆幸他没有放弃，差一点就失之交臂。不知道他结婚了没有？娶的谁？有没有孩子？心里一大串的疑问，都被脑里"要矜持"的声音给压了下去。努力平复心情后，她发过去"你好"两个字，佯装淡定，静待他的下文。敌静我静，敌不动我不动，看他说什么，再决定对他的态度。

半晌，对话框里敲过来一句："在看你的照片，还是那么漂亮。"来自曾经心仪的人的赞美，有时明知是恭维，也很受用，她发了个微笑的表情。"看了你发表的文章，有点才情。早知道的话，当初应该介绍你进我们报社，以前是我不够了解你。"这是在暗示当初他对她也是有感觉的，后悔因自顾前程而放弃了和她开始的机会吗？如果不是他一心想要离开那个小地方，或者他有想过和她一起去闯，结局又会是怎样？至少，他还记得她，这极大程度地安慰了她，有心人才会寻寻觅觅，要确定曾经无心错过的那个人如今过得很好，心里就没有了遗憾。这样一想，自己都觉得感动，那一丝埋怨被胸腔里绵密而柔软的情意代替，不自觉地放下了防备，轻松地交谈起来。

提到回忆里的趣事时，仿佛回到了旧时光，气氛显得热情洋溢。记得那时在乡村小学做代课老师，有一天下班，她的自行车坏了，就坐在他后座上，一路上年轻的同事们边骑边闹，欢快的笑声洒在余晖映照的乡间小路上，飘荡在了暮色中。突然，他的自行车发出"嘭"的一声，后轮胎立即瘪了下去，大伙儿一阵爆笑，说她真是"千金之躯"。还有一次，一群人月光下散步，途中玩起"抓人游戏"，她用乡音惊叫："呀，来了！"他则用字正腔圆的普通话说："鸭没来，我来了。"

笑得正灿烂，他发过来："听说你结婚了？老公还是当地住建局的领导？"她呵呵一笑，表示默认。"那他的人脉圈一定很广。"她愣了下，不明白他何时从关心她变成了关心她老公，于是发了个问号的表情。他的解释是："我手上有个项目，负责社里近期出的一类面向政府机关及事业单位刊物的推广及销售，你可以试试，提成很可观。"

热情瞬间被浇熄，此前的诉衷情、共回忆，兜兜转转原来是为了这句，耳旁正好

飘过同事的手机铃声，李玖哲的歌：是我想太多，你总这样说，但你却没有，真的心疼我……

你幸福吗

林芬

春天的一个早上，他和平常一样，低头动作娴熟地将擀好的面下锅、捞起，加料后递到一双双急切的手上。忙过一阵，感觉到面前的人少起来，他抬起头，意外地看到了袅袅婷婷站在面前的她，还有身后跟随着的另一个他。

隔着大面锅里蒸腾的氤氲水气，他怔了片刻。意识到有些失态，脸不自觉地红了红，又连忙朝店内扫了眼，看到还有空位，安排他们坐好后，他走回案前做面，手心颤抖，差点打翻一边的锅盖。

切面片时，他下意识地切得很细，脑海里浮现的是小时候他和她一块儿吃面的情形。那时，父母每天下地劳作，遇到周末，身为邻家大哥的他，便陪她写作业，带她抓蝴蝶、捉知了，饿了就煮面条给她吃。她喜欢细细的面条，煮时打入鸡蛋，吃的时候又美其名曰先吃蛋黄再吃蛋白，最后蛋白则是到了他的碗中……

他将有鸡蛋的那一碗放到她面前，又往里加了些醋。三个人坐在桌前吃面，气氛沉闷。他觉得应该说点什么，酝酿了许久，终于开口。

"放假了？"

"嗯。"

"来买东西？"

"来镇上坐车，回学校。"

一问一答，云淡风轻。他没有看她，被学校两个字勾起了回忆。那时候她总改不了赖床的毛病，每天早上都要他在窗子上重重敲三下，才急急忙忙起来往村口赶，每次他都定定地站在那里，看她欢快地跑过来，微笑便挂满他的脸庞；放学路上，又是一路摘花弄草，要他连拉带拖很久才肯回家。一墙之隔，他总是竖起耳朵听，要确定她没有挨骂后，才能安心地走开。

如果不是那场大病，他就能一直陪伴着她，做她的守护天使。也就不会在她到镇上叔叔家寄读后，一周一封地来信，而他从来不回了。那些信都被他放到一个木匣子里，宝贝般珍而重之地收藏了起来。

他来镇上学手艺开面店时，她已去了省城念大学。他找到她从前念书的中学，绕着校园一圈一圈地走，看她看过的风景，也试图感受她曾生活过的气息。不知道后来的她，那些坏习惯有没有改掉，可有人陪伴？

思绪飘飞间，面已吃完。似乎找不到什么理由再拖延，他站起来送她，顺势看了一眼旁边的男孩，还想问什么，欲言又止。

目送着他们的背影走远，闷闷地抽完两支烟后，他开始打扫"战场"，没扫几下，感觉扫把被一双灵巧的手接过。去而复返的她面带微汗，因为急走的缘故，双颊泛着红晕，看起来光彩照人。

"你是不是还有话要问我？"

"……"

"没有的话，我走了。"

"那个……是你……男朋友？"

"你觉得呢？"

她咯咯笑起来。他像被窥破了心事般，尴尬地低头一笑，背过身去，仿佛自言自语又不无羡慕地说："被你爱上的人一定很幸福。"

他想他没什么可以说的了。习惯性地又摸出打火机点烟，她似乎说了什么，他没听清，心却按捺不住地狂跳。

转过身来，这次听得真切。

"那……你幸福吗？"

知难不退

林芬

黄昏的正屋中，老人陪孙子在玩耍，脸上展露着慈爱笑颜，可一看到从厨房出来的女人，马上恢复了冷淡神色，正襟危坐。

女人摆好饭菜，哄娃坐好吃饭，又捧了一碗香气四溢的排骨汤，小心翼翼地放到老人面前，然后回到厨房，端起留好的那一份，默默吃起来。

老人吃完后，带着平日里常用的小竹凳朝外走去，娃在身后大声叫："爷爷再见。"女人知道他这个时候会去桥头，那里是附近老年人的聚集地，可以边聊天边感受河风送来的阵阵凉爽，是个好去处。

老人走后，娃又开始追着她问："爸爸什么时候回来？你们都不说话，一点也不好玩。"女人怔了怔，摸摸他的头安抚道："很快。"

男人果真回来了，带了大包小包的东西，除了好吃的，还有好多书，娃高兴坏了，整日跟在他身边。夜里，娃睡熟后，男人歉意地紧搂女人的肩："老爷子脾气古怪，你

受委屈了。"女人笑了笑没说话，她早已经习惯，自打两人不顾反对坚决要在一起，就做好了迎难而上的准备。

没过几天，男人收拾行李又要走，娃拉着他的衣角不肯放手，女人柔声哄道："乖，爸爸去工作，这样才可以再给你买许多好吃好玩的……"

老人有腿疼的毛病，据说是年轻时走路走得太多，女人问镇上的医生，医生说，这种推断是没有科学根据的，如果身体其他方面都没问题的话，多数是骨质疏松引起的，要多吃含钙高的食物，避免摔倒引起骨折。女人反复咀嚼这几句话。

那之后，女人的菜篮里，大都被黄豆、骨头、虾皮等食材占据。闲暇时，老人活动范围的不远处，也总能见到女人的身影。夏天，一群老头坐在街边大树下侃侃而谈，老人带的水喝光了，娃及时出现，捧过来冰镇西瓜；雪天，老年活动室内仍然寒气逼人，邻家店主进来送热汤面给老人，说，您孙子让端来的，可孝顺了。老人紧绷的表情渐渐放松。

一天，娃放学刚回家，就被老人叫进了里屋。老人拿出一株小小的干枯的植物，郑重地放到他手上："这是人参，下次你妈妈煮汤的时候记得切点儿放进去，不要说是我给的。"

娃将人参交给女人时，看到女人眼里瞬间噙满泪水。

作者简介：

林芬，原籍湖北，现居杭州，热爱写作，愿与文字终生纠缠。文章偶见于报纸、杂志及微刊。

救　赎

靳海平

"医生，救救我女儿吧！"

当我准备锁门回家时，一位老妇和一位腕上缠着纱布的女孩出现在我面前。女孩腕上的纱布血迹斑斑。我打开门，让她们进来。

"你叫什么名字？"女孩坐下来后，我问。

"她叫小倩。"女孩子没有回答，女孩的母亲说。

我示意女孩的母亲不要说话，让女孩回答。

"你叫什么名字？"我又问了一遍。女孩还是没有回答。她头发蓬乱，脸色蜡黄，眼窝深陷，目光呆滞地望着窗外。

"来这里坐。"我打开另一间咨询室的门，让女孩的母亲进来。我想与她单独谈谈。

"我女儿小倩，内向、自卑，不爱交往。"小倩的母亲说，"她在一家公司做会计，结婚半年后离婚。"

"为什么离婚？"我问。

"男方说小倩不愿过夫妻生活。"母亲低下头又抬起说，"离婚后，她更加沉默寡言。我也没在意，以为是她伤心难过，过一段就好了，没想到她竟割腕自杀。我带她去看医生，脑电图检查没发现异常，医生建议做心理治疗。"

"这些药先吃一周，一周后来复诊。"

我给小倩做了心理测试，初步诊断是抑郁症，并给她开了一周的药。

一周后，小倩在母亲的陪伴下，来到诊所。我向她母亲询问了小倩的情况，问她小倩有没有发转。

"没有。"小倩的母亲说。

为了找出小倩患抑郁症的根源，我给她做了催眠治疗。当我问及她最害怕的一件事时，她断断续续地说出：她十岁那年被强暴过，清楚地记得事情的经过，长大后当她真正明白那次遭遇对她意味着什么时，便开始失眠并经常做噩梦，而且害怕男人过于接近她。听到这，我竟汗湿掌心。待我回过神儿，赶紧唤醒小倩，又给她开了一周的药，并告知她母亲，每周带她来做一小时的免费心理疏导。

秋去冬来，小倩的病情渐渐好转，可以自己来复诊了，跟我也渐渐地熟识起来。

那天，小倩兴高采烈地来到诊所，我有些惊讶。

"今天不是我复诊的时间，你看见我是不是觉得很吃惊呀？"小倩神秘地笑着说，"我是来给你送佛珠的，特意从寺院为你开光了的，谢谢你这段时间对我的治疗，我已经完全好了。"

白色棉衣上裹着的那条红色围巾，衬着小倩笑得大大的两个酒窝，我突然觉得此刻的小倩是如此的美丽。

一周后，小倩又来了，她微笑着提出："你能做我男朋友吗？"

看着她天使般的笑靥，我竟不忍拒绝。

冬天，我们开心地打雪仗、看电影、数星星。她变得更开朗了，每当听到她咯咯的笑声，我会不由自主地感到心安和快乐。有时拉着她的手，我竟有了消失多年的男人的冲动。我不禁一阵窃喜。

也许我救了一个女孩子，老天爷原谅我了。

一天，我正午休，电话响了。我拿起手机，是小倩打来的。我接通电话，但电话传来小倩母亲焦急的声音："小倩病危，要见你最后一面。"

难怪小倩失踪了这么长时间，原来是病了。

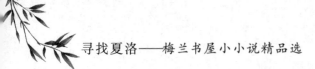
　　我赶到小倩的身边，她已陷入重度昏迷。她母亲已为她换上了我给买的生日礼物——一件白纱连衣裙。

　　"啊！"我暗暗惊叫。小倩左肩上那块红色的胎记像一把带血的匕首刺进我的心脏。

　　"这是小倩写给你的。"她母亲丝毫没发觉我的异常，把一封信递给我。

　　"我就是当年那个小女孩，那天你戴佛珠时，我发现了你左手上的伤疤，那是我当年留下的啊。让你做我男朋友，是因为我真的喜欢你，但后来又想报复你，可是当我被查出患白血病去日无多时，我选择原谅一切。"

　　小倩走了，西天的落日沉了下去。

　　高三那年，一个天气闷热的傍晚，不爱学习的我被邻居混混小强约着到河边洗澡，在小强的胁迫下，我帮小强压住了那个站在河边的小女孩，为小强的强暴助了力。当时惊惧的我竟丝毫不记得她的模样，但那块红色的胎记却每每出现在我的噩梦中，被她咬过的手臂也痛了我许多年。

　　我突然有些困惑，到底是谁在救赎谁。

作者简介：

靳海平，喜欢读书写作，文字散见于《滨州日报》《现代早报》《鄂东晚报》等。

你好你好

于知文

　　古城小巷越走越深，李姿莹踏上巷中的青苔石板路，又看见两旁熟悉的青砖灰瓦。

　　那一道道墙壁，一处处老宅，一条条巷子，就这样伫立着，延展着，唐宋的风韵、明清的烟火均已不见，留下这一片老去处供人怀想。

　　巷子很深，很静。平日里人们习惯于关门闭户，除了偶尔飘过"收废品""磨剪子来，戗菜刀"的声音，难得听到人声，更难见到人影。

　　然而，李姿莹这一次却无心体味这深巷宁静。她加快脚步，目光所及处，只见得花池拆了，墙标换了，陈园关了，木电线杆也不见了踪迹。

　　石牌楼和风箱巷的交叉口到了，李姿莹停下脚步，巷口一个精瘦的中年人收了张望的神色，低沉地问道："我父亲这张像……就是您画的？"李姿莹平复了一下呼吸，点点头，旋即又指了指画像右下角写着的电话号码。

中年人垂下头，抽泣起来，然后右手摆出一个请让的姿势。

李姿莹忐忑而又好奇地来到石牌楼24号的房前。中年人开了木门，再次作势请进。

"非常感谢您……父亲走之前叮嘱我，一定要找到您，一定要请您进屋，一定要告诉您，这半年多来，每天招呼问候的'你好你好'是他一天中最大的事，最开心的事……可怜，唉，他都不知道怎么称呼您……"

"李姿莹……"

"李……姿……莹，李女士您好……都怪我，都是我们不好，没有尽到做孩子的孝心，没能好好陪伴父亲临走前的每一天……唉，老天，我都忙些什么啊！就连让找您，我夫人，不，我自己也竟然还批评了老人好几次。"

李姿莹诧异着。

"老人开始感慨，养儿不如养狗，后来果真养了一只泰迪犬，又丢了。今年三月，过寿辰的那天，早早地穿戴整齐，等我们儿女们过来接，恰好您路过时向他打招呼说'你好你好'。

那天，唉，碰巧参与购房排号，我们直到深夜才赶过来，老爷子气得不愿意开门。第二天，又是9点17分……这都是父亲后来反反复复跟我讲起的……您又路过门前，那么热情地跟——一个连亲生儿女都不管的、又老又丑的糟老头子打招呼，您的声音非常柔和，笑容非常可爱……唉……您来看，这都是父亲留下的日记，3月26日，9点17分。"

李姿莹接过日记，迅疾翻看着："她又从门前路过，老远就冲着我笑，等走近的时候，她又开始冲着我打招呼'你好你好，你好你好'，那声音像黄莺一般好听，她的笑比阳光还温暖。我准备了半个小时，临了，舌头却不听话了，'你好你好'每说一个字，嗓子里都涌动着痛苦难咽的东西。"

"5月15日，5点30分我就起床了。年纪大了，收拾自己都力不从心，洗面奶、木梳子、剃须刀，我一样一样地找，还有鸭舌帽。蓝色制服，昨天反复压平了几次，袖口还是有些乱。

8点的时候，我就开始在门口等候，这是很好的天气，又有太阳又有风，9点15分，她就走过来了。今天真好，我打招呼时说出的'你好你好'非常顺溜。"

"10月6日，又下了雨，秋天的巷子一派阴寒，已经连续五天了，始终没有见着她再出现，她出差了吗，或是生病了？再或者，是不是搬离了巷子？简直不敢相信，要是连她的招呼也没有了，我活着每天还有什么事呢？

回头想一下，自从三月的那个早上问好开始，我每天收拾自己能花上三个小时，门口的等候和回味也能消磨去两个小时，这，就是我一天中最大的事了。老天，我怎么都没想过请她进院子来坐一坐呢……

唉，我还能求什么呢——又老又丑的晚年，每天还能有人施舍比阳光还要温暖的问候……我的确也该走了……"

"11月8日，我该怎么描述我的喜悦啊，这快乐能跟谁讲呢，我竟然收到了她寄来的油画。原来我在她眼中并不老，并不丑，这画这色彩比阳光还明亮，看，这制服笔挺挺的，

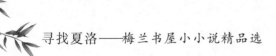
我竟然能够笑得这么灿烂，我还能求什么呢。"

李姿莹一边翻看着，一边觉得眼前的文字越来越模糊了，泪水开始在眼眶中打转，手中的笔记本仿佛也越来越重。

她怎么也想不到，每天的一个问候能给老人带来这么大的影响，要不，完全可以多做些什么，起码也留上老人的电话号码。那样，在回乡下的这段时间，即使不能再当面问候，每天打个电话也是容易的啊。

"姑娘，您别难过了，真不知道该怎么感谢您！五天前，父亲把我们都召集回来，简单吩咐了后事，第二天的早上，父亲就走了，穿戴齐整地走了，他走得很安详。我们收拾院子的时候，找到了这幅画和他的日记。"

中年人送给李姿莹一包书，里面是老人六七十年代时曾经读过的手抄本《塔里的女人》《北极风情画》。然后，带她参观宅子。老屋太老了，一片阴暗潮湿，只在墙角处精心地种了些花草，风安静地穿过院子，拂过草尖，蹚入屋内。

李姿莹仿佛又看见老人穿戴齐整地站在门口。他戴着一顶鸭舌帽，脸面刮得净光，一身蓝色的粗布中山装，面部笑成一朵仿佛过度开放的花朵，他的鼻子和嘴巴拥挤着，左手挥扬着，点头说着"你好你好，你好你好……"

阳光照进巷子来，窄窄的石板路，一边长满潮润的青苔，一边铺着黄煦的暖阳，仿佛写着两个大大的"光阴"二字。

阳光渐渐升高，它不紧不慢地折射在青砖老墙上，然后努力地照射着那烟熏火燎的黑瓦。

杨乙己破产记

于知文

杨乙己就叫杨乙己，跟孔乙己没什么关系。杨乙己是个讲师，讲课水平全国排名前十。这不是吹的，杨乙己黑色皮包里随时装着"中国新生代十大金牌讲师"证书。再说了，新浪、搜狐这么说，头条这么说，抖音上也是这么说的。

杨乙己讲课很具亲和力、穿透力，能迅速让人打开神秘天线，对接宇宙能量，调整气场、格局、运势和命格，从此走上家庭、人生和事业的坦途。

这太有市场了，源源不断的个人、单位、媒体求上门来。于是，杨乙己欣然应命，不辞劳苦，带上证书，夹上黑包，在全国巡回演讲，足迹所到处，中央商务区、创业创新中心甚至寺庙道观内，随处响彻着他振聋发聩的声音。

芸芸众生都在忙着赚钱，忙生存，杨乙己不用忙，他赚到的都是响亮亮的名头——

第一教练、首席专家、特聘顾问、客座教授、访谈嘉宾、国学大师……杨乙己最信奉"跟着亿万富翁赚千万,跟着千万富翁赚百万",他最常说"B2B/B2C/O2O""模式/平台/资源"。最幸福的,要数杨乙己的夫人了,除了订票、接站、送站,就是收快递——日本智能家居马桶、限量版兰蔻驿动、防撞 ufo 无人机……

不过,杨乙己一边发达着,一边发觉同行们竟然都在转行:做净水机的,搞互联网的,玩人工智能的。还有包地的包地,养猪的养猪,跑传销的跑传销。

杨乙已从内心看不起他们。于是,他继续很用心、很辛苦地飞行、演讲。但讲课的机会却越来越少,杨乙己有时居然一个月都没处讲课去。

他慌了,也开始跟着同行们的步伐走向各个风口。这周北京,下周上海,今天陕西,明天贵州……杨乙己总是一边吃饭,一边打手机,一边翻看投资学书籍。

每次见面,他都会兴奋地谈起一个又一个新的项目,从互联网到大中医,从主题宾馆到健康养老,从新化妆品到移动餐厅,从基金平台到方便米饭,这个项目 3 个亿,那个项目 5 个亿,随便做成一个抽取的佣金就可达七八位数。

杨乙己太忙了,他没时间带孩子,就说儿子根本不需要上学,将来会给孩子上全国最好的私塾;他没时间陪夫人,就说现在只管吃吃玩玩,将来会开房车带她环球旅行;他也没时间养父母,就说正在与人合作建设健康艺术养老体验国家示范中心,父母将可率先入住。

六月的一天,杨乙已接到电话,说他爸爸被车撞了,住院治疗和交通理赔都要找人找关系,杨乙己此刻还带着弟弟正在北京参与一个 50 亿元的大项目,说有可能拿回 0.5% 的佣金,就让朋友柳丁辛帮他夫人处理。柳丁辛费了各种努力,却因住院费没及时凑齐耽误了老杨的骨科手术。柳丁辛只得一边继续筹钱,一边听手机那头杨乙己激动人心地描述他那个 50 亿元的名叫"天下无病"的中医项目,说是免费接诊、见效后再付费。

后来,老杨没等得及健康示范中心的入住,也没等得及"天下无病"项目的试用,只好在手术半年后,带着钢板就去了建筑工地操作塔吊,以偿付柳丁辛的亏空。

杨乙己就这么衣冠楚楚地努力着,怀揣着各种方案、报告、计划书,不断酝酿出各种模式设计、股权分配和分润模式,游走于全国各地行业峰会、高峰论坛,把讲了这么多年的模式、定律、方法逐一落地去,与各种平台、大咖、资源、项目逐一对接去。

可不知怎的,看着看着这个项目不行了,等着等着那个项目也不行了。

"现在事情不好做,很难有轻松的生意,怎么不做点儿别的什么?"有人问。

"做什么?靠体力赚钱过时了,靠资源赚钱过时了,靠资本赚钱也过时了,现在是模式时代,只要找到好的模式,一个就够了,就可以实现财务自由。"杨乙己娴熟地操动起他磨了半生的嘴皮,于是,问询的人赶忙跑开了。

"您国学功底那么深厚,为什么不给教育培训机构的孩子讲讲课?"又有人问。

"哼,一个小时一百二百的,那能多大利润点?就是讲,也要高端的客户,要赚有钱人的钱才有意思。"杨乙己又要兜售他的理论,问询的人也赶忙跑开了。

有朋友关切地问:"为什么您总是讲整合啊、平台啊、分润啊、磁场啊、智慧啊的?

这些东西有人关注吗？"

杨乙己眼睛一斜，不屑地甩口说着"什么啊"，然后流利地逼视着问："那么我问你，假设说你钱赚够了，你会怎样？"

"呃，那，那我会更多关注精神，修身养性。"

"这不就得了，就是要提高你的能量、智慧和生活品质，这需要提前布局，我现在做的，不就是这吗？"

有朋友想请他合作经营，杨乙己言道："这必须首先要谈好分润模式，才好合作，至少要给到我 50% 的股份……"

朋友掉头就走，一边嘟囔："我还不知道怎么做，有没有润，就开始分了，没有投入，哪来的什么股份。"

于是，关心和问询杨乙己的人就越来越少了，要找他合伙合作的人就更寥寥无几了。

后来听说，在夜灯照耀下的解放桥桥头，人们时常看见一个西装革履、系着领结的人，每天晚上对着桥下奔流的河水，大声讲话，走近一听，还是杨乙己讲了半生的塔木德、羊皮卷、教练技术和宗教智慧，还夹杂着什么密宗、同修、瑜伽、仁波切的，只不过与先前不同的是，他只有自己一个听众了。

爸爸病了好幸福

于知文

星期三，我突然感冒了，就打算在家里睡上一天。

十点半，我正迷糊着，就见端端轻轻进了房间，趴在床头看了半天。

我睁开眼，她仍趴在床头正看我。

"爸爸，我刚才感觉，你好像不太像我爸爸……"端端不紧不慢地说。

"啊，"我一惊，"怎么了？"

"每天你早早地就走了，晚上一回来，就很累，也不陪我。"

"你生爸爸的气了？星期天，不是带你去公园？放假了，不是陪你去游泳了吗？"我歉疚地摸了摸她的头。

"不是……不是生气。我是觉得，咱们没有一起好好玩儿过。要不，你就是让我看书、下棋……我觉得，好像从来没有仔细看清楚过你……不过，今天，我可看清了……爸爸，爸爸，你看看你的头，跟佛祖，还有阿难尊者的一样圆，你应该叫大头爸爸！"

"哈哈……大头爸爸？人家'大头儿子小头爸爸'才好听……"我笑得翘起头来，看着端端。

"嗯……爸爸，你不用上班了吗？真的不去办公室了吗？领导会不会再给你打电话……"端端忽然又担心起来。

"真的不去了，不会的……"

"爸爸，你在外面，每天开心吗……对了，刚才，我把莲花池的松果、陶然亭的竹笋、紫竹院的鹅卵石，都放进你兜里了。你以后再伤心了，就拿出来看看，心情就好了……"

我鼻子一酸——这孩子，怎么提起什么伤心呢？

"爸爸，我觉得，卖火柴的小女孩不会卖东西……"端端突然又说。

"什么啊？怎么，你不喜欢她？"

"不是啊。我看动画片，大头儿子做广告说，'书好看，都来买啊'，后来就把书全都卖出去了。小女孩，可惜她不会做广告，故事里只有一句'火柴，卖火柴'。"端端说着的时候，脸上露出惋惜的表情，我才忍着没有敢笑。

端端就这样，一会儿突发奇想，一会儿说起长城，一会儿似乎忘记这个事情了，一会儿又突然说起了别的。

一会儿，端端说："爸爸，你看我画你画得对吗？"

我转过身来，只见端端手中的白纸上，用水彩笔画了一个小姑娘的样子："怎么？你这画的是我啊？"

"对啊，爸爸，你是我们家的灰姑娘。"

"嗯？我怎么是个小姑娘呢？"

"爸爸，你每天光干活，好的都给我和妈妈吃了……"端端有些歉然道，"灰姑娘也是这样做的。"端端一边说着，一边伸出两只小手给我掖了掖被子。

"嗨……是这样啊……"

"爸，病是怎么来的？"

"这个……"

"病，是为了让你好好歇着吧？让你好好陪我吧？"端端一边说，一边似乎有些兴奋。

不过，她的话声音一大，看见我眉头一皱，她就伸手摸了摸我的头，说"好烫"。然后她跑了出去，搬了小凳子，坐在我床边，并递给我一个苹果，然后问：

"爸爸，你说，带什么字的水果最多？桃，果，瓜？甜的水果有多少，酸的有多少？……爸爸，我有好多事情要给你说，这样吧，先跟你说七个事儿。我有很多想法，给你说吧……"

我咬了一口苹果，还没来得及回答，端端又站在凳子上，摸着墙挂地图说想去这儿、想去那儿。

"嗯，第一个问题是……园园说她爸爸是打工的，程程说她爸爸是当警察的，昕原说她爸爸是医生，你呢？你是干什么的？"端端歪着脑袋，皱着眉头，似乎觉得给我提了一个好难好难的问题。

"哦，爸爸是作家，就是写故事的。"

"啊？写故事？什么故事？白雪公主，灰姑娘，睡美人，宝莲灯，哪吒？这些故事吗？"端端说着，手扒拉着爬到床上，钻进我的被窝里了，然后两手摸着我的脑袋，仿佛那里能跳出哪吒和悟空来。

我内心一阵惭愧——写过的文字不少了，哪里曾写有如此鲜活的人物形象？

端端却开始兴奋了："哦，太开心了！爸爸，我长大了也写故事，咱们一起写吧？写什么呢？秋天的秋风，春天的春风……对了，爸爸，风怎么来的？太阳怎么每天不停地走……"

"这样吧，爸爸，我放你一年的假！一年多少天，这样够了吧？你就好好休息，好好写故事吧！"

"好啊，那爸爸就不用上班了？"

"不是，我给你放假，就是不让你干活儿了，家里的地以后我来扫……"

"说话算数哦，你会不会扫地啊？我看看……"

端端哧溜就下了床，一边往外面去，一边喊着"您瞧好吧"。

这孩子！我向里翻了翻身，头脑又迷糊起来。

昏昏沉沉中，只见端端拿来几个玩具、几把草还有几袋零食，都一一搁在床头，摆成一排。她忙碌着，一边好像说着"我去扫地了，爸爸今天休息，你们要好好陪着他"，一会儿又说"不好，我都快上学了，以后爸爸再生病，谁来陪他呢"，"我有好多好多的事情，要跟爸爸说呢。可是好像从来没有跟爸爸说这么多话，他怎么有那么多要做的事情呢？晚上怎么能回来那么晚呢？吃饭，怎么能吃那么长时间呢？夜晚都那么瞌睡了，有什么开心的，怎么能唱歌呢……"。

我好奇地支起耳朵听，好笑得合不拢嘴，后来又一时迷糊，一时昏睡。

等再醒来，一眼就看见白色的墙壁上被端端画了一个灰姑娘，这孩子，可真是！

我以为画的还是我，可定睛观瞧，阳光折射下，却见这个灰姑娘圆圆的脸，扎着两个小辫，腰里涂着绿色的喇叭裙，画像下面歪歪斜斜着几个彩色的字——爸爸病了真幸福！

我正疑惑着，端端换了一身衣服跑过来："爸爸，以后我在家里做灰姑娘做的那些活儿，这个我就画在墙上陪着你，不然，等我上学了，再生病就没人陪你了。"

扔不掉的瓶子

于知文

清晨，阳光斜斜地照进屋内，橘黄中透着奇异的光。我察觉到异样，揉揉眼转过头去，却发现窗台上一个缠上道道彩带的矿泉水瓶，里面放着花花绿绿的文具。

咦？这不是上周端端没有扔掉的那个瓶子嘛，居然被她打扮成这样子了。

周五晚上，突然接到族叔于卫国的电话。他说，体检发现"心影增大，建议专门检查"，好不容易找到环卫局的工作可能会丢掉，问我有没有别的法子。

次日，我带了端端去石景山看望卫国叔。在模式口南里一栋楼房的南侧，我敲开一扇铁皮旧门，一股难闻的气息漏了出来，屋内乱糟糟的堆满了废品，两个娃娃坐在瓶瓶罐罐中正玩儿。

卫国叔走出来一边慌忙打招呼，一边费力地往外拽着煎饼推车，说婶子这会儿要出摊了。

我搭了一把手，帮他把车子拉到院子里，就在当院说话。

"你上次说的那个李科长人可好啦，准备让我干环卫局的活儿。唉！这体检报告怕通不过。"

一边说着，卫国叔低头拿出医院的 CT 片子指给我看，他的神情很是沮丧，单薄的身子愈加消瘦了。

我一边安慰卫国叔这主要是过度劳累而不是病变，一边答应再找李科长帮他说说。

这端端突然说："爷爷，您做鸡蛋饼的活儿很累吗？"

卫国叔窘迫着，两手搓着说："鸡蛋饼是你奶奶做，我专管小区里垃圾。"他指着小区东北角，那儿一溜儿绿色、黑色、蓝色和红色的垃圾桶。

"每天 6 点钟之前，得把这些垃圾桶装上三轮车，运到垃圾中转站倒掉，清理干净再放回原处使用。"

卫国叔讲给我听，端端似懂非懂地望着，一边嘟囔着说："我们很讲卫生的，不乱丢垃圾，东西不要了都扔垃圾桶了，怎么还有问题？"

"好孩子！不吃的、不要的东西是不能乱丢，但扔到垃圾桶可并不是万事大吉了，我们要送回垃圾站，再由垃圾车运送到垃圾处理厂。垃圾站只收集，还要经过喷淋、压实、覆膜，才能进行填埋。然后流入沉淀池，再加药，曝气，过滤……"

端端眼睛瞪得溜圆，惊讶地说："爷爷要做这么多的活儿啊？"

"不是，这每一步都有专门的人来做，爷爷只是把小区里的垃圾收集到垃圾站去。经过垃圾站处理才能排放，你家附近的凉水河，就是排污的。"

"每一步都有人？那得好多人呀！一个垃圾，怎么得让这么多人来服务？"端端大声问。

"是啊是啊，垃圾可不是不乱扔就够了。必须要进行专业处理，有些有危害的垃圾，像电池啊、塑料袋啊、塑料瓶啊，都很难处理的。"

"谢谢爷爷，我懂了，是我们扔的垃圾太多了，才把爷爷累病的。"

端端半晌没说话，眼睛不停往铁门里望。卫国叔的两个孩子各自玩各自的，没有出来与端端玩的意思。我和卫国叔沟通了检查、看病、工作等事宜后，就带着端端离开了。

我们走进长安街首钢厂东大门，穿过碧绿的群明湖，带她登到石景山上，望永定河，望北京城。孩子又累又兴奋，渐渐把去卫国叔那儿的事都抛却了。

下山时，端端口渴买了一瓶娃哈哈矿泉水。咕嘟嘟喝完之后，她习惯性地就去找垃圾桶。一会儿，却又带着瓶子折转回来说："可怎么办呢？"

"怎么了？不是有垃圾桶吗？为什么不扔掉？"

端端摇摇头说："不能乱扔垃圾，不然不还得爷爷他们再收集运送吗？"

"是的，那你想怎么办？"

"爸爸，垃圾处理厂在哪里？我直接扔到那里去吧。"

"垃圾厂可都不在近处，爸爸也没去过。"

端端无法，只好带着，一路上都在苦思冥想该怎么办。有时候，她问："爸爸，爷爷说回收，怎么做？"

"废品垃圾，有些还有用，就可以回收起来，比如有些生活食品，没有变质的，可以喂猪……"

"啊，让猪吃垃圾？那太脏了，猪肉怎么吃？"

"就是这样的，我们扔掉的厨余垃圾大多都被喂猪了，然后我们又从菜市场买回来猪肉。"

"哎呀，这……唉！"端端很犯愁了。

"爸爸，我们怎么样才能不制造垃圾呢？"

"这个……"

回到家，一忙起来，我又开始陀螺一般的生活，好几天过去了，也没来得及帮叔叔，至于端端的困惑，更是无暇去深思熟虑帮她解答。

后来，听妻说，端端不管是上学，还是出门儿玩儿，整天带着个空瓶子，不是问老师学校有没有垃圾处理厂，就是问同学有没有去过垃圾处理厂的，因为一直没有得到肯定答复，这个瓶子就一直没有扔掉。

我听了，也只是苦笑一下罢了，没顾得上花精力跟端端说话，也没替她出主意了。

此刻，看到窗台上这个萦绕着阳光的矿泉水瓶子，和那里面花花绿绿的文具，我恍悟，端端总算想着了办法，这扔不掉的瓶子总算有了归宿，有了用处。

情人的眼泪

于知文

"为什么要对你掉眼泪……一颗颗眼泪都是爱……"

马坊巷的深处，"情人的眼泪"夜场里，每天不停地唱着这首歌。付馨被闺蜜拉进来的时候，钟艾正深情地唱，两人的目光不经意地对视了一下。

一道道灯光柔和地旋转着，掠过人们的脸庞，在墙上反复印着"心"字。朋友们兴奋地唱着说着，付馨只好寻角落处的小圆桌坐下。她正垂目出神，钟艾手端托盘走过来，目光征询着付馨的神情。

付馨摇头，钟艾却坚持着坐了下来说："这是我调制的鸡尾酒，也叫'情人的眼泪'。"

付馨一怔，但眼睛迅即被点亮起来，只见两只高脚玻璃杯中盛满透明微蓝的酒，漫着梦幻的烟雾，杯口一瓣淡紫色玫瑰与三两块浮冰一漾一漾地动荡着。

于是，两个人边喝边聊。第一口，冰凉清雅；第二口，温润酸甜；第三口，辛辣微苦；第四口，浓烈醇厚……付馨一口一口呷着，钟艾一句一句问说着。她有一种被包围的感觉——口舌间的滋味，耳边的声音，满身的目光。

她开始有些迷离，老公苏扬若能如此该有多好！可是他整天酗酒，要不就钓鱼。自己每天忙着进货、管店和应酬，回家也只能抱着被子看天花板发呆。

她不敢想下去，也不能再喝下去了，就随着钟艾，两个人谈东谈西，相对自如，临走时互相留了电话。

苏扬每天还是半夜拎着鱼回来，要不就连个人影都找不着。付馨开始喜欢上酒，喜欢调酒。"情人的眼泪"，她已试着调出十来种了，只是再也没能喝到上次的味道。

一年过去了。

有天，付馨一个人在医院看病，孤独寂寞之余便不停地地翻着手机，却不知该打个电话给谁。

突然，她眼前仿佛闪过一道亮光——钟艾，她刚一想到，手指不由自主地就撂了下去。电话通了，付馨足足有十秒钟没说出话，钟艾那头声音也有些颤抖。

他很快就到了医院，取单、付费、问诊、住院，付馨安心地躺在病床上，疼痛、劳累加上药物，她很快就睡着了。

醒来时，付馨发现自己仿佛进入了梦境：原本素净无物的 VIP 病房屋顶挂满了剪纸和风铃，枕边一只毛茸茸的玩具熊憨态可掬地注视着自己，床头挂着各种色彩浅淡的饰物，桌上两瓶心字形的意大利桃红起泡酒泛着浓浓的红光，旁边依次摆列着花篮、饭盒、餐具、果盘、湿巾、纸巾，耳边回旋着轻柔低缓的歌声，正是那首"情人的眼泪"。

付馨惊奇看着。钟艾说今天 4 月 18，正是去年两人在"情人的眼泪"第一次相遇的日子。接电话时他正在想她，剪纸、玩具、红酒、饭菜、歌声是早就备好想邀请付馨的，刚才取来布置在病房了。付馨听着，觉得恍惚，又觉心里面满满的，暖暖的，甜甜的。四只手、两颗心紧紧地纠缠起来。

出院后，两人再也抑制不住激情，频频约会，不见面就煲电话粥。他们本想克服家庭、孩子、工作、人际的困扰，但自从儿子苏男说了"你们怎么过我不管，反正不能离。离婚，我就死"后，长相厮守就没了希望。两人也多次努力想结束，但每次分别再见时，除了更热切地扑向对方外，什么用也没有，他们只好继续不断地见面和相处。

可是，每一次节假日、家人生日纪念日、亲友办事典礼、家人生病探望，两人都要经受离别和等待。他们的爱，始终见不得光。特别是当钟艾照顾妻子或是付馨照顾苏扬时，两人更要承受挥之不尽的疼痛感。

即使这样，加上还有恶意的流言、异样的眼光，他们还是忍受着，慢慢习惯下去，居然相处了十一年之久。他们又感恩，又欣慰，畅想着这爱能相守到老。

又逢4月18日，两人照例在"情人的眼泪"酒吧相会纪念。气氛很温暖，但付馨无不担忧，再过些年，两人老了走不动了，出不了门怎么办？彼此活着，爱着，却不能见，不能相守，该多煎熬啊！

钟艾安慰道，等老了孩子也懂事了，到时让他们用轮椅推着，我们就在街头互相望一望也好。

正在他们畅想老去两两相望的时候，苏男闯了进来，说父亲出车祸了，弥留之际要见妈妈一面。

在病床前，苏扬握着付馨的手，抱歉这些年对她的亏欠和现在对她母子的撒手，然后微笑着闭上了眼。

付馨垂着泪，她很恍惚，有一刻，她甚至怀疑——这十一年，如果能像跟钟艾相处时那样用心地对待苏扬，是不是他就不会一直颓废，就不会在推开孩子后还直愣愣地撞向汽车？如今，苏扬走了，她可以更多地和钟艾相守，可是这样又该如何面对儿子？

处理完后事，付馨把自己关进屋子，抱着调酒器不停地哭，然后又对着调酒器刺破十指，让血滴进去，再倒进伏特加、黑加仑和百利甜，还有苹果汁、柠檬汁和玫瑰花。眼泪、鲜血被不断地加冰、勾兑、摇动。苏男扒着门缝，只听得妈妈口中的声音："为什么要对你掉眼泪……一颗颗眼泪都是爱，一滴滴血都是悔……"

最珍贵的古琴

于知文

早在古琴申遗那会儿，梅学道就开始跟人学习古琴了。但近年来他深觉琴艺难以精进，反而体味到了前所未有的枯燥和厌倦，这令他很后怕。

他开始向往，自己能像英雄配宝剑一样地拥有一张最珍贵的古琴，或是能遇着古琴大师点拨一二。

追寻中，他颇见了一些琴派的各代传人和非遗传承人。这些人名头很大，水平也高，但梅学道不喜欢他们弹琴时摇头晃脑的姿态，两手硬如鸡爪的样子，还有脸上如吹笛箫时挤眉弄眼的神情。

令人吃惊的是，梅学道遇到的每位琴师几乎都有着另一个身份——商人，他们热心地欢迎，希望教给他琴，卖给他琴。这些人卖琴时极尽劝服营销之能事，教琴时却又千番藏掖、百般保守。

梅学道愿望的实现，却是在古城的一个深巷内。那天清早的巷子里，梅学道在一家木格花窗外听到了琴声。他看见一位苍然老者寂坐入定，两手收放自如，琴音苍古雅正，荡人俗虑。

高手在民间，梅学道心下暗暗念叨着。只见老者左手泛音一起，窗外那棵树突地就颤颤然旋落三瓣粉色的桃花，梅学道的心一下子被揪起来，随着就上下左右飘忽起来。

透过花窗看进去，墙上的挂琴除了常见的红色琴、黑色琴和金丝楠木琴，还有断纹、敦煌绿和八宝灰的古琴，有张仲尼式古琴似极了 2016 年匡时秋拍的宋琴"秋塘寒玉"……一曲终了，老者沉静约半炷香的功夫后，才缓缓起身。他走向左侧一张旧式琴桌，琴桌被框在木格之中，梅学道看不真切桌上平放着的古琴。

老者就旁侧的一个水盆中先净了净手，燃着了盘香，然后向琴垂首鞠躬三次，又静默片刻。

梅学道看得血脉偾张，这就是最珍贵的古琴，不然老者怎会如此珍重？他双脚不由自主踏进屋内。老者见了很热情，沏上茶，两人相谈甚欢。

老人让他试了试琴，说他已颇有基础。于是，梅学道就此留下。每天跟着老人一起弹琴、写字、修禅、打拳、唱昆曲。老琴师既不谈钱，也不保守，无论指法小曲，还是大曲套曲，他都悉心指教，当得是知无不言、言无不尽。

老人家中的古琴，先后都被梅学道一一试过，这里既有古代的老琴，也有当代名家亲斫的琴，每一张都有着独特的运维。梅学道很希望那张敦煌绿的古琴，色泽温润，如一泓泉，简朴而又华美。但他发现，能让老琴师每日坚持为之净手、焚香和祷祝的，还是那张被框在木格中供起来的古琴。

接下来的日子，梅学道继续跟着老者精研琴艺，刚觉着琴技提升的时候，他又开始遇到困惑。那就是，梅学道越来越好奇老人供起来的那张古琴，以至于他在奏琴时开始时不时地张望老者那张最珍贵的古琴。这样，不要说琴技精进，有时手指落下的徽位就不准确，甚至会琴音大乱。奇怪的是，他越克制，就越适得其反。

梅学道很窘迫，但内心又万分渴望能够取下此琴借之一弹。机会很快来了，老琴师要出门远行。

临别时，他主动向梅学道谈起那张最珍贵的古琴。梅学道万分激动，说老师您家这么多好琴，您却唯独中意这一张，它一定是最珍贵的古琴。

老琴师吸了一口气，笑着说，你想错了，这是一张不能弹奏的古琴。梅学道一听，内心绷了许久的那根弦，仿佛一下子断了。老人引他走近那张琴。灯光下，这张琴琴面泛着红漆的亮光，琴身流线如书墨一横，这怎么会是不能弹奏的琴呢？

老人呼了一口气道，早年间他斫琴、教琴，颇忙过一阵子琴派传人、非遗传承人之类的名头，作为琴派十二代传人、省级非遗传承人，他所监制的古琴，即使生产成本不过三两千元，每张也都能卖到 5 万、8 万元以上。于是，一边教琴，一边卖琴，他很是顺风顺水地过了些年头。

八年前，他突然收到了古琴启蒙老师寄来的一张古琴。这琴木胚被拆，琴弦折断，琴面也被磨损，表面漆、胎漆和灰胎多处外露，腹槽内却赫然印着他的名字和手迹。

老师说，这张他监制的琴木胚新料，灰胎瓦灰，胎漆是化工漆，表面漆最外一层用加水大漆，琴弦松沓，琴轸简陋，漆面起泡，斫琴工艺被简化到了极点，有人冲着他和老师的名头花 7 万多元买下，不到一个月琴就开裂了。老师已退钱款，并将自己一生珍藏的老琴赠送买主以作补偿。

他羞愧难当，可惜没等及他道歉和补偿，师父就已撒手人寰。追悔莫及，痛定思痛后，老人用了五年多时间，原价回收自己监制的所有古琴。最后，他用鹿角霜和纯生漆把这张裂琴重新补做完成，然后当作最珍贵的古琴藏供起来，每日忏悔祷祝，追念恩师，体悟古琴最简约和本真的意义。

梅学道听着，困扰自己多年的琴艺难题，仿佛一下子迎刃而解。他懂了——最珍贵的古琴，不是年代长短，也非价格高低，而是最深触动过琴人内心的才称得上珍贵。

作者简介：
于知文，1979 年生于河南省正阳县，为中国人民大学研究生，爱好阅读与写作，现就职于扬州市古琴研究会。

暗　道

张治

大龙命运的改变实属偶然，开初进城，大龙是垒墙的瓦工，老婆跟着干杂活。多年前的秋天阴雨连绵不能上工，食堂师傅恋着打牌就求助大龙媳妇代为做饭。

大龙媳妇自小心灵手巧，包的饺子村里有名，她和的面有弹性黏性可塑性拉能成条绕能成圈压能成饼；拌的馅荤素搭配正好油盐酱醋恰巧水分不多不少。她擀的皮薄而不烂，吃起来香而不腻。勤快的女人看到有猪肉有芹菜有面粉，就琢磨着给离家在外的大伙包顿饺子，择菜、剁馅、和面、擀皮、包捏、烧水、下锅。一帮子人吃得津津有味口齿生香，有个小伙闻香垂涎不顾饺子冒着热气就急不可耐地朝嘴里送，把舌头嗓子烫得起泡，疼得嗷嗷直叫。

次日馋瘾没过，在死乞活缠下，大龙媳妇又给大伙包了顿饺子，大伙对味道赞不绝口半开玩笑说可以开个饺子店。言者无心听者有意，大龙萌生了这个想法，说干就干，不几天就把东西准备好家伙筹办完，在工地旁开起个帆布搭建的简易饺子店。

大龙媳妇就像自家吃饭一样买精肉精面好油好菜，和面下力气拌馅用功夫。附近几个工地不断有人来吃，越传越远渐渐有城里人也来尝尝口味，大龙媳妇就添置些桌子板凳，改善一下卫生条件，进了点花生米蚕豆花袋装卤菜和啤酒二锅头。

看到生意越来越红火，大龙就不干瓦工参与了进来。几年时间大龙就买了房，把孩子接来读书，过上了城里人的生活。饺子店也搬到了繁华地段，三间门面，七八个工人，十几个凉菜，几十种饺子馅，每天吃饭的络绎不绝,楼上楼下桌位爆满。时常有人排队等餐，于是就有人买生饺子回家自己下，后来吃饭的也学着捎带，慢慢地卖生饺子的收入竟占了大头，忙不过来又招了十几个妇女包饺子。

事就出在生饺子上，有一天刚开门来了几个穿制服的，开冰柜查厨房翻仓库又是拍照又是录像，折腾半天，拉走饺子写个条子，传达了几个意思：罚款、停业、办证，不服去告。"城门失火殃及池鱼"，饺子店也被关啦。

大龙使出浑身解数能托的关系托遍，能找的人物找完，结果是没法，白搭。唯一的办法是办食品生产许可证,办证办厂可不是小事,按要求的厂房面积、卫生标准、工作流程、人员配备没上百万开不了张。

走投无路的大龙泄了劲，买个画眉弄了个笼子养起了鸟，再也不问证的事，把媳妇气得要死要活。

一个微雨初晴的早上，大龙把鸟笼挂在了公园深处河边垂柳树上，自己在一旁伸展着上肢。

不一会有个精神矍铄的老人一手提一个蒙着蓝布的鸟笼，两只手节奏分明地摇晃着走来，看到柳树上的鸟笼子，转脸看了看大龙稍愣片刻，把鸟笼子挂在了不远处的树杈上，掀开蒙布让鸟儿在笼子里跳跃欢叫。然后在一片空地上打起了太极拳，动作认真心无旁骛，有种天人合一的感觉。大龙在旁边聚精会神地看。老头收工后旁若无人地拿下鸟笼子健步而去。就这样老头天天自顾自打拳，大龙自顾自观看。

三天后大龙在离老头不远处"依葫芦画瓢"模仿老头打起了拳。来时点个头算作招呼，走时点个头算作告别，相互之间不发一言。

一周后，老头打拳时停下来径直走到大龙身边，讲了几个动作要点，自此老头天天指点，大龙天天苦练，拳技日有进展。

半个月，大龙能跟在老头后面打起了成套的拳，形神具象物我两忘。一老一少成了僻静河边一道悠闲的风景线。收功后，慢慢开始聊起了天，聊鸟聊拳，话题狭隘简单。

一月后，每天准时早到的大龙没有出现，老头打拳有点心乱。

大龙第二天依然没有出现，老头天焦急不安。

第三天无心打拳的老头按照电话找到了大龙的饺子店，知道了大龙的苦大龙的坎。老头看到大龙坐在板凳上弯腰托腮愁眉不展，沉思半晌，出去打了个电话回来相劝："再去试试，兴许证能办。"口气坚定不像随意而言。

　　大龙抱着试试的态度去了曾经跑断腿的食药监督局，签字、盖章，盖章、签字一道道关一张张表一大摞材料很快审完。一个女孩热情地把关乎身家性命的食品生产许可证递到了大龙面前。大龙的老婆喜极而泣。

　　第二天早晨，一老一少一招一式地打起了拳。收功时，大龙说："店里坐坐吧，黑鱼馅饺子，刚创牌子，把把关。"老头点点头。

　　老头在悬挂的新证照前注目观看，指着右下角大红印章下的名字对大龙说："这个是老幺，自小捣蛋，没少挨屁股。"一脸幸福一脸骄傲。

　　"天哪！吭！吭！吭……"大龙直咂嘴，夸张得诧异时心里偷笑：要不是卖鸟笼子的表叔摸清他儿子是局长的底细，咋也想不起打通这条暗道。

素面不能朝天

张治

　　吴慧是镇农机站的会计，老公是镇里的书记，作为书记夫人吴慧的衣着打扮、言谈举止都是镇子上关注的热点。

　　吴慧自从回娘家见到久未谋面的堂姐后，优越感就被击打得支离破碎。堂姐比吴慧大五岁，丈夫是另一个镇的小学教师，她在学校旁边开了个小超市，按经济收入社会地位远远无法和自己相比。几年前工商局联合执法检查在店里发现了几箱子假酒，要对堂姐进行拘留罚款，两口子吓得东躲西藏不敢住家，还是老公给局长打招呼才被免于追责处理。刺激吴慧的是衣着普通的堂姐面色红润、肤若凝脂，体态丰腴、清新靓丽，看起来竟然要小自己几岁。自己和她一比相形见绌，就像烧火做饭的老妈子穿戴着名牌服饰一样不般配。

　　吴慧把堂姐悄悄拉到一边问："你用的是哪个名牌化妆品？怎么保养得那么年轻？"

　　堂姐哈哈大笑说："我哪有钱保养啊！我的邻居得了皮肤癌，诊断说是过度使用含铅含汞的化妆品所致，我就什么都不用啦，脸上实在干糙就抹点几角钱一袋的'孩儿面'。"堂姐打开了话匣子："吃药不如保健，化妆不如锻炼，现在我就是天天跑步，跑个把月就跑出了润色，跑紧了皮肤，跑掉了赘肉。每天早上跑到出汗，出汗自然就排了毒、养了颜、祛了斑。再好的眼霜、乳液、面膜也比不上。用那些东西就是自杀，可不能自寻死路呀！"

　　吴慧下决心要堂姐那种健康的美丽，第二天早晨吴慧就开始跑步。

　　上班前，吴慧对着镜子，心里又没了底。不涂脂抹粉的她面色无光，两眼暗淡，皮肤见褶，几块黄斑依稀可见，像大病初愈，或是家遭了不幸。想到堂姐的话，吴慧犹豫一阵子后，狠狠心没化妆就去了单位。走到大门口，迎头碰见文化站的李颖，看到吴慧哎哟一声，关心地问："咋啦？妹。病了吗？"

"没有呀！"吴慧答。

"奥奥奥。"李颖点点头匆匆而去。

一上午吴慧感到事情出奇的多，先是老站长来说考核方案，接着财政所会计又来介绍调资内容，就连邮政局平时懒得要命的黄大姐也破天荒把几张报纸送到了自己的办公室……

几天后关于书记出事，老婆已被提审得憔悴不堪、无精打采的消息不胫而走，传遍了全镇。有的说是因为拆迁户上访到了北京；有的说是因为和镇长"扳手腕"走了麦城；有的说是因为搞房产开发的侄子犯事受到牵连；还有的说是小三转正不成反了水。各种说法都事实斑斑、证据确凿、不容置疑。除了吴慧两口子，所有人都知道了常书记即将被免职处理接受调查。

其实，久经官场的常书记已经对很多变化感到极其困惑、百思不解。周二，开镇村两级干部大会，办公室主任竟第一个给镇长添了水，以前都是先给自己添呀？前天晚上，自己肾结石发作疼得汗珠子直淌，去镇医院吊水，医生护士磨磨蹭蹭几十分钟才用上药。以前都是随到随诊随治一路绿灯，院长听说还要一直陪着。昨天徐庄村的主任和村书记闹意见，刚批评几句，他俩就调转枪口朝自己开了火，以前借他们几个胆也不敢如此妄为。尤其不可思议的是，一直言听计从、低眉顺眼的人大主席在班子会上为老干部体检的事，一反常态和自己顶撞了起来，以前他可是光举手不说话的呀！

直到和自己私交最好的财政所长紧张兮兮来打听吴慧为什么被调查时，常书记才如梦初醒、恍然大悟，拍桌子大骂："混账娘们，吃饱撑的，没事找事，总出幺蛾子！"消了气后给侄子拨通了电话。

周末侄子带吴慧到宿州最高档的美容院做了法式护理，又买了一套价格不菲的韩国化妆品。

镇里每周一的例会扩大到了七站八所全部人员，吴慧神采奕奕、光鲜照人地参加了会。

常书记的工作又开始顺了起来，甚至有人说他年底换届有望出任副县长。

貂　袄

张治

基层科老李的勤奋敬业生活俭朴在整个市水利局有目共睹，前者源于良好的素质和修养，后者则出自经济的无奈和紧迫。身为独子侍奉双亲义不容辞，身为人父供养孩子责无旁贷，老婆没有正儿八经的工作，祖孙三代六口靠自己勉力支撑，不能苦孩子不能苦老人只能自己节衣缩食。

下个月老婆的侄子结婚，娘家的亲戚都混得像模像样的，穿寒碜了让人看不起。虚荣心作祟老婆狠狠心4800元给老李买了个原价1.3万元的处理貂袄。据说"风吹皮毛毛更暖，雨打皮毛毛不湿，雪落皮毛雪自滑"。老李穿在身上形象陡变气质立增。

办公室王主任发现老李的新行头眼前一亮，又是看又是摸又是搓，不错不错地连声赞叹后随口问了价格。老李心想局长副局长不过穿一两千元一件的衣服，说真实钱数影响不好，再说别人也未必信，弄不好落个吹牛的名声，于是就说1千元所买。

"1千！怎么可能？"王主任吃惊地反问。

"是呀。1千！"为了证明自己没说谎，老李故作镇静地强调。

"这料子这成色这做工怎么也得七八千吧？"王主任还是质疑。

看到王主任懂行老李才觉得自己说的价钱离了谱，但又不好更改，只好将错就错解释说有亲戚加工貂袄，没经过层层加价的中间环节，所以如此便宜。原本以为说说就算，谁料王主任当即掏出了1200元，央求老李帮购一件，200元作为车马费。老李被王主任突如其来的行为搞得茫然不知所措，一时无语。

王主任是自己的大学校友，因为这层关系可没少照顾自己，几年前老爸脑瘤做手术他不仅出面联系省城医院的专家，还以报送资料的名义派了车接送。这倒不说，在商场下岗的老婆进自来水公司也是他打的招呼，虽说待遇不高，但风不打头雨不打脸，上一天休两天，有足够的时间照顾老人孩子，这不全是王主任的面子，指自己门都没有。如此一想，老李觉得无论如何都不能拒绝王主任，下了班找表弟借钱去了皮草城。

几天后财务科平时待人冷若冰霜的赵兰眉眼带笑地叫住了老李。正为赵兰的一反常态纳闷时，她开了口说想让帮忙给老爸买件貂袄，款式颜色王主任那样的就行。换作别人老李随便找个理由拒绝便可，但她老公是分管自己科室的副局长。像自己这样入不了局长法眼的小喽啰，命运就在分管领导手里掌握，出差开会下乡检查这些吃香沾油有补助的事都是分管局长指派。科里的小赵和赵兰老公走得近，三天两头出差下乡，一年下来光是杂七杂八的补助就抵得上别人半年的工资，分管局长是有名的妻管严，对老婆言听计从，自己得罪谁也不能得罪她呀！老李头脑发胀迟疑一会，咬咬牙答应了。收到袄时赵兰除了一千元购物款，还真心实意送了老李四包软中华表示感谢。

一天老李正在科里心事重重地思索如何瞒住老婆偿还八千元债务时，出乎意料地接到了局长的电话，让他去一趟。老李忐忑不安走进局长办公室，拘谨地坐在沙发上，不停地搓着手。看到老李局促紧张的样子，平日威严的局长如话家常地给老李扯了几句，见气氛有所缓和他满面春风道：经过全局上下共同努力，在市委市政府的综合考核中名列第一，奖励我们四万元。

老李暗想：这事用不着告诉我这个小科员呀！正疑惑不解，局长转到了让他胆战心惊的正题，说开会研究打算用这些钱让老李想法买37件貂袄，作为工会福利发放，余下的三千元送给他权当买袄的辛苦费。局长边说边从抽屉里拿出一张写满每人衣服尺码的白纸朝老李递了过去。

听完局长的话，呆呆愣愣的老李瘫坐在沙发上全身肌肉仿佛僵硬了一般，张不开嘴举不起手动不了腿。

上礼薄

张冶

传说嘉庆年间，圣泉寨有个秦财主，良田千顷牛马成群富甲一方，但天生吝啬，不舍得吃不舍得穿。为保家产永固初一十五雷打不动去庙里上香，有一次看到新染的庙门金黄耀眼，秦老财左看右看暗中思忖说不定用的是了金水，要不然太阳一照怎会闪闪发光。于是就趁人不备偷偷用手抠，抠出的渣沫放在精心准备的手绢里。回到家急不可待加上水在锅里熬，结果漂起了片片桐油花，金子的影也没见，手指发肿冒血疼半个月才好。从此以后在圣泉寨方圆就流传开了秦老财"抠门"的故事。

二百年后圣泉寨的小学老师秦龙把老祖宗的衣钵隔代继承了下来并发扬光大。秦龙的老婆是村子里的医生，两口子结婚后齐心协力地用行动证明了"抠先生，刮大夫"这个俗语的真实可靠不容置疑。师范毕业的秦龙年轻时短暂干过中学校长，因为总是撕学生的本子回家给老婆包药，事发后被贬回了村中小学当普通老师。

秦龙两口子不穷不富不孬不好比上不足比下有余过了几十年，明年都该退休，三个孩子工作的工作做生意的做生意开厂的开厂，家家都有孩子房子车子。按说应该心情舒畅地准备安度晚年享受天伦之乐啦，可有件事让他们怎么也开心不起来，想着就烦，隔段时间就要闹心一次。

闹心的原因就是红白喜忧随礼的事，自家孩子结婚时亲戚朋友二十、四十、六十元的随礼，现在办清事啦，随份子的数字"哧、哧、哧"朝上涨，村里不厚不近的随到了一百，沾亲带故的二百，近亲好友甚至涨到了五百一千，每逢有事随礼两口子就心疼得像镊子夹。上月外甥女出嫁老姊妹几个一人出一千，秦龙媳妇就没舍得，闺女那时候几家子才拿二百，越想越亏就自作主张随了五百。事过三天妹妹找上门来，难听的话说了一箩筐，还自创了个"民以食为天，鸡蛋当法官"随礼规则。说当初您有事二百元可买一千斤面两千个鸡蛋，折合现在不比一千少，一字不识的妹妹把秦龙两口子说得哑口无言面露羞惭。

随礼的烦恼远不止于此，这几年亲戚朋友纷纷外出务工，碰上事常有人让秦龙两口子垫礼，自己得先拿钱写在礼薄上。事后难免有人会忘记，这几年秦龙两口子就白搭了三百元，两家常年在外见不到人，一家硬说还过啦！为此秦龙媳妇和人大吵了一架。

堂哥大柱的儿子眼看结婚，表弟打电话又让垫五百元的礼。表弟去年春节都没回家，有说生意亏本啦，有说又包了个女人，也有说搞了传销，反正处境不妙。给他垫了估计是"肉包子打狗"。

一想到五百元就是半个羊，能喝一月羊肉汤；五百元就是十几桶油，能一年到头饭菜香；五百元就是一口袋鱼，能晒干以后挂满墙；五百元就是几篮子鸡蛋明晃晃，千把个馒头耀眼亮。想得两口子睡了起，起了睡几个晚上没眨眼。

堂哥的儿子结婚那天，秦龙早早上门，毛遂自荐干起来上礼薄的活，另一个邻居负责查数收钱。

侄子拜过堂，吃过喝过客人走过，秦龙和收钱的邻居给堂哥交了钱和账。堂哥发现钱对上不数，反复查了几遍还是不符。收钱的邻居也急啦，抓耳挠腮找不出原因。

秦龙看在眼里，翻到礼薄其中一页，指着表弟的名字下面，他俩发现伍佰元再下面标注着两个小字：暂欠。

撒手锏

张治

俗话讲"宁领三千，不领一班"，大概意思是说单位大了好管理，有些不同杂音也成不了主调，而单位小了一个人就能掀起风浪让领导犯难。十几个人的县动物卫生监督所就是个不好领导的单位，监督所是农委的二级法人机构，场里养的地上跑的水里游的都能管着。以前除了财政发份工资，自己查个死猪病羊假饲料还能创收，乱七八糟的补助远远高于工资，一年四季发衣服，三天两头下饭店，还是挺让人羡慕的。动物监督听起来专业性强要有几把刷子，知根知底的就觉得稀松平常，百分之八十以上的活初中生足以胜任，福利好活不难以致分配的、招工的、军转的纷纷挤破头朝里进。

后来，各行业管理开始规范，执法要亮证问话要录音罚款要有据收钱要出票，挤掉了动物监督所的灰色收入，部分职工吃惯了大鱼大肉吃咸菜就没了干劲，当一天和尚撞一天钟，全没了工作激情。混日子工作势必落后，一落后头就要挨批，斧敲凿凿入木，头挨批就要对职工发火。本来满腔怨言的一些人就这样和头对立了起来，加上几个副所长的推波助澜煽风点火，所长很快被架空。

有的人乱中得利，有的人乱中求闲，所有人多少都尝到了单位无人主事的甜头。又换了两个所长还是没能改变现状，都撑个一年多没等撤职就请辞了。

监督所这个烂摊子主管部门领导考虑来考虑去，决定让镇农技站的站长老丁来扭转局面。提起农技站很多人嗤之以鼻，甚至说不知道有这么个单位，那你就孤陋寡闻大错特错啦！农技站全名农业技术推广站，位列乡镇七站八所之一，负责推广农业新技术新产品，指导农业生产等，属于典型的责任不大事情不多待遇不低的"偷胖"单位。老丁的老婆利用这个得天独厚的平台卖点农药化肥饲料种子，一公一商黄金搭档，小日子过得滋润生香。

老丁是打心眼里不愿意趟这个浑水，但组织命令得服从。由接触植物到管理动物工作性质跨度有点大，有时候隔行也是好事，不在一行就不比文凭比资历比职称比贡献，无恩无怨从零开始，头是头兵是兵各就各位。

临危受命的老丁没有大刀阔斧搞改革，没有雷厉风行抓纪律，一切按部就班萧规曹随。除了外出开会，就是喝茶、看报、上网，工作不管不问。三个副所长各负其责，分管工作小事自己决定，大事和老丁通气协商，说是协商几乎全是按照分管的意见。一个月下来，众说纷纭褒少贬多，都认为老丁胆小怕事软弱无能，魄力不够思路不清，业务不熟方向不明。连个别领导都善意提醒，老丁一笑置之。

大概到任两个月左右的一个周末，老丁把副所长老张约至家中。老张赶到时桌子上已经摆了几个色香俱佳的菜，老丁旁边坐着一个风度翩翩的年轻人，老丁介绍说是他搞房产开发的大老板表弟。

三个人喝着酒吃着菜从如何锻炼扯开了话题，老张是军人出身热衷健身几十年从未间断。锻炼是他感兴趣的话题，越聊越热乎，聊着聊着不知怎么就拐到了孩子身上。

"唉！孩子让我难呀！"老丁幽幽叹道。

"咋啦？"老张急切问道。

"买房子还差十几万，正愁。"老丁回答。

老张心扑腾扑腾跳，脑子飞快得转着琢磨老丁意欲何图，天下哪有白喝的酒，猜想可能想问自己借钱吧？一时竟然不知如何接话茬，屏着气看着老丁等待下言。

老丁好像洞悉了老张的所虑，笑着说："表弟是大老板，非要送十几万，俺两口子过意不去。"

闻言心情放松了的老张看了看老丁的表弟。表弟冲老张点点头。

"这样好不好，我给你出个条，按月付息，老张哥见证作保，以后还你，要不然我不用这钱。"老丁口气坚决。

"好好好，听你的。"表弟用手示意对老丁建议的依从，无可奈何甩一句，"就是倔！多此一举。"

老丁起身回到屋里，拿来了几张打印好的协议和笔，随手递给表弟。表弟看也没看签上了字后递给了老张。老张粗略看看也签上了字。三个人接着喝酒聊天。

在不长的时间里副所长老王，副所长老李也被老丁单独请到家里喝了酒。

一个月后监督所的工作有了起色，三个月摘掉了落后的帽子，半年后跨进了全市先进行列，一年后成了全省先进典型。

两年全省先进老丁被破格提拔为了市农委副主任，分管动物卫生监督工作。

老丁上任后在家分别请老张老王老李吃了顿饭，感谢三个副手对工作的支持，并告

诉他们表弟的钱还上了，当面撕掉了借款协议。

老张老王老李终于踏实了，自从在老丁家喝酒签字作保回过味，两年来时刻担心所里工作出了纰漏有了差错让老丁毁了前途或掉了饭碗，让他无心或无力还债，债务落到自己身上。

打死他们也想不到的是，老丁压根就没借过钱。

猫上树

张治

孟书记清楚和领导相处放在第一位的不是感情和经济，工作不落后不添乱才是最关键的，没有哪个领导喜欢天天让他跟着挨批受训的下属，当书记二十多年工作一直先进。

孟书记不是眼高鼻子凹的人，全村群众的事也热心，每家每户无论经济孬好势力大小，只要碰上红白喜忧事他不请自到，不遗余力地帮着出点子干杂活，要钱出钱要力出力。书记的全程参与往往能给事主解决不少乱七八糟的难题，也让事主在亲戚朋友那赚足了面子。如此一来，日后即便和书记有点言差语错的过节鸡毛蒜皮的意见也不会记在脑中放在心上。上面认为孟书记在下面威信高号召力强，平时的试点和示范性工作就会找他帮忙；下面觉得孟书记在上面吃得开路子广遇到困难就会求他协调。孟书记慢慢成了领导和群众都离不开的纽带和桥梁，县政协的刘主席对他影响面的扩大也起到了推波助澜的作用。

刘主席还是副镇长时，有次酒后开车回城，行至孟集村附近，由于速度太快刹不住车把一个放羊的老头一下子撞飞了十几米，车一头栽进了路旁沟里。从车里爬出来的刘主席忍住疼痛一瘸一拐到了孟书记家里。孟书记把不省人事的放羊人送到了县医院抢救。放羊老头双腿粉碎性骨折，好在无生命危险，住了几个月院。尽管当时对干部喝酒问责不严，但按情节撤职处分不算过吧！在孟书记的巧妙运作之下，来了个剧情大翻转，刘主席由酒后驾驶肇事逃逸变成了路遇车祸见义勇为。当然放羊老头的家人也得到了超出正常几倍的补偿。经过此事，二人成了情同手足的铁杆兄弟。

大难不死必有后福，刘主席自此仕途驶进了快车道，十几年时间完成了镇长、书记、副县长、政协主席的转变。从镇党委政府和七站八所调走那么多有交情的人，遍布各个大局，加上和刘主席的关系。孟书记的名气越来越大，久而久之，连外村的干部在镇里县里有了办不了的事，都时常找他出面解决。

孟书记总结了几句干好农村工作的顺口溜：人多势众常关注，鳏寡贫弱多照顾，歪搅胡缠勤跑路。家族大就影响面广，能决定选举票数和村里方向，要多关注大家族并和领头人物拉近感情，保证村里风平浪静；照顾好贫弱，发东西多倾斜，让他们吃饱穿暖，避免成天跑民政闹政府要吃要喝要穿让领导心烦；摸清难缠户的情况及时化解矛盾，杜绝他们经常缠信访磨公安告邻告民告官惹领导生气。市委党校一个赫赫有名的教授在课堂上不止一次引用孟书记的经验之谈。

精明透亮的孟书记就一个缺点，偶尔鬼使神差般顶牛抗上，弄得领导下不来台，曾给五六个副职干过架，每次还都是他先挑起的事端。知道他这个脾气，有关孟集村的事所有人就不去较真，有好事尽量多给，有任务尽量少分。比如缴抚育费胡庄村三千多人缴6万元，孟集村四千多人才定5万元，如此必然易完成。春节发面粉，李楼村五千人30袋，而偷偷给孟集村60袋，这样肯定好分配。村主任老吴一细琢磨，孟书记给领导吵架的结果要么多得实惠要么少 分任务，反正从没有吃亏的时候。孟书记私底下说镇干部大多是吃软怕硬的主，千万不要成为他们眼中的软柿子。

吴主任以前是邻村书记，两村合并后干了主任，和孟书记搭档六七年虽暗中不服，明处还是甘作绿叶积极配合。共事久了对孟书记的工作套路一清二楚后，觉得他盛名之下其实难副，像程咬金一样就那么几斧头。

年前换届，孟书记到龄退出，吴主任顺次接任了书记。多年媳妇熬成婆的吴书记迫不及待地对村中事务进行了大刀阔斧的改革，成立了老年议事会，聘请了村规监督员，组建了妇女歌舞队，措施一个接着一个让人眼花缭乱。

几个月后面对风生水起的事业局面和纷至沓来的各种荣誉，吴书记并没有一丝欣喜，反而隐约感到了一种驱之不散的压抑。年底镇里分面粉由往年的六十袋降为了三十袋，村民组长叫苦连天；春天植树由一千棵增加到两千棵，光买树苗就多花了七八千，两委干部满口怨言。以前春节后，书记镇长会带着几个班子成员拿几箱礼物到孟书记家吃顿开工饭，在那打打牌喝喝酒。虽说孟书记要好烟好酒折本一大溜，可那是全镇村干部人人羡慕的无上荣耀。自己接手倒好，别说书记镇长，聘用的临时人员也没见一个。

春天少雨，分灌溉机抗旱又比以前少分了两台。一次次在村里颜面尽失的吴书记沉不住气了，思忖分管副镇长看起来把自己当软柿子捏啦，再不改变镇干部对自己的看法，在村两委说话就没有底气分量了。今天就撕开个口子吧。吴书记拿定主意就去找了分管副镇长理论，各说各理互不相让越说越恼，及至后来口气也粗了起来，围一群人劝阻不开。闻讯赶来的镇长制止了激烈的争吵。

吴书记在镇政府滋事，很快受到了处理，赔礼道歉大会检讨，弄得人不是人鬼不是鬼，在镇里村里更没有了面子，大家更佩服孟书记。

"老吴真倒霉，碰了茬子，哪有你幸运，恁多年给领导越吵越顺当！"老婆对正在专注看电视的孟书记感叹。

"你懂个鬼！真以为我好斗？"孟书记暂停了电视反驳："那几个副镇长不听书记招呼，我才敲打敲打，替他上上规矩。"

值 班

张治

年末岁尾人事变动频仍，皇藏镇党委副书记黄同在这一波调整中被交流到卫生监督所担任所长。尽管离他当镇长或局长的愿望相差甚远，但好歹进了城，且由凤尾变成了鸡头。虽说所里仅有二十多人，可权力却不小，全县大大小小二百多个医疗机构的办证评审监督执法等都在其职责范围，除此之外还揽着检查化妆品消毒剂饮用水等杂七杂八的事，按职权论经费丝毫不比个小局差，也算对黄同在乡镇工作三十年的照顾。

黄同到任第三天，办公室主任送来县里要求各单位报送春节值班人员名单的通知请其阅示。黄同从头到尾仔细看了两遍，稍作思索说："让我们班子成员和中层以上干部值吧，叫科室一般人员多休几天过个好年！"

第二天自己的党校同学也是卫计局纪检组长打来电话，先是关心有加地问问工作开展情况，扯一会儿话转入了正题。告诉他有人反映值班光排领导，没普通职工的份，等于变相发特殊福利，大家怨声不小。不容黄同分辩纪检组长语重心长地说："当领导要冲锋陷阵在前争名夺利在后，为了区区几百元的蝇头小利，怎么能私心作祟不顾形象呢？"

初衷被误解的黄同气过转念一想也是，自己按乡镇的套路草率拍板，光考虑让大家过个好年，忽略了值班费的事。

黄同和两个副所长碰下头，改成让中层干部和普通人员值班。

隔一天刚上班卫计局党组书记把黄同叫到了办公室，客套几句就口气严厉地批评开来：刚到新单位，遇事要身先士卒吃苦在前，春节那么长那么重要的节日，县委政府主要领导都坚守岗位，你们正副所长不带班怎么行？难怪大家有意见！

满肚子委屈的黄同回去后翻资料查文件问朋友做工作折腾一天，晚上开会研究决定春节全部由领导班子成员值班，自己再多排几天，补助取消。以为这下子总没有意见了吧？

年二十九黄同正在办公室看报，卫计局长带几个人怒气冲冲地推门而入，连个招呼都没打就噼里啪啦对黄同一顿训：县里几百个单位，光我们局就几十个，你们不领值班费，让他们怎么办！你是想制造矛盾，想引发不稳定，想成为公敌吗？

黄同一时语塞，呆愣着不知如何是好。

作者简介：

张治，1978年出生，乡镇医生，安徽省作协会员。

葡萄熟了

岳海霞

偌大的院子里静悄悄的，八十岁的丁老太一个人坐在葡萄架下，秋阳暖暖地照在她的身上。

丁老太的眼睛一刻不停地扫视着这一架熟透了的葡萄，生怕它们掉下来似的。

夏天，孙儿们和她说好了的，等葡萄熟了就回家。可八月十五都过了，葡萄也都熟了，娃娃们还是没回来。

近些日子，除了睡觉，她成天坐在葡萄架下，小心看护着它们。

葡萄熟了，家里的鸡、空中的鸟，直围着葡萄架打转转。她坐在葡萄藤下，鸡们便不敢明目张胆地过来啄食葡萄；那些飞来飞去的麻雀，也变得谨慎多了，只能趁她不注意，偷偷叼走一两颗葡萄。

儿子、儿媳劝她："妈，别撵了。这一架葡萄足够你几个孙娃子吃。现在可不像我们小时候，家里穷，娃娃又多，东西金贵得不行。"

谁说不是呢？她依稀记得，那时候自己还很年轻，日子过得清苦。为了补贴家用，她在院角栽下一棵葡萄。每逢秋日，满架的紫珍珠在艳阳的映照下闪闪烁烁。娃娃们每天一放学就会去葡萄藤下转悠，你揪一个，他揪一个。

她总是说，别吃了，别吃了，等葡萄熟了再吃。

"等葡萄熟了，妈会把最好的都拿到集上去卖掉，挑剩下的才让我们吃。"儿女们带点撒娇的口吻说。

即便是那些挑剩下的，娃娃们也总是吃得津津有味的。

一个秋日的夜晚，月光朗朗地照着整个院落，也照着那架挂满葡萄的葡萄藤架。月色中，她小心翼翼地挑拣下那些最好的葡萄，准备第二天一早去赶集。

半夜，小儿子趁她睡去，偷偷吃了她采下的两串好葡萄。

第二天赶集回来，她狠狠地抽了小儿子一顿。

小儿子委屈地哭喊："为什么总是把最好的葡萄拿去卖？"

看着小儿子被抽得通红的脊背，她也忍不住哭了。她何尝不想把最好的葡萄留给娃娃们吃呢，但是过日子，处处用钱，四个娃娃都在上学，她能来钱的办法就是家里的几只母鸡和这一架葡萄。可娃娃们哪里懂得生活的艰难啊？

"改革开放"政策出台之后，农民的生活日新月异，好日子应接不暇。年轻人向往着城市的风景，一个接一个地都出外打工去了。

院角的葡萄藤依旧年年开花，年年结实。尤其今年，葡萄结得格外的繁密，挤挤挨挨的，着实惹人怜爱。可是孩子们却像放飞的鸟儿，一年难得回来几次。即便回来了，也不再像过去那样贪恋藤架上的葡萄了。

每年秋天，葡萄成熟时节，丁老太就会坐在葡萄架下念叨，放着这么好的葡萄都没人来吃，现在的日子啊，就是好。娃娃们真是幸福啊！

丁老太太想着想着，竟然在暖暖的秋阳里睡着了。

睡梦中她听见孙女在喊，"奶奶，我们回来了！"

丁老太睁开眼睛，就见院子里已经聚满了人。一个四、五岁的小重孙跑过来，抱住她的脸颊香喷喷地亲了一大口："老太，我要吃葡萄。"

她拉着重孙柔软的小手，颤巍巍地站起身来，就要去摘葡萄。忽然，她看见一只母鸡正仰着脖子在啄葡萄，便下意识地用拐杖去驱赶。

孩子们都笑了。

一时间，院子里热闹非凡。孩子们端来板凳，踮起脚，一串串的葡萄离开了藤，被放进了早已准备好的篮子里，也放进了他们的嘴里。

"奶奶家的葡萄真好吃。"

"奶奶家的葡萄是世上最好吃的葡萄。"

"真正的绿色无公害水果。"

"明年，我们还要来吃。"

……

孩子们一边吃着葡萄，一边叽叽喳喳地谈笑着。

丁老太脸上的皱纹像一道道水波荡漾开来，眼睛笑得只剩下两道弯弯的缝儿……

作者简介：

岳海霞，喜欢读书、码字。愿用朴实的文字记录平凡的人生。

闪烁的思想

何嘉玮

阿峰早上5点多就起来了，不知道为什么总是睡不着觉。阿峰的大脑里总是闪现出各种思想：一会认为自己应该向历史上的伟人学习；一会想自己应该如何努力的教育好自己的子女，将他们培养成国家的栋梁；一会想应该怎么帮忙运动员在场上拿到金牌。一段段的思想如同天空中的烟花一样，在大脑中散开之后就又消失得无影无踪了。

坐在电脑桌旁，打开电脑，盯着屏幕，不知所措地呆坐着。看着妻子和孩子在梦中熟睡，阿峰怕键盘声影响到她们。便抽出了稿纸，准备写一些文字或者记下自己此刻的感受，或者把自己突然想到的灵感写下来。每天阿峰都有一种想写文章的冲动，但总是下不了手。因为阿峰怕自己思想过于肤浅，留下的文字会贻笑大方

他怕被老婆看到后，有失自己在老婆心中的形象。迟迟不敢下笔，枯坐在那里。在阿峰的印象中，好文章都应该是浑然天成，不加雕琢，一气呵成的。而自己缺少的恰恰就是些。阿峰坐了一阵，写了一个标题，便写不下去了。为了寻找灵感，阿峰点了一支香烟吸了起来，才抽几口妻子就被熏醒了。

"怎么不睡觉，抽什么抽，快灭了，不知道别人睡觉呢？"妻子起来上厕所，放狠话警告阿峰。阿峰还想辩驳二句，但当他指着稿纸上的两个字想说自己在创作时，却又说不出口。因为妻子同时眼光也看到了那两个字，一脸的不屑。这让阿峰顿时失去了说下去的勇气，无奈的灭了烟头，挥了挥散在空中的烟雾。妻子收回了目光，心满意足地去上她的厕所。

阿峰感觉再坐下去也没有什么意义。明明自己脑海里有大量的思想存储着，但是一向外输出就短路，这真是让阿峰头疼不已。阿峰感觉自己的思想里有很多闪光的东西，如果能从中找出一些写出来，肯定会感动到一大片的人，起码让人感到佩服是没有问题的。但是没有成功，灵感如同一条狡猾的蛇，阿峰一直无法抓住，所以阿峰只能眼睁睁地看着空白的稿纸默默地发呆，无计可施。这才是让老婆不屑，而自己也感觉惭愧的关键所在。

胖

何嘉玮

阿峰正在厨房哼着小曲，做着老婆最爱吃的红烧肉。

"老公我又胖了。"这时老婆突然在卧室里大声尖叫了起来。"又涨了二斤"

阿峰一边低头做着菜，一边安慰老婆说："没事，没事，下次少吃点。"

阿峰今年四十多岁，娶了一个比自己小好几岁的老婆。老婆长得也相当不错，这正是让阿峰不放心的地方。

阿峰经常关注自己老婆有没有出现什么外遇之类的事，还好老婆相当的忠贞，但阿峰还是不放心。

阿峰并不希望老婆胖起来。可是，苗条的老婆又让他不放心。所以，阿峰又希望自己的女人胖起来。因为只有这样，别人才不会看上她，她才可以真正地永远的属于自己。

他的这点思想来自他对自己身边亲戚。他的亲戚中有一对夫妻，妻子身材不高，只有一米五五，但是体重已经快到二百斤了。按理说老公应该嫌弃她了，但是他的老公并没有这样的做。相反他们夫妻过得很幸福，快乐，这曾经让阿峰很纳闷。随着时间的推移，阿峰渐渐地理解了，夫妻生活的时间长了，身材不再是主要的，精神的相互依赖才更加重要。真正爱自己的老婆就让她做自己喜欢的事情。很多时候妻子减肥只是为了取悦老公，其实自己并不是十分快乐特别是节食减肥的时候。所以女人敢真正胖起来，正说明了对老公的信任。因为只有她认为自己的老公永远不会离开她时，她才敢去不顾自己的体型，专心为了家庭。

"怎么办，老公，我从今天开始不吃肉了，只吃蔬菜，我还要多运动，我还要……"阿峰没有等老婆说完，就一把搂住了她，轻声地对她说："亲爱的，胖一点吧，胖一点丰满，我喜欢，你喜欢的红烧肉马上做好了，我们去吃饭吧。"

阿峰的老婆看了一眼阿峰，对阿峰微笑着流着泪说："那我就吃成一个大胖子，永远跟定你，让你永远养着我。"

阿峰低着头轻吻了一下老婆，轻拭着她脸上的泪，点头微笑着，眼睛却看着垃圾袋里那一包增肥药。那包药刚才放进了老婆喜欢的红烧肉里。

光阴小镇

何嘉玮

  世界上有那么两个小镇，一个小镇拥有无限的光阴，每个人都可以活很久，有一个小镇人们只拥有短暂的十几年的光阴，两个小镇的人们因为时间的不平等，过着相当不一样的生活，拥有无限时光的人们一天到晚晒着太阳吃着美食，过着无忧无虑的生活，而拥有有限光阴的人们，每天都紧张地忙碌着，为自己的家人辛苦的工作，创造出远超他们能力的价值。

  十几年后，那个拥有无限光阴的小镇生活总在穷困线上挣扎，而拥有短暂光阴的小镇，却创造出了大量的财富，不知道这样的小镇对比对于人们来说会有多少的想法，光阴的长短和人们的成就并不一定成正比，这和人们的思想有很大的关系，只有努力的人们才可能把有限的时间利用好，不辜负美好的年华，那些只拥有健康身体，没有自己思想的人，其实年华依然不会精彩。

  时光如水地流淌着，不会为任何人多停留一步，很多的时光都悄悄地流走了，并没有多少人感到惋惜，认为自己还将拥有大量的时光，但是这无痛无痒的时光其实最能带给你的是深深的痛苦和无尽的惆怅，面对二个小镇的居民，我们随机采访了一下，拥有无限时间的居民说：“反正时间多的用不完，今天的事处理不完可以留到明天，反正明日复明日，明日何其多。”相反拥有短暂时间的居民这样的说：“时间对我们来说太宝贵了，我们必须珍惜每一段时光，好好地加以利用，因为我们的时光不多了。”正是他们思想的不一样，才造成了经济上的不相同，珍惜时间，热爱生命，让生命在自己手中释放出最耀眼的光芒，这才能让人生过得有一些意义。

钱的苦恼

何嘉玮

  当阿峰睁开眼睛时，除了室内有一盏微弱的夜灯发出的光线之外，窗外一片漆黑，很明显这还是半夜，阿峰用手滑了一下苹果手机，发现手机屏上的时间定格在三点二十分，

这是阿峰习以为常的醒来的时间。

最近阿峰做生意赚了一笔钱，本来是一件很高兴的事情，但是关于这钱怎么分配的问题，阿峰陷入了焦虑，妻子说要自己来掌管这些钱，老妈说替儿子保管一下，阿峰的意思是想先买一辆摩托车开一下，三人各执己见，互不相让，让一件本来应该开心的事情变的让人不快了起来。

阿峰并不是那种很精明的人，对于赚钱也不是很精通，这次之所以能赚到那么多的钱，也是纯属偶然，不过是朋友顺带着帮了他一下，所以阿峰还要想办法去感谢他的朋友，对于金钱的用法家里产生了各种的想法，都是自己的亲人，都是为了这个家，为此阿峰也不好对那个说不对，但是怎么处理，这真是很伤脑筋，因此半夜就惊醒了起来，根本无法入睡，所有的人的眼光都盯着这笔钱，让阿峰仿佛坐在了火山口上，反而异常难过，倍受着煎熬，可见有一些时候意外之财也不是一件好事情，阿峰知道自己的任何小的决定都会招来不满，他没有办法去讨好每一方，也不好做自己，如果孝顺父母，妻子肯定不高兴，如果给了妻子，父母肯定说自己不孝，如果自己用了，那肯定招致全家人的一片声讨，现在的金钱，不再是让人喜欢的东西，相反变成了烫手的山芋。

怎样在这重重的关系之中找到好的解决方法，这让阿峰十分的头痛，怎么做才好呢？这种矛盾真是不可能调和的，看起来。

在这笔钱没有得到归属之前，家里的气氛是异常紧张的，阿峰当然不想让自己任何一方的亲人受到伤害，但是钱就是那么多根本没有办法去满足每个人的想法。

正在那里一筹莫展的时候，有一个朋友来玩，说在本小区有一个家庭过得太惨了，父母本来就是下岗职工，儿子又得了白血病正等钱治病，父亲因为去给孩子筹钱，结果在路上出了车祸。现在就剩下母子二个，母亲为了儿子，一夜之间头发都白了，现在大家都在小区居委会的宣传下捐钱，捐物呢。

阿峰听了，有了主意，他把这个主意告诉了全家，没有想到全家的意见出奇的一致。第二天，小区居委会就收到了一笔不小的匿名捐赠，这笔钱如同及时雨解决了这对母子的燃眉之急。阿峰一家也不吵不闹了，家里反而更和谐了。只是更加的关注小区的这对母子了。

买裙子

何嘉玮

妻子不和你争吵，但是她就看上了淘宝网上那一件秋天才能穿得暴露的裙子

阿峰第一反应就是妻子再跟自己开玩笑，但是看了看又不像，妻子那坚定的眼光让

人无法怀疑这个事情的真假。现在的天气在他们北方可以说穿羽绒服都感觉到冷，买这样的一件衣服，是不是缺少了一些理智？这是一件绒的短袖的裙装，现在穿肯定冷，春天穿又是那么的合时宜。老婆这是什么意思？而且太暴露了，根本不适合妻子那三十多岁的年龄。

阿峰很郁闷，不知道妻子那一根神经搭错了，就没有同意妻子买。妻子没有说话，但是明显不太高兴。没有原则地讨好自己的老婆，这是错误的做法，以后会使家庭脱离正常的轨道。事情就这样不冷不淡的被放在了那里，谁都不去提及，但是谁都心里有这样的一件事。

有一些事情，拖也是一种战术。日子就这样地过着，妻子和阿峰进入了冷战。家里的气氛如同冬天的气温一下就降到了冰点，阿峰也不开心。一件衣服让阿峰过得异常的难受，这样的气氛让阿峰感觉到绝望。

怎么办呢？阿峰每天起来一看到妻子脑海里就会很自然地想到这样的问题。妻子每天冷若冰霜的脸，不冷不淡的话让阿峰感受不到一个家庭的温暖。阿峰的心理防线在一点一点地崩溃，阿峰每天都告诉自己一定要坚持，因为真理掌握在他的手里，无真理宁毋死。但是每天的坚持都是那么压抑，那么让人难以承受。

一个星期之后，阿峰感觉应该和自己的妻子好好地谈一下了。再这样的下去，家都不像家了。妻子对这个衣服的执着也让阿峰感觉到莫名其妙，那种非要达到目的的决心，如同滔滔不绝的江水汹涌澎湃持续不断地涌来，让阿峰的心理防线无法招架。

那天晚上，小孩很早就睡去了。阿峰约妻子坐在客厅的沙发上，关上了电视。谈判开始了。虽说二人都在沉默，但是气势上，阿峰完全落在了下风。妻子如同一位严厉的老师盯着一个来学校承认错误的家长一样看着阿峰。阿峰呢，就如同一个做错了事的小学生，恐慌地盯着老师一样，看着自己的老婆。两个人就在这样的气氛中开始了谈话。

"那件衣服……"

"怎么，你改变想法了？"妻子居高临下地说。

"从我的心里来说……"

"还是不想买是吧，那就不谈了，坐这不是浪费时间嘛。"妻子拿起了遥控器准备开电视。

"买，我的意思是什么时候买？"阿峰彻底没有了原则。

"真的同意了？"妻子扫了一眼那个不情不愿的阿峰的脸。"不要勉强，我也不是太喜欢那件衣服。"妻子补充道。

"那……"阿峰小心翼翼地看着老婆那张看起来变得轻松的脸，可能妻子真的回心转意了。

"那就不买了，是吧？"妻子猜出了阿峰的心思。

阿峰本来想说是，但是看着妻子的脸色不对，就知道这是妻子在试探自己。急忙转了话题。

"那怎么可能，我是想问什么时候买。"

"现在，马上。"妻子的话不容置疑。

"现在是不是有一点晚了，客服可能都下班了。"阿峰还有一些侥幸的心理。

"想不想买吧？你说句爽快的话。"妻子家里的权威地位不容动摇。

"那我去充值吧。"阿峰看着一点希望也没有了，只能顺从了。

老婆拿着衣服哭了。阿峰以为是感动的，上前搂着老婆的肩膀想安慰一下。这时老婆对阿峰说："谢谢你老公，这件衣服是妈妈生前看中的，没舍得买……母亲的祭日快到了，我想送给母亲。"

阿峰听了后，紧紧地抱着老婆，擦着老婆的泪水说："是我不好……"

作者简介：

何嘉玮，从小喜欢文学，陈清贫网校8期学员。岁月如梭，不改初心。虽没有征服一座高峰，但我从未停止过攀登！

传家宝

莫耀裙

九叔的父亲在咽气前，从贴身的口袋里掏出一个用麻布做的小袋子，拼着最后一口气，递给九叔，声若游丝地说："这是祖上传下来的，只有在绝境中才能打开，但只能打开一次。你打开后就不能再传给后代了，切记！"说完后，就撒手西归了。

九叔摩挲着小袋子，神情凝重。这个小袋子用麻布做成，很粗糙，历经岁月的烟熏火燎，已经失去了本来的颜色，黑黝黝的有点滑腻，扎袋口的红绳，颜色暗淡中透着异常亮光。九叔想，只有在绝境中才能打开，这个袋子装的到底是什么呢？会有神力吗？九叔若有所思地把小袋子装进贴身的口袋里。

九叔忍着痛悲，把父亲的后事料理完，有点虚脱的感觉。可是当他看到活蹦乱跳的几个孩子时，他心底就明白，生活不能被伤痛埋葬，伤痛只能当作生活的一种调料，让你品尝人生的苦与悲。他收拾好心情，继续自己擅长的老本行，挖草药给人治病。

一天清晨，九叔收拾行头，匆匆告别家人，就进山去了。附近山头的草药早就被同行采完，他只能向更深更荒凉的山林进发。

跋涉多时，九叔终于来到一座平时人迹罕至的老林，看着满目青翠欲滴的绿树野草，听着叽叽喳喳的鸟鸣，他的心情很舒畅，好久没有这么畅快过了，他深深地吸上几口林中带着一点不明味道的空气，开始寻找目标了。

九叔专心致志地逡巡着，不想放过任何一株治病救人的好药，不一会后背上的药篓就差不多满了，他心中一阵阵窃喜，收获不错嘛。就在这时，林中突然传来几声瘆人的"呀呀……"声。九叔被这个平时未曾听到过的声音吓了一跳，心中瞬间竟然有点慌乱，他惴惴不安地四处巡看，一切都归于平静，他什么端倪都看不出。就在这时，他突然瞥见了不远处的一株老树下发出神秘的幽光。这光一下就抓住了他的心，引着他向光走去。九叔壮着胆子，迎着幽光，一步一步探向老树。近了，九叔凝神屏气，定睛往树底下一看，哇，竟然是一朵硕大的灵芝！灵芝暗红色，上面那朵最大，暗红色的孢粉，在阳光的映照下，发出幽幽的红光，下面还有数朵不规则的灵芝。九叔按捺不住激动，一箭步上去，搂住灵芝的根部，小心翼翼地采下来，扭身就想放进药篓，只听咔嚓一声，九叔脚下一空，毫无征兆地往下掉，他什么也不顾，只是下意识地用双手护住灵芝。他的身体咕噜咕噜地往下滚，他拼命想抓住旁边的藤蔓，但由于下落的速度太快了，刚抓住一根，啪地一下，就扯断了。他绝望地想："这下完了，没得救了……"他绝望地闭上眼睛……就在这时，"嘶"的一声，一根长树杈把他的衣服刺破，从腋下穿过，把他挂起来了。

九叔惊魂未定，久久不敢睁开眼睛。

过了好一会，他才慢慢地睁开眼，惶恐不安地四处张望，让他略微心安点的就是挂住自己的树杈离地面不远，即使掉下来，也不至于丧命。

他竭力让自己平静下来，思索着如何才能脱离危险。这时，他想起了传家宝。父亲的遗言他记得很清楚，他现在就是处在绝境中。他用一只手摸索着找到内衣口袋里的传家宝，拿出来，想打开，可一只手无法打开。另外一只手呢？还在死死地护住那株灵芝呢。他有点犯难，丢开灵芝，心中万分不舍，可不舍弃，无法打开传家宝。

九叔很犹豫，心很痛。

挣扎了很久，九叔终于下定决心保命要紧。他先松开拇指，然后食指，中指，无名指，小指，手掌还压住灵芝迟迟不愿松开。"命重要！"最后他命令自己强行松开手掌，灵芝随之重重地摔在地面上，散架了。他的心也随之一抽。

九叔双手拿着传家宝，颤抖着正想拉扎袋口的绳子，耳边却响起父亲的声音："只能打开一次，打开后就不能传给下一代。"他的手瞬时僵住，怎么办，我真的到绝境了吗？传家宝要不要传给儿子？一串串问题一股脑涌上他的脑海，一时无法抉择。

九叔凝视着传家宝，这个普通的袋子发出幽幽的亮光，这亮光突然给了九叔无可言喻的力量，他醍醐灌顶似的，刹那间明白了传家宝传承的意涵。

他顿时镇定自若起来，细细打量自己身处的环境，双手紧紧攀住树杈，一点点往下挪，慢慢退出穿过衣服的杈，然后他双手抓住树枝，卷起双脚，慢慢松开手，轻轻一跃，他就安稳地落在地面上，毫发无损。

九叔安全回到家后，意味深长地对他的儿子说："我往传家宝里加了点宝，你要好好传承啊！"

旺　财

莫耀裾

黄叔是市某局的一位副局长，他比较寡言老实，但心底里也希望口袋里能够多几个钱，因为老婆没工作，单凭工资过日子也实在是清贫。可是他所管的工作都是没有什么油水的，平时也没有谁会想起来要给他进贡。

黄叔有一个习惯，每天饭后都要到市政广场溜一圈，看看有什么能让他改变现状的奇迹发生。但多年过去了，还是一如既往。

一天晚上回家时，他老觉得有人跟在后面，他走快点，后面的人也跟着快点，吓得他够呛，快到家门口的时候，他才敢回头看，原来是一条黄狗跟他回家了。俗话说"自来狗富"，所以黄叔就留下这狗并取名"旺财"。

也不知是因为黄叔收养了旺财的缘故，还是因他清廉老实。年初局里分工的时候，黄叔竟然分管基建等几个人们认为油水比较足的版块。黄叔暗自高兴，想不到我就快要退休了，竟能得到这样一个肥缺。

一天，黄叔刚吃完晚饭，就有人来拜访，来人想承包局里新办公楼项目，看那人像铁公鸡样，黄叔慢条斯理地说："项目必须要通过公开招投标，我不能私自决定，你还是回去吧。"旺财也在旁边龇牙咧嘴地瞄着。

正在这时，来人打开随身的公文包，拿出一个大信封，说："小小意思不成敬意，成事后还有重酬！"他双手把信封递给黄叔。黄叔眉开眼笑，正想伸手拿，突然，旺财狂吠不已，并跳起来要咬来人，吓得来人丢下信封夺门而逃，旺财叼着信封追了出去，把信封扔在那人面前，来人战战兢兢捡起信封，嘴里喃喃自语："真是奇葩！"

随后，黄叔家里接连来了很多拨人，都在关键时候被旺财吓跑了，而且一次比一次凶。时间久了，也就没人敢来黄叔家走后门了。奇怪的是，如果来的人只是串门聊天，旺财却表现很乖，还会对来人摇尾巴。

突然有一天，局里另外一个协管基建的领导被纪委约谈了，而黄叔的生活还是过得平淡而安稳。

一直到退休，黄叔都没有富裕起来，他很不解，这旺财怎么不助我发财呢？看来自来狗富的老话也不一定信得过呀。他决定不再养旺财了。一天傍晚，黄叔把旺财拉到街上，也不系狗绳，让旺财随便去丢算了。可是一路上旺财都不乱走，就在他后面不紧不慢地跟着。突然，旺财兴奋地"旺旺"吠两声，一溜烟跑进一个大院。

"纪委！"黄叔疑惑地看着纪委的牌子，不知道旺财为何跑进了纪委大院。

"哦！我明白了。"黄叔突然明白了旺财的用意，"旺财呀，旺财，你才是我真正的福星！"

九叔开医馆

莫耀裾

九叔治疗骨伤痛症的技术炉火纯青，一般的疼痛症状可以说是秒杀。他曾经在镇里开了一间专治骨伤痛症的诊室，经常忙得饭都没有时间吃。然而不久却被医药部门查封了，说是非法行医，如再干就要抓人了。

九叔的中医知识并不是很好，根本达不到考取执业医师的程度，也没有那个能力。他的技术是得到高人传授的，专业治骨伤痛症，懂得根据病人情况选择针灸按摩或是推拿，需要用中药，有师父调制好的中药膏。他就凭这一手艺，在方圆百里都有名。

现如今成了非法行医，他心里很是憋屈啊。同样的毛病，他治疗的效果要比很多有证的医生好，也没有出过医疗事故，他这是在造福一方民众啊。后来九叔静下心想想，自己没有合法的证件，被执法也是正常的啦，随后心中就释然了。

过了一些日子后，九叔想不能让自己的手艺荒废了，还是要开店，为民解除病苦，但没有证咋办呢？

有一天，九叔正郁闷地在街上走，突然看到前方政府广场上很热闹，还挂着一条横幅"为民办实事，市长现场办公"。九叔一拍脑袋，马上计上心来，他快步走向市长办公现场，排队等候市长的接见。

过了好一会，终于轮到九叔了，他快步向前，谦恭地说了声："市长好！"

市长很热情，满脸笑容问他："老大哥，您好！您有什么需要我帮助的吗？"

"也不是什么大问题，我有一手治疗骨伤痛症的绝活，却不能为民解除痛苦。"

"是怎么回事呢？谁不让您为人治病呢？"市长很有耐心。

"是你们的医药部门啊，他们说我非法行医，封了我的店，还说要抓我。"

"您的手艺是谁教您的呢？有师父吗？如果有传承，是可以考个确有专长的行医资格证的。"

听到市长这样问，九叔心中很明白自己是什么料，但他不能对市长明说啊，只能装糊涂了。他说："我有师父教，我的师父是民间的隐世高手。我也不懂得怎样去考。"

"这样吧，如果你确实有专长，我可以安排有关部门找人指导您考证。"

九叔心想，我不露两手看来是不行。他四处看了下，刚好看到现场有一个群众拄着拐杖，脸的表情很痛苦。他走过去，把那人请过来，对市长说："市长，我可以现场为他解除痛苦。"

说罢，九叔问了那人一些具体情况后，让他坐下，找到他受伤的部位，变戏法似的从兜里掏出几枚银针，还没等那病人反应过来，几下子就针到病人的相应部位。病人刚想喊，却感到疼痛的部位竟然不痛，还很舒服，真是令他惊喜万分。市长在旁边看到了，也很惊讶，相信九叔是有真功夫的手艺人。他二话没说，就写了一张条子，签下他的名字，交给九叔，叮嘱他尽快去找有关部门为他解决问题。

九叔拿到市长的条子，心中一阵狂喜，连忙到文印店把条子过塑了。第二天他就租了铺面，重开医馆。

有一天，医药部门巡查发现了九叔的医馆，正要查封。九叔拿出了市长的条子，在执法干部面前一晃，说："我有市长的批条，你们也敢封啊！"

其中一个干部看了一眼条子，发现确实是市长的签字，说了声打扰了，就拉着同伴走了。其实市长的条子只是批示有关部门指导九叔如何考一个确有专长的行医资格证。

套　路

莫耀裾

九叔家住农村，家景殷实，是治疗骨伤痛症的好手。他唯一的儿子林却娶不到老婆，九叔很是伤神。

一天晚饭后，他问儿子："你也谈了好几女朋友了，咋就没有一个成功呢？"

"还不都怨你啊，老古董。"林抱怨说。

"咋怨我啦，你谈女朋友我给了你不少钱，是你太笨了吧！"九叔有点生气。

"不是我笨，是那些姑娘们太现实了，个个都想要在县里买房，且要全款，不能贷款。你又不愿意帮买，还不怨你啊。"

九叔听了沉默不语，心里却嘀咕开了：儿子确实有好几次跟自己说到买房的事，但他始终认为城里太拥挤，空气也不好，住在乡下，环境好，空气好，交通也便利，没有必要投那笔钱。没想到这却成了儿子结婚的绊脚石。

为了儿子的婚事，九叔决定在县城买房。他对儿子说："你继续找女朋友，确定关系后，你们一起去看房。"

九叔要在城里买房子的消息散出去后不久，林很快又谈了一个叫欣的女朋友，家住城郊。欣很合林的心意，身体匀称，体态丰盈，顾盼生姿，能说会道，说的话都能说到林的心坎里去了。处了一段时间后，欣对林说："我爱你，你什么时候娶我呢？"

"我想马上娶你。"林搂着欣兴奋地说。

"我是愿意嫁，可是你城里的房子还没有着落呢，难道要我跟着你住乡下吗？"

"我爸答应了在城里买房子，我们明天一起去看房子吧。"

"太好了！"欣欢喜雀跃，给了林深深一吻。

第二天，他们相约到城里各个楼盘看房子。转了一天，林看上一套小户型的房子，欣大笑："这房子也能看得上眼啊，太小啦，以后我们有孩子了怎么住呢？"

林无奈，继续找。欣看中一个高档住宅小区一套复式房，200多平方米。林问了价格后，吓得直咋舌，脸色都变了，拉起欣就走。欣用力一甩，把林的手丢开，怒容满面地冲林吼道："没有那么多钱就别说买房子！哼！"蹬着高跟鞋，怒气冲冲地自顾走了。

林郁郁寡欢地回到家里，吃饭也是无精打采，耷拉着脸。九叔关切地问："难道你和欣吹啦？"

"也不是吹了，主要是今天看房，我们的意见难统一。她总是想要那种高档小区的房子，房价高物业费也贵，唉！"

"儿子，钱不成问题，老爸有，只要欣喜欢就成。"

林听了九叔的话，兴奋地马上给欣打电话："亲爱的，我爸说可以按照你的意愿去买房子啦，明天我们再去看咋样呢？"

"好是好，可你不喜欢，我的心也不好受啊。"欣淡淡地说。

"那怎么办啊？我非常爱你，希望和你结婚。"

"我也爱你！所以要大家都统一意见才好。要不这样吧，我们买一块地，按照自己喜欢的样式设计建造这样不是更好吗？"

林和九叔说了欣的意见，觉得这个主意不错，他也能承受这个经济压力。可他平时根本都不关注地产方面的信息，对那些东西是两眼一抹黑。最后林对欣说，你在城郊，消息比较灵通，你拿主意吧。

过了两个星期，都没有欣的消息，林忍不住打电话给欣："亲爱的，地的事有眉目了吗？"

"地我倒是找到一块，在城郊，不知道你是否满意。"欣说。

"你满意我就满意，你做主好了。"林急不可耐地说。

"话是这样说，你还是和叔一起上来看过再说吧。"

林和九叔上到县城，欣热情地把他们带到那块地里，介绍说："你别看这地人家已经盖好一层楼了，但我们可以把它推倒重建，且位置也不错，交通方便，城区不久也会扩展到这里来，再说价格也合算，才要二十多万。"

九叔听着也觉得合理，就催促欣尽快找卖家办理手续。欣说："这也没有什么复杂的手续，我们只要和卖家签订一个协议就可以了，因为这是集体用地，周围那些房子都是这样的。"

九叔也不懂这些，就事事听从欣的操办，他只负责在协议上签字和交钱。

很快协议就签好了。欣说："你们定好建房的日子，等到下地基后，我就和阿林登记结婚。"

九叔有一个朋友是阴阳先生，他一翻测算后，日子就定下来了。

九叔请来施工队把原来的那层楼拆掉，准备建地基。

就在九叔买好材料兴工捣制地基时，来了一大帮村民，不让他动工。

九叔据理力争："我们是签有协议的，你们不能蛮不讲理。"

一个村民说："你拿出协议我们看看。"

九叔把一份过塑好的协议拿出来让他们看。那些村民看了好一会儿，一个络腮胡子站出来，指着协议对九叔说："协议上只说你们拥有房子的使用权，但现在你们已经把房子推倒了，房子不存在了，而且是我们村集体所有，你不能在这里建房。"

九叔听了，真是欲哭无泪啊！想找欣问个明白，打她的电话只听到一个动听的女声："你拨打的电话是空号。"

送温暖

莫耀裾

老莫头是市塑胶公司的内退工人，年近六十了，因为生活困难，没有钱购买新房子，一直居住在塑胶公司七十年代建的砖瓦房里，每遇到刮风下雨就得担惊受怕，害怕屋顶什么时候一不小心会被大风吹走，下大雨的时候，就得准备好几个大盆子接雨，他自嘲这是为老房子"接风洗尘"。这样的状况持续多年了，他年年都向公司黄经理打报告反映情况，请求公司出钱修葺修葺，黄经理每次都答应得很干脆："年终前一定帮你搞定，冇使惊！"

老莫头每次都相信经理会帮他搞定的，可每次风雨来的时候，他照样的为老房子"接风洗尘"。这样的状况持续了多年，他以为是经理事情多，把他的事给忘了，今年他决定再去跟经理反映反映，也算是提醒下他。

在一个晴天的下午，他又一次走进经理室，他已经记不清这是他内退后为了修房子的事第几次走进经理室了。经理一看到老莫头，不等他开口，就大手一挥说："老莫同志，你的问题我都知道，五天内解决你的问题，不用再到年底了，回去听候通知吧！"

他想："这回快多了，只等五天就行。"

在小年夜前的一天上午，黄经理的秘书眼镜张突然过来跟老莫头说，下午黄经理要过来给你送温暖，顺便解决你房子的问题，电视台要录像的，你要准备好点，别穿得太寒碜了，丢公司的脸。

老莫头自然是不敢怠慢的。他马上翻箱倒柜地找出年轻时参加公司技术标兵颁奖大会时穿的那套中山装，由于年日已久，衣服都发霉了。他就一边用热毛巾小心地擦去中山装上的霉点，一边自言自语地说："老伙计，日后还要不要过接风洗尘的日子就靠你了，你怎能发霉呢？我要先为你接风洗尘了！"老莫头小心谨慎地弄了一个多小时，终天把衣服收拾好了。他穿起来还真像那么一回事，整个人都精神了很多。接着他又花了二个小时忙里忙外搞卫生清洁，把房子里里外外清除得干干净净，明亮极了。可他还是不放心，跑出跑进细致地察看了两遍才放心。这才怀着紧张的心情等待下午领导的到来。

"叭叭！"院内传来两声汽车的喇叭声，老莫头猛地跳起来，快步走出房门，果然是公司的车来了，是两辆新款的别克轿车。老莫头恭恭敬敬地站在房前，迎候经理的下来。

车终于停稳妥了，秘书眼镜张先下车，急忙打开经理的车门，并用手护着车门上方，只见胖得像个皮球样的黄经理慢慢吃力地从轿车里滚出来，站直后，用手弹了弹笔挺的西装，调整下表情，就满脸堆笑地快步走向老莫头，用他肥厚的双手紧紧握住老莫头干瘦的双手，说："老莫同志，让你受苦了。由于公司近几年的业绩比较差，我也比较忙，一直抽不出时间和经济来为你解决难题，真是对不住你呀！"老莫头听了，只想掉眼泪。泪光闪闪地说："也没有啥大问题的，有劳经理费心了。"

经理接着说："近几日，市委市政府要求各单位要给困难的群众职工送温暖，这不，我马上就想到你了。今天，我代表公司给你送来一点物品和五千元钱，你就用它翻修下房子吧。"说完，瞄了身边的眼镜张一眼。眼镜张马上就指挥随从把慰问品搬进瓦房里，并从手上的公文包里摸出一个大红封，双手递给黄经理，经理很有风度地把红封发给老莫头。那些相机、录像机的闪光灯就恰到好处地闪起来了。这时黄经理好像兴致很高，对老莫头说："老莫同志，请你把红封打开吧，让我们大家共同见证公司的温暖吧！"眼镜张一听到经理这样说，心猛地提到了嗓子眼，想阻止，但已经来不及了，老莫头激动地把大红封扯开了，伸手往大红封里摸，抽出了一张红太阳，他再往里摸摸，可什么也没有了。那些随从扬起双手正准备鼓掌，看到这情境也呆了，经理红胖胖的脸也变得阴晴不定了。只有眼镜张的脸变得一阵清一阵白，他怎么也没有想到黄经理会突然来这么一招，这在以前可是从来没有出现过的呀！原来他在封红包的时候，偷偷地把慰问金换成一百元钱，做梦他做梦也不会想到黄经理会让老莫头当众拆开红包的。不过，眼镜张见过很多大场面，情绪很快就恢复原样，他瞄了一眼老莫头和他辛苦搞得干净明亮的瓦房说："大家看，老莫同志穿着多光艳呀！他的房子多么敞亮呀，哪里用得着修葺呀？！"

空气在那仿佛凝固了，只有老莫头还在说："谢谢公司领导的温暖，谢谢……"

厚黑六字真言

莫耀裾

七叔大学毕业已经有十多年了，在一间中学教语文，在当地是一名小有名气的中学教师。教学效果和师德师风都无可挑剔。就是一直都得不到提拔，他有些苦闷。特别是前几天学校领导宣布，学校提拔路一平老师为教导副主任，他更是心中愤恨难平，那样的人也可以得到提拔。过几天，七叔平静下来后细想，那小子肯定有功夫，向他请教下也无妨。

七叔找了一个星期六的下午，给路一平打电话，先是恭喜一翻，然后谦卑地说："路主任，可否赏脸一起去吃个饭呢？"

路一平有点受宠若惊，平时从来没有人会主动请我吃饭，这不刚一当上官就有人请吃饭，看来我的前路平了。他当即应允。在饭店，在大家都喝得面酣耳热的时候，七叔就小心地说："路主任，我想向您请教一个问题行不？"

"别客气，说吧！"路一平大手一挥，大方地说。

"您能否拨两招我呢？让我也可以像您一样得到提拔呢？我们学校不是还缺个政教副主任吗？"

"哦，你小子原来是想打这个主意，难怪你会请我吃饭。不过看在这酒菜的份上，点你一招吧——回去好好研究下厚黑教主李宗吾大师的《厚黑学》吧。"

七叔回来后，马上找了一本厚黑学来钻研，最后定格在"空、贡、冲、捧、恐、送"这六个字上，这是李大师总结的求官箴言。他详细地阅读其中的细节，直至烂熟于胸。

此后，七叔变了一个人样，不再热衷于钻研业务，有空就想怎样能讨得校长的欢心，如何去发现领导的小辫子，如何去实施这求官六字真言。这样下来，他的教学成绩慢慢地就掉队了。不过好在现任的校长是个喜欢阿谀奉承之人，七叔所作所为极合他的心意，在学期快结束前，校长就在教师会上透露，将会在下学期提拔七叔为学校的政教副主任。七叔得意得不得了，虽然还没有正式任命，但也慢慢地以一名领导的姿态做事，因为他觉得这是板上钉钉的事，跑不了！

谁知道，下学期刚开学不久，现任校长就被调走了，从上面调来了一位新校长，路一平提醒七叔，你可要醒着点咯，否则你的副主任有点悬。七叔自信地说："我有六字真言护身，怕个鸟！"七叔继续对新校长施行六字真言。经过一个假期的研究和深思，他更有心得，做得也更巧。这位新校长对七叔的所为全都照单全收，而且时不时还赞七叔几句，把七叔乐得屁颠屁颠的，更让他想当然地认为这政教副主任非他莫属，就连梦中都乐得笑出声来。

到了要充实学校领导班子的时候了。七叔以为校长肯定会毫不迟疑地提他，但新校长却要求全校老师采取不记名的方式提名，七叔也提了自己的名。校长叫了几位老师填写了有关表格，当然，也叫七叔填了表格，不同的是，新校长对每个老师都单独说了不同的话，意味深长。

这样不知过了多长时间，突然有一天，领导说教育局人事部的领导要来考核拟提拔的教师，请大家在校等候。七叔的心情很兴奋也很期待，希望自己的努力能得到回报和肯定。

考核过后，也是折磨人的等待，七叔在工作之余，也是对领导的岗位充满憧憬，每天都在激情灼灼燃烧中度过，干啥都想着这事。

在一个天气阴冷的下午，教育局的聘任通知下来了，学校领导却迟迟没有宣布，搞得七叔寝食难安。过了几天，学校领导把提拔任命的领导名单向全校教师公布，结果令七叔大失所望，名单中没有他。七叔的脸都气灰了，竟然有这样的事，难道这六字真言都不管用吗？李宗吾大师也在骗人呀！一连几天他都垂头丧气的，干啥都不起劲。

有一天，他终于忍不住了，气冲冲地打电话给新校长，问为啥不提拔他呢？

"你修炼厚黑六字真言的功夫还不到家，我早就烂熟在胸啦。"新校长如是说。

七叔蔫了，电话也掉了，嘴里喃喃："原来都是高手啊。"

作者简介：

莫耀裾，高级教师，业余经常在运动场上挥洒激情，有灵感的时候，喜欢把自己的才情化成有灵魂的小精灵，走近有缘的读者。近年来在全国各地的报纸杂志发表了一批散文和诗歌等文学作品。

特殊的约会

马上礼

帅帅是杭州网义工，是一家大公司的科研员。他有一个爱好，就是利用双休日的时间，去社区参加公益活动，为社区里的老爷爷奶奶们提供技术服务。

"帅帅。"

这天是双休日，吃过早饭，

这天是双休日，早上，帅帅吃过早餐，乘地铁去参加社区公益活动。在武林广场站转换地铁时，突然听到有人喊他。

"娜娜，是你呀！"帅帅看到是娜娜在喊他，既惊讶又兴奋。

半年前，在市里举办的科研技术推广会上认识了娜娜。帅帅是市科研机构推广方的代表，而娜娜是企业生产商一个老总的秘书，为了供需双方交流方便，两人互加了微信。通过微信交流，娜娜喜欢上了帅帅，但没有表达。今天是她的生日，她想约帅帅陪她过生日时，向他表达爱意。

"今天是我的生日，我想过一个有意义的生日，你能陪我过吗？"

"祝你生日快乐！"帅帅笑着说，"能陪大美女过生日，真是荣幸，但今天约好要去社区参加公益活动，不能陪你了。"

"你不能不去一次吗？"

"不能，社区的爷爷奶奶们都等着我呢。希望你能理解！"

连生日都不愿陪我过，看来他心中没有我。

"不陪拉倒，我还找不到陪我生日的人吗？"娜娜赌气地说。

帅帅想说什么，但没有说，两人不欢而散。

到了傍晚，公益活动结束后，帅帅路过湖滨路，突然听到有人喊："救命啊！有人抢劫啦！"

帅帅闻声回头一看，发现公园的人行道上，有一个身高马大的男子，正在抢劫一位女子的钱包。

"住手！"

帅帅大喊一声，冲了过去，一把抓住男子的手腕，夺下被抢的钱包，将钱包还给女子。

"谢谢你！帅帅。"

原来被抢的人竟然是娜娜。

帅帅还过钱包后，掏出手机拨打"110"报警，却被娜娜拦住了。

"放了他吧。"

"为什么？他可是抢你钱包的罪犯。"

娜娜看了看抢劫男子笑了笑说："他是我哥哥，不是抢劫犯。"

"你，你，你说什么？他不是抢劫犯，那他怎么抢你的钱包呢？"帅帅疑惑地问。

原来，今天不但是娜娜的生日，又是双休日，凑巧又是情人节，娜娜本来想约自己心爱已久的人一起过生日，没想到帅帅是杭州网义工，双休日要去社区为老爷爷奶奶们献爱心。

到了傍晚，娜娜和哥哥在西湖公园散步，突然发现参加公益活动结束的帅帅经过这里，她本想上前打招呼，却又放不下上午帅帅拒绝约会的请求，于是，娜娜和哥哥通过一番商量，制造了一个小小的抢劫案，来测试一下帅帅。

帅帅听了娜娜的解释，明白了娜娜良苦用心，于是对娜娜说："娜娜，哥，我请你们吃晚饭去，陪娜娜过一个开心快乐特殊的生日！"

捡垃圾捡来老婆

马上礼

周末，马剑吃过早饭，就来西湖景区，参加杭州网组织的西湖环保活动。

马剑拎着环保袋，拿着一个夹子，边走边捡游客扔下的瓜皮果壳和香烟头。

"叭"的一声，一片香蕉皮飞落在马剑面前。马剑朝香蕉皮飞来的方向看去。

湖边一棵桃花树下的长椅上，一个四十多岁胡子拉碴的男子，搂着一位年轻的女子，强行着亲来亲去。

男子剥开香蕉皮，将香蕉塞进女子嘴里的同时，把香蕉皮扔在地上。

马剑走上前去，礼貌地对男子说："师傅，请你将垃圾放进垃圾桶里好吗？"

男子听了马剑的话，白了马剑一眼，又看了看离他不远的垃圾桶说："这垃圾桶太远了，我扔不进。"

马剑二话没说，将小垃圾桶移到男子的身边。

"你这人是不是神经病，你把垃圾桶放在我身边臭死了……宝贝，我们走，去其他地方玩。"

他们走后，马剑清理扔在地上的垃圾时，发现椅子后面有一个红色的大钱包。

马剑捡起钱包打开，钱包里有一部智能手机、几万元现金以及几张银行卡。

钱包肯定是刚才那对夫妻俩掉的。马剑四处望了望，没有看到那对夫妻。

"他们发现钱包不见了，一定会来这里找的。"马剑就坐在长椅子上边等待失主边休息。

大约过了半小时，那对夫妻急急忙忙跑到马剑的身边问："你，你，你看到一个红色的钱包了吗？"

马剑拿出钱包问男子："是不是这个钱包。"

还没等马剑话说完，男子抢过钱包递给女子说："宝贝，钱包找到了，你看看少什么东西没有。"

女子接过钱包，看了看对马剑说："帅哥，谢谢你！"

女子又从钱包里拿出一沓钱递给马剑说："这一万块钱你收下，是我感谢你的！"

"不，不可以。"

马剑拒绝女子后，继续参加环保活动。过了一个多小时，活动结束了。马剑正想回家时，突然有人拍了下马剑的肩膀，马剑回头一看，身后站着的竟是那位女失主。

马剑看见只有女子一人就问："你的老公呢？"

女子笑着回答道："帅哥，你弄错了，他不是我老公。他是今天早上刚在微信上加我的网友，早上约我来西湖旅游，没想他品德恶劣，为人不善……再后来，我借上厕所之计，把他给甩掉了……"

女子名叫李珊珊，今年24岁，甘肃兰州人。几年前考上北方的一所大学读书，大学毕业后，就来到鱼米之乡，四季如春的人间天堂杭州找工作。没想到，她今天早上乘飞机一到杭州，下了飞机后就有男子加她微信好友，说带她去找工作，没想到那心术不正的男子带她来到西湖旅游，搂抱着非礼，还要带去宾馆开房……她就借上厕所之计，脱离了恶人的魔手。

脱离恶人后，不知去哪里，就想到了马剑。一个捡到钱包坐等失主半个多小时的人，一定是个好人，于是就暗暗地跟上了马剑。

"我的单位正好要招聘一位文员，我带你去报名吧。"

"真的？谢谢马哥！"

第二天，珊珊应聘到马剑的单位工作。

半年后，他们成了恋人一对。

一年后，他们成了夫妻。

作者简介：

马上礼，喜爱写作。小品有《家有儿女》《西湖环保》《义卖》《爱心理发》等。在《余杭晨报》《都市快报》《钱江晚报》《杭州日报》《天风》《山海经》《幼儿教育》等报刊发表文章。

小王蜕变记

郭东林

听说，小王回来接替他老爸卖猪肉了，我很是惊奇。

那天，我特意去看这个卖猪肉的名牌硕士毕业生。小伙子一米七五，白白净净，斯斯文文。只是，他接待顾客时总是紧绷着一张脸，好像谁欠他钱似的。

我叹息地说：“堂堂的硕士生，卖猪肉真是屈才呀！”

小王红了脸，一声不吭。

他称好了肉，是20元3角，我递上一张50元，心想正好找30元，零头肯定不要了。不料，他却给我找了29元7角，让我感到很不舒服。3角钱都看在眼里的人，注定成不了大气候！

没顾客时，小王不是低头玩手机，就是看书，有时顾客来了，他竟毫无察觉，不及时招呼。气得老王一下把他手机打落在地骂：“你长点眼好不好？”

小王白了老王一眼说：“爸，你不能和我好好说话吗？”

老王更生气了：“你不看顾客来了，还玩手机，是生意重要还是聊天重要？”

后来，我碰到几个熟人，都说老王的儿子空有一副好皮囊和一肚子文化，办事死板，又不会和人沟通，难怪在大城市找不到工作！而一些老顾客因为反感他，竟投到别的店里。

有一次，我路过老王的店，里面正在吵架，一位顾客嫌小王把他要的排骨剁得支离破碎，要求小王重割一块好的。小王却不愿意，还说：“爱买不买。”

顾客嫌他态度不好，就吵上了。正好老王回来，为顾客重新挑选了一块，又亲自剁开，并向顾客赔礼道歉。顾客走后，他把小王又是一顿狠批。

那天下午，我看到老王在店门口抽闷烟，就劝他：“何必那么为难儿子呢？他不想卖肉就让他独自去闯荡吧，说不定还能闯出点名堂呢！”

“我的儿子我了解，他就是一根筋，办事死板，还自视清高。我就是想通过卖肉，杀杀他的傲气。”他又叹了口气说，“也许是我和儿子有代沟了，我多次劝他放下身段，可他不但不听，还拿好多话反驳我。”

“老王你也有错，要和孩子心平气和地说话，不要一说话就带着火药味。”

老王听了我的建议，父子终于能平和的沟通了。

“叔，来啦。”小王看见我，微笑着和我打招呼。

“给我割块肉。”我指着案子上的猪肉说。

“肥的还是瘦的？叔。”

“蒸面条吃。”

“蒸面条要用五花肉。”小王切下一块五花肉称了称，放到食品袋里说，“蒸面条要带些肥的，蒸出来的面条柔软。如果是炒菜就要里脊肉，里脊肉炒出来鲜嫩……”

“哈，你怎么懂这些？”我惊讶地看着小王问。

“我是从烹饪书上学来的。”

没想到小王为了卖肉，竟学起了烹饪。

这以后，老王店里的生意竟比以前更好了，回头客明显增多。

有一次我又去买肉，小王却不在，问老王，他说：“我儿子已到大城市去工作了。”

“这好好的肉不卖，怎么又出去了？”

老王说：“当初我让他回来，就是想锻炼他一下，增加些社会经验。现在，我感觉差不多了，就又逼着他出去闯荡。还好，这小子这次出去就找到了工作，还是一家很有前途的跨国公司呢！"

"那今后，小王就不来卖肉了吗？"

老王头摇得像拨浪鼓："还卖什么呀？我可不想让人家说，我老王的儿子也是个卖肉的。不过，这小子竟然卖肉卖出感觉了，走时还掉了两滴眼泪呢！"

原以为，从此再也见不到小王了，没想到，春节前夕，小王又出现在店里，身边还站着一位身材高挑的漂亮姑娘，正在帮他收银。

我好奇地问："小王，你回来啦？还雇了位美女助手？"

小王笑道："不，我是回来看望父母。这位是我的女友，听我说卖肉很有趣，她说什么也要亲自体验一下。"

"哈哈，好啊，好啊！"我笑起来。

陪着母亲去北京

郭东林

那年打发完父亲，村里人都为我的未来担忧。

晚上我在灯下端详着母亲，她才三十二岁，几天时间鬓角就有了几根白发，好像一下老了许多。我搂着母亲，怯怯地问："妈，以后怎么办呀？不行我就转到公立学校吧。"

妈妈却摇摇头说："公立学校放学早，你必须有人监督才能学习更好，一旦放松，就怕考不上个好初中。"

母亲找到学校领导，说了我家的情况。

校长说："你可以来食堂干活，我们给你一间宿舍，既可以解决了母子俩的伙食，又能陪着孩子。"

"太谢谢校长了，我一定要把孩子培养成人，将来让他报你的大恩大德。"

母亲除了在食堂干活，假期或周末时就送报纸，做家政。

晚上回来早点的时，母子就陪我聊天："宝儿，长大了有啥理想？"

"妈，我长大要考清华大学，在北京工作、买房，然后把妈妈接到北京享福，再不让妈妈到处打工了。"说完，我问妈妈，"你的愿望是什么？"

"妈妈的愿望就想去北京看看天安门。"

2008年，我考入了梦寐以求的清华大学。当母亲拿着我的录取通知书时，抱着我又是哭又是笑。她对着父亲的遗像说："咱儿子争气，他要去北京上大学。要是你活着，咱俩就送娃去学校，顺便看看天安门。可你不在了，我自己去有啥意思？"

开学时，母亲把我送上火车，她拉着我的手说："妈就不送你了，你三年的大学还可费钱呢，妈要继续给你挣钱。"

大学毕业后，我应聘到北京一家科研单位工作。

五一节时，我拨通母亲的号码："妈，你来北京吧，正好这几天我能陪你玩。"

"昨天你小刘姨约我明天送报纸，我已经答应人家了，不能失信呀！等下次吧。"

国庆时，我特意回家想把母亲接到北京，可母亲又说："全友家私搞活动，要几个游行人呢，我已经报名了，每天给结现钱呢。"

后来我又有几次让母亲来北京，都因各种原因母亲没有来。

一天，突然接到舅舅的电话："你快回来，你妈出事了。"

我请了假，连夜赶回去后，母亲已经不在了。

听舅舅说母亲趁假期时，又在一家 KTV 做清洁工，每晚下班就快 11 点了，那天她骑电动车回家时，被一辆小车撞倒了。

处理完母亲的后事，我返回北京时，在车站竟意外地遇到了当年的校长，他说："你母亲真是太伟大了，那年本来我们学校食堂人员已满，是你妈苦苦哀求甚至下跪，要我给她一份工作，因为到别处上班，她不能每天看到你，因为她想陪着你长大。"

听到这里，我已泣不成声，原来我那卑微的妈妈，为了能有一份能陪着儿子的工作，竟……

在长城上、在故宫、在天安门城楼上，我每天在北京的景点游览，每到一个景点，我自言自语说："妈，你好好看看北京吧，儿子领你玩个够。"

人们以为我是神经病患者，而我说的话只有妈才能听到，因为我包里装着妈妈的相片。

偏心的妈

郭东林

夜，漆黑一团。风，呼呼地刮。天上的乌云盖顶，好像一场大雨即将来临。

我坐在村外的小河边，哭泣了好久。真想一头扎进去，可是我没那个勇气。我心里暗暗发誓，我一定要远离那个没有温暖的家。

父亲是一名快递，母亲是家庭妇女，生活有些拮据。每次换洗衣服时，总是让我穿姐姐的旧衣服。

"我就不穿，为啥姐是新衣服，让我穿旧的？你们不稀罕我，就不要生我，还不如把我丢了。"我把衣服扔到地上哭叫。

母亲捡起衣服，柔声地说："咱家就你爹一人挣钱，花销太多了，等你长大自己挣了钱，

想穿啥就穿啥。"

每次吃饭，姐姐碗里是炒鸡蛋，而我碗里却是煮土豆。

"一个亲妈生的，为什么不一样对待？"我吃着土豆想。

全家吃完饭后，母亲指使我洗碗，父亲指使我擦桌子。

"家里有好吃的，好穿的，从来轮不上我，而家里的活为啥就让我干？我姐比我大一岁，你们为啥不让她干活？"

有一次我实在是忍无可忍了，把锅碗扔在水池里大叫。父亲走过来给了我一耳光。我一气之下，就跑到村外的小河边。坐在小河边我暗暗思：我是不是他们亲生的？

转眼我俩都到了上初中的年龄，第一年，父母借钱让姐进了私立学校。第二年我上初中时，却让我去城镇中学。从小和我一起长大的珍珍说，她听她奶奶说我是抱养的。

我越想越不是滋味，怪不得我和姐长的不一样。姐姐小巧玲珑，我却是敦实粗胖；姐姐性格温柔，我却脾气火爆。他们看姐哪都好，看我却是哪都不顺眼。原来如此呀！我开始双休日不回家，回家都是为了要钱，并且回一次和他们吵一次，我和他们沟通更少了。

每次姐考试回来，母亲到处炫耀说："看我家大姑娘，又是全校第十名，全班第一，老师说我家姑娘考一中没问题。"

街坊们夸母亲："还是你教育得好，看我家姑娘，每天就知道臭美，对学习从来不上进，同样是一个班的学生，你说你家姑娘咋就成绩那么好呢？"

看着母亲得意扬扬地炫耀着，我心里说："等有一天我发达了，就不认你们这样的父母。"

暑假的一天下午，姐拉着我去公园玩，就在我俩在路边等公交车时，突然我看到一个人正要掏姐姐的后背包，我大叫一声："住手！"

那个人一看我坏了他的好事，从袖口掏出匕首向我刺来。姐姐急中生智，拦在那个人前面喊："妹妹快跑！"

我刚跑几步，就听到姐姐一声惨叫，我急忙返回。姐姐脸色惨白地躺在地上。胳膊上的血顺着袖口流了出来，我怎么捂都捂不住。

"姐姐，姐姐……"我哭着喊。

姐姐因为失血过多，需要输血，而医院那天正好没有储血。父母急得像热锅上的蚂蚁。正在这时，一位陪父亲看病的叔叔，知道情况，挽起胳膊说："医生，抽我的吧。"

学校要户口本，我回去拿。母亲不在，我就自己翻箱倒柜找起来。突然在抽屉里看到一张纸，是收养协议书。这下我可找到他们不待见我的证据了。仔细一看，那上面，清清楚楚写的竟是姐姐的名字。

妈妈知道了此事，语重心长地对我说："我和你爸结婚8年没有怀孕，没办法抱养了你姐。几个月后发现自己怀了孕，就有了你。咱家条件你看到了，做不到一碗水端平，只能委屈你了。"

"妈，我一直觉得你们对我不好，认为我不是你们亲生的，原来我不是抱养的啊！"

作者简介：

郭东林，女，50岁。在多家报纸发表文章，并在《知音头条》上发表二十篇。人生宣言：走遍大江南北，尝尽人间美食，书写人生百态，结交正能量朋友，做一个乐观积极的家庭主妇。

鸬 鹚

刘敏

第一次看见鸬鹚这两个字，是小米在转学后的第一课里。由于小米转学耽误了几天，她新学期的第一节语文课，是新同学的第二节课。

好巧的是，语文老师也是这学期新来的。

课文不是很长，小米匆匆扫了一眼，看见一只黑不拉儿的鸟站在一个戴草帽老头儿的肩膀上，看起来很和谐。只是这个课文的标题是什么呀，还没容小米再多想一下，听到有个甜甜的声音："小米，你先把上节课已经学的前四段有感情朗读一下。"

小米下意识站起来，慢慢吞吞读了起来，到了那句："一只鸬鹚钻出水面，拍着翅膀跳上渔船，喉囊鼓鼓的。"小米顿住了，小声说："老师，小米不认识这个词。"

小米那个"词"字还没说全，那个甜甜的声音突然变成了大粗喇叭："你这个同学怎么回事？上节课怎么听的？哦对啦，好像我今天批作业，都没见你的名字，你连作业也不写，还想坐在前面，去，最后一排站着去反思。"

"啪"一声，也不知道讲台上摔了个啥，小米一直低着头没敢看，同学们都惊呆了。没人敢说话，小米鼓起勇气想和老师说小米是新来的，刚开口刚发出声音，老师就吼了起来。小米也不知道说了什么，也不知道自己说完没有，耳朵好像什么都听不见了，就觉得周围有好多眼睛，还有从前面走到后墙的路怎么那么长，走了那么久。这是小米的第一节语文课啊。

在接下来的十几年，小米在梦里总是梦见一只黑不拉儿的鸟悻悻地飞来飞去。

"姑娘，你和鸬鹚照相吗？不和鸬鹚照相就没来过漓江。"

这次是真的看见它了，就在漓江边上，和上次在书上看见的真的一样，和梦里盘旋的身影相仿。只看了一下，小米就断定它是鸬鹚。真的是一只黑不拉儿的鸟站在一个戴草帽老头儿的肩膀上，不，是一个个戴草帽老头儿，只是画面没有书上那么和谐。

小米走到一个老人身边想细细看看他肩膀上的鸟，老人笑得很慈祥："姑娘，和鸬鹚照相五元钱。你要摆什么姿势呢？"

"爷爷我就是看看。"小米充满好奇。

老爷爷很慈祥："你想看看也是五块钱。"

看着小米目瞪口呆的样子，慈祥的面庞平静了。老爷爷把头扭向另一个游客，还把鸬鹚也挪到另一边肩膀。

小米记得当年在教室后墙边站着听同学们好像念的是：几只又窄又长的小渔船浮在湖面上。近处的一只小船上，渔人坐在船尾，悠然地吸着烟，灰黑色的鸬鹚站在船上，好像列队的士兵在等待命令。说好的悠然呢？渔人好像都很忙。鸬鹚也忙。

第三次见，还是在漓江边，只是两次间隔了九年。还是黑不拉几的鸟站在一个个戴草帽老头儿的肩膀上，只是老头儿手里多了自拍杆。他们见到游客都要上前搭话，小米隐隐听见的价格是十五，还能微信支付。小米抬头四处望望，并没有看见郑先生写的那样：岸上炊烟四起，袅袅地升上天空。只看见到处都是游人。暮色渐渐垂下，渔人们站起来划着小船回去了，湖面上留下一条条波痕。

在回家的火车上，火车的隆隆声和小米这十几年的思绪搅在了一起。倘若郑先生当年见了这样等待命令的水鸟，还会有后来小米被罚站的那节课吗？

翻开即是生命

刘敏

小米的语文老师总是极爱给学生推销世界，推销知识。有一次上课，她突然想起让学生读读中国的"古典四大名剧"。巧的是，小米周末去买习题，在书店的角落里扫到了一本落满灰的大厚书，书名就是《中国古典四大名剧》。

暑假里，没事干的时候，小米就捧着这本大厚书，稀里糊涂读完了《西厢记》。

小米没有古典文学基础，看这本书还真有些费劲，但也真真切切发现了它的美：碧云天，黄花地，西风紧。北雁南飞。晓来谁染霜林醉？总是离人泪。虽然读得囫囵吞枣，但是张君端和崔莺莺的故事，还有那些让人又懂又不懂的词却深深印在小米的脑子里挥之不去。

开学了小米继续上课，大概其他同学没能像小米一样恰巧碰到这本书和那些剧目，或者他们没有小米和戏曲这么有缘分，反正在他们的谈资里没有西厢，没有牡丹亭。

上高中了，语文课本里有大量中外戏剧选篇。当然有小米自认为熟悉的《西厢记》。她惊奇地发现，怎么男主人公变成了张君瑞？小米无法接受，拿着那本《中国古典四大名剧》和老师对峙，非说是课本写错字了。最后肯定是小米输了，语文老师给小米找到

394

了好些《西厢记》的版本，让小米接受了一个震撼的事实，原来她初中时遇到的那本书是盗版。

在接受事实之后，小米又在课本上学到了一个新名词，叫"元曲"。确切地说，是加深了对这个词的印象。因为她原来脑子里记得的"元曲"只是"散曲"，而"散曲"只是"元曲"的一种，另外一种就是像《西厢记》这样讲很长故事的形式，这种就是"元杂剧"的剧本。"元杂剧"是中国戏曲成熟样式的开始，原来小米看过的张君瑞和崔莺莺的故事，是戏曲的剧本。

自打知道《西厢记》是戏，小米总是有意无意去翻翻中央 11 台，想看到元杂剧《西厢记》的演出。时间长了，小米竟然成了戏曲频道的粉丝，也说不出为什么喜欢，就是觉得有种说不明白的美。

后来小米上大学，义无反顾选了和戏曲有关联的专业。专业课老师很遗憾告诉他们，元杂剧是什么样子已经看不到了，只在一些剧种中有些疑似的元杂剧元素罢了。可以说元杂剧的生命结束了。

可是小米觉得元杂剧的生命并没有结束，现存的元杂剧剧本我们还能看到一百多个。当读者看完之后，也许会讲给别人，也许会改成其他样式进行演绎。在遥远的百老汇舞台上，至今也有《中国孤儿》在上演，这不就是元杂剧的生命在流淌吗？如今的戏曲舞台上《西厢记》被改编成多个剧种，甚至是影视作品，轮番上演，这不就是元杂剧的生命在流淌吗？当小米无意间翻看了《西厢记》，把张君端的故事讲给大家听的时候，这不就是元杂剧的生命在流淌吗？

所以，小米想说，当你我翻开了那页书，元杂剧的生命就仍然在延续，死亡只是她的一段经历，永恒才是她的生命。

作者简介：

刘敏，女，呼和浩特人，文学爱好者，已在报纸杂志发表短篇小说、小小说等。

有花的陪伴就好

严玉林

又是一个春光明媚的日子，我早早地就来到花店。

真是莫道君行早，更有早行人。

刚一开店门就进来一对夫妻。

女的说："这花真好看。又香，真想都搬回家。"

男的说："好花不常开，几天就谢了。"

女的说："假花你要它开多长就开多长，但没有生命，没有香味啊，再说了看长了也会腻的。"

他们一边看着一边抬杠。

女的选了一束百合，把鼻子贴了过去说："这花真香，陶醉啊。"

男的说："花这个钱，还不如买点肉吃。"

女的说："每天就知道吃吃吃，你中午吃了，晚上又吃。你怎么不说花冤枉钱？这花虽然要谢，但至少现在可以让我心情愉悦，感受生活的美好。"

保　密

严玉林

我小姨喜欢打麻将，这也许跟她的工作有关，她是做保险的，所以那里三缺一，一个电话，她就马上到位。还美其名曰……为了工作去积累人脉。

姨夫又经常出差，儿子点点懂事听话，家里基本上是各自为政，互不相干。

点点上初中时，学习成绩不错，考上了市重点高中。

生活的河流总有曲曲折折的时候，小姨家也不例外。

周五的晚上，点点老师给小姨电话说："点点近段时间学习不在状态，接连几天上课没精神，是不是迷上打游戏了。"

自从接到老师的电话后，小姨着急了。不知道如何办好。这事还不能让姨夫知道，因为姨夫是开货车的，怕他分心不安全。

那几天小姨天天给我打电话，叫我帮她想想办法。我也是干着急，该怎么办呢？

过了几天，小姨打电话请我吃饭，我问："点点现在还打游戏吗？"

小姨说："好多了，我找到了解决的秘方。"

"什么秘方？"

"暂时保密。"小姨神秘地说。

小姨不再去打牌，天天准时上下班。小姨买了十几本书，做完家务后，就看书。

小姨回绝了所有的牌局和饭局。点点回来笑脸相迎。点点写作时，给他端茶倒水，削水果皮。搞得点点都不好意思了，有时候想偷偷玩会游戏，看妈妈都"改邪归正"了，也就打消了玩手机的念头。

就这样，小姨不动一刀一兵慢慢地把点点从游戏的路上拉了回来。

点点顺利考上了大学，我祝贺小姨说："小姨，难怪人家说榜样的力量是无穷的，你用这一招让点点顺利考上了大学，佩服佩服！"

小姨环顾了四周一下，神秘兮兮地说："我那时候哪里看得进去书哦，做做样子而已。当初说要保密，就是这个。我怕点点知道，所以我要保密。现在他考上了大学，爱学习的习惯也养成了。就是现在他知道了，也会知道我的良苦用心。"

"不过，你还别说，我开始是做做样子，后来把书前翻后翻，有时随便看看，觉得有的书确实写得蛮好，反正也不能打牌，索性就认真地看了起来。现在我有时都有了提笔写作的冲动。"

我说："好啊，我支持你写，到时候我做你的铁杆粉丝。"

向左向右

严玉林

吃完晚饭，我到楼下去散步。这时从对门传来了争吵声。

对门住的是一对小夫妻，平日成双人对有说有笑的，今天怎么了？

我赶紧叫开了门："怎么？没事吵架玩啊？"

老婆理直气壮地说："阿姨，您来帮忙评评理，做得蛮好的事不做，说要自己开店当老板。老板是什么人就能当的？前几年的故事又要重演是不是？"

老公也不示弱："还提那事，还不是当时你天天吵，天天说没赚钱，我被你吵烦了就把店子转了，你要是让我做下去，我就不信我做不出来！"

"就你这性子，一生只能是打工的命。"

我："你们以前开过店吗？"

老婆："是啊，前年也是想着趁年轻闯一下，就自己开了个小吃店，每天起早摸黑的，那时候小孩只有几个月，婆婆帮我们看孩子。后来也不知道是怎么回事孩子高烧几天退不下来，我又跑医院，又要到店子帮忙，家里的家务也没时间做乱糟糟的，钱也没赚到。我烦就吵他，他烦就把店子转了。"

我："你们那个店子开了多长时间？"

老婆："三个多月吧。"

我："赚钱了吗？"

老婆："因为是新开的，吃饭的人不多。"

老公："后来人不是慢慢多些？你却发疯了一样，天天找我吵，那还怎么做下去？你就喜欢打工。"

老婆："打工怎么了，到月就发工资多好啊。"

我听出了眉目说："吵也不是个办法，你们一个求发展想创业，一个求稳想打工。都没错，都是为了这个家。"

我说："孩子今年几岁？"

老婆说："3岁。"

"孩子的开销不小吧？"

老婆说："那还说，每个月过得紧巴巴的。"

我说："既然过得紧巴巴的，他想到创业也很正常。如果店子做出来了，肯定比打工要活些，不过也要考虑有风险的一面。"

老婆说："他做事还蛮踏实的，我就是怕挣不到钱。"

我说："这就是你的不对了，世上事哪有那么容易的事。创业要心理准备。店子开业了，就要好好地去经营。你不能说，我今天开店，明天就有收获。那个不是创业是印钞机。

养只鸡子下蛋还得慢慢地喂养，长大了才下蛋是吧？"

老公说："对对，就是这个理，人家哪个店子不是熬出来的？就你头发长见识短。"

我说："你会不会说话？你老婆也没错，每个人想法不一样，你开店要不要她帮你？"

老公说："她能帮忙肯定好啊。"

我说："那就看你会不会说话了。"

老婆说："阿姨，他要是会说话，我们就不会吵架了。"

老公说："谢谢阿姨！我明白了。"

我说："现在就看你的表现了，你们俩加油哦！祝你们创业成功啊！我也要下楼去散步了。"

作者简介：

严玉林，女，50岁，私营个体，喜欢文字。湖北鄂州人。

瘸腿木匠

张惜萍

　　木匠来我家给姐姐打嫁妆的那天，我好奇地跟在他后面。他一米七左右的个头，身材偏瘦。木匠每走一步，肩膀就会抖动一下，背着的大工具箱也会跟着颠一下，很奇怪的姿势，邻居阿牛说他外号就叫"瘸腿木匠"。

　　一有空我就去看木匠干活。他挑好木头，先将墨斗固定在木头的一端，再一瘸一拐地跟着黑线走到木头的另一端，蹲下身子，眯着眼，定准后，用拇指食指提起黑线"啪"地放开，黑线便弹到木头上。这时，木匠缓缓起身松口气，眉头也随之舒展。木匠刨木板更是有趣，随着他手里的刨子熟练地一推一收，"唰——唰——"木卷花便从刨子上端冒出来，互相推着挤着掉落到地上。不一会儿，木匠的额头上冒出了汗珠子。

　　木匠脾气很不好，在街上有小孩子跟着他时，他会回头吼骂，可木匠对我倒是和气又宽容。一天，趁他喝水的当口，我赶紧拿起他的刨子去木板上推。看我铆足劲儿、咬牙发力的样子，他竟"吃吃"地笑了，露出两排被烟熏得黑黄黑黄的牙齿，那笑容瞬间即逝，在他平日紧绷的脸上竟好似闪过一束光。还有一次，趁他去锯木板，我拿起墨斗也学他的样子往木板上弹，结果弄得满手满脸是墨汁，还把他刨好的木板弄得这黑一块那黑一团的。他回头见我的模样一愣，继而哈哈大笑，说："没事没事，木板还能用，我再刨一遍就行啦！"

　　一天，妈妈陪姐姐去镇上买东西，让我们放学后去姑姑家吃晚饭。饭后我回到家，照例先去木匠暂住的厢房，木匠不在。炕桌上的盘子里摆着两根粗壮的油条，那油条透着黄灿灿的光亮，松软诱人，我蹑手蹑脚地走上前，赶紧拿起一根，快走到门口忽然想："木匠平日对我那么好，我若吃掉他的油条，他晚上会挨饿的吧？"想到这我又把油条放了回去。但刚走出两步，油条那飘在空中的香气仿佛在向我招手，我快速地返回抓起那根油条，一溜烟地跑到了园子的墙角。这时，家中的小花似乎也闻到了香味，蹲在脚边向我百般讨好地"喵喵"叫着。我心中立刻有了主意，开心得甚至都没有细细地品味就把油条吃光了。

　　晚上，母亲叫我到主屋，手里拿着那根久违的惩戒木条，严厉地说："想想你今天做什么错事了？"看着母亲平日和蔼今天却黑黑的脸色，我立即慌了神，矢口否认道："那油条一定是小花叼走吃掉的。"母亲不由分说地拿起木条打我的屁股，我疼得哇哇大叫。这时，在外面水池边洗脚的木匠一拐一拐地飞跑进来，边护住我边着急地说："大嫂，油条是我让孩子吃的，不要打孩子。"母亲这才停下来，那天晚上，我翻来覆去地一夜不曾睡好。

第二天，我放学时路过厢房，木匠叫住我，心疼地问："屁股被打得还疼着吧？"一边说一边从工具箱夹层里取出一把小木剑送我。好漂亮的木剑啊，把柄和剑峰衔接处刻有镂空的图案，中间最宽处还雕刻着一个小女孩，在弯弯的月牙上坐着，惟妙惟肖。我拿着小木剑爱不释手，心里更加后悔吃了他的油条。

姐姐出嫁那天，新家具被装上车，却留下一个小木床立在墙角，妈妈说这个小木床是木匠用打家具剩下的边角料专门做给我的。那天的酒席上有个木匠的老乡，说那一年地震，木匠在往家赶的路上，为了救出一个被压住双腿的小女孩，自己却因余震被压住了右腿，延误了回家救妻子和女儿的时间，右腿也从此落下残疾。那个老乡还指着我说，木匠女儿走时和这个娃年纪差不多。

姐姐婚宴后，我躺在小木床上，眼前浮现出木匠紧绷的脸、怪异的步姿，不知不觉满眼泪水。瘸腿木匠并不"瘸"，他的心是那样善良和伟大，在秋鸣盈窗的冷清之夜让我感到无限温暖。

作者简介：

张惜萍，内蒙古兴安盟人，现居北京。毕业于北京师范大学。文字散见于《中国劳动保障报》《乌鲁木齐晚报》《贺州日报》《本溪日报》《天津工人日报》《滁州日报》《江苏老年周报》等，现为大学教师。

投 资

王晓云

附近的一个楼盘开业，我陪朋友看房，人山人海中，一个年轻的声音传来："大姑，你要买房吗？"

"是你呀，小霞。"是我堂哥的女儿小霞，我惊讶地问，"你在这里这家房地产做销售？"

"是啊，姑。你要买房子吗？"小霞亲切地拉着我的手说。

"这是我侄女，"我给朋友介绍说，"这是我的好朋友，你李姨。"

"李姨好！"小霞拉着我的手向里面走，边走边说，"姑，姨，我们去里面喝茶去。"

房间里只有我们三人，小霞说："姑，姨，我们公司的二期楼盘刚开始预售，买了立马就赚钱。"

"哈哈哈，是嘛。"我笑着开玩笑说，"能帮大姑拿一套内部员工价不？"

"没问题的，还可以给你优惠 10 个点。"她爽快地答应了

"姑，姨，楼盘刚开始下地基，等地基下好后，一平方就涨二百；等第一层建好后，就再涨一百……算算，等交房时，一套房子赚多少了？"

小霞拿起计算器，叭叭按着键。然后让我们看计算器上的数字。

"这么多？"我看着那串数字，不敢相信地问。

"是呀，姑，姨。现在交意向金，还交一万顶二万，多合算。"

在小霞的劝说下，本不准备买房投资的我，竟然动心了，交了楼盘的意向金。

办完手续后，已到下班时间，侄女说："大姑，坐我的车送你回去。"

"哟，还买车了，发财了？"我吃惊地问道。

"大姑，大头（她老公）老家拆迁了。"侄女掩饰不住兴奋。

边说边走到她的车前，我看到一辆日系车，价位大概在二十万左右。

我让朋友单独回去，我坐上了侄女的车。

"拆迁款有一百多万，已有六十万到账。现在就职的公司薪水很高，但是压力大，不想干了。大姑要买我们公司的房趁我还在这里上班，不然就帮不到你了！"

听着她因为有了钱而底气十足，两只眼睛笑成了弯月亮，我心里也高兴。

前几年，刚生完孩子不久的侄女，因为钱的问题和婆婆关系恶化，差点离婚，现在一切都好了。

"你这么年轻，不能早早地放弃自己的事业……"

还没等我把话说完，她就打断了我说："姑，干吗不去大城市投资买房，这小地方买房有啥意思？我要去成都投资买房！"

这语气里有一种炒房大妈的味道，更有一种暴发户的自信。我无言以对。

我忽然一阵眩晕，赶紧让侄女将车停下，她兴奋劲还没过，说："大姑，去成都买吧，大城市的房子永远不会跌价！我有门路，可以给你介绍！"

我摇摇头："姑哪有那么多钱啊？"

她忽然发出银铃般的笑声，说："姑，我请你吃饭吧！可以边吃边聊。"

"不了，你姑父还在等我呢。"

她有点失望地停了车，绝尘而去！

最终我没买房，因为我了解得知是那 10 个点不是宣传的那个价位基础上优惠，是按涨价后的价位计算！更重要的原因女儿要出国读研，我把这笔钱投资在了她身上。

不久后我得知：因为成都买房有户口、文凭、社保等一系列要求，侄女不符合条件，就通过第三者介绍，买了一套二手房，迟迟不能过户，还打着官司！

面　纱

王晓云

如果没有那天下午的古镇偶遇，我不会这么心急火燎，坐卧不安！

因为我看到沁从蓉的老公车上走下来，看到他们亲密相拥。

该不该告诉蓉儿，我一直矛盾着。

一天，沁打电话给我，说蓉儿住院了，乳腺癌中期。

在去医院的路上，我想：沁与蓉儿老公的事，蓉儿知道吗？

我走进病房，看到蓉儿坐在病床上还在工作。

"蓉儿。"

我走到蓉儿身边，紧紧地拥抱她。

"半年不见，怎么弄成这样？"我放开骨瘦如柴的蓉儿，哽咽地问。

"怎么啦？不就是乳腺增生嘛。"蓉儿笑着说。

"你老公呢？"我强忍着泪水问她。

"去公司了吧，晚上会过来陪我！"蓉儿说这话时，一脸的幸福。

看来她不知道她的病情，也更不知道沁与她老公的事。

"可怜的蓉儿！"我再忍不住，哽咽地叫了声。

"怎么了？我的病没事的！"蓉儿安慰我说。

这时，她的电话响了。是学校打来的，因为工作上的事通了二十多分钟的电话。

等她打完电话，我说："住院了你不就能好好歇歇吗？这么累，何苦呢？"

她回答说："有啥办法，不能总是累老罗吧！"

"蓉儿，你也太？"

正在我不知道如何说蓉儿时，沁和蓉儿爱人罗总一起走进了病房。蓉儿和沁拥抱起来，罗总拿起暖瓶去打水。我看着她们俩不知说什么。

"蓉儿，生意上的事，你不用太操心了，有我呢。你好好把病治好。"沁关切对蓉儿说。

"谢谢你，让你操心了。"蓉儿感激地看着沁说。

"云儿，我们仨好久没聚了，等我出院后，到我家我包饺子给你们吃！"

"好呀，好呀。我早就想吃你包的饺子了。"

我狠狠地瞪了沁一眼。她的虚情假意让我恶心。

罗总把水瓶放在床头柜上，给蓉儿倒了一杯水。

"公司还有点急事，晚上我给你带你爱吃的盐水虾。"

罗总说着与沁一起走了。我看着一脸幸福的蓉儿说："我想告诉你一件事，是关于你老公和沁的。"

"他们俩会有什么？"蓉儿的眼里忽然有一丝慌乱。

我把看到的情形告诉蓉儿，还没等我把话说完，没想到蓉儿立刻沉下脸来地说："你怎么这么狠毒？"

"你说什么？"我大吃一惊，没想到蓉儿竟这样说我，"蓉儿……"

"你以为我不知道吗？你为什么要把我最后的一丝尊严也撕掉？"

作者简介：

王晓云，四川省峨眉山市人，喜爱文学作品和写作。

规　矩

曾仙山

傍晚，爷爷拉着孙子的小手走出了幼儿园，小心地避让着过往的车辆。孙子冷不丁地挣脱了爷爷的手，蹦蹦跳跳地往前冲出了十来米。爷爷慌忙小跑几步，赶上去拉住孙子的手说："不要乱跑！老师都教育你了，守规矩的孩子才是好孩子。"

孙子仰起小脸不解地问："爷爷，什么是规矩，为什么要讲规矩？"

爷爷指了指路口的红绿灯，俯了俯身子和蔼地回答："规矩就像红绿灯，是维护秩序的，如果每个行人都闯红灯，会造成交通拥堵，谁都走不了。"

孙子眼尖，发现有一个骑自行车的大叔抢黄灯，在绿灯亮起之前过了马路，他大声说："爷爷，他不守规矩！红灯不能过马路。"

爷爷一愣，摸了摸孙子的头说："不管他，我们不要学他。"

到了下一个没有交警执勤的路口，十来个行人匆匆地闯红灯，已经行驶到路口的车不得不停了下来。孙子犹豫了几秒钟，也要加入他们之中，爷爷连忙把他拉住了，小心地劝告说："你看，前面是红灯，不能过，得到绿灯亮起再过。"

孙子委屈地问："为什么他们能过我们不能过？"

爷爷叹了口气说："他们闯红灯是不对的做法，我们按规矩走，不要学他们。"

孙子不高兴地说："规矩是管我们的，它不管别人！"

爷爷轻轻拍了拍孙子的肩膀安慰说："现在车多，一不小心就碰到了，所以要小心。"

走过最后一个路口即将到家，可是红灯却在不紧不慢地闪烁。孙子在路边停住了脚步，瞪着眼看着红灯，忍不住叫了一声："红灯不能走！"

爷爷的电话响了起来，他摸出手机听了听，又左右看了看，见马路上没有任何车辆，便拉住孙子的手说："这里车少，可以过。"

孙子扭了扭身子说："老师告诉我们不要闯红灯！刚才你还说不能闯红灯，怎么说话不算话？我们不能过去。"

爷爷试着去拉孙子的手，讨好地说："规矩是死的，人是活的，你看现在一辆车都没有，不要紧。我们早些回去，刚才你爸爸出差回来了，在家等着你吃晚饭呢，还有作业要做，早一点把作业做完早一点看动画片呀！"

孙子眼睛一亮，点点头说："好吧。"

说完任由爷爷拉着小手去闯最后几秒的红灯。就在走过了路中心时，一辆救护车尖叫着由远而近开过来，爷爷脸一下子变白了，没有多想就把孙子用力往路边一甩，自己被车子挂昏了过去。

爷爷在病房里清醒过来，看到孙子坐在地上玩积木游戏，长出了一口气，随即把孙子叫到床前，悔恨地说："你今后一定要守规矩，它是用来保护我们的。"

老　千

曾仙山

老八爱好打牌，却水平不高，输多赢少。但他又是一个不服输的人，总认为自己比别人聪明，能靠赌钱致富。他四处打探怎么样能把牌打好。在一个朋友的指引下，他花钱去了省城"学艺"，经过一个星期的，终于学会了一套快速切牌的手法，只要合理用好食指，可以把点最大的扑克牌理在自己手里，成了一个名副其实的老千。

刚从省城回来，他就来到县人民广场附近溜达，不到三分钟便有人主动邀请他"斗地主"。他不动声色地坐了下去，胡乱打了一通，输了十来块钱，跟他一起打牌的两位老人流露出得意的神色，以为今天财运了。老八却面色平静，好似输的不是自己的钱。

可就在老八口袋里的钱快输光时，他的手气忽然好了起来，每一次摸到手的牌不是有"王炸"就是"顺子"连到底，对家一张牌还没出他手里已经没牌了，两个老人不服气地又打了几把，还是手气背，怎么也抓不到大牌，只好付钱认输。就在牌局快要结束时，一名老人忍不住说了一句："这小伙子打牌技术不怎么样，但运气好。"另外一名老人一怔，想了想，扭头指了指坐在花台边的一位戴帽子的老人，没好气地说："那个老头又来了，没有一个人跟他打牌，只好干坐着。"

老八抬眼看了看，只见一个瘦小的老人静静地坐在一边，出神地凝望着远方，仿佛他不是在一个热闹的休闲场所，而是在空无人烟的深山。他心里有些诧异，便小心地问了一句："他怎么了？为什么没有人跟他打牌？"

一名老人苦笑了一声："他打牌会做手脚，悄悄地把牌换掉。开始时没有人发觉，很多人乐意跟他打牌，但久而久之，有人发现他耍小聪明后，四处宣说他一个老千，劝告别人不要再跟他打牌，以免上当。没几天，几十号人的娱乐场所竟然再也没有人跟他打牌了，只要见到他坐下，别人都会主动离开。"

老八心里一惊，一抬头发现自己的发小坐在不远处，正咧着嘴打牌，还有小学时的同学，也带着知足的表情，更让他意外的是小舅子也坐在广场的角落里。天呀，假如真的有一天被他们知道了自己的丑行，有什么颜面面对自己的亲朋好友呀？那时他会不会变得跟那个老人一样没有人理睬呢？

他缓缓地把口袋里的钱摸出来扔在桌上。

彩　礼

曾仙山

一大早，马阿姨乘老林去车站接女儿，飞快地通了儿子的电话："儿子，什么时候带我去见见你女朋友？彩礼的事情你不用担心，妈现在有办法了，等好消息。"

电话那边刚"唉"地回了一句，马阿姨听到门外有人说话，慌忙把电话挂住，缓了缓神把门打开。只见老林拎着一只漂亮的行李箱走了进来，身后的梅梅衣着时尚，神采飞扬。她还没来得及说话，老林脸上的皱纹苏展开来，兴奋地冲马阿姨喊了一句："你瞧，梅梅变城里人了，还当了公司的销售经理，前不久找了一个男朋友。"

梅梅笑盈盈地看了看马阿姨，快走几步接住她的手晃了晃说："阿姨，谢谢你这些年一直照顾我爸。"

马阿姨殷勤地把行李箱拖进屋里，打开电视让梅梅观看，然后不露声色地找到在一旁杀鸡的老林问道："有没有听说梅梅找了一个什么样的男朋友？"

老林清洗着鸡的内脏，头也没抬地回了一句："就是咱们一个县的，他爹妈也离过婚。"

马阿姨缓了缓神，叹了口气说："看来家境也不怎么好，拿不出多少彩礼。"

老林猛然抬头看了她一下，不满地责备了一句："你就知道彩礼，又不是卖女儿？"

马阿姨脸色也变得难看，恼怒地说："不是我只知道彩礼，你看现在娶媳妇哪个不

要十几万的彩礼？梅梅这么水灵，又这么能干，还不风风光光办一场？"

老林不高兴地站起身说："我第一次结婚的钱都是父母四处借来的，后来因为还不起债家里经常吵架才离婚的。可不能让我女儿因为彩礼而过不好。"

马阿姨对老林的态度十分不满，狠狠地一跺脚，转身坐到梅梅身边，试探着问："你和对象打算什么时候结婚？我好好给你办一场。"

梅梅的目光从电视上移到了马阿姨的脸上，轻轻地答了一句："准备过完春节就结婚，因为公司开业早，得早早去上班。"

马阿姨惊讶地叫了声："这么快？什么时候带男方来家里？阿姨为你做主，一定要多要些彩礼啊！"

梅梅不解地问了一句："多要彩礼？我们都是打工的，哪有那么多彩礼？再说我们说商量好了，不在家里大操大办，请几个亲朋吃顿饭就行了。"

马阿姨坚决地说："那怎么行？最少要十万彩礼，不然别人还以为我这个后妈不对你负责。"

这时老林从外面走了进来，气呼呼地骂了一句："你这个后妈啊，当初梅梅考上高中，你死活不让她继续读书，如今又逼着她多要彩礼，全村人都在背后骂你啊！"

马阿姨正要回话，儿子的电话打过来了，她瞅了二人一眼，拿起手机走到一旁接听，儿子在电话里说："妈，不用为我的彩礼钱费心了，我和女朋友决定不大操大办了，把钱省下来自己开个小店。"

马阿姨愣了一下，悄声追问了一句："你女朋友是什么地方人，叫什么名字？"

"她叫梅梅，我们一个县的。"

我为你作证

曾仙山

周末下午，我到村口的小河边钓鱼，刚选了一棵柳树下的好位置坐下，扭头发现阿福在十米之外低着头玩手机，冷不丁地看一眼水里的浮漂。我想坐近一些跟他说几句话，可是想了想还是忍住了，把鱼竿用力抛到了河里。运气真好，才把鱼钩放到河里鱼竿上的线就不见了踪影，我心里一激动，站起身子去拉鱼竿，不料村里的酒疯子晃悠着跑了过来，抢在我前面猛地把鱼竿拉了起来，鱼有一尺多长，在鱼钩上激烈地摆动，我生怕鱼逃脱，就伸出手抢夺鱼竿，酒疯子力大，伸出手把我往旁边一推，可手里的鱼竿也脱手掉到了河里，他一愣，当即双脚一抬跳进河里，本来他平时水性很好，可是因为喝了酒，在水里呛了几口水，失去了游泳的能力，无力地在河里胡乱扑腾。

一旁的阿福听到这边动静，先是用手机幸灾乐祸地对准我们拍照，见酒疯子跳到河里也吓了一跳，忙把手机放到地上，顾不上鱼竿，脱去上衣和裤子就跳入水中，飞快地游过去拽住酒疯子的衣领往岸边拉，可是他力量小，怎么也拉不动。他忽然扭头冲我吼了一句："还站着干什么，快去喊人！"

　　我一下子清醒过来，连忙撒开腿跑到村子里，把会游泳的三个人找了过来，费了一番工夫，终于把酒疯子给拖了上来。有经验的人在酒疯子的肚子上按压了好一会，让酒疯子把肚里的水吐了出来，还有人找来了一些葡萄糖给他灌了下去，他的脸色才渐渐有了血色。大伙这才长出了一口气。

　　这时，酒疯子的老婆跌跌撞撞跑了过来，张口就问："我老公怎么掉下去的？"

　　酒疯子艰难地睁开眼睛，用手指了指我说："就是他把我推下去的。"

　　我心里一惊，怎么会是我？忙语无伦次地辩解："好好地把他推下去做什么？他自己跳下去捡鱼竿。"

　　酒疯子老婆一把抓住我衣领，恶狠狠地说："我老公都说了是你，还狡辩？不是他的鱼竿为什么要跳水里捡？快把他送到医院好好治疗！"

　　我有口难辩，只好把目光转向在一旁整理衣裤的阿福，希望他能给我作个证。可是十几年前我和他去跟村主任讲水费的事情，由于村主任喝了酒，他们一言不合吵开了，村主任捡起一根木棍在他的肩膀打了一下，不料被他抢过去，在村主任脚上打了几下，把村主任打成轻伤。他想请我给他作证，我想到和村主任关系好，便推脱了。他被认定一半的责任，结果赔了不少钱，从此我们不相往来，现在请他作证，他会愿意吗？我费力地把胸前的手拉开，试着对她说："刚才阿福也在，他看到了，你去问问他。"

　　这时阿福穿好了衣服，缓缓地走了过来，不耐烦地对疯子老婆说："快把他送医院啊，还在这里浪费时间？"

　　酒疯子老婆蛮横地说："先得把责任分清楚，送医院要交几千块钱，我交不起！"

　　阿福没好气地说："刚才我看到了，是大哥自己跳下去的。"

　　酒疯子老婆瞪了阿福一眼叫："我们是不是一家人，你还帮他说话？"

　　阿福脸上露出了一丝诡异笑容，慢慢地把手伸进口袋，拿出手机在我眼前晃了晃说："不要怕，我为你作证，事情已经用手机全录了下来，我不希望你被诬赖。"

免费电影票

曾仙山

周末清晨，电影院门口排了一支长约100米的队伍。人群里老人居多，他们手里都捏着一张印有某公司广告的一张报纸，凭它可以领取一张免费电影。黄阿姨排在中间位置，仰着头欣赏贴在墙上的电影画报，脸庞上洋溢着灿烂笑容。

约莫过了一个小时，黄阿姨感觉到两腿有些发胀，忍不住用手叉着腰扭了两下，又抬起脚顿了顿，让身子好受些。为了保险，她伸手从衣袋里拿出了一颗降压药服下，静候发电影票的人来到。又过了好一阵，售票窗口的门还是紧紧地关着，有几个耐心不好的人在队伍里埋怨："这些人怎么来这么晚，早一点发票不行啊？"

有人说："不是我们来太晚，是我们来太早了。"

发票的人迟迟不来，排队的人却越来越多，有几个体质不太好的老太太经受不住长时间的站立，叹口气无奈地离开了人群。黄阿姨低头看了看手腕上的名表，离广告上说的时间不远了，她的表情越发坚定。果然，才过几分钟售票窗口打开了，有一个穿广告公司服装的工作人员开始往外发票，一张、两张，那些排在前面领到票的人欣喜地举着电影票涌进了电影院。

黄阿姨离售票窗口越来越近，可是就在她前面只有四五个人时，工作人员把头伸出窗口，理直气壮地冲人群喊了一句："你们不用排队了，票发完了。"

队伍里立时炸了锅，有人大声斥责工作人员，说他们做虚假广告，凭什么只发一半的票？工作人员说："这是领导的安排，我只是一个临时工作人员，你们有问题找领导说去。"

黄阿姨把脚掂了掂，吸了一口气有力地冲工作人员说："你们要讲诚信你们的产品才有人认可，连送票这点小小的事情都做不好，以后谁还相信你们，你们这个公司也长不了。"

工作人员四下张望了一番，为难地说："你们稍等一下，我问问领导。"说完把窗口的小门轻轻关住了。

几分钟之后，窗口再次打开，工作人员兴奋地说："刚才问了领导，再发五十张票，再领不到票的就不要怪我了。"

人们一听，都使足了劲往售票窗口挤，生怕领不到票。黄阿姨脚底一空，被人群硬生生挤离了地面，架在半空中。她惊慌地尖叫了一声："大家都别挤，再挤会出人命。"

有人听到她的叫声，主动往后退了退，黄阿姨重心不稳，摔到了人群之外。她懊悔地揉了揉膝盖，正准备站起来，同事老李捂着肚子走了过来，把一张电影票递到黄阿姨面前，声音低沉地说："我刚才胸口被人挤了一下，有些难受，要上医院检查，看不了电影，你去吧。"

黄阿姨喜出望外，接过电影票就冲进了电影院。坐在松软舒适的座位上，她长出了一口气，虽然受了一些罪，但今天总算没有白来。精彩的大片按时开演了，她下意识地抬起手腕想看看时间，手抬到半空，感觉手腕上空荡荡的，不由得心里一惊，忙低头仔细一看，哎呀，那块几千块钱才买来的名表不见了踪影。

父 爱

曾仙山

星期六早晨，春生从柜子里拿出存折看了又看，颤抖着对妻子说："把存折拿好，一会去取钱付房款。"

妻子接过存折看了看，轻轻感叹了一句："做了十年生意才挣了 30 万，只够房子的首付，钱太难挣了。"

春生刚要回答，电话铃响了起来，才接通，就听见母亲在电话里急促地说："你爸昨天心脏病发作，送到了市人民医院。医生说要做手术，得准备 30 万。你赶快到医院看看。"

春生无力地坐在了床上，苦着脸说："怎么这么巧？刚准备买房，爸病了……"

妻子想了想，疑惑地回问："会不会医院诊断错了？医院为了多挣钱，经常把小病当大病，本来吃药就可以治好的非要做手术，不管怎么说这房一定得买。"

春生不满意妻子的态度，冷瞅了她一眼说："先到医院看看再说，什么情况都还不知道就在这里瞎猜疑。"

当他们一前一后赶到医院时，母亲小心地拿出了几张诊断书，紧皱着眉头说："这是昨天的单据，仅检查费就 2000 多元，还要做心脏搭桥手术。"

春生爸爸把被子掀了掀，在病床上坐直了身子，平静地说："实在不行咱不做手术了，都 60 岁的人，能活一天算一天，不做手术也马上死不了。"

春生有些生气地说："爸，你不要多想，一定要做手术，我们这些年做生意挣了些钱，做得起。"

妻子白了一眼春生，吞吞吐吐地说了一句："爸，我们准备买房子的钱，刚好有 30 万元，现在不买可能一辈子买不起房子。"

春生终于忍不住，大声吼："钱没了可以再挣，爸没了就少了一个可以孝敬的人，

钱再多又有什么用？"

春生爸爸露出一丝笑意说："儿子，你有这份心意我已经很满意了。但我年纪大了，没必要做手术了，只要你今后买了房过上好日子就行了。"

春生柔声说："爸，我的命都是你给的，以前你救我，现在我来救你。"

一直不作声的母亲抬起头扫了春生一眼，淡淡地说了一句："小时候的事情你还记得啊？"

春生感慨地说："怎么不记得，我一辈子都不会忘记，上小学一年级那年，我患了心脏病，家里没钱给我医治，爸就按老中医的说法，到几十里远的深山采一种中药跟猪心一起炖给我吃，为了采那种中药，爸的脚都走肿了，还省吃俭用给我买猪心……"

春生的声音有些哽咽，他拭了拭眼睛，拿出存款证说："爸，妈，你们等着，我们马上去银行取钱，交钱做手术。"

半个小时之后，他们拿着钱到了医院收费室交费，值班医生打开电脑查了查，礼貌地说："他们已经办了出院手续，走了。"

春生眼前一黑，似信非信地问，"怎么可能？什么时候办理的？"

医生再次看了看电脑说："十分钟之前。"

春生长长地叫了一声："爸——"

连号的人民币

曾仙山

七月的最后一天，王老师在狭小的房间里收拾物品，准备离开这个工作了一年的山区小学。李校长在一旁帮着打理，不时慈爱地扫一眼王老师，眼神里充满着不舍。多年来他所在的这所学校走马灯似的换老师，来了又走了，每到老师要走，他都会悄悄落泪，因为这一走，许多孩子又面临着没有老师教育的处境。

看王老师收拾差不多了，李校长从口袋里摸出500元钱递了过去，亲切地说："这些钱你拿去做路费。"

王老师好像受到惊吓似的把钱推到一边："校长，真不用钱。"

李校长费了很大劲，才把钱塞进王老师的口袋，关切地说："以后少熬夜，注意健康。"

王老师似有所动，伤感地说："我也是爸妈催婚，得赶紧回去挣钱娶媳妇了。不然还要在这里教一年。"

李校长眼睛一亮，喜上眉梢地说："你晚一点走，大家都想送送你。"

王老师连连摆手说："不用不用，我没告诉学生我要走的消息，就是想悄悄地走，他们一来我还走得了啊？”

李校长想了想说："那你下午再走吧，我去叫几个老乡帮你背行李。"

说完便匆匆走了出去，不大一会，便有一个大嗓门妇女走进学校，直爽地说："王老师，你能不能不走，你一走我家小孩又只能上山放牛去了。"

王老师为难地说："我只请假一年，要回去上班了，以后还会有别的老师来的，一定要让孩子上学。"

两个人正说着，陆续有家长带着孩子走进了学校，大人背上背着沉重的土豆、肩上扛着长长的扫帚，小孩怀里抱着小狗、小猫。

王老师被吓了一跳，不解地问："你们怎么带这些东西来了？老师不需要，快带回去。"

一个高个子家长慷慨地说："王老师，这些是我们拿来让你去卖钱的，你继续在这里教学，我们每个月拿这些来让你带到县城去卖。"

王老师瞅了瞅他们，心里苦笑了一声，这些被他们视为"宝贝"的东西顶多也就值几百元钱，但山区的百姓平时就靠卖这些维持生活。自己怎么忍心拿去卖哦？

一个村民从王老师的表情好像看出了什么，连声说："王老师，我们这里值钱的东西多，蜂蜜、鸡枞、核桃要不完，还可以到山林里抓獐子、穿山甲让你拿去卖！"

王老师纠正说："国家保护动物不能抓。"

一名家长说："老师比保护动物还重要，国家要是知道我们是为了老师，他们也不会管什么保护动物。"

王老师正要说什么，李校长带着村里最困难的低保户走到王老师面前，激动地说："他今天听说你要走，特地来送送你。"

王老师深情地对那名低保户说："大叔，国家政策好了，以后咱们生活会越来越好！"

那名低保户拉住李老师的手，含混不清地说："王老师，大家希望你再在我们这里教一年，学生离不开你啊！"

他更多的话不知怎么表达，忙把手伸进上衣口袋，摸出了五百元钱塞到王老师手里说："这点钱不多，你拿去随便买点生活用品。"

王老师推脱不了，只好收下。待他们都散去之后，头脑里重新考虑自己的去留问题。他想到校长和低保户给他的钱，就从衣袋里把它们拿出来放到一起。忽然他发现两个人的钱竟然一样的崭新发亮，他好奇地看了看人民币下瑞的数字，差点叫出了声，它们竟然是十张连号的。他感动了好久，终于下定决心留下来。

内　退

曾仙山

　　九月第一天，陈老师没有像往常一样赶往学校，而是在家百度旅游景点，准备选一个好地方出去溜达一圈。自从办理了内退，她做了许多梦寐已久的事情：参加各种朋友聚会、办理了疗养会所的会员卡、带孩子到国外旅行，要么待在家里看一整天电视。但偶尔她看到街边那些在路边发呆的老太太，也会有些失落，担心自己有一天会不会变成她们那样。

　　正在她为去哪里旅行发愁时，在山区教书的老同学打来了电话："老同学啊，我们这里的老师快走完了，孩子们整天在学校里玩耍，你能不能来帮我一段时间？"

　　阵老师乐了："我都教书教怕了才办理了内退，你还叫我来当老师？这是不可能的事喔！"

　　老同学在电话那边不急不忙地说："知道你办了内退，我也可以办啊，但是我感到在山区教学更有成就感，每天都很快乐。"

　　陈老师来了兴趣，刨根问底地说了一句："你说说都有哪些快乐？"

　　老同学在电话里说："全是原生态食物，吃着放心，空气好，风景优美，民风特别纯朴，全是少数民族。"

　　陈老师心动了："好吧，下午我来看看，正想找个地方散心呢！"

　　几个小时之后，陈老师驱车爬行了一段陡峭的山路，到了绿树排映中的东风小学。只见老同学早等在了门口，虽然已经五十岁，但身材结实，面色红润，眼神里透出幸福与知足，让陈老师心里升起一丝羡慕。

　　没等她多想，老同学一把搂住她的肩膀往宿舍走，一边走一边乐不可支地说："你来得真巧，今天有学生送来了几斤鸡枞，可以好好招待你。"

　　陈老师眼睛一亮，哇地惊叫了一声。陈老师感慨地说："在没有实行义务教育的时候，孩子们家里穷，交不起学费，经常找来一些土产品当学费，有时是一些蜂蜜、有时是一些松子、甚至小狗、小猫……"

　　陈老师听得津津有味，赞许地说："你这些年享福了。"

　　老同学动情地说："所以我叫你也一起来，有空一起到山里拣鸡枞、蘑菇，能看到很多小动物。"

　　陈老师默默地想了想，反问了一句："这就是你在这里不走的原因？"

　　老同学不假思索地回答："不全是，最主要的是我在这里很充实，帮助很多人学到了文化知识，让他们的生活变得越来越好，当听到他们发自内心的欢笑时，我觉得付出是值得的。有件好笑的事，这里很多大人不识字，连手机短信都读不通，经常拿手机来问我。"

陈老师深有感触地说："服了你了老同学，我一直想找的就是这样一个地方，从明天起，我就在这个山区小学教学，内退了再回来。"

应　聘

曾仙山

香港"宣民会"在东山贫困县成立之后，因工作需要招聘一名财务审计人员。工资每月5000元，为员工购买五大保险，在当地是最好的工作，因而引来了上百人应聘。远在山区教学的蔡老师听闻之后，欢喜地投递了应聘简历并在家里积极准备应聘知识。我知道之后，苦笑着对他说："你没那么好的命，这么好的工作，早被有关系的人内定了，根本轮不到你。"

蔡老师正色道："它是民间慈善组织，是为贫苦百姓服务的，招聘的人员也肯定要能够达到他们的要求，跟一般的单位不一样，不是凭关系就可以应聘上的。"

我只好无奈地摇摇头，私下里嘲笑着他的天真和自不量力。

其实蔡老师心里也打鼓，他不过是一个山区小学的代课老师，之所以非要应聘这个工作，是因为多年来他熟悉了这里的山山水水、老老少少，对这里有了很深的感情，他想通过这个工作能为乡亲们做更多的事情。所以他义无反顾地走上了角逐之路，并想让我看看他的实力。

没想到他真的让我大跌眼镜，在高手如云的考场上他竟然过关斩将，冲到了最后的面试阶段，一名女性工作人员热情地给他打来了电话，叫他今天上午到"宣民会"办公室去面试。

我从侧面得到消息，有一名考生是且招商局局长的女儿，是一本大学财会专业毕业，正是他们的理想人选，不过仅凭她的身份也会是被录取的首选人物。

蔡老师心里也打鼓，他不过是一个山区小学的代课老师，之所以非要应聘这个工作，是因为多年来他熟悉了这里的山山水水，老老少少，对这里有了很深的感情，他想通过这个工作能为乡亲们做更多的事情。所以他义无反顾地走上了角逐之路。

在等候面试的时候，蔡老师见到了他的对手，一个气质高雅的女孩，身着名贵时尚的衣服，天生就是办公室的白领，反观自己，一身土气的衣着，几年没有换过，心里不由得有些惭愧。正在他打量对手的时候，一个工作人员礼貌地走出办公室，把女孩子叫了进去。只见经理坐在办公桌正中，微笑着点头让她坐下，然后慈祥地问女孩："这是一份很辛苦的工作，要在每一个山区奔走，不管刮风下雨都得去，你受得了吗？"

女孩坚定地回答说："可以，我能够接受。"

经理又问了一句："这是一份长期工作，你能够做多久呢？"

女孩子笑笑说："我以前做过很多工作，但都没有坚持多久，这一份我最少能做到我结婚。"

经理想了想说："我们要招一名长期稳定的工作人员，你先考虑一下，等我们通知。"

这时有个人悄悄地告诉经理："她应当是招商局局长的女儿。"

经理好似没有听到一般冷静地说："叫下一个。"

于是工作人员把蔡老师叫了进去，没等经理开口，蔡老师就主动介绍说："我离开学校十几年了，但一直在学习，不断提高自己。"

经理低着头翻了翻蔡老师的简历，不紧不慢地问道："你在山区代课七八年？据我所知代课老师的工资很低，够用吗？"

蔡老师略为有些羞涩地说："我之所以坚持是因为那里需要我，并且我一直在资助当地的小孩上学，帮他们交学费，帮他们购买学习用品，所以直到现在我上学时借的钱还没有还清。"

经理一听，脸色一下子舒展开来，感慨地说："难得，真难得，恭喜你，你被我们录用了。"

急救电话

曾仙山

傍晚时分，厨房里弥漫着一股野生菌的香味，强子没等妻子把其他菜炒好，便忍不住拿起筷子捡了一块摆在面前的菌子放进嘴里，不到一秒钟的时间，他感觉舌头发麻，当他意识到菌子有毒不能吃时已经晚了，只觉浑身发胀，肌肉变得越来越僵硬。他惊慌地呼喊还在厨房忙碌的妻子："老婆，快打急救电话。"

妻子跑过来一看，吓得手足无措，哆嗦着拿起电话就拨打急救电话120。强子生气地埋怨了一句："上医院要钱的，你没带钱怎么上医院，得先准备好钱再打医院电话。"

妻子闻言，连忙跑进卧室搜寻，可翻箱倒柜也只找出一百来块零钱，前两天刚发过工资，可不巧被乡下的弟弟全借走了。她试着联系弟弟，可一直关机。她又试着联系微信上的朋友，可平日那些朋友圈较活跃的人听说有人急需用钱，一下子全进入了"潜水"状态。

平时好强的妻子变得六神无主，眼看老公在地上翻滚却无能为力。

强子忍着痛对妻子说："你到对门看看有没有人，跟他们临时借一下。"

妻子难为情地说，"平时见面连招呼都不跟人打，现在有事了怎么去求人家？"

强子略为有些不高兴地说："叫你平时对人家客气一点，你一点也不听，摆地摊卖东西怎么了？还不是挣了钱买了房子？"

妻子脸变红了，强装出笑脸走到对门敲了几下，可是半天没有反应。她只好焦急地折转回来，无奈地说："没有人在家，要不咱先上医院，先把钱欠着，明天我马上到单位找同事借。"

强子想了想说："你帮我在手机里找个尾号为 3333 的电话号码，就是那个女邻居的电话，有次我在她的摊位上买了东西，他认出了我，便留了我的电话，为了礼貌我也留下了她的电话。"

妻子神色一振，连忙拨通了那个号码，用柔和的语气亲切地说："老板啊，我是住你对面的邻居，我老公食物中毒了，现在急需二千元钱，你现在在什么地方？能不能帮我一下？"

只听电话那边不假思索地说："你是住我对面那个大姐是吧？二千块钱没有问题，但我在市场里摆摊，三十分钟才能赶回来喔。"

妻子将信将疑地挂了电话，有点不相信自己的耳朵。强子责怪了一句："别人都答应你了，赶快打急救电话 120 吧，等救护车一到，邻居也到了。"

果然，不多一会，门口响起救护车急促的响声，同时传来了敲门的声音："大姐你好，我是刚才接到电话的邻居，给你送钱来了。"

尊　严

曾仙山

初夏的中午，天气特别热，河边的草被晒颜色发黑。低保户春生扛着鱼竿走在河边的泥路上，不时用脏脏的袖子擦拭脸庞上的汗水，他冷不丁地往河边的西瓜大棚里瞅了一眼，发现有二三十个村里人弯着腰在里面栽种西瓜秧苗。大棚里的温度更高，不时有一股浪扑出外面，让人浑身不好受。村民们单薄的衬衫被汗水浸湿了，紧紧地贴在背上。有人不时掀开衣服抖动两下，让皮肤透透风。

春生也想过到西瓜地里干活，一天都能挣 60 元钱呢，一个月下来就是 1800 元，还不用跟城里打工一样交房租、交卫生费，甚至上个厕所都要给钱。可以看到眼前这番景象，他庆幸当初的选择，这个钱不好挣，还不如到河边钓鱼卖呢，运气好也能挣个二三十元钱。

春生的伙伴看到了他，热情地招呼他："不要三天打鱼、两天晒网了，还是到西瓜

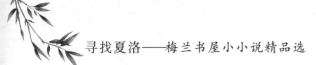

田里干活好。"

春生迟疑地说："我腿不方便，干不动了。"

一个老人呵呵了两声："在家门口就可以干活挣钱还不方便？我比你大几十岁还能干活，你才三十来岁就干不了？"

一个妇女扯着嗓子对玉生说："你一个大男人还干不动，再怎么也比女人力气大吧？不是干不动，你就是懒。你要是勤快点，到西瓜田里干一年，明年就不用领低保了"

春生一愣，是啊，他领着低保，常被同龄人笑话，说他年纪轻轻就好吃懒做，被人看不起，他很想要尊严，体面地生活。可是眼下这个天气实在让人受不了，他尴尬地笑笑："等天气变凉快时再来吧，太热了。"

那个妇女没好气地说："你比老板还牛啊？老板都不怕热，还在田里干活呢！"玉生吃了一惊，这么大的老板还用干活？他听人说过，眼前的这片西瓜地得投资五六十万呢，能做这么大事情的人怎么也算大老板，怎么还要来田地里亲自干活呢？

那个妇女见她似信非信的样子，用手指了指旁边的一个妇女："你看看人家，那个就是老板。"

正在这时，一个腰系青色大褂的妇女听到他们说话，直起腰扭头看了看玉生，又抡起一把锄头开始松土，地上的灰尘杨起很多，不时洒在她俊美的脸上，不一会她的头发上就沾了一层灰，但她好似没有注意到这些灰尘，默默地一下又一下松土。

玉生十分意外，忍不住问了一句："老板，我来跟你干活行不行？"

那个妇女抬头看了看他，放下手里的活走了过来，轻声地说："可以，只要是愿意干活的都欢迎。"

玉生把鱼竿往地上一扔，就加入到了种西瓜的队伍之中，当老板告诉他操作要领时，他好奇地问："你有那么多钱，为什么还要亲自干活？"

老板微笑着说："我们的钱也是一分一分挣来的，只有干活才能让人体面地活着。"

眼　光

曾仙山

春节后，我当选为东风乡的乡干部，所做的第一件事就是把沿海地区的马老板"引来"种植大棚西瓜，不仅提高了土地利用价值，还促进了村里的劳动力就业。美中不足的是我的小舅子——东风村委会的村主任，总想当这个200多亩大棚的施工负责人。我承认他是一个有能力的人，说话做事有一定威信，但是不适合做这事情，因为他喜欢赌钱，万一哪天因为打麻将耽误了工作可不得了。

可是当马老板和我小舅子有过短暂接触后，却对他十分满意，称赞他组织能力强，能在很短的时间内召集来二三十个村民，挽起袖子把马老板的材料从车上给卸下来。我得知这个情况后，还是如实地把我小舅子的情况给马老板做了介绍，我说："我那小舅子不适合做这大棚的负责人，你还是找别人吧。"

马老板却胸有成竹地告诉我，不用担心，他心目中有两个备选人员，先暂时定为我小舅子，至于选哪个还要等正式开工才知道。

今天一早，我带着马老板到村里和村民签订《土地承包合同》，许多村民三五成群地聚集在一起谈论着大棚西瓜，我左顾右盼，找不到村主任的人影。

马老板的脸色变得凝重了，犹豫着问我："这是一个重要场合，村主任要出面啊？万一村民有什么意见他要负责协调的！"

一个村民听到了我们的谈话，没好气地说了一句："村主任打麻将去了，没有时间来。"

马老板惊讶问："你们村主任还打麻将赌钱？在什么地方，带我去看看！"

我急忙打电话，可是连拨三次都是电话关机。

"你等一会儿，我马上把他找来。"

就在我准备去找村主任时，有个村民慌慌张张地跑过来说："水库忽然撤闸了，得赶快把西瓜地里水给堵住，不要让水把地给淹了。"

马老板对我说："你对这里比较熟悉，先组织几个人手去堵一下水。"

"男男女女一起上，在地的一侧挖一条半米深的排水沟，让水从侧面流走。"说完顾不上马老板，我抄起家伙就带着大家奔向西瓜地。

"从今天开始，你就是这个西瓜大棚的负责人。"

身后传来马老板的喊声。

特效广告

曾仙山

今天，我到一个高海拔山区去寻访一名老中医，准备给他做一个广告。近年来我所在的广告公司效益不好，我这个策划人的待遇也逐渐下降，为了扩宽业务，我想到了到偏远的山区寻找机会。

昨天接到一条线索，深山里住有一名行医五十多年的老中医，艺术高明，有一次只不过用了很简单的几味中药加少量鹅血就把村里一名慢性胃病患都给治好了，我心里十分惊讶：如此高明的医生实在难得，这样的人不被外界知道太可惜了。又一想，耳听为虚，眼见为实，还是先见识一下才好。

当我翻过陡峭的几座山之后，终于见到了传说中的老中医。他年约50来岁，面庞红润，双目有神。和他交谈了两句，发现他对中国的卫生医疗状况非常了解，完全不像一个久居深山的人。他没有问我什么，只是抓住我的手把了把脉搏，然后坚定地告诉我："你睡眠不好，肝火旺盛，有耳鸣症状。"

我吃了一惊，自己的身体自己最清楚，想不到他对我的症状竟然如此了解。这是一个很有经验的老中医，可是因为位置偏远，方圆几十里却没有几个人知道他。我用激动的语气对他说："要不帮你做一下宣传，让更多的人知道你的医术，你能造福更多的人。"

老中医淡淡地告诉我："不用了，讲缘分吧，都快八十岁的人了，也不想那些名利了。你到处一讲，很多人一来，我都没有办法给别人治病了。"

可是，他的话丝毫没能挡住我的热情，我把电话号码留给他之后，马上回到家中写了一段广告词：大山里潜修五十年的神医，成功治疗上百名慢性病患者，纯中药制成的特效药，不带何副作用。

当我把这段广告印发到城里的大街上不久，接到了老中医无助的电话："你把我害了，一个小时内电话不间断地打进来，让我不能吃饭，不能休息，你这个特效药广告起了副作用，我明天只能躲起来了。"

和　谐

曾仙山

大年初一这天，我胸前挎着导游证到丽江古城旅行社接待一名来自西北地区的女游客。旅行社的计调无奈地告诉我：这名女游客很挑剔，不要说从她身上赚钱，只要把她平安送走，不被她投诉就万事大吉。果然，女游客一见到我就直白地说，她不是第一次出来旅游，所以知道导游是拿购物提成的，因而从不购买地方特产，不观看茶艺表演，最主要时间紧，得赶飞机。我心里暗暗叫苦，但想到考导游证时老师所说的话，要跟游客和谐相处，只得压制住心里的失望，装出一副很轻松的样子陪着她去了黑龙潭公园。

女游客一进公园就没完没了地拍照，一起进公园的其他游客已经走远了，她还不舍地一次次把手伸进清澈的潭水里逗小鱼，甚至爬到古老的大树上让我为她拍照，完全没注意到我的声音变得急躁。有好几次我想催促她得赶紧走，可是话到嘴边又收了回去。

费了很大工夫，我终于把她带到了旅行社指定的购物店，用期待的语气对她说："这里还有三道茶表演，可以了解这里的茶文化，顺便休息一会。"

女游客摇摇头："我在大理已经看过了，就是卖茶叶，我带东西路上不方便！你不是说时间紧吗？可不能耽误晚上乘飞机！"

我的心变凉了，要不是在春节这个日子，我非得强硬地要求她进去消费，可是想了想，旅行社计调已经提前说过她的情况，不能采取"非常措施"，还是忍一忍算了。即便赚不到钱也要给她留一个好印象。于是详细地给她介绍这个公园的历史和文化，她一边听一边频频点头，赞叹这里的风景、气候、环境都好。

在即将走出公园时，我有些遗憾地告诉她："这里还有一个不包含在行程中的东巴音乐队，义务为休闲的游客演出，但现在时间已经不多，看不成了。"

女游客一听来了兴致，非要叫我带她去看，说她就是搞音乐的，特别对音乐感兴趣。

我说不过她，只好带她到了一个偏僻舞台，远远看见十来名身着民族服饰的演员从座位上站起来。脱去演出服装，把乐器放到架子上，有的开始坐一旁的凳子开始喝水、聊天。一批观看完演出的游客纷纷在舞台前合影，缓缓地离开。

女游客被东巴们的皮褂子、手鼓、宝剑、五福冠所深深吸引，凑近前看了又看，不住地拍照。她不甘心地问，下一场什么时候演出？一名年幼的小东巴告诉她，半个小时一场。

女游客脸色黯淡了，似信非信地问："我来这个公园是买了门票的，就应该包括看演出啊？我这么大老远来一趟可真不容易。"

我只好耐心地跟她说："他们是义务为游客表演，没有收费。半个小时演一场是规定，我们来的时间不对，他们不是故意不给你演。"

一听这话，她来气了，伸出手指着我的鼻子说："就是你把我耽误了！主要的地方时间少，购物的地方时间多，你跟他们说叫他们演，不然我投诉你们旅行社！"说完一屁股坐在观众席的椅子上不走了。

一名老东巴见她这个样子，把脸沉了沉，看样子想替我说几句好话，我想了想，忙走近几步说："师傅，能不能为她演一首？她特别爱好民族文化，可能一辈子就来这一趟，这次看不到以后再也没有机会了。"

老东巴为难地看了看大家，然后对我说："导游你不要为难，她说演，我们就给她演，我们东巴讲究人与自然和谐相处，也讲和人和谐相处。"

说完叫其他几名东巴演员重新穿好演出服装，拿起乐器缓缓地为她一人演奏。

女游客感到十分意外，认真地聆听着悠悠的乐曲，如痴如醉。当所有的乐曲演完后，她情不自禁地拍起了掌，深深地鞠躬感谢。那一瞬间我注意到了老东巴意味深长的笑容。

临走，女游客在我的《带团意见单》上全填了满意，还从包里拿出五百元钱硬塞到我手里，诚恳地说："导游，这是你今天该得的钱！"

作者简介：

曾仙山，云南省丽江市人。大专文化，在《城市早报》《都市时报》《春城晚报》《贺州日报》发表文章数篇。主编丽江市永胜县《三川风物志》。现为自由撰稿人。